K.

ADAM FAWER

GNOSIS

DEUTSCH VON JÖRN INGWERSEN

KINDLER

1. Auflage Juli 2007

Satz aus der Caslon 540 und Solex PostScript bei
hanseatenSatz-bremen, Bremen
Druck und Bindung GGP Media GmbH, Pößneck
Printed in Germany
ISBN 978 3 463 40519 3

«Die Menschen werden vergessen,
was du getan und was du gesagt hast,
aber sie werden nie vergessen,
wie sie sich gefühlt haben,
als du ihnen begegnet bist.»

Maya Angelou

Du hast keine Kontrolle über dein Leben.
Das glaubst du vielleicht, aber es ist nicht so.
Natürlich steht es dir frei, eigene Entscheidungen zu treffen.
Du kannst dieses Buch zuklappen.
Du kannst in deinem Sessel sitzen bleiben.
Oder du kannst etwas Drastisches tun – etwa dir die Augen auskratzen.
Du kannst machen, was du willst.
Die Sache hat nur einen Haken: Du hast keine Kontrolle darüber, was *du willst.*
Dein Handeln wird bestimmt von Wünschen, die sich so tief in deine Psyche eingeprägt haben, dass du gar nicht mehr über sie nachdenkst. Deshalb bist du der perfekte Sklave.
Leb dein Leben. Mach, was du willst.
Aber du solltest nicht allzu lange darüber nachdenken, dass du nicht allein darüber entscheidest, was du willst.

Samantha Zinser, 3. März 1991

PROLOG

8. OKTOBER 2005 – 23:09 UHR (2 JAHRE, 84 TAGE BIS ZUR NACHT DES JÜNGSTEN GERICHTS)

Dr. Elliot Dietrich lief durch den strömenden Regen zu seiner Haustür. Nachdem er alle Taschen durchsucht hatte, fand er endlich den Schlüssel und steckte ihn hastig ins Schloss. Der Riegel rührte sich nicht – die Tür war nicht abgeschlossen.

Dietrich erstarrte, die Schlüssel in der Hand. Die spärlichen Haare, die ihm noch verblieben waren, klebten ihm vom Regen am Schädel. Er hatte noch nie vergessen, abzuschließen. Irgendjemand war im Haus gewesen. Oder dieser Jemand war noch da drinnen.

Alles in ihm schrie nach Flucht. Er sollte den Wagen nehmen und verschwinden. Aber wohin? Wenn sie ihn jetzt gefunden hatten, würden sie ihn auch wieder finden. Und außerdem: Konnte er nochmal von vorn anfangen? Schon wieder? Es war ihm schwer genug gefallen, selbst als relativ junger Mann. Und das war schon eine Weile her. Noch einmal würde er es nicht schaffen.

Angst schnürte ihm die Kehle zu.

Und wenn er nur vergessen hatte, abzuschließen? Vielleicht war er einfach nachlässig gewesen. Was, wenn er jetzt sein Leben wegen nichts weiter als einer dummen Unachtsamkeit wegwarf?

Er schüttelte den Kopf. Er machte sich noch verrückt. Er musste keine Angst mehr haben.

Ach ja? Und wieso trägst du dann immer noch diese Kette um den Hals?

Nervös tastete er unter seinem Hemdkragen danach. Er trug sie schon so lange, dass er sie kaum noch wahrnahm.

Wenn du dir so sicher bist, dass niemand im Haus ist ... wieso nimmst du sie dann nicht ab?

Dr. Dietrich entschied sich für eine Kompromisslösung. Er ließ die Kette, wo sie war. Aber weglaufen würde er nicht. Er atmete tief und lehnte sich gegen die schwere Tür. Sie knarrte. Das war ihm vorher noch nie aufgefallen. Allerdings hatte er auch noch nie zwei Minuten in Todesangst auf der Veranda gestanden.

Er trat ein. Die Sohle seines Schuhs quietschte auf dem Boden. Er tastete sich an der Wand entlang und machte Licht. Als Dietrich den hageren Mann vor sich sah, blieb ihm fast das Herz stehen. Er war schon fast wieder draußen, als er merkte, dass er nur sich selbst im Garderobenspiegel gesehen hatte.

Er lachte laut auf, aber es klang hohl und zittrig. Er kam zurück, schloss die Tür und schob eilig den Riegel vor.

«Hallo?», sagte er zögerlich. «Ist da jemand? Die Polizei ist schon unterwegs. Verschwinden Sie lieber!»

Er lauschte, hörte aber nur sein flaches Atmen und den Regen, der draußen an die Scheiben trommelte. Langsam wurde er paranoid. Wenn da jemand wäre, hätte der doch längst irgendetwas unternommen, oder?

Vielleicht. Vielleicht auch nicht.

Langsam schlich er durch das kleine Farmhaus, das er bewohnte. Weil er nicht wagte, seine nassen Schuhe auszuziehen, zog er eine Spur durch alle Räume. Als er alles abgesucht hatte, entfuhr ihm ein langer Seufzer der Erleichterung. Er war allein. Dr. Dietrich kehrte in die Diele zurück, um seinen Mantel aufzuhängen.

Als er die Schranktür öffnete, war es, als würde er von einem Zug überrollt. Sein Schrei erstarb, als zwei Hände sich um seine Kehle schlossen. Er starrte in das vertraute Gesicht, das ihn seit Jahren in seinen Albträumen verfolgte.

Er hoffte, dass es schnell gehen würde. Und dass man ihm die Augen ließ.

ERSTER TEIL

2007

ELIJAH & WINTER

KAPITEL 1

28. DEZEMBER 2007 – 9:09 UHR (86 STUNDEN, 51 MINUTEN BIS ZUR NACHT DES JÜNGSTEN GERICHTS)

Der blinde Mann saß reglos da, als betrachtete er etwas Bestimmtes. Seine dunkle Sonnenbrille verbarg die narbigen Augen. Er erinnerte sich noch sehr genau an das grelle Feuerwerk der Farben, das er vor sich gesehen hatte, als man ihm die Augäpfel aus den Höhlen riss, an den kreischenden Schmerz, als die spitzen Fingernägel ...

Laszlo zuckte zusammen.

Er verdrängte die Erinnerung. Energisch fuhr er sich über die grauen Stoppeln am Kinn. Zumindest glaubte er, dass sie wohl grau waren. Auch wenn sie sich noch immer schwarz anfühlten. Aber was nützten einem Blinden schon die Farben?

Nichts.

Darian ist nicht blind.

Er knirschte mit den Zähnen. Der bloße Gedanke an diese Frau machte ihn nervös. Der große Schäferhund zu seinen Füßen setzte sich auf, weil er die Spannung spürte.

«Ist schon gut, mein Mädchen», flüsterte Laszlo und kraulte dem Hund die aufgestellten Ohren.

Sascha hechelte vernehmlich, und Sabber tropfte auf den Holzfußboden des Cafés. Um sich zu beruhigen, sog der blinde Mann die Gerüche tief ein, die ihn umgaben. Frischgemahlene Kaffeebohnen. Parfüm, das herbstlich roch, und Rasierwasser, das ihn ans College erinnerte. Ein getoasteter Bagel. Der dreckige Gestank eines Obdachlosen, draußen vor der offenen Ladentür.

Laszlo umfasste den extragroßen Cappuccino und wärmte seine Hände an dem Pappbecher. Er verdrängte den Gedanken, dass Darian ihn versetzen könnte, und belauschte lieber die Gespräche an den Nachbartischen. Er versuchte, etwas zu verstehen, trotz der zischenden Espressomaschine und Kate Bush, die den Laden melancholisch, aber lautstark beschallte.

Plötzlich drang ihm das vertraute blumige Parfüm – vermischt mit dem Geruch von Zigaretten – in die Nase. Helles Klackern hoher Absätze verriet ihm, dass Darian endlich gekommen war. Der zweite Stuhl am Tisch scharrte über den Boden. Sascha hob ihren Kopf von seinem Schuh, wachsam.

Darian küsste Laszlo sanft auf die Wange.

«Schön, dich zu sehen.» Ihre Stimme klang streng, doch sprach daraus auch eine leise Zärtlichkeit.

«Ich finde es *auch* schön, dich zu sehen.» Der Blinde zuckte mit den Achseln. «Sozusagen.»

Laszlo hörte ein Knistern. Es wurde kurz heiß in seinem Gesicht, dann zischte es, und er konnte das abgebrannte Streichholz riechen. Darian blies Rauch aus, lang und bebend, eine warme Wolke streifte sein Gesicht und kitzelte ihn in der Nase.

«Ich möchte bezweifeln, dass man hier rauchen darf.»

«Ich vergesse immer, dass ganz Manhattan jetzt nikotinfreie Zone ist.» Er stellte sich zwei schmale Rauchsäulen vor, die aus ihren Nasenlöchern strömten. «Aber deshalb werden sie mich schon nicht gleich rauswerfen.»

«Es geht nicht um Sanktionen», sagte Laszlo und war erstaunt über das freundliche Geplänkel nach sechzehn Jahren des Schweigens. «Es ist eine Frage der Umgangsformen.»

«Ich glaube, du weißt, wie ich darüber denke. Über beides.»

«Allerdings.»

Wehmütiges Lächeln zuckte in seinen Mundwinkeln. Er rief sich in Erinnerung, wie schön sie war – schokoladenbraune Haut, rotbraunes Haar, das ihren Kopf wie ein höllischer Heiligenschein umgab, und ein breites Lächeln, das nie bis ganz an ihre dunklen Katzenaugen reichte. Inzwischen wäre ihr Gesicht wohl gezeichnet von den Jahren, genau wie seins.

Räuspernd zog er einen zusammengefalteten Zeitungsartikel aus der Tasche und reichte ihn ihr.

«Kommt dir dieser Mann irgendwie bekannt vor?» Leise raschelte Papier. «Lass dich nicht von seinem Äußeren täuschen», sagte er, denn er spürte ihr Befremden. «Ich könnte mir allerdings vorstellen, dass die Augen ihn vielleicht verraten.»

Darian sog scharf die Luft ein.

«Woher ... woher wusstest du ...?», fragte sie.

«Er war im Radio, und die Stimme kam mir irgendwie bekannt vor», sagte Laszlo langsam, um ihr etwas Zeit zu geben. «Also bin ich letzte Woche nach Chicago geflogen, um mir diesen ‹Valentinus› aus der Nähe anzuhören. Da wusste ich es.»

«Das ist unmöglich.»

Laszlo ließ ihr einen Moment, den Tatsachen ins Auge zu blicken, während er daran dachte, was gestern Abend geschehen war. Er hatte eine letzte Chance, seinen Fehler wiedergutzumachen, wenn er auch ahnte, dass es ihn diesmal mehr als nur die Augen kosten würde.

Nervös wippte Darian mit dem Fuß und nahm einen tiefen Zug von ihrer Zigarette.

«*So* kann ich es nicht mit ihm aufnehmen.» Laszlo deutete auf seine dunkle Brille und die toten Augen dahinter. «Zumindest nicht allein.»

Minutenlang sagte keiner ein Wort. Schweigend stellte sich Laszlo vor, was in Darians Kopf vor sich gehen mochte: Überraschung, Angst und schließlich – Enttäuschung.

«Du willst Elijah und Winter suchen», sagte sie. «Damit sie dir helfen.»

«Außerdem hatte ich gehofft, *du* würdest mir helfen.» Laszlo kam ins Stocken, als ihm klar wurde, wie sehr er sie tatsächlich brauchte.

«Helfen wobei? Valentinus zu beseitigen?»

«Wenn es sein muss.» Er konnte ihre Panik förmlich riechen. «Das bist du mir schuldig, Darian. Du hast mich da mit reingezogen. Jetzt hilf mir auch wieder raus.»

Sie gab keinen Laut von sich. Er stellte sich vor, wie sie auf ihrer Lippe herumbiss, den Blick gesenkt wie ein bockiges Kind. Schließlich beugte sie sich vor, sodass er ihren heißen Atem spürte. Ihr Flüstern war ein Fauchen.

«Glaub nicht, dass du mich manipulieren kannst.»

«Das würde ich nie tun.»

«Warum?», fragte sie bitter. «Das habe ich mit dir doch auch gemacht.»

Ihre Antwort traf ihn, aber er ging nicht darauf ein.

«Weißt du denn, wo sie sind?», fragte sie.

«Sie sind beide in der Stadt.»

«Und sie tragen noch immer ihre Ketten?»

«Ja», sagte der Blinde, und Schuld und Reue sprachen aus seiner Stimme.

Darian atmete aus. «Dann wird es wohl Zeit, dass wir sie uns zurückholen.»

Valentinus hörte das Gespräch noch einmal an. Er starrte auf die bunte Grafik auf seinem Bildschirm – ein blaugrüner Würfel verwandelte sich in eine gelbliche Pyramide, die sich drehte und wendete, bis sie zu einer roten Kugel wurde.

Obwohl sich Laszlo offensichtlich Sorgen machte, fiel Valentinus doch auch auf, wie selbstbewusst er war. Laszlo sammelte sich, er war kampfbereit. Darian war ganz anders. Sie hatte Angst. Sie war schwach, nicht so klug wie Laszlo, und auch nicht so stark. Aber sie war Laszlos Achillesferse.

Als nach dreijähriger Suche Laszlo noch immer nicht aufzufinden war, hatte sich Valentinus auf Darian konzentriert. Er hatte vermutet, dass auch sie sich gut versteckte, doch Valentinus verfügte über ausreichend finanzielle Mittel und vor allem den entsprechenden Willen. Die Ironie des Schicksals wollte es, dass Valentinus sie – nachdem er eine halbe Million Dollar für Privatdetektive ausgegeben hatte – an seinem Frühstückstisch entdeckte.

Er hatte die Zeitung aufgeschlagen, und da war sie – sie starrte ihn aus dem Sportteil an. Sie saß im Dodger Stadium, in der ersten Reihe, einen halben Meter hinter Kenny Lofton, als dieser kurz vor Spielende seinen legendären Fang machte. Zwar war das Foto etwas unscharf und sie seit der letzten Begegnung um sechzehn Jahre gealtert, aber es bestand kein Zweifel.

Wie alle Bilder jenes letzten Tages hatte auch ihr Gesicht sich tief in seine Erinnerung eingeprägt.

Bis zum Mittag hatten seine Leute die Kreditkarte ausgemacht, mit der die Tickets bezahlt worden waren, und zwölf Stunden später wusste er alles, was es über diese Frau zu wissen gab, die heute Darian Wright hieß. Sie war reich, sie hatte über zwanzig Millionen Dollar auf der Bank, offenbar das Ergebnis diverser einträglicher Scheidungen.

Valentinus hätte gern Kontakt zu ihr aufgenommen, aber in erster Linie hatte er es auf Laszlo abgesehen. Deshalb engagierte er ein Team aus Detektiven und Kopfgeldjägern, die sie rund um die Uhr beschatteten. Nach anderthalb Jahren bekam Darian dann endlich den Anruf, auf den Valentinus gewartet hatte. Das Gespräch dauerte keine Minute, gerade lang genug, der Mann am anderen Ende der Leitung nannte nur Ort und Zeitpunkt des Treffens, doch seine Stimme ließ keinen Zweifel.

Am nächsten Abend wurde der Reinigungstrupp im *Starbucks* am Astor Place durch Valentinus' Überwachungsteam ersetzt. Unter allen Tischen und Stühlen brachte man Mikrophone an, in beiden Toiletten und sogar im Lagerraum. Als sich Valentinus am nächsten Morgen ihr Gespräch anhörte, dachte er eigentlich, er sei auf alles vorbereitet. Doch dann verriet Laszlo etwas gänzlich Unerwartetes – Elijahs und Winters jetzige Identität.

Laszlo sagte, die beiden hätten keine Ahnung von ihrer gemeinsamen Vergangenheit. Er fragte sich, was wohl passiert sein mochte. Hatten sie ihr Leben in seliger Ahnungslosigkeit verbracht oder einfach den Verstand verloren?

Valentinus ballte die Fäuste, als er daran dachte, was von seinem Leben übrig gewesen war, als Laszlo ihn damals zurückgelassen hatte. Valentinus holte aus und schlug mit der Faust an die Wand. Es tat höllisch weh. Er kniff die Augen zusammen und konzentrierte sich auf den Schmerz, um nicht mehr an die Vergangenheit zu denken. Er musste sich zusammenreißen.

Die Ketten waren der Schlüssel. Er lächelte, als er im Geiste einen Plan fasste. Wenn er schnell handelte, konnte er Laszlo und Darian bald aus dem Weg schaffen. Und waren die beiden erst tot, konnte er das letzte Gefecht angehen, unendlich viel schwieriger …

KAPITEL 2

29. DEZEMBER 2007 – 14:46 UHR (57 STUNDEN, 14 MINUTEN BIS ZUR NACHT DES JÜNGSTEN GERICHTS)

Angestrengt sah Elijah Glass in den halbdurchlässigen Spiegel. Die Leute auf der anderen Seite wussten, dass sie beobachtet wurden, aber es war ihnen offenbar egal. Er schüttelte den Kopf. Die Vorstellung, freiwillig mit wildfremden Menschen zusammenzusitzen, um sich von *noch* mehr Fremden beobachten zu lassen …

Der bloße Gedanke trieb ihm rote Flecken in sein blasses, sommersprossiges Gesicht. Er atmete tief ein und berührte mit dem Zeigefinger das silberne Kruzifix an seiner Brust. Das warme Metall auf der Haut beruhigte ihn.

Dann wandte sich Elijah wieder der Spiegelwand zu. Er sah, wie Terry im Raum dahinter die silberne Fernbedienung nahm und auf den 54-Zoll-Plasmabildschirm richtete. Die sorgsam zusammengestellte Gruppe (sechs Männer, sechs Frauen; sieben Weiße, eine Asiatin, zwei Latinos und zwei Afroamerikaner) blickte brav zum Bildschirm hinüber.

Elijah warf einen Blick auf sein Notebook und strich sich das wilde, rote Haar hinters Ohr. Der Bildschirm war in zwölf gleich große Quadrate eingeteilt. In jedem davon war ein aufblickendes Gesicht zu sehen, was ein wenig an den Vorspann von *Drei Mädchen und drei Jungen* erinnerte. Elijah behielt die Gruppe im Blick, die wiederum den großen Fernseher an der Wand anstarrte. Sein Puls beruhigte sich.

Dem Fernsehen galt seine ganze Liebe. Schlaflos zappte Elijah jede Nacht acht Stunden lang durch die Kanäle. Er sah sich fast alles an, auch wenn er durchaus Vorlieben hatte – Fantasy, Science-Fiction, Gerichts- und Krimiserien, Kinofilme, Politik und natürlich Reality-Shows.

Mit großer Leidenschaft studierte Elijah die Realität. Aber was er jetzt vor sich sah, war unverfälscht. Konzentriert betrachtete Elijah die zwölf Gesichter, während sie die Stirn in Falten legten, die Augen zusammenkniffen, die Mundwinkel herunterzogen und mit der Nase zuckten. Für sich allein genommen, hatten die einzelnen Bewegungen nichts zu bedeuten. Zusammen jedoch … nun, da kam dann Elijahs Talent ins Spiel.

Nachdem man ihn im *Facial Action Coding System* ausgebildet hatte, wusste Elijah, wie man Gesichter deutete. Das FACS war 1976 von einem Psychologieprofessor namens Paul Ekman entwickelt worden und definierte dreitausend verschiedene Gesichtsausdrücke samt der dadurch übermittelten Empfindungen. Seit Elijah das 500-Seiten-Handbuch verinnerlicht hatte, in dem sechsundvierzig verschiedene Muskelbewegungen, sogenannte «Action Units», beschrieben wurden, war das menschliche Gesicht für ihn im wahrsten Sinn des Wortes ein offenes Buch.

Ohne weiteres erkannte Elijah den Unterschied zwischen einem unaufrichtigen, gezwungenen «Panamerikanischen Lächeln» – bei dem einfach nur die Mundwinkel hochgezogen wurden (AU 12) – und einem ehrlichen, ungezwungenen «Duchenne-Lächeln» (AU 12 in Verbindung mit einer Wangenhebung, AU 6, bei der sich um die Augen herum Fältchen bildeten). Er kannte Angst (AU 1, 2, 15 und 20 – das Anheben der inneren und äußeren Augenbraue in Verbindung mit dem Zusammenpressen und Dehnen der Lippen), Ekel (AU 4, 9 und 17 – Senken der

Stirn, Rümpfen der Nase und Heben des Kinns) und jede andere Empfindung, die das Herz umtreiben mochte.

Im Lauf der Jahre hatte Elijah begriffen, dass die Menschen ihre Gefühle weder verbergen noch beeinflussen konnten. Diese mangelnde Kontrolle ermöglichte es ihm, die Wahrheit zu erkennen. Und damit machte sich Elijah etwas zunutze, was die meisten Menschen nicht begreifen wollen: dass nämlich der Körper – nicht der Geist – das Ich beherrscht.

Wie sagte Schopenhauer?

Der Mensch kann wohl tun, was er will; er kann aber nicht wollen, was er will.

Elijah nickte schweigend. Es stimmte. Der Körper steuerte das Verlangen, und das Verlangen steuerte den Willen. Alles andere war nur Lärm, der das Bewusstsein zu der Annahme verleiten sollte, dass der Mensch kein Sklave war.

Abrupt endete das Video, und Terry wandte sich mit ausdrucksloser Miene ihren Testpersonen zu. Dunkelblondes Haar umrahmte ihr unscheinbares Gesicht, das bestens zu einer Statistin auf der Geschworenenbank bei *Law & Order* gepasst hätte.

«Nun», sagte Terry. «Was meinen Sie?»

Die Asiatin sprach zuerst. Instinktiv gab Elijah ihr den Namen der Prominenten, der sie ähnlich sah (Ming Na aus *Emergency Room)*, dann spitzte er die Ohren. Obwohl er sich alle Mühe gab, konnte er kaum hören, was sie sagte.

Also konzentrierte er sich auf ihre Stimme. Den Klang. Die Betonung. Ihre Sprachmelodie. Die Audiohinweise in Verbindung mit der sich wandelnden Mimik (AU 6, 11 und 12) verrieten ihm alles, was er wissen musste.

Ein Proband nach dem anderen antwortete auf Terrys geschickte Fragen. Als Letztes kam ein grob wirkender Latino an die Reihe, der Elijah an Luis Guzman erinnerte, einen der Gefangenen in *Oz* auf HBO. Guzman war nervös und seltsam angespannt – die Lippen gepresst (AU 23), die Augen unruhig.

Durch den Spiegel sah Elijah, dass Guzman unter dem Tisch mit seinem Fuß wippte. Plötzlich wurde es ihm klar: Der Mann war drauf und brauchte irgendwas. Dabei war es egal, ob Guzman nun eine Schwäche für Drogen, Zigaretten oder Alkohol hatte. In jedem Fall hinderte es ihn daran, sich zu konzentrieren.

Leise sagte Elijah in sein Headset: «Vergiss ihn.»

Terry nickte, unmerklich für die Testpersonen, und doch deutlich, um Elijah anzuzeigen, dass sie ihn gehört hatte. Die Sitzung dauerte ganze siebenundfünfzig Minuten, doch Elijah nahm die Zeit kaum wahr. Als sich die Probanden schließlich von ihren Stühlen erhoben, sank er erschöpft in seinen grünen Ledersessel.

Er nahm ein Glas mit kaltem Wasser und trank es in drei Zügen aus. Er schloss die Augen. Plötzlich ging die Tür des halbdunklen Zimmers auf, und Elijah schreckte hoch, bereit, sich gegen einen Eindringling zu verteidigen. Doch es war nur Terry.

«Entschuldige», sagte Terry. «Immer vergesse ich, anzuklopfen.»

Elijah zuckte mit den Schultern und starrte auf seine Knie herunter. «Schon o-k-k-kay.»

Terry setzte sich. Sie hielt drei Meter Abstand, was weniger war, als Elijah lieb gewesen wäre, aber es war auch kein Weltuntergang. Terry sprach mit der energischen Ruhe einer guten Samariterin weiter, die jemandem ausreden möchte, vom Dach zu springen.

«Und was meinst *du*?»

Elijah warf einen Blick auf seine Notizen, ein mehr

oder weniger unlesbares blau-rot-grünes Gekritzel auf gelbem Papier. Sein fotografisches Gedächtnis machte die Notizen überflüssig, aber die krummen *A's* und eckigen *T's* vor sich zu sehen beruhigte ihn. So konnte er sich besser konzentrieren.

Tatsächlich hatte der Umstand, dass er sich beruhigte, nicht so sehr mit dem zu tun, was er betrachtete, sondern eher mit dem, was er *nicht* betrachtete. Weil er sich Terry so verbunden fühlte, konnte er ihr kaum in die Augen sehen. Er konnte nur Fremde beobachten, und in den letzten zwei Monaten hatte er so eng mit Terry zusammengearbeitet, dass sie praktisch Freunde geworden waren.

Also behielt Elijah die bunten Buchstaben im Blick, die er mit schwarzem Filzer geschrieben hatte. Natürlich *wusste* er, dass die Buchstaben monochrom waren, doch durch seine Synästhesie schillerten sie vor Elijahs Augen in allen Farben des Regenbogens. Ein weiteres Beispiel dafür, dass der Körper den Geist beherrschte und die Wahrnehmung bestimmte.

Dennoch war Elijah froh über seine Synästhesie, dieses seltene Syndrom, das durch eine unerklärliche neurosynaptische Kommunikation zwischen den verschiedenen Hirnteilen hervorgerufen wurde. Die Folgen waren bizarr. Manche Leute schmeckten Formen, andere sahen Musik oder hörten Gerüche. Bei Elijah plapperten Sprachzentrum und Sehrinde munter miteinander, weshalb er jeden Buchstaben des Alphabets in einer anderen Farbe sah.

Erst mit acht Jahren war Elijah bewusst geworden, dass keiner seiner Freunde ein *A* rot und ein *B* violett sah. Anfangs fand er es schrecklich, anders zu sein, doch bald merkte er, dass es ihn mit sinnvollen Gedächtnishilfen ausstattete und sein Erinnerungsvermögen stärkte.

Es hatte seine Vorteile, anders zu sein.

«Also, ich wäre so weit», sagte Terry und riss Elijah aus seinen Gedanken.

Er räusperte sich und trug seine Analyse vor.

«Der erste Spot war zu vergeistigt. Alle haben sich gelangweilt. Der zweite war ganz gut, aber einigen Frauen hat nicht gefallen, dass da ein Politiker mit seinem Jagdgewehr gezeigt wurde. Nummer drei hat auf fast jeder Ebene funktioniert. Der Spot ist am besten, aber auch an dem muss noch gefeilt werden.»

Elijah blickte auf und stellte erleichtert fest, dass sich Terry auf ihren Blackberry konzentrierte. Eifrig schrieb sie jedes Wort mit. Ohne sich von dem kleinen, leuchtenden Display abzuwenden, sagte sie: «Gut. Jetzt gib dem Ganzen mal ein bisschen Farbe.»

Elijah lächelte über den unfreiwilligen Scherz, dann erläuterte er ausführlich, was ihm bei den zehn Testgruppen aufgefallen war, die sie in dieser Woche geleitet hatte, wobei er seine Befunde nach Geschlecht, ethnischer Zugehörigkeit, Alter und Einkommen aufschlüsselte. Sie unterbrach ihn selten, um während seines zweiundvierzigminütigen Monologs nur die eine oder andere Detailfrage zu stellen.

Er bezweifelte, dass er sie noch überraschen konnte. Schließlich war Terry eine hochqualifizierte Moderatorin und hatte – genau wie Elijah – eine Ausbildung in Psychologie und *Organizational Behaviour*. Ging es jedoch um Analysen, ließ sie ihm gern den Vortritt. Elijahs Instinkte waren Gold wert. Immer wenn jemand wissen wollte, was Leute *wirklich* empfanden, fragten sie Elijah Glass.

Seit fünf Jahren standen Filmstudios und Fernsehsender bei Elijah Schlange. Bereitwillig nahmen Hollywoods Studiobosse, die an schwierige Stars gewöhnt waren, Elijahs Schrullen hin (zunächst hatte er sich nur geweigert, den Leuten die Hände zu schütteln, inzwischen verbot er «jeden Kontakt, visuell noch sonst wie»). Tatsächlich trug sein gewöhnungsbedürftiges Verhalten nur dazu bei, seinen Ruf als empathisches Genie zu fördern.

Bis vor drei Monaten hatte Elijah Klienten, die nicht in der Unterhaltungsindustrie tätig waren, rundweg abgelehnt. Dann rief Terry Saunders an, mit einem Angebot, das er nicht hatte ablehnen können – sie bot ihm ein Vielfaches seines üblichen Honorars, wenn er sich bereit erklärte, ausschließlich für New Yorks jüngsten Kongressabgeordneten zu arbeiten, den designierten neuen Stern am Himmel der Partei.

«Er hat gute Chancen, im Herbst Gouverneur zu werden», sagte Terry. «Und ich schätze, danach dürfte der Weg ins Oval Office nicht mehr weit sein.»

Elijah war skeptisch. Er konnte nicht glauben, dass jemand, der so jung war wie er selbst, einer solchen Verantwortung gewachsen war. Doch dann hatte Terry ihm eine DVD mit Reden des Kongressabgeordneten gegeben.

Sie waren in jeder Hinsicht absolut grandios. Dieser Mann war ein brillanter Redner, ehemaliger Pfarrer mit unbestreitbarem Charisma, wobei er eher jugendlich wirkte – vergleichbar nur mit Reagan oder Clinton. Eine Woche später hatte Elijah unterschrieben. Größtenteils machte ihm die Arbeit Spaß. Aber wenn er gewusst hätte, dass er so lange in New York City würde bleiben müssen, wo die Menschenmassen sich auf den Bürgersteigen drängten, hätte er wahrscheinlich darauf bestanden, von L. A. aus zu arbeiten.

Elijah versuchte, nicht daran zu denken, und erklärte abschließend, welche Aspekte des dritten Werbespots verändert werden mussten. Schließlich schaltete Terry ihren Blackberry aus und verstaute ihn in ihrer Handtasche.

«Ich muss los, sonst komme ich zu spät zu dem Essen», seufzte sie. «Unser Abgeordneter war ganz enttäuscht, dass du nicht mitkommst. Du bist der Einzige von den wichtigen Leuten aus seiner Wahlkampftruppe, den er noch nicht kennengelernt hat.»

«Was hast du ihm gesagt?»

«Die Wahrheit – dass das Genie hinter der verspiegelten Wand nicht auf Manhattan steht, weil es unter Ochlophobie und Haptophobie leidet. Leider ist er nicht auf dem neuesten Stand der Phobienforschung. Ich wollte sie pantomimisch darstellen, aber die Angst vor Menschenmengen und Berührungen ist allein nur schwer nachzuspielen. Hättest du eine Idee, falls er mal wieder nachfragt?»

«Du könntest für jede Phobie einen Finger hochhalten, dich unterm Tisch verstecken und anfangen zu weinen.»

«Könnte peinlich werden.»

«Keiner hat behauptet, dass Schauspiel eine einfache Angelegenheit sei.»

«Oder amüsant.»

«Vielleicht für Franzosen.»

Elijah starrte auf seine Hände, die leicht zitterten. «Ehrlich ... es tut mir leid, dass ich nicht mitkommen kann. Es ist einfach ... na ja, du weißt schon.»

«Keine Sorge», sagte Terry. «Dir haben wir es zu verdanken, dass wir schon fünf Prozent zugelegt haben.»

«Sind nur die Vorwahlen.»

«Man kann den Krieg nur gewinnen, wenn man die erste Schlacht überlebt.» Terry ging zur Tür, dann wandte sie sich um. «Deine Phobien werden schlimmer, oder?»

«Woher weißt du?», entgegnete Elijah verlegen.

«Ich mag ja nicht so helle sein wie du, aber man hält mich allgemein für einen Menschen mit ausgeprägtem Instinkt.» Sie sah ihn an. «Außerdem hat mich der Hausmeister gefragt, wieso du heute Morgen schon um fünf hier aufgetaucht bist.»

Elijah spürte, wie er rot wurde. Terry wusste, dass er Menschenansammlungen nach Möglichkeit mied, aber sein Verhalten in jüngster Zeit war in gewisser Weise doch extrem. Drei Stunden hatten ihn die Wachleute in der Lobby warten lassen, und doch war es die Sache wert gewesen, denn so konnte er dem morgendlichen Gedränge auf den Straßen von Midtown entgehen.

«Ich habe das Gebäude ausspioniert. Für einen Raub.» Elijah versuchte es mit einem Scherz. «Machst du mit? Du könntest Schmiere stehen.»

«Zu schade», sagte Terry. «Aber ich muss noch zur Theaterprobe.» Sie wartete kurz. «Dann sehen wir uns also am 3. Januar wieder, um die neuen Radiospots zu besprechen?»

«Ich kann es kaum erwarten.»

«Super. Bis dann. Und guten Rutsch ins neue Jahr!» Terry ging zur Tür hinaus, ohne sich noch einmal umzudrehen.

«Guten Rutsch», murmelte Elijah in den dunklen Raum. Einen Moment starrte er ins Leere und strich gedankenverloren über das silberne Kreuz an seinem Hals. Er hatte unwillkürlich die Kette unter seinem Hemd hervorgeholt – wie immer, wenn er nervös war.

Als Terry seine Angewohnheit einmal aufgefallen war, hatte sie ihn gefragt, woher er die Kette eigentlich habe. Seltsamerweise konnte er sich nicht daran erinnern. Er trug die Kette schon sein ganzes Leben lang. Verlegen hatte Elijah ihr erklärt, er habe sie von einer Ex-Freundin geschenkt bekommen, obwohl das nicht stimmte. Als Haptophobiker neigte er nicht eben zu romantischen Verwicklungen.

Nein, das Kruzifix hatte er von jemand anderem bekommen. Nur hatte er keine Ahnung, von wem.

Winter Zhi schloss die Augen und atmete tief ein.

Sie konnte es spüren: wie die Leute sie anstarrten, lauschten, warteten. Sie fragte sich, wie viele es sein mochten. Zweitausend? Drei-? Sie konnte sich nicht erinnern. Es war aber auch egal. Sie hatte kein Lampenfieber. Ganz im Gegenteil: je größer das Publikum, desto dynamischer ihr Spiel.

Wie oft fühlte sie sich wie ein Vampir: Sie saugte die Leute aus. Sie brauchte die Emotionen, die Energie des Publikums, um die herzerweichenden Hörwelten zu erschaffen, für die sie berühmt war. Während sie ihren Gedanken nachhing, bauten die Klarinetten und Flöten, die Geigen und Bratschen ein grandioses Crescendo auf.

Gleich war es so weit.

Die Holzbläser und Streicher der New Yorker Philharmonie kamen zum Ende der Einleitung von Tschaikowskys Violinkonzert in D-Dur, lebhaft und leichtfüßig – *Allegro moderato*. Sie widerstand der Versuchung, ihren Glücksbringer zu berühren, das silberne Kreuz, das an ihrer Brust baumelte. Stattdessen holte sie tief Luft und begnügte sich damit, das warme Metall auf der Haut zu spüren.

Sie blickte auf, und das grelle Licht der Scheinwerfer stach in ihre grünen Augen. Traurig lächelnd hob sie ihre Geige an und spielte. Schon beim ersten Ton des Solos hüpfte ihr Herz vor überschäumender Freude, erfüllt vom reinen, vollen Klang.

Mit leidenschaftlichem Spiel fegte sie durch den ersten Satz, dann hielt sie inne und setzte zum *Andante* des wundervoll melancholischen zweiten Satzes an. Auf halbem

Wege hellte sich die Stimmung der Musik auf, und unter dem Getöse der Trommeln und Blechbläser stieg das Orchester in den atemberaubend schnellen letzten Satz ein, das *Allegro vivacissimo*, und schmetterte die 125 Jahre alte russische Melodie.

Hoch über den Klarinetten und den Flöten, den Trommeln und Trompeten, fegte der Bogen über die Saiten von Winters Stradivari, peitschte sagenhafte Läufe und Sprünge hervor, bis der Schluss, die aufwühlende Koda, begann. Während des gesamten Konzertes hatte Winter keinen einzigen bewussten Gedanken. Stattdessen pulsierte ihr Geist vor rohen, reinen Emotionen.

Ein Reporter der *New York Times* hatte sie einmal gefragt, wie ihr nach einem Konzert zumute sei. Augenblicklich hatten ihre Porzellanwangen einen rosigen Ton angenommen, und sie senkte den Kopf, sodass ihr pechschwarzes Haar vor das Gesicht fiel. Sie konnte ihre Empfindungen nur mit dem vergleichen, was man nach dem Sex fühlt. Erschöpft, selig, ausgelaugt, erfüllt.

Heute war es nicht anders.

Einen kurzen Moment nachdem Winter ihren Bogen hatte sinken lassen, hing der letzte Akkord des Orchesters noch in der Luft. Ein vollendeter Klang. Winter verlor sich, berauscht von der Nähe, die sie zu ihrem Publikum empfand, bis der Moment vorbei war.

Der Applaus ging über sie hinweg wie eine warme Woge. Sie machte einen schüchternen Knicks. Die Menge erhob sich von den Sitzen, und die Pfiffe und der Jubel wurden lauter. Noch einmal verneigte sie sich. Ein Lächeln strich über ihr bekümmertes Puppengesicht.

Ein Mann im Smoking kam auf die Bühne und überreichte ihr einen Strauß roter Rosen, den sie mit einem Kuss auf die Wange und einem gezwungenen Lächeln entgegennahm. So hübsch die Blumen auch sein mochten – Winter machten sie Angst.

Sie suchte die vorderen Reihen ab, als könnte sie den neuen Stalker von der Bühne aus, inmitten der buntgemischten Fangemeinde, erkennen. Zwischen den typischen Liebhabern klassischer Musik – weißhaarigen Herren mit ihren repräsentativen Gattinnen – sah sie scharenweise Teenager, Twens und Ex-Twens, viele davon offenherzig gekleidet, um ihre gepiercte oder tätowierte Haut zur Schau zu stellen.

Schon wollte sie sich erneut verbeugen, als ihr ein Mann im Mittelgang auffiel. Nicht sein Äußeres – stahlgraues Haar, Bartstoppeln, dunkle Brille und ein Kinn wie ein Granitblock – ließ sie zusammenzucken. Auch nicht der Schäferhund, der brav zu seinen Füßen saß.

Es war das deutliche Gefühl, ihn zu kennen. Und außerdem war sie sicher, dass der Blinde sie anstarrte.

KAPITEL 3

29. DEZEMBER 2007 – 16:58 UHR (55 STUNDEN, 2 MINUTEN BIS ZUR NACHT DES JÜNGSTEN GERICHTS)

Elijah blickte in den leeren Raum jenseits des Spiegels und wünschte, er könnte sich vom Wolkenkratzer an der Fifth Avenue direkt in sein Hotelzimmer beamen, um nicht vor die Tür gehen zu müssen. Bestimmt waren die Straßen voll, unmöglich, ein Taxi zu bekommen, besonders bei den vielen Weihnachtstouristen, die noch in der Stadt waren.

Und die U-Bahn kam nicht in Frage. Der bloße Gedanke an die überfüllten Waggons trieb Elijah den kalten Schweiß auf die Stirn. Für einen Ochlophobiker hätte man sich keine schlimmere Folterkammer als die New Yorker U-Bahn ausdenken können.

Plötzlich ging die Tür auf, und ein großer Mann im dunkelgrauen Anzug kam herein. Elijah zwang sich, dem freundlichen Blick seines Besuchers zu begegnen. Der Mann strahlte ungeheures Selbstvertrauen aus, von den polierten schwarzen Lederschuhen bis hin zum jungenhaft zerzausten Haar. Er sah aus wie Robert Redford in *Butch Cassidy und Sundance Kid* – oder besser noch in *Der Kandidat*.

«Herr Kongressabgeordneter!», rief Elijah und wich unwillkürlich an die Wand zurück.

«Mein Ruf eilt mir voraus», sagte der Politiker lächelnd, wobei er immer näher kam. «Ich weiß, dass Sie eigentlich nur mit Terry zu tun haben wollen, aber ich musste die Legende einfach kennenlernen.»

«D-d-danke», sagte Elijah, weil er nicht wusste, was er sonst sagen sollte. Am liebsten hätte er sich abgewandt, aber dieser Mann zog seine Aufmerksamkeit auf sich – oder besser: er *erzwang* sie.

«Nun … Terry sagt, Ihr geniales Marketingtalent beruht darauf, dass Sie eigentlich Psychologe sind.»

«Das habe ich studiert, den Beruf habe ich aber nie ausgeübt.»

«Sie haben sich gedacht, dass politische Berater besser bezahlt werden, was?»

Elijah dachte daran, wie er fast durchgedreht war, als er zum ersten Mal eine geschlossene Anstalt von innen gesehen hatte. «Ja, so ungefähr.» Er starrte auf seine Schuhspitzen.

Es folgte verlegenes Schweigen.

«Tja, Sie haben sicher noch zu tun. Ich wollte nur nicht gehen, ohne mich vorzustellen. Sie wissen ja – ich bin Politiker: Ich lebe dafür, Hände zu schütteln.»

Der Abgeordnete reichte ihm die Hand. Für den Bruchteil eines Augenblicks hob auch Elijah seine Hand. Seine Reaktion war fast automatisch, aber er wusste es besser. Im Stillen zählte er die einzelnen Schritte auf, die hinter der Bewegung standen.

Die Substantia nigra im Stirnlappen meiner Großhirnrinde gibt die elektrochemische Botschaft heraus, die über Millionen Nerven durch das myelinisierte Axon in die verzweigten Dendriten meiner Muskeln geleitet wird. Deshalb hebe ich meine Hand.

Die medizinische Information flatterte durch Elijahs Gedanken, sein persönlicher *Discovery Channel.* Eine kleine Ablenkung, um nicht über die monströse Aufgabe nachdenken zu müssen, welche er nun zu bewältigen hatte: die Berührung eines menschlichen Wesens.

Elijahs Hand kam ein Stückchen höher. Dann verpuffte seine Tapferkeit. Er ließ den Arm sinken und trat zurück. Der Stuhl, der hinter ihm stand, drückte sich unangenehm gegen seinen Rücken.

«Tut mir leid, ich, ähm ... ich hab da ein Problem mit Bazillen.»

Die Hand des Kongressabgeordneten blieb noch einen Moment lang in der Luft. Dann nickte er. «Verstehe. Ich freue mich trotzdem, dass wir uns nun einmal gesehen haben. Und ich freue mich, dass der Mann hinter dem Spiegel ein gläubiger Mensch ist.»

Der Abgeordnete sah auf die Kette um Elijahs Hals.

«Ach, das ...», sagte Elijah und fingerte nervös an dem Silberkreuz herum. «Eigentlich bin ich gar nicht religiös.»

«Sie glauben nicht an Gott?»

«Äh ... nein», sagte Elijah, etwas überrascht von der unverblümten Frage.

«Früher war ich wie Sie», sagte der Kongressabgeordnete. «Doch als ich zu Gott fand, hat er mir dabei geholfen, meinen Frieden zu finden. Und wenn ich das so sagen darf: Sie scheinen mir ein Mann zu sein, der ein wenig Frieden brauchen könnte.»

«Ich wünschte, es wäre so einfach.»

«Warum ist es das nicht?»

Elijah zuckte mit den Achseln. «Ich bin Empiriker.»

Der Kongressabgeordnete würde keine Ahnung haben von der Überzeugung der Empiriker, dachte Elijah: dass Wissen nämlich nur durch Erfahrung entstehen konnte. Mit seiner Bemerkung hatte er das Gespräch beenden wollen. Leider bewirkte er das Gegenteil.

«Dann sind Sie also ein Anhänger John Lockes?» Ein spielerisches Grinsen blitzte im Gesicht des Abgeordneten auf.

«Ja», sagte Elijah, erstaunt darüber, dass der selbsternannte «einfache Mann» den Gründervater der Empirie kannte. Die meisten Leute hielten John Locke für eine Figur aus *Lost*.

«Aber Locke *glaubte* an Gott», meinte der Politiker. «Er war sogar der Ansicht, dass von allen religiösen Gruppierungen nur die Atheisten dem Gemeinwesen schaden, weil man nie sicher sein kann, ob sie sich an Gottes Moralgesetze halten.»

«Wenn es um Religion ging, war Locke inkonsequent. Was man ihm aber nicht zum Vorwurf machen kann. Das 17. Jahrhundert war den Gottlosen gegenüber nicht sonderlich tolerant.» Elijah stockte kurz. «Erst später haben Empiriker die Vorstellung eines allmächtigen Schöpfers geleugnet – aus Mangel an empirischen Beweisen.»

«Aus Mangel an Beweisen? Als was würden Sie einen Sonnenaufgang bezeichnen?»

«Astronomie.»

«Dann glauben Sie vermutlich erst an Gott, wenn er vor Ihnen steht?»

«So ungefähr.»

Der Kongressabgeordnete nickte. «Ich würde dieses Gespräch liebend gern weiterführen, aber ich bin jetzt schon spät dran. Schade, dass Sie nicht mit zum Essen kommen können.» Dann fügte er hinzu: «Vielleicht können Sie es ja beim nächsten Mal einrichten.»

«Bestimmt», sagte Elijah – wohl wissend, dass es kein «nächstes Mal» geben würde.

Und schon wieder reichte ihm der Politiker lächelnd die Hand, zog sie aber gleich wieder zurück. «Verzeihung», sagte er mit falschem Lächeln (AU 6, 12 und 18). «Reine Gewohnheit.»

«Kein Problem», sagte Elijah und war plötzlich sicher, dass ihn der Politiker zum Narren hielt.

«Schön, Sie endlich mal kennengelernt zu haben.» Er drehte sich um und wollte schon gehen, doch Elijah hatte noch etwas zu sagen.

«Vergessen Sie nicht, was Locke außerdem gesagt hat: Wenn die Regierung nicht die Rechte ihrer Wähler schützt, gibt es darauf nur *eine* angemessene Reaktion.»

«Und die wäre?»

«Revolution.»

Das Lächeln des Abgeordneten erstarb. «Ich werde es mir merken. Auf Wiedersehen, Mr. Glass.»

Als der Mann gegangen war, ließ sich Elijah auf den Sessel sinken und verfluchte seine Unfähigkeit, an einem simplen Abendessen teilzunehmen – mit wem auch immer. Terry hatte recht: Seine Phobien wurden schlimmer. Und Elijah hatte es zugelassen. Die wenigen Bekannten, die er hatte, vernachlässigte er, bei seiner Familie meldete er sich viel zu selten. Er gab sich seinen Phobien hin – und alles andere auf. Und er redete sich ein, es sei schon okay, dass sein Sozialleben darin bestand, sich jede einzelne Wiederholung von *Law & Order* und *CSI* anzusehen und zu einer Art modernem Chauncey Gardiner aus *Willkommen, Mr. Chance* zu werden.

Wenn er nichts unternahm, würden seine Phobien endgültig das Kommando übernehmen. Dann konnte er bald nicht mehr arbeiten. Und was dann?

Er holte tief Luft, klappte sein Notebook zu und verstaute es in der Computertasche. Er fasste einen Entschluss.

Er wollte sich nicht mehr verstecken. Er wollte gegen

das Verlangen seines Körpers angehen, sich vor allem und jedem zu verstecken. Und beginnen wollte er jetzt – und zwar, indem er auf die Straße ging.

Winter zog das weiße Trägertop über und war froh, aus ihrem Bühnenkleid heraus zu sein. Sie dimmte das Licht und ließ sich zwischen den flackernden Kerzen im Lotussitz nieder. Sie atmete tief, mit geschlossenen Augen, und versuchte, ihren Geist von allem weltlichen Begehren zu befreien – besonders von Michael.

Beim bloßen Gedanken an seinen Namen fing ihr Herz an zu rasen. Sie atmete tief und betete im Geiste die «Vier Edlen Wahrheiten» des Buddhismus.

Dukkha. Das Leben ist leidvoll.

Samudaya. Die Ursache des Leidens ist das Begehren.

Nirodha. Erlöscht das Begehren, erlischt das Leiden.

Marga. Zum Erlöschen des Begehrens führt der «Edle Achtfache Pfad».

Um diesen Pfad zu erreichen, war lebenslange Meditation nötig. Vorerst konzentrierte Winter sich auf *nirodha*. Während sie ihre Atemübungen fortsetzte, stellte sie sich vor, wie das *Ch'i* durch ihr Inneres wirbelte und Yin und Yang dort miteinander rangen.

Plötzlich flog die Garderobentür auf. Winters Herz schlug bis zum Hals, und sie riss vor Schreck die Augen auf. Als sie dann ihre Mutter sah, war es um das letzte bisschen Frieden geschehen. Mit finsterem Blick musterte Carol Royce die Kerzen, die überall am Boden standen. Sie war nicht gerade begeistert, dass Winter, obwohl sie regelmäßig in die Kirche ging, außerdem die Philosophie ihrer chinesischen Ahnen angenommen hatte.

Ihre Mutter machte Licht und begann, die Kerzen einzusammeln, die sie einfach ausblies.

«Also wirklich, Winter … eines Tages wirst du noch alles abbrennen. Und musst du eigentlich überall die Möbel verrücken?»

Winter betrachtete die vier Stühle in dem kleinen Zimmer, die allesamt auf die Tür ausgerichtet waren. Sie antwortete nicht. Sie war klug genug, mit ihrer Mutter nicht über *feng shui* zu diskutieren. Außerdem war ihre Mutter sechsundzwanzig Jahre mit einem Buddhisten verheiratet gewesen, und man musste ihr sicher nicht erklären, dass die Stühle zur Tür ausgerichtet waren, damit die bösen Geister dort entschweben konnten.

Nachdem ihre Mutter alle Kerzen weggeräumt hatte, musterte sie vorwurfsvoll die Blumen auf Winters Schminktisch.

«Sind die von *ihm*?» Das letzte Wort spuckte sie aus wie einen Zigeunerfluch.

«Nein, Mom.»

«Von wem dann?» Ohne eine Antwort abzuwarten, nahm ihre Mutter die Karte. Sie warf einen Blick darauf und rollte mit den Augen. «Wieder ein verliebter Irrer. Du solltest nicht mehr auf Tournee gehen.»

«Mom, darüber haben wir doch schon gesprochen.»

«Nur bis Gras über alles gewachsen ist. Du solltest etwas kürzertreten und das Rampenlicht meiden.»

«Ich lasse mich nicht vertreiben.»

«Aber so kann man doch nicht leben!»

«So wie du es gerne hättest, kann ich auch nicht leben!»

Winter kämpfte mit den Tränen. Sie war immer so stolz darauf gewesen, ihre Gefühle im Griff zu haben. Aber sobald ihre Mutter ins Spiel kam, fühlte sie sich, als würde sie wahnsinnig werden.

«Ich will doch nur helfen.» Ihre Mutter blickte zu Boden, bevor sie wieder mit ihrer üblichen Predigt begann. Sie sprach hastig, als stolperte sie förmlich über ihre Worte: «Hättest du doch nur auf mich gehört, was Michael betrifft, dann wäre nichts von alledem …»

«MOM! ES REICHT!»

Ihr Ausbruch war so laut, dass sie selbst erschrak. Winter holte tief Luft, dann atmete sie langsam aus. Sie wartete, bis sie sicher sein konnte, dass sie nicht gleich wieder losschreien würde. Es dauerte ein paar Sekunden.

«Mom, ich bin dreißig Jahre alt», sagte sie mit ruhiger, fester Stimme. «Was bedeutet, dass ich von Zeit zu Zeit meine eigenen Entscheidungen treffe. Und ich habe mich dafür entschieden, weiter auf Tournee zu gehen.»

«Ich mache mir doch nur Sorgen! Wenn irgendjemand dich mir wieder wegnehmen sollte …» Tränen standen in Carol Royces Augen. Winter trat vor und nahm ihre Mutter in die Arme, sie drückte sie fest an sich.

«Schschscht», flüsterte sie ihrer Mutter ins Ohr. «Niemand nimmt mich dir weg …»

«Wieder»? Was meinte sie mit «wieder»?

Denk nicht darüber nach.

«… ich pass schon auf mich auf. Versprochen, okay?»

Carol Royce schniefte laut an Winters Hals, drückte sie noch einmal und machte sich dann los. «Ich hab dich furchtbar lieb.»

«Ich dich auch.»

«Womit habe ich nur so eine wundervolle Tochter verdient?»

«Dad meinte, du hättest einen Pakt mit dem Teufel geschlossen.»

«Sehr komisch», sagte Carol Royce bitter, aber Winter sah, dass die Mundwinkel ihrer Mutter sich etwas hoben. Tatsächlich hätte es zu ihrem Vater gepasst, so etwas zu sagen – ein nicht sonderlich subtiler Seitenhieb gegen das dogmatische Christentum ihrer Mutter. Fast fünf Jahre war er nun schon tot, und noch immer kam es Winter vor, als wäre er gestern erst gestorben. Carol Royce wischte sich die Nase mit einem Taschentuch und küsste Winter sanft auf die Wange.

«Ich warte im Foyer.»

Als die Tür ins Schloss gefallen war, brach Winter zusammen. Augenblicklich kamen ihr die Tränen und rannen über ihre zarten Wangen. Fast eine Minute lang weinte sie lautlos. Schließlich trug sie sorgsam neues Make-up auf, weil sie nicht wollte, dass ihre Mutter die Tränen bemerkte.

Sie betrachtete ihr Gesicht im Spiegel und überlegte, was gewesen wäre, wenn sie damals auf ihre Mutter gehört hätte. Möglicherweise müsste sie heute nicht auf dem Präsentierteller leben. Aber vielleicht hätte es auch einen anderen Stalker gegeben … und alles wäre noch viel schlimmer gekommen.

KAPITEL 4

29. DEZEMBER 2007 – 17:18 UHR (54 STUNDEN, 42 MINUTEN BIS ZUR NACHT DES JÜNGSTEN GERICHTS)

Endlich kam Elijah im Erdgeschoss an. Zwar brannten seine Beine, aber es war die Sache wert gewesen, die sechsundfünfzig Stockwerke zu Fuß zu gehen. Alles, bloß nicht den überfüllten Fahrstuhl zur Feierabendzeit nehmen. Nun stand er vor dem nächsten Hindernis – der Tür zur Lobby. Während Elijah allen Mut sammelte, hindurchzugehen, griff er nach seinem alten Walkman. Er hatte auch einen iPod, aber den benutzte er nur selten, weil es dem Gerät an einer entscheidenden Funktion mangelte, über die sein Sony verfügte: einen Audio-Fernsehempfänger.

Er tippte die Kanäle durch, um eine vertraute Sendung zu finden. Das würde ihm helfen, seine Nerven zu beruhigen. Auf Kanal 11 lief *Seinfeld.* Elijah atmete aus. Er freute sich, wenigstens einen Teil seiner Umgebung unter Kontrolle zu haben. Schon nach dem ersten Satz wusste er, welche Episode lief. Elijah kniff die Augen fest zusammen. Um sich abzulenken, versuchte er, sich Elaines verzweifeltes Gesicht vorzustellen.

«*Sie hatte Männerhände*», klagte Jerry.

«*Männerhände?*», fragte Elaine.

«*Ja. Wie ein Wesen aus der griechischen Mythologie. Sie war halb Frau, halb Ungeheuer.*»

Elijah drückte die Tür auf und trat in die Lobby hinaus. Ein Fahrstuhl machte *Pling* und entließ eine weitere Horde in die riesige Halle. Elijahs Herz schlug schneller, als die Leute den Raum durchquerten, durch die Drehtüren gingen und sich draußen auf der Straße unter die Menschenmenge mischten. Wie benebelt wandte er den Blick vom Ausgang und starrte die Weihnachtsdekoration an.

Mindestens fünfzig bunte Pakete stapelten sich unter dem Sieben-Meter-Baum. Elijah betrachtete die roten Schleifen auf den silbernen, roten und goldenen Schachteln und konzentrierte sich auf die weißen Lichter, die sich um die grünen Zweige rankten.

So künstlich der Baum auch wirken mochte, war er doch ganz hübsch. Elijah dachte an die Weihnachtstage seiner Kindheit, wenn er schon vor dem Morgengrauen aufgewacht war und gewartet hatte, bis sein Darth-Vader-Digitalwecker 7:00 Uhr zeigte und er aus dem Bett hüpfen und seine Geschenke auspacken durfte.

Die Erinnerung daran vermischte sich mit allen Weihnachtsfilmen und Fernsehserien, die er je gesehen hatte. Wie Alex P. Keaton Ellen unter dem Mistelzweig küsste. Wie Präsident Josiah Bartlett im Vorgarten Weihnachtslieder sang. Wie der Grinch Cindy Lou Whos Geschenke klaute. Wie Ralph Parker diese dämliche Wette annahm und mit der Zunge an dem gefrorenen Pfahl festklebte. Wie Fred Gailey stolz Kris Kringle vor Gericht verteidigte.

Elijah atmete wieder halbwegs normal. Er sah zum Ausgang hinüber und zwang sich, loszugehen. Er konzentrierte sich auf George Costanzas knarzende Stimme. Es würde schon klappen. Solange sich Elijah auf *Seinfeld* konzentrierte, konnte er es durch das Chaos der lärmenden Stadt bis zum Hotel schaffen.

Er zog seine schwarzen Lederhandschuhe an. Die kalte

Witterung hatte auch ihr Gutes – er musste nicht erklären, wieso er draußen stets Handschuhe trug. Dann drückte er gegen das polierte Metall der Drehtür und tat einen Schritt nach vorn. Eine halbe Sekunde lang war Elijah wie im Fegefeuer, nicht drinnen und nicht draußen. Hätte er gewusst, was draußen auf ihn wartete, wäre er weiter im Kreis gelaufen, zurück in die sichere Lobby.

Doch Elijah hatte keine Ahnung. Und so trat er auf den Bürgersteig hinaus, wo es vor Menschen wimmelte, und nahm die dunkelhäutige Frau überhaupt nicht wahr, die ihn von der anderen Straßenseite aus beobachtete.

Im Schminkspiegel sah Winter, wie ihre Tür einen Spalt weit aufging. Sie wandte sich um, als ein Mann eintrat. Winter sah seine dunkle Brille und dachte, es sei der blinde

(er war nicht immer blind gewesen)

Mann, der Zuschauer vorhin. Doch dann sah sie seinen Teint – braungebrannt, gutaussehend, makellos. Das Gesicht verschwand fast unter der Kapuze seines grauen Sweatshirts, und doch hätte sie ihn überall erkannt.

«Michael.»

Er schob die Kapuze zurück und nahm die Sonnenbrille ab. Seine dunklen Augen schimmerten.

«Hallo, Winter.»

«Wie bist du an den Wachleuten vorbeigekommen?» Dann vorsichtig: «Hast du … jemanden verletzt?»

«Natürlich nicht», sagte er und tat einen zögerlichen Schritt auf sie zu. Er wollte ihr Gesicht berühren, doch Winter schreckte zurück und fragte sich, ob wohl morgen früh der nächste grün und blau geprügelte Wachmann Anzeige erstatten würde.

«Denk nicht daran», sagte Michael, als könnte er ihre Gedanken lesen. «Denk an *uns.*»

«Es gibt kein ‹wir› mehr. Hast du vergessen, dass du verheiratet bist?»

Wieder streckte er die Hand nach ihr aus, doch diesmal wich sie nicht zurück. Trotzig starrte sie ihn an, wildentschlossen, sich nie wieder von seiner Berührung in den Sumpf der Lust reißen zu lassen – wie so oft. Doch als sie seine Berührung auf der Haut spürte, war es, wie es schon immer gewesen war. Ihre Willenskraft kapitulierte vor der Leidenschaft.

Er legte eine Hand in ihren Nacken und sah ihr unablässig in die Augen, während er sanft über ihre Wange strich. Dann fuhr er zärtlich mit den Fingern über ihr Gesicht und zeichnete die Lippen nach. Er berührte ihr Kinn, die Hand wanderte ihren Hals hinab. Als er das Silberkreuz berührte, wich ihr Begehren augenblicklich harschem Widerwillen.

Was tue ich hier? Er hat mich belogen. Ich darf nicht zulassen, dass er mich wieder verführt. Niemals.

Energisch stieß sie ihn von sich. «Ich möchte, dass du gehst!»

«Winter, ich liebe …»

«Erzähl das deiner *Frau.*»

«Ich bin nicht verheiratet.»

«Was du nicht sagst. Und wer war dann die Frau, die auf der Titelseite der *New York Post* geweint hat?» Niemals würde Winter vergessen, wie sie sich gefühlt hatte, als sie die Schlagzeile las, die flammende Gewissheit, verraten worden zu sein: TRÄNEN WEGEN GEIGENDER TRAUMFRAU!

«Ich habe Felicia verlassen, damit wir zusammen sein können.»

«Da gibt es nur ein Problem: Ich will nicht mit *dir* zusammen sein.»

Wieder wollte Michael ihr Gesicht berühren, doch Winter stieß ihn zurück. «Geh! Es ist mein Ernst.»

In diesem Moment kam Carol Royce herein. «Winter, ich habe ganz vergessen …» Ihr Satz erstarb, als sie Michael sah. «Lassen Sie meine Tochter in Ruhe!»

«Verschwinde, Carol! Das geht dich nichts an.»

«Das tut es sehr wohl!»

Carol Royce marschierte durch den Raum und wollte sich zwischen die beiden drängen, doch Michael stieß sie grob zur Seite. Winters Mutter taumelte rückwärts, schlug mit dem Kopf an die Wand und ging zu Boden.

«Mom!» Winter wollte an Michael vorbei, aber er packte ihre nackten Oberarme und hielt sie fest.

«Winter, bitte! Ich liebe dich!»

Schmerzhaft gruben sich seine Finger in ihre Haut.

«Lass los! Du tust mir weh!»

«Ich kann dich nicht loslassen», sagte Michael zitternd. «Wieso willst du das nicht begreifen?»

«Ich liebe dich nicht mehr! Wieso kannst du *das* nicht begreifen?»

Er holte aus und schlug ihr ins Gesicht. Winters Kopf flog zurück, und sie biss sich die Zunge blutig.

«Ich habe alles für dich aufgegeben!» Wieder schlug Michael zu, mit der flachen Hand. «Du darfst mich nicht verlassen!» Er stieß sie an die Wand. «Du gehörst zu mir! Ich weiß, dass du mich liebst! Ich kann es spüren, wenn du spielst!»

«Du brauchst Hilfe, Michael», keuchte Winter, und ihr Herz raste wie wild. «Lass mich los, und ich verspreche dir, dass alles wieder gut wird.»

«Nein. Nichts wird wieder gut, wenn ich dich nicht haben kann.»

Er versuchte, sie zu küssen, doch Winter wandte sich

ab. Wütend packte Michael ihr Kinn und drehte mit Gewalt ihr Gesicht zu sich herum. Seine Augen zuckten.

«Du liebst mich», flüsterte er. «Ich weiß es.»

Winter versuchte, den Kopf abzuwenden, doch sie konnte sich nicht rühren.

«Du bist krank, Michael. Bitte, ich kann dir helfen!»

«Ich bin nicht krank!», schrie Michael. Er schloss seine Hand um ihre Kehle und drückte zu. «Ich bin nicht krank ...»

Winter rang nach Luft, der Schmerz war fürchterlich.

«*Du* bist krank», knurrte Michael. «Du führst mich in Versuchung! Es ist deine Schuld!»

Winter streckte ihre Hand aus, tastete auf dem Schminktisch nach etwas, womit sie sich verteidigen könnte. Schwarze Flecken blitzten vor ihren Augen auf, als er noch fester zudrückte.

«Du bist schuld!»

Winters Finger berührten etwas Kaltes, Metallisches. Eine Schere.

«Du bist ...!»

Winters Körper reagierte reflexartig. Sie holte mit der Schere aus und stach zu. Augenblicklich ließ Michael los. Rasselnd sog Winter Luft in ihre Lungen. Michael riss überrascht die Augen auf, als er den silbernen Griff berührte, der aus seinem Hals ragte. Eine Sekunde lang bewegten sie sich beide nicht, und Winter starrte nur das schmale, blutrote Rinnsal an, das an seinem Hals herunterlief.

Dann schien er zu neuen Kräften zu kommen. Er riss sich die Schere mit ekelhaftem Schmatzen heraus. Michael betrachtete das blutverschmierte Ding, dann sah er Winter an, als könnte er es nicht fassen. Er wollte etwas sagen, doch er brachte nur ein Gurgeln heraus, weil sein

Mund voll Blut war. Röchelnd hielt er sich den Hals und trat ruckartig zurück. Dann wurde sein Blick starr, und er sank zu Boden.

«Oh, mein Gott», sagte Winter und zitterte am ganzen Leib. «Was habe ich getan?»

KAPITEL 5

29. DEZEMBER 2007 – 17:23 UHR (54 STUNDEN, 37 MINUTEN BIS ZUR NACHT DES JÜNGSTEN GERICHTS)

Elijah biss die Zähne zusammen, als er sich unter die Menge mischte, die den matschigen Bürgersteig entlanghetzte. Eisiger Wind peitschte gegen seine Wangen. Er genoss den Schmerz. Solange dieser ihn von den vielen Menschen ablenkte. Jerry Seinfelds Freundin plapperte in seinem Kopfhörer.

«Ich will mir nur die Hände waschen.»

«Gute Idee. Am Haken hängt ein Badelaken.»

Als das Gelächter vom Band aufbrandete, sog Elijah die kalte Luft ein und zwang sich zum Weitergehen, obwohl alle seine Instinkte schrien, er solle wieder umkehren. Er versuchte, sich seine Ängste auszureden.

Es lässt sich unmöglich sagen, ob diese Leute eigentlich real sind. Ich weiß nur, dass ich sie wahrnehme. Und Wahrnehmungen – selbst Wahrnehmungen von Millionen Menschen –, können mir nichts anhaben.

Doch Elijah war nicht durch philosophische Zitate zu beruhigen. Nicht heute Abend. Ob er die Menschen fürchtete – oder nur seine «Wahrnehmung» der Menschen –, war egal. So oder so: Elijah hatte panische Angst. Er rang den erstickenden Drang nieder, sich an die nächstbeste Mauer zu drücken, und zwang sich, größere Schritte zu machen. Zügig drängte er sich zwischen Touristen, Kauflustigen, Geschäftsleuten, Müttern mit Kindern hindurch, in dem wahnsinnigen Versuch, das Hotel zu erreichen, bevor er eine Panikattacke erlitt.

Bald schon rannte er beinah, um den Phantomen zu entkommen, die in seinem Kopf spukten. Er trat auf die Straße hinaus, und ein Taxi hupte. Also sprang er wieder auf den Bordstein zurück, doch das Taxi hatte ihn schon nass gespritzt. Wie erstarrt blieb er stehen, während sich hinter ihm die Menschen sammelten und darauf warteten, dass die Ampel umsprang.

Entspann dich. New York ist gar nicht so übel. Denk an die vielen Serien, die hier spielen.

Seinfeld. Die Cosby Show. Friends. The Jeffersons. Mad About You. Diff'rent Strokes. Will & Grace. Chaos City. Sex in the City. Caroline in the City.

Die sind nicht alle lustig. Was ist mit Midnight Cowboy, Ein Mann sieht rot und Taxi Driver? Und vergiss nicht den Kurt-Russell-Klassiker, den jeder mag: Die Klapperschlange.

Es dauerte ewig, bis die Ampel grün wurde. Elijah versuchte, sich darauf zu konzentrieren, was Kramer sagte, doch das Chaos seiner Gedanken war nicht in den Griff zu bekommen.

Er schüttelte den Kopf, und seine Panik wuchs. Jeden Augenblick würde er durchdrehen. Heute war der Tag, an dem seine Phobien

Das ist keine Phobie! Das ist real!

explodieren und ihn endgültig zu Fall bringen würden. Das Blut gefror ihm in den Adern. Er würde es nicht bis zum Hotel schaffen. Er …

Plötzlich wurde die Ampel grün, was Elijah aus seinen Gedanken riss. Die rote Hand wich einem weißen Männchen. Das Bild erinnerte ihn an die Kreideumrisse bei *CSI*. Genauso wie damals, nachdem er niedergetrampelt worden war von diesem …

HÖR AUF!

Elijah trat vom Bordstein und führte die Menge an, wie eine Armee auf dem Weg in die Schlacht. Auf der anderen Straßenseite sah er eine atemberaubend schöne dunkelhäutige Frau – Angela Bassett aus *Strange Days*. Sie schnippte ihre Zigarette auf den Zebrastreifen und trat sie mit ihrem spitzen, hochhackigen Stiefel aus, während sie ihm entgegenkam.

Das kurze, stachelige Haar passte perfekt zu ihr. Angela Bassett hatte so ein Gesicht, das fünfundzwanzig oder fünfundvierzig sein konnte, jugendlich und doch abgeklärt. Sie ging zielstrebig, fast hoheitsvoll, wie eine Prinzessin – oder eine Soldatin. Als sie näher kam, sah sie ihm direkt in die Augen.

Normalerweise hätte sich Elijah von derart eindringlichen Blicken abgewandt, doch die Kraft und Leidenschaft dieser Frau faszinierten ihn. Und obwohl er sicher war, dass er sie nicht kannte, wusste er doch genau, dass er sie schon einmal gesehen hatte, wie in einem Traum. Zu seiner Überraschung bedauerte er einen Moment lang sogar, dass seine Hände in Leder steckten. Der Wunsch, sie zu berühren, ihre Haut zu spüren, war fast übermächtig.

Und dann, als er die geheimnisvolle Fremde fast passiert hatte, riss von hinten eine Hand an seinem Kragen. Sie schob sich unter seinen Schal, und eiskalte Finger griffen nach seinem Hals.

Ein Feuerwerk von Gefühlen explodierte in seinem Kopf – Erregung, Verlangen, Wut, Freude. Er spürte einen Druck, gefolgt von einem Knacken. Seine Hand zuckte zum Hals, und er fuhr herum.

Einen Moment hielt der Dieb, ein untersetzter Mann mit Knollennase und Wurstfingern – Sipowicz aus *NYPD Blue* –, das silberne Kruzifix vor ihm in die Luft. Das Licht vorüberfahrender Scheinwerfer blitzte hell darin auf. Hilflos starrte Elijah seinen Talisman an, da drängte der Dieb an ihm vorbei und stieß Angela Bassett zur Seite.

Elijah wollte ihm hinterherrennen, aber er war einfach zu perplex. Einen Moment sah er nur eine Million greller Farben, und dann …

Die Wirklichkeit kehrte zurück, und die Welt war wieder zu erkennen. Unsicher tat er noch einen Schritt, doch der Dieb war längst verschwunden. Elijah befühlte seinen nackten Hals. Er konnte nicht glauben, dass das Silberkreuz tatsächlich weg war.

Er fing an, zu hyperventilieren, hechelte und japste. Elijah suchte etwas, an dem er sich festhalten konnte, irgendetwas, und seine Hand schloss sich um Bassetts Oberarm. Und dann tat sie etwas, das Elijahs Panik eigentlich ins Unermessliche gesteigert hätte.

Sie berührte sein Gesicht. Erstaunlicherweise schreckte er nicht zurück. Bei ihrer leisen Berührung fühlte sich Elijah … gut. Als schwebte er. Fast so, als …

Ein ganzes Orchester aus Autohupen dröhnte los. Die Ampel war umgesprungen, und sie standen noch immer mitten auf der Straße. Bassett nahm Elijah beim Arm und zog ihn eilig auf den Bordstein, als eben eine Stretch-Limo vorüberraste.

«D-d-danke», stöhnte Elijah, der sich noch immer nicht erklären konnte, was da eben passiert war. Ihm fehlten die Worte, weil er sich so ruhig und friedlich fühlte. Die vielen Menschen drängten an ihm vorbei, doch Elijah war ganz ruhig. Er blickte in die dunklen Katzenaugen dieser Frau.

«Alles klar?»

«Ich glaube schon», sagte Elijah und wünschte, ihm würde etwas einfallen, damit sie noch bei ihm blieb.

«Gut», sagte Bassett. «Immer schön vorsichtig.»

Doch bevor er reagieren konnte, war dieses geheimnisvolle Wesen schon wieder auf der Kreuzung und verschwand in der Menge.

Hätte Elijah klar denken können, hätte er sich wohl bewusst gemacht, wie beunruhigend es war, die Kette nicht mehr zu tragen. Oder darüber, wieso er bei dem Raub eigentlich keinen Nervenzusammenbruch erlitten hatte. Oder wieso er nicht die leiseste Panik empfand, obwohl er von Menschen umringt war. Stattdessen konnte er nur an diese schimmernde Frau denken.

Und selbst als er sie jetzt nicht mehr sehen konnte, wurde Elijah doch das Gefühl nicht los, dass sie irgendwo da draußen war. Und ihn beobachtete.

Es schien eine Ewigkeit zu dauern, bis der Notarzt kam. Zwei Paukisten waren bei Michael geblieben, während eine der Cellistinnen, ein stilles Mäuschen namens Laura, die Polizei rief und Carol Royce etwas Eis für ihre Beule am Kopf besorgte.

Winter schlang die Arme um sich, als die Sanitäter Michael auf der Bahre aus dem Zimmer rollten. Zwar war sein Gesicht von der Sauerstoffmaske fast ganz verdeckt, doch sein verliebter Blick bohrte sich in ihre Seele. Als die Sanitäter ihr erklärten, er werde wieder ganz gesund, wusste Winter nicht, was sie dazu sagen sollte.

In diesem Moment blitzte es. Unwillkürlich blickte Winter zur offenen Tür und wurde von einem wahren Blitzlichtgewitter geblendet. Sie schloss die Augen und sah grelle blaue und rote Punkte. Plötzlich begriff sie.

«Carl!» Sofort stampfte der Paukist heran, doch bevor er bei der Tür war, hatte der Fotograf sie ihm schon vor der Nase zugeschlagen. Carl riss sie auf und stürmte hinaus, aber es war zu spät. Der Paparazzo war entkommen.

«Miss Zhi?»

Und wieder stand ein Fremder in der Tür. Er war Anfang vierzig, mit pockennarbigem Gesicht und roter Nase. Er trug einen billigen, grauen Anzug, der um die Taille spannte, als hätte der Mann, der ihn trug, schon mal zehn Kilo weniger gewogen.

«Ich bin Detective Pastorelli», sagte er. «Brauchen Sie einen Arzt?»

«Nein», sagte Winter mit ausdrucksloser Stimme. «Geht schon.»

«Hätten Sie dann was dagegen, wenn ich Ihnen ein paar Fragen stelle?»

«Kann das nicht warten?», fragte Carol Royce.

«Leider nicht, Ma'am.»

«Was gibt es denn? Michael Evans ist ein Psychopath. Er hat meine Tochter angegriffen, und sie hat sich verteidigt. Das ist alles.»

«Das will ich ja gerade feststellen.»

«Lass nur, Mom. Warte im Foyer. Sobald ich hier fertig bin, fahren wir rüber ins Hotel.»

Carol Royce nickte, gab ihrer Tochter einen Kuss auf die Stirn und bedachte Pastorelli mit finsterem Blick.

«Ich warte draußen», sagte sie eilig, bevor sie die Tür hinter sich schloss. Winter tupfte sich mit einem Taschentuch die Augen und putzte sich die Nase.

«Brauchen Sie noch einen Moment, Miss Zhi?», fragte Pastorelli.

«Nein», sagte Winter. «Ist schon okay.»

«Können Sie mir erzählen, was hier vorgefallen ist?», fragte der Detective und klappte dabei sein kleines Notizbuch auf.

«Ich habe mich mit Michael unterhalten, als meine Mutter hereinkam und ...»

«Worüber haben Sie sich unterhalten?»

«Er wollte, dass wir wieder zusammenkommen.»

«Und was wollten Sie?»

«Ich wollte, dass er geht.»

«Mmm-hmm», machte Pastorelli und schrieb etwas auf.

«Er hat meine Mutter gestoßen und dann wollte er mich küssen.»

«Haben Sie ihn auch geküsst?»

«Nein ... ich meine, ja, am Anfang schon, aber ...»

«Sie haben ihn also geküsst. Und dann haben Sie auf ihn eingestochen.»

«Er ist über mich hergefallen.»

«Sie haben eine gerichtliche Verfügung gegen Mr. Evans erwirkt?»

«Die Idee kam von meiner Mutter. Ich hätte nicht geglaubt, dass Michael mir jemals etwas antun würde.»

«Also hat Mr. Evans Sie gar nicht bedrängt?»

«Ich habe es Ihnen doch eben schon gesagt ...» Winter seufzte und begann nochmal von vorn. «Wir haben uns vor etwa einem Jahr kennengelernt. Damals wusste ich nicht, dass er verheiratet war.»

«Mmm-hmm.» Detective Pastorelli warf einen Blick in sein Notizbuch. «Was ist mit Tom Murdoch? Und Sam Whitford? Und Grace Lee? Wurden Sie von denen auch bedrängt? Oder kamen diese gerichtlichen Verfügungen auch alle von Ihrer Mutter?»

Winter verschränkte die Arme vor der Brust.

«Wie ist es möglich, dass eine Konzertgeigerin von so vielen Leuten belästigt wird?»

«Meine Musik hat eine gewisse Wirkung auf die Menschen.»

«Scheint so», sagte Pastorelli.

«Was wollen Sie damit sagen?»

«Sagen *Sie* es mir. Wenn ich es richtig sehe, haben drei verheiratete, *reiche* Männer – und eine Frau – ihre Familien verlassen, um Ihnen auf Ihrer Tournee zu folgen. Man kauft Ihnen hübsche Geschenke, führt Sie ein-, zweimal zum Essen aus, und wenn deren Ehepartner sie als vermisst melden, sprechen Sie plötzlich von ‹Belästigung› und verpassen denen eine gerichtliche Verfügung.»

«So war das nicht!», rief Winter. «Die Boulevardpresse hat mich als eine Frau dargestellt, die es auf verheiratete Männer abgesehen hat, aber das bin ich nicht! Ich bin nur eine Geigerin, mehr nicht. Ich habe keinen Einfluss darauf, was Menschen tun. Ich hatte keine Ahnung, dass diese Leute verheiratet waren, und als ich es herausgefunden hatte, habe ich die Beziehungen beendet. Ich kann nichts dafür, dass sie mir weiter hinterhergelaufen sind. Deshalb habe ich die gerichtlichen Verfügungen erwirkt. Diese Leute sind verrückt.»

«Auch Mr. Evans? War er auch verrückt?»

«Michael war intensiv», sagte Winter etwas sanfter. «Aber ich habe ihn nie für labil gehalten.»

«Warum dann die gerichtliche Verfügung?»

«Das habe ich doch schon gesagt. Meine Mutter wollte es so. Sie sagte, wenn ich es nicht täte, würde mir niemand mehr glauben, was die anderen betrifft.» Winter blickte ihm in die Augen und sah die Verachtung. «Hören Sie auf, mich so anzustarren.»

«Wie denn?»

«Als wäre ich eine Lügnerin.»

«Ihre Formulierung», sagte Pastorelli achselzuckend. «Nicht meine.»

Wütend sah Winter den Detective an. «Wenn Sie mich nicht verhaften wollen, möchte ich, dass Sie jetzt gehen.»

«Mmm-hmm. Aber bleiben Sie in der Stadt, bis Ihr Freund wieder zu sich gekommen ist und ich seine Aussage aufnehmen kann.» Pastorelli klappte sein Notizbuch zu und ging zur Tür. Er blieb stehen und wandte sich um. «Ist das da übrigens ein Geschenk von Mr. Evans oder einem Ihrer anderen Verehrer?»

«Was?»

«Ihr Kruzifix.»

Winter betrachtete die Silberkette, die sie um ihren Finger gewickelt hatte. «Die habe ich von meiner Mutter», sagte sie eilig.

Ein paar Sekunden lang schwieg Pastorelli. «Weshalb lügen Sie, Miss Zhi?»

Ungerührt erwiderte Winter seinen bohrenden Blick. «Auf Wiedersehen, Detective.»

«Mmm-hmm.»

Winter kniff die Lippen zusammen, bis Pastorelli draußen war. Sie fuhr herum und betrachtete sich im Spiegel. Bald schon sah sie nicht mehr ihr Gesicht, sondern starrte nur noch das silberne Kreuz an.

Einen Moment lang hatte Winter schon befürchtet, der Detective würde ihr die Kette wegnehmen. In diesem Moment hatte sie gewusst, dass sie alles tun würde, um ihn daran zu hindern.

Sogar töten.

AUS DER BLOGOSPHERE I

Posted: Montag, 2. Februar 2007 – 23:19 Uhr

CRAZYSEXYCOOL!

Hab mir gerade dieses *Valentinus Video* bei *YouTube* angesehen und kann nur sagen WOW. Der Typ ist echt lecker! Eine Augenweide, meine Damen. Und seine Stimme geht einem runter wie Öl. Trotz seiner seidigen Stimmbänder kann ich nur empfehlen, ihn sich ohne Ton anzusehen, denn er, na ja … wie sagt man? Ach ja: Er hat nicht mehr alle Nadeln an der Tanne.

Jedenfalls ist er Gnostiker, und der Mann hat ein paar interessante Ansichten, wie er die Welt sieht, vor allem dass Gott seinen Job nicht so richtig toll gemacht hat. Und wenn man bedenkt, dass *American Idol* nach wie vor die beliebteste Fernsehshow im Land ist, kann ich ihm nicht widersprechen. Aber ich schweife ab.

Entscheidend ist: Valentinus ist H. O. T.

Spy Gurl … *UND SCHON BIN ICH WEG!*

SIEHE AUCH: VALENTINUS, GNOSIS, AMERICAN IDOL, TANNE

KAPITEL 6

29. DEZEMBER 2007 – 17:26 UHR (54 STUNDEN, 34 MINUTEN BIS ZUR NACHT DES JÜNGSTEN GERICHTS)

Elijah fühlte sich unbeschreiblich – mit anderen Worten: Er fühlte sich gut.

Er hatte keine Angst mehr. Statt Panik zu haben, war ihm leicht ums Herz. Er atmete tief ein. Er sog die Winterluft wie eine erfrischend eisige Wolke in seine Lungen. Dort hielt er sie ein paar Sekunden, dann atmete er aus und sah sich an, wie der Dampf aus Kohlendioxid aus seinem Mund kam und verwehte.

Langsam drehte er sich einmal um sich selbst und starrte die Passanten an, die vorbeieilten. Er erntete merkwürdige Blicke, wahrscheinlich weil er von einem Ohr zum anderen grinste. Das taten die Menschen auf den überfüllten Bürgersteigen von Manhattan normalerweise nicht, auch nicht zu Weihnachten. Doch Elijah war das ganz egal. Er starrte weiter. Er sah den Passanten offen in die Augen, ohne jede Spur von Angst.

Ihm war, als könnte er es mit der ganzen Welt aufnehmen. Er lachte laut. Unmöglich, diese Freude zu bändigen. Er konnte es nicht fassen – er war draußen, inmitten dieser Menschen, wurde alle paar Sekunden angerempelt, *und er hatte keine Angst.*

Nach Jahren erfolgloser Therapie, in der er lernen sollte, das Verlangen seines Körpers nach Isolation zu überwinden, hatte Elijah akzeptiert, dass er nie wie alle anderen sein würde. Dass er nie Freunde haben würde. Nie eine Frau berühren. Immer allein. Aber er hatte sich eine leise Hoffnung bewahrt und las Hunderte Bücher über Psychologie und Psychosen. Doch war er seinem Ziel nie näher gekommen. Bis jetzt.

Er war

(frei)

geheilt.

Eben war ihm noch, als müsste er schreien, und jetzt … war er froh und glücklich. Kurz nachdem ihm eine unfassbar schöne Frau über das Gesicht gestreichelt hatte. Es war, als hätte sie die Angst einfach mit einem Zaubertrick verschwinden lassen. Noch einmal blickte er sich um. Er war überzeugt, dass sie nicht weit sein konnte. Doch er konnte sie nicht sehen.

Er betastete seinen nackten Hals. Der Diebstahl oder die Berührung – eins von beidem musste etwas damit zu tun haben, wie ihm jetzt zumute war. Aber wie konnte das sein? Was war der Auslöser gewesen?

Klang beides gleichermaßen abwegig, doch dass der Diebstahl ihn geheilt haben sollte, schien unrealistisch. Was konnte so ein kleines Stück Metall denn schon bewirken? Außerdem war er noch ein kleiner Junge gewesen, als …

(die Schreie … der Gestank von verbrannter Haut)

… er sie bekommen hatte. Und erst in den letzten Jahren waren seine Phobien derartig ausgeufert. Aber es konnte doch unmöglich Zufall sein.

Plötzlich fiel Elijah etwas sehr Merkwürdiges auf. Obwohl er *wusste,* dass er fürchtete, sich möglicherweise mitten in einer *Akte-X*-mäßigen Verschwörung zu befinden, *spürte* er die Angst doch nicht. Im Grunde war er glücklich.

Glücklich und … blau. Nicht betrunken. Blau wie die

Farbe. Ein kristallines Dunkelblau. So ein Blau, wie er es vor sich sah, wenn er den Buchstaben «O» las.

Das ist nicht so. Du siehst mit den Augen eines anderen.

Elijah holte tief Luft. Einen Moment lang brach der alte Elijah – der echte Elijah – hervor, und blankes Entsetzen packte ihn. Mit dem verkrampften Magen und dem Schweiß, der über seinen Rücken rann, fühlte er sich wieder wie er selbst.

Dann kehrte die Glückseligkeit zurück, flutete Elijah mit solcher Macht, dass er leichtsinnig wurde. Wieso machte er sich Sorgen um die Frau und die verlorene Kette? Das war doch alles ganz egal, wenn ihm *so* zumute war. Er vergeudete Zeit, wenn er herausfinden wollte, was mit dem Augenblick nicht stimmen mochte, anstatt den Augenblick zu *genießen*. Er war von seinen Ängsten befreit. Er konnte tun, was er wollte. Absolut alles.

Elijah fuhr herum. Er wollte irgendetwas tun, was er sonst nie geschafft hätte. Als er sich umdrehte, sprang ihm ein Schild mit greller Schrift ins Auge – grün, gelb, rot und lila, auf schwarzem Grund. Vor einer Stunde noch wäre ihm beim bloßen Gedanken an dieses Wort schon übel geworden. Jetzt aber schien ihn das Wort beinahe anzulocken.

Er lief über die Straße und wich einem Taxi und einem chinesischen Fahrradboten aus. Elijah versuchte, nicht zu denken. Er hetzte die nasse Treppe hinunter, immer zwei Stufen auf einmal, und hielt sich mit der behandschuhten Hand am silbernen Geländer fest.

Als er unten auf dem verdreckten Bahnsteig stand, kamen ihm kurz Zweifel, doch schob er sie beiseite und zwängte sich in die Menge der Pendler. Er sprang über das Drehkreuz und lief die nächste Treppe hinunter. Währenddessen wurde Donnergrollen laut, gefolgt von kreischendem Metall.

Ruckartig kam der Zug zum Stehen, und die mit Gummi eingefassten Türen zischten auf. Eine Flut von Menschen ergoss sich aus dem Waggon, und Elijah zwängte sich hindurch. Er konnte es kaum erwarten. Sekunden später drängte er in den überfüllten Wagen. Dann knallten die Türen zu, und der Zug nahm Geschwindigkeit auf.

Als Elijah durch die zerkratzten Scheiben blickte, wich der Bahnhof einem schwarzen Nichts, in dem immer wieder ein gelbes Licht aufleuchtete. Da fragte er sich, ob er einen schrecklichen Fehler begangen hatte. Die U-Bahn war nicht der rechte Ort für einen frischgeheilten Ochlophobiker.

Ganz und gar nicht.

Keuchend kam Darian unten auf dem Bahnsteig an, als die Bahn eben anfuhr.

«Scheiße!», schrie sie. «Scheiße, Scheiße, Scheiße!»

Sie hatte ihn verloren.

Während sie in den pechschwarzen Tunnel starrte, fragte sich Darian, wer in größerer Gefahr war: Elijah Cohen … oder die Leute im Zug.

KAPITEL 7

29. DEZEMBER 2007 – 17:31 UHR (54 STUNDEN, 29 MINUTEN BIS ZUR NACHT DES JÜNGSTEN GERICHTS)

Das Hochgefühl, das Elijah empfunden hatte, als er in die U-Bahn stieg, verflüchtigte sich schnell. Aber er war auch nicht in Panik. Stattdessen war er … gespalten. Nur so konnte er beschreiben, was in ihm vor sich ging. Er war alles gleichzeitig – glücklich*traurig*ruhig*gespannt*gelangweilt*aufgedreht* –, und jedes Gefühl war von einer anderen Farbe umleuchtet – blassblau, neongelb, grellweiß, knallrot –, als bezöge seine Synästhesie sich plötzlich nicht mehr nur auf Buchstaben, sondern auch auf Empfindungen.

Die Emotionen lärmten in seinem Kopf wie ein Klassenzimmer voll kreischender Kinder. Es war, als wäre er nicht mehr nur *ein* Mensch, sondern mehrere. Eine ganze Reihe von Filmen über multiple Persönlichkeiten ging ihm durch den Kopf – und kein einziger davon ging gut aus.

Eva mit drei Gesichtern. Mein Bruder Kain. Sybil. Psycho.

Mit einem Ruck kam der Zug zum Stehen, und Elijah hielt sich an der metallenen Stange fest, die an der Decke befestigt war. Zischend gingen die Türen auf, und massenweise Pendler stiegen aus. Aber es schien, als drängten für jeden, der ausstieg, zwei herein. Elijah wollte raus, war aber wie gelähmt. Eine Frau mit einem dick eingewickelten Baby quetschte sich auf den letzten freien Quadratzentimeter, und hinter ihr knallten die Türen zu.

Plötzlich fing das Baby an zu schreien. Das Heulen sägte durch den ganzen Wagen. Elijah sah die gequälten Mienen der anderen Fahrgäste, die alle gleichzeitig gelb vor Unmut wurden.

«Schschsch. Ganz ruhig, meine Kleine», gurrte die Mutter, eine dünne J. Lo, die ganz blau im Gesicht vor Verlegenheit und Erschöpfung war. Das Baby schrie immer lauter.

Plötzlich wurde Elijah warm. Schweißtropfen liefen über seine Wangen. Hastig wischte er sich über die Stirn, während sein Körper vor Hitze förmlich explodierte. Sekunden später klebte sein Hemd an der Haut. Es war, als hätte man unter seinen Achseln zwei Wasserhähne aufgedreht.

Das Baby schrie nun doppelt so laut, worauf die Leute böse blickten (AU 2, 4, 5 und 25).

Selbst an den Händen schwitzte Elijah. Eilig zog er die Handschuhe aus und ließ sie einfach auf den Boden fallen. Die Hitze wurde unerträglich. Er ignorierte die wütenden Leute um sich herum, als er sich umständlich aus seinem Mantel schälte.

Schweiß lief ihm übers Gesicht und brannte in den Augen. Elijah keuchte, als er sein Hemd aufriss, um die schweißnasse Brust zu entblößen. Die anderen Fahrgäste wichen vor ihm zurück.

«Was ist denn? Möchtest du dein Fläschchen?»

Das Baby schrie hysterisch und hörte nur kurz auf, um nach Luft zu schnappen.

Abrupt hielt der Zug an. Elijah rempelte eine alte Frau an, die vor seiner nassen, nackten Haut zurückwich. Die Leute drängten zur Tür. Elijah folgte ihnen, er wollte so schnell wie möglich raus aus diesem Zug. Er blieb kurz stehen, als er an dem schreienden Baby vorbeikam. Unter der dicken Decke und der Winterjacke mit Kapuze war nur das puterrote Gesicht des Kindes auszumachen. Es pulsierte vor rotgelbem Unbehagen.

«Heiß», stieß Elijah hervor und deutete auf das schreiende Baby. «Ihr ist heiß.»

Ihre Mutter starrte in Elijahs verschwitztes Gesicht, dann drückte sie das Kind fest an sich. Er sah, dass die dünne J. Lo ihn für verrückt hielt, aber dennoch nahm sie vorsichtig die Decke herunter. Elijah trat auf den Bahnsteig, als sich hinter ihm die Türen schlossen. Durch die graffitiverschmierte Glasscheibe sah er, wie die Mutter den Reißverschluss an der Winterjacke der Kleinen aufzog. Elijah seufzte vor Erleichterung.

Als der Zug anfuhr, wurde ihm kalt. Er zog seinen Mantel über das offene Hemd und verfluchte sich dafür, dass er die Handschuhe weggeworfen hatte. Er versuchte, nicht daran zu denken, was eben geschehen war, und machte sich auf den Weg zum Ausgang. Plötzlich, ohne zu wissen, war-um, machte er abrupt kehrt und ging weiter in den Bahnhof hinein. Er ließ sich von der Menge durch den Tunnel unter dem Times Square schieben.

Ein Strudel der Gefühle – glücklich*traurig*müde*ängstlich*böse*gelangweilt*benebelt*selbstmörderisch*schwindelig, alles durcheinander und alle Farben des Regenbogens. Plötzlich packte ihn quälender Hunger. Eine Sekunde später nahm Elijah den unverkennbaren Gestank von Körpergeruch und ungewaschenen Kleidern wahr.

Das verfilzte Haar eines Obdachlosen hing unter einer löchrigen Skimütze hervor. Der Mann hatte einen fleckigen Bart, unter dem Kinn sehr dicht, aber an den Wangen nur noch stellenweise. Schmutzige, dunkle Ringe waren unter seinen Augen, die er starr auf einen Gameboy in seinen Händen richtete.

Er saß an eine Wand gelehnt. Sein dürrer Leib verschwand unter dem alten Trenchcoat. Neben ihm lag ein Pappschild, auf das er etwas gekritzelt hatte.

SIE HASSEN BUSH? Beweisen Sie es!
Helfen Sie den Armen (also mir).

Daneben stand ein großer weißer Becher mit *Starbucks'* grünweißer Meerjungfrau. Er war fast randvoll mit kleinen Münzen.

An jedem anderen Abend hätte Elijah den Obdachlosen schon im nächsten Augenblick vergessen. Heute aber konnte er den Blick nicht abwenden. Statt weiterzugehen, blieb er stehen. Ihm war etwas schwindlig, und sein Hunger wurde immer schlimmer.

Die reine Gier erfüllte jede Faser seines Daseins, pulsierte mit jedem Herzschlag, stellte alles andere in den Schatten. Gedanken und Gefühle erstickten unter dem übermächtigen Drang, irgendetwas zu vertilgen. Elijah versuchte, sich gegen das Gefühl zu wehren, weil er wusste, dass etwas nicht stimmte. Ebenso gut hätte er versuchen können, gegen eine Flut anzuschwimmen.

Auf der Suche nach irgendetwas, um seine Gier zu befriedigen, lief er zu einem Kiosk in der Nähe. Er drängelte sich vor, nahm ein *Kit-Kat* aus der Auslage, riss die Verpackung auf und stopfte sich die Schokoladenwaffel hastig in den Mund. Er kaute kaum, weil er dachte, der unsagbare Hunger würde ihn in den Wahnsinn treiben, wenn er die Schokolade nicht in der nächsten Sekunde herunterwürgen könnte.

«Hey!», rief der schwarze Verkäufer. «Das müssen Sie bezahlen!»

Elijah konnte nicht antworten. Er war nur noch ein ausgehungertes, wildes Tier auf Nahrungssuche. Er schlang den Riegel fast in einem Stück herunter, in der Hoffnung, den Hunger gestillt zu haben. Doch gegen die Leere in seinem Innersten konnte die Schokolade nichts ausrichten. Der Geschmack machte alles nur noch schlimmer.

Er brauchte mehr. Elijah holte zwei Zwanziger aus seiner Brieftasche und warf sie dem Verkäufer zu. Dann riss er einen ganzen Karton mit Schokoladenriegeln an sich. Er sank auf die Knie und ließ alles fallen. Er nahm den ersten Riegel, riss die Verpackung ab und stopfte sich die Schokolade in den Mund.

Seine Zähne zermalmten die kühle, wächserne Schokolade, und er schlang sie herunter. Sie blieb ihm im Hals stecken. Weil er nicht aufhören wollte, aber keine Luft bekam, würgte er alles wieder heraus, fing den vollgesabberten Brocken mit beiden Händen auf.

Er holte tief Luft und brach das Stück in der Mitte durch, dann stopfte er es sich wieder in den Mund. Die brennende Gier war noch da, sie leuchtete in grellem Pink. Wie ein Irrer sah er sich nach Hilfe um, doch niemand achtete auf ihn. Die Leute hasteten vorbei und wandten schnell den Blick ab.

Nur einer sah ihn an: der Obdachlose. Er beachtete seinen Gameboy nicht mehr. Stattdessen starrte er mit unverhohlenem Verlangen Elijahs Schokoladenhaufen an. Und dann – scheinbar grundlos – sammelte Elijah die übrigen Schokoladenriegel auf und lief zu ihm hinüber.

Gierig schnappte sich der Mann einen Riegel aus Elijahs Hand. Er riss die Verpackung herunter, biss ein Stück ab und verschlang es. Dann noch eins. Und noch eins. Währenddessen ließ Elijahs Hunger langsam nach. Zwei Schokoladenriegel später war er endlich satt. Elijah war wieder

der Alte. Und dann – als könnte er es spüren – fing der Obdachlose an zu reden.

«Danke, Elijah. Schön, dich zu sehen, Mann.»

Elijah starrte ihn mit großen Augen an. Dass der Mann wusste, wie er hieß, erschreckte ihn mehr als alles, was gerade eben geschehen war.

«Du kennst mich wohl nicht mehr, was?», fragte der Mann und grinste leicht sarkastisch.

«Sollte ich?»

«Wir haben nach der Schule immer zusammen gespielt. Unsere Mütter sind Schwestern. Klingelt es?» Der Mann machte eine kurze Pause, dann brüllte er: «Ich bin's, du Blödmann! Stevie!»

«Großer Gott!», stöhnte Elijah, als er unter dem Dreck plötzlich seinen Vetter Stephen Grimes erkannte. «Stevie.»

«Worauf du einen lassen kannst.»

«Was ist denn mit dir passiert?»

«Oh, als wärst du ein Bild der Götter ...», knurrte Grimes und verdrehte die Augen. «Hey, wie wär's, wenn wir unser Wiedersehen oben auf der Straße feiern? Ich träum schon seit Wochen von einem Cheeseburger und würde gern mal sehen, ob die eigentlich so gut sind, wie ich sie mir vorstelle.»

«Ja, klar», sagte Elijah und fühlte sich, als wäre er eben in eine Folge von *Outer Limits* spaziert.

Als die beiden Männer die Treppe nahmen, wich Elijahs surreale Verwirrung der reinen Freude. Allerdings spürte er auch unterschwellige Angst. Denn tief in seinem Herzen kannte er die Wahrheit. Die Freude, die er empfand, war nicht seine eigene Freude.

KAPITEL 8

29. DEZEMBER 2007 – 21:31 UHR (50 STUNDEN, 29 MINUTEN BIS ZUR NACHT DES JÜNGSTEN GERICHTS)

Winter lag im dunklen Hotelzimmer unter ihrer Decke und schlang die Arme um sich. Sie wünschte, ihr Vater säße auf der Bettkante, wie damals, als sie ein kleines Mädchen war.

Kein Tag verging, an dem sie nicht an ihn dachte, doch heute war die Sehnsucht so groß, dass sie ihr körperliche Schmerzen bereitete. Im Gegensatz zu Winters Mutter hatte ihr Vater Yu Han stets die Ruhe bewahrt, wenn etwas danebenging. Seine Stärke war ihr ein großer Trost gewesen. Vor allem dies hatte sie zur östlichen Philosophie gebracht.

Sie hatte so viel von ihm gelernt. Buddhismus. Yoga. Meditation. *Feng shui.* Und natürlich das Wissen über das *Ch'i.* Winter lächelte. Sie erinnerte sich an eines der Gespräche mit ihrem Vater. Damals war sie sieben Jahre alt gewesen.

Winter stand in der Tür und betrachtete den kahlen Hinterkopf ihres Vaters. Neben seiner orangefarbenen Robe wirkte der Schädel richtig faltig. Hinter ihm sah sie den kleinen, hölzernen Schrein mit dem goldenen Buddha. Er lächelte sie an. Winter lächelte zurück.

Sie mochte das Arbeitszimmer ihres Vaters. Es war so anders als die anderen Zimmer des Hauses mit den ganzen Sachen ihrer Mutter, die sie allesamt nicht anrühren durfte. Doch wenn sie diesen kleinen, holzgetäfelten Raum sah, kam es ihr vor, als würde sie einen Blick in eine fremde Welt werfen, in der alles möglich war. Auch Zauberei.

«Hallo, *Nu Er*», sagte ihr Vater, ohne sich umzudrehen. «Komm, setz dich zu mir ...»

Folgsam, wie sie war, trat Winter ein und setzte sich neben ihn, auch wenn sie nicht versuchte, den Lotussitz ihres Vaters nachzuahmen – da taten ihr die Beine zu sehr weh. Eine Weile sagte sie kein Wort. Stattdessen starrte sie die langen, hölzernen Weihrauchstäbchen an und atmete den süßen, beißenden Duft.

«Warum brennen Buddhisten Weihrauchstäbchen ab, *Ba Ba*?»

Ihr Vater lächelte, und um Augen und Mund entstanden kleine Fältchen.

«Nun, da gibt es viele Gründe, auch wenn dich der ursprüngliche Grund erstaunen wird.»

«Was denn?» Winter beugte sich vor, denn die Geschichten ihres Vaters hörte sie immer gern.

«Vor zweitausend Jahren hielt Buddha Siddharta Gautama eine Predigt. Mittendrin wurde ein Mönch von einer Mücke gestochen. Aus einem Reflex heraus schlug der heilige Mann danach und tötete das Tier. Als er seine blutige Hand betrachtete, war der Mönch entsetzt. Er hatte vor Buddha einen Mord begangen. Nach der Predigt ersuchte er Gautama um Rat.

Gautama war weise und fand bald schon eine Lösung: Weihrauch.»

«Das verstehe ich nicht», sagte Winter ratlos.

«Insekten mögen den Rauch nicht. Indem man Weihrauch verbrannte, hielt man die Mücken fern, was sowohl die Konzentration förderte als auch weitere, unnötige Morde verhinderte.»

«Also verbrennen die Buddhisten Weihrauch nur, um die Mücken zu vertreiben?»

«Ja, so fing es an, aber die Sache hat sich in den letzten zweitausend Jahren weiterentwickelt. Heutzutage brennt man Weihrauch aus vielerlei Gründen ab: um unangenehme Gerüche zu überdecken, um eine Meditation zeitlich einzugrenzen, um Buddha zu huldigen oder um einen Raum zu läutern.»

«Was ist denn mit dem Raum?»

«Nichts. Aber er muss rein sein, wenn du dein *Ch'i* mit dem Universum in Einklang bringen willst.»

«In Bruce-Lee-Filmen reden sie auch immer vom *Ch'i*. Es ist die Lebenskraft, oder, *Ba Ba*?»

«Nicht ganz, *Nu Er*. Weißt du, Buddhisten glauben, dass alles im Universum einem ständigen Wandel unterworfen und miteinander verbunden ist. Und als die alten Philosophen nun versuchten, das Wesen aller Dinge zu erklären, kamen sie zu dem Schluss, dass es unsichtbar und in stetiger Bewegung sein muss. Nun, was ist um uns herum und besitzt diese beiden Eigenschaften?»

Winter dachte einen Moment nach und zuckte dann mit den Schultern.

«Ich gebe dir einen Tipp.»

Ihr Vater spitzte die Lippen und blies ihr sanft ins Ohr. Winter lächelte.

«Luft!», rief Winter.

«Genau. Das bedeutet *Ch'i* – ‹Luft› oder ‹Atem›.»

«Aber wieso haben sie dann in ‹Der Mann mit der Todeskralle› gesagt, *Ch'i* ist die Lebenskraft?»

«Es gibt viele verschiedene Arten des *Ch'i*. Es gibt ein persönliches *Ch'i*, das so etwas wie Lebenskraft ist, aber genauso wichtig ist das universelle *Ch'i.* Um gesund zu bleiben – an Geist, Körper und Seele –, muss man in Einklang mit dem Universum leben.»

«Wie macht man das?»

«Indem man zulässt, dass man sich mit dem Universum wandelt. Aber man muss aufpassen. Zu viel oder zu wenig Veränderung zieht Unausgeglichenheit nach sich, was einen krank machen kann.»

«Solange man also im Einklang mit dem Universum lebt, bleibt man gesund?»

«Man muss auch mit sich selbst im Einklang leben. Dein Yin und Yang muss ausgeglichen sein.»

Winter zeigte auf den schwarzweißen Kreis an der Wand. Er erinnerte sie immer an zwei Kaulquappen. «Du meinst, das runde Dingsda ist in mir drin?»

«Nein, *Nu Er*», lachte ihr Vater. «Das *taijitu* ist nur ein Bild, das Yin und Yang darstellt.»

«Was ist Yin und Yang denn eigentlich?»

«Es sind die beiden gegensätzlichen Kräfte, die in allen Wesen dieser Welt wirken. Das Yin wird meist durch das Wasser dargestellt. Es ist traurig, passiv, dunkel und weiblich. Es symbolisiert die Nacht. Das Yang wird durch das Feuer dargestellt. Es ist glücklich, hell, aktiv und männlich. Es symbolisiert den Tag.

Nichts ist ganz Yin oder Yang. Alles enthält mindestens ein Körnchen seines Gegenteils: Der Winter wird zum Sommer; alles, was aufsteigt, kommt wieder herab. Entsprechend kann man nicht Yin haben, wenn man nicht auch Yang hat: Es gibt keine Kälte ohne Hitze, kein Dunkel ohne Licht.

Wir haben sowohl Yin als auch Yang in uns: Noch in finsterster Nacht kommt Licht von den Sternen. Doch nimmt Yin oder Yang zu, muss das andere abnehmen: Die aufgehende Sonne vertreibt die Nacht. Hat man die perfekte Balance gefunden, ist das der Einklang. Das will die buddhistische Meditation erreichen – die perfekte Balance zwischen deinem persönlichen *Ch'i* und dem *Ch'i* im Universum.»

«Deshalb brennst du also Weihrauch ab, *Ba Ba*?»

«Oh, nein.» Ihr Vater lächelte zerknirscht. «Ich mag es nur gerne riechen.»

Im Hotelzimmer lief eine einsame Träne über Winters Wange. Sie fragte sich, was ihr Vater wohl zu Michael und den anderen Stalkern gesagt hätte. In solchen Momenten wünschte sie unwillkürlich, nicht ihr geliebter Vater, sondern ihre Mutter wäre damals von einem Auto überfahren worden. Schon im selben Moment schämte sich Winter dafür. Wie konnte sie nur so denken?

Plötzlich scharrte etwas über den Teppich. Nackte Angst packte sie. Sie war nicht allein.

Es ist Michael. Er ist wieder da.

Dann hörte sie jemanden atmen. Wie ferner Donner in ihrem Kopf. Wollte er ihr beim Schlafen zusehen? Wollte er etwas stehlen? Was war gefährlicher? So zu tun, als würde sie schlafen, oder zu zeigen, dass sie wach war?

Ihr Herz raste, das Blut pochte in ihren Adern. Sie spannte die Muskeln an, machte sich bereit, aus dem Bett zu springen.

Plötzlich hielt ihr eine Hand den Mund zu. Bevor sie schreien konnte, spürte sie einen kleinen Stich am Hals. Sie versuchte, sich zu befreien, aber der Angreifer war zu stark. Sie wollte nach ihm greifen, doch alle Kraft wich aus ihren Armen, und sie sanken wie zerbrochene Zweige neben ihr aufs Laken.

Der Schatten richtete sich auf. Dann legte er die Spritze weg und nahm die Hand von ihrem Mund. Winter versuchte zu schreien, brachte aber nur ein leises Zischen hervor. Es fühlte sich an, als hockte ein fetter Kater auf ihrer Brust. Sie wusste, dass sie Angst haben sollte, Panik sogar, doch selbst ihre Gefühle waren wie gelähmt.

Sie spürte nicht, dass ihr Herz schneller schlug, dass ihr der kalte Schweiß ausbrach. Sie hatte nur eine leise Ahnung von Angst. Diese schwebte durch ihr Denken, seltsam distanziert, ohne das dazugehörige körperliche Empfinden.

Sie wollte schreien, schaffte aber nur ein schwaches Hauchen. Er beugte sich vor. Das spitze Metall in seiner Hand blitzte auf in dem Licht, das vom Fenster hereinkam. Mit der anderen griff er nach ihrem Hals. Das weiche Leder des Handschuhs fühlte sich kühl an. Er drückte ihr Kinn hoch und kam ganz nah heran. Sie hätte gern geweint, doch es wollten keine Tränen kommen.

Innerlich schrie sie wie am Spieß, denn sie wusste, dass es das Ende war. Sie würde sterben, hier in diesem fremden Hotel. Und sie wusste nicht mal, wer ihr Mörder war. Ein irrer Fan? Oder einer ihrer Ex-Liebhaber, der Rache wollte? Der Mann, der sich dort über sie beugte, kam ihr nicht bekannt vor, aber hatte sie eigentlich je irgendwen gekannt, mit dem sie nicht im Bett gewesen war? Hatte sie …

Sie hörte ein Knacken, dann spürte sie, wie etwas über ihren Nacken gezogen wurde. Hilflos blickte sie auf und fragte sich, was er getan hatte – und was er als Nächstes tun würde. Der Schattenmann hob ihren Kopf vom Kissen.

Ein leises Surren war zu hören, wie von einem Reißverschluss. Sie sah etwas Silbriges in seiner Hand, dann verschwand es in seiner Tasche. Wieder beugte er sich vor und nahm eine Zange vom Nachttisch. Einen grauenhaften Augenblick lang stellte sich Winter vor, dass er ihr damit die Zähne ziehen wollte.

Dann war die Zange weg, und auch der Mann. Ihn nicht zu sehen war noch erschreckender, als ihn direkt vor sich zu haben. Sie hörte leise Schritte, und es klickte zweimal, als die Tür aufging und wieder zu. Sie lauschte angestrengt, doch hörte sie nur ihren eigenen, rasselnden Atem.

Sie war wieder allein.

Winter starrte an die Zimmerdecke und wartete, dass die Wirkung der Droge nachließ, die ihr der Eindringling gespritzt hatte. Nach einer halben Ewigkeit fingen ihre Arme an zu kribbeln. Sie holte tief Luft und setzte sich langsam auf. Das ganze Zimmer drehte sich, als wäre sie eben von einer Achterbahn gesprungen.

Sie stellte ihre nackten Füße auf den Boden und stand auf wackligen Beinen. Da erst merkte sie, dass irgendetwas anders war.

Instinktiv griff sie nach ihrer Kette – doch sie war nicht mehr da. Winter taumelte ins Badezimmer, um sich zu vergewissern, auch wenn sie längst sicher war. Sie versuchte, sich zu erinnern, was geschehen war, als der Mann sich über sie gebeugt hatte – die Zange kniff die Kette durch, die Kette glitt über ihren Hals …

Dumpfe Panik wuchs in ihr, als sie ihren nackten Hals betrachtete. Sie konnte sich nicht erinnern, sich jemals ohne das silberne Kreuz gesehen zu haben. Es war ein Teil von ihr geworden. Sie nahm sie niemals ab. Nicht unter der Dusche, nicht auf der Bühne, nicht beim Sex. Niemals. Nur einmal hatte sie es versucht.

Mit siebzehn hatte sich Winter – weil ihre Freunde sie wegen ihres unmodernen Schmucks hänselten – die Kette über den Kopf gezogen (der Verschluss hatte noch nie funktioniert), doch in dem Moment, als sie die Kette weglegte, war ihr schrecklich übel geworden. Obwohl sie merkte, dass sie sich übergeben musste, lief sie nicht ins

Badezimmer. Stattdessen nahm sie das Silberkreuz und drückte es an ihre Brust. Eine Sekunde später erbrach sie sich auf den weißen Schminktisch vor ihr, aber das war ihr egal. Sie zog die Kette wieder über den Kopf, sodass sie sie auf der Haut spürte, und eine Woge der Erleichterung ging über sie hinweg.

Aber jetzt … war ihre Kette nicht mehr da.

Winter wollte sie wiederhaben, doch irgendetwas in ihr – etwas gänzlich Unbekanntes – jubelte vor Freude. Denn etwas in ihr begriff, was Winter selbst nicht begreifen konnte.

Ohne das Kreuz war sie frei.

INTERLUDIUM I

20. MAI 2007 – 10:31 UHR
(225 TAGE BIS ZUR NACHT DES JÜNGSTEN GERICHTS)

Susan Collins setzte ein außerordentlich warmherziges (und außerordentlich falsches) Lächeln auf, als sie die Bühne betrat, während die Titelmelodie das schwachsinnige Studiopublikum zu animalischen Begeisterungsstürmen trieb. Nachdem sie sich durch den hirnlosen Eröffnungsmonolog gegrinst hatte, wandte sie sich der Kamera 2 zu.

«Und nun zu unserer heutigen Sendung! Mein Gast heute Morgen ist kein Geringerer als der Hohepriester einer neuen Religion, die sich über unser Land ausbreitet – sie nennt sich *Gnostizismus*. Manche bezeichnen ihn als Sektenführer, doch seine Anhänger schwören, sie seien nie glücklicher gewesen. Bitte begrüßen Sie recht herzlich: Valentinus!»

Am liebsten hätte sie Gary dafür erschlagen, dass er diesen religiösen Spinner eingeladen hatte, selbst wenn Valentinus der Liebling aller Titelseiten war. Als der selbstgefällige Fatzke auf die Bühne kam, brach frenetischer Jubel aus. Er lächelte und winkte scheu, die perfekte Mischung aus Selbstvertrauen und Schüchternheit, im Zusammenspiel mit seinem jungenhaften Aussehen, trieb die überwiegend weibliche Menge schier in den Wahnsinn.

Er trat zu ihr. Normalerweise mochte sie es nicht, wenn ihr jemand zu nah kam, aber dieser Mann hatte etwas an sich. Seine Augen waren grau, mit winzig kleinen, grünen Flecken. Noch nie war sie jemandem mit dermaßen durchdringendem Blick begegnet – als sähe er direkt in ihre Seele.

Wenn es um Männer ging, bevorzugte sie normalerweise Neandertaler, doch dieser atemberaubend schöne, fast androgyne Mann war einfach der *Hammer*. Seine Haut war unfassbar weich, wie bei einem Fünfzehnjährigen. Selbst sein langes, dunkelbraunes Haar war sexy. Bei jedem anderen hätte so eine Frisur zu sehr nach Bee Gees ausgesehen, doch mit den scharfgeschnittenen Wangenknochen und dem schmalen Kinn sah Valentinus damit phantastisch aus.

Er nahm Susan in seine schlanken Arme und drückte sie fest an sich. Sie schloss die Augen und atmete seinen Duft tief ein. Er hatte diesen Geruch an sich. Nicht Schweiß, aber so ähnlich. Wie Moschus. Oder … Sex. Am liebsten hätte sie ihm das Hemd vom Leib gerissen, die weiche, braungebrannte Brust gestreichelt, die sich darunter zweifellos verbarg, ihn bei seiner Mähne gepackt und zu Boden gezerrt.

Er trat einen Schritt zurück. Susan wedelte sich mit ihren Notizen Luft zu.

«Wow», sagte sie mit einem Blick in Kamera 3, während sie es kaum erwarten konnte, wieder in Valentinus' graugrüne Augen zu blicken. «Es gibt aufregendere Dinge im Leben als einen Morgenkaffee … hab ich recht, meine Damen?»

Während alle lachten, deutete Susan auf die beiden Sofas hinter sich, und sie nahmen Platz.

Während der folgenden zweiundvierzig Minuten konfrontierte Susan ihn mit sämtlichen Gerüchten, die sich um seine geheimnisvolle Organisation rankten, aber Valentinus war einfach zu gut und bediente sich des Publikums besser als der gewiefteste Politiker. Er tat die hedonistischen Orgien mit einem Lachen ab, bestritt die mythischen «Silbertickets», die einem den Zutritt zum gnostischen Initiationsritual ermöglichten, und wechselte das Thema, als sie wissen wollte, wie viel Geld er schon gesammelt hatte.

Auf keine einzige Frage gab er direkte Antwort, und doch hatte sie am Ende des Interviews das Gefühl, sie hätte nie einen ehrlicheren Mann kennengelernt. Er war gar nicht der Dämon, für den ihn viele hielten. Sie konnte nicht anders: Sie mochte ihn. Und es war mehr als rohe, sexuelle Energie.

In seiner Nähe fühlte sie sich … sicher.

Susan stieß Valentinus mit solcher Wucht gegen die Wand ihrer Garderobe, dass das Foto mit dem Autogramm von Präsident Clinton herunterfiel. Sie staunte, wie zierlich sich Valentinus' Schultern unter seinem Hemd anfühlten, aber das war ihr egal. Solange sein Schwanz nicht zierlich war, sollte ihr alles recht sein.

Sie packte Valentinus' zartes Gesicht und tastete mit ihrer Zunge nach seiner, um sie zu kosten. Der Kuss war elektrisierend, seine Hände hielten sie fest, während er sie zu verschlingen schien und mit der Zunge innen an ihren Lippen entlangfuhr.

Ihr Herz galoppierte. Sie war jetzt schon feucht. Normalerweise dauerte es etwas, bis sie in Fahrt kam, aber mehr Vorspiel als dieses Interview mit Valentinus war nicht nötig. Sie zog ihren Rock hoch und den Slip herunter.

Seine Hände packten ihre Brüste, drückten die harten Nippel, die sich fast aus ihrem Seidentop zu bohren schienen. Sie riss die Augen auf, und eine Woge der Ekstase ging durch sie hindurch. Kaum zu glauben, dass sie fast so weit war. Oft genug konnte sie nicht mal kommen, wenn Jack sie leckte, und jetzt bescherte ihr ein simpler Kuss schon einen Orgasmus.

Sie versuchte, sich zurückzuhalten, um erst abzuheben, wenn er in ihr war, aber es ging nicht. Sie hatte den Punkt längst überschritten, und ihr Körper drängte unaufhaltsam voran. Valentinus spürte ihre Erregung, er ließ seine Hand an ihrem Körper heruntergleiten und strich mit feuchtem Finger über ihren Kitzler.

«OH, MEIN GOTT! OH, MEIN GOTT!!!»

Sie war völlig machtlos, als der Orgasmus in ihrem Geist und ihrem Körper explodierte. Sie drückte gegen seine Hand, rieb sich wie eine läufige Hündin an seiner weichen Haut. Dann legte sie ihren Kopf in den Nacken und schloss die Augen, während die letzten Zuckungen des Höhepunkts in Schauern durch ihren Körper fuhren. Schließlich seufzte sie lang und bebend.

Sie sank in sich zusammen und beugte sich leicht vor, während Valentinus sie auf den Beinen hielt – die eine Hand in ihrem Kreuz, die andere zwischen ihren Schenkeln. Sie wusste nicht, wie lange sie so standen, sie an ihn gesunken. Sie wusste nur, dass es das Paradies war.

Nach einer Weile ließ er los und führte sie langsam zur Couch, wo sie sich hinlegte und die Augen schloss, dahingeschmolzen in postkoitaler Glückseligkeit. Endlich setzte sie sich auf und betrachtete den Mann, der ihr eben den heftigsten Orgasmus ihres ganzen Lebens geschenkt hatte.

«Sag mal …», sagte sie und strampelte ihr verknotetes Höschen von den Füßen. «Bist du eigentlich zu allen Talkshowmoderatorinnen so nett?»

«Was glaubst du?», fragte Valentinus mit hintersinnigem Lächeln.

«Ich glaube, du bist froh, dass Star Jones nicht mehr *The View* moderiert.»

«Aber, aber …»

Susan lächelte, strich den Rock über ihren nackten Oberschenkeln glatt, richtete ihre Bluse und zupfte an ihrem Haar herum. Valentinus zog eine silberne Visitenkarte aus der Tasche und legte sie auf den Tisch.

«Ich hoffe, wir sehen uns bald wieder.»

Ohne ihre Antwort abzuwarten, war er an der Tür und verschwunden.

«Großkotz», murmelte sie. Sie drehte und wendete die Karte, um seine Anschrift erkennen zu können, die von hellerem Silber war als der Hintergrund.

Plötzlich bemerkte sie, dass das gar keine Visitenkarte war. Sondern eine Einladung. Eines dieser berüchtigten Silbertickets, deren Existenz er eben noch bestritten hatte. Sie klappte ihr Handy auf, um ihren Produzenten anzurufen, dann hielt sie inne. Schenkte man den Gerüchten Glauben, würde Valentinus ihr den Eintritt verwehren, falls sie jemandem davon erzählte.

Aber er musste es ja nicht erfahren? Sie hatte schon ganz andere belogen, ohne erwischt zu werden. Nie im Leben würde er sie durchschauen wie die anderen Misanthropen, die er zu seiner kleinen Gehirnwäsche einlud. Dennoch …

Sie klappte ihr Handy zu und beschloss, die Sache mit dem Silberticket lieber für sich zu behalten. Für alle Fälle.

KAPITEL 9

29. DEZEMBER 2007 – 22:31 UHR (49 STUNDEN, 29 MINUTEN BIS ZUR NACHT DES JÜNGSTEN GERICHTS)

«Schätzchen, was ist mit dir?», sagte Carol Royce, als sie die Tür öffnete. Winter trat ins Halbdunkel des großen Zimmers und setzte sich benommen auf das ungemachte Bett.

«Ich bin überfallen worden.»

«Mein Gott! Bist du verletzt?»

Ihre Mutter zog Winter auf die Beine und tätschelte ihr Rücken und Arme, als wollte sie sichergehen, dass ihre Tochter sich nichts gebrochen hatte. Als Carol mit der Inspektion bei Winters Hals angekommen war, zuckte sie zusammen.

«Wo ist deine Kette?»

«Er hat sie gestohlen.»

«Wer?»

Der blinde Mann, wollte Winter sagen. *Der Blinde, der mich schon seit heute Nachmittag beobachtet.* Und dann flüsterte ein anderer Teil von ihr, der so tief vergraben war, dass sie ihn kaum hören konnte: *Laszlo Kuehl.*

Doch was sie sagte, war nur: «Ich weiß es nicht.»

«Lüg mich nicht an.»

«Was?»

«WER HAT SIE DIR WEGGENOMMEN?» Ihre Mutter schrie, kalkweiß im Gesicht.

Winter wich zurück und streckte instinktiv die Hände vor sich aus.

«Mom, ganz ruhig. Es war doch nur …»

ein Schmuckstück, wollte Winter sagen, schwieg aber. Weil es nicht stimmte. Selbst wenn ihre Muter nicht hysterisch geworden wäre, hätte Winter so etwas nie über die Kette gesagt. Plötzlich war ihr alles klar.

«Wieso ist diese Kette so wichtig, Mom?», fragte Winter und trat einen Schritt nach vorn. «Woher ist sie?»

«Ich … ich … ich darf es dir nicht sagen.»

«Warum nicht?»

«Ich wusste, dass dieser Tag kommen würde», sagte ihre Mutter. «Ich hätte dich nie auf eine Bühne lassen dürfen. So haben sie dich gefunden. Ich …»

«Mom, was redest du? Wer sind *sie*?»

«Ich werde nicht zulassen, dass Laszlo dich holt, meine Kleine.» Die Stimme ihrer Mutter bebte und wurde lauter. «Nie wieder!»

Plötzlich stand Winter der Schweiß auf der Stirn. Ihr wurde flau im Magen, und das Blut pochte in ihren Schläfen. Ein Heulen und Kreischen ging durch ihren Kopf.

«Mom, du machst mir Angst! Wer ist Laszlo?»

Wie im Wahn schüttelte ihre Mutter den Kopf.

«Ich werde nicht zulassen, dass er dir was antut. Ich … ich … oh, mein Gott!»

Carol Royce machte den Mund auf wie ein Fisch – und kippte vornüber. Winter fing sie auf und half ihr, so gut sie konnte, auf den Boden. Ihre Mutter lief puterrot an. Winter griff nach dem Telefon und tippte die 0. Eine männliche Stimme meldete sich.

«Meine Mutter hat einen Herzinfarkt! Rufen Sie einen Krankenwagen!»

Winter legte auf, kniete sich neben ihre Mutter und versuchte eine Herzmassage.

Eins. Zwei. Drei.

«Du darfst nicht sterben, Mom!»

Eins. Zwei. Drei.

«Atme, Mom! Atme!»

Die folgenden sieben Minuten dauerten eine Ewigkeit.

Endlich stürmten die Sanitäter herein. Erschöpft zog sich Winter zurück. Sie brüllten medizinische Fachausdrücke, während der eine ihrer Mutter eine Maske aufsetzte und der andere eine Spritze vorbereitete.

«Was hat sie gemacht, bevor sie kollabiert ist?», fragte der eine Sanitäter, ohne aufzublicken.

«Sie ... wir ... wir haben uns gestritten.»

Erst als es laut ausgesprochen war, wurde Winter bewusst, was geschehen war. Ihre Mutter war nicht einfach nur kollabiert. Irgendwie hatte Winter ihr das angetan. Sie hatte es nicht gewollt, aber das änderte nichts. Sie war schuld an diesem Herzinfarkt.

Und zwar nicht, weil sie ihre Mutter angeschrien hatte ...

«Kindchen! Geht es dir auch gut?»

Bevor Winter antworten konnte, schlang ihr Agent seine dürren Ärmchen schon um ihre Schultern. Er duftete nach Rosenwasser. Nachdem er sie ein paar Sekunden festgehalten hatte, trat er einen Schritt zurück.

«Kann ich irgendetwas tun?»

Winter schüttelte den Kopf. «Lieb von dir, dass du gekommen bist.»

«Wie geht es ihr?»

«Sie ...» Winters Mund bewegte sich, aber sie brachte kein Wort heraus. Sie konnte es noch immer nicht fassen. Als die Sanitäter kamen, hatte sie gedacht, alles würde wieder gut.

«Sie ist tot.»

Reginald seufzte tief und schloss sie in die Arme. Sein Mitgefühl klang wie ein munteres Liedchen. Endlich ließ er los.

«Was willst du jetzt tun?»

«Ich weiß es nicht. Ich habe sonst keine Verwandten ... glaube ich zumindest ... ich weiß nicht.»

«Ich möchte nicht unsensibel klingen ... aber das Konzert heute Abend – für Sony ...»

Das hatte Winter völlig vergessen. Reginald hatte eine Live-Aufnahme für Sony Classics arrangiert. Sechs Monate hatten die Verhandlungen gedauert, und die Suche nach dem richtigen Konzertsaal weitere zwei. Es wäre ein Albtraum, jetzt abzusagen.

«Nein», sagte Winter mit gesenktem Blick. «Ich kann nicht.»

Doch schon während sie das sagte, spürte sie, dass sie nicht so sicher war. Michael, der Überfall und ihre Mutter – die letzten zwölf Stunden waren so aufreibend gewesen, dass etwas emotionale Entspannung ihr vielleicht guttun würde. Entspannung, die sie nur beim Spielen fand.

«Ich habe ein furchtbar schlechtes Gewissen, dass ich dich überhaupt darum bitte, nach allem, was mit Michael vorgefallen ist ...» Er holte tief Luft, dann sprach er hastig weiter. «Wenn du heute Abend nicht spielst, wird sich Sony zurückziehen. Du stehst an einem entscheidenden Wendepunkt, Winter. Es könnte sein, dass du eine solche Chance nie wieder bekommst. Deine Mutter hat so hart dafür gearbeitet. Sie würde nicht wollen, dass du ihretwegen aufgibst.»

Reginald hatte recht. Aber wie sollte sie das schaffen? Ihre Mutter war tot. *Tot.*

«Ich kann nicht.»

«Bitte, bitte, *bitte* überleg es dir nochmal», winselte Reginald und knetete ihre Hände. «Du könntest die Aufführung Carol widmen. Du musst spielen! Du *musst* einfach!»

Plötzlich durchdrang Winter ein Verlangen, wie das leise Läuten eines Windspiels. Reginald hatte recht. Sie musste spielen. Ohne ihre Mutter war sie ganz allein – bis auf ihre Musik. Sie ließ den Kopf hängen und nickte kurz.

«Okay», sagte sie.

Reginald umarmte sie, und die Glöckchen verklangen, um tiefer, summender Erleichterung zu weichen. Winter ließ los und sah sich überrascht um.

«Hast du das gehört?», fragte sie.

«Was gehört?»

KAPITEL 10

30. DEZEMBER 2007 – 2:11 UHR (45 STUNDEN, 49 MINUTEN BIS ZUR NACHT DES JÜNGSTEN GERICHTS)

Stevie grunzte und rollte sich auf die Seite. Es schien, als würde er jeden Moment aufwachen, doch dann schnarchte er wieder. Elijah war erleichtert. Er musste herausfinden, was los war, bevor sein Vetter aufwachte, denn dann würde er sich auf nichts mehr konzentrieren können, nur noch auf Stevies Bedürfnisse.

Zum hundertsten Mal betastete Elijah seinen nackten Hals. Nach dem ganzen Irrsinn seit dem Überfall dachte er immer wieder an diesen einen entscheidenden Moment zurück. Natürlich hatte er auch an andere Dinge gedacht, aber diese Gedanken – Emotionen eigentlich – waren ganz offensichtlich nicht seine eigenen gewesen. Es waren Stevies. Und Stevies Emotionen erwiesen sich als unerträglich übermächtig, sodass Elijah nichts weiter übrigblieb, als sich zu fügen.

Draußen vor der U-Bahn war Stevie Grimes auf den Bürgersteig hinausgetreten, was ihnen einen gewissen Bewegungsfreiraum bescherte, weil alle Passanten dem irre grinsenden Penner, leichenblass und mit roten Haaren, weiträumig auswichen.

«Wo gehen wir hin?», hatte Elijah aufgeregt und schon wieder hungrig gefragt.

«Ins gelobte Land», sagte Grimes und deutete auf das monumentale gelb leuchtende M.

Schon als sie den gutbesuchten Laden betraten, stieg ihm dieser unverkennbare Duft in die Nase, und prompt lief ihm das Wasser im Mund zusammen.

«Platz da!», grölte Grimes und drängelte sich rüde durch die Kundschaft. «Hier kommt ein hungriger Penner! Aus dem Weg!»

Ob es nun an Stevies Ausdünstungen oder seinem unverschämten Benehmen lag – niemand erhob Einwände. Als er vor dem pummeligen Teenager an der Kasse stand, wartete Stevie die Begrüßung gar nicht erst ab.

«Big Mac Sparmenü, neun McNuggets mit süßsaurer Soße, eine Apfeltasche, einmal McDonaldland-Kekse und eine Cola Light – ich liebe es.»

«Möchten Sie Ihre Mahlzeit extragroß?»

«Scheiße, na logo!», rief Grimes und schlug mit der flachen Hand auf den Tresen. Dann drehte er sich zu Elijah um: «Willst du auch was?»

«Ich nehm das Gleiche», sagte Elijah – überwältigt und zugleich angewidert von rosarotem Heißhunger.

Zwei Minuten später trugen sie ihre Tabletts zu einem der grauen Tische. Keiner von beiden vergeudete Zeit. Synchron klappten sie die Pappschachteln auf, nahmen ihre Burger heraus und bissen hinein.

Etwas derart Köstliches hatte Elijah noch nie gegessen. Die Kombination aus scharfer Soße, saftigem Fleisch, deftigem Käse und süßem Brötchen explodierte förmlich in seinem Mund. Er kaute und schlang alles herunter. Er konnte es kaum erwarten, so bald wie möglich wieder abzubeißen.

Als Nächstes rissen sie zwei Ketchuptütchen auf und machten sich über die Pommes her. Sie aßen schweigend und stopften alles so schnell wie möglich in sich hinein, dann wandten sie sich den McNuggets zu.

Genau wie Stevie tunkte auch Elijah sein Hühnchen in

die Honigsoße, bevor er es herunterschlang. Obwohl Elijahs Magen lautstark protestierte, forderte sein Hirn, dass er immer mehr in sich hineinstopfte. Endlich, nach dem letzten Nugget, machte Grimes eine Pause, und Elijah holte Luft.

Stevie lehnte sich zurück, riss den Mund auf und gab einen Rülpser von sich, der wie ein Froschquaken klang und die Aufmerksamkeit eines jungen, schwarzen Pärchens am Nebentisch erregte.

«Weißt du», sagte Stevie lächelnd. «In Frankreich betrachtet man das Rülpsen als Kompliment an den Koch.»

«Du kannst die Franzosen nicht leiden», sagte Elijah.

«Stimmt. Aber sogar eine kaputte Uhr geht zweimal am Tag richtig.»

Eilig machte Stevie die ovale Schachtel mit der Apfeltasche auf. Elijah tat es ihm gleich und grub seine Zähne in das süße, glibberige Innenleben. Er spülte den Bissen mit Cola herunter.

Schließlich riss Stevie die Schachtel mit den McDonaldland-Keksen auf und streute sie aufs Tablett. Er suchte einen Moment, bis er gefunden hatte, was er wollte. «Zuerst beiß ich immer dem *Hamburglar* den Kopf ab. Damit die anderen Kekse wissen, wer der Boss ist.»

Elijah starrte seinen Vetter an und fragte sich, wer von ihnen beiden wohl verrückter war. Stevie grinste breit.

«Hey, Mann, war nur ein Scherz. Weiß doch jeder, dass *Mayor McCheese* der Boss ist.» Stevie lachte über seinen eigenen Witz, während er die restlichen Kekse verputzte. Elijah gab sich alle Mühe, Schritt zu halten.

Grimes lehnte sich zurück und rülpste nochmal. Er nahm den Deckel von seiner Cola und stürzte sie mit drei großen Schlucken herunter.

«Unglaublich», sagte er. «Zwei Fleischklopse, Spezialsoße, Salat, Käse, Pickles und Zwiebeln auf Sesambrötchen. Diese Soße bringt's echt. Hast du dich schon mal gefragt, was da eigentlich drin ist?»

«Sojaöl, Mixed Pickles, destillierter Essig, Wasser, Eigelb, Fruktosesirup, Zucker, Zwiebelpulver ...»

«Schon kapiert», sagte Stevie und hob die Hände. «Am besten, sie bleiben bei ‹Spezialsoße›. Klingt besser.» Dann fügte er hinzu: «Wie ich sehe, ist dein fotografisches Gedächtnis noch intakt, aber wozu hast du dir den ganzen Scheiß gemerkt?»

«Vor ein paar Jahren habe ich eine Marktforschung für McDonald's geleitet, für eine Merchandisingkampagne.»

«Cool.» Grimes zerknirschte einen Eiswürfel zwischen den Zähnen. «Also, ich könnte echt gut mal unter die Dusche.»

«Soll mir recht sein», sagte Elijah mit Blick auf die Markise des Hotels auf der anderen Straßenseite. «Gehen wir.»

Da Weihnachtszeit war, kostete das einzige freie Zimmer 2800 Dollar pro Nacht. Elijah nahm es. Nachdem sie den Portier bestochen hatten, damit Grimes überhaupt in den Fahrstuhl durfte, fuhren die beiden ins Penthouse. Als Elijah die riesige Suite betrat, umfing ihn strahlend weiße Begeisterung.

«Nett ...», murmelte Grimes. Die beiden Männer sahen sich um. Der grandiose Ausblick über die Stadt, vierzig Stockwerke unter ihnen. Das himmelblaue Samtsofa zwischen zwei breiten Sesseln. Der ausladende Mahagonischreibtisch. Die polierten Steinplatten der schwarzen Fensterbänke. Der dicke, dunkelgraue Teppich.

«Ich spring nur eben unter die Dusche, dann spielen wir *Ich weiß was, was du nicht weißt.*»

«Ich warte hier», sagte Elijah und ließ sich auf einem der Sessel nieder.

Grimes ging ins Badezimmer und zog die Tür hinter sich zu. Sekunden später hörte Elijah das Wasser laufen, und nach etwa einer Minute verspürte er eine ungeheure Erleichterung. Es war, als würde alles Übel von ihm abgewaschen, während das heiße Wasser über seine Haut lief.

Meinst du nicht eigentlich Stevies Haut?

Elijah schüttelte den Kopf. Er versuchte nicht mehr zu begreifen, was passierte. Er lehnte sich zurück und ließ es geschehen: Er genoss Stevies Dusche mehr als alles, was er in seinem Leben je genossen hatte.

AUS DER BLOGOSPHERE II

Posted: Donnerstag, 21. Mai 2007 – 00:08 Uhr

ICH WILL, WILL, WILL EIN SILBERTICKET!

«Daddy! Ich will einen Oompa Loompa, und zwar SOFORT!»

Sorry, Veruca, aber du bist echt ein faules Ei (oder eine faule *Nuss*, wenn einem Tim Burtons Version lieber ist, was auf mich nicht zutrifft, obwohl ich einen Johnny Depp-Tick habe). Aber hast du schon das Neueste über Mr. Hotties Silbertickets gehört? Yeah! Ich spreche von meinem allerliebsten Liebling: Valentinus (tut mir leid, Johnny).

Angeblich kann man an seinen «Sessions» nur teilnehmen, wenn man per Silberticket dazu eingeladen wird. Du musst nur die NEUNSEITIGE BEWERBUNG ausfüllen, und auch du könntest zu den Glücklichen gehören, die auserwählt werden, LIVE dabei zu sein, wenn der rattenscharfe Ketzer laut sagt, was er denkt.

Wenn du mich jetzt entschuldigen würdest. Ich muss an meinem Bewerbungsformular arbeiten.

Tüdelü!

SIEHE AUCH: VALENTINUS, GNOSIS, VERUCA SALT, TIM BURTON, JOHNNY DEPP

Posted: Donnerstag, 21. Mai 2007 – 2:52 Uhr

AUTSCH

Sitz immer noch an meiner Bewerbung und kann euch sagen: gar nicht so einfach (und ich bin Profi). Seit meinem Schulaufsatz über Ulysses hab ich mich nicht mehr so angestrengt. Krass, ey.

KAPITEL 11

29. DEZEMBER 2007 – 20:11 UHR (51 STUNDEN, 49 MINUTEN BIS ZUR NACHT DES JÜNGSTEN GERICHTS)

Grimes kam im dicken weißen Frotteemantel aus dem Bad. Er sah aus wie ein neuer Mensch. Sein Haar war glatt zurückgekämmt, sein struppiger Bart war weg, ebenso der Dreck. Er trug einen Plastikbeutel vor sich her, als hätte er eine tote Ratte gefunden.

«Meine Sachen», sagte Stevie. «Die stinken.» Dann: «Meinst du, der Portier könnte mir ein paar neue Klamotten besorgen?»

«Ich ruf ihn an.»

«Cool.»

Mit federndem Gang riss er die Tür auf und warf den Beutel auf den Flur. Er kam ins Wohnzimmer zurück, machte es sich bequem und sah Elijah an.

«Kommen wir zur Frage aller Fragen. Was zum Teufel hatte es mit deinem Schokoflash in der U-Bahn auf sich?»

«Ich ... ich weiß nicht», sagte Elijah, der noch nicht ganz so weit war, dass er darüber sprechen konnte.

«Okay, wie wär's damit: Wo warst du Gauner in den letzten siebzehn Jahren?»

«Wie meinst du das?»

«Ein paar Monate nachdem dich Mr. Kuehl für diese Sonderschule empfohlen hat, ist deine ganze Familie von der Bildfläche verschwunden. Immer wenn ich meine Mom gefragt habe, wo ihr eigentlich geblieben seid, hat sie mich auf mein Zimmer geschickt. Was war los? Wart ihr Mordzeugen, oder was?»

«Nein.» Elijah runzelte die Stirn. «Ich meine … ich glaube nicht. Wenn ich ehrlich sein soll, kann ich mich an diese Zeit nicht mehr so richtig erinnern.»

«Ist ja irre … klassischer Gedächtnisverlust, wie bei *Total Recall*», grinste er. «So was gibt's echt nur in Amerika.»

«Ja», sagte Elijah und ging im Stillen alle Filme durch, die irgendetwas mit Erinnerung zu tun hatten.

Paycheck. Die Vergessenen. Johnny Mnemonic. Gothika. Memento. Vanilla Sky. Identität. Vergiss mein nicht. Robocop. Botschafter der Angst.

Eins war sicher – wenn jemand sein Gedächtnis verlor, war das nichts Gutes.

«Was ist das Letzte, woran du dich aus eurer alten Gegend noch erinnern kannst?»

«Bis du diesen Mister Soundso erwähnt hast, wusste ich gar nicht, dass ich da Lücken habe.»

«Mr. Kuehl.»

«Kuehl», wiederholte Elijah. Der Name sagte ihm nichts. So angestrengt er nachdachte – er konnte sich an nichts erinnern.

«Du weißt also nichts mehr von dem, was in der achten Klasse passiert ist?»

«In dem Jahr bin ich auf die Cairo Middle School gekommen.»

«Ägypten?»

«Kansas.»

«Oha», sagte Grimes. «Man weiß nicht, was schlimmer ist. Na ja, in Ägypten gibt es wenigstens Pyramiden. Was gibt's dagegen in Kansas?»

«Nicht gerade viel», sagte Elijah, während er versuchte, sich an den Umzug zu erinnern. Er wusste noch, wie sie alles in den Wagen verluden und die ganze Nacht fuhren, wie sein Vater ihn im Rückspiegel anstarrte, als fürchtete er, Elijah könne sich unvermittelt in Luft auflösen.

«Elijah Cohen ... ein Jude in Kansas.»

«Was soll das?», fragte Elijah mit ungutem Gefühl. «Mein Nachname ist Glass.»

«Interessant», sagte Grimes und beugte sich vor. «Du hast sogar deinen Namen geändert? Meine Fresse, was geht hier eigentlich ab? Bist du sicher, dass du nicht doch irgendeinen Bandenmord mit angesehen hast? Vielleicht hast du ausgesagt, die Erinnerung verdrängt, und die Regierung hat dich an den Arsch der Welt umgesiedelt. Das ist nicht *Total Recall* ... das ist *Witness*!»

«Könntest du mal einen Moment ernst bleiben?»

«Glaub schon.» Grimes trat an die Minibar, machte eine 14-Dollar-Flasche Heineken auf und nahm einen großen Schluck.

«Moment mal», sagte Elijah, als es in seinem Kopf plötzlich *Klick* machte. «Warum sollte ich dir eigentlich glauben? Nimm's mir nicht übel, aber ...»

«Na klar, gib dem Penner die Schuld. Ich hab auf der Straße gelebt und stink nach Pisse, also *muss* ich ja verrückt sein.»

«Ich überleg ja nur: Was klingt vernünftiger? Dass jemand meine Erinnerung ausgelöscht und meinen Namen geändert hat oder dass du ... das alles durcheinanderbringst?»

«Okay, Schlaumeier. Erklär mir, wieso deine Eltern den Kontakt zur Familie abgebrochen haben. Und wieso sollte dein Vater seinen Job an der Wall Street kündigen, um nach Cairo zu ziehen?»

Elijah öffnete den Mund, um zu antworten, merkte aber, dass er keine Antwort wusste. Er hatte keine Ahnung, wieso seine Familie umgezogen war. Er erinnerte sich, wie sein Vater monatelang unruhig im Haus auf und ab ging, nachdem sie aus Brooklyn weggezogen waren, und dass er darauf bestanden hatte, ihn jeden Tag zur Schule zu bringen und auch wieder abzuholen. Und seine Mutter sah sich ständig um und erschrak beim leisesten Geräusch.

Wenn Elijah fragte, warum er nicht Tante Sally und Onkel Miles oder Grandma oder seinen verrückten Vetter Stevie anrufen durfte …

«Lass mich raten: Du kannst dich nicht erinnern, oder?»

«Nein», sagte Elijah und wunderte sich, wieso ihm diese Gedächtnislücke vorher nie aufgefallen war. «Ich kann mich nicht erinnern.»

Grimes ging in die Hocke und tat, als würde er einen Basketball werfen. Er zeichnete die imaginäre Flugbahn nach, dann hielt er den Ball hoch. «Volltreffer.»

Elijah stand auf und trat an das Panoramafenster. Er betrachtete die roten und weißen Lichter der Autos, die sich in beiden Richtungen über den Broadway drängelten. Er ging einen Schritt zurück und sah sein schemenhaftes Spiegelbild, die nackte Stelle, wo sonst das Silberkreuz gewesen war.

Er berührte die Stelle mit dem Finger, dann drehte er sich um. «Ich muss dich was fragen: Damals, in der achten Klasse – habe ich da ein silbernes Kreuz getragen?»

«Du warst *Jude.*»

«Halbjude», korrigierte Elijah.

Da sich seine Eltern nie einigen konnten, wie sie ihn aufziehen wollten, war Elijah sowohl zur Kirche als auch in die örtliche Synagoge gegangen. Er hatte immer das Gefühl gehabt, er hätte das Schlimmste beider Welten abbekommen – doppelt so viele Gebete, doppelt große Schuld –, außer im Dezember, wenn er doppelt Geschenke bekam.

Zumindest bis sie nach Cairo zogen und feststellen mussten, dass die nächste Synagoge fünfzig Kilometer weit entfernt war. Danach gewann das Christentum – seine Mutter – die Oberhand. Der Gott der Hebräer blieb zugunsten des Vaters, des Sohnes und des Heiligen Geistes auf der Strecke.

Obwohl er sowieso nicht gläubig war. Er war nicht jüdisch, nicht christlich und glaubte ganz bestimmt nicht an den lieben Gott. Woran sollte er glauben, wenn er mit diesem unnatürlichen Einfühlungsvermögen verflucht war, aber keine Menschenseele erreichen konnte? Das war selbst für einen «gnadenreichen» Gott zu grausam.

«Erinnerst du dich an das Kreuz oder nicht?», fragte Elijah.

«Ich achte von Haus aus nicht auf den Schmuck von anderen Typen. Aber wenn du welchen gehabt hättest, hätte ich mich darüber lustig gemacht, und *daran* würde ich mich erinnern. Also muss ich leider sagen: nein. Warum?»

«Ich habe immer ein Kreuz getragen. Heute Nachmittag wurde es mir gestohlen, und seitdem ist alles ein bisschen …»

«Ballaballa?»

«Genau.»

«Vorher konntest du die Gefühle anderer Leute also nicht anzapfen?»

«Wie kommst du darauf?»

«Ich bin doch nicht zurückgeblieben, Mann. Ich hab mir schon gedacht, dass du die Geknechteten dieser Welt normalerweise nicht mit Schokolade fütterst. Am Anfang hab ich gedacht, mal sehen, aber als du dann bei McDoof die Nummer mit dem Synchronfuttern angefangen hast, war mir klar, dass da irgendwas faul ist.»

Grimes kippte sein Bier und drehte sich das nächste auf. Er ließ den grünen Deckel über seine Knöchel tanzen, dann schnippte er ihn durchs Zimmer.

«Ich schätze, so was ist dir bestimmt noch nie passiert, oder?», meinte Elijah.

«Nein, aber ich hätte es mir gewünscht. Dann hätte ich mich in den letzten zwei Wochen nicht aus Mülltonnen ernähren müssen.»

«Wie konnte so was überhaupt passieren?», rutschte es Elijah heraus. «Tut mir leid, ich meine ...»

«Du meinst, warum ich so dermaßen abgestürzt bin, dass ich am Ende in der U-Bahn pennen musste?»

«Ja.»

«Würdest du mir glauben, wenn ich dir sage, dass ich nichts dafür kann?»

«Wohl kaum.»

KAPITEL 12

21. MAI 2007 – 1:13 UHR
(224 TAGE BIS ZUR NACHT DES JÜNGSTEN GERICHTS)

Die ganze Sache war schlichtweg aus altmodischer Langeweile entstanden. Nicht mehr und nicht weniger. Als Grimes sein Meisterstück vollendet hatte, wünschte er allerdings, hinter seiner Schöpfung stünde irgendein edler Grund. Falls man ihn schnappte, würden sie ihm die entscheidende Frage stellen: Warum?

Warum nicht?

Genau. Unwillkürlich zuckten Grimes' Mundwinkel. Warum nicht? Mann, das würde die Massen so richtig in Wallung bringen. Falls alles funktionierte (und es gab keinen Grund, daran zu zweifeln, nachdem achtzehn Simulationen dasselbe Ergebnis gebracht hatten), würden die Leute bei einer solchen Antwort schier ausflippen.

Und genau das wollte er: dass die Leute sauer wurden.

Grimes wusste gar nicht, wieso es ihm solchen Spaß machte, aber so war es eben. Die Vorstellung, dass Tausende Computerfreaks sich die Haare rauften, um das Problem zu klären, das er ausgelöst hatte … besser als Gruppensex mit Anfassen.

Er lehnte sich auf seinem Aeron-Stuhl zurück und spielte gedankenverloren mit einem Weingummiwurm herum. Nachdem er ihm den Kopf abgebissen hatte, nuckelte er an dem Gummileib und starrte aus dem Fenster. Der blaue Himmel schien über den Fluten zu flimmern.

Ursprünglich hatte er gedacht, es wäre das perfekte Leben, sich im reifen Alter von siebenundzwanzig in Mexiko zur Ruhe zu setzen. Aber nach ein paar Wochen wurde es schon nervig. Er sprach kein Spanisch, jeden Morgen verkatert aufzuwachen war gar nicht so toll, und seine helle Haut versengte, wenn er sich nicht mit Sonnenschutzfaktor 45 einschmierte.

Im zweiten Monat verbrachte er die meiste Zeit im Dorfkino. Nachdem er allerdings siebenunddreißig Mal *GoodFellas* gesehen hatte, war ihm klar, dass er sich doch noch nicht zur Ruhe setzen wollte. Am liebsten wollte er gleich wieder voll einsteigen, sich einloggen und der Welt den Rücken kehren. Und so beendete er sein selbst erwähltes Exil vom Cyberspace und kehrte voller Tatendrang zurück.

Mann! Es tat gut, nach Hause zu kommen!

Grimes war erheblich glücklicher damit, dem Leben *zuzusehen*, als das Leben *zu leben*. Nach sieben Jahren als professioneller Voyeur für die NSA, die Nationale Sicherheitsbehörde, konnte er seine Gewohnheiten nicht so einfach abschütteln. Es fehlte ihm, Leute zu bespitzeln, ihre kleinen Geheimnisse aufzudecken, in ihrer Vergangenheit zu wühlen. Nur dieser Verwaltungsscheiß gefiel ihm nicht. Und natürlich diese Arschgeigen, die seine Vorgesetzten waren.

Also erfand Grimes seinen Job ganz neu – vorgesetztenfrei. Er ging in ein Internetcafé und suchte sich sein Lieblingssystem aus – Alienware ALX Area 51, erweitert um 1 GB Dual Channel DDR2 PC-6400 SDRAM mit 800MHz und 148 GB Festplatte mit 10000 U/min SATA RAID 0 und 16 MB Cache. Himmelarsch, er liebte diesen ALX! Es dauerte nicht lange, bis er sich in das Hintertürchen hacken konnte, das er im Mainframe der NSA hinterlassen hatte. Schon nahm er seine Beobachtungen wieder auf.

Nur war es so nicht mehr dasselbe. Bei der NSA hatte er immer eine Aufgabe gehabt, ein Ziel vor Augen. Wahllos irgendwelche Handytelefonate zu belauschen und persönliche E-Mails von Vorstandsvorsitzenden zu lesen war einfach nicht so spannend. Er überlegte, ob er Leute erpressen sollte, aber er hatte genug Geld.

Also fing er an, sich in Chatrooms umzutun. In einem davon lernte Grimes (oder Scythe2112, wie er sich nannte) einen deutschen Teenager namens Stefan Artz (alias The_Mad_Kraut) kennen. Wie viele technisch versierte Kids in seinem Alter wollte auch der *Kraut* ein Hacker werden. Und «ein bisschen Chaos verbreiten».

Da wurde die Sache interessant.

Plötzlich war Grimes Sinn und Zweck seines Daseins klar – den ultimativen Computervirus zu programmieren: abschicken, zurücklehnen und sich am allgemeinen Zorn ergötzen. Also machte er sich daran, alles zu lesen, was er über Viren finden konnte.

Es überraschte ihn nicht, dass ein Teenager den ersten echten Computervirus programmiert hatte. Er war fünfzehn Jahre alt und hieß Richard Skrenta. 1982 schrieb er ein simples Programm, welches das Betriebssystem von jedem Apple II infizierte, mit dem es in Berührung kam. Im Gegensatz zu seinen Nachkommen verursachte Skrentas Virus – bekannt als *Elk Cloner* – keinen echten Schaden. Sinn und Zweck war einzig und allein, User zu nerven, indem bei jedem fünfzigsten Hochfahren des Systems ein Gedicht erschien:

ll get on all your disks
It will infiltrate your chips
Yes it's a Cloner!

It will stick to you like glue
It will modify RAM too
Send in the Cloner!

Nicht zu fassen, dass dieses dämliche Gedicht Skrentas Vermächtnis sein sollte.

Die Urheber des ersten PC-Virus von 1986 waren auch nicht viel besser. Es waren zwei pakistanische Brüder, Basit und Amjad Farooq Alvi, die einen Laden namens *Brain Computer Services* betrieben. Um der Piraterie entgegenzuwirken, programmierten sie einen Virus, der einen Copyright-Hinweis – ©Brain – im Verzeichnis jeder Bootleg-Kopie ihrer Software hinterließ.

The Brain war eher harmlos, schuf aber die Basis für eine ganze Flut bösartiger Viren, weil er der erste einer neuen Art war – ein «Stealth-Virus», der seine Anwesenheit verbarg, indem er den Zugang zur Festplatte verweigerte und den User mit Fehlinformationen verwirrte. Nachdem die Hacker diesen Dämon entdeckt hatten, der sich von allein vermehrte, machten sie sich daran, die nächste Generation zu entwickeln.

Zwar gaben Softwarefirmen Virenschutzprogramme heraus, doch die Programmierer stellten sich auch darauf ein und schufen Viren, die immer schwerer zu erkennen und zu vernichten waren. *Cascade*, der erste verschlüsselte Virus, kam aus Deutschland und änderte seinen Code mit jeder Infektion. Nachahmer wie *Lehigh*, *Miami (South African Friday the13th)* und *Jerusalem* tauchten auf.

Dann kam 1989 *Dark Avenger* in Umlauf. Es war der erste «Slow Infector», der das System über einen langen Zeitraum hinweg infiltrierte und auf diese Weise vor seiner Entdeckung maximalen Schaden anrichtete. Kurz darauf wurde der erste *Time Bomb*-Virus in Israel vorgestellt. Am

22. September fielen die Rechner aus, die der von Tolkien inspirierte *Frodo* befallen hatte.

Als Nächstes entwickelten Hacker polymorphe Viren, die zufallsgenerierte Entschlüsselungsabläufe initiierten. Diese änderten sich jedes Mal, wenn der Virus ein neues Programm befallen hatte. Dann entwickelten sie Makroviren, indem sie die interne Sprache von Microsoft Office verwendeten, um Festplatten zu überschreiben.

Da immer mehr Leute E-Mails schrieben, hatten die Hacker leichtes Spiel. 1999 ließen sie *Melissa* auf die Menschheit los, der Word-Dokumente an sämtliche Kontakte verschickte, die in Outlook aufgeführt waren. Dann kam 2000 der *I Love You*-Virus, der Computern den Auftrag gab, E-Mails mit allen Usernamen und Passwörtern an den Virenerfinder zu senden – einen minderjährigen Filipino, der später freigelassen wurde, weil es auf den Philippinen kein Gesetz gegen die Verbreitung von Computerviren gab.

Während der folgenden Jahre nahm die Bekämpfung zu – die Europäische Union verabschiedete die *Konvention gegen Datennetzkriminalität*, das FBI rief die *Cybercrimes Division* ins Leben. Dennoch tauchten jeden Monat neue Viren auf, mit Namen wie *Code Red*, *The Klez Worm*, *Mimda*, *Sobig*, *Slammer*, *Scalper*, *Fizzer* und Grimes' absoluter Liebling: *Trojan.Xombe.*

Nachdem Grimes alles in sich aufgesogen hatte, was es über Viren zu wissen gab, ging er The_Mad_Kraut zur Hand. Er versuchte, dem Jungen die Lücken in Windows XP zu zeigen, aber der Bengel wollte nicht programmieren, sondern nur einen Virus loslassen. Dabei war ihm Grimes nur allzu gern behilflich.

In den folgenden Wochen programmierte er einen eleganten Wurm, der sich in die deutsche Homepage von *Ya-*

hoo! einnistete. Der Wurm lud sich auf jeden Computer herunter, der auf diese Seite ging. Es war einfach genial. War der Download abgeschlossen, startete der Computer jedes Mal neu, sobald der User einen Browser öffnete.

Das einzige Problem bei diesem Virus war nur, dass er eine unübersehbare Spur zurückließ. Aber das war Grimes egal, denn er war schließlich nicht derjenige, der ihn auf die Menschheit loslassen würde. Also gab er den Virus über ein Bulletin Board an The_Mad_Kraut weiter.

Am ersten Tag befiel *Anarchie-Maschine* mehr als zwanzig Millionen Computer in neunzehn Ländern. Bis *Yahoo!* ein Patch gepostet hatte, mit dem man den Virus löschen konnte, war es bereits zu spät: Wer vom Virus befallen war, konnte nicht auf die *Yahoo!*-Seite kommen, weil sein Computer jedes Mal neu hochfuhr, wenn er einen Browser öffnete.

Angesichts bevorstehender schlechter PR und Hunderter Prozesse blieb *Yahoo!* nichts anderes übrig, als jedem zweiten deutschen PC-User per Post eine CD mit dem Gegenmittel zu schicken. Stefan Artz hatte Pech, dass die Polizei vor seiner Tür stand, bevor sein Traum von der Anarchie auch nur einen Tag alt war.

Stefan gestand sofort und sagte, Scythe2112 sei der wahre Schuldige. Doch die Behörden fanden keinerlei Spuren von Scythe2112, da sich Grimes sowohl in Stefans Computer als auch in den Server des Bulletin Boards gehackt und alle Chat-Transkripte gelöscht hatte.

Vermutlich wäre es das erste und letzte Mal geblieben, dass Grimes einen Virus vom Stapel gelassen hatte, wären da nicht die Leute von CNN International gewesen, die der *Anarchie-Maschine* an diesem Abend satte neunzig Sekunden widmeten. Als Grimes seinen Virus in den Nachrichten sah, hatte er Blut geleckt.

Er hatte ein neues Hobby gefunden.

Während der folgenden anderthalb Jahre verbreitete Grimes erfolgreich Viren in 109 Ländern und infizierte über 200 Millionen Computer. Er entwarf *Panzer-Viren*, die verhinderten, dass User ihren Virencode lesen konnten, *Bootsektorinfektoren*, die einen Computer enterten, wenn dieser auf ein bestimmtes Programm zugreifen wollte, *Multipartite-Viren*, die sowohl *Boot Records* als auch Dateien infizierten, *Direct-Action-Viren*, die Dateien sofort attackierten, bevor sie sich downloadeten, *Fast Infectors*, die sämtliche laufenden Programme infizierten, *polymorphe Viren*, die ständig mutierten, sodass eine Entdeckung fast unmöglich wurde, und *Overwrite-Viren*, die alles löschten, was ihnen im Weg war.

Noch besser war, dass mit jeder neuen Aktion ein frischgeweihter Möchtegern-Hacker für Grimes' Missetaten büßen musste. Bald schon machte die Legende vom Death_Dealer (alias Scythe2112, Reaper0U812, TheRiverStyx, Hades666) in den Hacker-Chatrooms im Netz die Runde. Bald schon gingen andere Hacker daran, ihn aufzuspüren, weil sie die Ersten sein wollten, die eine Attacke vom Death_Dealer reiten würden, ohne erwischt zu werden.

Doch Grimes war ihnen immer einen Schritt voraus und erkundete die wahre Identität jedes einzelnen Virenhackers. Dann hackte er sich in den FBI-Mainframe und las die aktuellen Status-Berichte der *Cybercrimes Division*. Normalerweise waren die Bundesbullen sehr wohl in der Lage, Grimes' Sündenböcke selbst zu finden, aber wenn sie nicht mehr weiter wussten, gab er ihnen einen anonymen Tipp.

Irgendwann wurde ihm langweilig. Grimes wollte etwas Außergewöhnliches – einen Virus, der es auf der ganzen Welt zum Aufmacher in den Nachrichten brachte.

Aber was?

Anarchie-Maschine verstellte Millionen den Zugang zum Netz. *Holy Ghost* ängstigte noch mehr User, indem er ihre Word-Dokumente mit Bibelzitaten spickte, *Chile Taco* veranlasste PCs auf der ganzen Welt dazu, Furzgeräusche von sich zu geben. Und *Alarm Kloxx* ließ Notebooks jeden Morgen um drei Uhr mit entnervendem Piepton anspringen.

Er hatte Millionen Leute frustriert, verängstigt, irritiert und genervt. Aber jeder Virus war nur eine Variation eines lahmen, alten Themas. Jetzt sollte es etwas sein, das dem Fass die Krone ins Gesicht schlug.

ABER WAS?

Da klingelte sein Handy, und Grimes hatte die vermutlich nervigste Idee aller Zeiten.

KAPITEL 13

29. DEZEMBER 2007 – 20:37 UHR (51 STUNDEN, 23 MINUTEN BIS ZUR NACHT DES JÜNGSTEN GERICHTS)

«Nur damit ich dich richtig verstehe», unterbrach Elijah Grimes' Erzählung. «Du hast ein ganzes Jahr deines Lebens damit verbracht, Viren zu entwickeln, die anderen Leuten auf die Nerven gehen?»

«Ehrlich gesagt, waren es an die zwei Jahre.»

«Du bist ein echtes Arschloch.»

«Ich geb mir Mühe.»

«Weißt du, dass ich eine Woche nicht geschlafen habe, nachdem mein Computer *Alarm Kloxx* runtergeladen hatte? Ich nehm heute noch den Akku raus, bevor ich ins Bett gehe.»

Grimes strahlte vor Stolz.

«Okay, mich würde interessieren: Hat dich das FBI geschnappt?»

«Nein», sagte Grimes. «Sagen wir einfach, das Karma ist ein nasser Lappen. The_Mad_Kraut hat im Gefängnis das Hacken gelernt. Als er rauskam, hat er mich aufgespürt. Ich war blöd. Da war nur eine einzige echte Firewall zwischen mir und meinem Decknamen. Er hat rausgefunden, wie ich heiße. Dann hat er mich gefickt. Er hat meine Bankkonten geplündert, meinen Kredit gekündigt und dann das gesamte Guthaben meiner Familie gelöscht.»

«Wieso bist du nicht zur Polizei gegangen?»

«Was sollte ich denen erzählen? Dass The_Mad_Kraut es auf mich abgesehen hat, weil ich der berühmte Death_ Dealer bin? Die hätten mich für die nächsten hundert Jahre eingesperrt. Außerdem ... ich war nicht ganz legal zu meinem Geld gekommen.»

«Du meine Güte ...»

«Ich habe es nicht gestohlen, aber ich hab es auch nicht gerade beim Finanzamt angemeldet.» Grimes machte eine kurze Pause. «Jedenfalls habe ich meinen Eltern erklärt, dass irgendjemand unter ihrem Namen alles Geld abgehoben hat. Als mein Dad dann draufkam, dass das Ganze auf meinem Mist gewachsen war, hat er mich vor die Tür gesetzt. Am liebsten hätte er mich wohl angezeigt, aber die Details hatte ich lieber für mich behalten.»

«Clever.»

«Ja, hab ich mir auch gedacht», sagte Grimes und riss eine 15-Dollar-Tüte Brezeln auf, in der sich mehr Luft als Kohlehydrate befanden. «Das Tragische ist, dass ich meinen letzten Virus fast fertig hatte. Er war großartig. Ich wollte ihn über Handys verbreiten. Ich hätte Geschichte geschrieben. Aber The_Mad_Kraut habe ich auch zu verdanken, dass mein Vermieter meine Wohnung abgeschlossen und alles verkauft hat, was ich an Computern besaß.»

Grimes schüttelte den Kopf. «Gott sei Dank hatte ich noch meinen Gameboy, sonst wäre ich durchgedreht.»

«Ein Vermieter darf doch nicht einfach deine Sachen verkaufen, weil du die Miete schuldig bleibst.»

«Das darf er sehr wohl, wenn ein gefälschter Haftbefehl vorliegt und du als flüchtig giltst.»

«Oh.»

«Ja: ‹Oh.› Zusätzlich zu meinem Bankrott – *nachdem* die Republikaner die Gesetzeslage geändert haben – hat mir The_Mad_Kraut noch die Bullen auf den Hals gehetzt.

Jetzt ist meine Sozialversicherungsnummer wie ein Peilsender, und ich kann mich bei niemandem mehr melden. Seit zwei Wochen hocke ich in der U-Bahn, um mir eine neue Existenz zusammenzubetteln.»

Grimes kletterte auf den kleinen Tisch und breitete pathetisch die Arme aus. «Aber ich werde wie ein Phönix aus der Asche steigen.»

«Du hast zu viele *X-Men*-Comics gelesen.»

«Möglich. Und was hast du zu erzählen? Irgendwas Spannendes passiert in den letzten siebzehn Jahren? Krebsmittel erfunden? Irgendwelche Supermodels gevögelt?»

«Nicht ganz», sagte Elijah. «Ich bin in der Marktforschung. *Glass Consulting: Wir bieten Transparenz.*

«Glass. Transparenz. *Seeehr* clever.»

«Ich freue mich, dass es dir gefällt.»

«Seid ihr diese Leute, die immer dann anrufen, wenn man gerade beim Essen ist?»

«Nein. Meine Spezialität sind Fokusgruppen.»

«Ein Gedankenleser.»

«Ich bin nur intuitiv.»

Es war der alte Spruch, den Elijah jedes Mal brachte, wenn ein Klient eine solche Bemerkung machte. Er war nicht mehr als ein Psychologe mit ausgeprägtem Einblick in die Bedürfnisse der Menschen. Elijah glaubte fest an die Wissenschaft, und alles Gerede von übersinnlicher Wahrnehmung ging ihm auf die Nerven.

Jetzt fragte er sich, ob nicht doch etwas dran war an dieser Bemerkung. Wenn er Stevie so gegenübersaß und jede einzelne Empfindung seines Vetters spürte, konnte Elijah es nicht mehr bestreiten: Er war nicht «nur intuitiv».

Er war viel mehr als das.

Für heute hatten sie genug geredet. Stevie genehmigte sich noch eine 20-Dollar-Dose mit Erdnüssen, dann schlief er auf dem Sofa ein, ohne auch nur «Gute Nacht» gesagt zu haben.

Und da saß Elijah nun, betrachtete den Mittelpunkt seines Universums – seinen lange verschollenen Vetter. Aber nicht Grimes war verschollen gewesen, sondern Elijah. Verschollen in Kansas, ohne Erinnerung daran, wieso sie aus Brooklyn weggezogen

(geflohen)

waren.

Zum hundertsten Mal staunte Elijah über seine seltsam psychotische Verbindung zu Stevie.

Nein, nicht psychotisch. Ein anderes Wort. Du wirst Lettermann spielen müssen, um es zu finden. Du erinnerst dich an den Lettermann? Den Worte verdrehenden Superhelden, der immer dem bösen Buchstabierer einen Strich durch die Rechnung machte?

«Schneller als ein rollendes O. Stärker als ein stummes E. Überspringt sogar ein großes T. Es ist ein Wort. Es ist ein Plan. Es ist ... Lettermann.»

Nimm «psychotisch». Dann lass das «o» und das «t» weg. Das war's. Da hast du es.

Ihre Verbindung war nicht psychotisch. Sie war ganz einfach psychisch ... seelisch.

Aber wieso Stevie? Nur weil sie verwandt waren? Das ergab keinen Sinn. Zu seinen Eltern hatte er nie eine «seelische» Verbindung gehabt. Im Grunde hatte er zu ihnen überhaupt keine Verbindung gehabt. Als er aufs College ging, ließen sie sich scheiden, und er sah die beiden kaum noch. Wenn doch, war die Stimmung immer angespannt. Ihre bloße Anwesenheit bedrückte ihn.

Bei Grimes dagegen fühlte er sich irgendwie frei, zumindest wenn sein Vetter etwas gegessen hatte. Es war, als hätte Stevies *Scheißegal*-Haltung auf ihn abgefärbt. Elijah sah sich kurz als lebenslanger Handlanger für die Gelüste seines Vetters. Es klang absurd … aber war es das?

So beängstigend diese Vorstellung auch sein mochte, war es doch nicht weniger beängstigend, Stevie aus den Augen zu lassen. Was war, wenn ihm etwas zustieß? Was, wenn er – Gott bewahre – sterben musste? Wie wäre es wohl, den Todeskampf zu erleiden und dann weiterzuleben? Es sei denn …

Plötzlich zitterte Elijah am ganzen Körper.

Was wäre, wenn Elijah danach *nicht* weiterlebte? Was, wenn auch Elijah sterben musste, wenn Stevie starb?

INTERLUDIUM II

24. AUGUST 2007 – 23:57 UHR MITTELEUROPÄISCHE SOMMERZEIT (129 TAGE BIS ZUR NACHT DES JÜNGSTEN GERICHTS)

Nachdem Valentinus die Sitzung beendet hatte, kehrte er in sein Hotelzimmer zurück, um zu duschen. Als ihm das Wasser auf den Kopf prasselte und über den verschwitzten Rücken lief, lehnte er sich gegen die geflieste Badezimmerwand. Initiationssitzungen waren immer anstrengend, doch der heutige Abend hatte ihm eine Menge abverlangt.

Spanier waren besonders religiös, und in Madrid waren über 89 Prozent der Bevölkerung katholisch, was die Rekrutierung um einiges erschwerte. Nur drei der siebenundzwanzig Anwesenden an diesem Abend gingen nicht regelmäßig zur Kirche. Ihr Glaube war stark, doch Valentinus hatte sie – wie schon zahllose andere vorher – überzeugen können. Er entlarvte die Tricks der Kirche als das, was sie waren: ein hübscher Schleier, um die Wahrheit dahinter zu verbergen.

Er seufzte und drehte den Duschkopf so, dass ihm das heiße Wasser ins Gesicht lief. Er musste sich entspannen. Die Sitzung hatte ihn geschafft. Er versuchte, seine Gefühle wieder in den Griff zu bekommen und sich zusammenzureißen.

Konzentrier dich auf den Plan.

Er nickte und führte sich die Fortschritte vor Augen, die er bereits gemacht hatte. Allein auf dieser Reise hatte er in Barcelona, Vertara und Sevilla Anhänger rekrutiert.

Nur noch drei Städte, dann konnte er nach Italien weiterziehen. Dort brauchte er mindestens fünfzig Apostel – fast die Hälfte aller Attentäter. Glücklicherweise wurden die meisten in Rom benötigt, sodass er nicht fünfzig verschiedene Sitzungen abhalten musste.

Nach Italien war er mit Europa fertig. In den meisten Ländern – Lettland, Litauen, Weißrussland, Kroatien, Slowenien, Österreich, Ungarn, Slowakei, Tschechien, Schweiz, Belgien, Niederlande, Großbritannien, Irland und Portugal – hatte er höchstens zwei Städte besuchen müssen. Nur in Frankreich, Deutschland und Polen waren selbst drei Städte zu wenig gewesen.

Seufzend drehte er das Wasser ab. Dann stieg er aus der Dusche und bewunderte sich im Spiegel. Er liebte seinen Körper. Das war seine einzige wirkliche Schwäche. Er würde ihm fehlen, wenn er diese Welt hinter sich ließ.

KAPITEL 14

30. DEZEMBER 2007 – 9:08 UHR (38 STUNDEN, 52 MINUTEN BIS ZUR NACHT DES JÜNGSTEN GERICHTS)

Winter begutachtete die winzigen Nadeln, die vor ihr auf dem blauen Filz ausgebreitet lagen. Sie drehte die rechte Hand um. Dann nahm sie mit der linken eine Nadel und stach sie vorsichtig vier Millimeter tief in die Falte zwischen Handfläche und Gelenk.

Winter spürte ein Stechen und das vertraute Kribbeln, als die Nadel den *Lie Que* durchstach, auch «Wolkenbruch» genannt. Sie wiederholte den Vorgang am linken Handgelenk, dann legte sie beide Hände vorsichtig auf ihre Knie, mit den Handflächen nach oben.

Sie schloss die Augen und stellte sich vor, wie ihr *Ch'i* um die Akupunkturnadeln rauschte, während diese einen der zwölf *Jing Luo* an ihren Armen und Beinen belebten. Jeder dieser zwölf miteinander verbundenen Meridiane korrespondierte mit einem anderen Organ und half, ihr *Ch'i* fließen zu lassen.

Mit der Stimulation des siebten Punktes im Lungenmeridian wollte Winter die Blockade entfernen, die ihr solche Kopfschmerzen bescherte. Sie lächelte, als ihr der alte Reim ihres Vaters wieder einfiel: *Kopf und Nacken kannst du nur mit Lie Que packen.*

Winter schloss die Augen und konzentrierte sich auf ihr Inneres. Nachdem sie zehn Minuten meditiert hatte, verschwanden die Kopfschmerzen. Plötzlich klingelte das

Telefon, was ihre Konzentration zunichte machte. Winter versuchte, das unangenehme Geräusch zu ignorieren, aber es ging nicht. Also stand sie auf, ging zum Nachttisch und nahm den Hörer ab.

«Hallo?»

«Winter …»

Winter brach der kalte Schweiß aus. Die Stimme war kaum mehr als ein Flüstern, doch sie erkannte ihn sofort. «Lass mich in Ruhe, Michael!»

«Warte!», keuchte Michael. «Nicht auflegen! Ich liebe dich. Und ich weiß, dass du mich auch liebst.»

Winter kniff die Augen zusammen. Hatte sie ihn je geliebt? Die Worte hatte sie wohl oft gesagt, aber hatte sie es auch wirklich gemeint? Oder hatte sie die sexuelle Erregung mit dem einzigen Gefühl verwechselt, das ihr ein Leben lang versagt geblieben war?

«Du hast mir viel bedeutet, Michael. Aber jetzt nicht mehr. Jetzt … jetzt habe ich nur noch Angst vor dir.»

«Warum kannst du mir nicht verzeihen?»

«Weil ich dir nicht trauen kann. Und weil …»

Weil du denkst, dass er genauso irre ist wie alle anderen. Fast könntest du ihm verzeihen, wenn du ihm denn glauben würdest, dass er dich wirklich liebt. Aber er liebt doch nicht dich, oder? Es geht um die Musik. Immer nur um die Musik.

«Michael, bitte …» Winter weinte. «Ich lass die Anzeige fallen, aber du musst mich gehen lassen. Ich bitte dich!»

«Ich krieg dich einfach nicht aus meinem Kopf. Sobald ich die Augen schließe, bist du da. Ich höre dich spielen, und ich …»

«Ich will dich nie mehr wiedersehen. Hast du mich verstanden?»

Michael schwieg ein paar Sekunden, doch als er heiser

weitersprach, bekam seine Stimme so etwas Hastiges, Manisches, dass es Winter eiskalt über den Rücken lief.

«Ich könnte heute Abend zu deinem Konzert kommen, und wir könnten noch ein letztes Mal darüber reden. Ich …»

Winter knallte den Hörer auf – ihr Herz schlug bis zum Hals. Da klopfte es an der Tür. Sie erschrak so heftig, dass sie fast aufschrie. Winter kam sich albern vor, ging zur Tür und sah durch den Spion.

Als sie Joseph Uecker erkannte, seufzte sie erleichtert. Sie öffnete die Tür und blickte zu dem muskulösen Wachmann auf. Sein dunkelblauer Anzug und das weiße Hemd spannten etwas. Wie üblich wirkte er leicht betreten. Wenn sie ihn nur ansah, fühlte sie sich schon sicher.

«Tut mir leid, wenn ich störe, Ma'am. Aber da ist ein Mann, der Sie unbedingt … sprechen will.»

Der Bodyguard blickte kurz nach rechts. Winter beugte sich zur Tür hinaus und folgte seinem Blick. Und da stand er – wie aus einem Traum. Einem Albtraum.

Der blinde Mann mit dem Schäferhund.

Eine böse Ahnung packte Winter. Unmöglich konnte sie *noch* einen Stalker ertragen, der ihr auflauerte.

«Schicken Sie ihn weg!» Winter verschränkte die Arme und fühlte sich plötzlich unangenehm nackt in ihrem langen T-Shirt. «Ich möchte heute nicht mehr gestört werden.»

«Sind Sie sicher?», fragte Uecker. «Ich meine, er sagt …»

«Es ist mir egal, was er sagt!», stieß Winter hervor. «Er soll *verschwinden*. Okay?»

Uecker sah sie an. «Ja, Ma'am.»

«Danke.» Erschöpft knallte sie die Tür zu.

Von draußen hörte Winter einen kurzen, erhitzten

Wortwechsel. Der Blinde wollte Uecker überreden, ihn doch durchzulassen. Sie verstand nicht jedes Wort, aber erstaunlicherweise klang es, als würde ihr Bodyguard nachgeben. Winter riss die Tür auf und trat auf den Flur hinaus.

«Warum können Sie mich nicht einfach in Ruhe lassen?», schrie sie den Blinden an. «Hauen Sie ab! Und zwar sofort!»

«Miss Zhi, bitte hören Sie mich doch an!», sagte der blinde Mann und trat zögerlich einen Schritt vor. Einen Moment lang wusste Winter nicht, was sie tun sollte. Die Stimme dieses Mannes hatte so etwas an sich – etwas Hypnotisches, eine beschwörende Eindringlichkeit, der sie sich nicht erwehren konnte. Vielleicht hatte er recht. Vielleicht sollte sie ihn *tatsächlich* anhören. Was konnte es schaden …?

Sie verkniff sich den Gedanken. Dieser Irrsinn musste ein Ende haben. Sie musste aufhören, sich auf jeden Fan einzulassen, der etwas von ihr wollte.

«Nein!», sagte sie mit wilder Entschlossenheit in der Stimme. «Hören Sie zu: Lassen Sie mich in Ruhe! Gehen Sie einfach! Und kommen Sie nicht wieder in dieses Hotel. Nie wieder! Hauen Sie ab!»

Der Blinde klappte den Mund auf, doch Winter starrte nur seine toten Augen an, mit geradezu physischer Gewalt, die der Mann irgendwie zu spüren schien. Schließlich ließ er den Kopf hängen.

«Komm, Sascha!» Ohne ein weiteres Wort schlurfte der Mann mit seinem Hund davon.

«Passen Sie auf, dass die beiden sich auf dem Weg nach draußen nicht verlaufen», sagte Winter zu Uecker gewandt, dann ging sie in ihr Zimmer zurück und knallte die Tür zu. Drinnen sank sie zu Boden, sie hatte Tränen in den Augen.

Sie weinte fast zehn Minuten lang. Wegen Michael. Wegen ihrer Mutter. Wegen dieses neuen, unheimlichen Stalkers. Und letztlich auch ihretwegen.

Doch als sie die Augen schloss, sah Winter vor ihrem inneren Auge etwas anderes.

Wie eine grelle Sonne glühte ihr verlorenes Silberkreuz, und sie wusste, dass ihr Leben ohne dieses Kreuz nie mehr sein würde wie vorher.

Der Schmerz an ihren Handgelenken ließ Winter die Augen aufschlagen. Blut lief ihr über beide Unterarme.

Scheiße.

Unter Schmerzen riss sie sich die verbogenen Akupunkturnadeln aus den Handgelenken. Während sie das Blut abwischte, dachte sie unwillkürlich, dass es vielleicht ein Omen für das war, was noch kommen sollte.

Als Michael Evans das Krankenhaus verließ, hatte er endlich akzeptiert, dass es zwischen ihm und Winter aus war. Nie mehr würde er ihre Porzellanhaut berühren. Nie wieder ihren warmen, weichen Körper. Nie mehr die wundervolle Musik hören, wenn sie sich liebten.

Als Michael und Winter an ihrem allerersten Abend in der Garderobe Sex gehabt hatten, hörte Michael erstaunliche Klänge. Erst dachte er, es seien die anderen Musiker nebenan, doch als sie sich dann ein zweites Mal liebten, noch im Halbschlaf, hörte Michael wieder denselben, eindringlichen Rhythmus. Als ihre Berührungen intensiver wurden und die Musik noch lauter, merkte er, dass die Glocken nur in seinem Kopf zu hören waren. Doch nicht nur Glocken. Hinter dem triumphalen Läuten hörte er noch andere Klänge. Eine beschwingte Melodie, wie von einer Flöte. Das tiefe, spielerische Spotten eines Saxophons. Die weichen Töne einer fernen Stimme mischten sich mit dem

Splittern von Glas, was sehr gut zu der entrückten Melodie passte.

Als die beiden gleichzeitig zum Orgasmus kamen und zuckten und sich wanden, vereinten sich die gegensätzlichen Töne zu einem überschäumenden klanglichen Höhepunkt, der berauschender war als alles, was er je zuvor erlebt hatte.

Als sie in seinen Armen eingeschlafen war, wusste Michael, dass er nie mehr zu Felicia zurückkehren würde. Am nächsten Morgen ging er wie ein pflichtschuldiger Ehemann nach Hause und tat so, als liebte er sie noch immer, aber es war nur eine Farce. Nachdem er Winter Zhi geliebt hatte, konnte Michael Evans' Herz unmöglich einer anderen gehören. Während der folgenden zwei Monate lebte er nur für Winter. Er reiste landauf, landab, besuchte alle Konzerte, verlor sich in ihren himmlischen Soli, hörte nur sie allein, egal in welcher Stadt oder mit welchem Sinfonieorchester sie spielte.

Und jeden Abend, wenn das Licht im Saal anging und das Publikum – noch völlig entrückt von Winters Musik – zum Ausgang strebte, platzte Michael förmlich vor Stolz, weil die Frau, die das Publikum so tief berührte, ihm gehörte.

Doch Felicia spürte ihn auf. Er wollte ihr alles erklären, aber sie konnte es nicht begreifen. Darauf wandte sie sich an die Presse. Am nächsten Morgen erschien ihr verheultes Gesicht neben einem Foto, auf dem Winter und Michael Händchen hielten.

Von da an wollte Winter nichts mehr mit ihm zu tun haben. Ihre Mutter, dieses Biest, erwirkte sogar eine richterliche Verfügung. Michael versuchte, sich mit Felicia auszusöhnen. Doch als sie dann irgendwann auch wieder Sex miteinander hatten, wusste er, dass er nicht mehr bei ihr bleiben konnte. Nach der Ekstase, die er mit Winter erlebt hatte, war der Sex mit seiner Frau, als vögelte er mit einer Leiche. Am nächsten Tag reichte er die Scheidung ein.

Er hatte gehofft, Winter würde ihn wieder aufnehmen, aber sie weigerte sich. Und als er nun über den vereisten Gehweg lief, fasste Michael einen Entschluss. Wieder in seiner Wohnung, ging er durch das leere Wohnzimmer (Felicia hatte fast alle Möbel mitgenommen). Er öffnete den Schrank und streckte sich nach dem obersten Fach, um auf dem staubigen Brett nach dem alten *Adidas*-Schuhkarton zu tasten. Er trug ihn zu den Decken, die er zu einer Art Matratze gestapelt hatte, nahm den Deckel ab und holte vorsichtig die glänzende .38er Smith & Wesson heraus, die er darin aufbewahrte.

Es war schon lange her, seit er zuletzt auf der Schießbahn gewesen war, aber er war unbesorgt. Sein alter Herr war Polizist gewesen und hatte Michael das Schießen beigebracht, als der zehn Jahre alt war. Plötzlich dachte Michael an das erste Mal, als er den mächtigen Schlag gespürt hatte, den diese Waffe tat, wenn er Löcher in menschenförmige Ziele geschossen hatte.

Allerdings würde ihm das Schießen heute Abend keinen Spaß machen. Denn heute zielte er nicht auf Pappe. Er zielte auf Winter Zhis Herz.

KAPITEL 15

30. DEZEMBER 2007 – 12:08 UHR (35 STUNDEN, 52 MINUTEN BIS ZUR NACHT DES JÜNGSTEN GERICHTS)

Die Sonne stand schon hoch am Himmel, als sie aufwachten. Grimes setzte sich hin und gähnte gewaltig. Bevor er den Mund aufmachte, sagte Elijah: «Ich lass uns was zum Frühstück bringen.»

Fünfundzwanzig Minuten später trudelte nach und nach das Essen ein.

Gebratenes Schweinefleisch auf Reis vom *Szechwan Palace.* Hühnchen-Quesadillas vom *Burrito Emporium.* Ultrascharfe Buffalo Wings von *Atomic Wings.* Lamm mit Curry von *Taj Mahal.* Und zwei Stücke Blaubeerkuchen von *E. J.'s Luncheonette.* Ein Lieferbote nach dem anderen stand mit braunen Tüten voll kulinarischer Köstlichkeiten vor der Tür.

Noch nie hatte Elijah eine Mahlzeit dermaßen genossen. Wie am Abend zuvor tat Elijah Stevie jeden Handgriff nach. Als Elijah ein paarmal aus dem Takt kam, konnte er die Dissonanz förmlich spüren.

«Also», sagte Stevie, während er das restliche frittierte Gemüse verputzte. «Es wird Zeit, dass wir rausfinden, was hier eigentlich abgeht. Fangen wir von vorn an: Das Leben des Elijah – von Cairo bis Crazytown.»

«Danke.»

«Ehrlich, Mann. Ich möchte bezweifeln, dass deine ‹Gabe› einfach so da war. Du hast gesagt, dass dir jemand deine Kette gestohlen hat, bevor du in die U-Bahn kamst, stimmt's?»

«Stimmt.»

«Da sollten wir anfangen.» Grimes stand auf und lief herum. «Wo hattest du sie her?»

«Ich kann mich nicht …»

«Ja, ja, ja. Du kannst dich nicht erinnern. Okay, das bedeutet, dass wir auf der richtigen Spur sind. Dann lass uns das mal rekonstruieren, okay? 1991 kamst du auf eine Art Sonderschule.»

«Die Cairo Middle School war gar nicht so besonders.»

«Nicht Cairo. Irgendwo anders. Als du bei uns abgegangen bist, hast du mir erzählt, du kommst auf eine Schule für Hochbegabte. Erinnerst du dich?»

Elijah schüttelte den Kopf.

«Okay. Noch ein Hinweis. Irgendwas muss da mit dir passiert sein.»

«Was ist, wenn ich dich angelogen habe?»

«Das möchte ich bezweifeln. Es sei denn, Tante Sally hätte auch gelogen, denn meiner Mom hat sie dasselbe erzählt. Und dann hat meine Mom mit mir rumgemeckert, weil ich nicht so ein guter Schüler war wie du. Einen ganzen Monat lang musste ich mir ihre Predigten anhören, ‹Wieso meldest du dich eigentlich nicht auch?› usw. Jedenfalls wurdest du – wenn ich mich recht erinnere – von Mr. Kuehl ausgewählt. Er ist ungefähr zur selben Zeit abgehauen wie du.»

Elijah sagte der Name beim besten Willen nichts – ein Lehrer, an den er sich nicht erinnerte, hatte ihn für ein Programm rekrutiert, an das er sich nicht erinnern konnte.

«Okay, und wann seid ihr nach Cairo gezogen?»

Elijah überlegte. Er sah ein Seil vor sich, das über dem Wasser baumelte, wie in der alten *Juicy Fruit*-Werbung.

«Im Sommer. Kurz nachdem wir unser neues Haus bezogen hatten, gab es am 4. Juli eine große Party unten am See, und ich weiß noch, wie ich dachte, dass alles so war wie bei *Mein lieber Biber.*»

«Cool. Dann haben wir einen Zeitplan. Du bist im Februar weggezogen und im Juli wieder aufgetaucht. An die fünf Monate dazwischen erinnerst du dich nicht. Hattest du das Kreuz damals schon?»

«Ich glaube, ja.»

Grimes nickte. «Es gibt nur eine Erklärung: Du warst besessen.»

«Stevie …»

«Warte mal eben. Sogar Scully hat Mulder zugehört.»

Elijah verdrehte die Augen bei dem Hinweis auf *Akte-X*, wartete aber, dass sein Vetter fortfuhr.

«Okay, erst bist du von einem Dämon besessen, was den Gedächtnisverlust erklärt. Dann betritt Mr. Kuehl die Bühne. Wahrscheinlich ein Undercover-Dämonenjäger, der sich schon denken konnte, was da vor sich ging, um dich dann in diese …», Grimes malte mit den Fingern Gänsefüßchen in die Luft, «… *Sonderschule* zu holen. Dann hat er den Dämon aus deinem Geist rausgeschmissen, dir zum Schutz ein altes Kreuz umgehängt und dich ins Land der Bibeltreuen geschickt. So einfach war das. Weit hergeholt? Ja. Unmöglich? N…»

«JA!»

Grimes zuckte mit den Schultern und krümelte an seinem Blaubeerkuchen herum. «Einen Moment hast du es aber geglaubt …»

«Nein. Eigentlich nicht.»

«Na ja. Es war einen Versuch wert. Aber ehrlich, mir scheint, wir haben es hier mit einem echtem *Twilight Zone*-Stoff zu tun. Wir sollten für alles offen bleiben.»

«Es muss eine wissenschaftliche Erklärung geben.»

«Das sagt Scully auch immer, kurz bevor E. T. auftaucht.»

Elijah schwieg.

«Hör zu, normalerweise würde ich zu einer bodenständigen Theorie tendieren – Aliens, eine Verschwörung in Regierungskreisen, so was in der Art –, aber du wirst zugeben, dass die ganze Sache mit deinem Kreuz zusammenhängen muss. Und wenn ich irgendwas aus sieben Staffeln *Buffy – im Bann der Dämonen* gelernt habe, dann, dass Kruzifixe und Weihwasser unerlässlich sind, wenn man sich Untote vom Hals halten will.»

«Dann bin ich jetzt ein Vampir?»

Grimes schüttelte den Kopf. «Schlechtes Beispiel. Aber vielleicht ist es gar nicht so verrückt, zu meinen, das Ganze hätte etwas mit Religion zu tun. Wie viele Christen gibt es auf der Welt? Eine Milliarde? Bei so vielen Anhängern muss an dem ganzen Bibelquatsch doch irgendwie was dran sein.»

«Langsam klingst du vernünftig …», sagte Elijah und sah aus dem Fenster, «… was meiner Ansicht nach das erste Anzeichen der bevorstehenden Apokalypse ist.»

«Okay, großer Zauberer. Wie wär's, wenn du dir selbst mal eine Theorie einfallen lassen würdest? Du warst doch in der Schule praktisch schon ein halber Arzt. Wolltest du nicht Medizin studieren?»

«Ich hab angefangen, aber irgendwie … abgebrochen.»

«Hey!» Grimes boxte Elijah gegen die Schulter. «Ich hab doch gleich gewusst, dass in dir auch ein kleiner Versager steckt. Was ist passiert? Hast du dem Druck nicht standgehalten?»

«Lange Geschichte.»

Stevie faltete die Hände hinter dem Kopf. «Rein zufällig ist mein Terminkalender noch fast leer.»

Vielleicht hatte Stevie recht, und er kam nur weiter, wenn er zurückblickte. Elijah dachte an seinen ersten – und letzten – Tag in der Psychiatrie.

KAPITEL 16

9. SEPTEMBER 1999 – 7:57 UHR (8 JAHRE, 113 TAGE BIS ZUR NACHT DES JÜNGSTEN GERICHTS)

Elijah hatte schon dunkle Schweißflecke unter den Achseln, als er den Kittel überzog. Vielleicht war das der wahre Grund, weshalb Ärzte weiße Kittel trugen – weil die Patienten nicht sehen sollten, dass sie Angst hatten.

Elijah atmete tief durch. Sein Leben lang hatte er auf diesen Moment hingearbeitet. Redner bei der Abschlussfeier seiner Schule. *Magna cum laude* an der University of Kansas. Eine fast makellose dreiundvierzig bei der Aufnahmeprüfung. Und jetzt sein praktisches Jahr am Johns Hopkins. Wenn irgendwer fachlich gut auf diesen Tag vorbereitet war, dann er.

Wieso machst du dir dann vor Angst fast in die Hose? Fachlich magst du bereit sein, emotional offensichtlich aber nicht.

Elijah drehte den Hahn voll auf, spritzte sich kaltes Wasser ins Gesicht und wusch den Schweiß ab. Dann blickte er vom stählernen Waschbecken auf und starrte in den Spiegel. Im grellen Licht der Neonröhren wirkte seine blasse Haut unnatürlich glatt, wie von einem frischrekrutierten Vampir. Kiefer Sutherland in *The Lost Boys.* Er machte den Mund auf und rechnete schon fast damit, spitze Eckzähne zu sehen, aber da war nur sein eigenes, etwas schiefes Gebiss.

Elijah rieb mit einem braunen Papierhandtuch unsanft über sein Gesicht und ging hinaus, um seinem Chef gegenüberzutreten. Nachdem ihnen der Leiter der Psychiatrie mit verächtlichem Grinsen erklärt hatte, sie seien allesamt nur ahnungslose Nichtsnutze am untersten Ende der Hackordnung, stellte er in strengem Ton schnell hintereinander seine Fragen.

«Dr. Glass! Erklären Sie mir, wie Emotionen funktionieren!»

Normalerweise mied Elijah es, vor mehreren Leuten zu sprechen. Er versuchte, sich auf den Chefarzt zu konzentrieren, und sagte sich, dass es ja nur ein Test war. Und wenn es um Tests ging, blühte er jedes Mal auf. Er räusperte sich.

«Informationen über B-b-blutdruck, Bauchdehnung, Hauttemperatur, leichte sexuelle Stimulation und dergleichen werden zum Gehirn geleitet. Dann setzt der Hypothalamus die Informationen in Gefühle wie Hunger, Durst, Freude, Schmerz, sexuelle Erregung, Wut oder Aggression um. Darauf sendet er über das vegetative Nervensystem Befehle an den Rest des Körpers aus.»

«Was sind die drei Teile des VNS?»

«Sympathisch, parasympathisch und enterisch.»

«Und deren Funktionen?»

«Das sympathische Nervensystem aktiviert den Fluchtreflex, der den Körper auf Gefahr vorbereitet. Er weitet die Pupillen, öffnet die Augenlider, stimuliert die Schweißdrüsen, er weitet die Blutgefäße in den größeren Muskeln, um den Durchfluss zu erhöhen, verengt die übrigen Blutgefäße, um den Blutdruck zu erhöhen, steigert die Pulsfrequenz, öffnet die Bronchien der Lunge und unterbindet die Verdauungssäfte. Darüber hinaus scheiden die Nebennieren Adrenalin aus.

Das parasympathische Nervensystem bewirkt genau das Gegenteil. Es verengt die Pupillen, regt die Speicheldrüsen an, stimuliert die Magenfunktion, aktiviert den Darm, zieht die Bronchien zusammen und senkt die Pulsfrequenz.»

«Und das enterische Nervensystem?»

«Es reguliert die Magenaktivität.» Elijah stutzte, bemerkte die Ironie, die in dem lag, was er sagen wollte. «Und sorgt dafür, dass einem übel oder unwohl wird, wenn man n-n-nervös ist.»

«Emotionen manifestieren sich also in physischen Reaktionen?»

«Ja.»

«Sind Sie sicher, dass es nicht umgekehrt ist?»

«Verzeihung?», fragte Elijah verwirrt.

«Was war zuerst da: die Henne oder das Ei? Fürchten wir uns, und dann reagiert der Körper? Oder reagiert unser Körper auf externe Stimuli, die unser Gehirn dann als Furcht *interpretiert*?»

«Ich bin nicht sicher.»

«Doktor ... Hodge», sagte der Chefarzt mit einem Blick auf sein Klemmbrett. «Möchten Sie Dr. Glass weiterhelfen?»

«Gern.» Zack Hodge war ein unangenehmer Wichtigtuer. Er lächelte. «Es gibt zwei Theorien der Emotionen. Die erste – aus dem Jahr 1884 – stammt von James Lange, der davon ausging, dass das Gehirn eine Flucht-Reaktion aktiviert und die sich daraus ergebende physische Reaktion in ein Gefühl von Angst übersetzt. Mit anderen Worten: Wir empfinden Angst, *weil* sich unsere Pulsfrequenz erhöht, sich die Pupillen weiten und so weiter und so fort.

Diese Theorie wurde 1929 durch die Cannon-Baird-Theorie widerlegt, welche erklärte, dass das untere Gehirn emotionenproduzierende Informationen erhält und diese gleichzeitig zur Interpretation an den höheren Kortex und für eine physische Reaktion an das VNS weiterleitet. Mit anderen Worten erhöht sich unsere Pulsfrequenz und weiten sich unsere Pupillen, *weil* wir Angst haben.

Bislang konnte sich die Medizin noch nicht entscheiden, welche Theorie zutrifft, doch die Mehrheit neigt zur Cannon-Baird-Theorie.»

«Ausgezeichnet», sagte der Chefarzt und warf Elijah einen missbilligenden Blick zu. «Man weiß nur, wohin man geht, wenn man weiß, woher man kommt. Merken Sie sich das, Dr. Glass.»

Elijahs Wangen brannten, als er dem Chefarzt in den engen Fahrstuhl folgte. Dann öffneten sich die Türen, und die fünf angehenden Ärzte hasteten aus dem Fahrstuhl, ängstlich wie Erstsemester. Nur dass sie keine Erstsemester waren, sondern Doktoren. Unerfahren und unfähig, aber dennoch Doktoren.

Jede Krankenhausserie, die er je gesehen hatte, kam Elijah in den Sinn. *Emergency Room. Chicago Hope. Chefarzt Dr. Westphall. Gideon's Crossing. Diagnose: Mord. Grey's Anatomy.*

Der erste Tag des praktischen Jahres. Er hatte ihn so oft im Fernsehen gesehen. Am Ende triumphierten diejenigen, die so schlau waren, zu wissen, dass sie ihrer Sache nicht sicher sein konnten. Genauso würde es Elijah ergehen. Er musste nur die nächsten siebzehn Stunden überstehen.

«Okay, hören Sie zu», sagte der Chefarzt. «Nur sehr wenige Patienten sind gewalttätig. Sollten Sie allerdings dennoch in eine schwierige Situation geraten, bewahren Sie die Ruhe. Wir haben überall Wachen. Bleiben Sie in der Nähe und passen Sie gut auf. Gehen wir.»

Der Chefarzt klopfte an die dicke Stahltür, und ein

untersetzter Schwarzer machte auf. Hinter ihm hörte man eine hysterische Frau schreien.

«Willkommen in der Psychiatrie.»

Elijah presste die zitternde Hand an seine Brust und tastete nach dem Kreuz an seiner Silberkette. Am liebsten wäre er sofort weggelaufen, doch er zwang sich vorwärts. Qualvoll, Schritt für Schritt.

Als er den großen Besucherraum betrat, kam ihm *Wie in einem Busbahnhof* in den Sinn. Alle warteten. Da waren Besucher, die zu Patienten wollten. Da waren Patienten, die auf Besuch warteten. Und selbst die Patienten, die bei ihren Familien saßen und taten, als wäre alles in Ordnung, warteten.

Sie warteten darauf, rauszukommen. Gesund zu werden.

Die Patienten trugen übergroße Pyjamas, in denen selbst Bikinimodels geschlechtslos ausgesehen hätten. Ihre Gesichter waren sauber, aber sie wirkten müde und ausgemergelt, das Haar war stumpf und ungewaschen.

Als Elijahs Trupp vorüberging, blickten einige mit toten, seelenlosen Augen auf. Das einzige Gefühl, das Elijah spüren konnte, war leises Flehen.

Bitte tut mir nicht weh. Bitte macht mich normal. Bitte lasst mich gehen.

«Elijah», zischte eine Frauenstimme. «Komm schon!»

Elijah riss sich von einem traurigen Patienten los und sah Alex in der Tür stehen. Die hübsche Kommilitonin neigte ungeduldig den Kopf. Elijah merkte, dass die Gruppe bereits wieder draußen war, und folgte Alex durch die Tür.

Der Besucherbereich war schon deprimierend gewesen, doch der Flur vor den Patientenzimmern konnte einem den Rest geben. Die Luft war dick und schwer, die Wände schienen zusammenzurücken. Der Chefarzt nahm ein Klemmbrett von der Wand.

«Jeder von Ihnen hat fünf Minuten allein mit seinem Patienten, bevor er ihn der Gruppe präsentiert. Nummer eins ...» Der Chefarzt warf einen Blick in seine Unterlagen. «Lieutenant Robert ‹Bob› Olin. Posttraumatisches Stresssymptom nach *Desert Storm*. Er gehört Ihnen, Dr. Glass.»

Die Gruppe zog weiter und ließ Elijah in dem bedrückenden Gang zurück. Eilig warf er einen Blick auf Mr. Olins Akte. Beim Lesen wollte sich ihm fast der Magen umdrehen. Grellbunte Worte sprangen ihm ins Auge:

HALLUZINATIONEN ... GEFÄHRLICH ... GEWALTTÄTIG ... MÖRDER.

Bebend holte er Luft und spähte durch die verdrahtete Scheibe. Drinnen starrte ein hagerer Mann einen Fernseher an. Er wandte sich um und sah Elijah in die Augen. Sofort wurde Elijah unsicher, als hätte man ihn beim Spionieren erwischt.

Er verdrängte seine Schuldgefühle, schloss die Tür auf und trat ein. Er spürte, dass Mr. Olin ihn anstarrte – in ihn *hinein*starrte –, und dann machte der Mann plötzlich ein verdutztes Gesicht.

«Guten Morgen, Mr. Olin. Ich bin Eli- ... Dr. Glass. Wie fühlen Sie sich heute?»

«Wie jeden Tag ... verrückt. Aber ich denke, das wussten Sie schon.» Dann: «Sie sind anders als die anderen.»

«Ja», sagte Elijah. «Ich studiere noch.»

«Nein», sagte Olin kopfschüttelnd. «Ich meine, wenn ich Sie ansehe, sehe ich keine Farben. Es ist ... als wären Sie gar nicht da.»

«Wie meinen Sie das?», fragte Elijah und zwang sich,

näher an den Mann mit dem ausgezehrten Gesicht heranzutreten.

«Alle anderen … leuchten. Aber Sie nicht. Sie sind unsichtbar. Als würde man ins Leere blicken. Oder einen Toten sehen.»

«In welchen Farben leuchten die anderen, Mr. Olin?»

«Nennen Sie mich Bob. Alle nennen mich Bob.»

«In welchen Farben leuchten die anderen, Bob?»

«Hängt davon ab, wie sie sich fühlen», sagte der Ex-Soldat. «Als ich in Kuwait war, habe ich alle möglichen Farben gesehen. Meistens aber Grün. Dunkles, moosiges Grün. Grün ist die Angst. Viele Jungs haben so getan, als hätten sie keine Angst, aber ich konnte es sehen. Ich habe es immer gesehen.» Bob neigte den Kopf und stierte Elijah mit bohrendem Blick an. «Aber Sie sind anders. Bei Ihnen kann ich es nicht sagen.»

«Erzählen Sie mir mehr von den Farben.»

«Die sagen mir, was Leute wollen. Deshalb habe ich Pup erschossen.»

«Wer ist Pup?»

«Ein armer, dummer Junge aus Missouri. Alle haben ihn ‹Pup› genannt, weil er so einen Hundeblick hatte und keinen Tag älter aussah als fünfzehn. Aber er war hart wie Stahl. Immer der Erste, wenn es haarig wurde. Der hatte einfach Mumm. Aber ich hab gesehen, dass das, was wir getan haben, ihn schlimmer mitgenommen hat als alle anderen. Ich konnte diesen zuckenden Nebel sehen, wie blaue Blitze.» Bob fuhr zusammen. «Mir ist davon fast der Kopf geplatzt. Und dahinter dieses Kackbraun, wie ein verfaulter, alter Zahn. Pup hatte solche Schmerzen … es hat ihn aufgefressen … ich konnte es sehen … ich konnte es spüren. Ich konnte ihm beim Essen nicht gegenübersitzen, so wie er war. Also habe ich ihm eines Nachts auf der

Patrouille meine Beretta an den Kopf gehalten und abgedrückt.

Als er starb … als er starb, war das nicht wie bei den Irakern – nackt und fassungslos in kotzefarbenem Licht. Wissen Sie, er hat nur geseufzt, als hätte ich ihm einen Nagel aus dem Fuß gezogen. Und dann sind seine Farben verblasst. Wie bei Ihnen.»

Elijahs Herz raste. «Ich bin nicht tot, Bob.»

«Beweisen Sie es.» Bob streckte seine Hand aus. «Ich möchte Sie anfassen.»

Elijah wich zurück.

«N-n-nein.»

«Warum wollen Sie denn nicht, dass ich Sie anfasse?»

Weil ich unter Haptophobie leide. Wussten Sie denn nicht, dass alle Psychiater ein Problem haben? Was glauben Sie, wieso wir diesen Beruf ergreifen? Es sei denn natürlich, Sie hätten recht. Vielleicht bin ich tot, genau wie Bruce Willis in The Sixth Sense. Der gute, alte Bruce hätte auch nicht gedacht, dass er tot war, oder?

Ohne Vorwarnung sprang Bob aus dem Bett und griff nach Elijahs nackter Hand. Elijah stöhnte auf, als der Ex-Soldat ihn packte und vor seinen Augen tausend Farben explodierten.

Matte rosige Apathie. Neugier aus grellem Sonnenuntergangsorange. Dunkle, kränklich grüne Angst.

«Scheiße», keuchte Bob und atmete scharf ein. «Oh, mein Gott, mein Gott, *mein Gott!*»

Bobs Gejammer wurde zu einem Schrei des Entsetzens. Sein Heulen stach in Elijahs Ohren wie eine spitze Scherbe. Er versuchte, Bobs Finger aufzubiegen, aber es ging nicht. Elijah war außer sich vor Entsetzen, alles schimmerte türkis.

Und dann fing auch Elijah an zu schreien – grelle, grauenhafte Farben blitzten in seinem Hirn. Verzweifelt versuchte er, seine Hand wegzureißen, aber seine Muskeln hatten alle Kraft verloren.

Bob umklammerte Elijahs Hände, während beide gemeinsam schrien, ein schriller Chor des Wahnsinns. Elijah war nicht sicher, wie lange er dort schon stand. Es kam ihm vor wie eine Ewigkeit, in seinem Kopf drehte sich alles, zumindest Empfindungen pulsierten in ihm, die er

(seit er zwölf gewesen war)

nie durchlitten hatte.

Plötzlich rissen ihn zwei kräftige Arme nach hinten. Ein Riese von einem Wärter stieß ihn beiseite, während der andere Bob unter seinem massigen Wanst einklemmte. Als Bob Elijah losgelassen hatte, kehrte sein Geist schlagartig zurück. Seine Beine gaben nach, und er ging zu Boden.

«Doktor! Doktor, alles okay bei Ihnen?»

Der Wärter reichte ihm die Hand, doch Elijah wich vor der Haut des Mannes zurück.

«K-k-kein Problem», sagte Elijah. Er stützte sich an einem Stuhl ab, um wieder auf die Beine zu kommen. Verlegen klopfte er seinen Kittel ab.

Elijah sah zu Bob hinüber, der sich gegen die Fesseln an Händen und Füßen wehrte. Die Adern an seinem Hals traten hervor, als er sich zu Elijah drehte. Bob grinste breit und zahnreich, als der Wärter ihm eine Spritze in den mageren Arm stach.

Einen Moment lang wurden Bobs Augen groß, dann starrten die braunen Pupillen ins Leere. Er zwinkerte ein paarmal, sah Elijah benommen an.

«Sie sind nicht tot», krächzte Bob, bevor er ins Nichts wegtaumelte. «Sie sind irgendwie … anders.»

KAPITEL 17

30. DEZEMBER 2007 – 14:37 UHR (33 STUNDEN, 23 MINUTEN BIS ZUR NACHT DES JÜNGSTEN GERICHTS)

«Damit ich dich richtig verstehe …», sagte Stevie. «Du hast dir dreizehn Jahre lang den Arsch abstudiert und dann alles hingeschmissen, weil du einen schlechten Tag hattest? Hast du eigentlich eine Ahnung, wie viele Weiber auf Ärzte stehen?»

«Das ist mir egal.»

«Was meinst du damit: *Das ist dir egal*? Du bist Single, heterosexuell und neunundzwanzig Jahre alt. Und da sollen Weiber dir *egal* sein?»

«Stevie, ich bin Haptophobiker.»

«Hapto– was?»

«Haptophobiker. Das heißt, dass ich Menschen nicht so gern … anfasse.»

«Oh, mein Gott … du bist noch Jungfrau, oder?»

Elijah starrte auf seine Hände. Er merkte, dass er rot anlief, wie sich die kleinen Blutgefäße in seinem Gesicht weiteten. Warum brachte Stevie ihn immer in Verlegenheit? Er hatte ein wahres Talent, andern auf die Nerven zu gehen.

Stevie schlug mit der Hand auf Elijahs Knie. «Mann, wir müssen dir 'ne Frau besorgen!»

«Wieso finden wir nicht erst mal raus, was hier eigentlich los ist?»

«Was hier vor sich geht? Du brauchst ganz dringend eine kleine *Erlösung*.»

«Kannst du nicht mal zehn Sekunden ernst bleiben?»

«Aber ich bin doch ernst. Vielleicht hängt die ganze Sache nur an deinem kümmerlichen Sexleben ...»

«STEVIE!»

Grimes klappte den Mund zu. Elijah fuhr sich mit beiden Händen durch das dicke, rote Haar, legte den Kopf in den Nacken und starrte an die Decke. Glücklicherweise sagte Stevie fast eine Minute lang kein Wort.

«Du hast recht, Mann», sagte Stevie schließlich. «Es hat bestimmt nichts damit zu tun, dass du noch Jungfrau bist.»

«Danke.» Elijah nickte.

«Also ... du meinst also, was jetzt passiert, ist so wie damals, als du den Psycho in der Klapse angefasst hast?»

«Man sagt: geistig behindert.»

Grimes zuckte mit den Achseln. «Wie auch immer. Ich sag ja nur, dass es ähnlich klingt. Sieh mal, in der U-Bahn hatte ich Hunger. Und als du mich gesehen hast, hast du auch Hunger gekriegt. Dein Psychopatient war irre, und als du ihn berührt hast, wurdest du selbst irre.»

«Ich war nicht *irre.* Ich hab nur ...»

«Du hast empfunden, was er empfunden hat. Genau wie bei mir. Der einzige Unterschied ist, dass du Sideshow Bob anfassen musstest, und bei mir hat es drahtlos funktioniert.»

Elijah gab es nur ungern zu, aber sein Vetter hatte recht.

«Du bist Empathiker wie Deanna Troi in *Das nächste Jahrhundert.*

«Sie war eine Betazoidin.»

«Halb-Betazoidin. Ihr Vater war ein Mensch. Aber das ist unerheblich – Fakt bleibt, dass du Empathiker bist. Es ist, als hätte das, was in deinem Gehirn Empathie auslöst, einen Turbolader. Du hast bei deinem Medizinstudium nicht zufällig gelernt, wie Empathie funktioniert, oder?»

«Spiegelneuronen.»

«Nie gehört.»

«Aber du weißt, was Neuronen sind, ja?»

Stevie schüttelte den Kopf.

«‹Neuronen› ist ein schickes Wort für ‹Nervenzellen›. Sie kommunizieren, indem sie elektrische Impulse generieren. Du hast ungefähr 100 Milliarden davon in deinem Gehirn.»

«Cool.»

«Es gibt drei Grundtypen. Afferente Nervenbahnen übermitteln Informationen von Gewebe und Organen *an* das Gehirn. Efferente Nervenbahnen leiten Informationen weiter und übertragen Signale *vom* Gehirn. Interneuronen bieten Verbindungen überall *im* Gehirn und im zentralen Nervensystem.»

«Kapiert.»

«Okay. Also, 1996 haben zwei italienische Wissenschaftler namens Giacomo Rizzolatti und Leonardo Fogassi die motorischen Nervenzellen eines Affen untersucht. Irgendwann hat Fogassi eine Banane in die Hand genommen, und Rizzolatti fiel auf, dass ein Neuronenverbund im prämotorischen Kortex des Affen reagierte – obwohl sich der Affe nicht bewegte. Normalerweise arbeiten Neuronen nur, wenn eine Handlung ausgeführt wird, aber diese Neuronen reagierten sogar, wenn der Affe etwas nur *sah.* Es war egal, ob der Affe selbst eine Banane in die Hand nahm oder nur zusah, wie jemand anders eine Banane nahm – die Zellen reagierten auf dieselbe Weise. Rizzolatti nannte diese Zellklumpen ‹Spiegelneuronen›.»

«Lass mich raten», sagte Stevie. «Diese Spiegelneuronen ahmen auch Gefühle nach.»

«Genau», sagte Elijah. «Wenn wir mit jemandem kommunizieren, sehen wir nicht einfach zu, was der andere tut. Wir schaffen interne Entsprechungen seines Handelns, seiner Empfindungen in uns selbst, als wären wir diejenigen, die sich bewegen, die fühlen und empfinden.»

«Astreine Nachäffer», sagte Stevie.

«Du sagst es. Spiegelneuronen ermöglichen es uns, komplizierte Bewegungen wie das Schwingen eines Golfschlägers zu erlernen, indem wir jemandem dabei zusehen. Außerdem übermitteln sie Empfindungen, weshalb wir zusammenzucken, wenn ein Sportler gefoult wird – weil unsere Spiegelneuronen das *Gefühl* vermitteln, wir würden selbst getreten.»

«Oder wenn man sich einen Porno ansieht …»

«Exakt», unterbrach Elijah ihn eilig. «Jedenfalls glauben Wissenschaftler, dass uns die Menge der Spiegelneuronen im menschlichen Gehirn von anderen Tieren unterscheidet, weil sie uns das Lernen ermöglicht: Werkzeuge zu benutzen, Sprache zu verstehen …» Elijah machte eine Pause. «Und empathisch zu empfinden.»

«Du meinst also, du fühlst, was ich fühle, weil deine Spiegelneuronen den Turbo angestellt haben?»

Elijah dachte kurz nach, dann schüttelte er den Kopf. «Unmöglich.»

«Wieso das?»

«Spiegelneuronen lösen Gefühle durch Wahrnehmung aus. Aber in der U-Bahn habe ich mit keinem meiner fünf Sinne wahrgenommen, dass du Hunger hattest. Ich habe den Hunger gespürt, bevor ich dich überhaupt gesehen hatte.»

«Wie gesagt: Drahtlosübertragung.»

«Nie im Leben. Das Gehirn ist so unorganisiert, dass es an ein Wunder grenzt, dass wir überhaupt unsere eigenen

Gefühle wahrnehmen, von denen anderer ganz zu schweigen.»

«Hm?»

«Schon mal vom Problem der Bindung gehört?»

«An dem Tag muss ich wohl gefehlt haben.»

«Das Problem der Bindung stellt die Frage, wie unsere bewusste Wahrnehmung abläuft, da die Wissenschaft keine Ahnung hat, wie die Aktivitäten verschiedener Neuronentrauben zusammenwirken, um ein integriertes Perzeptibilitätserlebnis zu bilden.»

«Integriertes *was*?»

Elijah seufzte. «Okay, hör zu: Menschen verarbeiten Farbe, Bewegung und Form in drei verschiedenen Bereichen der Sehrinde. Wenn wir also einen weißen Tiger durch einen roten Reifen springen sehen, zeigen einige Neuronen das Vorhandensein von Weiß an, andere das Vorhandensein von Rot, wieder andere den springenden Tiger. Die Frage ist: Wie stimmt das Gehirn die Daten aufeinander ab, um erkennen zu können, dass der Tiger weiß ist und springt, der Reifen aber rot und unbeweglich ist?»

«Ich dachte, die Neuronen reden miteinander.»

«Das ist genau der Punkt. Wissenschaftler konnten bisher *keinerlei* Kommunikation zwischen den Neuronen der Sehrinde feststellen. Außerdem passiert alles gleichzeitig. Und das illustriert das Problem der Bindung nur allein innerhalb des *visuellen* Spektrums. Wie das Gehirn multiple sensorische Stimuli über disparate Bereiche hinweg integriert, ist ein noch größeres Geheimnis.»

«Du meinst also, dass dein Gehirn nicht anzapfen kann, was ich empfinde, weil man gar nicht weiß, wie unser Gehirn funktioniert?»

«Ich sage nur, es gibt keine Möglichkeit, dass du oder ich herausfinden könnten, was da passiert, angesichts der

Tatsache, dass niemand ernstlich begreift, wie Bewusstsein funktioniert.»

Stevie schwieg und dachte über Elijahs Worte nach. Dann sagte er: «Na, egal, wie dein Hirn funktioniert, jedenfalls weißt du, dass deine Hippophobie ...»

«Haptophobie.»

«Meinetwegen auch das ... sie hat ihre Wurzeln in der Wirklichkeit. Mann, ich hätte auch Angst, Leute anzufassen, wenn ich jedes Mal alles fühlen müsste, was die fühlen.»

«Ja», sagte Elijah. Zum ersten Mal seit man ihm seine Kette gestohlen hatte, empfand er so etwas wie Erleichterung. Stevie hatte es erkannt. Seine Haptophobie *war* berechtigt. Und die Ochlophobie schien ihm auch nicht gänzlich unbegründet.

Im Grunde seines Herzens hatte Elijah immer gewusst, dass seine Phobien nicht völlig irrational waren. Nachdem er nun den Auslöser kannte, konnte er vielleicht lernen, sie zu kontrollieren.

«Hey, wollen wir mal 'ne kurze Pause einlegen?», fragte Stevie. «Ich bin platt.»

«Was hast du vor?»

«Erst mal brauch ich ein Nickerchen. Und wie wär's dann mit einem Film?»

Elijah wollte Einwände erheben, doch der Wunsch – Stevies Wunsch – wuchs in ihm heran. Er konnte unmöglich nein sagen.

«Klar», sagte Elijah. Dann: «Natürlich! Kino wäre genau das Richtige!»

«Wofür?», fragte Stevie misstrauisch.

«Ein Experiment.»

INTERLUDIUM III

10. SEPTEMBER 2007 – 8:03 UHR MITTELEUROPÄISCHE SOMMERZEIT (112 TAGE BIS ZUR NACHT DES JÜNGSTEN GERICHTS)

Zum ersten Mal in seiner Laufbahn kam Solothurn Pfyffer von Altishofen zu spät. Eilig setzte er sein schwarzes Barett auf, als er durch das Haupttor lief. Er hetzte durch das dahinterliegende Labyrinth und erreichte endlich seinen Posten.

«Hauptmann, es tut mir leid ...»

«Keine Entschuldigungen», bellte sein Vorgesetzter. «Seien Sie froh und dankbar, dass der Oberst noch nicht da ist. Anderenfalls wären Sie diesen Auftrag los.»

Von Altishofen nickte ernst. Darauf gab es nichts zu erwidern. Nichts auf der Welt hätte den Hauptmann dazu bewegt, ihm seine Verfehlung zu verzeihen. Alles, was er sagte, würde man nur durchkauen und ihm um die Ohren hauen. Am besten hielt er den Mund.

«Die Schweizer Garde duldet keine Verspätungen. Besonders nicht bei einem Hellebardier mit Ihren Pflichten. Sie sind kein kleiner Junge mehr. Angeblich sind Sie ein Mann. Handeln Sie entsprechend.»

«Jawohl, Herr Hauptmann.»

Hauptmann Segmüller schnaubte. «Jetzt melden Sie sich in der Waffenkammer. Heute Abend will ich eine vollständige Aufstellung aller Waffen sehen.»

«Jawohl, Herr Hauptmann.»

Segmüller fixierte ihn noch einen Moment, dann wandte er sich ab. Von Altishofens Miene blieb sogar noch starr, als der Hauptmann schon nicht mehr zu sehen war. Die Inventur sollte eine Strafe sein, aber sie machte von Altishofen Spaß. Er mochte die Waffenpflege und fühlte sich zwischen modernen Schnellfeuergewehren und alten Schwertern ausgesprochen wohl.

Nicht einmal seine Mundwinkel zuckten, als er in den Keller marschierte, obwohl ihn ein paar französische Touristinnen in Versuchung führten, die kicherten und zwinkerten, als er an ihnen vorbeiging. In Wahrheit dachte er an erheblich ernstere Dinge als bloße Brautschau. Dinge, die ihn so sehr beschäftigten, dass er seinen Bus verpasst hatte.

In die Waffenkammer geschickt zu werden, war eine Erleichterung. Lieber übernahm er eine hirnlose Verwaltungsaufgabe, als Wache zu schieben, wo der leiseste Mangel an Aufmerksamkeit katastrophale Auswirkungen haben konnte. Er kam um die Ecke und betrat den langen Raum. Es roch ein wenig nach Staub und Öl. Nachdem er die Tür hinter sich geschlossen hatte, machte er sich daran, die Hellebarden durchzuzählen. Er nahm eine aus dem Regal. Es war angenehm, das Gewicht in der Hand zu spüren.

Sanft fuhr er mit dem Finger über die Klinge des Beils und den gezackten Dorn am oberen Ende. Über der Klinge ragte ein spitzer Stachel auf. Er schwang die schwere Waffe und hielt den anderthalb Meter langen Griff mit beiden Händen. Unheilverkündend schnitt die Hellebarde durch die Luft, was seinen kräftigen Armen einiges abverlangte. Er versuchte, sich vorzustellen, wie es wohl gewesen wäre, damals im 14. Jahrhundert mit einer so feingearbeiteten Waffe zu kämpfen.

Eine einfachere Zeit. Weniger denken, mehr handeln. Von Altishofen war sicher, dass er damals aufgeblüht wäre. Es waren blutige Zeiten, aber es wäre ihm eine Ehre gewesen, in der Schlacht zu fallen. Gern hätte er mit seinem momentan so friedlichen Leben getauscht. Es war doch eine Schande, ein derart guttrainierter Killer zu sein, ohne die Möglichkeit, diese Fähigkeiten auch einzusetzen.

Er schüttelte den Kopf. Was waren das für Gedanken? Schnell sprach er ein leises Gebet zu Jesus Christus. Doch da wandten sich seine Gedanken schon wieder dem Treffen am gestrigen Abend zu. Als er das Silberticket mit der Post bekommen hatte, wäre es beinah im Papierkorb gelandet. Hätte er nicht in *La Repubblica* über die vielen amerikanischen Filmstars gelesen, die dem Gnostischen Kult angehörten, hätte er der Einladung wahrscheinlich keine weitere Beachtung geschenkt. Am Ende jedoch siegte seine Neugier.

Als er ankam, hatte ihn erst überrascht, dass nur so wenige Leute dort waren. Im Grunde hatte er mehrmals das Gefühl gehabt, dieses Treffen sei nur für ihn allein gedacht. Er wusste, dass das Unsinn war. Warum sollte es irgendjemand auf dieser Welt – besonders ein so brillanter Mann wie Valentinus – auf einen frommen Christen wie ihn abgesehen haben?

Nie im Leben hatte von Altishofen an Jesus Christus, seinem Herrn, gezweifelt. Bis gestern Abend. Valentinus war derart überzeugend und seine Argumente waren so stimmig, dass sich Solothurn unwillkürlich angesprochen fühlte. Gegen Ende des vierstündigen Treffens war er praktisch bereit gewesen, nicht nur dem Katholizismus, sondern dem Christentum insgesamt abzuschwören.

Doch Valentinus hatte keineswegs gefordert, dass Solothurn sich dahingehend äußern sollte. Er bat ihn nur, am nächsten Abend wiederzukommen und ihn anzuhören. Solothurn willigte ein.

Was konnte es schon schaden?

Valentinus hatte sich das entscheidende Treffen in Rom bis zum Schluss aufgespart. Fast 300 000 Euro hatte ihn die Suche nach dem perfekten Attentäter gekostet. Zwar war er heimlich dabei gewesen, als die fünf Männer ihre silbernen Umschläge geöffnet hatten, doch Valentinus hatte nur einen der Angeschriebenen zur gestrigen Sitzung locken können.

Solothurn Pfyffer von Altishofen.

Während der Sitzung hatte Valentinus die anderen Anwesenden praktisch ignoriert. Lieber hatte er sich auf den dicken, blonden Soldaten mit den olivgrünen Augen konzentriert.

Es war Valentinus egal, ob er die anderen dreizehn verlor. Sie waren nur Staffage. Wie die meisten Versammlungen, die Valentinus auf seinen Reisen abhielt, galt auch diese nur einem einzigen Mann. Und gestern Abend hatte sie von Altishofen gegolten.

Der war besonders wichtig, angesichts der Tatsache, dass er der Einzige war, den Valentinus für sich hatte interessieren können. Aber es war egal. Er brauchte nur den einen, und von Altishofen würde die Aufgabe bewältigen. Als der zweiundzwanzigjährige Soldat schließlich hinausstolperte, wusste Valentinus, dass der Junge ihm gehörte. Dennoch war er froh, dass er für heute Abend eine weitere Indoktrinationssitzung angesetzt hatte, um seinen Einfluss zu festigen.

Zwar hatte Valentinus nie daran gezweifelt, dass sein Plan gelingen würde, doch gestattete er sich nun zum ersten Mal ein Gefühl von Gewissheit. Er lächelte, als er die Liste betrachtete, die Bethany ihm ausgedruckt hatte. Nachdem Europa, Nord-, Süd- und Mittelamerika geklärt waren, blieben nur noch Australien, Neuseeland, elf Länder in Asien und sechzehn in Afrika.

Noch neun Wochen auf Reisen. Dann konnte er endlich wieder nach Hause und sich auf seine amerikanischen Schäfchen konzentrieren, bis Silvester – oder wie er in letzter Zeit dachte: bis zur Nacht des Jüngsten Gerichts.

KAPITEL 18

30. DEZEMBER 2007 – 19:49 UHR (28 STUNDEN, 11 MINUTEN BIS ZUR NACHT DES JÜNGSTEN GERICHTS)

Winter blickte ins dunkle Auditorium und lächelte traurig. Sie hätte sich nicht darauf einlassen sollen, heute Abend zu spielen. Sie dachte an ihre Mutter. Sie wünschte sich so sehr, dass sie jetzt da wäre, so wie bei fast jedem Auftritt seit Winters zehntem Lebensjahr. Sie fragte sich, ob sie je wieder ein Konzert wirklich genießen würde.

Sie atmete durch und versuchte, ihre Trauer zu verdrängen. Wichtig war jetzt nur die Musik. Sie sah ins Publikum. Etwas in der ersten Reihe fiel ihr auf. Im grellen Licht der Scheinwerfer konnte sie unmöglich mehr als eine Silhouette erkennen, doch bei diesem Anblick lief es ihr eiskalt über den Rücken – ein großer Hund.

Plötzlich war sie sicher, dass der blinde Mann da war. Sie stellte sich vor, wie er ihre Gedanken las. Sie schluckte und hielt die Luft an. Es war lächerlich. Sie war nur mitgenommen, und ihre Phantasie spielte verrückt. Da war kein Hund – und auch kein Herrchen.

Spiel! Dann kannst du wieder fühlen.

Konzentriert wartete Winter auf ihren Einsatz. Mit sattem, düsterem Klang spielte das Orchester das Violinkonzert in d-Moll von Jean Sibelius. Das Meisterwerk des finnischen Komponisten war ihr Lieblingsstück, nicht nur wegen der prachtvoll verwobenen Melodien, sondern auch wegen des unglaublichen Ideenreichtums in ihrem Solo.

Endlich war es so weit. Sie setzte ihre Geige an und ließ sich die Musik auf sich wirken. Während der dreiundvierzig Minuten des Konzertes spielte Winter wie nie zuvor – aus vollem Herzen. Ihre Trauer und die neugewonnene Freiheit klangen in dem großen Saal wie von einem Seelenvogel. Als sie ihren Bogen – dem dramatischen Crescendo entgegen – über die Saiten ihrer Stradivari peitschte, liefen Tränen über ihre Wangen.

Alles verschwamm vor ihren Augen, doch das machte nichts. Winter kannte das Stück auswendig. Sie lenkte das Orchester, und der Dirigent folgte. Die anderen Musiker sammelten sich hinter ihr, füllten jede Lücke, die ihre Geige ließ, schufen eine klingende Woge, die mehr als nur Musik war. Es war reine Emotion.

Kühne Gefühle gellten aus ihrer Seele hervor. Nein, nicht nur aus *ihrer* Seele, sondern aus den Seelen aller. Winter ritt diese emotionale Attacke, doch war sie nicht allein. Trauer, Hoffnung und Sehnsucht flossen nicht nur aus ihr heraus, sondern durch sie *hindurch*, und zwar vom gesamten Sinfonieorchester. Inzwischen spielten sie nicht mehr nur ihre Instrumente, sie ließen ihre Herzen singen.

Als das Orchester den letzten Ton spielte, schien es Winter, als seufzten alle hinter ihr, wie nach einem strapaziösen, läuternden Erlebnis. In dem Sekundenbruchteil zwischen dem Moment, in dem sie ihren Bogen von den Saiten hob, und der Reaktion des Publikums sah sie sich kurz um.

Erst konnte sie nicht begreifen, weshalb ihre Gesichter so glänzten, doch dann verstand sie. Winter war nicht die Einzige gewesen, die während der Aufführung geweint hatte. Nach den feuchten Wangen und den roten Augen zu urteilen, hatte das ganze Orchester Tränen vergossen.

Bevor sie überlegen konnte, was geschehen war, hatte

sich das Publikum erhoben. Der Applaus war wie ein Donner, hallte von den hohen Wänden und traf sie mit physischer Gewalt. Sie wischte mit dem Handrücken über ihre Wange und lächelte, sie ließ sich vom Jubel umarmen.

Sie verneigte sich tief, genoss den Beifall und die Bewunderung, die das Publikum in Wogen kundtat. Als das Saallicht anging, hob sie ihr Kinn und lächelte zum Balkon hinauf. Ihr Blick verfinsterte sich.

Denn dort, kaum dreißig Meter entfernt, stand Michael, ganz vorn in der Loge.

KAPITEL 19

30. DEZEMBER 2007 – 20:12 UHR (27 STUNDEN, 48 MINUTEN BIS ZUR NACHT DES JÜNGSTEN GERICHTS)

Als die Aufführung vorüber war, applaudierte Michael so heftig, dass seine Hände brannten. Noch nie hatte er etwas derart Schönes erlebt. Einmal mehr wurde er daran erinnert, weshalb er sein Leben für diese unfassbare Frau weggeworfen hatte. Selbst die körperliche Liebe war nie derart intensiv gewesen. Zwar hatte ihm bei Winters Aufführungen noch jedes Mal der Atem gestockt, doch heute Abend war es anders.

Es war, als würde jede Note nur für ihn gespielt, eine Sinfonie weinender Engel. Das Gefühl überstrahlte alles – auf eine Art und Weise lebendig, die er nicht begreifen konnte. Er keuchte förmlich, als Winter beim letzten Ton angekommen war.

Während er jedoch applaudierte und noch in beinah postkoitaler Seligkeit schwelgte, spürte er eine Trübung … als hätte jemand das Gefühl aus ihm herausgesogen. Plötzlich war er leer und allein, er hatte keine Ahnung, wie er empfinden sollte, wenn ihre Musik ihm nicht den Weg wies.

Abrupt füllte sich das emotionale Vakuum mit allem Schmerz, den er je empfunden hatte. Nie wieder würde er sie besitzen. Er würde nur draußen stehen und durchs Fenster hereinsehen. Nachdem er ihre Liebe erlebt hatte, wäre sein Leben auf ewig kalt und leer.

Michael griff in seine Tasche und schloss die Hand um seine .38er. Warm fühlte sich der Stahl an. Er hatte Winter von Angesicht zu Angesicht sehen wollen, doch jetzt konnte er sich nicht mehr zurückhalten. Keine Sekunde länger durfte sie ohne ihn leben.

Michael zog die Waffe aus seiner Tasche und wollte sie eben über das vergoldete Geländer heben, als Winter den Kopf hob … und sich ihre Blicke trafen.

Winter starrte Michael an, sie konnte nicht wegsehen. Die Stimmung im Saal schlug um, und ihr ganzer Schmerz trat an die Oberfläche.

Wie sehr sie Michael hasste, weil er sie belogen hatte. Dass sie bei allem Hass seiner Berührung unmöglich widerstehen konnte. Und wie einsam sie sich fühlte – immer schon. Eine Zeit lang hatte Michael ihr diese Einsamkeit genommen, doch als sie feststellen musste, dass er verheiratet war, hatte sie ihre Verlassenheit heftiger empfunden als je zuvor. Sie spürte den Schmerz, und das Gefühl von Verlust erdrückte sie.

Und dann dachte Winter an ihre Mutter. Was sie gemeinsam durchgemacht hatten. Dass sie Winter beschützt hatte. Immer wenn eine weitere Romanze zerbrach, war ihre Mutter da gewesen und hatte ihr zur Seite gestanden.

Jetzt gab es sie nicht mehr, und Winter war tatsächlich so allein, wie sie sich fühlte.

Plötzlich hörte sie einen tiefen Ton, es war die überwältigende Trauer, eine Last, unter der sie zu ersticken drohte. Sie versuchte, das quälende Gefühl beiseitezuschieben und den traurigen Klang hinaus ins Leere zu lenken.

Michael spürte den stechenden Schmerz, als der dunkle Ton in seinem Geist widerhallte.

Was machte er da? Wollte er wirklich ein so einzigartiges Wesen töten?

Was war er für ein Mensch?

Sein Hass verflog, als der herzzerreißende Ton, den nur er allein hören konnte, zu einem ohrenbetäubenden Akkord wurde. Er liebte sie noch immer. Dass sie ihn so schroff zurückwies, änderte nichts daran. Es war seine Schuld. Er hatte sie verletzt.

Michael ließ die Waffe fallen, sie kam mit einem dumpfen Schlag auf dem Boden auf. Sein Herz war von unbeschreiblicher Trauer erfüllt. Plötzlich wurde ihm klar, was er tun musste. Er streckte die Hände aus und griff nach dem polierten Messinggeländer des Balkons, glatt und kühl.

Einmal noch sah er Winter an. So schön. So traurig. Und ein solcher Schmerz ... das Brennen schien ewig anzudauern, ohne Anfang, ohne Ende, bis in die tote Ewigkeit.

Er beugte sich über das Geländer und verlagerte sein Gewicht nach vorn. Einen Moment lang schwankte Michael auf der Stelle und hielt die Balance. Dann riss ihn die Erdanziehung nach vorn. Während er den leeren Holzstühlen entgegenstürzte, dankte Michael Evans Gott dafür, dass der unerträgliche Ton in seinem Kopf ihn gleich nicht mehr quälen würde.

Die Menge hörte auf zu klatschen, kurz bevor Michael auf die Stühle im Orchestergraben stürzte. Der Aufprall war ein hässliches Krachen – berstendes Holz und splitternde Knochen. Dann ohrenbetäubende Stille.

Keiner hustete. Niemand rührte sich. Winter fasste sich als Erste wieder. Sie rannte über die hölzerne Bühne. In ihren Augen brannten Tränen.

Dann sah sie ihn. Bäuchlings lag er da. Eines seiner muskulösen Beine ragte in die Luft, das andere war seltsam abgespreizt wie bei einem kaputten Zinnsoldaten. Seine Arme wie nutzlose Flügel. Sein Schädel war an der Seite eingedrückt und lag im Blut.

Sie blickte in Michaels leere Augen, und ihre Kehle schnürte sich zusammen. Nicht etwa weil da Blut war – es lag an seinem Gesicht.

Darin stand Erlösung.

KAPITEL 20

30. DEZEMBER 2007 – 20:13 UHR (27 STUNDEN, 47 MINUTEN BIS ZUR NACHT DES JÜNGSTEN GERICHTS)

Nachdem sie ein Päckchen *Twizzlers*, eine Tüte Popcorn und zwei Pepsis gekauft hatten, betraten Elijah und Stevie den abgedunkelten Kinosaal. Die Trailer für kommende Filme liefen schon. Ein silbriges Raumschiff fegte über die Leinwand, während sie Plätze suchten. Grimes fand zwei am Gang, er ließ sich auf den Klappsitz fallen und grinste von einem Ohr zum anderen vor gebutterter Popcornseligkeit.

Elijah sah sich um und seufzte schwer. Die Lawine von Gefühlen, die normalerweise inmitten so vieler Menschen über ihn hinwegging, kam diesmal nicht. Er schloss die Augen, und ein wohliges Kribbeln breitete sich in ihm aus, als badete er in warmem Vanillepudding.

Er fühlte sich gut, so gut wie lange nicht, offenbar hatten sich seine Neurosen in Luft aufgelöst. Er fragte sich, ob sein Experiment wohl funktionieren würde. Danach zu urteilen, was er im Moment empfand, war es vielleicht tatsächlich erfolgreich.

Elijah hatte irgendwo sein wollen, wo sich alle gut fühlten, eine emotionale Sicherheitszone, denn er musste wissen, ob er auch die Gefühle der anderen Leute empfinden konnte, nicht nur die seines Vetters. Die Leinwand wurde pink, und der Vorspann, ein Cartoon, lief. Mit ungekanntem Staunen starrte Elijah auf die Leinwand, was dem flachen Witz der Animation keineswegs angemessen war.

Als sich der Zeichentrickköter in einen echten Hund verwandelte, begann die Geschichte. Sofort erkannte Elijah die klischierten Charaktere. Da war der verklemmte Geschäftsmann, der alles hatte, nur nicht die richtige Frau. Sein bester Freund, ein übermäßig selbstbewusster Aufreißer. Die eigenwillige, leicht chaotische, unabhängige Frau, die zwar arm war, aber zufälligerweise eine Topmodelfigur hatte – und ein Herz aus Gold. Ihre Mitbewohnerin, eine sarkastische Schlampe.

Zwar kannte Elijah den gesamten Plot schon nach den ersten Dialogen, aber dennoch starrte er gebannt auf die Leinwand. Er konnte die Dialoge praktisch synchron mit den Schauspielern sprechen. Aber jede noch so abgegriffene Formulierung schien ihm frisch und neu, jeder lahme Witz zum Schreien.

Als der Held die Morgenzeitung zwischen die Beine bekam, konnte Elijah nicht mehr an sich halten. Und der Hund! Gott im Himmel, dieser Hund war so unfassbar lustig … wie er immer wieder gegen die Tür lief! So was von komisch …

Elijah lachte immer lauter.

Oh, und diese Frau hatte auch ein Haustier, eine übellaunige Katze, die so laut fauchte, dass sie den Zeitungsjungen vertrieb, der dem Protagonisten eins zwischen die Eier verpasst hatte.

Elijah musste so laut lachen, dass ihm Tränen über die Wangen liefen.

Die Schlampe von Mitbewohnerin setzte sich versehentlich auf den Hund, und als Elijah ihren Gesichtsausdruck sah, gab es kein Halten mehr. Er wieherte und raufte sich die Haare.

Er merkte, dass seine emotionale Reaktion übertrieben war, aber er konnte einfach nicht aufhören zu lachen. Etwas Warmes, Feuchtes machte sich zwischen seinen Beinen breit. Elijah merkte, dass er sich in die Hosen gemacht hatte. Und er lachte immer noch.

Sein Verstand versuchte, die Lage in den Griff zu bekommen, aber es hatte keinen Sinn.

Das Experiment funktionierte einfach zu gut. Er sah zu Stevie hinüber, aber sein Vetter war keine große Hilfe. Denn auch er lachte wie ein Irrer – laut, tief, schallend, aus dem Bauch. Elijah sah wieder zur Leinwand. Die Mitbewohnerin stand auf, und jetzt grinste der Hund dreckig. Das war zu viel. Elijah dachte, sein Bauch würde gleich platzen, wenn er weiter so lachte. Er hielt sich die Nieren und versuchte, aufzustehen, aber er konnte nicht.

Einige Leute drehten sich um. Elijah konnte ihren Ärger sehen – blasses Grün und mattes Gelb. Plötzlich war alles voller Farben. Hysterisches Rot, gackerndes Lila, grelles Blau.

Er musste raus, bevor er den Verstand verlor. Elijah kam auf die Beine, noch immer gackernd wie ein Irrer. Er schaffte es bis in den Gang, dann fiel er hin, und er brüllte vor Lachen.

Er stöhnte und versuchte, wenigstens so lange nicht zu lachen, dass er Luft holen konnte, aber es war unmöglich. Da regte sich das letzte bisschen Überlebensinstinkt, das er noch besaß. Elijah lag auf dem Rücken, hob den Kopf und schlug ihn fest gegen den harten Boden.

Dann nochmal. Und nochmal. Zwei Arme packten ihn plötzlich bei den Schultern, Elijah hob den Kopf und gab dem Mann, der sich über ihn beugte, mit der Stirn eins auf die Nase.

«HEY!», schrie der Mann.

Das hysterische neongrüne Lachen verwandelte sich in gelbrot funkelnde Wut.

«Was haben Sie gesagt?», bellte Elijah und stand auf, während die Leute «Hinsetzen!» und «Klappe halten!» riefen.

«Du hast mir die Nase gebrochen, du blöder Arsch!», sagte der Mann, und Blut lief ihm aus den Nasenlöchern – ein wütender Michael Biehn aus dem ersten *Terminator*.

Das blutige Gesicht des Mannes war hassverzerrt – giftgelb –, und Elijah sog den Hass in sich auf. Sein Körper pumpte Adrenalin und machte sich zum Angriff bereit. Elijah versuchte, sich zurückzunehmen, sich abzuwenden. Doch sein Zorn ließ es nicht zu. Stattdessen hörte er sich sagen:

«Ich brech dir gleich noch mehr als deine Nase.»

Und Elijah stürzte sich auf ihn, er rammte Biehn den Kopf in die Magengrube und warf ihn zu Boden. Er konnte sich nicht beherrschen und schlug dem Mann die Faust ins blutige Gesicht.

Es knirschte, als seine Knöchel trafen, und der andere schrie vor Schmerz. Ekelhafte, dunkelrote Todesangst blitzte durch Elijahs Kopf, wenn auch nicht so stark, dass sie seinen blinden Hass überstrahlen konnte.

Man hörte ein leises Schmatzen, als er seine blutige Faust zurückzog. Noch einmal schlug er zu. Die gespannte Haut an seinen Knöcheln riss, als er dem Mann die Zähne einschlug. Irgendjemand packte ihn am Hals und riss ihn zurück.

Elijah ruderte mit den Armen, doch seine Fäuste gingen ins Leere. Wütend trat er um sich, er traf irgendwen im Unterleib. Der Arm um seinen Hals wurde fester, drückte ihm die Luft ab.

Grelle Farben blendeten ihn, und er japste, bekam aber

keinen Sauerstoff in die Lungen. Seine Luftröhre schien in Flammen zu stehen, und die Welt wurde trüb.

Einen einzigen Gedanken konnte Elijah noch denken, dann versank er im Nichts.

Was ist mit Stevie?

KAPITEL 21

30. DEZEMBER 2007 – 20:16 UHR (27 STUNDEN, 44 MINUTEN BIS ZUR NACHT DES JÜNGSTEN GERICHTS)

Winter sprang in das Taxi und knallte die Tür zu. «Fahren Sie einfach», sagte sie benommen.

Ich bin schuld.

Winter schüttelte den Kopf. Michael war gestört. Sie konnte nichts dafür, dass er gesprungen war.

Ich habe ihm in die Augen gesehen. Ich habe daran gedacht, wie traurig ich war, als …

NEIN!

Das durfte sie sich nicht antun. Sie hatte nicht gewollt, dass Michael sprang. Sie wischte sich die Tränen ab, während draußen die Stadt vorbeizog. Der Fahrer fuhr den Broadway hinauf, der in grellem Neonlicht strahlte, dann drehte er am Columbus Circle eine Runde und fuhr die Fifth Avenue wieder hinunter, die immer noch mit glitzernden Weihnachtslichtern geschmückt war. Nach fast einer Stunde – als Winters selbstmörderische Paranoia sich gelegt hatte – bat sie den Fahrer, zu ihrem Hotel zu fahren.

Wäre sie nicht physisch und emotional völlig erschöpft gewesen, hätte sie sich denken können, dass dies ein Fehler war. Doch als das Taxi am roten Teppich vor dem Waldorf Astoria hielt, achtete Winter nicht auf die ungewöhnlich vielen Menschen, die dort warteten.

In dem Moment, als Winter aus dem Taxi stieg, fielen sie wie ein Bienenschwarm über sie her. Grelle Scheinwerfer von vier Fernsehteams blendeten auf, während Heerscharen blitzender Fotografen und schreiender Reporter sie umzingelten.

«SIND SIE FROH, DASS ER TOT IST?»

«HAT ES EINEN BRIEF GEGEBEN?»

«HABEN SIE IHM GESAGT, DASS ER ES TUN SOLL?»

Die Fragen nahmen kein Ende, während die Blitze der Fotoapparate zuckten. Winter kniff die Augen zusammen, und sie hörte eine tiefe, klagende Melodie in ihrem Inneren.

«WINTER! HIER DRÜBEN!»

«WINTER!»

«WINTER!»

«Es reicht!», schrie Winter schließlich, als ihr Zorn zu groß war. Wütend starrte sie die Leute an, und dann fühlte sie sich nicht mehr erschöpft, sie verachtete diese Leute. Die Melodie in ihrem Kopf wurde lauter und wilder, wie ein ganzes Orchester auf Speed. Sie versuchte, durch die Menge zu kommen, doch man wollte ihr keinen Platz machen.

«Bitte! Lassen Sie mich durch!»

Tränen des Zorns liefen ihr über die Wangen, und die Fotografen kamen immer näher, um das unbezahlbare Bild nicht zu verpassen, das sie jeden Moment würden aufnehmen können. Plötzlich schlug ihr ein Mikrophongalgen an die Stirn. Und Winter rastete aus.

Ihr Gesicht wurde ganz heiß, und ihr Zorn klang wie ein ohrenbetäubender Akkord. Sie packte die Kameras der beiden Fotografen, die neben ihr standen, und stieß sie grob aus dem Weg. Von Winters Ausbruch überrascht, stolperten die beiden rückwärts in die Menge der Reporter, Kabelträger, Kameramänner und Nachrichtensprecher.

Was dann geschah, war das komplette Chaos. Später hieß es, Winter Zhi habe randaliert. Doch als die Leute, die dabei gewesen waren, am Abend in ihren Betten lagen (diejenigen, die nicht im Krankenhaus landeten), erzählte ihnen ihr schlechtes Gewissen eine ganz andere Geschichte.

Und noch immer hatten sie die rasende Melodie in den Ohren.

Mit Füßen, Ellbogen, Mikrophonen und Kameras wurde geschubst und gerempelt, als alle siebenunddreißig zurückwichen. Zwar waren sie alle schon hundertmal in einer solchen Situation gewesen, doch diesmal war es anders.

Dieses Mal kreischte Musik in ihren Köpfen, und die angespannte Lage eskalierte. Doch die Melodie kam nicht aus ihnen selbst. Mit der Wucht eines Wirbelsturmes gingen die Klänge über sie hinweg, ein scharfes Trommeln und schrille Gitarren zeigten Wirkung.

Sie fielen übereinander her wie eine Meute wilder Hunde.

Carol Williamson (Reporterin, WABC 7) ballte ihre Hand zu einer Faust, schlug nach Michael Eldrich (2. Kamerateam, Fox 5) und hinterließ mit ihrem 1½-Karat-Diamantring eine klaffende Wunde in seinem Gesicht. Sarah Stevens (Produktionsassistentin, CW-11) rammte Stuart Glassman (Sonderberichterstatter, *The Enquirer*) ihr Knie zwischen die Beine, dass ihm ein Hoden platzte. Richard Oppel (Juniorfotograf, *New York Post*) versetzte Julie Blum (Kameraassistentin, WNBC 4) einen Kopfstoß und brach ihr die Nase.

Die anderen machten mit, sie kickten, boxten, krallten und kreischten. Später wusste keiner mehr, wie es dazu gekommen war. Sie erinnerten sich nur an diesen schrillen

Ton. Und daran, dass sie im einen Moment noch eine Geschichte im Kasten haben wollten – und im nächsten auf rohe Gewalt aus waren.

Als Winter dem wilden Gedränge zu entkommen versuchte, stürzte sich ein Kameramann auf sie. Ohne weiter nachzudenken, holte sie aus und schlug ihm mit der Faust gegen das Kinn, was ihn kurz außer Gefecht setzte und einer kleinen Blondine Gelegenheit gab, ihn bei der Gurgel zu packen. Bevor der Nächste angreifen konnte, lief Winter über die Sechzigste Straße in Richtung Central Park.

Sie rannte über die vierspurige Straße. Eine Limousine bremste mit quietschenden Reifen, ein roter Geländewagen kam ins Schleudern und rammte ein schnelles Taxi. Doch Winter rannte immer weiter, sie keuchte in der kalten Luft. Solange sie lief, konnte sie sich auf den brennenden Schmerz in ihren Oberschenkeln konzentrieren, das Beißen in den Lungen und ihr rasendes Herz. Sie wollte nicht daran denken, was

(sie eben angerichtet hatte)

gerade passiert war.

Sie sah sich um, weil sie damit rechnete, dass ihr der wütende Mob auf den Fersen war, doch diese Leute fielen noch immer übereinander her. Im Park versteckte sie sich zwischen den dunklen, kahlen Bäumen. Der Schnee knirschte unter ihren Füßen, und ihr angestrengtes Keuchen kristallisierte zu winzig kleinen Wölkchen.

Der Anblick von Michaels eingeschlagenem Schädel blitzte vor ihrem inneren Auge auf. Was ging hier vor sich?

Was hast du anderes erwartet? Ohne das Kreuz, das dich (sie) beschützen könnte?

Sie befühlte ihren Hals. Es hing alles zusammen. Immer schon hatte sie geglaubt, dass diese Kette ihr Talisman gewesen war. Vielleicht sogar noch mehr. Sie schüttelte den Kopf. Es war verrückt.

Verrückter als der Umstand, dass deine gesunde, 52-jährige Mutter einen Herzinfarkt erleidet? Verrückter als der Umstand, dass Michael sich in den Tod stürzt, nachdem du ihm in die Augen gesehen hast? Verrückter als eine Prügelei, die im selben Moment losgeht, in dem du aus dem Taxi steigst?

Aber es war gar nicht genau der Augenblick gewesen, als sie aus dem Taxi stieg. Es war, als der Mikrogalgen sie traf. In dem Moment … *als sie wütend wurde.*

Ein kalter Schauer lief Winter über den Rücken. Das war doch unmöglich … oder?

Trotz der eisigen Kälte lief sie weiter in den Park hinein. Obwohl sie sich mehr fürchtete als je zuvor in ihrem Leben

(außer während der Flucht).

Winter tröstete sich damit, dass jemand, der ihr hier im dunklen Park etwas antun wollte, mehr zurückbekommen würde, als ihm lieb war.

Viel, viel mehr.

INTERLUDIUM IV

17. SEPTEMBER 2007 – 10:09 UHR MITTELEUROPÄISCHE SOMMERZEIT (105 TAGE BIS ZUR NACHT DES JÜNGSTEN GERICHTS)

Solothurn presste eine Hand an seine Brust. Unter der blauen Uniform spürte er die runde Scheibe. Immer wieder stellte er sich den geschnitzten Talisman vor, die wundervoll gearbeitete Schlange, die sich selbst in den Schwanz biss. Valentinus nannte das Emblem *Ouroboros*, ein gnostisches Symbol, das die ewige Inkarnation der Seele darstellte – hoffnungslos gefangen auf der Erde.

Als sich Solothurns Finger zum ersten Mal um den Rand der Scheibe geschlossen hatten, war ein sanftes Summen durch seinen Körper gegangen, als fasste er einen Elektrozaun an. Es war, als …

Er hörte Schritte draußen auf dem Gang, nahm eilig Haltung an und stellte die schwere Hellebarde ab. In dem alten Palast gab es so viele moderne Sicherheitsvorkehrungen, dass es im Grunde ein Anachronismus war, vor den Gemächern Seiner Eminenz Wachen mit altmodischen Stichwaffen aufzustellen, doch seine Vorgesetzten glaubten an die Tradition, und zwar genauso, wie sie an alles andere glaubten: mit Inbrunst.

Auch Solothurn hatte einmal geglaubt. Nun jedoch stellte er alles in Frage – seine Religion, seinen Glauben und selbst die Welt, in der er lebte. Valentinus hatte recht. Die Erde war ein wahrlich schäbiger, grausamer Ort. Als Solothurn am Morgen die Nachrichten sah, hatte er Valentinus' Worte noch im Sinn. Und er sah die Welt mit anderen Augen.

Tragödien schienen die Menschen ohne Sinn und Verstand zu ereilen. Und warum? Alles nur, weil Adam in den Apfel gebissen hatte? Das ergab doch keinen Sinn. Er wusste gar nicht, wieso ihm das bisher nicht aufgefallen war.

Weil der Schöpfer die Wahrheit mit Doktrinen und falschen Normen verschleiert hat.

Er konnte es nicht fassen, dass er tatsächlich so dachte. Glaubte er wirklich, dass der Gott, zu dem er sein Leben lang gebetet hatte, wie Luzifer war – auch nur ein gefallener Engel? Dass Jesus Christus nicht sein wahrer Sohn war, sondern der Emissär eines anderen, ermordet, bevor er seine wahre Botschaft überbringen konnte?

Oder glaubte er, was man ihn sein Leben lang gelehrt hatte?

Von Altishofen hielt die stählerne Waffe mit fester Hand, während er mit seinem Glauben rang. Wie sein Vater und dessen Vater vor ihm war auch für Solothurn seine Stellung in der Schweizer Garde eine außerordentliche Ehre. Er war in dem Glauben erzogen, dass er in Gottes Auftrag handelte und seine Hirten während ihrer Zeit auf Erden schützte.

Falls sich Solothurn jedoch die ganze Zeit geirrt haben sollte, dann handelte er keineswegs edelmütig. Dann wirkte er nicht aufseiten des Guten, sondern aufseiten des Bösen. Und er trug auch nicht zur endgültigen Rettung der Menschheit bei.

Er war Teil des Problems.

KAPITEL 22
30. DEZEMBER 2007 – 21:49 UHR (26 STUNDEN, 11 MINUTEN BIS ZUR NACHT DES JÜNGSTEN GERICHTS)

Das Licht der grellen Neonröhren blendete Elijah.

Er wandte seinen Kopf zur Seite und starrte an eine graue Wand. Er versuchte, sich aufzusetzen, aber es ging nicht. Plötzlich merkte er, wieso die Bettdecke so verdammt stramm saß. Er steckte in einer Zwangsjacke. In Panik versuchte Elijah vergeblich, seine Beine freizustrampeln.

Und die Farben. Alles war voller Farben, und sie umspülten ihn wie Wellen, die an Felsen schlugen. Jede davon ein anderes Gefühl, hell und pulsierend.

Kristalline blaue Freude. Psychedelisch pinke Erregung. Pechschwarzer Hass. Gelbrote Paranoia. Und dazwischen immer wilde gelbe Angst. Er sog Luft in seine Lungen und schrie.

«*Hilfe!*»

Es kam schwach und heiser heraus. Das Entsetzen, weder zu wissen, wo er war, noch, was hier vor sich ging, packte ihn wie eine Eisenfaust. Er musste raus. Er musste …

Die schwere Eisentür ging auf, und eine zierliche Inderin im weißen Kittel kam herein.

«Beruhigen Sie sich bitte, Mr. Glass! Ich bin Dr. Shandry.»

Die Stimme der Ärztin klang müde, aber freundlich. Eine erschöpfte Mutter, die ihr Kind belehrte.

«Helfen Sie mir!», stöhnte Elijah und konnte nicht verhindern, dass seine Stimme vor Entsetzen zitterte. «Ich habe solche Angst. Warum ...» Er schwieg, als er sich mit einem Mal erinnerte. Er hatte gelacht

(hysterisch)

und am Boden gelegen, als Michael Biehn versucht hatte, ihn festzuhalten. Und dann –

«Habe ich jemanden verletzt?»

«Woran können Sie sich erinnern?»

«Habe ich jemanden verletzt?» Elijahs Stimme wurde lauter. Er war ganz benommen vor Angst. Er konnte sich nicht konzentrieren. Es fiel ihm schwer, der Ärztin in die Augen zu blicken, sich auf ihre Stimme zu konzentrieren. Aber er musste es wissen.

«B-b-bitte ...»

Dr. Shandry gab keine Antwort, doch das musste sie auch nicht. Elijah spürte ihr Unbehagen. Er ballte eine Faust. Seine Knöchel schmerzten, sie waren wund von den Fesseln, die man ihm angelegt hatte. Er erinnerte sich noch, dass er auf Biehns gebrochene Nase eingeschlagen hatte, wie die Knochen splitterten und ...

Oh, mein Gott. Nein.

«Habe ich ... jemanden umgebracht?»

Verzweifelt rieb sich Winter die Arme. Ihr war kalt. Anfangs war ihr aus lauter Angst die Kälte nicht aufgefallen, doch nachdem sie drei Stunden lang auf dem eisigen Kiesweg um das Wasserreservoir gelaufen war, fühlte sie sich halb erfroren.

Sie konnte gar nichts anderes denken. Der schneidende Wind im Gesicht. Die frostige Kälte in den Knochen. Der pochende Schmerz in ihren Zehen. Sie atmete tief ein, und eisige Luft drang in ihre Lungen.

Sie rang mit ihren kalten Tränen und blickte zu den Wolkenkratzern auf, die den Park umgaben. Sie leuchteten in warmem Licht. Sie waren so nah. In einer Viertelstunde konnte sie auf der anderen Seite vom Central Park sein. Dort konnte sie sich ein anderes Hotel suchen und …

Und was? Darauf warten, dass du die nächste Schlägerei auslöst? Bis du NOCH jemanden umbringst?

Winter schüttelte den Kopf. Sie konnte nicht zurück. Nicht, solange sie nicht wusste, was das alles zu bedeuten hatte. Aber wie sollte das gehen? Hatte sie wirklich getan, was sie *glaubte*, getan zu haben? Sie wünschte …

Plötzlich knackte ein Zweig. Sie erstarrte und hörte ein Rascheln. Wahrscheinlich nur ein Eichhörnchen oder eine Ratte, aber

(sie spürte, dass da kein kleines Tier war, sondern ein Mensch)

sie wusste, dass es nicht stimmte. Das leise Summen in ihrem Kopf bestätigte es. Dann fuhr sie herum und sah ihn. Den blinden Mann. Er stand im Unterholz, drei Meter weiter. Neben ihm der große Schäferhund. Im Mondschein sah es aus, als grinste der Hund, mit offenem Maul, sodass Winter zwei Reihen weißschimmernder Zähne sehen konnte.

«Wer sind Sie?» Winters Stimme zitterte, ob jedoch vor Angst oder Kälte, konnte sie nicht sagen.

«Mein Name ist Laszlo Kuehl», antwortete der blinde Mann mit tiefer, heiserer Stimme. «Ich weiß, dass Sie sich nicht an mich erinnern, aber ich war einmal Ihr Lehrer.»

«Wann?»

«Als Sie ein kleines Mädchen waren.» Zögerlich tat er einen Schritt auf sie zu. «Vor siebzehn Jahren.»

ZWEITER TEIL

1990

LASZLO & DARIAN

KAPITEL 1

Eine Woche nachdem Jill Willoughby zum ersten Mal rote Flecken in ihrem Höschen entdeckt hatte, sah sie Farben, die gar nicht da waren. Wie die Punkte, die einem vor den Augen tanzten, wenn man direkt in die Sonne gesehen hatte. Jill versuchte, sich einzureden, dass das alles nur Einbildung war. Intuitiv jedoch wusste sie, dass die Farben real waren.

Und sie hatten etwas zu bedeuten.

Orange etwa: Orange war stets ein Ausdruck des Glücks. Sonnenuntergangsorange war das reine Vergnügen, grelles Neon-Orange eine etwas bedrückte Freude. Jill hatte keine Ahnung, woher sie wusste, was die Farben bedeuteten. Sie wusste es einfach. Und obwohl sie die Farben noch nicht lange sah, kam es ihr doch so vor, als wären sie schon immer da gewesen.

Als sie im nächsten Monat wieder ihre Regel hatte, sah sie die Farben sogar, obwohl gar niemand im Raum war. Als hätte sie mehr als zwei Augen … Augen, die durch Wände sehen konnten. Anfangs freute sie sich über ihre geheime Gabe. Sie hielt sie für einen Segen Gottes – so wie er Josef gestattet hatte, den Traum des Pharaos zu deuten.

Aber dann las Sarah Marks aus dem dritten Buch Mose, Kapitel 19. Sie begann wie bei jeder ihrer langatmigen Lesungen – Gott nannte dem guten, alten Moses die Gesetze:

den Sabbat einhalten, keine Götzen, gib den Armen, nicht stehlen, nicht lügen, nicht den Namen Gottes lästern.

Dann las Sarah laut den Vers 26 vor.

«Ihr sollt nichts essen, in dem noch Blut ist. Ihr sollt nicht Wahrsagerei noch Zauberei treiben.»

Jill hatte das Gefühl, als spräche Gott durch dieses blonde Mädchen direkt zu ihr. Die nächsten vier Verse handelten von der Prostitution, von Schnitten ins eigene Fleisch und davon, wie man seinen Bart zu tragen hatte. Doch schließlich hörte Jill, wie Sarah den Satz vorlas: *«Ihr sollt euch nicht wenden zu den Geisterbeschwörern und Zeichendeutern und sollt sie nicht befragen, dass ihr nicht an ihnen unrein werdet; ich bin der HERR, euer Gott.»*

Jill blieb fast das Herz stehen. War sie das? Eine Zeichendeuterin? Es schien ihr lächerlich, aber wie wollte sie sich anders beschreiben? Sie brauchte mehr Informationen, aber sie konnte ja nicht einfach zu Schwester Ellen oder Pater Sullivan gehen und fragen: «Glauben Sie, ich kann Zeichen deuten?»

Sie schlug die Augen nieder und stellte fest, dass die Antwort offen vor ihr lag. Sicher hatte die Bibel zu diesem Thema noch mehr zu sagen. Das ganze Buch durchzuackern, wäre eine fast übermenschliche Aufgabe, aber nicht unmöglich. Außerdem war es ja auch nicht so, als hätten sie nach dem Abendessen noch sonderlich viel zu tun. Wenn sie und die anderen «Findelkinder», wie Carol sie nannte, ihre Hausaufgaben gemacht hatten, saßen sie meist beisammen und spielten Uno oder Monopoly.

Nach acht Jahren hatte Jill nichts dagegen, auch mal etwas anderes zu machen.

Also blätterte sie in jenem September jeden Abend in ihren abgewetzten Ausgaben des Alten und Neuen Testaments und suchte Hinweise auf Zauberer, Zauberei und

Zeichendeuter. Die anderen Mädchen beklagten sich über Jills ungeselliges Verhalten, doch am leuchtenden Türkis, das die Mädchen umgab, erkannte Jill, dass sie aus reiner Neugier motzten, nicht so sehr, weil sie ihr böse waren.

Insgesamt fand Jill in elf Büchern Hinweise auf Zauberei. Meist waren es nur Randbemerkungen, doch viermal waren die Verse mehr als deutlich.

Im fünften Buch Mose:

Unter euch soll niemand sein, der seinen Sohn oder seine Tochter durchs Feuer gehen lässt oder Wahrsagerei, Hellseherei, geheime Künste oder Zauberei treibt oder Bannungen oder Geisterbeschwörungen oder Zeichendeuterei vornimmt oder die Toten befragt. Denn wer das tut, ist dem HERRN ein Gräuel.

In der Offenbarung des Johannes:

Die Feigen aber und die Ungläubigen und Frevler und Mörder und Unzüchtigen und Zauberer und Götzendiener und alle Lügner, deren Teil wird in dem Pfuhl sein, der mit Feuer und Schwefel brennt; das ist der zweite Tod.

Im dritten Buch Mose:

Und Mann oder Weib, die unter euch Geisterbanner oder Zeichendeuter sind, sollen des Todes sterben. Mit Steinen soll man sie steinigen! Ihr Blut sei über ihnen.

Im zweiten Buch Mose:

Eine Zauberin sollt ihr nicht am Leben lassen.

Lange starrte Jill die letzte Zeile an. Sie war keine Bibelforscherin, aber die Zeile ließ keinen Raum für Missverständnisse. Sollte sie tatsächlich eine Hexe sein, dann durfte man das nicht auf die leichte Schulter nehmen – aber man würde auch nicht mit Pater Sullivan einfach darüber sprechen können.

Also behielt Jill ihre Gabe für sich.

Sie übte ihre Zauberkräfte eher unfreiwillig, denn sie sah die Farben immer, sogar im Schlaf, aber es war auch die einzige Sünde, die sie bei der Beichte für sich behielt. Wenn sie niederkniete, um Buße zu tun, betete sie stets zwanzig zusätzliche Vaterunser. Und doch wusste sie, dass sie ohne Beichte bis in alle Ewigkeit verdammt sein würde, falls sie vom Bus überfahren wurde oder so was in der Art.

Also tat Jill das Einzige, was ihr blieb. Sie betete. Obwohl sie die wundervollen Farben nur allzu gern betrachtete, betete sie doch jeden Abend, ihre Gabe möge so schnell verschwinden, wie sie gekommen war.

Jeden Morgen aber, wenn Schwester Kate sie weckte, war Jill schier überwältigt vom hellen Blau und dem ärgerlichen Grün. Und Jill wusste, dass wieder ein sündiger Tag begonnen hatte. Ein Tag, an dem sie – falls er mit ihrem Tode enden sollte – auf direktem Weg zur Hölle fahren würde.

Daher versuchte Jill, ein möglichst guter Mensch zu sein. Und immer sah sie brav nach links und rechts, wenn sie eine Straße überquerte – für den Fall, dass da ein Bus kam.

KAPITEL 2

Sorgfältig schrieb Elijah Cohen seinen Namen mit Bleistift auf das versiegelte Heft. Er gab sich alle Mühe, die wachsende Anspannung seiner Klassenkameraden zu ignorieren, und konzentrierte sich auf den Duft des frischgespitzten Bleistifts. Den Duft standardisierter Tests.

Er lächelte. Im Gegensatz zu den meisten Zwölfjährigen hatte Elijah Freude an Tests.

Nun war Elijah keineswegs ein Masochist – aber Herausforderungen gefielen ihm eben. Nicht dass Elijah oft gefordert wurde, wenn es um intellektuelle Leistung ging. Sich etwas einzuprägen war ihm immer leicht gefallen. Ohne die sozialen Kontakte, zu denen er hier gezwungen wurde, hätte es ihm auf der Middle School wahrscheinlich gut gefallen.

Und wenn Frösche Flügel hätten, würden sie sich beim Hüpfen nicht dauernd den Arsch anstoßen.

Das zumindest würde Stevie sagen.

Aber Elijah war nicht wie Stevie. Elijah war anders. Das Umkehrbild eines typischen Jugendlichen. Die anderen Kinder freuten sich auf die Pause, das Mittagessen, die Turnhalle. Elijah hatte Angst davor. Für alle anderen war ein Fragespiel im Unterricht etwas Unerfreuliches, aber für Elijah war es wie eine Überraschungsparty.

Das Beste an den Tests war, dass er nichts sagen musste. Zwar hatte Elijah allerhand zu sagen – er wusste alles besser und hatte immer eine Antwort für die Rüpel parat, die ihm nach der Schule zusetzten. Doch immer, wenn Elijah etwas sagte, gingen die Nerven mit ihm durch. Sein Mund war dann trocken wie ein hundert Jahre alter Schwamm, und er fing an zu stottern. Er stand nicht gern im Mittelpunkt, lieber hielt er sich im Hintergrund, beobachtete das Leben, statt daran teilzunehmen.

Als man ihn als «hochbegabt» einstufte, wurden die Hänseleien noch schlimmer. Zum Glück war auch Stevie dabei, und so hatte Elijah wenigstens einen Freund. Manches wurde jetzt besser. Zum Beispiel die Klasse von Mr. Kuehl. Bei Mr. Kuehl war Elijah nicht so nervös. Und wenn Mr. Kuehl ihn aufrief (was er fast jeden Tag tat), erstarrte Elijah nicht wie sonst.

Dennoch war Elijah erleichtert, als Mr. Kuehl diesen landesweiten Pflichttest ankündigte. Nachdem er allerdings das Siegel des Heftes aufgerissen hatte, wurde ihm ganz anders.

Wählen Sie die Farbe, die am besten mit folgenden Emotionen korrespondiert:

1. Zorn

○ Schwarz	○ Grün	○ Rot
○ Blau	○ Orange	○ Weiß
○ Braun	○ Violett	○ Gelb

Der Bleistift entglitt Elijahs feuchten Fingern und fiel klappernd auf den Boden.

Als er sich bückte, um ihn aufzuheben, warf Elijah einen Blick in die Runde, um zu sehen, ob irgendwer ähnlich reagierte. Abgesehen von allgemeiner Ratlosigkeit, unschwer zu erkennen am Kopfkratzen und gelangweilten Herumspielen mit dem Radiergummi, konnte er nichts feststellen. Keinem ging es wie ihm. Kein anderer war wie vom Donner gerührt.

Er sah sich den Test noch einmal an. Wie konnte jemand eine solche Frage stellen?

Weil sie Bescheid wissen, deshalb. Und wenn sie es wissen, dann …

«Ich bin nicht allein», murmelte Elijah.

«Wie meinten Sie, Mr. Cohen?», sagte Mr. Kuehl und sah von seinem Pult herüber. Alle Blicke waren auf Elijah gerichtet.

«N-n-nichts», sagte Elijah und senkte den Blick. «Entschuldigung.»

«Wenn nichts war, ist auch nichts gewesen», sagte Mr. Kuehl. «Und jetzt konzentrieren sich alle wieder auf ihre Arbeit.»

Es raschelte leise, als sich die anderen umdrehten, und Elijah atmete auf, denn er war froh, dass man ihn nicht mehr beachtete. Er las die Frage noch einmal. Bevor er es sich anders überlegen konnte, malte er den Kreis neben der korrekten Antwort aus.

Violett.

Winter Xu begriff erst, was Elijah gemeint hatte, als sie zum zweiten Teil der Prüfung kam. Der erste Teil mit den Farben war ihr lächerlich vorgekommen. Achselzuckend hatte sie aus dem Bauch heraus entschieden.

Während sie die verschiedenen Fragen las, versuchte sie, sich dabei etwas bildlich vorzustellen. Eine schwarze Wolke für den Zorn. Einen Smiley für Glücksgefühle. Ein rotes Herz für die Liebe. Sie kreuzte die entsprechenden Kreise an und fragte sich, worauf um alles in der Welt sie hier eigentlich getestet wurden.

Als sie dann jedoch zum zweiten Teil kam, lief es ihr plötzlich kalt über den Rücken. Ihr wurde schwindlig, sie blickte auf und starrte Elijah Cohens Hinterkopf an. Sein gewelltes Haar war feuerrot, was ihm den Spitznamen *Bozo the Brain* eingebracht hatte. Sie machte nie mit, wenn die anderen auf ihm herumhackten, aber sie verstand, warum sie es taten. Dürr, wie er war, außerdem schien er immer zu schwitzen, und er stotterte.

Obwohl sie noch nie miteinander gesprochen hatten, weckte Elijah ihren Beschützerinstinkt – wie ein verletztes Hündchen. Allerdings hatte sie nie das Gefühl gehabt, zwischen ihnen bestünde eine Verbindung. Bis zu dem Augenblick, als sie zur Seite 7 blätterte und an seinen erstickten Ausruf denken musste.

Ich bin nicht allein.

Anfangs hatte Winter es darauf geschoben, dass Elijah Cohen eben wunderlich war. Nun jedoch, als sie die Frage Nr. 25 vor sich sah, ging es ihr ähnlich. Zwar hätte niemand geglaubt, dass das beliebteste Mädchen der ganzen Schule sich je allein fühlte. Und doch war es so.

«Stimmen diese Ergebnisse?»

«Ich habe sie höchstpersönlich überprüft. Beide sind in derselben Klasse. Begabtenförderung in New York.»

«Wie wurden sie ausgewählt?»

«218 Kinder mit einem IQ über 145 wurden von einem Lehrer des Förderprogramms für seine Klasse befragt.»

«Wie heißt er?»
«Laszlo Kuehl.»
«Holen Sie Darian rauf. Sofort.»

KAPITEL 3

Möglicherweise wäre Jill fromm geblieben, wäre da nicht Schwester Christina gewesen. Christina war alles, was Jill nicht war – blond, hübsch und weiblich, mit großen, runden Brüsten und einem atemberaubenden Hintern, den nicht mal ihr dunkler Habit verbergen konnte. Jill war vom ersten Moment an in Christina vernarrt gewesen, als diese ihren Unterricht am St. John's begann.

Selbst ohne Make-up und obwohl man von ihrem Haar fast nichts sehen konnte, war sie doch die weiblichste Frau, die Jill jemals gesehen hatte. Doch nicht nur ihr Aussehen faszinierte Jill. Es lag daran, wie sie sich *anfühlte* – voll rosenroter Freude und türkiser Heiterkeit.

Jill tat alles, um ihre Sehnsucht zu leugnen, aber immer schlich Schwester Christina sich in ihre Gedanken und beherrschte alles, was Jill durch den Kopf ging. Nachts war es am schlimmsten. Dann lag Jill im Bett und wünschte, sie könnte Schwester Christinas weiche, duftende Haut berühren. Schlief Jill dann endlich ein, tauchte Schwester Christina in ihren Träumen wieder auf.

Eines Nachts erwachte Jill schweißgebadet, mit den Händen unter ihrem Nachthemd. Was dann geschah, löste eine ganze Folge von Ereignissen aus und warf einen Schatten auf ihre Seele, der ihr bis zum Tod erhalten bleiben sollte.

Jill schlug ihre Bettdecke zurück und achtete darauf, dass sie sich nicht am Oberbett stieß. Die alten Dielen knarrten unter ihrer zarten Gestalt, als sie auf Zehenspitzen den Flur entlangschlich. Im Badezimmer spritzte sie sich kaltes Wasser ins Gesicht.

Jill holte tief Luft und versuchte, ihre Gedanken zu läutern. Alles war still, und sie sah nur trüben, blauen Nebel. Jill atmete aus und genoss den seltenen Augenblick des Friedens. Unablässig mit zwölf anderen Mädchen beisammen zu sein (Mahlzeiten, Gebete, Schule, Schlaf) brachte mit sich, dass ein ständiger Geräuschpegel ihre Gedanken untermalte. Nur in diesen seltenen Augenblicken der Ruhe fühlte sich Jill wie ein eigenständiger Mensch.

Plötzlich sah sie unverkennbar leuchtendes grünliches Schwarz vor sich. Instinktiv trat Jill auf den Flur hinaus und stieß um ein Haar mit Schwester Christina zusammen.

«Ach, du bist es ...», sagte die Nonne. «Was um alles in der Welt machst du hier?»

«Ich ... ich musste zur Toilette.»

«Ein guter Grund», sagte Schwester Christina lächelnd. «Ich wollte eben in die Küche, um mir einen kleinen Mitternachtsimbiss zu gönnen.»

«Darf ich mitkommen?», fragte Jill sofort.

«Es ist spät, Liebes. Du solltest wirklich wieder ins Bett gehen.»

«Bitte ...», sagte Jill. «Ich sage es auch nicht weiter.»

Schwester Christina zögerte, während Jill zu ihr aufblickte, brennend vor Sehnsucht. Schließlich flüsterte die Nonne: «Na, dann komm!»

Sie schlichen die Treppe hinunter in den langen, schmalen Raum, in dem die Küche war. Schwester Christina machte Licht, und die blankpolierten Arbeitsflächen leuchteten. Sie warf Jill ein verschwörerisches Lächeln zu, dann tappte sie über das Linoleum zu dem massiven Kühlschrank hinüber.

Sie zog die Tür auf, und eisige Luft stieg in den Raum, Jill spürte sie kalt und erfrischend auf ihrem Gesicht. Schwester Christina suchte ein paar Sekunden lang und holte dann eine große Packung mit Schokoladeneis hervor.

«Es ist meine einzige wirkliche Schwäche – eine Sünde, ich weiß», sagte Schwester Christina. «Sag es nicht Pater Sullivan!»

«Niemals», sagte Jill und konnte gar nicht aufhören zu lächeln.

Schwester Christina nahm zwei Löffel aus einer Schublade und bedeutete Jill, sie solle ihr durch eine Tür im hinteren Teil der Küche folgen. Nach vierzehn Jahren in diesem Waisenhaus hatte Jill eigentlich gedacht, sie kannte jeden Quadratzentimeter der Kirche, doch dieses Zimmer hatte sie noch nie gesehen.

Am Boden lag ein alter, gelber Teppich. In der Ecke stand ein kleiner Spieltisch neben zwei blassgrünen Sofas. Schwester Christina ließ sich auf eines der Sofas fallen, und Jill setzte sich neben sie. Sie war so aufgeregt, dass sie nicht wagte, etwas zu sagen. Sie wollte den Augenblick nicht zerstören.

«Hau rein!», sagte Schwester Christina und reichte Jill einen Löffel. «Je mehr du isst, desto weniger esse ich, was das Beste wäre. Auch als Nonne möchte ich eine gute Figur haben.»

«Danke.» Jill grub ihren Löffel in die Eiscreme. Und bevor sie es sich anders überlegen konnte, sagte sie: «Das haben Sie übrigens.»

«Was habe ich?»

«Eine gute Figur, meine ich», sagte Jill und kam sich plötzlich dämlich vor.

«Oh. Danke.»

Die beiden aßen schweigend, fast eine Minute lang. Jill versuchte, das Eis zu genießen, aber sie war viel zu aufgeregt. Noch nie hatte sie außerhalb des Unterrichts mit Schwester Christina gesprochen. Hier mit ihr zu sitzen, ohne die anderen Mädchen, war wie ein Traum.

«Schwester? Bevor Sie Nonne wurden, waren Sie da jemals … ich meine … waren Sie …»

Schwester Christina ließ den Löffel sinken. «War ich *was*?»

«Waren Sie jemals … verliebt?»

Schwester Christinas Wangen wurden rot. «Wenn ich die Wahrheit sagen soll, gab es da auf der Highschool einen Jungen, der mein Herz manchmal zum Hüpfen brachte.»

«Waren Sie mit ihm …? Na, Sie wissen schon.»

«Oh, nein», sagte Schwester Christina und schüttelte den Kopf. «Er wusste kaum, dass es mich gab. Außerdem wusste ich damals schon, dass ich für eine tiefere Beziehung ausersehen war als für die mit Billy Cardellini.»

«Wirklich?», fragte Jill. «Mit wem?»

«Gott.»

«Oh. Stimmt», sagte Jill und kam sich blöd vor.

«Warum fragst du? Gibt es jemanden, für den du schwärmst?»

Jetzt war Jill an der Reihe, rot anzulaufen. Sie starrte den Löffel in ihrer Hand an.

«Einer der Jungen vom St. Matthews?», fragte Schwester Christina. Sie nahm Jills Hand. «Du kannst mir vertrauen, Jill. Ich erzähle es bestimmt nicht weiter.»

Bei Schwester Christinas Berührung stockte Jill der Atem. Ihre Haut war so warm und weich. Genau wie sie es sich vorgestellt hatte. Sie biss sich auf die Unterlippe.

Ihr Herz schlug so laut, dass sie schon fürchtete, Schwester Christina könnte es hören.

«Was ist denn, Jill?», fragte Schwester Christina und nahm ihre Hand. «Du zitterst ja.»

Jill versuchte, sich zu beruhigen, doch bei der Anstrengung zitterte sie noch viel mehr. Sie drehte sich zu Schwester Christina um. Als sich ihre Blicke trafen, war Jill zum Weinen zumute. Eine Woge von Gefühlen ging über sie hinweg – Freude, Scham, Trauer und ein wildes, drängendes Verlangen.

Dieses Verlangen überstrahlte alles andere, pulsierte unter ihrer Haut. Als sie Schwester Christina anstarrte, konnte Jill nur daran denken, wie es wäre, ihre schmalen, rauen Lippen auf diesen wunderschönen Mund zu legen, um mit der Zunge Schwester Christinas Zunge zu berühren. Sich das Hemd vom Leib zu reißen …

Dann geschah das Unglaubliche. Schwester Christina beugte sich vor und küsste sie – wild und heftig. Schwester Christinas Zunge schob sich in Jills Mund. Sie schmeckte kühl und schokoladig. Doch lag darin auch Wärme, und Jill konnte Christina spüren, feucht und dunkel.

Sanft strich Jill über Schwester Christinas Wange und dann ihren Hals hinab. Die Schwester zog sie an sich, umfasste Jills Taille mit einer Hand und fuhr mit der anderen durch ihr Haar. Dann strich sie Jills Schenkel entlang bis zum Knie und schob ihr Nachthemd hoch.

Langsam wanderte die Hand Jills Oberschenkel hinauf, und es war, als müsste Jill vor Lust bald explodieren. Es kribbelte am ganzen Leib. Aus jeder Pore drang der Schweiß, ihre Knochen waren wie Gelee. Sie konnte nichts mehr denken, und Schwester Christinas lüstern blaue Leidenschaft vermischte sich mit Jills.

Als alle Furcht dahin war, hielt Jill sich nicht mehr zurück, sie berührte Schwester Christinas Gesicht und Haar nun fordernder. Sie fuhr mit den Händen über Christinas Körper, sie knöpfte das Nachthemd der Schwester auf und griff hinein, um die warmen, vollen Brüste anzufassen, während Schwester Christinas Hand innen an Jills Oberschenkel immer weiter hinaufglitt.

Jill atmete tief ein und drückte Christina an sich, sodass ihre Körper sich aneinanderdrückten. Jill wusste nicht mehr, wo sie aufhörte und wo Christina begann, nur noch, dass sie überall vereint waren, wo sie sich berührten. Sie spürte den Drang, nackt zu sein, damit nichts zwischen ihnen war.

Jill setzte sich auf, damit sie das Nachthemd über den Kopf ziehen konnte. Die Luft war kühl auf ihrer Haut, doch wich das Frösteln augenblicklich der Erregung, als sie sah, dass Schwester Christina sich auch auszog.

Die prallen Brüste wippten, vom dünnen Leinenstoff befreit, und Jill fühlte sich wie magisch angezogen. Sie stand auf, um Schwester Christina zu umarmen, um zu spüren, wie sich diese Frau mit jeder Faser an sie drückte. Die Schwester nahm sie in die Arme, strich mit ihren kurzen Fingernägeln über Jills Kreuz.

Jill biss ihr vorsichtig in den Hals, mit der Zunge kostete sie die salzige Haut. Da hörte sie plötzlich ein Geräusch und gleich darauf die Stimme eines Mannes.

«Großer Gott!»

Fassungsloses Pink und grimmiges Grün leuchteten vor ihren Augen auf. Einen Augenblick lang mischten sich die Farben mit der eisig blauen Lust, doch dann riss sich Schwester Christina los und ließ Jill nackt und allein zurück.

Sie schlug die Augen auf. Schwester Christina hielt sich das Nachthemd vor die Brust. Pater Sullivan packte sie am

Arm. Von einer Sekunde zur anderen hatte sich der wunderbarste Moment in Jills Leben in den furchtbarsten verwandelt.

Es war wie ein Schlag in die Magengrube, und die letzten Reste warmen, kribbelnden Vergnügens wichen ekelhaftem, krampfartigem Schmerz. Da sie wusste, dass Pater Sullivans Rache sie sicher gleich heimsuchen würde, versuchte Jill, Schwester Christina in die Augen zu blicken, doch die Nonne wollte Jill nicht ansehen.

Der Priester sagte etwas zu der Nonne, dann wies er sie an, hinauszugehen. Und als sich Schwester Christina von ihm abwandte, sah Jill den blendend weißen Hass.

«Ich weiß nicht, was du mit mir gemacht hast», zischte Schwester Christina. «Aber Gott steh dir bei, Jill!»

Damit ging die Frau, die sie liebte, zur Tür hinaus und ließ Jill mit dem Priester zurück. Jill starrte den Mann in Schwarz an und merkte, dass alle seine Farben düster waren. Da wusste sie, dass es keine Erlösung geben würde.

Sie hatte ihre Macht verloren.

KAPITEL 4

«Radiowellen», sagte Laszlo Kuehl siegessicher und schrieb das Wort an die Tafel. «Erzählen Sie mir mal was darüber!»

«*Radio Waves.* Das war die erste Single von Roger Waters' *Radio K. A. O. S.*», antwortete Winter Xu, und ein leises Lächeln flog über ihr kindliches Gesicht.

Laszlo lächelte. Das war das Problem, wenn man Hochbegabte unterrichtete – sie waren alle kleine Schlaumeier. Nicht dass er etwas dagegen gehabt hätte. Im Grunde ermutigte er sie ja dazu. Es gefiel ihm, sein Klassenzimmer als Freizone zu sehen, in der nichts verboten war. Er wusste, dass viele Hochbegabte geächtet wurden, weil sie schlauer waren als andere. Und auf keinen Fall wollte er ihnen bei intellektuellen Wortspielen Schranken auferlegen.

«Und was wissen Sie über Roger Waters, Miss Xu?»

Winter setzte sich auf ihrem Stuhl gerade hin und freute sich ganz offenbar, sich zu ihrem Lieblingsthema äußern zu dürfen – alles, was mit Musik zu tun hatte. Sie räusperte sich.

«Er hat 1964 zusammen mit Syd Barrett Pink Floyd gegründet. Ihr erstes Album war *Piper at the Gates of Dawn*, obwohl sie erst mit *Dark Side of the Moon* groß rauskamen. Dann ist Barrett abgedreht, und Waters hat *Wish You Were Here* für ihn geschrieben. Später veröffentlichten sie *Animals, The Wall* und *The Final Cut.* Danach verließ Waters die

Band. Die übrigen Bandmitglieder veröffentlichten noch ein letztes Album – *A Momentary Lapse of Reason*, aber ohne Waters' Texte war es irgendwie öde. ‹Drei minus› würde ich sagen.»

Laszlo war zufrieden. Die Klasse hörte zu. Er führte die Aufmerksamkeit zu 30 Prozent auf das Thema und zu 70 Prozent auf Winter zurück. Sie war von einer natürlichen Schönheit, mit reiner, heller Haut und langen Gliedmaßen, ohne schlaksig zu wirken. Winter Xu war ein Mädchen, dem die Menschen Beachtung schenkten.

«Und was ist Ihre Lieblingsplatte von Pink Floyd, Miss Xu?»

«*Animals*», sagte Winter, ohne zu zögern.

«Und sie basiert auf welchem Roman der klassischen Moderne?»

Winter blinzelte, überrascht, dass ihr musikalisches Wissen Lücken aufwies.

«Kennt jemand die Antwort? Bueller?»

Laszlo erntete ein paar Lacher für dieses Zitat aus *Ferris macht blau* und sah sich in der Klasse um, ob jemand seine Frage beantworten könnte. Aber er blickte nur in leere Gesichter. Also wandte er sich an den Schüler, auf den er sich immer verlassen konnte.

«Mr. Cohen. Können Sie Miss Xu weiterhelfen?»

Elijah Cohen machte sich auf seinem Stuhl so klein wie möglich. Seine beklemmende Schüchternheit tat Laszlo in der Seele weh, aber der Junge musste aus seinem Schneckenhaus gelockt werden. Von allen Schülern beeindruckte ihn Elijah am meisten. Eines Tages würde der ungelenke Junge bestimmt einmal sehr erfolgreich sein – auch wenn er selbst nicht daran glaubte.

«Das Album b-b-basiert auf *Farm der Tiere* von George Orwell.»

«Sehr gut. Erläutern Sie das bitte.»

Elijah wurde rot und trug stotternd vor, was er zu sagen hatte, während er auf sein zerkratztes Pult starrte.

«Na ja, genau wie im B-b-buch wird die Menschheit von Tieren dargestellt. Auf der Platte gibt es drei Arten – Hunde, Schweine und Schafe. Hunde stehen für geldgierige Geschäftsleute. Schweine sind korrupte Politiker. Und die Schafe symbolisieren alle anderen – das Volk.»

«Ausgezeichnet», sagte Laszlo und faltete die Hände hinter seinem Rücken. «Nun haben wir alle etwas aus Miss Xus kleiner Abschweifung gelernt. Sogar Miss Xu selbst.» Dann sah er wieder zur Tafel. «Wenden wir uns nun wieder der Physik zu!»

Ein leises Stöhnen ging durchs Klassenzimmer, doch Laszlo witterte die Neugier. Viele seiner Schüler waren klüger, als gut für sie war, doch alle waren wissbegierig. Das vor allem war es, warum er diesen Job mochte.

«Beginnen wir mit einer kleinen Geschichte. Weiß irgendjemand, wer das Radio erfunden hat?»

«Nikola Tesla», sagte Jonah Hulse stolz, der Besserwisser der Klasse.

«Wie die Band *Tesla*?»

«Genau. Ich glaube, sie haben sich nach ihm benannt», sagte Laszlo, ohne weiter auf Winters Bemerkung einzugehen, bevor sie wieder vom Thema abkamen. «Tesla wurde in Kroatien geboren, am 10. Juli 1856 – Punkt Mitternacht.»

Eilig notierten die Schüler sich das.

«Im Alter von fünf Jahren entwarf er den ersten Motor, angetrieben von siebzehn Insekten, die an einem Windrädchen klebten. Aber er hatte noch mehr bizarre Ideen, zum Beispiel wollte er eine Art Ring um die Erde legen, damit es sich leichter um die Welt reisen ließe, oder ein hydraulisch betriebenes Rohr unter dem Atlantik verlegen, um die Post zu beschleunigen.

Auf der Universität paukte Tesla zwanzig Stunden täglich, schlief nur ein, zwei Stunden pro Nacht. Am Ende seines ersten Jahres beherrschte er neun Sprachen fließend. Als sein Vater starb, musste er die Uni verlassen, um sich seinen Lebensunterhalt zu verdienen. Also wurde er Ingenieur bei der Continental Edison Company in Paris.

Sein Chef war so beeindruckt, dass er Tesla nach Amerika schickte, damit er Thomas Edison persönlich kennenlernte. Edison engagierte Tesla auf der Stelle und versprach ihm 50 000 Dollar, wenn es Tesla gelingen würde, Edisons Gleichstromdynamos – auch DC oder *Direct Current* genannt – umzukonstruieren. Zwar interessierte sich Tesla erheblich mehr für Wechselstrom – auch AC oder *Alternating Current* –, aber er brauchte das Geld, um sein eigenes Forschungslabor gründen zu können, also nahm er den Auftrag an. Nach einem Jahr hatte Tesla den Umbau erfolgreich beendet, doch als er um die fünfzig Riesen bat, wollte Edison von der Vereinbarung nichts mehr wissen.»

«Wow!», rief Stephen Grimes, und seine vielen Pickel explodierten fast. «Sie meinen, Thomas Edison war ein Arsch?»

Laszlo lachte mit den anderen Schülern. «Wenn man den Historikern Glauben schenkt, muss man das wohl bejahen.»

«Cool», sagte Mr. Grimes und fuhr sich mit der Hand über die Nase. «Dann dürfen Sie jetzt fortfahren.»

«Oh, vielen Dank.»

Mr. Grimes war nicht der kultivierteste Schüler, aber er hatte Humor und so etwas Charmantes an sich, dass er der Held der Klasse war. Besonders gut war er in naturwissenschaftlichen Fächern, und Laszlo war der einzige Lehrer, der Grimes' Ausbrüche tolerierte. Außerdem blieben Laszlo ohnehin zur zwei Möglichkeiten: Lach mit, oder du wirst ausgelacht. Er bevorzugte Ersteres.

«Tesla kündigte bei Edison und wurde Bauarbeiter, hob Gräben aus und baute ein paar Jahre Straßen. Da er jedoch kaum schlief, trieb er seine Erfindungen weiter, wobei er sie oft im Kopf vollständig ausarbeitete, bevor er sie zu Papier brachte.

1888 zahlte George Westinghouse 60 000 Dollar für Teslas Wechselstrompatente. Gemeinsam begannen sie einen ‹Krieg der Ströme› gegen Thomas Edison, in dem es darum ging, mit welchem System die allgemeine Elektrifizierung verbreitet werden sollte: Gleichstrom oder Wechselstrom.

Gleichstrom, also *DC*, fließt kontinuierlich in eine Richtung. Beim Wechselstrom, *AC*, variiert Stärke und Richtung zyklisch in Form einer Welle. Zwar hatte Edisons Gleichstrom Teslas Wechselstrom einiges voraus, doch Edison hatte ein Problem.

Gleichstrom besitzt die Angewohnheit, Drähte schmelzen zu lassen, wenn man ihn auf weite Entfernung übertragen möchte. Daher musste Edison überall Elektrizitätswerke bauen. Ein weiteres Problem beim Gleichstrom war, dass sich seine Voltzahl nicht ohne weiteres erhöhen oder senken ließ. Daher mussten separate Stromleitungen eingerichtet werden, um unterschiedliche Voltzahlen bedienen zu können.

Beim Wechselstrom gab es diese Probleme nicht. Wechselstrom kann die Energie ohne schmelzende Drähte auf große Entfernungen übertragen und von der 5-Volt-Lampe bis zur 100-Volt-Fabrikmaschine alles betreiben.

Da Edison wusste, dass Teslas System überlegen war,

begann er, den Wechselstrom zu diskreditieren. Edisons Mitarbeiter entwarfen den ersten elektrischen Stuhl der Welt, der natürlich mit Wechselstrom betrieben wurde. Dann exekutierte er entlaufene Hunde und Katzen, um zu zeigen, wie gefährlich der Wechselstrom war.

Die Krönung war seine Hinrichtung eines Elefanten auf Coney Island. Edison prägte sogar einen neuen Begriff für den Tod durch einen Stromschlag: *Westinghoused.*»

«Das denken Sie sich doch nur aus», sagte Mr. Grimes, und seine Augen funkelten vor Begeisterung.

«Leider nicht», sagte Laszlo. «Wie Sie vorhin so elegant formulierten – Edison war ein Arsch.»

«Kann man wohl sagen.»

«Trotz Edisons Bemühungen, den Wechselstrom in Verruf zu bringen, waren die Vorteile doch so offensichtlich, dass die Regierung Teslas System den Vorzug gab, als man die Niagarafälle zur Elektrizitätsgewinnung nutzen wollte.

Der Rest ist bekannt. Auf der ganzen Welt wird Elektrizität per Wechselstrom verbreitet, und nur batteriebetriebene Apparate verwenden Gleichstrom. Geräte, die normalerweise mit Batterien betrieben werden, aber auch an eine Steckdose angeschlossen werden können, verwenden was für einen Adapter, der außerdem der Name einer Rockband ist … Miss Xu?»

«AC/DC», sagte Winter und grinste breit.

«Ganz genau.»

«Und was war jetzt mit den Radiowellen?», fragte James Ulrich.

«Ach, ja. Ich fürchte, ich wurde abgelenkt, als Mr. Grimes Edison als ‹Arsch› bezeichnete. Jedenfalls meldete Tesla 1897 zwei Patente an: eins für sein ‹System zur Übertragung elektrischer Energie› und eins für den ‹Apparat zur Übertragung elektrischer Energie›. Das Radio war geboren.

Radiowellen wurden bereits einige Jahre früher von einem deutschen Physiker namens Heinrich Hertz entdeckt. Er zeigte, dass Radiowellen eine Art elektromagnetischer Strahlung sind, mit Wellenlängen, die zu lang sind, als dass wir sie mit bloßem Auge erkennen können.»

Elijah Cohen beugte sich vor, er war plötzlich interessiert. «Aber ich dachte, elektromagnetische Strahlung ist Licht.»

«Wie ich sehe, haben Sie in unserem Buch schon weitergelesen, Mr. Cohen. Nun, Sie haben fast recht. Sichtbares Licht ist *eine* Form elektromagnetischer Strahlung, aber nur ein geringer Teil des Spektrums. Ich will es Ihnen erklären: Elektromagnetische Strahlung besteht ausschließlich aus Photonen, einem der elementaren Bausteine des Universums.

Photonen sind im Grunde reine Energie. Sie besitzen keine Masse und bewegen sich unablässig mit Lichtgeschwindigkeit – nahezu 300 000 Kilometer pro Sekunde. Die Art und Weise, wie Menschen elektromagnetische Strahlung wahrnehmen, hängt davon ab, wie viele Photonen involviert sind und wie sie sich bewegen.

Man geht davon aus, dass sich Photonen normalerweise in Wellenform bewegen. Je schneller sich die Welle bewegt, desto mehr Spitzen und Täler gibt es pro Sekunde. Deren Anzahl wird als *Frequenz* bezeichnet und in *Hertz* gemessen. Je stärker die Welle ist, desto größer ist ihre Amplitude – die Höhe der Spitzen und Täler.

Bei 0 Hertz hat man Elektrizität, wie sie von Batterien und Gleichstromgeneratoren erzeugt wird – vergessen Sie nicht: Beim Gleichstrom gibt es keine Wellen, sondern einen konstanten Elektrizitätsfluss.

Frequenzen zwischen 3 und 30 Hz bezeichnet man als ELF oder *Extremely Low Frequency*. Damit wird Wechselstrom übertragen.

Das menschliche Ohr kann sowohl das obere Spektrum des ELF wahrnehmen als auch die Frequenzen zwischen 20 Hz und 20000 Hz, die *Super Low*, *Ultra Low* und *Very Low* genannt werden. Je höher die Frequenz, desto höher der Ton. Eine typische Männerstimme liegt zwischen 85 und 155 Hz, die typische Frauenstimme zwischen 165 und 255 Hz.»

«Moment mal», sagte Winter und neigte den Kopf zur Seite. «Wir können Strahlung *hören*?»

«Nicht ganz», sagte Laszlo. «Photonen prallen mit Luftmolekülen zusammen und versetzen sie in Vibrationen. Was wir hören, sind diese Luftmoleküle.»

«Also prallt das Licht auf die Luft, und wir hören die Luft?», fragte Winter.

«Im Grunde ja.»

«Grusel», sagte Stephen Grimes.

«Gehen wir den Rest des elektromagnetischen Spektrums durch», fuhr Laszlo fort. «Frequenzen zwischen 30 und 300 kHz werden als LF, *Low Frequency*, bezeichnet. Die Regierung nutzt sie für ihre Navigationssatelliten. Die Frequenzen darüber, zwischen 300 Hz und 3000 Hz, heißen MF oder *Medium Frequency:* die Mittelwelle im Radio.

Und da kommt unser Freund Nikola Tesla ins Spiel. Mit seinen beiden Patenten entwickelte er Geräte, die Schallwellen in elektromagnetische Strahlung umwandeln, welche sich dann mit Lichtgeschwindigkeit durch die Luft bewegt. Wird ein Radio auf dieselbe Frequenz eingestellt, auf der das Signal ausgesandt wurde, wandelt es die elektromagnetische Strahlung wieder in Schallwellen zurück.»

«Und wie?», fragte Winter.

«Das Radio überträgt den Ausschlag – die Amplitude – der elektromagnetischen Wellen in Klänge. Daher auch der Name AM: Amplitudenmodulation. Dreht man also den Sender 1010 WINS rein, befindet man sich auf einer Frequenz von 1010 kHz, und das Radio konvertiert die Amplitudenmodulation in hörbare Klänge. Und da die Lichtgeschwindigkeit etwa 300 000 Kilometer pro Sekunde beträgt, fängt das normale Radio das Signal praktisch gleichzeitig auf. Klar?»

Nur etwa die Hälfte der Klasse hatte Laszlos Erklärung verfolgt, aber es war ein akzeptabler Schnitt, denn sie waren alle gewitzt genug, sich das Gesagte auch selbst anzulesen. Außerdem konnte etwas Ahnungslosigkeit nicht schaden. So lernten sie, bescheiden zu bleiben.

«Okay, lassen Sie uns fortfahren. Zwischen 3 und 30 Megahertz haben wir das Kurzwellenradio. Oberhalb davon dann liegen die Ultrakurzwellen – auch VHF oder *Very High Frequency* – zwischen 30 bis 300 MHz, auf der das UKW-Radio – FM oder *Frequency Modulated* – und einige Fernsehsender ausstrahlen. Dann gibt es noch die Dezimeterwellen – auch UHF oder *Ultra High Frequency* – zwischen 300 und 3000 MHz, die ebenfalls von Fernsehsendern genutzt werden.

Zwischen 3 und 30 Gigahertz haben wir es mit Zentimeterwellen zu tun – die *Super High Frequency*. Und zwischen 30 und 300 GHz finden sich schließlich die Signale der Radioastronomie. Und damit sind die Radiofrequenzen ausgereizt.»

Die Schüler seufzten leise, dann fügte Laszlo hinzu: «Was allerdings keineswegs das Ende des elektromagnetischen Spektrums darstellt. Ich will Ihnen nur kurz die Frequenzen nennen, da ich sehe, dass ich Ihre Geduld auf eine harte Probe stelle.

Zwischen 300 Gigahertz und 400 Terahertz liegt das Infrarotlicht, für das Auge unsichtbar. Zwischen 400 und 800 THz haben wir das sichtbare Licht, das wir alle kennen und lieben. Die Frequenz bestimmt die Farbe. Rot zum Beispiel liegt zwischen 405 und 480 THz, Violett dagegen zwischen 700 und 790 THz.

Darüber liegen nur noch Ultraviolettlicht, Röntgenstrahlen und schließlich die Gammastrahlen.»

«Durch die Bruce Banner zum *Incredible Hulk* wurde?», fragte Mr. Grimes.

«Genau die», sagte Laszlo. «Also, wer möchte zusammenfassen? Ah, Mr. Cohen. Danke, dass Sie sich freiwillig melden.»

Elijah blickte auf, als Laszlo seinen Lieblingswitz machte (einen Schüler aufzurufen, der sich nicht meldete), und fasste zusammen.

«Elektrom-m-magnetische Strahlung bedeutet eigentlich: ‹Photonen bewegen sich in Wellenform›. Je nach Frequenz der Photonenwelle nimmt die Strahlung unterschiedliche Formen an. Bei sehr niedriger Frequenz ist sie Elektrizität. Dann wird sie zu Schall, ind-d-dem sie mit Luftmolekülen zusammenprallt. Je höher die Frequenz, desto höher der Ton.

In sehr hohen Frequenzen wird sie für das Senden von Mittel- und Ultrakurzwellenradios sowie fürs Fernsehen genutzt. Dann w-w-wird sie zu Licht – erst Infrarot, dann sichtbar, dann ultraviolett. Je höher die Frequenz, desto heller die Farbe. In den höchsten Frequenzen nimmt die elektromagnetische Strahlung die Form von Röntgen- und G-g-gammastrahlen an.

Oh, und Tesla hat als Erster ein Gerät entwickelt, mit dem man elektromagnetische Strahlung innerhalb des Radiofrequenzspektrums übertragen und interpretieren konnte.»

«Sind Sie sicher, dass das alles war?», fragte Laszlo nach, um Elijah die Gelegenheit zu geben, die er so redlich verdiente.

«Ach, ja», fügte Elijah hinzu und lächelte zum ersten Mal, seit der Unterricht begonnen hatte. «Edison war ein Arsch.»

Stevie war als Erster aufgesprungen, als es klingelte. «Hauen wir ab!»

«Warte mal eben», sagte Elijah. «Ich muss Mr. Kuehl was fragen.»

«Schleimer», höhnte Stevie. «Wir treffen uns an deinem Spind.» Während alle anderen nach draußen stürmten, blieb Elijah im Klassenzimmer und trat schüchtern zu seinem Lieblingslehrer.

«Mh, Sir? Ich wollte nur f-f-fragen ... was ist denn aus Nikola Tesla geworden? Also, wie kommt es, dass er nicht so berühmt ist wie Edison?»

«Gute Frage», sagte Mr. Kuehl, während er die Unterlagen auf seinem Pult ordnete. «Fragen Sie mich in der nächsten Stunde nochmal. Daraus könnte sich eine interessante Diskussion ergeben.»

«M-m-mach ich», sagte Elijah und zog seinen Rucksack über die knochigen Schultern. «Und danke für die interessante Stunde.»

«Sie war gar nicht so interessant», sagte Mr. Kuehl und lächelte verschwörerisch. «Vielleicht liegt es nur daran, dass die anderen Stunden so langweilig sind. Wenn Sie mich jetzt entschuldigen würden ... ich muss noch ungefähr fünfzig Arbeiten durchsehen, und wie es scheint, haben Sie mal wieder das Seitenlimit überschritten. Schade, dass Sie sonst nicht auch so redselig sind wie bei schriftlichen Arbeiten.»

«Ich schreibe eben gern.»

«Nun, da haben Sie Glück, dass ich gern lese. Jetzt aber los. Wenn Mr. Grimes zu lange allein gelassen wird, steckt er wahrscheinlich noch die Schule in Brand.»

«Ja, Sir. Bis morgen.»

«Schönen Tag noch, Mr. Cohen.»

Elijah ging zur Tür, dann drehte er sich noch einmal um. «Warum siezen Sie Ihre Schüler eigentlich?»

«Warum siezen Sie denn Ihre Lehrer?»

Elijah zuckte mit den Schultern. «Es ist eine gesellschaftliche Norm.»

Mr. Kuehl lachte. «Ja, da haben Sie wohl recht. Aber warum gibt es diese gesellschaftliche Norm? Was vermittelt man, wenn man jemanden siezt?»

«Respekt?»

«Fragen Sie mich das, oder sagen Sie es mir?»

«Ich sage es Ihnen», antwortete Elijah mit Nachdruck.

«Richtig. Da mich meine Schüler respektieren, sollte ich diesen Respekt auch erwidern.»

«Sie meinen also, die anderen Lehrer respektieren ihre Schüler nicht?»

«Das habe ich nicht gesagt», gab Laszlo zurück. «Aber es ist eine interessante Schlussfolgerung.»

KAPITEL 5

Jill wandte sich um, als der Schlüssel ins Schloss geschoben wurde. Ihre Augen brannten, obwohl die Tränen schon lange versiegt waren. Sie atmete die muffige Kellerluft tief ein und zuckte zusammen. Ihr Hals tat weh vom Schreien.

Die schwere Holztür ging auf und knarrte in den alten Angeln. Grelles Licht blendete aus dem Flur, dann knipste Pater Sullivan die Lampe an. Instinktiv versuchte Jill, sich die Augen zuzuhalten, doch der Strick um ihre Handgelenke schnitt schmerzhaft in die Haut.

Pater Sullivan kam herein und prüfte die Knoten, zog den Strick fester. Jill holte Luft und wimmerte.

«Es könnte vielleicht wehtun», sagte Pater Sullivan. «Aber hinterher ... du wirst froh sein, wenn ich es getan habe.»

Er starrte sie an. Das silberne Kruzifix an seinem Hals baumelte direkt über ihr. Dann drehte er sich um und betete. Er legte sich ein langes, rotes Tuch um die Schultern. Als er schließlich vor ihr stand, hielt er ein Weinglas in der Hand. Es sah aus, als wäre Blut darin.

«Es ist so weit.»

Die Tür knarrte, und ein zweiter Mann trat ein. Jill hatte ihn noch nie gesehen. Er war klein und stämmig, mit dicken, kräftigen Armen. Er sah auf sie herab, mit erschrockenem, aber beherztem Blick. Er zitterte – genau wie sie. Allerdings nicht vor Angst, sondern vor Erregung.

Jill fing an zu weinen.

Pater Sullivan betrachtete das schluchzende Kind. Sein Herz fühlte sich an, als sollte es bersten. Noch nie in seinem Leben hatte er sich so sehr gefürchtet. Er hielt das Weinglas fest in der Hand und betrachtete, was dort an der kahlen Wand hing – ein kleiner, bronzener Christus am Kreuz. Bei dem Anblick fasste er Mut.

Dennoch war er froh, dass Pater McKinney bei ihm war. Pater Sullivan rechnete damit, dass er McKinneys kräftige Hand brauchen würde. Der junge Priester mochte zwar nur einen Meter fünfundsechzig groß sein, doch besaß er die Statur eines Footballspielers – als hätte er einmal eins fünfundneunzig groß werden sollen, bevor Gott ihn mit einem Hammer zurechtgestutzt hatte.

Sullivan schloss die Augen und versuchte, sich die Passagen aus dem *Rituale Romanum* in Erinnerung zu rufen, die er am Abend zuvor gelesen hatte. Aber er dachte immer nur an jenes unheilvolle Wort, das er dort gelesen hatte.

Das Wort setzte sich aus der griechischen Präposition *ek* und dem Verb *horkizo* zusammen, was so viel hieß wie «einen Geist unter Eid stellen» – ein Wesen soll durch die Anrufung einer höheren Macht gebunden und dadurch gezwungen werden, sich jedem Befehl zu unterwerfen.

Doch war der Befehl stets derselbe: Hinfort mit dir!

Pater Sullivan hatte nie viel über dieses Wort nachgedacht, doch jetzt lastete es schwer auf ihm.

Exorzismus.

KAPITEL 6

«Alter Schwede, du solltest *echt* mal Winter fragen, ob sie mit dir ausgeht!»

«Geht's noch lauter?», sagte Elijah und knallte seinen Spind zu. «Irgendwo in China gibt es bestimmt noch einen alten Mann, der dich nicht gehört hat.»

«Entspann dich», sagte Stevie und warf einen kurzen Blick auf das Gedränge im Flur. «Kein Schwein interessiert sich für dein Liebesleben.»

«Außer dir.»

«Irgendwer muss sich ja darum kümmern. Wenn du so weitermachst, wirst du ewig Jungfrau bleiben.»

«Stevie!», zischte Elijah und boxte seinen Vetter hart gegen die Schulter.

«Hey! Das tat weh!»

«Das sollte es auch», sagte Elijah. Er wandte sich zum Gehen, aber Stevie blieb ihm auf den Fersen.

«Meinst du, es ist ein Geheimnis, dass du noch Jungfrau bist?»

«Es ist bestimmt kein Thema für eine Podiumsdiskussion.»

«Das sollte es aber.»

«Ich kann mich nicht erinnern, *dich* in letzter Zeit mit einem Mädchen gesehen zu haben.»

Stevie grinste. «Weil ich eben diskret bin.»

«Du bist ungefähr so diskret wie ein Elefant mit Durchfall.»

«Ach, ja? Na, dann sieh dir *das* mal an!» Stevie zog den Reißverschluss an seinem Rucksack auf und holte ein Polaroid hervor, das er Elijah prompt unter die Nase hielt.

Elijah fielen fast die Augen aus dem Kopf, als er das Bild von Michelle Kaplan sah – und Stevies Hand unter ihrem T-Shirt.

«Du gehst mit Drahtgesicht?»

«Nenn sie nicht so!»

«Den Spitznamen hast du ihr doch selbst gegeben.»

«Na und?»

«Wie lange bist du schon ...?»

«Fünf Tage», sagte Stevie. Triumphierend nahm er das Foto wieder an sich. «Wie diskret ist *das*?»

«Ungemein diskret, Stevie», sagte Elijah und wusste, dass sein Vetter von der Ironie nichts mitbekam. Stevie war schlau, aber sein IQ fiel um dreißig Punkte, sobald Brüste ins Spiel kamen. «Und wie hast du das mit dem Foto hingekriegt?»

«Weil ich genial bin. Ich hab sie gestern Abend aufs Dach gelockt und ihr erzählt, es gibt Sternschnuppen. Die ist so was von gutgläubig. Jedenfalls haben wir dann rumgefummelt. Meine Polaroid hatte ich schon mit der Fernbedienung vom Videorekorder verkabelt, und im entscheidenden Moment habe ich den Auslöser gedrückt.»

«Ist sie sauer geworden?»

«Das war überhaupt das Beste: Ich hab ihr erzählt, dass der Blitz wohl eine Sternschnuppe war, und sie hat's geglaubt!»

«Toll. Warum setzt du deinen beschränkten Intellekt nicht mal für eine gute Sache ein und nicht immer, um dir irgendwelche Gemeinheiten auszudenken?»

«*Deshalb* geht bei dir auch nie was. Du findest es gemein, Mädchen auf den Arm zu nehmen.»

«Nein, ich finde es nur gemein, sie zu *belügen.*»

«Auf den Arm nehmen, belügen. Ist doch dasselbe. Genau wie Rodney Dangerfield in *Mach's nochmal, Dad* gesagt hat: ‹Belüg nicht mich! Belüg Mädchen!›»

«Du bist ein hoffnungsloser Fall.»

«Und was ist jetzt mit Winter?»

«Sie weiß ja nicht mal, dass es mich gibt.»

«Klar weiß sie das. Sie hat dich heute die ganze Stunde über angestarrt. Bei Mr. Kuehl.»

«Weil sie hinter mir sitzt. Schwachkopf.»

«Ist doch ein Anfang.»

«Nicht wirklich.»

«Und fragst du sie jetzt, ob sie mit dir ausgeht, *oder was?*»

«Was.»

«Stevie geiert dich an», höhnte Liz. «Der Typ ist so *eklig.*»

«Ich weiß nicht …» Winter warf einen Blick über ihre Schulter zur anderen Seite der Cafeteria. Sie sah ihm in die Augen und drehte sich schnell wieder um. «Ich finde ihn irgendwie ganz lustig.»

«Oh, mein Gott! Du stehst doch nicht etwa auf ihn, oder?»

«Nein!»

«Puh. Da hast du mir aber einen Schreck eingejagt. Ich glaube, du hängst zu oft mit den Superhirnen rum.»

«Was soll das denn heißen?»

«Du weißt schon.»

«Was denn?»

«Meine Güte, Winter! Für ein hochbegabtes Kind bist du ganz schön blöd. Wenn du ständig mit den Schlaumeiern zusammen bist, schickst du dich am Ende noch selbst in die Wüste. Das sind doch alles Freaks.»

«Bin *ich* denn ein Freak?»

«Komm schon! Du weißt, was ich meine. Du nimmst nur an Freak-Stunden teil. Ansonsten bist du eine von uns.»

«Und wer genau ist *wir*? Die stereotypen coolen Kids?»

«Was hat das mit Stereo zu tun?»

«Vergiss es», sagte Winter und stocherte in ihren Kroketten herum.

Als sie auf die Schule gewechselt hatte und hierhergekommen war, sollte es ein neuer Anfang werden. Sie wollte sich Freunde suchen, die eher auf ihrem Level waren. Unweigerlich aber landete sie in der Clique der hübschen Mädchen. Sie hatte es sich nicht ausgesucht – sie wurde auserwählt. Schon am ersten Tag lud man sie an ihren Tisch ein – die gesellschaftlichen Würfel waren gefallen.

Zwar unterhielt sie sich gern über Jungs und Klamotten, aber sie hatte nie das Gefühl, sie selbst zu sein. Immer spielte sie eine Rolle. Die unschuldige Tochter für Mom und Dad. Den coolen Teenie für ihre neuen Freunde. Die vorbildliche Schülerin für ihre Lehrer.

Es gab nur zwei Situationen, in denen sie sich wohl fühlte.

Zum einen in der Orchesterprobe. Das war die einzige Stunde, in der es nicht um das blinde Einprägen irgendwelcher Fakten ging, sondern um Kunst und Emotionen. Wenn sie spielte, lebte sie.

Und zum anderen bei Mr. Kuehl. Im Gegensatz zu anderen Lehrern schien ihm das Unterrichten Freude zu machen. Und er war klug. Es gab so gut wie keine Frage, die er nicht beantworten konnte. Und wenn es einem Schüler doch gelang, gab er zu, dass er es nicht wusste, statt irgendwas zu erfinden oder ärgerlich zu werden wie die meisten Lehrer.

Das Beste war, dass er seine Stunde nicht mit eiserner Faust führte. Sie durften sprechen, ohne die Hand heben zu müssen. Er behandelte seine Schüler wie Erwachsene. Und immer ließ er zu, dass sie vom Thema abschweiften. Zumindest schien es, als schweiften sie vom Thema ab. Doch selbst wenn er so komisches Zeug wie das mit Tesla erzählte, lernte Winter etwas.

Nicht dass sie Marcy, Tina oder Liz gegenüber hätte zugeben können, dass sie Physik mochte. Wie so vieles andere hätten sie es nicht verstanden.

KAPITEL 7

Pater Sullivan starrte das zitternde Mädchen an und betete um Kraft.

Er nippte am geweihten Wein, er trank vom Blute Christi. Das tröstete ihn. Pater Sullivan bekreuzigte sich, dann wandte er sich dem Mädchen zu, das an den Tisch gefesselt war. Sie starrte ihn an, mit feuchten Wangen, und verzog den bebenden Mund zu einer Miene des Entsetzens.

So schnell er konnte, tippte Pater Sullivan mit einem Finger an ihre glühende Haut. Sofort wich er zurück – wenn auch erst, nachdem sein Herz kurz stillgestanden und er die grellen Farben gesehen hatte.

Als er das Kreuz über dem Mädchen geschlagen hatte, hielt er seine Hand in ein kleines geschwungenes *Bénetier*. Kühl und weich fühlte sich das Weihwasser zwischen seinen Fingern an. Er besprenkelte sich und Pater McKinney. Dann hob er das *Bénetier* an und hielt es über den Kopf des Mädchens.

Er zitterte so heftig, dass das Wasser über den Rand des Kelches schwappte und dem Mädchen übers Gesicht lief. Pater Sullivan sah sie an, erwartete beinah, dass ihre Haut gleich qualmen würde. Stattdessen leckte sie sich das Wasser von den Lippen.

Sie ist durstig.

Natürlich ist sie durstig. Du hast sie zwölf Stunden schreien lassen.

Pater Sullivan atmete schwer. Pater McKinney schluckte hörbar und flüsterte:

«Wenn ihr Glauben habt wie ein Senfkorn, so könnt ihr sagen zu diesem Berge: Hebe dich von hinnen dorthin! so wird er sich heben.»

Pater Sullivan erkannte Matthäus 17,20. Es war die Geschichte eines besessenen Jungen. Die Dorfbewohner versuchten, den Dämon zu bannen, aber sie schafften es nicht. Jesus tadelte sie, weil sie ihren Glauben angesichts der Macht des Teufels verloren, und sagte, mit ein wenig Glauben – so klein wie ein Senfkorn – sei Großes zu erreichen.

Pater McKinney hatte recht. Diese Aufgabe war nur mit starkem, unerschütterlichem Glauben durchzustehen.

«Danke», flüsterte Pater Sullivan. Er goss etwas Weihwasser über die Stirn des Mädchens und kniete auf dem kalten Steinfußboden nieder.

Er bat den Herrn um Gnade. Dann betete er zur Litanei der Heiligen um deren Segen. Heilige Maria. Heilige Mutter Gottes. Heilige Jungfrau der Jungfrauen. Heiliger Michael. St. Gabriel. St. Raphael. Alle heiligen Engel, Erzengel und Geister.

Darauf bat Pater Sullivan den Herrn, sie von aller Sünde zu erlösen. Von Rache. Von den Fallstricken des Teufels. Von Hass. Blitz und Donner. Erdbeben. Epidemien. Hunger. Krieg. Und dem ewigen Tod.

«Oh, Herr, führe uns nicht in Versuchung.»

«Sondern erlöse uns von dem Bösen», schloss Pater McKinney.

Pater Sullivan stand da und schloss die Augen, er bewahrte das Antlitz Jesu fest vor seinem inneren Auge. Als er sich erhob, hob er auch die Stimme – laut und triumphierend.

«Bring Angst und Schrecken, oh Herr, über das Ungeheuer, das Euren Weinberg verwüstet. Gib Deinen Dienern Mut, mannhaft diesen ruchlosen Dämon zu bekämpfen!

Vertreibe ihn mit machtvoller Hand aus Deiner Dienerin Jill Willoughby, sodass er dieses Mädchen nicht mehr gefangen hält, welches mit Dir lebt und regiert, im Heiligen Geiste, Gott, für immer und ewig.»

Gestärkt und zuversichtlich schlug Pater Sullivan die Augen auf und starrte das Ungeheuer an, das ihn böse aus den Augen eines hilflosen Kindes musterte.

«Ich befehle Dir, unreiner Geist, und allen deinen Helfershelfern, die diese Dienerin Gottes bedrängen – beim Wunder der Fleischwerdung, des Leidens, der Wiederauferstehung und der Himmelfahrt unseres Herrn Jesus Christus – nenne mir deinen Namen!

Des Weiteren befehle ich dir, mir zu gehorchen, mir, der ich unwert bin und doch ein Diener Gottes. Niemals soll es dir mehr möglich sein, diesem Wesen Gottes irgendein Leid anzutun.»

Pater Sullivans sonore Stimme dröhnte in dem kleinen Raum, was die darauffolgende Stille nur noch gewaltiger erscheinen ließ. Er hielt die Luft an. Das Mädchen blickte zu ihm auf, die roten Augen voller Tränen.

«Ich … ich … ich weiß nicht, was ich sagen soll.»

«Sag mir deinen Namen», befahl Pater Sullivan.

Das Mädchen runzelte die Stirn. «M-m-mein Name ist Jill.»

Pater Sullivan schüttelte den Kopf. «Nicht den Namen deiner Geisel. Deinen *wahren* Namen, Dämon!»

Das Mädchen schluckte ihr Schluchzen herunter. «Tut mir leid, was ich getan habe! Bitte … Bitte, lassen Sie mich gehen! Ich verspreche, ich tue es nie wieder!»

Pater Sullivan betrachtete das Ungeheuer. Doch er konnte die Bestie nicht sehen. Er sah nur ein verängstigtes, kleines Mädchen. Und unwillkürlich dachte er, dass vielleicht – ganz vielleicht – die Stimme, die aus dem Mund des Mädchens kam, tatsächlich ihre eigene war.

«Es ist keine Strafe für das, was du getan hast», sagte Pater Sullivan nun sanfter. «Du bist besessen, Jill. In dir wohnt ein böser Geist, der dich böse Dinge tun lässt. Kannst du ihn spüren?»

Jill schniefte. Sie wollte schon den Kopf schütteln, doch sie stutzte.

«M-m-manchmal fühle ich Sachen … ich *sehe* Sachen … seltsame Farben, wie Gefühle.»

«Ja!», rief Pater Sullivan. «Das ist es, Jill. Bring diese Gefühle heraus! Lass mich mit ihnen sprechen!»

Jill schloss die Augen und fing an zu zittern. Nach etwa einer Minute schüttelte sie den Kopf.

«Du musst beten, Jill. Bete zu Jesus Christus!»

«Ich hab Angst.»

«Du darfst dich nicht von deiner Furcht überwältigen lassen. Dein Glaube wird dich vom Dämon befreien. Nun bete!»

Jill schluckte, kniff die Augen zusammen und betete.

«Gegrüßet seist du, Maria, voll der Gnade, der Herr ist mit dir. Du bist …»

«Lauter!»

Jill schrie mit heiserer Stimme: *«Gegrüßet seist du, Maria, voll der Gnade, der Herr ist mit dir.»*

«Du musst es *fühlen*, Jill», trieb Pater Sullivan sie an. «Schrei die Worte nicht heraus! Glaub daran!»

«Du bist gebenedeit unter den Frauen», schluchzte Jill und schnappte nach Luft, *«und gebenedeit ist die Frucht deines*

Leibes, Jesus. Heilige Maria, Mutter Gottes, bitte für uns Sünder jetzt und in der Stunde unseres Todes. Amen.»

«Und jetzt …», sagte Pater Sullivan. «Bring den Dämon dazu, mir seinen Namen zu nennen!»

Jill schüttelte den Kopf. «Ich kann nicht!»

Da verlor Pater Sullivan die Geduld. Er holte aus und schlug ihr ins Gesicht. In dem Bruchteil der Sekunde, in dem er Jills Haut berührte, sah er gespenstische Farben um sich herum. Ihr Kopf flog zur Seite und schlug gegen den Tisch.

«Bitte! Sie tun mir weh!»

«Sag mir deinen Namen!»

Wieder schlug Pater Sullivan zu, und wieder packte ihn das blanke Entsetzen.

«Ich kann nicht!»

«Sag ihn mir!»

Ein roter Striemen zog sich über Jills Wange, dort, wo er sie mit seinem Ring getroffen hatte.

«Sag ihn!»

«Nein!», schrie sie. «Bitte! Aufhören!»

Noch einmal holte Pater Sullivan aus. Plötzlich spürte er einen scharfen Schmerz in der Seite und brach zusammen. Seine Stirn prallte so hart auf den Steinfußboden, dass seine Zähne gegeneinanderschlugen. Er versuchte, sich herumzurollen, doch etwas drückte ihn nieder.

Eine fremde Macht riss seinen Kopf zurück und schlug ihn an den Boden. Lautes Knirschen war zu hören, und seine Nase explodierte vor Schmerz. Wieder wurde sein Kopf hochgerissen. Ihm blieb gerade noch genügend Zeit, seine Hand vor das Gesicht zu nehmen, bevor er wieder gegen den Stein geschlagen wurde.

Seine Nase knackte, und die Hand war voller Blut. Er schrie auf, als die Macht seinen Kopf noch einmal packte.

Pater Sullivan langte hinter sich. Er bekam eine Hand zu fassen. Er spürte eine Woge von heller, schimmernder, violetter Gewalt und dann ... nichts. Nur noch pochender Schmerz mitten im Gesicht.

«Großer Gott im Himmel», hörte er ein Keuchen hinter sich. Dann: «Pater Sullivan!»

Die Last wich von ihm, und kräftige Hände rollten ihn auf den Rücken. Das Blut lief ihm in Mund und Nase, es erstickte ihn beinah. Er hustete heftig und setzte sich auf. Mit großen Augen starrte Pater Sullivan seinen Angreifer an. Das Gesicht des Mannes war mit Blut bespritzt.

«John ...», sagte Pater Sullivan, sah Pater McKinney in die Augen. «Warum?»

«Ich weiß nicht, wie ...» Pater McKinney zitterte. «Ich habe Euch beobachtet ... ich habe gesehen, wie Ihr das Mädchen geschlagen habt ... und plötzlich kam so ein ungeheurer Zorn über mich. Es ... es ... es tut mir leid.»

«Es war nicht Eure Schuld, John», sagte Pater Sullivan mit einem Blick auf das Ungeheuer. «Helft mir auf.»

Pater McKinney zog Pater Sullivan so schnell auf die Beine, dass dem Älteren kurz schwindlig wurde. Finsteren Blickes betrachtete er das Ungeheuer, das sich in diesem Mädchen verbarg.

«Dein wahres Ich zu zeigen, war ein Fehler.» Dann sagte er, zu Pater McKinney gewandt: «Für heute Abend soll es genug sein.»

Als McKinney Pater Sullivan zur Tür half, schrie das Ungeheuer auf.

«Pater, es tut mir leid! Ich wollte nicht ... bitte, lasst mich nicht allein! Lasst mich n- ...»

Pater Sullivan schloss die schwere Tür, was die Schreie des Ungeheuers dämpfte. Er taumelte den Gang entlang, hielt sich die schmerzende Nase. Das Biest stieß ein grauenvolles Heulen aus. Pater McKinney blieb jäh stehen, doch Pater Sullivan ging weiter.

Er wandte sich nicht um.

KAPITEL 8

Vom ersten Moment an, als sie das Lehrerzimmer betrat, fühlte sich Laszlo zu ihr hingezogen. Ihre schokoladenbraune Haut schien zu schimmern, und das Licht flirrte förmlich auf ihren klaren Gesichtszügen. Und wie sie ging – kraftvoll, stolz und aufrecht, als gehörte ihr der Raum mit allem, was darin war.

Als sie zwischen zwei abgewetzten, alten Sofas hindurchmanövrierte, folgten ihr fast alle Blicke. Sie war die Art Frau, die Männer begehrten und Frauen hassten. Und sie kam direkt auf ihn zu.

«Laszlo Kuehl?», fragte sie.

«Wie er leibt und lebt.»

«Darf ich mich zu Ihnen gesellen?»

Laszlo deutete auf den leeren Stuhl gegenüber. «Bitte.»

Anmutig machte es sich die Frau auf dem harten Plastik bequem. Die Gespräche im Raum versiegten, und das gesamte Kollegium spitzte nicht eben unauffällig die Ohren.

«Mein Name ist Darian Washington», sagte sie und reichte ihm die Hand. Laszlo ergriff sie. Ihre Haut war warm und weich. Sie drückte kurz zu, dann zog sie ihre Hand zurück. Es überraschte ihn, wie enttäuscht er war, als sie losließ.

«Ich komme vom Bildungsministerium. Wir stellen landesweite Untersuchungen zur Begabtenförderung an, und ich möchte Sie fragen, ob ich unter Umständen bei Ihrem Unterricht dabei sein dürfte.»

«Was genau untersuchen Sie?»

«Lehrmethoden, Unterrichtsdynamik, Schülerleistung ... und dergleichen.»

«Wieso habe ich das Gefühl, dass Sie sich vor allem für ‹und dergleichen› interessieren?»

«Weil Sie ein besonders einfühlsamer Mensch sind.»

«Sie wollen mir vermutlich nicht anvertrauen, worum es bei ‹und dergleichen› geht, oder?»

Darian lächelte, und Laszlo blickte tief in ihre braunen Augen. Etwas Katzenhaftes lag darin. Übermütig und doch konzentriert.

«Lassen Sie mich bei Ihrem Unterricht dabei sein, und wir reden später beim Essen darüber», sagte sie.

«Sie bezahlen?»

«Noch besser: der Staat New York.»

«Diese Steuerzahler muss man einfach gernhaben.»

«Ausgezeichnet.» Darian erhob sich geschmeidig und schob ihren Stuhl zurück. «Dann sehen wir uns in der fünften Stunde.»

Als sie draußen war, trat Bradford Pierce, der weißhaarige Mathematiklehrer, zu Laszlo.

«Was hatte es denn damit auf sich?»

«Ich bin mir nicht sicher», sagte Laszlo. «Aber ich freue mich schon darauf, es rauszufinden.»

Wie üblich war Mr. Grimes als Letzter auf seinem Platz. Laszlo nickte Darian zu, die ganz entspannt hinten im Klassenraum stand.

«Bevor wir anfangen, möchte ich Ihnen Miss Washington vorstellen. Sie wird heute zuhören, also geben Sie sich bitte Mühe, damit ich einen guten Eindruck hinterlasse.»

Alle Schüler drehten sich um und musterten Darian. Die pubertierenden Jungen bestaunten Darians tadellose Figur im maßgeschneiderten, schwarzen Kostüm, während den Mädchen Argwohn und leise Bewunderung ins Gesicht geschrieben standen. Irgendwer stieß einen bewundernden Pfiff aus, und ein paar Jungs kicherten.

«Mr. Grimes», sagte Laszlo. Er hatte den Übeltäter ausgemacht, ohne sich von Darian abzuwenden.

«Was?», fragte Stevie Grimes und grinste wie ein Kater, der eben einen Wellensittich gefressen hatte.

«Ein kleiner Rat», sagte Laszlo. «Legen Sie das Pokerspiel weg. Und wenn jetzt alle Miss Washington ausgiebig beäugt haben, lassen Sie uns anfangen. Womit haben wir gestern aufgehört?»

«Tesla», meldete sich Winter Xu mit sanfter, selbstbewusster Stimme.

«Danke, Miss Xu. Nach der Stunde hat mir Mr. Cohen eine ausgezeichnete Frage gestellt. Würden Sie diese Frage bitte noch einmal wiederholen?»

«Ähm», machte Elijah verlegen und starrte auf seinen Tisch. «Ich wollte wissen, wieso er nicht b-b-berühmt ist. Wie Edison.»

«Genau», sagte Laszlo. «Nun, das liegt hauptsächlich daran, dass sich Tesla nicht an die Regeln hielt. Zwar war er der talentiertere Wissenschaftler, aber Edison war der bessere Geschäftsmann. Sehen Sie, Teslas Problem war, dass er nie aufgeben konnte, selbst wenn es besser für ihn gewesen wäre.

Nachdem beispielsweise der Wechselstrom den ‹Krieg der Ströme› gewonnen hatte, arbeitete Tesla weiter daran, die Verteilung der Elektrizität zu verbessern. Er entwickelte ein Sendesystem, bei dem Elektrizität durch die Luft übertragen wurde. Die Empfänger waren mit Argon gefüllte Gasbehälter.

Zwar präsentierte er seine neue Technologie diversen Investoren, doch niemand zeigte Interesse, bis auf J. P. Morgan. Da Morgan durch seine Investition in Edisons Gleichstrom ein Vermögen verloren hatte, war er von Teslas Vorschlag nicht sonderlich begeistert. Dennoch machte er ihm ein Angebot, das allerdings sehr niedrig ausfiel. Tesla lehnte ab. Am selben Abend brannte Teslas Labor bis auf die Grundmauern nieder. Er verlor alles ... seine gesamte Forschung, seine Entwürfe und Erfindungen.

Wer das Labor in Brand gesteckt hat, wurde nie bewiesen. Aber Tesla verstand die Botschaft trotzdem – er sollte kein solches Sendesystem entwickeln.»

«Hat er klein beigegeben?», fragte Elijah Cohen mit leiser Furcht in der Stimme.

«Was glauben Sie?», sagte Laszlo. «Sehen Sie irgendwelche gläsernen Gaskugeln in der Stadt? Leider ist auch die beste Wissenschaft dem Kapitalismus nicht gewachsen.»

«Wie Betamax gegen VHS», warf Stevie Grimes ein.

«Ganz genau», sagte Laszlo. «Vor diesem Hintergrund möchte ich Ihnen noch eine weitere Erfindung Teslas vorstellen. Angeblich entwickelte er 1915 einen elektromagnetischen Antriebsmotor, der aus dem Nichts Energie herstellte, die er als ‹Ätherenergie› bezeichnete.

1931 stellte er einen Prototyp für ein von Ätherenergie angetriebenes Automobil her, dessen Treibstoff aus dem Nichts kam. Sein Neffe wurde Zeuge, als Tesla damit neunzig Kilometer weit und bis zu 160 km/h schnell fuhr.

Als sein Neffe fragte, woher die Energie kam, antwortete Tesla nur, es handele sich um eine ‹mysteriöse Strahlung›. Angeblich wusste er nicht, woher sie kam. Die Menschheit sollte sich einfach freuen, dass es sie gab.

Mittlerweile betrieb Tesla eine geradezu paranoide Geheimniskrämerei, was auch der Grund war, wieso er sich weigerte, irgendwem seine Erfindung anzuvertrauen. Während der letzten zwölf Jahre seines Lebens versuchte er, ein System zu entwickeln, das er ‹*Teleforce*› nannte, basierend auf seinen Forschungen über Kugelblitze und Plasma. Tesla gab seiner Erfindung den Spitznamen ‹Todesstrahl›.»

«Cool.»

«In der Tat, Mr. Grimes. Allerdings vermute ich, dass ihm dieser Todesstrahl das Leben gekostet hat. Am 5. Januar 1943 bot er die Waffe dem amerikanischen Kriegsministerium zum Kauf an. Drei Tage später wurde Tesla tot in seinem Hotelzimmer aufgefunden. Unmittelbar darauf konfiszierte das FBI sämtliche Forschungsunterlagen.»

«Und dann?», fragte Mr. Grimes aufgeregt.

Laszlo schüttelte den Kopf. «Nichts weiter.»

«Was war mit dem Auto?», fragte Miss Xu.

«Was war mit den Todesstrahlen?», fragte Mr. Grimes.

«Niemand weiß, was aus Teslas Unterlagen wurde. Viele Leute glauben, seine Todesstrahlen seien die Inspiration für Ronald Reagans ‹Star Wars›-Raketenabwehrsystem gewesen, aber das ist reine Mutmaßung. Also, was ist die Moral von der Geschicht'? Mr. Cohen, möchten Sie vielleicht eine Vermutung anstellen?»

«Man kann sich gegen den Staat nicht w-w-wehren?», meinte Elijah Cohen unsicher.

«Das wäre eine Interpretation. Meine ist noch etwas hoffnungsloser: Man *kann* sich gegen den Staat wehren – aber wenn man es tut, wird man wahrscheinlich verlieren. Es könnte sogar sein, dass man ermordet wird. Das heißt natürlich nicht, dass man es nicht doch versuchen sollte.

Wenn Sie also Ihre Bücher auf Seite 154 aufschlagen wollen …»

Es wurde laut gestöhnt, als alle merkten, dass der «unterhaltsame Teil» der Stunde hiermit vorbei war und nun die Themen drankamen, «die in der Prüfung vorkommen werden». Dennoch hielt Laszlo ihr Interesse wach. Er versuchte ohnehin immer, seinen Unterricht interessant zu gestalten, aber heute hatte er einen besonderen Ansporn.

Darian Washington.

Er tat so, als wäre sie nicht da, doch immer wieder trafen sich ihre Blicke. Er fühlte sich wie unter einem Mikroskop. Drei Jahre in Folge war er Lehrer des Jahres gewesen, und doch kam er sich unfähig vor.

Als es endlich zur Pause klingelte, war Laszlo ebenso erleichtert wie enttäuscht. Nachdem die Schüler draußen waren, kippelte Darian auf ihrem Stuhl und schwang die kniehohen Lederstiefel auf den Tisch. Einen Moment lang starrte sie an die Decke, dann sah sie ihn an, mit spielerischem Lächeln auf den Lippen.

«Sie sind ein wahrer Künstler, Mr. Kuehl.»

«Danke», sagte Laszlo. «Ich plane, mit meiner Show auf Tournee zu gehen: *Die Possen des Nikola Tesla und weiterer obskurer Wissenschaftler.*»

«Die Kinder hören Ihnen zu. Angeblich benehmen sich die Hochbegabten den anderen Lehrern gegenüber unmöglich. Bei Ihnen sind sie bei der Sache. Was ist Ihr Geheimnis?»

«Kinder sind um einiges sensibler als Erwachsene. Sie merken schnell, wenn man von oben herab mit ihnen spricht. Für die Hochbegabten ist es besonders schwierig, denn die Leute, die sie unterrichten, stellen eine zusätzliche Hürde dar.»

«Wieso das?»

«Neid. Meine Kinder sind nicht nur schlau. Sie sind Genies. Wir Lehrer sind nichts weiter als Babysitter, die auf sie aufpassen und ihrem Leben Struktur geben. Diese Kinder werden ein erfolgreicheres Leben führen als wir selbst. Uns bleibt nur die Hoffnung, dass irgendeiner irgendwann mal gerne an uns zurückdenkt.»

«Ich glaube nicht, dass Sie sich als Babysitter sehen», sagte Darian, nahm ihre Stiefel herunter und stand auf. «Wenn es so wäre, würden Sie sich nicht solche Mühe geben.»

«Ach, das?», sagte Laszlo und deutete auf die vollgeschriebene Tafel hinter ihm. «Das war doch alles nur spontan.»

«Und als *was* sehen Sie sich dann?», fragte Darian und ging langsam auf ihn zu.

Laszlo ließ sich auf seinen Drehstuhl mit dem aufgeplatzten grünen Leder sinken. Der Stuhl knarrte, als Laszlo sich anlehnte.

«Wer stellt mir diese Frage? Die schöne Frau, die mich zum Essen ausführt? Oder die Angestellte des Bildungsministeriums?»

Darian lächelte. «Erstere.»

«Ich passe auf sie auf. Ich habe diese Kinder persönlich ausgewählt, habe sie aus ihren Schulen geholt und hierhergebracht. In ihren früheren Schulen haben die anderen meist auf ihnen herumgehackt ... ich bin in gewisser Weise verantwortlich für ihr Wohlergehen.»

«Was ist mit Winter Xu? Sie scheint mir hier eher der Klassenliebling zu sein.»

«Die Ausnahme, die die Regel bestätigt. Winter ist außergewöhnlich. Brillant und charismatisch ... und sie wird mal eine echte Schönheit. Außerdem ist sie eine großartige Musikerin. Sie sollten zum nächsten Konzert des Schulorchesters kommen. Ich verspreche Ihnen, das wird kein gewöhnlicher Hausmusikabend.»

«Das glaube ich», sagte Darian und setzte sich auf einen Tisch. «Das ist also alles? Sie sind ihr Schutzengel? Aber Sie können sie nicht ewig beschützen.»

«Nein», sagte Laszlo. «Aber ich kann ihnen Sachen beibringen, die man in der Schule sonst nicht lernt.»

«Zum Beispiel?»

«Selbstvertrauen. Nehmen Sie Elijah Cohen.»

«Der verschüchterte Junge mit den roten Haaren?»

«In seiner Schule hat er nie ein Wort gesagt und hatte auch keinen Freund, nur seinen Cousin.» Laszlo merkte, wie er gleich wieder wütend wurde. Wie so viele dieser Kinder wurde auch Elijah missverstanden. Hätte er ihn früher gefunden, würde der Junge heute vielleicht nicht schon vor seinem eigenen Schatten erschrecken.

«Wenn Sie mich fragen, scheint er mir immer noch eher scheu zu sein.»

«Natürlich, das ist er auch», sagte Laszlo. «Aber so langsam wagt er sich aus seinem Schneckenhaus. Er nimmt im Unterricht an Diskussionen teil. Erst gestern kam er nach der Stunde mit einer Frage zu mir. Als er hier neu war, konnte er mir nicht einmal in die Augen sehen.

Ich gebe mir viel Mühe mit ihm. Ich rufe ihn in jeder Stunde auf. Und er reagiert. Er lernt langsam, dass er genauso hierhergehört wie alle anderen auch. Er hat sogar noch ein bisschen mehr drauf als die anderen, auch wenn er das nie zugeben würde. Besonders sich selbst gegenüber.»

«Sie glauben wirklich ehrlich an das Gute», sagte Darian und schüttelte den Kopf.

«Schuldig», sagte Laszlo und hob die Hände. «Und was ist mit Ihnen? Glauben Sie denn an nichts?»

«Oh, doch», sagte Darian und stand auf. «Aber ich glaube an etwas anderes. Also, heute Abend: *Corner Bistro*. Liegt an der …»

«West Fourth. Ja, kenn ich. Da gibt es phantastische Burger.»

«Ist das in Ihrem Sinne?»

«Klar. Da bin ich oft. Ich dachte nur, Sie stehen eher auf Stoffservietten und ziehen es vor, wenn der Fußboden nicht so klebt.»

«Tu ich auch», sagte Darian. «Aber nicht heute Abend. Heute soll der Heimvorteil bei Ihnen liegen.»

«Ich wusste gar nicht, dass wir ein Spiel spielen.»

«Das ganze Leben ist ein Spiel», sagte Darian. «Wir sehen uns um acht.»

Als Laszlo ihr hinterhersah und die Absätze ihrer hohen Stiefel auf dem Boden klackern hörte, fragte er sich, worauf er sich da eigentlich einließ. Nicht dass es was geändert hätte. Er wäre ihrem Charme sowieso erlegen.

KAPITEL 9

Es hätte der glücklichste Tag in Pater Sullivans Leben werden sollen. Am Morgen war endlich der langersehnte Anruf gekommen. Erzbischof Jean Jadot, der Apostolische Nuntius der Vereinigten Staaten, teilte ihm mit, die Bischofskonferenz habe ihn dafür empfohlen, der Erzdiözese von Boston als Weihbischof zu dienen – und der Heilige Stuhl hatte zugestimmt.

Seit Jahren hatte Pater Sullivan auf diese Ernennung hingearbeitet. Nun sollte sein Traum endlich wahr werden, doch der Gedanke an diesen Dämon unten im Keller trübte die Freude.

Es war wohl eine Ironie des Schicksals, dass der Erzbischof seinen Anruf mit den Worten beendete: «Am meisten beeindruckt hat den Pontifex Eure Arbeit mit den Waisenkindern. Darauf könnt Ihr wirklich stolz sein.»

«Danke», hatte Pater Sullivan gesagt, und seine Gedanken wanderten zu Jill und dem Dämon, der in ihr wohnte. «Obwohl es noch viel zu tun gibt.»

«Das gibt es immer.»

Diese Worte hallten noch in Pater Sullivan nach, während er in den Kirchenkeller hinunterstieg. Als er den Kerker des Dämons betrat, sog er scharf die Luft ein. Es stank nach Abfall und Urin. Zwischen den Beinen des Mädchens sah er einen dunklen Fleck.

Was hast du erwartet? Meinst du, sie könnte es ewig zurückhalten?

Pater Sullivan hörte nicht auf die tadelnde Stimme in seinem Inneren und legte eine lange Stahlkette um das dicke Rohr, das von der Decke bis zum Boden reichte. Dann widmete er sich Jills regloser Gestalt.

Er öffnete eine braune Papiertüte und holte zwei Paar Handschellen heraus. Er sicherte die Kette mit einem schweren Schloss, hakte die Handschellen dahinter und legte sie dem Mädchen an – wobei er sorgfältig darauf achtete, ihre Haut nicht zu berühren.

Das zweite Paar schloss er um ihre Fußgelenke. Dann erst durchtrennte er den Strick, mit dem sie gefesselt war. Als dieser zerschnitten war, trat er eilig zurück. Das Ungeheuer gab einen Seufzer von sich. Vorsichtig hob es die Arme an, dann heulte es vor Schmerz.

«Deine Arme tun nur weh, weil sie so lange in derselben Stellung gelegen haben», sagte der Pater. «Sobald du sie bewegst, werden sie auch wieder durchblutet. Versuch es nochmal.»

Jill biss die Zähne zusammen und hob ihre dürren, zitternden Arme an. Kraftlos fielen die gefesselten Handgelenke auf ihre Brust.

Sie ruhte sich einen Moment aus und atmete tief ein und aus.

Dann setzte sie sich auf. Sie zuckte zusammen. Langsam hievte sie die Beine vom Tisch. Als sie sich nach vorn beugte, verlor sie das Gleichgewicht und krachte auf den Boden. Pater Sullivan musste sich zurückhalten, damit er nicht zu ihr eilte, um ihr aufzuhelfen.

Stattdessen stand er nur da und starrte das schluchzende Mädchen dort am Boden an. Das lange, strähnige

Haar hing ihr ins Gesicht. Die Lippen bebten und glänzten im Licht der nackten Glühbirne, rot vor Blut.

Neben ihrem Kopf lag ein kleiner weißer Splitter. Ein abgebrochener Zahn. Pater Sullivans Herz zog sich zusammen vor Mitgefühl und Entsetzen über das, was er getan hatte.

Es ist nur ein Trick. Sie will dich locken. Vergiss nicht, wie es Pater McKinney ergangen ist. Vergiss nicht, wozu sie ihn gebracht hat. Bleib stark in deinem Glauben.

Pater Sullivan wusste, dass er diese Gelegenheit nutzen sollte, da der Dämon vielleicht geschwächt war, nachdem man seinen menschlichen Körper verletzt hatte. Doch der Gedanke, sie – ihn – jetzt mit Fragen zu malträtieren, war ihm unangenehm. Der Priester stellte einen Plastikbecher auf den Tisch und trat eilig zurück.

«Da ist etwas Wasser», sagte er und deutete auf den Becher, obwohl das Mädchen noch immer bäuchlings auf dem Boden lag. «Wir reden morgen.»

Am nächsten Abend kehrte Pater Sullivan mit einer Reisetasche und zwei Eimern in den Keller zurück. Einer war leer, der andere mit Wasser gefüllt, das auf den Boden schwappte. Er achtete nicht auf die Pfütze zu seinen Füßen, trat leise vor und hielt sein Ohr an die Tür.

Das Holz war kalt an seiner Haut. Fast eine Minute stand er da, hörte aber nur das leise Rauschen der Heizungsanlage und sein eigenes Herzklopfen. Er überlegte, ob sie sich vielleicht befreit hatte. Er hatte von Dämonen gelesen, die ihren Wirten übernatürliche Kräfte verliehen.

Was wäre, wenn sie ihre Ketten gesprengt hatte und nur darauf wartete, dass er die Tür aufschloss, um dann hervorzuspringen und ihn zu erdrosseln?

Oder Schlimmeres.

Er schüttelte den Kopf. Er machte sich lächerlich.

Lächerlicher, als ein kleines Mädchen im Keller anzuketten? Noch lächerlicher?

Pater Sullivan weigerte sich, seinen Ängsten nachzugeben, und schloss die Tür auf. Als sie sich öffnete, fiel sein Blick sofort auf die Bestie. Als er sah, was sie tat, stockte ihm der Atem.

Das Mädchen lag auf den Knien. Sie hielt den Kopf gesenkt, das schmutzige Haar zu einem festen Dutt verknotet, die gefesselten Hände vor dem Gesicht gefaltet. Sie betete.

An ihren ausgemergelten Wangen klebte Dreck und trockenes Blut. Schon jetzt wirkte sie so abgemagert, dass ihr das schmutzige Nachthemd zwei Nummern zu groß war. Trotz ihrer äußeren Erscheinung war ihr Blick aufrichtig, sodass es ihm kalt den Rücken hinunterlief.

Keine Spur von Wut oder Zorn, nicht einmal Trauer. Nur Bedauern und eine gewisse Ergebenheit. Das alles war so übermächtig, dass er den Gestank kaum registrierte, der sich seit dem gestrigen Abend noch um einiges verschlimmert hatte.

«Hallo, Pater.»

«Hallo … Jill.»

Pater Sullivan prüfte die beiden Handschellen und die Kette, die zum Abflussrohr führte. Dann holte er die Reisetasche und schloss die Tür.

«Ich habe dir ein paar Sachen mitgebracht, damit du es bequemer hast.»

Pater Sullivan packte die Tasche aus. Eine Rolle Toilettenpapier. Zwei weiße Handtücher. Ein durchsichtiger Plastikkrug und ein paar Becher. Eine Bibel. Schließlich hob er die beiden Eimer an. Er tauchte den Krug in den vollen Eimer und schöpfte zwei Liter Wasser heraus. Davon gab er etwas in einen Becher, während Jill ihn mit gierigem Blick beobachtete.

Er trat zurück und winkte sie heran. Sie humpelte näher, konnte mit den Handschellen um ihre Knöchel aber nur winzig kleine Schritte machen. Am Tisch nahm sie den Becher, trank ihn in einem Zug leer. Dann warf sie ihn weg und nahm den ganzen Krug. Sie hielt ihn mit beiden Händen, trank und trank, bis auf den letzten Tropfen.

Dann tauchte sie ein Handtuch in den Eimer und presste es auf ihr Gesicht. Wasser tropfte auf den Boden, als sie sich die Stirn wischte, über Augen, Nase, Wangen, Mund und Kinn. Danach war das Handtuch braun, und ihr Gesicht leuchtete gespenstisch weiß. Nur ihre kalten Augen blieben, wie sie waren.

Einen Moment lang starrte sie den Priester an, dann senkte sie verlegen den Blick.

«Kann ich … kann ich etwas zu essen bekommen?»

Langsam schüttelte Pater Sullivan den Kopf.

«Es tut mir leid, aber du musst fasten, damit du dich konzentrieren kannst. Lass uns nun beten.»

Jill kniete nieder, sie hielt sich am Tisch fest. Als sie auf dem Boden kauerte, ließ sie den Kopf sinken und begann.

«Vater unser im Himmel, geheiligt werde dein Name …»

Während sie betete, fragte sich Pater Sullivan, ob der Dämon seine Herrschaft über das Mädchen aufgegeben hatte, wenn vielleicht auch nur vorübergehend. Zweifellos war sie verändert. Es sei denn, das wäre alles nur Theater.

«Jill, du verstehst doch, warum ich dich hier unten festhalten muss?»

Sie antwortete, ohne die Augen aufzuschlagen, mit gesenktem Kopf.

«Sie glauben, ich bin besessen.»

Pater Sullivan zögerte. «Glaubst *du*, dass du besessen bist?»

Jill hob den Kopf und wandte sich ihm zu, doch ihr Blick blieb starr auf den Boden geheftet.

«Ich weiß nicht. Was mit dem anderen Priester passiert ist … als er Sie angegriffen hat, ich glaube … ich glaube, das war ich. Ich war einfach so wütend. Ich habe mir gewünscht … dass Sie tot wären.» Jill zog die Nase hoch. «Es tut mir so leid, Pater.»

«Es ist schon gut. Nicht du wolltest mir Böses, nur der Dämon in dir.»

Sie blickte zu ihm auf, und Tränen liefen über ihre weichen, weißen Wangen.

«Wie kriege ich ihn … es … aus mir raus?»

«Gottvertrauen», sagte Pater Sullivan. «Und Gebete.»

«Warum ich, Pater?»

«Ich weiß es nicht», sagte Pater Sullivan und schüttelte den Kopf. «Aber die Bibel lehrt uns, dass Gott einen Plan verfolgt. Alles geschieht aus einem bestimmten Grund.» Pater Sullivan wartete. «Vergiss nicht: Die Schlacht gegen den Satan ist so alt wie die Welt. Es ist nicht nur dein Kampf. Es ist unser *aller* Kampf – der Kampf der Menschheit. Aber ich glaube, du kannst diesen Dämon vertreiben – wenn du es denn willst.»

«Das will ich, Pater!», stieß Jill hervor. «Mehr als alles andere auf der Welt!»

Pater Sullivan nickte, dann schlug er seine Bibel bei den Ephesern, Kapitel 6, auf.

«Deshalb ergreift die Waffenrüstung Gottes, damit ihr an dem bösen Tag Widerstand leisten und alles überwinden und das Feld behalten könnt. Vor allen Dingen aber ergreift den Schild des Glaubens, mit dem ihr auslöschen könnt alle feurigen Pfeile des Bösen.»

«Verstehst du, was das bedeutet?»

«Dass nur Gott allein mir helfen kann. Gott … und Gottvertrauen.»

«Das stimmt, Jill. Glaub an Ihn, und Er wird an dich glauben.»

Während der folgenden drei Stunden beteten die beiden kniend auf dem harten Steinfußboden. Wobei Pater Sullivan darauf achtete, dass er außer Reichweite blieb.

KAPITEL 10

«Bacon Cheeseburger, medium.»

«Für mich auch», sagte Laszlo und trank sein Bier aus, um mit Darian gleichzuziehen. «Und noch eine Runde.»

«Klar», sagte die Kellnerin und hetzte schon zum nächsten Tisch.

«Offenbar sind Sie keine Vegetarierin.»

«Sehe ich nicht aus wie ein Fleischfresser?», fragte Darian und zeigte ihre Zähne.

«Ehrlich gesagt: doch.»

Die Kellnerin kam mit zwei großen Gläsern Bier und ließ etwas davon auf den Tisch schwappen. Darian hob ihr Glas, nahm einen großen Schluck, dann leckte sie den Schaum von ihren Lippen. Als sie das Bierglas auf dem Tisch abgestellt hatte, holte sie ein Päckchen Zigaretten aus ihrer Handtasche. Sie steckte sich eine zwischen die Lippen und bot Laszlo die offene Packung an.

«Nein, danke», sagte er. «Ich versuch gerade, aufzuhören.»

«Jeder, wie er will.»

Darian riss ein Streichholz an und hielt die Zigarette in die Flamme. Dann nahm sie einen tiefen Zug. Fasziniert sah Laszlo ihr dabei zu. Als Naturwissenschaftler war er mit der chemischen Reaktion in ihrem Inneren wohlvertraut.

In Sekundenschnelle hatten die Lungen das Nikotin absorbiert, welches dann direkt ins Gehirn gelangte. Dort bewirkte es die Ausschüttung von Adrenalin (was Pulsfrequenz und Blutdruck erhöhte), Dopamin (was ihr ein Wohlgefühl bescherte) und Endorphinen (die ihre Schmerzrezeptoren blockierten). Er trank von seinem Bier und genoss das Rauchen indirekt.

Vor dreiundsiebzig Tagen hatte er seine letzte Zigarette geraucht, und kein Tag verging, an dem er nicht daran dachte. Dafür sorgte schon das Dopamin, das sich in seine Erinnerung eingegraben hatte.

«Also ...», sagte Darian und tippte ihre Zigarette an den Aschenbecher. «Wie haben Sie Ihre Hochbegabten ausgewählt?»

Laszlo zog die Augenbrauen hoch. «Sie verschwenden keine Zeit, was?»

«Plaudern ist nicht so mein Fall.» Darian zuckte mit den Achseln. «Ich dachte, Ihnen geht es vielleicht genauso.»

«Ja, das stimmt auch», sagte Laszlo. «Ich dachte nur ...»

«Okay. Lieblingsplatte: *Horses* von Patti Smith. Lieblingsbuch: *Carrie* von Stephen King. Lieblingsfilm: *Alien*. Ich interessiere mich nicht für Politik. Geboren und aufgewachsen in New Orleans. Jetzt Sie.»

«Okay», sagte Laszlo und blickte zur Decke. «Mal sehen ... Lieblingsplatte: *Quadrophenia* von *The Who*. Lieblingsbuch: *Wer die Nachtigall stört* von Harper Lee. Lieblingsfilm ... hm, das ist schwierig – *Für eine Handvoll Dollar*. Ein großartiger Clint Eastwood. Mitglied der Demokratischen Partei. Geboren und aufgewachsen in Brooklyn.»

«Sie sind also ein einzelgängerischer Idealist von unerschütterlichem Optimismus.»

«Und Sie sind eine einzelgängerische Schwarzseherin», erwiderte Laszlo, «von unerschütterlichem Pessimismus.»

«Sind wir nicht alle Einzelgänger?» Darian lächelte und nahm einen Schluck Bier. «Nachdem wir uns nun kennengelernt haben, kommen wir zur Sache: Für fünfzehn freie Plätze haben Sie mit mehr als zweihundert Schülern Gespräche geführt. Wie haben Sie Ihre Auswahl getroffen?»

«Ich würde gern behaupten, ich hätte spezifische Kriterien entwickelt, aber in Wahrheit habe ich mich auf meinen Instinkt verlassen. Wenn der Bewerber durch die Tür kam, wusste ich meistens schon Bescheid.»

«Haben Sie sich auch schon mal geirrt?»

Laszlo überlegte einen Augenblick, dann schüttelte er den Kopf. «Nein. Stevie Grimes war ein Grenzfall, aber der gehörte zum Paket.»

«Wie meinen Sie das?»

«Stevie Grimes gebührt die Ehre, Elijah Cohens Cousin und einziger Freund zu sein. Mrs. Cohen wollte nicht, dass sich Elijah noch weiter isoliert, also musste ich Mr. Grimes in die Klasse nehmen.»

«Und Sie hatten nichts dagegen, Stevie in Ihren Unterricht zu lassen?»

«Er ist ein heller Kopf, nur nicht das, wonach ich suchte. Trotzdem ist er eine unterhaltsame Bereicherung.»

«War es denn so wichtig, Elijah Cohen zu bekommen?»

«Ja», sagte Laszlo, ohne zu zögern. «Das war es.»

«Weshalb?»

Laszlo überlegte. Anfangs hatte er Darians Fragen für harmlos gehalten. Aber jetzt war er nicht mehr sicher.

«Wieso interessieren Sie sich so für Elijah?»

Darian zuckte unverbindlich mit den Schultern. «Berufliches Interesse.»

«Sie lügen.»

Darian verbarg ihre Überraschung gut, doch Laszlo witterte ihre Angst.

Nach zehn Sekunden Schweigen lächelte Darian. «Warum weichen Sie mir aus?»

Laszlo zuckte mit den Schultern. «Berufliche Diskretion.»

«Jetzt lügen wir beide.»

Laszlo starrte sie an. «Sie sind nicht von der Schulbehörde, oder?»

«Nein», sagte Darian unverblümt.

Nun war es an Laszlo, überrascht zu sein. Er war einer spontanen Eingebung gefolgt und hatte nicht erwartet, dass er einen Treffer landen würde. Darian sah ihm tief in die Augen.

«Lassen Sie uns offen sprechen.» Es klang, als meinte sie es ehrlich, doch Laszlo wurde das Gefühl nicht los, dass sie ihn täuschte. Dennoch war er fasziniert.

«Ich will Ihnen was sagen», sagte Darian und fuhr mit dem Finger am Rand ihres Glases entlang. «Lassen Sie uns drüber schlafen. Sie können es mir beim Frühstück erzählen. Oder auch nicht.»

Laszlo sah ihr in die Augen. «Wir haben den Small Talk doch schon hinter uns», sagte er. «Wenn wir nicht über Elijah Cohen reden, worüber dann?»

«Filme. Philosophie. Das Wetter. Ist doch egal. Oder wir könnten uns einfach betrinken.»

Laszlo lächelte. «Klingt wie ein Plan, auf den ich mich einlassen könnte.»

«Gut.» Darian trank ihr Bier aus und nickte der Kellnerin zu. «Noch zwei.»

Darian war zweifellos schön, doch war es ihre Haltung, die Laszlo verzauberte, eine arrogante Gelassenheit, die er absolut unwiderstehlich fand. Als der Barkeeper die letzte Runde ansagte, konnte Laszlo gar nicht fassen, dass die Zeit so schnell vergangen war. Sie hielt seine Hand, während er sie nach Hause begleitete. Als sie vor ihrer Tür standen, zog sie ihn über die Schwelle und die Treppe hinauf.

In ihrer Wohnung sagte sie kein Wort und machte auch kein Licht. Es gab keinen Grund, sich zu verstellen. Sie führte ihn ins Schlafzimmer. Dort küssten sie sich zum ersten Mal, und es war elektrisierend. Als sich ihre Lippen berührten, blieb die Welt stehen. In diesem Moment gab es nur sie. Niemand sonst war wichtig. Niemand sonst hatte je etwas bedeutet.

Nur Darian.

Ihr Haar duftete nach Erdbeeren. Ihre Haut war weich und glatt und vertrieb alles Denken, bis auf den Wunsch, in ihr zu sein. Doch er widerstand, zwang sich dazu, sich Zeit zu lassen, sie langsam zu entkleiden, den makellosen Körper zu betrachten, der im fahlen Licht schimmerte.

Und dann verschmolzen sie, ihre Beine fest um seinen Leib geschlungen. Sie liebten sich zugleich zart und wild. Sie übersäte sein Gesicht mit sanften Küssen und krallte sich mit messerscharfen Fingernägeln in seinen Rücken. Er biss sie vorsichtig in den Hals, als er tief in sie eindrang.

Sie stöhnte und nahm ihn bei den Schultern, zog ihn heran und stieß ihn von sich, erst langsam, dann immer schneller, bis sie beide in einer gewaltigen Woge der Ekstase kamen, wie Laszlo es noch nie vorher erlebt hatte. Im Laufe der Nacht liebten sie sich noch zweimal, ohne ganz aufzuwachen, pressten sich aneinander und ließen der Natur ihren Lauf, um bald darauf in den Armen des anderen wieder einzuschlafen.

Als die Sonne am nächsten Morgen durch die Jalousien schien, betrachtete Laszlo Darian, und plötzlich verstand er jedes kitschige Liebeslied, das er je gehört hatte. Sie war intelligent. Sie war schön. Sie war geheimnisvoll.

Und sie war bei ihm.

KAPITEL 11

Pater Sullivan konnte sehen, wie sich Jill von einem ansehnlichen Mädchen in ein Gespenst verwandelte. Ihre Wangen waren eingefallen, ihre Haut spannte, und die Augen traten aus den Höhlen. Die Finger waren nur noch Knochen, die Hände eines lebenden Skeletts. Ihre spitzen, langen Glieder ragten wie Stöckchen aus Rock und Bluse.

Bei ihrem bloßen Anblick krampfte sich sein Magen zusammen. Er entschied, dass es genug sein sollte. Am zwanzigsten Abend brachte er ihr ein Stück Brot und einen Apfel. Von dem Moment an, als er eintrat, ließ Jill den Teller in seinen Händen nicht mehr aus den Augen.

«Ich dachte, ich müsste fasten, um den Dämon zu vertreiben», sagte sie und starrte auf den Apfel.

«Das Fasten ist ein Mittel zum Zweck, doch nicht der Zweck an sich. Ich glaube kaum, dass eine kleine Mahlzeit deinen Glauben schwächen wird. Vielleicht verleiht sie dir Kraft für den Kampf, der dir bevorsteht.»

Fragend sah sie ihn an. «Sind Sie sicher?»

«Iss, Jill! Du musst etwas essen.»

Jill nickte und streckte ihre Hand aus. Sie bewegte sich in Zeitlupe, wie unter Wasser. Sie nahm den Apfel und hob ihn an den Mund. Sie biss hinein und zuckte vor Schmerz zusammen, dass ihr der Apfel aus der Hand fiel und in eine Ecke rollte.

«Aaaah!», heulte Jill und hielt sich den Mund.

Betreten sah Pater Sullivan sie an. Ihren abgebrochenen Zahn hatte er ganz vergessen. Er hob den Apfel auf, holte sein Schweizer Armeemesser aus der Hosentasche und schnitt ihn in dünne Scheiben. Zögerlich griff Jill zu.

Sie nahm einen kleinen Bissen, kaute vorsichtig und schluckte ihn herunter. Dann nahm sie ein Stück vom Brot. Mit der Zeit aß sie immer schneller, und nach fünf Minuten war alles aufgegessen. Den Apfel hatte sie so abgenagt, dass nur noch der Stängel und ein paar Kerne übrig waren.

Eine Weile sagten beide nichts, dann fragte Jill: «Was glauben Sie, was er will? Der Dämon, meine ich. Was will er von mir?»

«Dasselbe, was Satan von uns allen will. Uns vom rechten Weg abbringen.»

«Warum?»

«Die Offenbarung des Johannes berichtet davon, dass Satan einen Feldzug gegen Gott führte, doch Michael und seine Engel haben ihn aus dem Himmelreich verbannt:

‹*Und es wurde hinausgeworfen der große Drache, die alte Schlange, die da heißt: Teufel und Satan, der die ganze Welt verführt, und er wurde auf die Erde geworfen.*›»

«Ich dachte, der Teufel lebt in der Hölle.»

«Nein», sagte Pater Sullivan. «Der Teufel wandelt unter uns. Er wandelt auf Erden, prüft den Menschen, wie er es mit Hiob tat, um zu beweisen, dass Gottes Kinder Seiner Liebe unwert sind.»

«Und als ich Schwester Christina berührt habe …»

«Das war Satan, der dich zur Sünde verführen wollte.»

«Wenn es Sünde ist …», Jill blickte zu Boden, «… warum fühlt es sich dann so gut an?»

Als Jill aufwachte, ritzte sie das nächste Zeichen in die Wand. Es waren mittlerweile achtunddreißig. Jedes stand für einen Tag in der Hölle. Sie sah sich ihre abgemagerten Arme an. Als ihr Pater Sullivan die Handschellen angelegt hatte, waren die Fesseln anfangs schmerzhaft eng gewesen. Inzwischen saßen sie so locker, dass sie sich die Stahlringe bis zu den Ellenbogen hochschieben konnte. Die ständige Reibung hatte ihre Haut wundgescheuert, dass sie jetzt ganz rot war.

Sie löste einen lockeren Stein aus der Wand und legte ein kleines Loch frei. Darin lagen zwei welke Selleriestangen. Sie widerstand dem Drang, sich beide in den Mund zu stopfen, und brach lieber nur ein kleines Stück ab. So gut sie konnte, wischte sie den Schmutz ab und knabberte daran. Es schmeckte wie Dreck, doch das war ihr egal. Besser als nichts.

Sechs Tage war es her, seit Pater Sullivan ihr zuletzt etwas zu essen gegeben hatte (acht Selleriestangen, zwei Kräcker und einen Löffel Erdnussbutter), und sie wusste nicht, wann

(du meinst, OB)

sie wieder etwas bekommen würde.

Jill kaute, bis die Sellerie nur noch eine schleimige Paste war. Als der letzte Hauch von Geschmack herausgelutscht war, schluckte sie. Wie Melasse glitt die Sellerie ihre ausgedörrte Kehle hinunter, doch Jill hatte sich abgewöhnt, etwas zu trinken, wenn sie aß.

Ihre größte Angst war, kein Wasser mehr zu haben. Im Gegensatz zu fester Nahrung ließ sich Wasser nicht horten, weil sie es nirgendwo verstecken konnte. Seit Pater Sullivan ihr den Eimer gegeben hatte, war der Wasserstand nie unter die Dreiviertelmarke gesunken. In dieser Woche jedoch ließ er das Wasser zur Neige gehen. Sie wollte um mehr bitten, sogar *betteln*, fürchtete aber, es würde ihn nur dazu bewegen, ihr auch noch den Rest wegzunehmen.

Jeden Abend also, wenn sie gemeinsam beteten, tat Jill, als würde sie nicht langsam sterben, und Pater Sullivan tat, als würde er sie nicht langsam umbringen.

Als der Eimer fast leer war, sprach sie ihn darauf an.

«Was ist, wenn der Dämon nicht weggeht?», fragte Jill leise nach einem dreiviertelstündigen Gebet.

«Wenn du festen Glaubens bist, wird er auch gehen», sagte Pater Sullivan.

«Aber was ist, wenn …»

«Jill! Wenn du nicht festen Glaubens bist, wird es nie geschehen.»

«Und was dann?»

Pater Sullivan holte tief Luft, schluckte seine Bestürzung herunter. Er kam auf die Beine und zuckte zusammen, er rieb sich die Knie.

«Gute Nacht, Jill.»

Er hinkte zur Tür und war schon draußen. Jill sah zum Eimer hinüber. Sie wusste, dass ein Mensch nicht mehr als fünf Tage ohne Wasser auskommen konnte, was bedeutete, dass ihr nur noch sechs Tage blieben.

Sechs Tage, sich von diesem Dämon befreien zu lassen … oder sie musste sterben.

In weiser Voraussicht, dass sie eines Tages vielleicht fliehen müsste, hatte Jill die Kette am Boden zusammengerollt, damit sie kürzer wirkte. Wenn Pater Sullivan also neben ihr kniete, befand er sich keineswegs *außerhalb*, sondern gerade *innerhalb* ihrer Reichweite.

Sie fragte sich, ob diese Hinterlist wirklich … ihre Idee war oder ob sie von jemand anderem stammte.

Vom Dämon in dir.

Falls es da überhaupt einen Dämon gab.

Nein. Pater Sullivan hat recht. Du bist besessen. Wie willst du dir sonst erklären, dass du diese Farben siehst?

Besessenheit war die einzig denkbare Erklärung. Sie konnte ihm nur glauben.

Aber was ist, wenn er sich irrt? Was dann?

Es war eine ausweglose Situation. Wenn sie ihm nicht glaubte, es aber einen Dämon *gab*, käme sie nie davon frei. Wenn sie ihm jedoch glaubte und es *keinen* Dämon gab, würde sie sterben, ohne je zu erfahren, was es mit ihren Kräften auf sich hatte.

Jill schloss die Augen und betete. Sie betete jedoch nicht zu Gott, dass er ihr verzieh, was sie getan hatte, sie bat ihn um Vergebung für das, was sie zu tun gedachte.

Nicht nur Jill zählte die Tage. Auch Pater Sullivan. Ihm ging es allerdings nicht um seinen Wasservorrat. Sein Termin war der 9. Dezember, in neun Tagen. Das war das Datum, an dem der Vatikan seine Berufung verkünden würde.

Pater Sullivan wusste nicht, wie lange er sich danach noch um das Alltagsgeschäft von St. Joseph würde kümmern können. Falls der Erzbischof ihn durch einen jungen Priester ersetzen wollte, konnte es innerhalb einer Woche so weit sein.

Was bedeutete, dass Pater Sullivan die Angelegenheit mit Jill Willoughbys Besessenheit sehr bald schon klären musste, so oder so. Zwar hatte er nur Gottes Willen ausgeführt, doch Pater Sullivan zweifelte daran, dass das amerikanische Rechtssystem mit seinem profanen Blick auf die Welt den Fall ebenso sehen würde. Sollte es ihm nicht gelingen, diesen Dämon auszutreiben, durfte Jill auf keinen Fall verraten, was im Keller der Kirche vor sich ging.

Es würde die Kirche in ungeheure Verlegenheit bringen. Darüber hinaus würde er alles verlieren, wofür er sein Leben lang gearbeitet hatte – und das auf dem Höhepunkt seiner Karriere. Plötzlich kam ihm eine Erkenntnis.

Jill Willoughbys Besessenheit war kein Zufall. Der Vater aller Lügen hatte den Dämon gesandt, um seinen Aufstieg innerhalb der Kirche zu verhindern. Das Ziel des bösen Geistes war es, *ihn* zu vernichten, nicht das Mädchen.

Pater Sullivan senkte den Kopf. Es blieb ihm keine Wahl. Entweder verließ Jill innerhalb der nächsten Woche den Keller als freie Seele, oder er würde dem Dämon einen Strich durch die Rechnung machen – auf die einzige Art und Weise, die ihm einfiel.

Indem er den Wirt tötete.

KAPITEL 12

Die digitalen Ziffern leuchteten blutrot im dunklen Zimmer. Darian starrte an die Decke und wartete, bis Laszlo eingeschlafen war. Er würde es nicht merken, wenn sie aus dem Bett schlüpfte. Nachdem sie nun seit fast fünf Wochen das Lager teilten, wusste sie, wie fest er schlief.

Um 00:52 Uhr schlug sie die Decke zurück, zog sich leise an und stahl sich aus der Wohnung. Auf dem Weg hinunter in die Lobby nahm sie zwei Stufen auf einmal. Ihr blieben nur ein paar Minuten bis zur Telefonzelle an der Zweiundneunzigsten Straße. Wenn sie den Anruf verpasste, musste sie zur Zelle an der Hundertzehnten Straße laufen und bis 1:30 Uhr warten – das Allerletzte, was man in einer regnerischen Nacht wie dieser wollte.

Es wäre so viel einfacher, wenn man ihr eine Nummer geben würde, die sie anrufen könnte. Aber so funktionierte die Organisation nun mal nicht. Ohnehin wusste sie nicht viel darüber, nur dass diese Leute irrwitzig viel Geld zur Verfügung hatten – und einen Hang zu Nacht-und-Nebel-Aktionen. Normalerweise hatte Darian nur mit Zinser zu tun, aber heute Nacht wollte der Vorstand einen Bericht aus erster Hand.

Das Telefon klingelte bereits, als sie um die Ecke kam. Darian sprintete die letzten Meter, nahm den Plastikhörer ab und hielt ihn sich ans Ohr.

«Hier ist Darian», keuchte sie etwas atemlos.

«Sind Sie allein?», fragte Zinser.

«Ja.» Darian wollte nicht, dass ihre Stimme allzu aufgeregt klang. Sie fand die Paranoia dieser Leute lächerlich. Dennoch behielt sie die leere Straße im Blick.

«Gut», sagte Zinser. «Meine Herren, Sie haben das Wort.»

«Erzählen Sie uns von Mr. Kuehl», sagte eine schroffe Stimme.

«Er ist einer von uns», sagte Darian und stutzte einen Moment, staunte über das Wort *uns*. «Und er weiß über die Kinder Bescheid.»

«Hat er sie aufgrund ihrer Gabe ausgewählt?», fragte ein distinguiert klingender Mann.

«Ich bin mir nicht sicher», sagte Darian. «Aber ich glaube schon.»

«Wann werden Sie es wissen?», fragte jemand mit breitem Südstaatenakzent.

«In einer Woche. Vielleicht zwei.»

«Würde sich Mr. Kuehl uns anschließen?»

Sie überlegte einen Augenblick. Darian hatte das Gefühl, dass Laszlo *für sie* fast alles tun würde, doch vermutlich würde er sich weigern, das zu tun, was sie tat. Ganz egal, wie viel man ihm dafür bezahlte.

«Nun, Miss Washington?», fragte der Südstaatler erneut. «Würde er sich uns anschließen?»

«Nicht, wenn er die Wahrheit wüsste.»

Es folgte angespanntes Schweigen, und Darian überlegte, ob sie etwas Falsches gesagt hatte. Wäre sie mit ihnen im selben Raum, müsste sie sich diese Frage nicht stellen. Deshalb beschränkten sich diese Leute wahrscheinlich auf das Telefon. So war es sicherer für sie. Schließlich meldete sich Mr. Schroff zu Wort.

«Er muss es ja nicht erfahren.»

«Man könnte es nicht vor ihm verbergen», sagte Darian. «Zumindest nicht lange.»

«Das lassen Sie mal unsere Sorge sein.»

«Inzwischen haben wir ein weiteres Kind gefunden», sagte Zinser. Darian sah das breite Grinsen dieser Frau förmlich vor sich. «Morgen schicke ich Ihnen die Informationen. Donnerstag fliegen Sie hin und holen Sie ab.»

«So bald schon?»

«Das Kind hat keine Eltern.»

«Verstehe.»

KAPITEL 13

Nach dem Gebet am nächsten Abend beobachtete Jill aus dem Augenwinkel, wie Pater Sullivan seine Bibel zuklappte und behutsam auf den Boden legte. Dann stützte er sich mit der Rechten auf die Heilige Schrift, verlagerte sein Gewicht und wollte sich erheben.

Auf diesen Moment hatte Jill gewartet. Mit einer Geschwindigkeit, von der sie selbst überrascht war, sprang Jill auf, packte Pater Sullivan beim Kragen und riss ihn nach vorn. Der alte Mann fiel um und schlug mit dem Kopf auf den Boden. Im nächsten Augenblick hockte Jill breitbeinig auf seiner Brust.

Bevor Pater Sullivan reagieren konnte, schlang Jill die Kette um seinen Hals und zog sie fest zu. Die Glieder schlossen sich um seine Kehle, und er keuchte und versuchte, seine Finger darunterzuzwängen.

«Ich will Ihnen nicht wehtun!», schrie Jill. «Ich will nur reden!»

Sie lockerte die Kette, damit Pater Sullivan Luft bekam. Beide waren außer Atem. Jills ausgemergelter Körper war nach den wenigen Sekunden physischer Anstrengung völlig erschöpft.

«Was …», presste Pater Sullivan schließlich hervor, «… willst du?»

«Geben Sie mir den Schlüssel, Pater!»

«Ich kann nicht.»

«Doch, Sie können!», schluchzte Jill. «Bitte! Ich komme auch nie wieder hierher! Versprochen! Schließen Sie nur meine Handschellen auf, und ich bin weg!»

«Ich ... ich kann nicht», sagte Pater Sullivan erneut, schüttelte den Kopf. «Er ist ... oben.»

Jill starrte ihn an. Nichts deutete auf eine Lüge hin. Sie sank in sich zusammen. Wie hatte sie so dumm sein können? Ihr ganzer Plan baute darauf, dass er den Schlüssel bei sich trug.

«Ich muss hier raus», wiederholte Jill, weil sie nicht wusste, was sie sonst sagen sollte. «Warum lassen Sie mich nicht einfach gehen?»

«Du weißt, warum, Jill.»

«Das ist nicht fair!»

«Ich weiß», sagte Pater Sullivan und blickte zu ihr auf. «Aber darauf hast du keinen Einfluss.»

«Ich kann Sie hierbehalten», sagte Jill. «Man wird nach Ihnen suchen.»

«Nein. Wird man nicht. Ich habe strenge Anweisung gegeben, dass niemand diesen Keller betreten darf.»

«Irgendwann wird man ...»

«Sicher nicht, bevor dir das Wasser ausgeht.»

Jill wandte sich um und sah zu dem Eimer mit dem schmutzig grünen Wasser hinüber. Er hatte recht. Wenn sie ihn hierbehielt und im Laufe der nächsten Woche niemand kam ...

«Du wirst mich loslassen müssen, Jill.»

Jill schüttelte den Kopf. «Nein.»

«Dann werden wir beide sterben.»

«Das ist besser, als allein zu sterben.» Jill zog die Nase hoch.

«Nein, ist es nicht», sagte Pater Sullivan. «Ich weiß, dass du ein gutes Herz hast, Jill. Das willst du nicht.»

Jill biss sich auf die Unterlippe, sie musste nachdenken. Es hatte eine Zeit gegeben, in der das, was er sagte, die Wahrheit war. Nicht einmal in ihren wildesten Träumen hätte sie sich vorstellen können, einen Menschen zu töten, schon gar nicht Pater Sullivan. Sie hatte ihn geliebt.

Doch nun wollte irgendetwas in ihr diesem Priester Schmerz zufügen. Und trotz aller Bedenken hatte sie – als sie nach Pater Sullivan schlug – ein nicht unerhebliches Vergnügen empfunden. Sie wusste, dass es nicht richtig war, aber ihn dort am Boden zu sehen, unter Schmerzen, fühlte sich unbestreitbar *gut* an.

Nachdem der Rausch vorüber war und sie nun Macht über Leben und Tod hatte, fühlte sich Jill, als müsste sie sich übergeben. Sie konnte ihn nicht töten. Was er getan hatte, mochte unrecht gewesen sein, aber er hatte es getan, um ihr zu helfen. Was sie tun würde, wäre nichts anderes als Rache.

Und Rache – so gerechtfertigt sie auch sein mochte – war nach wie vor eine Sünde.

Ohne ein Wort ließ Jill los und nahm die Kette von seinem Hals. Sie hob ihr Bein, um aufzustehen, als sie einen flammenden Schmerz am Kopf spürte. Jill riss die Hände hoch, doch der nächste Hieb traf diesmal ihren Unterkiefer und streckte sie nieder.

Sie schrie vor Schmerz, sie schlug mit dem Kinn am Boden auf. Ihre Vorderzähne brachen, und scharfe Splitter schnitten in ihre Zunge. Ihr Mund füllte sich mit heißem, salzigem Blut, und Jill schluckte alles herunter, dankbar für die Flüssigkeit. Dabei verschluckte sie auch die Splitter ihrer abgebrochenen Zähne, doch widerstand sie dem Drang zu würgen, weil sie kein kostbares Nass erbrechen wollte.

Pater Sullivan kam auf die Beine und wich zurück. Einen Moment stand er an die Tür gelehnt, atmete schwer und rieb an den roten Striemen um seinen Hals. Er hielt die Bibel fest in seiner Hand. Vorn auf dem Umschlag war ein kleiner Blutfleck.

Damit hat er dich geschlagen. Er hat dir allen Ernstes eine Bibel ins Gesicht gehauen. Nett. Ein echter Heiliger.

Jill rang den Schmerz nieder und setzte sich auf. Ihr war schwindlig vor Jammer und Erschöpfung, doch sie zwang sich, Pater Sullivan in die Augen zu sehen.

«Ich wollte Sie doch gehen lassen», flüsterte sie. «Warum …?»

Pater Sullivan starrte sie nur an, mit puterrotem Gesicht. Er sprach ganz leise, seine Stimme bebte vor Zorn.

«Ihr habt den Teufel zum Vater, und nach eures Vaters Gelüste wollt ihr tun. Der ist ein Mörder von Anfang an und steht nicht zu der Wahrheit, denn die Wahrheit ist nicht in ihm.»

«Nein», schluchzte Jill. «Es tut mir leid, Pater. Ich … ich will doch nur hier raus … bitte …»

Pater Sullivan atmete tief ein und wieder aus. Es war, als hätte er all seinen Zorn mit ausgeatmet. Voller Mitgefühl blickte er sie an.

«Mir tut es auch leid. Es tut mir leid, dass ich an dir gescheitert bin. Möge Jesus, Marias Sohn, Herr und Retter dieser Welt, dir Gnade und Gefälligkeit erweisen.» Schweigend sah er sie an, als wollte er sich ihr Gesicht einprägen. «Leb wohl, Jill.»

Dann – ohne ein weiteres Wort – wandte sich Pater Sullivan um und ging hinaus. Und Jill wusste: Er würde niemals wiederkommen.

KAPITEL 14

Vor dem schiefergrauen Himmel wirkte der Turm der Kirche geradezu hyperreal. Darian lief ein kalter Schauer über den Rücken, als sie die großen steinernen Stufen nahm. Kirchen vermittelten ihr immer das Gefühl, unwürdig zu sein.

Als sie den dunklen, kühlen Raum betrat, kam ihr eine traurige Nonne entgegen.

«Schwester Christina», sagte die Nonne zur Begrüßung. «Pater Sullivan erwartet Sie. Kommen Sie bitte.»

Darian folgte der Nonne, vorbei an schweren Kirchenbänken und durch eine schmale Tür hinter dem Altar. Sie gingen hintereinander eine enge Wendeltreppe hinauf, und ihre Schritte hallten in dem hohen Steinraum. Oben befand sich eine große, schwere Tür. Schwester Christina klopfte leise, als fürchtete sie, dahinter jemanden zu wecken.

«Herein», sagte eine müde Stimme. Sie klang nicht eben einladend.

Schwester Christina öffnete die Tür und schob Darian hinein. Der Raum war unerwartet groß. Sogar ein massiver Schreibtisch aus Eichenholz, ein paar bequeme Stühle und ein kleines Sofa passten hinein. Sonnenlicht fiel durch das Buntglasfenster, was dem Zimmer etwas Unwirkliches verlieh.

Ungeduldig bat der Priester sie, näher zu treten, er bedeutete ihr, Platz zu nehmen, und gleichzeitig Schwester Christina, dass sie jetzt gehen könne – was sie auch tat.

«Es tut mir leid, dass Sie den weiten Weg auf sich genommen haben, aber ich habe Ihnen doch schon am Telefon gesagt, dass Jill keinen Besuch empfängt.»

«Sie haben mir nicht erklärt, warum», sagte Darian.

«Nein, das habe ich nicht.» Unbehaglich rutschte der Priester auf seinem großen Ledersessel herum. «Und ich sehe auch nicht, weshalb es Sie etwas angehen sollte.»

Darian öffnete ihr geistiges Auge weit und spürte ... nichts. Es war, als wäre der Mann überhaupt nicht da. Ihr Leben lang hatte Darian schon beobachtet, dass die Gefühle mancher Menschen deutlicher waren als die anderer, offensichtlicher und ansteckender. Aber noch nie war sie jemandem begegnet, der so völlig leer war. Sie brachte ihre ganze Konzentration auf und ertastete die strukturlose Hülle, die ihn schützte.

Instinktiv legte sie ihre Hand auf die des Priesters, und seine Mauern brachen in sich zusammen. Urplötzlich lagen seine wirren Emotionen bloß – nasse, kalte Erschöpfung, Schuldgefühle und schneidende Angst.

Zwar war sich Darian bewusst, dass es diese Empfindungen nur in ihrem Kopf gab, doch deshalb waren sie nicht weniger schmerzhaft. Die Synapsen, die in ihrem Gehirn explodierten, unterschieden nicht zwischen «realen» und «empathischen» Gefühlen. Da war es unerheblich, ob ihre Arme tatsächlich in Eiswasser getaucht waren, ob ihr Oberkörper wirklich gegrillt wurde, ob man ihr mit einer Säge in die Beine schnitt – oder ob es sich nur so anfühlte.

Obwohl Darian *wusste,* dass nichts von alledem wirklich geschah, waren ihre kreischenden Neurotransmitter ganz anderer Ansicht. Doch im Gegensatz zu «körperlichen Empfindungen», wie Dietrich sie bezeichnet hatte, konnte Darian die nachempfundenen Gefühle kontrollieren. Sie konnte deren Intensität bis zur Ekstase steigern oder sie herunterschrauben, bis sie nur noch ein geringfügiges Ärgernis darstellten – nicht mehr als ein Schmetterling, der sanft auf ihrer Schulter landete.

Wollte Darian jedoch Einfluss auf die Emotionen eines anderen nehmen, sie einsaugen, verdrehen und projizieren, blieb ihr nichts anderes übrig, als diese in ihrer ganzen Pracht zu erleben. Und das tat sie nun – sie absorbierte das Innerste des Priesters, um ihr eigenes Empfinden auf ihn zu übertragen.

«Bitte, Pater ...», sagte Darian und versuchte den ängstlichen Priester zu beruhigen. «Ich verspreche Ihnen: Jills Geschichte bleibt unter uns.»

Darian flößte dem Priester Vertrauen ein.

«Nun», sagte Pater Sullivan, und seine Miene wurde weicher. «Wahrscheinlich werden Sie mich für verrückt erklären, wenn Sie hören, was ich Ihnen zu erzählen habe.» Er machte eine Pause und holte tief Luft. «Jill Willoughby ist ... besessen.»

Darian war nicht sicher, was sie erwartet hatte, doch das bestimmt nicht. Sie schluckte ihre Verachtung herunter und konzentrierte sich, sodass sie nur kühle Ruhe projizierte.

«Ich halte Sie nicht für verrückt», sagte sie sanft. «Aber warum meinen Sie, Jill sei besessen?»

«Sie kann Menschen dazu bewegen ... Dinge zu tun.»

«Was für Dinge?»

«Böse Dinge», flüsterte der Priester. «Dieses Mädchen ... ist kein Kind Gottes.»

Entsetzen durchzuckte den Priester. Darian saß wie

festgeklebt auf ihrem Stuhl, sie biss die Zähne zusammen, gegen das Brennen auf ihrer Haut. Sie konzentrierte sich und sendete Zutrauen aus. Pater Sullivan holte tief Luft, um sich zu beruhigen, und fuhr fort.

«Seit dem Sommer haben mehrere Lehrerinnen erklärt, ihnen sei in Jills Gegenwart so … sonderbar zumute. Wäre es nur eine gewesen, hätte ich die Sache ignoriert, aber alle fünf Schwestern sprachen mich unabhängig voneinander an. Sie fühlten sich zu dem Mädchen hingezogen. Jill ist bemerkenswert gescheit und bei den anderen Kindern beliebt, doch das war etwas anderes. Also beschloss ich, sie im Auge zu behalten.»

«Hatten *Sie* das Gefühl, Jill hätte sich verändert?»

«Ich selbst nicht, nein», sagte Pater Sullivan. «Allerdings war mir etwas aufgefallen. Wie Sie wissen, können pubertierende Mädchen ihre Gefühle nicht sehr gut verbergen und sind oft launisch. Immer ist eine guter Stimmung und eine andere nicht. Aber jedes Mal, wenn Jill dabei war, stellte ich fest, dass alle um sie herum in derselben Stimmung waren. Alle glücklich, oder alle traurig. Es war, als würden sie irgendwie gelenkt.»

Oder verdreht.

«Und dann – eines Abends – habe ich …», die Stimme des Priesters erstarb. Verlegen senkte er den Blick. Als er fortfuhr, sprach er schnell, als wollte er die Wörter so schnell wie möglich loswerden. «Ich habe Jill mit einer der Nonnen in romantischer Liaison erwischt.»

Darian zog ihre Augenbrauen hoch und verbarg, wie überrascht und amüsiert sie war.

«Ich hielt Schwester Christina – besagte Nonne – beim Arm, und einen Moment lang wurde ich geradezu von Lust verzehrt. Das Empfinden leuchtete so hell in mir, dass ich Farben sehen konnte. Doch als ich die Nonne von dem

Mädchen fortriss, verflogen die Gefühle – und die Farben auch.»

Der Priester tupfte sich die Stirn auf der winzige Schweißperlen standen.

«Da wusste ich, dass das Mädchen unter seinem Einfluss steht.»

«Wessen Einfluss?»

«Des Teufels», stöhnte der Priester erleichtert, weil das Wort heraus war. «Was ich empfand, war rohe, reine Versuchung. Die Verkörperung Satans. Ich wusste, was ich tun musste.» Pater Sullivan sprach immer schneller, und Darian ahnte, dass er ein schreckliches Geheimnis gestehen würde.

«Gemeinsam mit einem anderen Priester habe ich versucht, einen Exorzismus durchzuführen, aber ohne Erfolg. Zwar konnte das Ungeheuer keine Kontrolle über mich erlangen, doch über meinen Glaubensbruder. Glücklicherweise gelang es mir, ihn aus dem Würgegriff des Monstrums zu befreien. Das war vor fast zwei Monaten. Seither habe ich viele Male mit dem Mädchen gebetet. Ich habe ihm geraten, Christus zu empfangen und den Dämon auszutreiben, bisher jedoch ohne Erfolg.»

«Auf Sie hat sie keinen Einfluss nehmen können wie auf die anderen?»

«Nein», sagte der Priester und fingerte nervös an dem silbernen Kreuz an seinem Hals herum. «Ich scheine resistent zu sein.»

«Was meinen Sie, woran das liegt, Pater?»

«An meinem Glauben», antwortete der Priester, ohne zu zögern. «Die anderen Mitglieder meines Sprengels sind fromm, aber ... nun, ich möchte mich nur ungern vergleichen, aber ... Sie verstehen.»

«Natürlich», sagte Darian und lachte im Stillen darüber, dass der Priester sich offenbar für überlegen hielt.

Plötzlich stutzte sie. Was wäre, wenn an dem, was er sagte, etwas dran war? Konnte sein Glaube ihn tatsächlich schützen? Wenn das der Fall sein sollte, war Jills Gabe – wie Darians dann auch – dämonischer Natur. Das war doch lächerlich … oder?

Darian schob den Gedanken schnell beiseite und sagte: «Wo ist Jill jetzt, Pater?»

«Im Keller, eingesperrt in einen Lagerraum. Ehrlich gesagt, bin ich mit meiner Weisheit am Ende. Alle meine Versuche sind gescheitert, und ich kann nicht das Risiko eingehen, eine Menschenseele mit dorthin zu bringen, weil ich fürchte, dass das Ungeheuer wieder zuschlägt und ich seine Macht nicht mehr aufhalten kann.»

Darian projizierte seidig weiche Demut und schwammige Hoffnung. «Ich glaube, ich kann Ihnen helfen.»

Sobald der Priester die stahlverstärkte Tür geöffnet hatte, erschreckte Darian, so deutlich spürte sie das kalte Elend und die Qualen des Mädchens. Modrige Kellerluft drang in ihre Lungen, und sie hustete heftig.

«Kann ich Ihnen helfen?», fragte der Priester.

Darian schloss die Augen und wartete, dass die Übelkeit vorüberging. Sie schluckte und schüttelte den Kopf.

«Es geht schon», flüsterte sie und hielt sich am Geländer fest.

«Sie spüren es auch, nicht wahr?», fragte Pater Sullivan.

«Ja», sagte sie kaum hörbar.

«Die anderen, die hier hinunterkommen, sagen auch, dass sie ein merkwürdiges Gefühl überkommt. Ich bin der Einzige, der es erträgt. Aber auch ich kann das Böse spüren.» Er sah Darian an. «Sind Sie sicher, dass Sie weitergehen wollen?»

«Ja», sagte Darian. Ihre Stimme war ruhig und fest, wenn es sie auch Mühe kostete.

Pater Sullivan seufzte widerwillig und ging die Stufen hinab. Darians Schuhe klackerten auf dem Stein. Mit jedem Schritt konnte sie den eisigen Hass deutlicher spüren. Als sie unten ankamen, nahm Darian noch andere Emotionen in unterschiedlicher Abstufung wahr – Trauer, aber auch Hoffnung. Doch die Hoffnung hatte eher etwas Bedrohliches als Optimistisches.

Darian blieb stehen. «Ich brauche noch einen Moment, Pater.»

«Sicher», sagte Pater Sullivan und blickte zu Boden, um ihr so etwas wie Privatsphäre zu lassen. Darian schloss die Augen und versuchte zu entscheiden, was sie tun sollte.

Das ist keine gute Idee. Dieses Mädchen ist gefährlich. Laszlo hast du schon um den Finger gewickelt, und bald bekommst du auch Elijah und Winter. Kehr um!

– Aber ich kann ihr helfen.

Unsinn. Du interessierst dich nur fürs Geld.

– Ist das denn so falsch?

Wenn du nicht mehr lebst, nützt es dir jedenfalls nichts.

Darian rührte sich nicht, sie wusste nicht, ob ihre Gier oder ihre Angst größer war. Auf der einen Seite winkte eine Belohnung von 100 000 Dollar. Auf der anderen war da die zunehmende Gewissheit, dass das kleine Monster es vielleicht nicht wert war. Vielleicht war Jill *tatsächlich* besessen. Vielleicht sollte sie besser zum Wohle aller hier im Keller einer Kirche eingesperrt bleiben.

Darian wusste, dass ihre Angst unbegründet war – aber sie wurde das Gefühl nicht los, dass sie gerade den größten Fehler ihres Lebens beging. Jahre später, als sie am Boden lag und langsam verblutete, dachte sie an diesen Augenblick zurück und verfluchte sich dafür, dass sie nicht auf ihren Instinkt gehört hatte.

Hätte sie gewusst, was geschehen würde, hätte Darian das Mädchen dort sterben lassen. Doch sie wusste nur, dass ihr die größte Prämie ihres Lebens entgehen würde, wenn sie jetzt umkehrte. Und dazu war sie nicht bereit, nur weil sie ein komisches Gefühl hatte.

Darian schlug die Augen auf und versuchte, den fauligen Geruch nicht wahrzunehmen, der von dem Mädchen, jetzt keine zehn Meter mehr entfernt, ausging.

«Retten wir die Prinzessin!»

KAPITEL 15

Als sie zu der dicken Stahltür kamen, blieb der Priester stehen. Darian konnte den Hass des Mädchens spüren und wie sie mit geistigen Tentakeln um sich tastete wie ein Blinder mit seinem Stock.

«Wer ist da?», fragte eine unerwartet hohe Stimme hinter der schweren Tür. «Bitte helfen Sie mir! Bitte …»

Das Mädchen fing an zu schluchzen. Sie war traurig, doch Darian spürte auch deutlich ihre Wut. Dieses Geschöpf hinter der Tür war kein unschuldiges, kleines Kind. Es war ein Tier, das in der Falle saß.

Noch ist es nicht zu spät. Noch kannst du umkehren …

Doch Darian hörte nicht auf ihre innere Stimme und sagte: «Machen Sie die Tür auf!»

Der Priester ließ die Schultern hängen. Er nahm seinen riesigen Schlüsselbund und schob den Schlüssel in das neue Schloss, das offenbar erst kürzlich in das alte Holz eingebaut worden war. Der Riegel schob sich zurück, und die Tür ging auf.

Als das Mädchen den Priester erkannt hatte, schlug Hass in dem Kellerraum hoch wie Flammen, doch wich dieses Gefühl augenblicklich glühender Hoffnung, als die Tür ganz offen stand und das Mädchen Darian zum ersten Mal in die Augen blickte.

Zwar hatte sie gewusst, dass das Kind ungefähr so aussehen würde, wie es sich anfühlte, doch staunte sie über Jills klare, offene Züge. Das schmutzige Gesicht und die großen, graugrünen Augen hatten etwas Unbedarftes an sich.

Die Kleine mochte hübsch sein, doch sie war fast verhungert. Strähnig hing ihr dunkelbraunes Haar herab. Spitze Ellbogen ragten aus verdreckten weißen Ärmeln und knochige Knie aus einem ausgefransten, dunkelblauen Rock. Das Gefühl übermächtiger Hoffnung erdrückte Darian fast, als das Mädchen sie anstarrte.

«Hallo», sagte die Kleine, und ein abgebrochener Zahn war zu sehen. Nervös zwirbelte sie an ihrem verfilzten Haar herum. Die schwere Kette um ihr Handgelenk klirrte auf dem Boden.

«Hallo», sagte Darian und verbarg Angst und Geldgier hinter einer Zuneigung, die sie nicht empfand. «Ich bin Darian.»

«Ich bin Jill», schniefte das Mädchen, voll wilder Sehnsucht. «Nehmen Sie mich mit?»

«Möchtest du das gern?»

«Ja, Ma'am», sagte Jill mit unschuldigem Blick.

«Lass mich kurz mit Pater Sullivan sprechen, ja?»

«Okay.» Jill biss sich auf die Unterlippe, um noch einmal Mitleid zu erregen, und starrte dann ihre schmutzigen, nackten Füße an.

Der Priester drückte die Tür hinter sich zu und schloss ab. Schweigend deutete er zur Treppe, und sie entfernten sich ein paar Meter von der Zellentür. Darian spürte den Zorn und die Enttäuschung des Mädchens wie einen heftigen Stich und ballte die Hände zu Fäusten.

Jill ist wütend. Sie will nicht, dass der Priester ihr die Chance versaut, hier rauszukommen.

Darian schluckte und empfand dem Priester gegenüber

plötzlich Respekt. Sie fragte sich, wie er dem Ansturm des Mädchens widerstanden hatte.

Gottvertrauen. Hat er doch gesagt.

– Halt die Klappe!

«Pater, wie ich Ihnen schon bei unserem ersten Gespräch erklärt habe, leite ich eine Anstalt für Problemkinder.» Darian wartete kurz, um sich auf eine Auseinandersetzung vorzubereiten. «Psychologen wie auch erfahrene Physio- und Beschäftigungstherapeuten kümmern sich …»

«Nein», unterbrach der Priester sie mit fester Stimme. «Ich kann sie nicht gehen lassen. Sie ist zu gefährlich.»

«Was wollen Sie tun? Sie für immer hier unten einsperren?»

«Wenn es sein muss … ja.»

«Das klingt eher unrealistisch.»

«Ihr Vorschlag aber auch», sagte Pater Sullivan. «Ärzte können keinen Dämon austreiben.»

«Sie aber offensichtlich auch nicht.»

«Und deshalb muss sie hierbleiben. Ich kann sie vielleicht nicht heilen, aber ich kann sie aufhalten.»

Es ist zu spät. Überlass sie dem Priester. Lass sie …

Darian nahm die Hand des Priesters. Augenblicklich übertrugen sich seine Gefühle auf sie.

«Sie wissen, dass Sie das Mädchen nicht hierbehalten können, Pater.» Darian gab ihm eisige Gewissheit ein. Sie wartete, bis er sich mit der Erkenntnis abgefunden hatte. «Wenn Sie es versuchen, wird Jill alles zerstören, vor allem Ihren Traum, eines Tages Bischof zu werden.»

Zwar war Darians letzte Bemerkung ein Schuss ins Blaue gewesen, doch hatte sie einen Volltreffer gelandet, denn augenblicklich nahm sie Pater Sullivans Entsetzen wahr. Offensichtlich bedeuteten Macht und Ansehen ihm eine Menge. Darian legte nach.

«Es wird alles herauskommen – und der Skandal wird Ihre Vorstellungen übersteigen. Das Jugendamt wird kommen und die Kinder mitnehmen. Die Zeitungen werden Sie als Monstrum bezeichnen. Man wird Fotos von dem Keller zeigen, in dem Jill in Ketten lag. Man wird Sie wegen Pädophilie anklagen.»

«Ich habe sie nicht angerührt!», sagte der Priester. «Ich habe nie ein Kind angerührt!»

«Man wird Ihnen nicht glauben.» Darian drückte seine Hand, um Furcht in ihm auszulösen, die ihm das Blut in den Adern gefrieren ließ. «Wenn man Jill erst entdeckt hat, ist Ihre Glaubwürdigkeit dahin. Man wird Sie exkommunizieren. Man wird Sie verurteilen. Und die nächsten zwanzig Jahre werden Sie im Gefängnis vergewaltigt.

Und wofür? Um zu verhindern, dass Jill entkommt? Verstehen Sie denn nicht? Wenn die Polizei sie gefunden hat – und man *wird* sie finden –, sind Sie derjenige, der eingesperrt wird. Jill *möchte* doch, dass Sie sie festhalten. Nur so kann das Mädchen Sie vernichten.»

Mittlerweile hechelte der Priester fast, und sein Blick ging zwischen Darian und Jills Gefängnis hin und her.

«Aber ich allein bin ihr gewachsen», flehte er. «Wenn ich sie Ihnen überlasse, wird sie ... wird sie ... Sie wissen nicht, wozu sie imstande ist.»

«Ich komme mit ihr zurecht.»

«Wie?»

«Vertrauen Sie mir, Pater.» Darian nahm ihm die Angst und ersetzte sie durch sanfte Zuversicht. Der Priester atmete nun langsamer, und sein Blick wurde ruhiger. «Haben Sie Vertrauen. Ich wäre nicht hier, wenn es nicht Gottes Wunsch wäre, dass ich sowohl Sie als auch das Mädchen rette. Es ist Sein Wille.»

Schweigend nahm der Priester ihre Worte auf. Darian fühlte, wie sein Verstand arbeitete, spürte den Hagel der Empfindungen und ließ ihnen freien Lauf. Sie griff nur ein, um den nagenden Zweifel zu zerstreuen. Schließlich holte er tief Luft und nickte.

«Wollen Sie mit mir beten?»

«Gewiss, Pater.»

Sie hielt ihn noch immer fest bei der Hand, als Pater Sullivan gemeinsam mit ihr niederkniete. Der Priester schloss die Augen, senkte den Kopf auf die Knöchel seiner Hand und begann, etwas Lateinisches zu flüstern. Darian spürte einen Schock, als hielte sie ihren Finger in eine Steckdose, während der fromme Mann zu Gott sprach.

Ihr brannten Kehle und Augen, als die Emotionen des Priesters sie durchströmten. In seinem Gebet gab es keine Ausflüchte. Die Gefühle waren groß und stark. Darian ließ sich von Pater Sullivans wogenden Empfindungen – Dankbarkeit, Entschlossenheit, Hoffnung und Hingabe – treiben, bis er schließlich fertig war.

Sie versuchte, sich die Gelassenheit des Priesters zu bewahren, und ließ seine Hand los. Sein Geist zog sich in die Dunkelheit zurück, und Darian war wieder mit Jills Wut und Verzweiflung allein. Pater Sullivan hielt ihr den Schlüsselring hin, zog ihn jedoch zurück, bevor Darian danach greifen konnte.

«Sie müssen mir versprechen, dass niemand erfährt, was hier unten geschehen ist», sagte der Priester. «Die Menschen … die Menschen würden es nicht verstehen.»

«Ich gebe Ihnen mein Wort.»

«Hier», sagte er und reichte ihr den Ring. «Ich möchte nicht dabei sein, wenn Sie sie mitnehmen.» Darian schloss ihre Hand um die klirrenden Schlüssel. «Lassen Sie den Schlüssel stecken, wenn Sie gehen. Nehmen Sie den Hinterausgang. Gott stehe Ihnen bei.»

Ohne ein weiteres Wort bekreuzigte sich Pater Sullivan und eilte die Treppe hinauf. Darian drehte sich um und sah zu Jills Zelle hinüber. Sie kam sich vor wie ein Kind, das unter dem Bett nachsehen wollte, ob da Monster wären. Allerdings wusste sie genau, dass das Monster echt war.

Am liebsten hätte Darian das Mädchen bewusstlos geschlagen, zumindest bis sie im Labor waren. Nie hätte sie gedacht, dass andere Empathiker ihr gefährlich werden könnten, vor allem nicht ein kleines Mädchen.

Kopfschüttelnd rang Darian ihre Ängste nieder und näherte sich Jills aufgewühltem Geist. Draußen vor der Tür hob sie den klimpernden Schlüsselbund an. Sofort spürte sie die Freude des Mädchens in der Zelle. Während Darian einen Schlüssel nach dem anderen ausprobierte, wurde das Mädchen immer aufgeregter. Endlich fand Darian den richtigen. Er passte ins Schloss, und Jills Gefühle rissen Darian förmlich mit. Sie stellte sich einen lauernden Tiger vor, zum Sprung bereit.

Sie nahm allen Mut zusammen und öffnete die Tür. Das Mädchen verrenkte sich fast den Hals, um zu sehen, ob hinter Darian noch jemand stand.

«Er ist weg», sagte Darian.

Eine Woge der Erleichterung, dann sah sie Darian argwöhnisch an.

«Wer sind Sie?», fragte Jill.

«Ich bin wie du.»

Jill trat einen Schritt zurück. Das schmutzige Gesicht wurde immer bleicher. «Sie meinen, Sie sind … besessen?»

Unwillkürlich prustete Darian los. Sie beherrschte sich sofort wieder, doch das Mädchen war gekränkt. Jills Miene verfinsterte sich, und trotzig hob sie das Kinn. Um ihr Lächeln zu verbergen, hielt Darian sich eine Hand vor den Mund.

«Tut mir leid. Ich wollte nicht lachen.»

«Aber Sie haben gelacht.»

«Weil das, was du gesagt hast, in meinen Ohren komisch klang», sagte Darian. Sie hatte sich etwas beruhigt. Jill war stark, aber eben doch nur ein Kind. Darian betrat die Zelle. Sie rümpfte die Nase, weil es beißend stank, und ging nur langsam auf das Mädchen zu.

«Was wollen Sie von mir?», fragte Jill.

«Zuallererst will ich dich hier rausholen.»

Jill schwieg einen Moment, dann fing sie an zu schluchzen. Noch bevor die erste Träne über ihre Wange lief, fühlte sich Darian, als hätte man ihr einen Hammer gegen den Schädel geschlagen. Ihre Augen brannten, und sie hatte einen Kloß im Hals. Sie sog Luft in ihre Lungen und tat alles, um sich abzuschotten, doch die freudlose Erleichterung des Mädchens war derart intensiv, dass Darian sie dennoch spürte.

Darian konzentrierte sich und rief sich eine Reihe glücklicher Momente ins Gedächtnis: ihr sechster Geburtstag, der letzte, bevor ihr Dad wegging ... das Geldzählen nach ihrer ersten Nacht als Stripperin im *Emerald* ... der Sex mit ihrem ersten Freund ... Dietrichs Testpersonen in der Weise zu manipulieren, dass sie sich vollpinkelten.

Eine schöne Erinnerung nach der anderen. Sie konzentrierte sich auf die Gefühle, die sie dabei empfand, und übertrug sie auf das weinende Kind. Langsam ließ der Druck in Darians Schädel nach, als sie die Trauer des Mädchens niederrang.

Dieser gewaltige psychische Austausch dauerte keine Minute, doch war Darian danach schweißgebadet. Seufzend atmete sie aus. Die Trauer des Mädchens war verflogen.

Jill stand vor ihr, leicht schwankend, als wäre sie betrunken. Sie lächelte schüchtern. Darian schüttelte sich kurz, ein wenig beunruhigt von der gespenstischen Freude dieses Mädchens. Dann verdrängte sie ihre Furcht mit eher künstlichen Glücksgefühlen.

Nicht künstlich. Gefühle können nicht künstlich sein. Wenn man sie empfindet, sind sie real.

– Wie auch immer. Lass dich von dieser Wednesday Addams bloß nicht verrückt machen.

«Ich will dir nur helfen», sagte Darian sanft. «Die Leute, für die ich arbeite, kümmern sich um begabte Kinder ... wie dich.»

«Die haben keine Angst?»

«Nein.»

«Das verstehe ich nicht.»

«Ich werde dir alles erklären, aber nicht hier.» Darian ging noch einen Schritt auf das Mädchen zu. Sie war kaum einen Meter entfernt. Nah genug, dass Darian ihren stinkenden Atem riechen konnte. «Wenn ich dich freilasse, kommst du dann mit mir?»

«Ja», sagte Jill, ohne zu zögern.

Darian tat einen letzten Schritt auf das Mädchen zu. Jetzt stand sie ganz nah bei ihr. Wortlos hob Jill ihre gefesselten Handgelenke, an denen die schwere Kette baumelte. Darian schloss die Handschellen auf, die sich mit metallischem Klicken öffneten. Jill ließ die Arme sinken, und klappernd fielen die Fesseln auf den Boden.

Darian zuckte zusammen. Unter dem Schmutz an den Handgelenken des Mädchens waren offene Wunden zu sehen. Trotz des Ansturms der Freude, die Darian ihr eingab, waren Jills Schmerz und Verwirrung deutlich spürbar.

Man hätte das Mädchen unbedingt in den Arm nehmen sollen, doch bei dem bloßen Gedanken daran war Darian, als müsste sie sich übergeben. Sie brachte es gerade fertig, Jill leicht auf die Schulter zu klopfen.

«Es wird alles wieder gut.»

Jill sah fragend zu ihr auf. «Versprochen?»

«Ganz sicher», sagte Darian.

Sie wusste, dass das nicht ganz der Wahrheit entsprach. Doch sie wusste nicht, wie gewaltig diese Lüge war.

KAPITEL 16

Man gestattete Darian nur eine schnelle Tasse Kaffee und eine Zigarette, bevor die Einsatzbesprechung begann. Wie üblich nahm Dietrich daran teil, befestigte sechs Elektroden an ihrem Kopf und klebte vier weitere an ihre Brust. Da gab es nichts zu beschönigen. Sie war eine Söldnerin – mehr nicht.

Da Jill das erste empathische Kind war, das Darian ins Labor gebracht hatte, wollte Zinser alles wissen. Sie lauschte ihr, ohne sie einmal zu unterbrechen – bis Darian erwähnte, dass sie die Emotionen des Priesters nicht hatte erfassen können, ohne ihn zu berühren. Samantha Zinser gab sich keine Mühe, ihre Aufregung zu verbergen.

«Und das ist Ihnen zuvor mit niemandem so gegangen?», fragte Zinser und beugte sich vor, als könnte sie es besser begreifen, wenn sie näher kam.

«Nein. Noch nie.»

«Und er war auch gegen Jill resistent?»

«Das hat er behauptet.»

«Aber Sie haben es nicht beobachtet», bemerkte Elliot Dietrich laut. Er äußerte sich zum ersten Mal, seit die Befragung begonnen hatte.

«Genau», sagte Darian und wandte sich dem Wissenschaftler zu. Der große, dickliche Mann schwitzte heftig.

Seine Knopfaugen blinzelten sie aus dem schwammigen Gesicht an.

«Und was glauben Sie, weshalb Sie seine Gefühle nicht wahrnehmen konnten?»

«Ich … ich weiß es nicht.»

Dietrich behielt die Reihe der Monitore im Blick. Er ging auf ihre Unsicherheit ein. «Sagen Sie uns alles, Darian.»

«Ich … ach, nicht wichtig.»

«Na, kommen Sie», drängte Zinser.

«Er hat gesagt …» Darian unterbrach sich. Plötzlich kam sie sich albern vor. «Er sagte, sein Glaube beschützt ihn.»

«Sein *Glaube*?», höhnte Zinser.

«Ich hab doch gesagt, es ist vollkommen lächerlich.»

«Sagen Sie …», fragte Dietrich mit ernster Stimme. «Finden *Sie* den Gedanken denn lächerlich?»

Zinser sah den Wissenschaftler an, als hätte er den Verstand verloren, doch dann bemerkte sie seinen Gesichtsausdruck und blickte wieder zu Darian.

«Ich glaube nicht an Gott», sagte Darian langsam. «Aber was Pater Sullivan angeht … ich weiß wirklich nicht, was ich davon halten soll.»

Dietrich betrachtete die Monitore und nickte, dann bedeutete er ihr fortzufahren. Die Besprechung dauerte über zwei Stunden. Zwar erkundigte sich Zinser nach jedem noch so kleinen Detail, doch merkte Darian, dass die Direktorin abgelenkt war und sich offenbar Sorgen machte. Als könnte sie es kaum erwarten, das Gespräch zu beenden, um sich endlich etwas anderem, Wichtigerem zuwenden zu können.

Was diese wichtige Angelegenheit war, wusste Darian nicht. Sie war viel zu erschöpft, um sich Gedanken darum zu machen, was Zinser durch den Kopf ging. Was ihr allerdings noch leidtun würde.

Samantha Zinser sah auf den Monitoren, wie Darian den Flur hinunterschlenderte. Im Fahrstuhl lehnte sich Darian lässig an die Wand, lächelte und winkte in die Kamera. Selbst noch in erschöpftem Zustand blieb Darian eine echte Nervensäge.

Zinser hatte nichts dagegen. Eben weil Darian so arrogant war, unterschätzte sie die Organisation. Und das war gut so. Zinser wandte sich zu Dietrich um.

«Was sagen Sie zu dieser Sache mit dem Priester?»

«Sie hat die Wahrheit gesagt, als sie ihre Eindrücke geschildert hat. Mehr kann ich dazu nicht sagen.»

«Dann lassen Sie sich etwas einfallen!»

«Es gibt keine Daten. Es könnte alle möglichen Gründe dafür geben.»

«Ich sagte: Lassen Sie sich etwas einfallen!», bellte Zinser.

Auf der Suche nach Inspiration blickte Dietrich zur Decke hoch, dann wieder zu Zinser.

«Es gibt zwei Möglichkeiten. Erstere wäre, dass es an dem Mann selbst liegt. Der Priester könnte eine ungewöhnliche Hirnchemie aufweisen, die für Darian schwierig zu entziffern ist. Es könnte seine Ernährung sein. Vielleicht ist er krank oder nimmt irgendwelche Medikamente. Das lässt sich ohne eingehende medizinische Untersuchung unmöglich sagen.»

«Und die zweite Möglichkeit?»

«Es könnte mit dem Gebäude zu tun haben, das die Übermittlung von Hirnwellen verhindert. Vielleicht gibt es dort, wo die Kirche steht, Störungen im magnetischen Feld.»

«Aber wenn das der Fall wäre, hätte Darian auch das Mädchen nicht deuten können.»

Dietrich zuckte mit den Schultern. «Wer weiß? Wir verstehen ja kaum, wie ihr Verstand arbeitet. Es gibt einfach noch nicht genügend Informationen.»

«Bitte, Doktor!», sagte Zinser. «Sagen Sie mir, was Sie *vermuten*! Stellen Sie sich vor ... Sie hätten eine Pistole am Kopf.»

Dietrich verzog den Mund, und einen Moment dachte Zinser schon, er müsste gleich weinen. Sie hatte ihn schon einige Male so weit gebracht, dass ihm die Tränen kamen. Beim letzten Mal hatte er um Urlaub gebeten, um mit einem alten Kollegen an einem Projekt zu arbeiten. Sie hatte den Urlaub nicht genehmigt, und er hatte mit Kündigung gedroht. Als sie ihm klarmachte, dass dieser Schritt nicht in Frage kam, war er zusammengebrochen.

Seitdem schienen ihm ständig die Tränen zu kommen. Seine Arbeit litt darunter nicht, und deshalb nahm sie seine Launen und Wutanfälle hin. Lieber sollte er etwas Dampf ablassen, als irgendetwas Drastisches zu unternehmen. Sie hatte sein Psychoprofil gelesen, und Selbstmord war nicht ausgeschlossen.

Zinser biss die Zähne zusammen und wartete. Sie wusste, dass Dietrich ihr eine Antwort geben würde. So war es immer. Und selbst wenn er nur eine Vermutung anstellte, wäre es doch eine verdammt gute. Schließlich seufzte er.

«Ich glaube nicht, dass es am Makroumfeld liegt. Darian sprach von einer Nonne. Hätte die Störung etwas mit der Geographie zu tun, hätte sie auch die Empfindungen der Nonne nicht wahrnehmen können. Und da sie die Emotionen des Priesters weder in seinem Büro noch im Keller erfassen konnte, bezweifle ich, dass das Gebäude eine Rolle spielt. Also liegt es mit allergrößter Wahrscheinlichkeit an dem Mann selbst.»

«Sie meinen, an seiner Physiologie.»

«Vermutlich.» Dietrich schwieg einen Augenblick. «Es sei denn, es läge tatsächlich an seinem Glauben.»

«Das kann nicht Ihr Ernst sein», sagte Zinser. «Sie meinen, *Gott* hätte ihn beschützt?»

«Natürlich nicht», sagte Dietrich leicht gekränkt. «Aber wenn der Priester das geglaubt hat, könnte es ihm geholfen haben, Jill abzuwehren.»

«Es gibt nur eine Möglichkeit, das herauszufinden», sagte Zinser. «Es wird Zeit, Pater Sullivan einen Besuch abzustatten.»

«Wollen Sie Darian noch einmal schicken?»

«Nein», sagte Zinser. «Dafür brauchen wir sie nicht.»

«Und wenn sich Pater Sullivan nun weigert, an unseren Tests teilzunehmen?»

«Das wird er nicht.»

«Aber … aber er ist ein *Priester*», sagte Dietrich.

Zinser zuckte mit den Achseln. «Nicht meiner.»

Pater Sullivan schreckte hoch, und grelles Licht blendete ihn. Er drehte den Kopf und versuchte, sich zu erinnern, wo er sich befand. Seine nackten Arme waren abgespreizt, als wäre er an ein Kreuz genagelt. Beide Arme steckten in Lederriemen. Auch seine Beine waren nackt und gefesselt. Ähnliche Riemen lagen um Knöchel, Hals und Taille.

Aus dem Augenwinkel sah er eine weiße Gestalt – einen Mann im Arztkittel, der etwas auf ein Klemmbrett schrieb. Hin und wieder hielt der Arzt inne und betrachtete die piependen Monitore. Er sah Pater Sullivan an, tat jedoch, als bemerkte er ihn nicht.

«Wo bin ich?»

Der Arzt schrieb weiter.

«Was ist hier los?»

Noch immer sah der Arzt auf sein Klemmbrett, doch seine Hand bewegte sich nicht mehr. Pater Sullivan stellte fest, dass der Mann offenbar mit seinem Gewissen rang. Ein Gesichtsausdruck, den Pater Sullivan schon öfter gesehen hatte.

«Bitte, reden Sie mit mir!» Pater Sullivans Stimme brach, als ihm eine vage Erinnerung an die Ereignisse der letzten Stunden – oder waren es Tage? – kam. Man hatte ihn in den Kofferraum eines Autos geworfen …

«Ich flehe Sie an, mein Sohn!»

Der Arzt ließ das Klemmbrett sinken und sah Pater Sullivan in die Augen. Die untere Hälfte seines Gesichts war von einer Operationsmaske verdeckt, doch die wässrigen Augen des Arztes verrieten dem Priester alles, was er wissen musste. Er hatte Angst.

«Wir müssen ein paar Tests durchführen, Pater», sagte er. «Sobald wir damit fertig sind, können Sie wieder gehen. Jetzt beruhigen Sie sich bitte.»

«Was sind das für Tests?»

Der Arzt ignorierte seine Frage und kam um den Tisch herum. Er schob eine Hand unter Pater Sullivans Nacken und hob den Kopf des Priesters leicht an, um ihn auf eine Art Kissen zu betten. Pater Sullivan konnte jetzt weder nach rechts noch nach links blicken, da das Kissen so weit neben ihm aufragte, dass es ihm die Sicht versperrte.

Der Arzt zog einen Lederriemen über Pater Sullivans Stirn und schnallte ihn fest.

«Was haben Sie vor?»

«Mund auf, bitte!»

Pater Sullivan wagte nicht, sich zu widersetzen, und tat, was man von ihm verlangte. Unsanft schob ihm der

Arzt ein dickes, weiches Stück Plastik zwischen die Zähne.

«Damit Sie sich nicht die Zunge abbeißen», bemerkte der Arzt nüchtern.

Er schnallte einen zweiten Riemen um das Kinn des Priesters.

«Ich muss jetzt einen Einschnitt in Ihrem Schädel vornehmen. Ich kann Ihnen keine Betäubung geben, weil die Chemie Ihres Körpers sich sonst verändern würde. Es wird nicht länger als eine Stunde dauern. Versuchen Sie, sich nicht zu bewegen, denn das würde die Operation nur unnötig in die Länge ziehen. Leider wird es wehtun.»

Pater Sullivan hörte ein Surren. Dann sah er den Bohrer. Er wollte schreien, doch das Mundstück ließ nur ein ersticktes Stöhnen zu. Der Arzt hielt ihm den Bohrer an den Schädel. Und dann hatte Pater Sullivan auch allen Grund zum Schreien.

KAPITEL 17

Für Laszlo waren die folgenden zwei Monate wie ein Traum. Darian und er passten so gut zusammen, wie ihre erste Liebesnacht hatte vermuten lassen. Und sie schien das genauso zu sehen.

Sie verstand ihn fast so gut wie er sie. Sie ahnte, was er sagen wollte, bevor er es aussprach. Sie konnten wunderbar miteinander schweigen – was vielleicht sonst angespannte Stille gewesen wäre, war bei ihm und Darian irgendwie magisch.

Je näher sich die beiden allerdings kennenlernten, desto weniger schien Darian sich für Laszlos Berufsleben zu interessieren. Sie nahm nicht mehr am Unterricht teil. Häufig verschwand sie einfach ohne Erklärung. Obwohl sie eine derart intensive Beziehung führten, sah er sie während der Woche kaum, da sie immer beruflich unterwegs war. An den wenigen Abenden in der Woche, an denen sie zu ihm kam, war sie immer fix und fertig, wie eine Studentin kurz vor dem Examen. Wenn er sie fragte, was denn los war, sah Darian ihn nur mit ihren Katzenaugen an und sagte:

«Sag mir, wer du bist, und ich sage dir, wer ich bin.»

Damit war das Gespräch beendet. Er wusste, dass sie ihm alles über ihr Tun erzählen würde, wenn er ihre Fragen beantwortete. Doch dazu war er nicht bereit. Und somit hütete jeder sein Geheimnis.

Eigentlich hätte Laszlo sich Sorgen machen müssen. Doch bei Darian fühlte er sich sicher. Da sie beide zugaben, Geheimnisse voreinander zu haben, begegneten sie sich auf Augenhöhe. Keiner konnte auf den anderen Druck ausüben, ohne dass der Druck sofort auf ihn zurückgefallen wäre.

Erstaunlicherweise schien dieser Umgang nach einer Weile fast normal. Weshalb sollte Darian nicht auch etwas für sich behalten, wenn Laszlo sein Leben lang ein Geheimnis gehütet hatte? Außerdem war es Laszlos Entscheidung. Wenn er sich ihr anvertrauen wollte, dann würde sie sich ihm öffnen. Worüber also wollte er sich beklagen?

Er verdrängte seine Zweifel und konzentrierte sich lieber darauf, dass er sich glücklich schätzen konnte, eine so faszinierende Frau gefunden zu haben. Auf sonderbare Weise fühlte er sich ihr durch die Geheimnisse nur noch stärker verbunden. Bis Darian kam, hatte er sich immer allein gefühlt. Jetzt war sie da, und …

Alles, was vorher gefehlt hatte, war nun da.

Die ersten paar Wochen mit Jill waren die schlimmste Zeit in Darians Leben. Selbst später noch, als man sie gefangen hielt, lief ihr ein kalter Schauer über den Rücken, wenn sie daran zurückdachte. Jede Sekunde in Jills Nähe bereitete ihr Schmerzen.

Sobald sie sich dem Mädchen auf drei Meter näherte, kam sich Darian vor wie unter Wasser, wie in einem Meer aus Menschen, in dem Tausende dumpfe Stimmen schrien. Alles war verzerrt. Die Emotionen aller anderen Menschen um sie herum drangen in sie, und durch dieses Chaos an Empfindungen spürte sie Jill – heftig und unentrinnbar.

Jills Gefühle waren derart intensiv, dass Darian sich ihnen zum Teil verschließen musste, um nicht durchzudrehen, was alle anderen Empfindungen auf ein leises Kribbeln in den Fingerspitzen reduzierte. Am schlimmsten war, dass Jills Gefühle so unberechenbar waren – in einem Moment noch glühende Freude, und gleich darauf mutlos, schlaff und lebensmüde. Wie ein Korken im Wasser wurde Darians emotionales Ich herumgewirbelt.

Darians Stimmung schwankte demnach – wie Jills – unablässig. Sie war den Launen dieses Mädchens ausgeliefert, was sie verwirrte und auslaugte. Am meisten bedrückte es sie jedoch, dass nur sie allein spüren konnte, wie gestört Jill tatsächlich war.

Darian war daran gewöhnt, allein dazustehen, wenn es darum ging, die Menschen in ihrer Umgebung zu verstehen. Sie war mutterseelenallein mit ihrer Fähigkeit, die Bösen von den Guten zu unterscheiden. Aber sie hatte noch nie eine Situation erlebt, in der jemand dermaßen durchgeknallt war, ohne dass irgendwer es wahrnahm. Sonst merkten die meisten Menschen sehr wohl, wenn jemand verrückt war.

Was jedoch Jill Willoughby anging, waren alle wie taub. Alle Welt liebte sie. Denn Jill verstand es geschickt, ihre Emotionen auf andere zu übertragen. Darian brauchte ihre ganze Kraft, um leises Entsetzen aufzubringen, damit Zinser und die anderen das Kind nicht noch in die Arme schlossen. Obwohl Zinser Vorsicht walten ließ, Jill so weit wie möglich isolierte und Darian erlaubte, jede Sitzung zu beenden, wenn sie nicht mehr konnte, fürchtete Darian doch, dass sie noch den Verstand verlieren würde. Jeden Abend um 18:00 Uhr sedierten sie Jill, damit sich Darian erholen konnte. Da erst durfte sie ihren psychischen Schutzschild sinken lassen. Manchmal ging sie dann zu Laszlo. Sein sanftes, entspanntes Gemüt war ihr sicherer Hafen.

An den meisten Abenden jedoch schlief sie einfach im Labor, froh und glücklich, den Tag hinter sich gebracht zu haben.

KAPITEL 18

Pater Sullivan stand nackt in dem kühlen weißen Zimmer. Es war leer – bis auf einen langen Metalltisch, auf dem ein kleiner Plastikkasten stand. Nackt zu sein war ihm peinlich, und deshalb hielt sich Pater Sullivan die Hände vor die Genitalien. In der Spiegelwand sah er fett und blass aus.

«Pater, können Sie mich hören?»

Der Priester zuckte zusammen. Er sah sich um, und sein Blick blieb an einem Lautsprecher oben an der Decke hängen. Er starrte hinauf, als er antwortete. Zwar hatte der Mann am Mikrophon nur fünf Worte gesagt, doch Pater Sullivan erkannte die Stimme sofort. Sie gehörte dem Arzt, der ihm den Schädel aufgesägt hatte. Das war inzwischen ein paar Tage her. Vielleicht auch Wochen. Er hatte jedes Zeitgefühl verloren.

«Ja», sagte Pater Sullivan. «Ich kann Sie hören.»

«Bitte öffnen Sie die Kiste und nehmen Sie heraus, was darin liegt.»

Langsam trat der Priester vor. Mit der Hand strich er über das glatte Plastik. Er hatte Angst vor dem, was sich darunter verbergen mochte. Schließlich schluckte er und versuchte mit den Fingernägeln den Deckel anzuheben. Er schloss die Augen. Halbwegs erwartete er eine Explosion oder sonst irgendetwas Entsetzliches, aber nichts geschah.

Der Priester schlug die Augen auf. Plötzlich kam er sich dumm vor. In dem Kasten lagen versiegelte Plastikbeutel mit einzelnen Kleidungsstücken darin. Er erkannte seine eigenen Kleider, die er an dem Tag getragen hatte, als er entführt worden war. Er nahm die Päckchen heraus.

Zwei Schuhe. Eine Silberkette mit einem Kreuz. Ein großer Ring mit einem eingravierten Bild von Jesus Christus, den ihm der Monsignore geschenkt hatte. Dieser Ring bedeutete ihm mehr als alles andere, und er lächelte, als er ihn sah. Er hatte nicht gedacht, dass er ihn je wiedersehen würde.

«Bitte ziehen Sie die Sachen in der Reihenfolge an, in der Sie sich üblicherweise ankleiden. Nach jedem Teil warten Sie, bis ich Ihnen sage, dass Sie fortfahren sollen. Verstanden?»

«Ja», sagte Pater Sullivan und starrte auf den Lautsprecher.

«Bitte fangen Sie an.»

Ohne Zeit zu vergeuden, riss Pater Sullivan den Beutel mit seinen weißen Boxershorts auf. Er stieg hinein, ein Bein nach dem anderen. Dann blickte er erwartungsvoll hoch zu den kleinen, runden Löchern des Lautsprechers.

«Weiter», sagte die Stimme nach einem Augenblick.

Pater Sullivan zog seine linke Socke an und wartete. Wieder wies ihn die Stimme an, fortzufahren. Dann die rechte Socke. Warten. Weiter. Sein Unterhemd. Seine Hose. Nacheinander zog er die Kleidungsstücke über. Im Spiegel sah Pater Sullivan, wie er sich von einer nackten, ängstlichen Laborratte in jemanden verwandelte, der dem Mann ähnlich sah, der er einst gewesen war. Ob er je wieder derselbe sein würde, bezweifelte er allerdings.

Schließlich nahm er den Ring vom Tisch. Pater Sullivan schloss die Hand darum und schob ihn auf den Finger.

Er fühlte sich kalt an, doch als der Priester das vertraute Gewicht spürte, fühlte er sich sofort besser. Er blickte zum Lautsprecher hoch und wartete auf die nächste Anweisung. Fast eine Minute lang blieb alles still. Als er die Stimme wieder hörte, klang sie aufgeregt.

«Nehmen Sie den Ring langsam ab und legen Sie ihn wieder auf den Tisch.»

Der Priester tat, was man ihm sagte. Er fragte sich, ob die Stimme ihn auffordern würde, sich wieder nackt auszuziehen. Was, wenn es nur der nächste Test war? Ein Versuch, ihn zu brechen? Ihm das Gefühl zu geben, er sei ein Mensch, nur um ihm dann wieder die Würde zu nehmen, Stück für Stück? Was wollten sie? Was …

«Berühren Sie den Ring, aber lassen Sie ihn auf dem Tisch liegen.»

Pater Sullivan hielt seinen Zeigefinger an den Silberring und wartete. Er starrte das gravierte Kruzifix an und betete. Er betete nicht darum, dass man ihn freiließ. Er ahnte, dass das nicht in Frage kam. Also betete er stattdessen um Absolution.

Eine Sünde belastete ihn wie keine andere – das, was er mit Jill gemacht hatte. In diesem weißen Raum – ganz allein – wusste er, dass man ihn für das bestrafte, was er ihr angetan hatte.

Man hielt ihn gefangen, wie er Jill gefangen gehalten hatte. Er wurde gefoltert. Man nahm ihm die Kontrolle über sich selbst. Und ließ ihm nur noch das Gebet. Er fragte sich, ob sie wohl solche Angst gehabt hatte wie er jetzt. Er fragte sich, ob er einen Fehler gemacht hatte.

«Nehmen Sie Ihre Hand zurück!»

Die aufgeregte Stimme riss Pater Sullivan aus den Gedanken. Er zog die Hand zurück, und mit einem Mal wurde er wütend. Sein Puls ging schneller, und er verzog das Gesicht. Er biss die Zähne zusammen und atmete durch die Nase, er schnaubte wie ein Bulle.

Wie konnten diese Leute es wagen, ihn so zu behandeln? Er war immerhin ein Mann Gottes. Dazu hatten sie kein Recht. Kein …

«Jetzt nehmen Sie den Ring.»

Hörst du das? Sie kommandieren dich herum wie einen Hund. Willst du wirklich tun, was sie sagen? Willst du Männchen machen und betteln?

«Gut», murmelte Pater Sullivan leise. Er schloss die Finger um das schwere Stück Metall. Im selben Moment fühlte er sich abgekoppelt – wovon, wusste er nicht –, aber er konnte sich nicht beherrschen. Er holte aus und schleuderte den Ring weit von sich.

Der Ring flog durch die Luft, und Pater Sullivan fühlte sich wie zerrissen, eine Mischung aus siegessicherem Zorn und aufschäumender, blauer Angst – dann schlug der Ring auf. Ein scharfes Knacken war zu hören, als der Spiegel zerbarst. Pater Sullivan starrte sein zerbrochenes Spiegelbild an. Sein Grinsen hatte kaum noch menschliche Züge.

Hinter ihm wurde die Tür aufgerissen, und zwei große Männer in dunkelgrauen Uniformen stürmten herein. Sie stürzten sich auf ihn, drehten ihm die Arme auf den Rücken und knallten ihn gegen die Spiegelwand. Die Splitter schnitten ihm in die Wangen, doch er fühlte den Schmerz kaum.

Er spürte nur den Schock. Denn hinter dem Spiegel sah er im Dunkel zwei Gesichter. Eines war das des Arztes, der ihm den Schädel aufgesägt hatte. Das andere kannte er gut. Bis ans Ende seiner Tage würde er diese graugrünen Augen nicht mehr vergessen.

Jill Willoughby musterte ihn mit einer Mischung aus Hass und Genugtuung. Da wusste Pater Sullivan, wo er war. Obwohl ihm klar war, dass er sich fürchten, dass er panische Angst empfinden sollte, fühlte er sich doch erleichtert. Jetzt verstand er, und er konnte alle Hoffnung auf Flucht getrost vergessen.

An diesem Ort würde er lange bleiben. Bis in alle Ewigkeit vielleicht.

Denn er war in der Hölle.

KAPITEL 19

Darian starrte mit leerem Blick an die Decke, als es an der Tür klopfte.

«Herein.»

Sie war so erschöpft, dass sie gar nicht hinsah. Darian wusste ohnehin, dass es Zinser war.

«Ich habe gute Neuigkeiten für Sie!», sagte Zinser mit fröhlicher Stimme. «Sie müssen nicht länger Jills Babysitter spielen.»

Darians Augen wurden groß. Ruckartig setzte sie sich auf. «Lassen Sie sie frei?»

«Nein», sagte Zinser ungeduldig. «Wir haben eine Möglichkeit gefunden, uns vor ihr zu schützen.»

Während Zinser sprach, konzentrierte Darian sich auf die Empfindungen dieser Frau. Sie sagte offenbar die Wahrheit. Nur als Zinser *ihr* gesagt hatte, spürte Darian, dass die Direktorin nicht die Wahrheit sagte.

Wäre Darian nicht so mitgenommen gewesen, hätte sie sich diese Lüge erklären können. Aber sie war zu müde für Schlussfolgerungen.

«Und was bedeutet das für mich?»

«Es bedeutet, dass Sie sich Mr. Kuehl widmen können.»

«Soll ich jetzt ihn und seine Schüler rekrutieren?»

«Noch nicht», sagte Zinser. «Vergnügen Sie sich noch eine Weile. Aber es wird nicht mehr lange dauern.»

Und Zinser sollte recht behalten. Es dauerte nicht lange – zwei Wochen nur. Dann war der Moment gekommen. Darian wartete, bis sie miteinander geschlafen hatten, um es ihm zu erzählen. Zinser hatte sich die Lüge ausgedacht – eine Möglichkeit, die Arbeit der Organisation zu erklären. Doch als sie sie gerade anfangen wollte zu sprechen, hatte Darian plötzlich ein schlechtes Gewissen.

Tu es nicht.

– Dein Leben lang hast du Männer benutzt. Warum sollte einer mehr oder weniger etwas ausmachen?

Aber es machte etwas aus. Normalerweise hatte sie es auf einfach zu beschaffende Dinge abgesehen: eine hübsche Kette oder irgendetwas anderes von Tiffany's. Aber heute Abend ging es um etwas anderes. Heute Abend musste sie Laszlo zu etwas überreden, und das war erheblich …

unmoralischer.

War das fair? Schließlich konnte es ja auch sein, dass die Organisation ihre Schüler zu kleinen Gandhis ausbildete.

Genau. Und du bist Mutter Teresa.

Na und? Laszlo war kein kleiner Junge mehr. Er konnte gut auf sich selbst aufpassen – im Gegensatz zu ihren früheren Liebhabern. Obwohl die meisten reich oder mächtig waren – Schauspieler, Geschäftsleute und einmal ein Kongressabgeordneter –, waren sie doch alle schwach und leicht beeinflussbar.

Viele besaßen eine gewisse Gabe (ohne Charisma kam schließlich niemand so weit), doch waren sie sich dessen nicht bewusst. Sie hielten sich für Menschen mit großer Anziehungs- und Überzeugungskraft. Sie glaubten, es läge an ihren brillanten Ideen und ihrer überlebensgroßen Persönlichkeit, dass ihre Anhänger ihnen so leidenschaftlich folgten.

Natürlich kannte Darian die Wahrheit und wusste, wie es wirklich funktionierte. Es hatte zu der Vereinbarung gehört, die sie mit der Organisation getroffen hatte: Wissenschaftliche Erkenntnisse wurden offengelegt. Dietrichs Berichte waren nicht eben für Laien gedacht, doch Darian war nicht auf den Kopf gefallen.

Darian wusste, dass man ihr so manchen Bericht vorenthielt. Trotzdem hatte sie schon einiges gelernt. Leider bekam sie durch ihr Wissen keineswegs mehr Macht. Sicher, Zinser hatte ihr einige Testpersonen überlassen, mit denen sie experimentieren konnte, doch nachdem Darian wusste, wo ihre Grenzen lagen, wurden selbst die perversesten Experimente langweilig.

Daher hatte Darian beschlossen, auszusteigen, bevor sie auf der falschen Seite der Lupe landete. Genau das war ihr gerade durch den Kopf gegangen, als die Organisation von Laszlo erfuhr. Der Zeitpunkt war perfekt. Sie würde Laszlo und seine beiden Schützlinge liefern, das Kopfgeld kassieren und sich aus dem Staub machen. Mit den drei neuen Testpersonen hätte die Organisation sicher nichts dagegen einzuwenden, wenn Darian ging.

Aus diesem Grunde hatte Darian Laszlo so weit gebracht, dass er verrückt nach ihr war. Nur hatte Darian nicht bedacht, wie sie sich dabei fühlen würde. Anfangs hatte sie sich noch vor seinen Emotionen schützen können. Doch als sie dann mehr Zeit miteinander verbrachten, musste sie feststellen, dass sie seinen Gefühlen schwerlich widerstehen konnte. Und jetzt, nach drei Monaten, war das, was als Lüge begonnen hatte, nicht mehr so weit von der Wahrheit entfernt.

Im Grunde änderte diese Erkenntnis nichts an Darians Entscheidung – nur an dem Motiv für ihre Entscheidung.

«Wie lange wollen wir noch so weitermachen?»

«Gib mir einen Moment, mich zu erholen, dann zeig ich es dir», sagte Laszlo lächelnd. Er fand es wunderbar, wenn er ihr Haar auf seiner nackten Brust spürte und sie ihren Schenkel unter der Decke gegen sein Bein schmiegte.

«Nicht *das*», sagte Darian und fuhr ihm sanft mit den Fingerspitzen über die Brust. «Ich meine, trautes Heim spielen. Die Geheimnisse des anderen ignorieren.»

Laszlos Lächeln verflog. Er wusste, dass einer von beiden irgendwann nicht weiterkönnte. Er hatte nur nicht gedacht, dass sie diejenige sein würde.

«Wann erzählst du mir endlich, warum du meine Klasse ausspioniert hast?», fragte Laszlo.

«Ich habe mir nicht nur deine Klasse angesehen», sagte Darian mit fester Stimme. «Ich habe mir *dich* angesehen.»

Laszlo wurde plötzlich kalt. Er spürte, dass sie die Wahrheit sagte. Aber wer um alles in der Welt sollte Darian losschicken, um *ihn* zu beobachten, außer …

Sie wussten es.

Laszlo sprang aus dem Bett.

«Verdammt, wer bist du?»

«Entspann dich!» Darian setzte sich auf und hob die Hände. «Ich bin unbewaffnet.»

Laszlos Blick ging über ihren nackten Oberkörper, doch fühlte er sich zu dieser Fremden in seinem Bett nicht länger hingezogen.

«Es ist mein Ernst, Darian. Wer bist du?»

Darian stand langsam auf und ging auf ihn zu. «Ich bin genau die, die vor dir steht. Darian Washington.»

«Verarsch mich nicht.»

«Ich habe deine Klasse besucht, weil ich wusste, dass du besonders bist. Genau wie Elijah. Genau wie Winter.» Darian ging noch einen Schritt auf ihn zu. «Aber wenn du wissen willst, wieso ich hier bin, in deinem Schlafzimmer, dann ist die Antwort weit weniger kompliziert.»

Darian stand jetzt ganz nah bei Laszlo. «Ich liebe dich.»

Sie beugte sich vor, lehnte ihre weiche Wange an seine Brust und schlang die Arme um seine Schultern. Ohne darüber nachzudenken, zog Laszlo sie an sich, und so standen sie da und hielten sich im dunklen Schlafzimmer in den Armen.

«Du kannst es mir ruhig erzählen ...», flüsterte Darian. «Weil ich es doch schon lange weiß.»

Trotz der kühlen Luft, die vom Fenster hereindrang, schimmerte Darians Körper vor Schweiß. Noch nie hatte sie so hart arbeiten müssen, um jemanden zu beeinflussen. Laszlo hatte einen ausgeprägten Willen, und seine Gefühle waren stark.

Zwar war sie nicht in der Lage, genau zu sagen, was Laszlo – jenseits seiner Emotionen – tatsächlich dachte, aber sie konnte gut Schlussfolgerungen ziehen. Und nachdem sie das letzte Jahr im Labor der Organisation damit verbracht hatte, Testpersonen zu manipulieren, war Darian inzwischen geübt darin, Gedanken zu «lesen».

Also «las» sie auch Laszlos: Seinen dringenden Wunsch, sich ihr zu öffnen. Seine wilde, fürsorgliche Loyalität den Kindern gegenüber. Seine überwältigende Angst, dass sie ihn verraten würde. Darian sog alles in sich auf, analysierte

Laszlo, bis sie ihn so weit verstanden hatte, dass sie seinen Willen brechen konnte.

Innerhalb von Sekunden war sie eins geworden mit dem Mann in ihren Armen. Dann öffnete sie die Schleusen. Seine Reaktion kam augenblicklich. Einen Moment lang bewegte sich Darian in einem emotionalen Vakuum, als Laszlos Verstand die neuen Gefühle aufnahm, die sie ihm einpumpte. Und dann – wie eine Flutwelle – schlugen seine Gefühle auf sie zurück.

Schweigend atmete Darian ein und zwang Luft in ihre brennende Kehle, während sie die Intensität von Laszlos Emotionen abschwächte. Langsam fuhr sie die Kräfte herunter. Als sein geistiges Echo leiser wurde, ließ Darian die Kraft aus ihren angespannten Muskeln und sank an seine Brust.

Laszlo hielt sie fest, während die bohrenden Gefühle ihr Innerstes erschütterten.

Sie hatte schon viele Männer dazu gebracht, sich in sie zu verlieben, aber noch nie jemanden, der so stark war wie Laszlo. Plötzlich fragte sich Darian, ob sie einen schweren Fehler begangen hatte. Würde sie – da er sie nun ehrlich liebte – Distanz halten können … oder würden seine Gefühle langsam ihre eigenen durchsetzen?

Noch nie war Laszlo dermaßen überwältigt. Es gab so vieles, was er sagen wollte. Er hatte so viele Fragen. Aber er konnte nur noch an Darians Worte denken: *Ich liebe dich.*

Er hatte einen Kloß im Hals. Er schluckte sein Schluchzen herunter, während eine Träne über seine Wange lief. Er hielt Darian fester, drückte seinen nackten Leib an ihren, fühlte ihre seidig warme Haut. Er wusste nicht, wie lange er sie schon im Arm hielt. Er wusste nur, dass er sich, als er sie schließlich losließ, dazu entschlossen hatte, ihr zu vertrauen.

Ein Entschluss, den er sein Leben lang bereuen sollte.

KAPITEL 20

Seit er wusste, dass er anders war, hatte Laszlo davon geträumt, jemandem sein Geheimnis anzuvertrauen. Doch als sich ihm die Möglichkeit nun bot, erstarrte er förmlich.

«Du bist nicht so allein, wie du glaubst.» Darian nahm seine Hände. «Ich kann auch fühlen, was andere empfinden.»

Laszlo blinzelte. Sosehr Darian seine Welt schon auf den Kopf gestellt haben mochte – ihre letzte Bemerkung gab ihm den Rest.

«Woher … woher wusstest du es?»

«Wir wussten es nicht. Zumindest nicht sicher – aber wir haben es vermutet.»

Laszlo rang um Worte, aber er wusste nicht, was er sagen sollte. Als sie sah (oder besser: *spürte*), wie fassungslos er war, sprach Darian weiter.

«Ich arbeite für eine Organisation, deren Sinn und Zweck es ist, die Möglichkeiten des menschlichen Verstandes zu erforschen, und zwar anhand von Studien besonderer Kinder.» Darian machte eine Pause. «Um solche Kinder zu finden, haben wir einen Test entwickelt. Bisher hat die Organisation diesen Test an etwa 200 000 Schülern durchgeführt. Nur einhundert haben bestanden. Alles Fehldiagnosen, bis auf zwei: Winter und Elijah.»

«Die Hochbegabtenprüfung», sagte Laszlo. Das letzte Puzzleteilchen.

«Ja.»

Laszlo erinnerte sich an den Test. Er bestand aus fünf Teilen, die sich mit jeweils einem der fünf Sinne befassten. Anfangs hatte er die Fragen für sinnlos gehalten, doch als er den dritten Teil überflog, änderte er seine Meinung. Denn das war der Teil, in dem es um Gerüche ging.

«Es ging um Emotionen und die fünf Sinne. Heißt das, Leute wie … wie *wir* können Gefühle noch auf andere Weise wahrnehmen als über den Geruchssinn?»

«Du nimmst Gefühle über den Geruch wahr?», fragte Darian ehrlich überrascht.

«Du nicht?»

«Nein», sagte Darian kopfschüttelnd. «Meine empathischen Fähigkeiten werden über den Tastsinn gesteuert. Ich erlebe Emotionen als physische Wahrnehmung auf der Haut. Winter hört sie. Und Elijah kann sie sehen. Wir alle erleben die Welt auf unterschiedliche Weise, doch die Voraussetzung – der Ursprung unserer Gabe – ist dieselbe: die Synästhesie.

Der Definition nach handelt es sich um eine Vermischung der Sinne. Dietrich glaubt, sie wird durch eine Fehlschaltung in dem Teil unseres Gehirns ausgelöst, der externe Stimuli interpretiert. Visuelle Synästheten können Musik in Form verschiedener Farben und Formen buchstäblich ‹sehen›. Ich dagegen kann sie fühlen.»

«Wie ‹fühlt› sich Musik denn an?», fragte Laszlo, um den körperlichen Ausdruck von Darians Gabe zu begreifen.

«Je nachdem», sagte Darian und schloss die Augen. «Ein Liebeslied fühlt sich schwer und hart an, wie eine Mauer aus Stein. Rockmusik kitzelt fast, wie eine Feder auf der Haut. Pop fühlt sich spitz an, wie Nadeln.» Darian blinzelte, als käme sie aus einer Trance zurück. «Ist es für dich genauso? Unterschiedliche Gerüche bei unterschiedlichen Songs?»

«Ja», sagte Laszlo. «Alles, was Emotionen auslöst, ein Lied, ein Bild, all das hat einen ganz eigenen Geruch. Aber die Gerüche gleichen einander auch. Alle Arten von Freude – Glück, Ekstase, Begeisterung, Entzücken – riechen ähnlich.»

«Und *wie* riecht Freude?»

«Nach angebrannten Zwiebeln.» Laszlo lächelte bedauernd. «Ich weiß. Nicht gerade das, was man erwarten würde. Kein emotionaler Duft passt zu dem, was man denkt. Wut riecht wie Asphalt nach einem Regenschauer. Trauer ist süß, wie warmer Honig. Das klingt bestimmt ziemlich merkwürdig für dich.»

Laszlo war verwirrt. «Wie konntest du den Test für Augen und Ohren entwickeln, wenn du Gefühle gar nicht so wahrnimmst?»

«Dietrich meinte, weil jeder Synästhet die Welt auf ganz eigene Weise wahrnimmt, müsste es den Empathikern eigentlich genauso gehen. Deshalb haben wir nicht versucht, herauszufinden, wer ‹wusste›, dass Wut wie Regen riecht. Wir haben die Antworten auf ihre interne Kongruenz hin geprüft.

Im Test haben wir etwa hundertfünfzig Emotionen abgefragt. Nicht nur Wut. Auch Ärger, Empörung, Gereiztheit und Zorn. Bei jeder Frage zum Bereich der Wut hat Elijah im visuellen Teil ‹violett› gewählt, während die Antworten aller anderen heftig variierten.

Im visuellen Abschnitt besaßen seine Antworten eine interne Kongruenz von 93 Prozent, während die Trefferquote in den anderen sensorischen Teilen nur Durchschnitt war –

16 Prozent. Das Gleiche traf auf Winter zu, nur dass sie ihre überdurchschnittlichen Treffer im Audio-Teil erzielte. Da haben wir die beiden als Synästheten und mögliche Empathiker identifiziert.»

«Du sagst ‹mögliche›. Du warst nicht sicher?»

«Erst als ich in deine Klasse kam. Als ich eintrat, wusste ich sofort Bescheid. Genau wie du. Deshalb hast du diese Gespräche geführt. Du hast sie gesucht. Andere, die so sind wie du.»

Laszlo blinzelte. Auch wenn er sich nicht bewusst auf die Suche nach anderen Empathikern gemacht hatte – es stimmte. Er *hatte* gesucht. Sein Leben lang hatte er sich gefragt, ob er der einzige war. Als er dann Elijah Cohen traf, änderte sich alles. In dem Augenblick, als Elijah in die Klasse kam, wusste Laszlo, dass der Junge anders war. Und obwohl er nicht sicher sein konnte, war er doch überzeugt davon, dass Elijah möglicherweise ein Empathiker war wie er selbst.

«Du bist sicher, dass Elijah und Winter so sind wie … wir?» Laszlo staunte, wie unwirklich es sich anfühlte, nach lebenslanger Einsamkeit irgendwo dazuzugehören.

«Ja.»

«Aber woher weißt du das?»

«Die stechende Intensität ihrer Empfindungen. Das musst du doch auch gespürt haben …»

«Für mich ist es kein Stechen, aber ja, sie sind intensiv.»

«Siehst du, welchen Einfluss Elijah auf andere Kinder hat?»

«Mir sind da ein paar Situationen aufgefallen … feine Veränderungen, wenn er da ist. Besonders auf dem Schulhof.»

Darian nickte. «Er funktioniert wie ein Rezeptor der Emotionen, sehr sensibel. Er fängt die Gefühle der anderen Kinder auf, besonders die negativen.» Darian blickte ernst. «Hass und Angst gehen tief. Er nimmt sie auf, dann sendet er sie wieder aus.»

«Deshalb hacken sie so oft auf ihm herum, stimmt's? Die anderen Kinder spüren ihre eigene Unsicherheit.»

«Ja. Elijah steckt in einem Teufelskreis. Er absorbiert und sendet negative Emotionen. Er wird herumgeschubst, was seine eigene Unsicherheit und sein Unbehagen nur intensiviert – und das gibt er dann nach außen weiter.»

Laszlo nickte, er begriff, weshalb Elijah immer so bekümmert und verletzt wirkte. Von Anfang an hatte er ihm leidgetan. Er schüttelte den Kopf. «Kannst du ihm helfen?»

«Gemeinsam – denke ich – könnten wir es.»

«Was ist mit Winter? Warum ist sie nicht wie Elijah?»

«Ihre Gabe löst einen positiven Kreislauf aus. Sie wirkt eher wie ein *Projektor*, nicht so sehr wie ein *Rezeptor*. Und was noch wichtiger ist: Sie ist eine Frohnatur. Ihre Freude dringt nach außen, steckt alle an, die in der Nähe sind. Also sind die Emotionen, die sie aufnimmt ...»

«... eher glücklicher Natur», beendete Laszlo Darians Satz.

«Genau. Sie ist glücklich, zufrieden, zuversichtlich, und sie projiziert ihre Empfindungen nach außen. Das spüren auch die anderen Kinder, und sie wollen in ihrer Nähe sein, um sich in ihrem Glanz zu sonnen. Und dann fühlen sie sich wohler, und so fühlt auch Winter sich wohler, und so weiter.»

«Mehr oder weniger identische Fähigkeiten mit gegenteiligem Ergebnis», sagte Laszlo und schüttelte den Kopf. «Wie viel davon liegt in der Persönlichkeit begründet und wie viel in der jeweiligen Kraft von Projektion und Rezeption?»

«Ich weiß es ehrlich gesagt nicht.»

«Wissen sie es? Ich meine … die Kinder, wissen sie von ihrer Gabe?»

«Wusstest du es in dem Alter?»

Laszlo schüttelte den Kopf. «Wenn ich daran zurückdenke, verstehe ich, wieso andere mich beeinflusst haben. Aber die Verbindung zwischen Gerüchen und meinen Empfindungen wurde mir erst mit vierzehn bewusst.»

«Ich war dreizehn, als ich es herausfand», sagte Darian. «Die Pubertät ist echt hinterhältig.»

«Du meinst also, sie fangen gerade erst damit an, sich das alles zusammenzureimen?»

«Möglich.» Darian zuckte mit den Schultern. «Wenn wir es genau wissen wollen, bleibt uns nur eine Möglichkeit.»

«Und welche?»

«Wir fragen sie.»

KAPITEL 21

«Nehmen wir unser Gespräch über Edison wieder auf, das wir vor ein paar Wochen geführt haben.»

«Noch mehr Geschichten von dem Arsch?»

«Mr. Grimes, heute werden wir uns auf die Elektrizität konzentrieren. Vorher aber möchte ich einige neue Begriffe definieren: Ladungen, Felder, Ströme und Elektromagnetismus. Unglücklicherweise ist es – wie in der Physik meistens – ausgesprochen schwierig, über Elektrizität zu sprechen, ohne einen kleinen Umweg über die Chemie zu unternehmen. Also, wer weiß noch, was ein Atom ist?»

Hände fuhren in die Luft. Da er sich viel Stoff vorgenommen hatte, ging Laszlo auf Nummer sicher. «Miss Xu.»

«Ein Atom ist der kleinste Teil eines Elements, der dennoch alle chemischen Eigenschaften eines Elements besitzt.»

«Korrekt. Atome wiederum bestehen aus drei Bausteinen: Elektronen, Protonen und Neutronen. Protonen und Neutronen befinden sich dichtgedrängt im Kern des Atoms, dem *Nukleus*, während die Elektronen den Nukleus umkreisen. Miss Xu, erinnern Sie sich noch an die Ladungen dieser Teilchen?»

«Elektronen sind negativ geladen, Protonen positiv, und Neutronen sind neutral.»

«Genau. Atome, die ebenso viele Protonen wie Elektronen besitzen, sind elektrisch. Atome dagegen mit mehr Elektronen als Protonen sind negativ geladen – und umgekehrt. Die aufgeladenen Teilchen nennen wir *Ionen*. Können mir noch alle folgen?»

Zweiundzwanzig Köpfe nickten.

«Ausgezeichnet. Nun, wie man so sagt – Gegensätze ziehen sich an. Positiv geladene Ionen ziehen negativ geladene Ionen an. Gleichzeitig stoßen sich zwei positiv geladene Ionen ab. Dasselbe gilt für zwei negativ geladene Ionen. In jedem Fall sehen wir, dass Ionen in der Lage sind, Kräfte aufeinander wirken zu lassen, ohne sich zu berühren.»

Zögerlich hob Elijah seine Hand.

«Mr. Cohen.»

«Aber wie? Also, wie können sie sich gegenseitig beeinflussen, wenn sie gar keinen Kontakt haben?»

Laszlo lächelte. Das war das Erstaunlichste an Elijah Cohen. Was andere Schüler einfach so hinnahmen, stellte Elijah in Frage.

«Sie beeinflussen einander über elektrische Felder zwischen den geladenen Teilchen. Diese Felder befinden sich überall – zwischen sämtlichen geladenen Teilchen im Universum.»

«Okay … aber was ist ein elektrisches Feld?»

Laszlo überlegte kurz. Das Problem mit dem Physikunterricht war, dass Wissenschaftler nach wie vor nicht auf alle Fragen Antworten hatten, nicht einmal in den wichtigsten Punkten. Er wusste, wenn er zu viel sagte, würde er die Kinder eher verwirren, aber Laszlo war Lehrer durch und durch und konnte einfach nicht widerstehen.

«Da ist die Wissenschaft nicht sicher. Zwar *glauben* Physiker an die Existenz elektrischer Felder, aber sie können sie nicht nachweisen. Sicher wissen sie nur, dass Ionen einander anziehen und abstoßen. ‹Elektrisches Feld› ist die Bezeichnung, die den Grund für diese Interaktion beschreiben soll.»

«Wie können Physiker etwas nicht verstehen, von dem sie annehmen, dass es überall ist?», fragte Stevie Grimes.

«Physiker verstehen so manches nicht. In vielen Fällen können sie zu dem, was vor sich geht, nur Vermutungen anstellen und Vorhersagen errechnen. Ein elektrisches Feld ist nur eine mathematische Konstruktion, um die Stärke der Anziehung oder Abstoßung zwischen Ionen zu berechnen. In diesem Fall wirken sich zwei Faktoren auf das Feld aus: Ladung und Entfernung.

Je größer die Ladung, desto größer die Feldstärke. Je größer die Entfernung, desto geringer die Feldstärke. Und das ist schon alles, was wir genau wissen. Im Grunde könnte es auch sein, dass ein unsichtbares Krümelmonster die Ionen herumschiebt. Obwohl ich daran so meine Zweifel habe.»

«W-w-wieso können die Physiker nicht einfach ein Ion isolieren und dann dessen Feld betrachten?», fragte Elijah.

«Das ist unmöglich, weil ein Feld nicht für sich allein existiert. Es existiert nur *zwischen* zwei Teilchen. Daher verändert es sich ständig, je nach Aufladung der Teilchen und der Entfernung zwischen beiden.»

«Aber …», sagte Elijah Cohen leise, als dächte er laut nach. «Wie k-k-kann etwas zwischen zwei Dingen existieren, aber nicht für sich allein?»

Laszlo zuckte mit den Achseln. «Gute Frage.»

«Alle Macht dem Krümelmonster!», rief Stevie Grimes.

«Vermutlich», sagte Laszlo und lachte mit der ganzen Klasse. «Nun lassen Sie mich fortfahren, bevor Sie alle noch ganz durcheinanderkommen. Bis jetzt habe ich die elektrische Ladung und das elektrische Feld definiert. Als Nächstes folgt der elektrische Strom.

Mit ‹elektrischer Strom› wird jedes bewegliche Ion, Elektron oder Proton beschrieben. Der elektrische Strom, wie ihn die meisten Leute kennen, kommt von hier.» Laszlo deutete auf eine Steckdose. «Dahinter befinden sich Drähte mit freien Elektronen. Wenn Sie einen Stecker in die Dose stecken, fließen die Elektronen in die eine Spitze, durchs Kabel und in die Maschine. Dann fließen sie durch die andere Spitze wieder aus dem Kabel in die Wand zurück.

Deshalb hat jeder Stecker mindestens zwei Spitzen – ‹rein› und ‹raus›. Gäbe es nur einen, könnten die Elektronen nicht fließen, und es gäbe keinen Strom. Dieser elektrische Strom in Form sich bewegender Elektronen sondert Photonen ab, was wir als elektromagnetische Strahlung bezeichnen. Und diese enthalten die Energie, die wir für alles benutzen, von der Lampe bis zum Radio.»

Elijah hob seine zitternde Hand.

«Mr. Cohen?»

«Ich verstehe das ‹elektro› bei elektromagnetischer Strahlung, aber w-w-was ist daran magnetisch?»

«Ausgezeichnete Frage. Jedes Gespräch über Elektrizität wäre ohne eine Erwähnung der magnetischen Felder unvollständig. Genauso wie elektrische Felder finden sich auch magnetische Felder im gesamten Weltraum. Während jedoch elektrische Felder die Kraft zwischen aufgeladenen *Teilchen* darstellen, stehen magnetische Felder für die Kraft zwischen elektrischen *Strömen*.

Ströme mit gleicher Ladung stoßen einander ab, während sich Ströme mit unterschiedlichen Ladungen anziehen. Daher findet man also überall, wo es elektrische Felder gibt, außerdem auch magnetische Felder. Daher spricht man von *Elektromagnetismus* – weil die beiden Felder immer gleichzeitig existieren.»

Laszlo registrierte, dass die meisten Schüler zu verstehen schienen, was er sagte, doch Elijah gab sich nicht zufrieden. «Was geht Ihnen durch den Kopf, Mr. Cohen?»

«Es ist nur ... ich dachte, Wissenschaft basiert auf empirischen T-t-tatsachen. Besonders Physik, weil es da immer um Gleichungen geht. Und jetzt sagen Sie, dass elektromagnetische Felder, die sich überall wiederfinden und sich auf alles auswirken, reine *Theorie* sind. Da stimmt doch was nicht.»

«Es liegt daran, dass Sie einen entscheidenden Faktor in der Gleichung vergessen haben.»

«Welchen denn?»

«Den Glauben.»

Wie aufs Stichwort klingelte es zur Pause. Alle Schüler sprangen auf und redeten wild durcheinander.

«Mr. Cohen, Miss Xu», rief Laszlo über die Klasse hinweg. «Würden Sie bitte noch einen Moment hierbleiben?»

Alle starrten Elijah und Winter an, dann wandten sie sich ab und zogen ihrer Wege. Die beiden sammelten ihre Sachen ein und traten an Laszlos Pult. Sie hatten keine Ahnung, was sie erwartete.

Als alle anderen draußen waren, stand Darian in der letzten Reihe auf und kam langsam nach vorn. Die ganze Stunde über hatte sie sich auf die beiden konzentriert und ihre Emotionen in sich aufgenommen.

Winter war die Stärkere der beiden – zumindest was die Projektion anging. In ihrer Nähe zu sein war, als säße man neben einem Freudenfeuer. Ihr Innerstes war glasklar, hart und schneidend wie ein Diamant.

Elijah war genau das Gegenteil. Trotz seiner starken Aura war es schwer, seine Empfindungen von denen der anderen Schüler zu unterscheiden, da Elijah deren Gefühle in sich aufsog und als wirren Mischmasch wieder ausspie. Unter all diesen gespiegelten Emotionen lag etwas Dickflüssiges, Klebriges, das wie Kleister an Darian haftete. Elijah zu entfliehen war, als stapfte man durch einen Sumpf.

Als sich Darian den beiden Kindern näherte, strahlte sie Herzlichkeit aus. Sie fragte sich, wie die jungen Empathiker ihre Freundlichkeit wohl wahrnehmen mochten. Welche Form und Farbe nahm sie in Elijahs Augen an? War sie grell und blendend oder düster und dunkel? Sanft gerundet oder hart und eckig? Und wie klang sie in Winters Ohren? Wie Glockenläuten? Kreischendes Glas auf Metall?

Vor allem aber hoffte Darian, dass weder die beiden noch Laszlo fühlen konnten, was sie in Wirklichkeit umtrieb – Geldgier. Und außerdem die juckende Angst vor dem, was geschehen würde, falls Laszlo je die Wahrheit erfuhr.

Als sie jedoch Laszlos Gefühle kurz streifte, legte sich ihre Sorge. Da war kein Misstrauen. Nur Vorfreude auf das, was seine Schüler erwartete – und Liebe zu Darian. Als sie zu den Kindern kam, strahlte Darian unbändige Freude und Erleichterung aus.

Und sie lächelte.

Laszlo erwiderte Darians Lächeln, als sie sich einen Stuhl heranzog. Winter setzte sich ihm gegenüber, strich sittsam ihr rosa Röckchen glatt, während sich Elijah schweigend neben ihr niederließ, mit angezogenen Schultern, als sollte er Prügel beziehen.

«Sie erinnern sich an Miss Washington?»

«Ja», sagte Winter und wandte sich Darian mit einem breiten Lächeln zu. «Hi.»

«Hey», murmelte Elijah mit gesenktem Kopf.

«Selber *hey*», sagte Darian, wobei sie Elijahs Stimme nachmachte, aber eher freundlich als spöttisch, als würden sie sich schon seit Jahren kennen. Elijah sah ihr in die Augen, überrascht und erleichtert über ihre lockere Art. Es war das erste Mal, dass Laszlo Darian im direkten Kontakt mit Schülern sah. Sie tat es wie alles andere – charmant und unbekümmert.

«Ich bin wegen der Hochbegabtenprüfung hier.»

Laszlo nahm die süßliche Spannung wahr, einen Moment bevor sie in den Augen der Kinder zu sehen war.

«Keine Sorge», sagte Darian. «Ich will nur reden. Was ich hier sage, bleibt unter uns, okay?»

«Gut», sagte Winter.

«O-k-k-kay», sagte Elijah nickend, als wollte er sich einreden, dass tatsächlich alles okay war.

«Ich glaube, ihr wisst, was wir getestet haben», sagte Darian vorsichtig. «Daher werdet ihr auch wissen, dass ihr beide bestanden habt.»

Elijahs Augen wurden groß, und er wandte sich zu Winter um, die ihn ungläubig anstarrte. Einen Moment später biss Elijah sich auf die Unterlippe und sah Darian an. «N-n-nur damit ich sicher sein kann, dass ich noch bei Trost bin … was glauben *Sie* denn, was Sie getestet haben?»

«Wir suchen Menschen, die Gefühle anderer deuten können.»

Keiner sagte etwas.

«Ihr seid beide außergewöhnlich intelligent», fuhr Darian fort. «Wenn ihr euch nicht verraten wolltet, hättet ihr den Test absichtlich verhauen. Aber das habt ihr nicht getan. Das bedeutet zweierlei: Erstens seid ihr beide tapfer. Und zweitens: Ob unbewusst oder nicht, habt ihr doch beide gehofft, dass so etwas geschieht.

Und dazu sage ich: Glückwunsch! Und willkommen!»

Darian wartete, sie studierte die Reaktion der Kinder.

Elijah hatte schreckliche Angst. Er schluckte schwer und zappelte mit den Beinen. Auch Winter fürchtete sich, starrte mit wässrigen Augen vor sich hin, doch die Aufregung linderte ihre Angst.

Darian nahm die Ängste der Kinder in sich auf. Ihr Körper reagierte sofort. Ihr Herz raste, und sie war schweißgebadet. Dann verwandelte Darian die Angst in unterschwellige, stille Freude. Als sie sicher war, dass das Gefühl den richtigen Ton traf, sendete sie es aus.

Augenblicklich hörten Elijahs Knie auf zu zittern, und Winter machte nicht mehr so ein verschrecktes Gesicht. Darian seufzte erleichtert. Die beiden waren bereit, sich anzuhören, was sie zu sagen hatte.

«Ich arbeite für eine gemeinnützige Organisation, die es sich zur Aufgabe gemacht hat, Kindern mit außergewöhnlichen Gaben zu helfen. Kindern wie euch.»

«Inwiefern helfen?», fragte Winter.

«Indem wir euch eine Umgebung schaffen, in der ihr eure Fähigkeiten erkunden und entwickeln könnt.»

«Sie meinen, wir sollen schon wieder die Schule wechseln?», fragte Winter enttäuscht.

«Ja.»

«Warum?», fragte Elijah.

«Damit ihr lernen könnt …»

«Nein …» Elijah schüttelte den Kopf. «Was hat diese Organisation davon?»

Darian war sprachlos, auch wenn sie ihre Überraschung leicht verbergen konnte. Eine solche Frage hätte sie von Laszlo erwartet, nicht von einem pubertierenden Jungen.

«Der Zweck der Organisation besteht darin, wissenschaftliche Entwicklung und pädagogischen Fortschritt zu fördern. Finanziert wird sie von wohlhabenden Stiftern. Es geht darum, den menschlichen Geist besser zu verstehen.»

«Indem sie uns erforschen?», fragte Elijah.

Darian neigte ihren Kopf. «So, wie du das sagst, klingt das Unternehmen verwerflich.»

«In *Der Feuerteufel* hat die Regierung die Mutter erm-mordet, den Vater und das kleine Mädchen entführt und dann versucht, auch das Mädchen zu töten.»

«Wir sind hier nicht in einem Roman von Stephen King. Niemand will dich entführen. Wenn du kein Interesse an meinem Angebot hast, endet unser Gespräch jetzt und hier. Ohne weitere Fragen.»

«Was haben Sie anzubieten?», fragte Winter.

«Eine spezielle Schule mit anderen Kindern, die so sind wie ihr.»

«Wie bei *X-men*?», fragte Elijah aufgeregt.

Darian runzelte die Stirn.

«Das ist ein Comic. Da holen sie alle Mutanten auf eine Akademie in Westchester und machen sie zu Superhelden.»

«Dein Vergleich ist vielleicht gar nicht so abwegig», überlegte Darian. «Ihr werdet lernen, eure Gaben besser einzusetzen. Obwohl ich bezweifeln möchte, dass ihr in absehbarer Zeit Verbrecher jagen geht.»

Elijah lächelte. Er hing schon an der Angel … nur Winter hielt sich noch zurück.

«Was beschäftigt dich, Winter?»

«Ich weiß nicht. Es ist nur ... also, es war schwierig genug, von meiner alten Schule hierher zu wechseln. Und nächsten Monat spiele ich dieses Solo im Konzert ...» Winter senkte ihren Blick und sah dann wieder auf. «Ich weiß, es ist albern.»

«Nein, ist es nicht», sagte Darian. «Ich werde nicht lügen und behaupten, ich wäre begeistert, wenn ich zum zweiten Mal im selben Jahr die Schule wechseln sollte. Ihr werdet einige Opfer bringen müssen. Aber es ist ja nicht so, dass ihr niemanden dort kennt. Ihr habt immerhin einander.

Vor allem aber müsstet ihr euch nicht verstecken. Und so tun, als wäret ihr jemand anderes. So war es bei mir, und eins kann ich euch versichern: Egal, wie viele Freunde ihr auch finden mögt – es ist ein einsamer Weg.»

«Wie meinen Sie das?», fragte Winter hoffnungsvoll.

«Ich ...», sagte Darian, «... bin wie ihr. Und Mr. Kuehl auch.»

«Ich wusste es!», brach es aus Elijah hervor, mit ungeahntem Selbstvertrauen. «Ich h-h-hab gleich am ersten Tag gemerkt, dass Sie anders sind, Mr. Kuehl! Ein paarmal dachte ich, Sie sind vielleicht ... Sie wissen schon, aber ... wow, ich kann es gar nicht fassen!»

Darian war überwältigt von Elijahs ungeheurer Erleichterung. Sie hielt die Luft an und lenkte seine Glücksgefühle auf Winter, obwohl sie sich den Aufwand hätte sparen können. Elijah sendete sie bereits aus, ohne es zu merken, und seine Freude war ansteckend.

Winter lächelte und sah Laszlo und Darian mit leuchtenden Augen an.

«Ich bin nicht mehr allein ...», sagte sie leise.

«Nein, das bist du nicht», sagte Darian und schüttelte

den Kopf. Winter glühte vor Glück, und Darian ließ sich von diesem Glück durchströmen. Seufzend wandte sie sich Elijah zu. «Und du auch nicht.»

Elijah errötete leicht, als Darian seine Hand berührte, doch er zog sie nicht zurück. Sie spürte, wie sexuelles Verlangen unter ihren Fingern erwachte, und schürte es. Sie warf ihm ein verschwörerisches Lächeln zu.

«Wenn ihr mir vertraut, wird keiner von euch beiden je wieder allein sein. Ihr vertraut mir doch, oder?»

Die Antwort kam von beiden ohne Zögern: «Ja!»

KAPITEL 22

Elliot Dietrich warf seine blutigen Gummihandschuhe in den Eimer für medizinische Abfälle. Er konnte es gar nicht erwarten, unter die Dusche zu kommen. Dann ein paar Valium. Ohne die konnte er nicht mehr schlafen. Sobald er die Augen schloss, lief sein Gehirn heiß und wollte wissen, worauf er sich da eingelassen hatte und wohin das alles führen sollte.

Dass du sterben wirst, dahin führt es.

Dietrich wollte es nicht glauben, aber immer wenn er sich einredete, dass die Organisation so etwas nie tun würde, tat Zinser wieder etwas Grausames. Entführte beispielsweise einen Priester. Da wurde Dietrich dann bewusst, mit was für einer Organisation er es eigentlich zu tun hatte.

Als man ihn angesprochen hatte, kurz nachdem er aus dem MK ULTRA-Programm ausgeschieden war, kam es ihm vor, als sei diese Organisation seine Rettung. Ein Privatunternehmen. Unbegrenzte Mittel. Großzügiges Gehalt. Wissenschaftliche Freiheit.

Er unterschrieb und verschwendete keinen Gedanken mehr an das, was hinter ihm lag.

Anfangs zumindest. Er war viel zu begeistert gewesen, sich ein neues Labor aufzubauen. Im Gegensatz zu seiner Arbeit für die Regierung gab es hier keine Kommissionen, keinen Papierkram, keine endlosen Erklärungen. Wenn er um etwas bat, bekam er es.

Misstrauisch wurde er, nachdem er laut darüber nachgedacht hatte, wie wünschenswert es wäre, Zugang zu den Daten, die er während seiner Zeit bei der CIA gesammelt hatte, zu erhalten – und eine Woche später sich die zwölf dicken schwarzen Aktenordner mit Aufzeichnungen und Ausdrucken ordentlich auf seinem Schreibtisch stapelten.

Als er sich bei Zinser danach erkundigte, zuckte sie nicht mit der Wimper.

«Fehlt was?»

«Nein», sagte Dietrich. «Es ist alles da, aber … diese Informationen sind geheim. Wie sind Sie da rangekommen?»

Für einige Sekunden starrte Zinser ihn nur an. Dann fragte sie: «Haben Sie noch andere Wünsche, Doktor?»

Dietrich wollte seine Frage wiederholen, aber Zinser musterte ihn so seltsam, dass er es sich anders überlegte. «Nein.»

Zinser machte kehrt und war schon fast aus dem Raum, als Dietrich sie aufhielt. «Eigentlich habe ich doch noch einen Wunsch. Wahrscheinlich ist es verrückt, aber …»

«Was denn?»

«Angeblich wurden Nikola Teslas Aufzeichnungen nach seinem Tod konfisziert», sagte Dietrich. «Die würde ich gern mal einsehen.»

«Solche Akten sind schwer zu beschaffen», sagte Zinser wie zu sich selbst. Dann fasste sie sich und sah Dietrich in die Augen. «Ich werde den Vorstand einberufen, damit Sie Ihren Wunsch vorbringen können. Elf Uhr heute Abend in meinem Büro. Und seien Sie überzeugend!»

Zinser ließ Dietrich bis 23:07 Uhr draußen vor ihrem Büro warten. Er wollte schon sein Ohr an die Tür halten, als diese abrupt aufgerissen wurde.

«Doktor ...», sagte Zinser. «Sie haben fünf Minuten.»

Sie wandte sich um, und Dietrich folgte ihr in das große Büro. An der Wand sah er fünf Fernsehmonitore. Zwei waren schwarz, die anderen zeigten jeweils eine dunkle Silhouette. Die Beleuchtung machte es Dietrich unmöglich, Gesichter zu erkennen.

«Dr. Dietrich», sagte die Gestalt auf dem Monitor in der Mitte mit breitem Südstaatenakzent. «Miss Zinser hat uns über Ihren Wunsch in Kenntnis gesetzt. Bitte erklären Sie, weshalb das nötig ist.»

Dietrich brauchte ein paar Sekunden, bis er seine Stimme wiedergefunden hatte. Sie klang zittrig und heiser. «Niemand hat den Elektromagnetismus besser begriffen als Tesla. Ich glaube, dass seine Aufzeichnungen mir helfen werden, festzustellen, was ich übersehen habe.»

«Warum glauben Sie, dass Elektromagnetismus der Schlüssel ist?», fragte eine andere Gestalt mit strenger Stimme.

«Denken Sie an die Libet-Experimente und ihre Bedeutung für den freien Willen.»

«Ich glaube nicht, dass der Vorstand mit Dr. Libets Arbeiten vertraut ist», sagte Zinser, die hinter Dietrich stand.

«Ja, natürlich», sagte Dietrich nervös. Er war so an den Umgang mit anderen Akademikern gewöhnt, dass er ganz vergaß, wie wenig Einblick die meisten Leute in die Welt der Wissenschaft hatten. «Mitte der siebziger Jahre untersuchte ein Physiologe namens Benjamin Libet den Zusammenhang zwischen Bioelektromagnetismus und dem menschlichen Bewusstsein.

In seinen Experimenten verwendete er ein Elektroenzephalogramm, um die neuronale Aktivität in der Großhirnrinde zu messen, die mit gesteigerter Wahrnehmung assoziiert wird. Er setzte die Testpersonen vor ein spezielles Oszilloskop, versehen mit einem rotierenden Lichtpunkt. Das Gerät war bis auf die Millisekunde präzise. Dann gab er den jeweiligen Testpersonen Anweisung, innerhalb eines festgesetzten Zeitrahmens einen Knopf zu drücken.

Man bat die Testperson, sich die Position des Lichtpunktes zu merken, sobald ihr die Absicht zu handeln zum ersten Mal bewusst wird. Indem er den Zeitpunkt der Entscheidung seiner Testperson mit ihrem Knopfdruck verglich, berechnete Libet, dass der Zeitraum zwischen der Absicht und der daraus resultierenden Handlung 200 Millisekunden betrug.»

«Was ist mit dem Fehlerspielraum?», fragte der Südstaatler.

«Er betrug plus/minus 50 Millisekunden.»

Die Gestalt nickte. «Weiter.»

Dietrich räusperte sich und fuhr fort.

«Dann analysierte Libet die EEG-Aufzeichnungen und stellte fest, dass die Hirnaktivität im motorischen Kortex 500 Millisekunden *vor* dem Knopfdruck begonnen hatte.»

Begeistert hielt Dietrich inne. Dem Schweigen nach zu urteilen, hatte sein Publikum allerdings die Bedeutung dieses Experimentes nicht verstanden.

«Begreifen Sie denn nicht? Die Hirnaktivität, die das Handeln initiiert hat, begann bereits 300 Millisekunden bevor sich die Testperson überhaupt darüber im Klaren war, dass sie handeln wollte – weit außerhalb des 50-Millisekunden-Fehlerspielraums. Weitere Tests ergaben, dass bewussten Entscheidungen immer eine unbewusste Steigerung elektrischer Aufladung oder des Bereitschaftspotenzials vorausgeht.

Das BP existiert, *bevor* wir uns unserer Wünsche bewusst sind. Im Grunde steht die Entscheidung fest, bevor wir sie treffen, was sämtliche Vorstellungen vom freien Willen in Frage stellt.»

«Also glaubte Libet nicht an den freien Willen?», fragte die Gestalt mit der rauen Stimme.

«So ungefähr. Seiner Hypothese nach existiert der freie Wille nur in Form einer Art Vetomacht, über welche sich das Bewusstsein aussuchen kann, ob es zulässt oder verhindert, dass das BP in Bewegung umgewandelt wird.»

«Er ging also davon aus, dass unser Bewusstsein das Handeln nicht initiiert, es aber unterdrücken kann», erklärte die Gestalt mit der heiseren Stimme.

«Ja», sagte Dietrich. «Auch wenn dem Bewusstsein weniger als 200 Millisekunden zur Verfügung stehen, um dieses Unterdrücken in die Tat umzusetzen. Deshalb sind wir oft nicht dazu in der Lage, unsere Reaktionen auf Ereignisse zu ‹kontrollieren› – weil wir nicht schnell genug denken können.»

Die Gestalt ganz rechts meldete sich zu Wort. Da erst merkte Dietrich, dass es eine Frau war.

«Hatte Libet eine Meinung dazu, was ‹Bewusstsein› ist?»

«Eine Nebenwirkung.»

«Bitte?», fragte sie. «Eine Nebenwirkung *wovon*?»

«Von neurologischen Funktionen. Die Annahme, wir würden unser Handeln bewusst veranlassen, ist eine Fehlinterpretation dessen, was tatsächlich geschieht. Aber dieser letzte Teil ist reine Theorie.»

Die Gestalt mit der rauen Stimme nickte. «Und was hat das mit Teslas Aufzeichnungen zu tun?»

«Neurologische Funktionen sind nichts weiter als bioelektromagnetische Aktivität. Teslas wichtigste Projekte kurz vor seinem Tod waren ein Auto mit Ätherantrieb und ein *Teleforce*-Strahl. Beides hat mit der Übertragung und Umwandlung elektromagnetischer Strahlung zu tun.

Wenn Libet also recht haben sollte, dann ist der bewusste Gedanke im Grunde eine Nebenwirkung des Bioelektromagnetismus. Und da Tesla herausgefunden hatte, wie elektromagnetische Strahlung zu bändigen ist ...»

«Dann könnten Sie die Strahlung manipulieren, um Einfluss auf die bioelektrischen Aktivitäten des Gehirns zu nehmen, und auf diese Weise die Psyche kontrollieren.»

«Genau.»

Dietrich wischte sich über die Stirn. Als die schmale Hand nach seiner Schulter griff, zuckte er zusammen.

«Danke, Doktor», sagte Zinser. «Ich glaube, der Vorstand hat alle nötigen Informationen bekommen.»

Als Dietrich das Büro verließ und den Flur entlangging, verflüchtigte sich seine Begeisterung. Möglicherweise enthielten Teslas sagenhafte Aufzeichnungen nur das unentzifferbare Gekritzel eines Paranoikers. Das Ganze war eine wissenschaftliche Legende. Zwar glaubten ein paar Unbeirrbare daran, doch bisher hatte niemand die Unterlagen je gesehen.

Vier Tage später sollte Dietrich diese Gelegenheit bekommen.

Dietrich wunderte sich, als er die fünf verstaubten Kisten in seinem Büro vorfand. Erst als er das unverkennbare FBI-Emblem auf dem Siegel entdeckte – und daneben das Logo des Verteidigungsministeriums – wurde ihm klar, was sich in den Kisten befand.

Bei aller Aufregung widerstand er dem Drang, sie sofort aufzureißen wie ein kleiner Junge seine Geschenke unterm Weihnachtsbaum. Stattdessen holte er einen Brieföffner und schlitzte die Kisten vorsichtig auf, eine nach der anderen. Mit zitternder Hand holte er den ersten Ordner heraus. Sein Herz schlug so schnell, dass er den unbeschrifteten Deckel fast eine Minute lang anstarrte, bis er ihn aufklappen konnte.

Das oberste Blatt war dermaßen vollgekritzelt, dass Dietrich das Ganze schon für blanken Unsinn halten wollte. Doch als er es sich dann näher ansah, erkannte er umkringelte Formeln, die scheinbar wahllos in den Text eingestreut waren.

Das nächste Blatt war ähnlich chaotisch, doch je länger er das Dokument betrachtete, desto deutlicher wurde, dass der Wahnsinn Methode hatte. Er würde Monate brauchen, um alle Informationen durchzugehen, doch dank der Organisation standen Dietrich sowohl genügend Zeit als auch die entsprechenden Mittel zur Verfügung. Er vermutete, dass sich irgendwo in Teslas Aufzeichnungen das Geheimnis finden ließ, nach dem er suchte – die Verbindung zwischen seinen eigenen Forschungen und Teslas früheren Arbeiten.

Und er sollte recht behalten.

Fünf Monate später, als seine Forschungen schließlich in die entscheidende Phase traten, bot Zinser ihm das Unvorstellbare an – doch eigentlich hätte Dietrich nicht überrascht sein dürfen. Angesichts der gestohlenen Geheimdokumente hatte er sich schon gefragt, ob es für die Organisation überhaupt Grenzen gab, wenn es um die Durchsetzung ihrer Ziele ging.

Als Zinser an diesem Abend in sein Büro kam, musste Dietrich feststellen, dass man noch um einiges weiter gehen würde, als er gedacht hatte. Bis zum Äußersten nämlich.

«Ich habe Ihre Berichte gelesen», sagte Zinser und strich mit der Hand über den glatten, schwarzen Labortisch. «Und ich frage mich, ob Sie vielleicht in einer Sackgasse stecken.»

Dietrich runzelte die Stirn. «Ich bin nicht sicher, ob ich verstehe, was Sie meinen ...»

«Es kommt der Moment, in dem Experimente an Affen die Wissenschaft nicht mehr weiterbringen.» Zinser sah ihm tief in die Augen. «Würde es Ihnen nicht helfen, wenn Sie richtige Testpersonen hätten?»

«Leichen? Nein, im Augenblick brauche ich lebendes Gewebe.»

«Ich spreche nicht von Leichen.»

«Ich führe nach wie vor Langzeittests durch, und dafür brauche ich Proben.» Er deutete auf einen Kühlschrank mit einer Glastür, in dem sich etwa fünfzig Objektträger mit Hirngewebe befanden.

«Und?»

«Und ...» Dietrich machte eine kurze Pause. «... ich bezweifle ernsthaft, dass Sie Freiwillige finden, die bereit wären, sich wochenlangen Beobachtungen zu unterziehen, gefolgt von ausgiebigen Hirnoperationen. Ganz zu schweigen von dem ganzen Papierkram für die FDA. Das allein würde Jahre dauern.»

«Vergessen Sie die FDA. Es ist ja nicht so, dass Sie hier Medikamente für die Öffentlichkeit entwickeln.»

«Ich könnte meine Zulassung verlieren.»

«Sie könnten im Gefängnis landen, wenn jemand wüsste, dass Sie im Besitz geheimer Unterlagen sind.»

Dietrich wurde weiß vor Schreck. «Was wollen Sie damit sagen?»

«Ich *will* damit nichts sagen – ich sage es. Ich möchte, dass Sie alles tun, um zu einem Ergebnis zu gelangen.

Wenn Sie also Abkürzungen nehmen müssen, dann nehmen Sie Abkürzungen. Und wenn Sie Richtlinien des Gesundheitsministeriums ignorieren müssen, tun Sie sich keinen Zwang an. Und wenn Sie Testpersonen brauchen, sagen Sie es mir, und ich kümmere mich darum.»

«Aber wie ...?»

«*Wie* ist mein Problem, nicht Ihres.»

«Ich weiß nicht, ob es mir gefällt, wenn ...»

«Lassen Sie mich ganz offen sein, Doktor. Es ist mir *egal,* was Ihnen gefällt. Sie sind der Arbeitnehmer, und ich bin der Arbeitgeber. Ein echter wissenschaftlicher Durchbruch ist nicht ohne Opfer zu erreichen.»

«Ich werde nicht mit Testpersonen arbeiten, die genötigt wurden. Es muss freiwillig geschehen.»

Zinser lächelte. «Selbstverständlich.»

«Okay», sagte Dietrich mehr zu sich selbst als zu der Frau, die vor ihm saß. «Okay.»

«Wie viele werden Sie brauchen?»

Dietrich antwortete, ohne zu zögern. «Sechs Männer zwischen fünfundzwanzig und fünfunddreißig.»

«Ich werde die entsprechenden Vorbereitungen treffen.»

«Ich danke Ihnen», sagte Dietrich, da er nicht wusste, was er sonst sagen sollte.

«Nein», antwortete Zinser. «Ich danke *Ihnen.*»

Drei Wochen später trafen Dietrichs Probanden ein. Sie hatten Untergewicht und schlechte Zähne und waren offensichtlich obdachlos. Als Dietrich den ersten Mann untersuchte, fragte er ihn, wie viel man ihm für seine Teilnahme bezahlte.

«Zehntausend Dollar.»

«Wissen Sie, wie die Tests aussehen werden?»

«Nein, ist mir auch egal. Für zehn Riesen würde ich mein Gehirn spenden.» Der Mann sah Dietrich an und lächelte breit und zahnlos. Dietrich erwiderte das Lächeln nicht.

KAPITEL 23

Dietrich nahm eine Tablette, zerkaute sie zu bitterem Brei und spülte sie mit einem Schluck Cola Light herunter. Er behielt seine Sachen an, als er sich auf die Couch in der Ecke seines Labors legte und sich zudeckte. Er schlief schon lange nicht mehr in seiner Unterkunft. Da konnte er nicht abschalten.

Hier – zwischen seinen surrenden Apparaten und leuchtenden Monitoren – fühlte er sich sicher. Hier war er in der Nähe seines Schreibtischs, falls ihm ein Geistesblitz kam. Außerdem hatte er weder Frau noch Kinder. Er hatte nicht einmal ein Zuhause. Seine Wohnung hatte er gekündigt, als er den Vertrag mit der Organisation unterschrieben hatte.

Vorher war ihm nie bewusst gewesen, wie einsam er eigentlich war. Nachdem er nun jedoch so gut wie keinen Kontakt zur Außenwelt mehr hatte, war die Isolation offensichtlich. Entscheidend aber war, dass ihn seine Einsamkeit – nach dem ersten Schock – gar nicht weiter störte.

Im Grunde hatte es etwas Befreiendes an sich, von der Organisation «festgehalten» zu werden. Er musste kein schlechtes Gewissen haben, dass er im Grunde ständig arbeitete. Er musste nicht in seiner einsamen Wohnung sitzen, in der leeren Küche mit einem Kühlschrank voller Mikrowellengerichte. Er musste sich keine Gedanken darüber machen, dass er noch nie mit einer Frau geschlafen hatte, ohne sie dafür zu bezahlen.

Die Organisation ersparte ihm die Schuldgefühle und die Selbstverachtung. Er musste keine Entscheidungen treffen und konnte das tun, worin er Erfolg hatte: seine Arbeit. Er schloss die Augen. Das blutverschmierte Gesicht des Priesters an dem gebrochenen Spiegel blitzte auf. Der Anblick mochte grausam gewesen sein, aber Dietrich dachte dennoch gern daran zurück.

Denn es war der Augenblick gewesen, in dem er entdeckt hatte, wie empathische Fähigkeiten zu kontrollieren waren. Und damit hatte er seine Nützlichkeit für die Organisation bewiesen, was bedeutete, dass er noch lange, lange weiterarbeiten durfte.

Er starrte an die Decke und träumte davon, was er in Zukunft noch alles erforschen würde. Nachdem er Zinsers Ziel nun tatsächlich erreicht hatte, konnte er vielleicht auch in anderen Bereichen Studien durchführen. Er konnte das MK ULTRA und die dazugehörigen Programme wieder aufnehmen. Im Gegensatz zu seinen Vorgängern musste er sich keine Gedanken über den Senat machen. Die Grenzen waren endlos weit gesteckt.

Oder – wie die Leute der Operation OFTEN meinten: Grenzen waren nicht vorhanden.

Überhaupt keine.

KAPITEL 24

Darian wachte am nächsten Morgen früh auf. Am Abend vorher hatte sie die letzte Hürde überwunden – Elijahs und Winters Eltern. Es war mörderisch anstrengend gewesen, sie alle gleichzeitig zu kontrollieren, vor allem Mr. Xu war besonders schwer in den Griff zu bekommen. Nach dem Essen jedoch hatten beide Paare eingewilligt, ihre Kinder auf die (fiktive) Oppenheimer Schule für Hochbegabte zu schicken.

Jetzt schien es Darian, als wäre ihr eine Last von den Schultern genommen. Sie sprang aus dem Bett und zog eilig Tanktop und Jogginghose über.

Laszlo schlug die Augen auf und lächelte. «Wo soll's denn hingehen?»

«Einmal um den See joggen.»

«Viel Spaß», sagte Laszlo und rollte sich auf die andere Seite.

Darian warf ihm eine Kusshand zu und lief mit großen Sätzen die Treppe hinunter. Als sie unten ankam, freute sie sich, wie schnell sie war. Sie rannte durch die Lobby, dann durch die Haustür auf den Bürgersteig hinaus. Sie atmete die kalte Winterluft ein.

Sie mochte die Stadt zu dieser Tageszeit. Die Sonne schien, und sonntagmorgens waren die Straßen menschenleer. Es war eine der wenigen Gelegenheiten, draußen zu sein, ohne von Emotionen überschwemmt zu werden. Nur die entspannte Ruhe einer Million Schlafmützen.

Sie kam an einer Bushaltestelle vorbei, nur ein Mann wartete dort. Darian nickte ihm kurz zu, er lächelte zwar, doch spürte sie seine harte, klebrige Angst und seine warme, feuchte Irritation. Erst dachte Darian, sie hätte ihn erschreckt, als sie aus dem Apartmenthaus gestürmt kam. Doch wäre es nur das gewesen, hätte sie nicht mehr als einen kurzen Ruck verspürt. Als Darian weiterlief, wurde seine Angst jedoch fast greifbar.

Sie sah sich um, doch der Mann hatte sich von ihr abgewandt, als ob …

Er möchte nicht erkannt werden.

Darian lief weiter und verbarg instinktiv ihre Sorge. Wer war das? Sie versuchte sein Gesicht einzuordnen. Unscheinbarer Weißer, Geheimratsecken, hohe Stirn, breite Nase – wenig einprägsam. Er sah aus wie die Hälfte der Männer gestern Abend im Restaurant.

Darians Herz setzte kurz aus. Er war dort gewesen! Drei Tische weiter! Das konnte kein Zufall sein. Sie hatten im East Village gegessen. Nie im Leben wartete derselbe Mann rein zufällig direkt vor ihrer Haustür an der Upper West Side um sieben Uhr morgens auf den Bus. Es sei denn, er verfolgte sie. Aber warum …

Darian blieb stehen, sie stolperte fast, weil sie so abrupt anhielt. *Warum* jemand sie beobachtete, war die weniger wichtige Frage als: *wer*. Die Organisation. Wie hatte sie auch so naiv sein können? Mit einem Mal wurde ihr klar, dass das Ganze kein Spiel war. Sie hatte nicht in der Lotterie gewonnen. Sie arbeitete für fragwürdige Leute, die vermutlich ungehalten reagierten, falls sie sie jemals hintergehen sollte. Oder aussteigen wollte …

Darian schüttelte den Kopf und zwang sich, weiterzulaufen. Sie war doch paranoid. Selbst wenn diese Leute nicht wollten, dass sie ging, was sollten sie denn tun? Tot nützte sie denen überhaupt nichts.

Bist du sicher? Vielleicht möchte Dietrich deinen Schädel aufsägen und nachsehen, was drin ist, aus reiner Neugier.

Darian schluckte und versuchte, den grässlichen Gedanken aus dem Kopf zu kriegen.

Genau. Aus dem Kopf. Erst den Gedanken, dann dein ganzes Gehirn …

NEIN. Das ist doch Unsinn! Außerdem – wenn sie etwas planten, würde sie die Absichten erkennen, bevor die Organisation etwas unternehmen konnte. Und falls sie Darian tatsächlich in einem unachtsamen Augenblick erwischten, würde sie sich einfach mit Hilfe ihrer Gabe befreien. Die konnten sie nicht aufhalten … oder doch?

Sie wollte ihr Glück lieber nicht auf die Probe stellen. Sie würde Laszlo und die Kinder ausliefern, die Prämie kassieren und dann verschwinden. Sie musste nur noch die nächsten Tage hinter sich bringen, dann wäre sie in Sicherheit.

Ein Kinderspiel.

An dem Morgen, der der bedeutendste ihres Lebens werden sollte, war Darian elend zumute.

Konzentrier dich einfach auf das Geld! 300 000 Dollar. Denk einfach daran, was du damit alles anstellen kannst. Hinfahren, wo du möchtest. Tun, was du willst.

– Nur nicht bei Laszlo sein.

Das war genau der Punkt, oder? Darian hatte nie viel darüber nachgedacht, was sie eigentlich wollte. Bis jetzt. Weil jetzt jemand in ihrem Leben war, den sie fast lieber mochte als sich selbst.

Fast.

«Guten Morgen, mein Sonnenschein», sagte Laszlo und drückte sie fest an sich, bevor er die Decke zurückschlug. «Ich konnte gestern Abend fast nicht einschlafen, weil ich so aufgeregt war.»

Er beugte sich zu ihr und küsste sie. Eilig verbarg Darian ihr schlechtes Gewissen.

«Uns steht etwas Großes bevor. Ich kann es spüren. Und ich muss dir dafür danken.» Er lächelte. «Ich liebe dich, Darian.»

«Ich ... ich liebe dich auch», antwortete sie und staunte, dass sie die Worte, die schon so oft eine Lüge gewesen waren, ernst meinte.

Fast mehr als dich selbst, was?

– Ja. Fast.

«Sei brav, mein Liebling.» Mrs. Cohen drückte Elijah fest an sich.

«*Mom ...*», sagte Elijah verlegen und wünschte sich, Mr. Kuehl hätte erst ihn abgeholt und dann Winter. Er sah, dass sie ihn durch die Scheibe beobachtete.

«Soll ich dir damit mal eben helfen, mein Großer?»

Sein Vater deutete auf die prallvolle Reisetasche, die zu Elijahs Füßen stand.

«Nein, danke, Dad. Geht schon.»

Elijah zerrte an den Griffen der Tasche herum. Das Ding war so schwer, dass er damit fast umkippte. Anscheinend hatte ihm seine Mutter alles eingepackt, was er besaß. Er biss die Zähne zusammen, ging in die Knie und warf den Riemen der Tasche um seine schmale Schulter. Wankend schleppte er sich zum Heck des hellblauen Vans.

Mr. Kuehl machte die Klappe auf und trat zur Seite, um Elijah den Vortritt zu lassen. Das war das Coole an Mr. Kuehl – er wusste immer, was zu tun war. Mit allerletzter

Kraft schwang Elijah die Tasche in den Van. Einen Moment lang kippelte sie auf der Kante. Elijah befürchtete schon, sie würde gleich herunterfallen, aber Mr. Kuehl griff ein und schob das Ding in den Wagen.

Elijah blickte auf, um nachzusehen, ob Winter etwas mitbekommen hatte, aber sie unterhielt sich angeregt mit Miss Washington. Elijah nahm seinen Rucksack ab – der schwer war, wenn auch kein Vergleich mit seiner Reisetasche – und legte ihn oben auf das Gepäck. Er nickte Mr. Kuehl kurz zu und warf die Klappe wieder zu.

«Komm noch einmal zu mir», sagte seine Mutter und presste ihn an ihre Brust. Nach wenigen Sekunden machte sich Elijah von ihr frei. Wieder sah er hinüber zum Van. Diesmal hatte Winter leider zugesehen.

«Viel Glück, mein Sohn», sagte sein Vater und reichte ihm die Hand.

Elijah nahm sie halb stolz, halb verlegen. «Danke, Dad.»

«Und denk dran, anzurufen, sobald ihr angekommen seid», sagte er. «Deine Mutter macht sich Sorgen.»

«Okay.»

Elijah kletterte in den Van und zog die Tür hinter sich zu. Er winkte kurz, dann sah er zu Winter.

«H-h-hey», sagte er und gab sich alle Mühe, lässig zu klingen.

«Du hättest mal *meine* Eltern sehen sollen», sagte Winter. «Meine Mom hat angefangen zu heulen.»

«Wirklich?», sagte Elijah und fühlte sich schon etwas besser.

«Am liebsten wäre ich im Erdboden versunken.»

«Alles klar, Elijah?», fragte Miss Washington und ließ den Motor an.

«Ja», sagte Elijah und sah noch einmal zu seiner Mutter, die draußen vor dem Fenster stand und heftig winkte, kaum einen Meter entfernt.

Miss Washington fuhr an, und sie ließen Elijahs Elternhaus hinter sich. Elijah sah sich noch einmal um, und plötzlich hatte er so ein seltsames Gefühl, dass er seine Eltern nie mehr wiedersehen würde.

KAPITEL 25

«Wie geht es ihm?»

«Immer noch auf Valium, falls Sie das meinen.»

«Hat er, ohne Theater zu machen, das Experiment an diesem Priester durchgeführt?»

«Anfangs wollte er nicht so recht, aber dann doch.»

«Ein echter PAPERCLIP. Trotzdem, behalten Sie ihn im Auge. Menschen neigen dazu, sich zu übernehmen, wenn man sie nicht in ihre Schranken weist.»

Samantha Zinser legte den Hörer auf. *PAPERCLIP*. Sie überlegte. Der Vorstand hatte recht gehabt. Im Grunde setzten sie das Programm fort. Die Senatsanhörungen damals waren am Ende doch kein Todesurteil gewesen. Nur eine kurze Unterbrechung.

Zinser hätte nie geglaubt, dass sie das Projekt ihres Lebens letztlich den Nazis verdankte, aber die Tatsache ließ sich nicht leugnen. Sie hatte deshalb zwar manchmal ein schlechtes Gewissen, doch tröstete sie sich mit dem Gedanken, dass sie nichts tat, was nicht auch Präsident Truman getan hatte. Und zwar mit einigem Eifer.

KAPITEL 26

Darian bog mit dem Van auf einen Feldweg ein. Mit Blick auf die Karte folgte sie dem Weg zu einem abgelegenen Feld, das von Kiefern umgeben war. Sie stellte den Motor ab.

«Wir sind da», sagte Darian, machte die Tür auf und stieg aus. Laszlo wollte schon fragen, was sie meinte, als er in der Ferne ein Brummen hörte.

«Da! Da oben!» Winter zeigte aus dem Fenster.

Bevor Laszlo sehen konnte, wohin sie deutete, schob Winter die Tür auf und sprang auf die Wiese hinaus. Mittlerweile donnerte der Lärm in seinen Ohren. Er blickte auf und sah ein Flugzeug.

«Kommen Sie, Mr. Cohen!», rief Laszlo über das Dröhnen hinweg. «Ich glaube, Sie werden abgeholt!»

Laszlo sprang hinaus, und Elijah blieb dicht hinter ihm. Der Wind zerrte an Laszlos Haar, und die Erde bebte, als das Flugzeug wendete und zur Landung auf dem Feld ansetzte. Das grelle Kreischen der Turbinen schnitt durch die Luft, als die silberne Maschine abbremste. Dann beschrieb sie einen weiten Bogen und rollte ihnen entgegen.

Der Pilot im Cockpit winkte.

«Kommen die wirklich unseretwegen?», fragte Winter.

«Allerdings», sagte Darian. «Oppenheimer hat Sinn für stilvolles Reisen.»

«Wow», hauchte Elijah. «Das kann man wohl sagen.»

Zu viert standen sie da und sahen sich an, wie das Flugzeug zwanzig Meter entfernt zum Stehen kam. Surrend öffnete sich die Tür. Ein kurzes Zischen war zu hören, als der Luftdruck in der Kabine ausgeglichen wurde.

«Seid ihr bereit?», fragte Darian.

Winter und Elijah sahen sich an, dann grinsten beide breit. Ohne ein weiteres Wort sprinteten sie zum Flugzeug.

«Halt!», rief Laszlo. «Das Gepäck!»

Die Kinder bremsten ab und kamen zurückgetrabt. Laszlo lud die Taschen aus dem Auto, reichte Winter und Elijah je eine und hievte die anderen auf seine Schultern, was Elijah die Peinlichkeit ersparte, zweimal gehen zu müssen. Laszlo spürte Elijahs Erleichterung, und zwar als Geruch von Kreide, und der Junge nickte ihm dankbar zu.

Gemeinsam näherten sie sich der Maschine, während der Pilot eine kleine Treppe herunterließ.

«Ich denke, hier heißt es vorerst Abschied nehmen», sagte Darian.

«Du kommst nicht mit?», fragte Laszlo. «Aber ich dachte …»

Darian schüttelte den Kopf. «Ich hab im Labor zu tun.» Sie lächelte. «Guck nicht so traurig. Du bist doch nur eine Woche weg. Sieh zu, dass sich die Kinder gut einleben.»

«Du hast recht», sagte Laszlo, obwohl er seine Enttäuschung nicht verbergen konnte. Er war auf sie angewiesen, sodass ihm schon eine Woche wie eine Ewigkeit vorkam.

Darian beugte sich vor, gab ihm einen flüchtigen Kuss auf die Wange und flüsterte: «Du wirst mir fehlen.»

«Du mir auch.»

«Mr. Kuehl!», rief Winter dazwischen. «Können wir einsteigen?»

Laszlo sah Darian an, und sie nickte den Kindern zu. Winter vergeudete keine Zeit. Sie stieg schon die Treppe hinauf. Eilig folgte Elijah ihr. Laszlo küsste Darian ein letztes Mal – diesmal auf den Mund – und ging zum Flugzeug.

Im Gegensatz zu draußen, wo ein kühler Wind wehte, war es in der Kabine heiß und stickig. Augenblicklich bekam Laszlo Platzangst. Er stellte die Taschen ab und knöpfte den Kragen auf, aber ihm wurde übel. Er wischte sich den Schweiß von der Stirn und versuchte, tief durchzuatmen, keuchte stattdessen aber nur heftig.

«Mr. Kuehl», sagte Elijah und starrte seinen Lehrer an. «Alles okay?»

Laszlo nickte, aber schon bei der leisesten Bewegung dachte er, er müsste sich übergeben. Er versuchte, sich zu entspannen. Er hatte das Gefühl, dass sich um ihn herum Mauern aufbauten, die immer enger zusammenrückten. Er legte Elijah seine verschwitzte Hand auf die Schulter.

«Verzeihen Sie, Mr. Cohen», presste Laszlo hervor, «aber ich muss hier raus.»

Laszlo fuhr herum und stürmte aus der Kabine. Auf der Treppe kam er ins Stolpern und wäre fast gestürzt, hätte Darian ihn nicht beim Arm gepackt.

«Laszlo, was ist los?»

Er sog die kühle, frische Luft in die Lungen und fühlte sich gleich besser. Hier draußen wurde ihm eisig kalt, als der Schweiß auf seiner Haut abkühlte. Er fing an zu zittern. Darian wischte mit ihrem Ärmel über seine Stirn und nahm ihn in die Arme. Bibbernd klammerte er sich an sie und versuchte zu atmen. Nach einem Augenblick schob er sie von sich.

«Ich weiß nicht, was passiert ist. Es ging mir gut, bis ich eingestiegen bin.» Er warf einen Blick auf das Flugzeug, und sein Magen krampfte sich zusammen.

«Ich weiß nicht, ob ich das kann», flüsterte er, als er sich wieder zu Darian umwandte.

«Ob du *was* kannst?»

«Quer durchs Land fliegen in ... in dem *Ding* da.» Laszlo deutete auf das Flugzeug. «Ich habe es kaum fünf Sekunden ausgehalten. Fünf Stunden schaff ich nie im Leben.»

«Bist du sicher?», fragte Darian. «Willst du es nicht nochmal versuchen?»

Laszlo hätte gern seine irrationalen Ängste überwunden, aber allein bei der Vorstellung, in dem Flugzeug eingesperrt zu sein, blieb ihm die Luft weg. Darian spürte seine Panik und nahm ihn bei den Schultern.

«Laszlo, sieh mich an!», befahl sie. «Atme. Es ist gleich wieder gut. Denk nicht an das Flugzeug, konzentrier dich nur auf meine Stimme.»

Sofort schlug sein Herz wieder langsamer, und er beruhigte sich.

«Meine Güte», sagte Laszlo, als er wieder Luft bekam. «Ich weiß überhaupt nicht, was mit mir los ist.»

«Ist schon okay», sagte Darian. «So was kommt vor. Es muss dir nicht leidtun.»

Laszlo schloss die Augen und lehnte seine Stirn sanft an ihre. Für einen kurzen Moment, als er ihre Haut berührte, meinte er, einen Hauch von Orangenschalen wahrzunehmen, doch schon war der Geruch der Lüge wieder verflogen.

«Ist alles in Ordnung?»

Laszlo wandte sich zu der fremden Stimme um. Es war der Pilot, der hinter den Kindern auf der Treppe stand.

«Wir müssen innerhalb der nächsten zehn Minuten starten. Es kommt Sturm auf, und ich möchte auf Reisehöhe sein, bevor er uns erreicht.»

Laszlos Blick ging zwischen dem Piloten und Darian hin und her, weil er nicht wusste, was er tun sollte.

«Geben Sie uns noch einen kleinen Moment», rief Darian, dann sah sie wieder Laszlo an. «Vielleicht solltest du wirklich lieber hierbleiben. Komm mit mir ins Labor!»

«Ich kann nicht», sagte Laszlo und schüttelte den Kopf. «Ich trage doch die Verantwortung für diese Kinder.»

«*Wir* tragen die Verantwortung», erwiderte Darian. «Und sie werden schon zurechtkommen. Roger, der Schuldirektor, wird sie am Flugplatz abholen. Er ist ein netter Mann – wirklich …» Als sie seinen Widerwillen spürte, flüsterte sie: «Außerdem bin ich mir sicher, dass Elijah gern ein paar Stündchen mit Winter allein wäre. Meinst du nicht?»

Laszlo musste unwillkürlich lächeln. «Da hast du wohl recht.»

Er warf noch einen Blick auf die Kinder. Wären sie nicht so begeistert gewesen, hätte Laszlo sie nicht gehen lassen. Doch ihre eifrigen Gesichter – besonders Elijahs – erleichterten ihm die Entscheidung. Er ging zum Jet hinüber. Da er nun nicht mehr an Bord musste, war auch von der Anspannung nichts zu spüren. Er räusperte sich.

«Miss Xu, Mr. Cohen. Ich muss Ihnen ein kleines Geständnis machen – anscheinend habe ich gerade mit einem schweren Fall von Klaustrophobie zu kämpfen. Meinen Sie, Sie können auch ohne mich fliegen?»

Winter zuckte gleichgültig mit den Schultern, und Elijah setzte sein breitestes Grinsen auf.

«Ich deute das jetzt mal als *Ja.*» Laszlo stieg auf die

unterste Stufe der kleinen Treppe und reichte seinen beiden Schülern die Hand. «Ich bin wirklich stolz auf Sie beide. Guten Flug!»

«Danke», sagte Elijah. Ohne Übergang wandte sich der Junge an den Piloten. «Können wir während des Fluges einen Film sehen?»

Als Laszlo diese Frage hörte, musste er sich ein Lachen verkneifen. Minuten später stand er Arm in Arm mit Darian und sah, wie der Jet die Lichtung entlangdonnerte und sich dröhnend über die Bäume erhob. Darian seufzte erschöpft. Laszlo nahm den Geruch von Pfefferminz wahr. Diesmal war er sicher, dass er es sich nicht einbildete, auch wenn er erst Wochen später begriff, weshalb Darian in diesem Moment so erleichtert gewesen war.

Dann erst würde er verstehen, dass sie ihn verraten hatte.

Nach einer Stunde Flugzeit griff der Pilot zum Funkgerät.

«Sie schlafen beide.»

«Gut», sagte die Stimme am anderen Ende. «Wann ist Ihre geschätzte Landezeit?»

«In zwanzig Minuten.»

«Haben beide die volle Dosis eingenommen? Ich möchte nicht, dass sie vor der Landung aufwachen.»

«Das dürfte kein Problem sein.»

«Vergessen Sie nicht, ihre Uhren umzustellen.»

Der Pilot legte den Hörer weg, dann wandte er sich seinem Copiloten zu. «Sie haben es gehört.»

Gebückt machte sich der Copilot auf den Weg nach hinten in die Kabine. Er versuchte, entspannt zu wirken, doch er hatte Angst. Er mochte die Kinder nicht anfassen, besonders das Mädchen nicht. Als er vorhin seine Finger an ihren Hals gelegt hatte, um ihren Puls zu messen, hatte er sich plötzlich ... merkwürdig gefühlt, fast als wäre er jemand anders.

Er wusste nicht, was es mit ihnen auf sich hatte, und er wollte es auch nicht wissen. Er wollte nur landen, sein Geld kassieren und wieder abfliegen.

KAPITEL 27

Laszlo hatte ein hübsches, modernes Gebäude mit reichlich Glas und geschwungenen Konturen erwartet, doch das Labor sah aus wie ein riesiger Betonkasten. Von zwei vertikalen Reihen schmaler Fenster abgesehen, waren die drei Stockwerke des Würfels von außen nicht einzusehen.

Als sie zwischen riesigen Bäumen hindurchfuhren, sah er überall Wachposten stehen. Darian parkte den Van zwischen zwei Jeeps und stellte den Motor ab.

«Bist du bereit?», fragte sie seltsam abwesend.

Plötzlich fragte sich Laszlo, ob er einen Fehler begangen hatte. Wie hatte er Elijahs und Winters Eltern dazu überreden können, ihre Kinder in Oppenheimers Obhut zu geben, ohne sich vorher den Campus in Oregon oder wenigstens das Labor hier an der Ostküste anzusehen?

«Warum stehen überall so viele Wachen?», fragte Laszlo.

«Das Oppenheimer Institut hält sich gern bedeckt», antwortete Darian. «Die möchten nicht, dass Industriespione ihre Forschungen stehlen.»

«Weshalb sollte eine gemeinnützige Institution Geheimnisse haben?»

«Ich könnte es dir verraten …», sagte Darian, «… aber danach müsste ich dich töten.»

Der Geruch von schwerer, schokoladiger Angst stieg Laszlo in die Nase. Seine eigene Angst.

«Jetzt komm schon!» Darian klopfte ihm freundschaftlich auf die Schulter. «Das war ein Scherz.» Dann sagte sie: «Samantha wird deine Fragen beantworten. Versprochen, okay?»

Darian nahm seine Hand und drückte fest. Trotz der Geste spürte sie Laszlos Nervosität.

«Darian … verheimlichst du mir etwas?»

«Nichts, was du nicht selbst rausfinden könntest», sagte sie. «Komm! Samantha mag es nicht, wenn man sie warten lässt.»

Laszlo folgte Darian durch stählerne Doppeltüren in der unteren Ecke des Würfels. Von außen mochte das Gebäude vielleicht nicht so modern anmuten, von innen jedoch umso mehr. Die Wände waren in kühlem Hellblau gehalten, der dunkelgraue Boden war dermaßen gebohnert, dass sich das indirekte Deckenlicht darin spiegelte.

In der Lobby gab es weder Möbel noch eine Rezeption, nur eine weitere Stahltür war in die Wand eingelassen. Sie ließ sich offenbar nur über eine Tastatur öffnen. Darian tippte einen sechsstelligen Code ein. Es dauerte einen Moment, dann klickte es, und die Tür ging nach innen auf.

«Das ist ja wie bei *Maxwell Smart*», bemerkte Laszlo, um seine innere Unruhe in den Griff zu bekommen. «Bist du sicher, dass wir hier nicht bei der CIA gelandet sind?»

«Ziemlich sicher», sagte Darian. «Obwohl, man weiß ja nie.»

Darian führte ihn zu einem Fahrstuhl am Ende des Flures. Sie drückte einen Knopf, und die silbernen Türen gingen sofort auf, als hätten sie nur auf ihren Befehl gewartet. Im ersten Stock sah es noch weniger aus wie in der Lobby eines Geschäftsgebäudes, eher wie in einem Wohnhaus.

Bei jedem Schritt versank man in einem dicken, grauen Teppich. An den Wänden hingen harmlose, gerahmte Landschaftsfotos, wie man sie in einer beschaulichen Pension erwarten würde.

«Es ist komisch, ich weiß ...», meinte Darian, bevor Laszlo etwas sagen konnte. «Sie wollten, dass es gemütlich wirkt, aber ...»

«Es ist ihnen nicht ganz gelungen.»

«So ungefähr, ja.»

Darian ging voraus, den kurzen Flur entlang zu einer unscheinbaren, dunklen Tür, und klopfte an.

«Herein.»

Sie drehte den vergoldeten Knauf und öffnete die Tür. Laszlo zog die Augenbrauen hoch, als er hineinsehen konnte. Es war eine Kreuzung aus nobler Großstadtwohnung und Therapeutenpraxis – Mahagonischreibtisch, zwei braune Ledersofas, dunkle, holzgetäfelte Wände, dicker, dunkelroter Teppichboden und zwei Stehlampen aus Messing, die weiches, weißes Licht abgaben.

«Darian! Schön, Sie zu sehen!», sagte die hagere Frau, die jetzt hinter ihrem Schreibtisch aufstand. Sie nahm ihre Lesebrille ab und ging zwei Schritte auf die beiden zu. «Und Sie müssen Laszlo sein», sagte sie mit ausgestreckter Hand. «Ich bin Samantha Zinser. Ist mir ein Vergnügen.»

«Das Vergnügen ist ganz meinerseits», sagte Laszlo und schüttelte ihr kurz die Hand.

Als er losließ, sah er, dass sie ihre Hand einfach fallen ließ. Diese Frau hatte irgendwie etwas Seltsames an sich. Irgendetwas ... Laszlo neigte den Kopf, als ihn ein heller, blumiger Duft anwehte. Noch nie hatte er bei jemandem ein derart gutes Gefühl gehabt. Es war fast, als berührte man den Geist eines Kindes – diese Offenheit, diese Aufrichtigkeit …

Er lächelte und kam sich wegen seiner Beklommenheit fast albern vor. Er sah Darian an und erwartete ein ähnlich gelöstes Grundgefühl, doch sie war wie eine Mauer. Er nahm leise säuerliche Sorge wahr, sogleich verdrängt von entspannter Ruhe.

Samantha Zinser hatte irgendetwas an sich. Sie vermittelte ihm ein Gefühl von … Sicherheit.

Ihre Unterredung dauerte ewig. Zinser erzählte den üblichen Quatsch, nichts als Halbwahrheiten, und dazu ständig dieses falsche Lächeln, und Laszlo sog alles mit breitem, selten dämlichem Grinsen in sich auf. Normalerweise hätte er nicht alles so bereitwillig hingenommen, aber er hatte keinerlei Kontrolle mehr.

Jills Anwesenheit bedrängte Darian so heftig, dass sie ihre ganze Kraft aufbringen musste, um das Mädchen auf Distanz zu halten. Seit Darians letztem Besuch im Labor vor zwei Monaten war Jill noch viel stärker geworden.

Was hast du denn gedacht? Sie wird hier ausgebildet. Genau wie du damals.

Darian biss sich auf die Zunge und konzentrierte sich auf den Schmerz. Sie schmeckte das Blut und schluckte es herunter, froh über die Ablenkung.

Sie spürte, wie sich Jill langsam abwandte. Wahrscheinlich brauchte sie ihre ganze Konzentration, um Laszlo in ein dermaßen unterwürfiges Kind zu verwandeln. Darian sah zu Zinser hinunter.

Sie hatte etwas Sonderbares an sich, als wäre sie gar nicht wirklich anwesend. Hätte Darian nicht gerade selbst gesehen, wie Zinser Laszlo die Hand schüttelte, hätte sie gemeint, die Frau wäre ein Hologramm. Immer wieder tastete sie nach ihr, aber es war, als wollte man nach Rauch greifen.

Egal. Nimm das Geld und verschwinde!

Darian wusste, dass sie auf ihren Instinkt hören sollte, und ihre Sorge ließ nicht nach. Sie musste wissen, wo sie stand. Wenn sie Zinser nicht manipulieren konnte, würde es vielleicht gar kein Geld geben. Und vielleicht auch kein *Verschwinden.*

Nein. Sie …

– Was? Sie haben es dir versprochen? Wer's glaubt …?

Scheiß drauf.

Darian fuhr sich mit ihrer blutenden Zunge über einen spitzen Zahn. Dabei konzentrierte sie sich auf Zinser und gab ihren pochenden Schmerz weiter.

Komm schon, du Biest! Mal sehen, wie viel du aushalten kannst.

Doch da war nichts. Zinsers Geist war still wie ein Bergsee.

Okay. Keine Spielchen mehr.

Darians Atem ging schneller, als sie wieder versuchte, ihren Schmerz auf Zinser zu übertragen. Die Gewaltbereitschaft, die sie projizierte, war so heftig, dass sie schon damit rechnete, Zinser würde sie gleich über den Tisch hinweg anspringen.

Doch es kam keinerlei Reaktion.

Was zum Teufel ist hier los?

Darian versuchte, sich zu beruhigen. Verlor sie etwa ihre Gabe? Nein, das war unmöglich. Noch immer spürte sie Laszlo überdeutlich, und auch Jill, die hinter der Wand lauerte. Darians Gabe war intakt.

Das bedeutete, dass irgendwas mit Zinser faul war.

Oder vielleicht nicht *faul.* Vielleicht nur … *anders.* Darian ließ die letzten beiden Monate Revue passieren. Sie hatte geglaubt, es sei ihre eigene Idee gewesen, das Labor zu meiden, doch nun war sie ihrer Sache nicht mehr sicher. Es war doch merkwürdig, dass Zinser sie gar nicht gebeten hatte, zurückzukommen. Dietrich hatte Darian zwar schon jedem erdenklichen Test unterzogen, aber er ließ sich ständig neue Experimente einfallen.

Die haben sich was Neues einfallen lassen: eine Möglichkeit, sich zu schützen.

Blankes Entsetzen packte Darian. Ihr einziger Vorteil war gewesen, dass man sie nicht belügen konnte. Sicher, Zinser sprach oft in Halbwahrheiten, doch sie war Darian gegenüber nie wirklich boshaft. Jetzt waren die Karten neu verteilt.

«Darian?» Zinser und Laszlo sahen sie erwartungsvoll an. Laszlo glühte förmlich vor Glückseligkeit.

«Ich … ich …», stotterte Darian und ging im Geiste das Gespräch der letzten paar Sekunden durch. Irgendwas davon, dass Laszlo noch mehr Empathiker finden sollte. Derselbe Satz, den Zinser vor einem Jahr auch zu Darian gesagt hatte.

«Also … ja, phantastisch», sagte Darian und zwang sich zu einem Lächeln.

«Ausgezeichnet!», sagte Zinser. «Bringen Sie Laszlo ins Testlabor. Ich komme gleich zu Ihnen.»

Darian rührte sich nicht. Sie überlegte, was sie tun sollte. Am liebsten hätte sie Zinser gesagt, dass ihre liebreizende Fassade nur Fassade war – aber wozu? Sie bloßzustellen würde vielleicht eine Kettenreaktion auslösen, auf die Darian nicht vorbereitet war.

«Bedrückt Sie etwas?», fragte Zinser zielsicher.

«Nein, Samantha.»

«Na, gut», sagte Zinser mit eingefrorenem Lächeln. «Dann bis gleich.»

Darian stand auf.

«Komm mit, Laszlo!»

Darian ging zur Tür und bereute, Laszlo in diesen grauenhaften Bau gelockt zu haben.

KAPITEL 28

Zinser wartete eine volle Minute, bevor sie die klobige Fernbedienung nahm und auf den elektronischen Sensor richtete. Es klickte laut, und ein meterbreites Stück der Wand schwang ihr entgegen. Zinser trat beiseite.

Flackernd gingen die Neonröhren an und tauchten den Raum in grelles, weißes Licht. Das dürre Mädchen saß nur da, die Hände auf dem Schoß gefaltet, vor einem kleinen Schwarzweißbildschirm. Sie zwinkerte ein paarmal, um sich an das grelle Licht zu gewöhnen, dann blickte sie zu Zinser auf.

Jill lächelte selig. Es sah aus wie das zufriedene Grinsen desjenigen, der eben erfahren hat, dass seinem Widersacher etwas zugestoßen ist. Zwar wusste Zinser, dass sie vor Jills Projektionen sicher war, aber sie fühlte sich nie wohl in der Nähe dieses Mädchens.

Zinser setzte sich.

«Du hast deine Sache sehr gut gemacht. Laszlo war ausgesprochen entgegenkommend. War es schwierig, ihn zu bearbeiten?»

«Nein», sagte Jill. «Es brauchte nicht viel. Er war vielleicht etwas nervös, aber vor allem neugierig. Er wollte Ihnen gern glauben.»

«Und du hast ihn … auf den Weg gebracht?»

Jills Grinsen wurde immer breiter, und sie nickte.

Zinser hatte schon vermutet, dass Laszlos überschwängliche Begeisterung auf Jill zurückzuführen war. Im Gegensatz zu Darian mangelte es Jill an Raffinesse. Unter ihrem Einfluss verhielten sich die Leute wie zuckende Marionetten, verglichen mit den lässigen, kaum wahrnehmbaren Veränderungen, wenn Darian die Fäden zog.

Dennoch war es den Tausch wert. Sie würden Darian nicht endlos halten können. Früher oder später würde sie gehen wollen, weshalb man dringend andere finden musste, die an ihre Stelle treten konnten. Und Jill war erheblich leichter zu handhaben.

«Und Darian?»

Jills Miene verfinsterte sich. «Sie mag mich nicht.»

Wäre Jill ein gewöhnliches junges Mädchen gewesen, hätte Zinser ihr versichert, dass sie sich sicher täuschte. Aber natürlich war sie kein gewöhnliches Mädchen. Sie wusste Bescheid.

«Wie hat sie sich angefühlt, Liebes?», drängte Zinser.

«Erst war sie nervös. Nicht wirklich ängstlich, aber … sie hatte ein schlechtes Gewissen. Sie fühlt sich schuldig.»

«Was noch?»

«Ich hab versucht, sie zu verdrehen, aber sie hat sich gewehrt», sagte Jill und schüttelte den Kopf. «Sie hat dagegengehalten. Sie war zu stark.»

«Das macht doch nichts», sagte Zinser. «Wie hat sie sich *noch* angefühlt?»

«Verletzt und wütend», sagte Jill. «Sie hat versucht, ihren Schmerz auf Sie zu projizieren.»

«Was?», rief Zinser überrascht. Ihr Entsetzen war nicht zu übersehen.

«Sie hat es immer wieder versucht, aber es hat nicht geklappt. Dann hat sie es mit der Angst zu tun bekommen», sagte Jill und gab sich keine Mühe, ihre Schadenfreude zu verbergen. «Sie war so violett ... als müsste sie gleich kotzen.»

Jill hielt sich den Magen, aber ob sie Darian nachahmte oder ob es eine unbewusste Geste war, wusste Zinser nicht.

«Dann habe ich gespürt, dass etwas faul ist. Als ob sie etwas plant.» Jill sprach leiser. «Was wollen Sie tun?»

«Sie aufhalten», sagte Zinser, und ihre Gedanken rasten. «Heute Abend noch.»

Sanft strich Samantha Zinser ihre Silberkette entlang. Zwar hatte Dietrich ihr versprochen, dass die Kette sie beschützen würde, aber sie fühlte sich erheblich besser, nachdem sie den Test jetzt überstanden hatte. Diesen Priester zu finden, war echtes Glück gewesen. Pater Sullivan hatte angenommen, sein Glaube sei der Grund für seine psychische Unverwundbarkeit, doch dann hatte sich herausgestellt, dass ihn nur eine Requisite seines Glaubens beschützt hatte.

Hätte Dietrich das früher herausgefunden, hätte er dem Priester nicht den Schädel aufsägen müssen. Wie dem auch sein mochte – falls es eine Hölle gab, hatte Zinser ohnehin längst einen Fahrschein dorthin. Schon lange hatte sie sich damit abgefunden, dass die Methoden der Organisation eben etwas ungewöhnlich waren. Wenn sie nicht gewillt war, für ihre Überzeugung alles zu riskieren, einschließlich ihrer Seele, wozu dann das Ganze?

Außerdem war es ja vorbei. Der Priester hatte seinen Dienst getan, und man hatte ihn auf der Kirchentreppe abgelegt – wenn auch ohne seinen Ring. Nachdem Dietrich herausgefunden hatte, dass der Ring ein elektromagnetisches Feld mit derselben Frequenzresonanz wie projizierte

Emotionen besaß, ließ er aus diesem Material sofort leicht zu verbergende Halsketten anfertigen.

Als sie den Testpersonen diese Ketten umlegten, meldete Jill, dass diese für ihr inneres Auge unsichtbar wurden. Genau das hatte Zinser zwar gehofft, doch Dietrich wies sie darauf hin, dass sich daraus ein erheblich bedeutenderes Problem ergab.

«Wir können jetzt nicht alle einfach so diese Halsketten tragen», sagte Dietrich ausdruckslos.

Typisch Dietrich – einen Augenblick des Triumphes als Niederlage zu betrachten. Fast alles an ihm ging Zinser auf die Nerven – von den feisten, fleischigen Händen bis hin zu seiner duckmäuserischen, pessimistischen Haltung. Ohne ihn jedoch wäre das Projekt schon längst gescheitert. Zinser wünschte nur, er wäre nicht so nervig.

«Wenn wir alle von Jills Radarschirm verschwinden, wird sie sich fragen, wieso. Dann ist es nur eine Frage der Zeit, bis sie merkt, dass wir sie blocken.»

«Wir können uns nicht ewig von Darian beschützen lassen», sagte Zinser genervt. «Wir brauchen Alternativen.»

Dietrich überlegte einen Augenblick. «Wenn wir ein falsches Bild – eine projizierte Emotion – erschaffen, könnten wir sie vielleicht täuschen.»

«Wären Sie dazu in der Lage?»

«Ich glaube schon», sagte Dietrich und tippte nervös die Kuppen seiner Zeigefinger aneinander. «Wir könnten die Tesla-Box verwenden.»

«Aber ich dachte, sie funktioniert nicht», sagte Zinser angesichts der bisherigen Fehlschläge. Unter Verwendung von Teslas Notizen hatte Dietrich einen Apparat entworfen, der es jedermann ermöglichen sollte, Emotionen auszusenden. Leider bisher ohne Erfolg.

«Die Box hat funktioniert, aber nicht so, wie Sie es wollten», sagte Dietrich und wischte sich über die glänzende Stirn. «Die Tesla-Box konnte sehr wohl Gefühle projizieren, nur leider sehr schwach und in einem schmalen Frequenzbereich.»

«Und was nützt uns das jetzt?», fragte Zinser, die es kaum erwarten konnte, dass er zum Ende kam.

«Der Grund für die Fehlfunktion des Apparates bestand darin, dass die Projektionen nicht stark genug waren und außerdem personenspezifisch …»

«Kommen Sie zum Punkt, Doktor!»

«Wir könnten eine Momentaufnahme eines individuellen Gemütszustandes vornehmen. Ich könnte *Sie* zum Beispiel im Glückszustand aufzeichnen und dann den Apparat so programmieren, dass er ununterbrochen Glückseligkeit projiziert. Da die Silberketten verbergen, was wir in Wirklichkeit fühlen, wird Jill nur die aufgezeichneten Emotionen wahrnehmen.»

«Bereiten Sie alles vor!»

Eine Woche später streckte sich Zinser auf der Untersuchungsliege aus, und Dietrich befestigte acht Elektroden an ihrer Kopfhaut, um seine Aufnahme zu beginnen. Leider musste sie feststellen, dass es schwerfiel, weder Sorge zu empfinden, noch ein schlechtes Gewissen zu haben.

Aus genau diesem Grund hatte sie nicht direkt mit Jill zu tun haben wollen – sie konnte ihr wahres Ich nicht verbergen. Bei Darian war es egal gewesen. Darian war ein selbstsüchtiges Raubtier und durch Zinsers Hintergedanken nicht zu verschrecken. Außerdem kooperierte Darian mit der Organisation allein aus Geldgier, nicht weil sie Vertrauen hatte.

Doch von Jill wollte Zinser mehr. Sie wollte ihr Mentor sein – das Mädchen so formen, dass es die Welt so sah wie sie. Bis Zinser jedoch in die Lage versetzt wurde, ihre wahren Gefühle zu verbergen, hatte sie immer vermieden, Jill ohne Darians Schutz zu begegnen.

Lieber engagierte sie Instruktoren, die das Mädchen unterrichteten, während Zinser per Videoüberwachung dabei zusah. So behielt sie auch die biometrischen Daten des Mädchens im Auge, die über eine spezielle Armbanduhr und die Ohrringe gemessen wurden. Der Schmuck ermittelte die Organfunktionen des Mädchens und übersetzte sie in emotionale Zustände – was absurd schien angesichts der Tatsache, dass Jill ihre Gefühle unmittelbar auf andere übertrug. Auf diese Weise aber wurde Zinser immerhin bewusst, dass die religiöse Deprogrammierung des Mädchens keinerlei Wirkung zeigte.

Nein, wenn Zinser den Schaden ausgleichen wollte, den die Kindheit im kirchlichen Waisenhaus angerichtet hatte, musste sie zuallererst die Seele des Mädchens berühren. Und deshalb musste Zinser Jill erst einmal dazu bringen, dass sie ihr vertraute – was jedoch nie der Fall sein würde, wenn das Mädchen Zinsers Gefühle lesen konnte wie die Rückseite einer Cornflakes-Packung.

Und so versuchte Zinser, Güte und Zuneigung zu empfinden, während sie dort auf der kalten Liege lag, verkabelt mit Dietrichs Apparaten. Schließlich musste Dietrich ihr eine Dosis Methylendioxymethamphetamin verabreichen, damit sie so weit entspannte, dass er überhaupt in der Lage war, ein Spektrum von «Gefühlen» aufzuzeichnen, auf die sie umschalten konnte, wenn sie mit Jill zu tun hatte.

Am nächsten Tag legte Zinser die Silberkette um, befestigte die kleine, schwarze Tesla-Box an ihrem Gürtel und setzte sich zum ersten Mal mit Jill zusammen – von Frau zu Frau. Wäre Zinser selbst Empathikerin gewesen, hätte sie gemerkt, dass die Gefühle, die Dietrichs Apparat projizierte, nicht nur freundlich, sondern geradezu liebevoll waren.

Als Jill in Zinsers Seele blickte, sah das Mädchen Gefühle, die sie sich seit langer Zeit von einer anderen Frau erhofft hatte. Und so begann die Verführung der Jill Willoughby.

KAPITEL 29

Als Darian Laszlo durch das Labor führte, fiel ihr auf, dass die Wissenschaftler – genau wie Zinser – emotionale Fassaden aufgebaut hatten. Jede dieser Fassaden war einzigartig, und doch waren sie alle in gewisser Weise flach und glatt. Am Ende des Rundgangs fühlte sich Darian angesichts der emotionalen Endlosschleifen geradezu orientierungslos. Sie versuchte, ihnen zu entkommen, war jedoch vom langsamen, beharrlichen Rhythmus wie magisch angezogen, wie eine Zunge, die immer wieder an einem entzündeten Zahn herumtastete.

Als sie wieder in Zinsers Büro kamen, hatte Darian ihren Entschluss gefasst. Am nächsten Morgen würden sie fliehen. Mit oder ohne Geld – sie wollte aussteigen. Als sie das Büro betrat, spürte sie eine ungeheure Erregung. Erst kam sie ganz durcheinander, merkte aber schnell, dass es nicht ihre Emotionen waren – es waren Jills.

Eine schreckliche Ahnung überkam sie. Dann sah Darian die Champagnerflasche. Und da wusste sie Bescheid.

«Ich dachte mir, wir könnten zur Feier des Tages gemeinsam anstoßen», sagte Zinser, und eine dicke Wolke euphorischer Freude quoll aus ihr hervor.

Zinser nahm die schlanke Flasche und schenkte drei Gläser voll, die dort auf dem Tisch standen. Sie gab Darian und Laszlo je eines davon, dann erhob sie das ihre.

«Auf eine empathische Zukunft!», sagte Zinser.

Laszlo stieß mit Darian an. Am liebsten hätte sie ihm das Glas aus der Hand geschlagen, doch sie konnte nur hilflos mit ansehen, wie er daraus trank. Zinser tat es ihm nach und nippte kurz. Als Darian zu Laszlo sah, spürte sie, wie die Droge ihn bereits umnebelte.

Er blinzelte, weil er offenbar schon verschwommen sah.

«Mir wird so … so …» Das Glas glitt ihm aus der Hand und zersplitterte auf dem Tisch.

Darian stellte schnell ihr Glas weg und fing Laszlo auf. Unter seinem Gewicht kam sie ins Wanken, und Zinser half ihr, ihn auf den Boden zu legen. Über den leblosen Laszlo hinweg sah Darian Zinser in die Augen.

«Ich wünschte, es wäre auch anders gegangen», sagte Zinser.

In diesem Moment kamen zwei Wachposten herein. Instinktiv wollte Darian Einfluss auf sie nehmen, doch da war nichts. Nicht einmal die trügerisch glatte Fassade der Wissenschaftler. Nur endlose Mauern in alle Richtungen, die ihre Gedanken verbergen sollten.

«Machen Sie es uns nicht schwerer als nötig», sagte Zinser und trat einen Schritt zurück.

Darian sah in Laszlos entspanntes Gesicht und streichelte seine Wange. «Was haben Sie mit ihm vor?»

«Er wird glücklich sein», sagte Zinser. «Dafür werde ich schon sorgen.»

Darian stand auf und deutete auf die Wand. «Sie meinen, *sie* wird dafür sorgen.»

Zinser zuckte mit den Achseln. Da rastete Darian aus. Ohne die Konsequenzen zu bedenken, schlug sie zu. Ihre Faust traf Zinsers Kinn, was einen scharfen Schmerz auslöste.

Für den Bruchteil einer Sekunde schmolz ihre Fassade

dahin, und Darian blickte hinter die falsche Glückseligkeit. Dann flog Zinsers Kopf nach hinten, und die süßlichen, gespielten Emotionen kehrten wieder. Die beiden Wachen packten Darian bei den Armen und rissen sie zurück.

«Sie benutzt dich, Jill!», schrie Darian. «Sieh dir an, was sie mit mir machen! Dasselbe wird dir auch passieren! Lass sie nicht …»

«Bringt sie zum Schweigen!», rief Zinser. «Macht schon!»

Einer der Soldaten hielt Darian den Mund zu, und Darian konnte seine stachlige Begeisterung spüren. Sie sah ihre Chance und übertrug rohe, nackte Angst auf ihn. Er brüllte vor Entsetzen, riss die Hände zurück und lief schreiend hinaus.

Bevor der andere Wachmann reagieren konnte, fuhr Darian herum und packte ihn beim Kragen. Sie nutzte sein Erstaunen und machte glühenden, stählernen Zorn daraus.

«Die Schlange da hat deine Frau auf dem Gewissen», sagte sie und drehte seinen Kopf zu Zinser um, während sie ihm drückende, klebrige Gewissheit eingab. «Und jetzt hat sie es auf dich abgesehen!» Die Gewissheit mischte sie mit seiner Wut. «Es sei denn, du kommst ihr zuvor.»

Kaum waren die Worte gesagt, da stieß der Wachmann sie zur Seite und stürzte sich auf Zinser. Er holte mächtig aus, und Zinser duckte sich weg.

«Tom! Aufhören!», schrie Zinser. «Sie macht dir was vor! Das willst du gar nicht!»

Die Bewegungen des Wächters wurden langsamer, doch er packte Zinser bei der Kehle. Darian fuhr zur Tür herum, doch als sie hindurchgehen wollte, überkam sie unbändige Trauer. Heiße Tränen brannten in ihren Augen, und sie drehte sich um, als der Wachmann eben Zinser losließ.

Zinser keuchte, hielt ihren schmerzenden Hals mit einer Hand und zeigte mit der anderen auf Darian. «Schlag … sie … nieder!»

Der Wachmann blinzelte, als käme er gerade zu sich, sah Zinser an, dann wieder Darian. Als er diesmal vor Darian stand, zögerte er nicht einen Augenblick. Er nahm die halbleere Champagnerflasche vom Tisch und holte aus, mit weitem Bogen. Darian hörte ein hässliches Knacken, in dem Moment, in dem sie einen wahnsinnigen Schmerz im Kopf spürte.

Das Letzte, was sie sah, bevor sie am Boden aufschlug, war Laszlos unschuldiges Gesicht. Während sie kopfüber ins Dunkel stürzte, durchzuckte sie noch ein letzter Gedanke.

Es tut mir so leid.

Tom trat auf sie zu, und Zinser schreckte zurück. Obwohl sie wusste, dass der Wachmann nicht mehr unter Darians Einfluss stand, wollte sie ihn nicht berühren. Er reichte ihr seine große Hand, doch Zinser wehrte ab.

«Geht schon», sagte sie heiser und zog sich am Sofa hoch.

Sie wartete, bis sich nicht mehr alles drehte, und rieb sich vorsichtig den Hals. Sie fragte sich, ob er ihr die Luftröhre wirklich zugedrückt hätte. Am liebsten wäre sie dem Wachmann auch an die Gurgel gegangen, aber sie hatte ja selbst Schuld. Sie hatte Darians Entschlossenheit unterschätzt.

Zinser warf einen Blick auf die reglose Darian. Arme und Beine lagen abgespreizt, das eine Ohr war blutverschmiert. Wahrscheinlich würde sie noch eine Weile bewusstlos bleiben, aber Zinser wollte kein Risiko eingehen.

«Fesseln!», bellte sie mit rauer Stimme.

«Jawohl, Ma'am.» Tom rollte Darian auf den Rücken und ließ die silbernen Handschellen klicken. Zinser seufzte vor Erleichterung. Sie war froh, dass Darian sich nicht frei bewegen konnte, doch vor allem sollten diese speziellen Handschellen verhindern, dass Darian Emotionen projizierte.

«Bringt sie auf die Krankenstation. Ich will nicht, dass sie zu sich kommt. Dr. Joo soll sie betäuben.»

«Was wird mit *ihm*?», fragte Steve und deutete auf Laszlo.

«Das Gleiche.»

Zinser wandte sich um, strich ihr Haar glatt, nahm die schwarze Fernbedienung und drückte auf den Knopf. Im selben Moment, als die versteckte Tür aufging, kam Jill herausgelaufen und umarmte sie. Zinser schluckte ihre Angst herunter und strich der Kleinen sanft über den Rücken – wobei sie sorgsam darauf achtete, ihre Haut nicht zu berühren.

«Geht es dir auch gut, Samantha?»

«Schschsch. Mach dir keine Sorgen, Liebes.»

«Warum hat Darian dann gesagt …»

«Sie ist krank», sagte Zinser und schnitt dem Mädchen das Wort ab. «Sie glaubt, wir wollen ihr was tun, und dabei wollen wir nur helfen.» Sanft schob sie Jill von sich und hielt sie bei den Schultern. «Ich würde dir nie etwas antun, Jill. Das weißt du doch, oder?»

Jill starrte sie einen Augenblick lang an und nickte dann. «Ja», sagte sie. Und dann: «Ich hab dich so lieb, Samantha.»

Zinser gab sich Mühe, ihr ins Gesicht gekleistertes Lächeln beizubehalten. «Ich dich auch», sagte sie.

Als das Mädchen sie wieder umarmte, fragte sich Zinser unwillkürlich, was passieren würde, falls Jill je die Wahrheit erfahren sollte. Falls sie stärker wurde – wie Dietrich vermutete –, würde Darians kleiner Wutausbruch vergleichsweise kindisch wirken. Und wenn die Ketten nicht stark genug waren, Jills Projektionen abzuwehren …

Dann gnade ihnen Gott.

KAPITEL 30

Laszlo blinzelte. Er wollte schlucken, doch sein Mund war zu trocken.

«Trinken Sie das hier!» Samanthas Gesicht erschien vor seinen Augen.

Sie schob Laszlo einen Trinkhalm zwischen die Lippen. Vorsichtig sog er etwas Eiswasser und ließ es in seine ausgedörrte Kehle laufen.

«Sie sind einfach umgekippt», sagte Samantha. «Es war meine Schuld. Ich hätte Ihnen keinen Alkohol geben dürfen, nachdem Dr. Dietrich Ihnen gerade Blut abgenommen hatte. Es tut mir wirklich leid.»

«Wo ist Darian?»

«Sie musste weg», sagte Samantha. «Möglicherweise haben wir einen Empathiker in Indiana entdeckt. Sie fliegt hin, um das zu überprüfen.»

Laszlo wunderte sich, weshalb Darian so eilig wegmusste, ohne sich von ihm zu verabschieden, und er verspürte eine leise Ungewissheit. Er sah Samantha an. Sie lächelte. Er konnte ihr vertrauen. Darian hätte ihn niemals hierhergebracht, wenn dem nicht so wäre. Außerdem – warum sollte sie lügen?

«Wissen Sie, wir sind wirklich froh, dass Sie hier sind.»

«Danke», sagte Laszlo mit unerwartet bewegter Stimme. «Das bin ich auch.»

Und es war sein Ernst. Es war wunderbar, hier zu sein, wo er sein wahres Ich nicht verbergen musste. Er sah Samantha in die Augen und lächelte. Hier war er zu Hause.

Darian schlug die verklebten Augen auf und sah sich um. Sie war allein im Zimmer. Durch das kleine Fenster in der Tür konnte sie die Umrisse eines Mannes erkennen. Sie sandte ihren Geist aus, doch sie fühlte nichts. Rein gar nichts.

Mein Gott … was haben sie mit mir gemacht?

Was wohl? Sie haben dich niedergemacht. Hast du geglaubt, sie würden dich so einfach gehen lassen?

Ja, das hatte sie. Sie war immer davon ausgegangen, dass sie einfach verschwinden konnte. Sie war so dumm gewesen.

So muss es wohl für alle anderen sein. Mein Gott, wie kann man das aushalten? Diese Einsamkeit …

Darian biss sich auf die Lippe, um nicht aufzuschreien. Man konnte sie doch nicht einfach hier einsperren!

Warum denn nicht? In ihrem Auftrag hast du Obdachlose dazu überredet, sich brutalen Tests zu unterziehen. In ihrem Auftrag hast du Kinder entführt. Warum also sollten sie dich nicht für alle Zeiten hier unten einsperren?

Darian sah an ihrer Zwangsjacke herunter, dann suchte sie die Zimmerdecke ab, bis sie die Überwachungskamera entdeckte.

«Sagen Sie Zinser, ich bin bereit, mit ihr zu reden!», rief Darian und sah direkt in die Kamera.

Sie behielt die Wanduhr im Blick, und vier Minuten vergingen. Sie kamen ihr vor wie eine Ewigkeit. Schließlich hörte sie ein Klappern, und knarrend ging die Tür auf.

«Lassen Sie mich nicht aus den Augen – von draußen …», sagte Zinser zu dem Wachmann. Sie gab sich keine Mühe, irgendwas vor Darian zu verbergen. «Sollte ich die Gefangene freilassen wollen, sedieren Sie uns beide und bringen Sie mich auf die Krankenstation.»

«Ja, Ma'am.»

Zinser trat ein, und der Wachmann schloss die Tür. Instinktiv versuchte Darian, die Frau zu fühlen. Ebenso hätte sie versuchen können, das Empire State Building umzukippen.

«Was haben Sie mit mir gemacht?», wollte Darian wissen.

«Nichts, was man nicht ungeschehen machen könnte – sofern Sie kooperieren.»

«Was wollen Sie?»

«Laszlo.»

«Sie haben ihn doch schon», sagte Darian.

«Außerdem haben wir das Problem, Ihr plötzliches Verschwinden erklären zu müssen.»

«Ich werde Ihnen nicht helfen.»

«Wenn nicht, werden Sie sehr, sehr lange hier unten bleiben.» Zinser machte eine Pause. «Und Sie werden nie wieder eine Menschenseele ertasten.»

Darian versuchte, in Zinsers stoischer Miene zu lesen, doch nachdem sie ihr Leben lang direkt ins Wesen der Menschen geblickt hatte, war sie nicht besonders gut darin, einen Gesichtsausdruck zu deuten.

«Lassen Sie ihn gehen, und ich helfe Ihnen, jemand anderen zu finden», sagte Darian. «Jemand Stärkeres.»

«Hier gibt es nichts zu verhandeln, Darian», sagte Zinser. «Ich kann Ihnen nicht mehr trauen.»

«Aber ich soll *Ihnen* trauen?»

«Denken Sie heute Nacht darüber nach. Sie können mir Ihren Entschluss morgen früh mitteilen.»

Zinser gab dem Wachmann ein Zeichen, dass er die Tür aufmachen sollte. Sobald sie draußen war, schob sie eine Klappe vor das kleine Fenster. Zwei Sekunden später ging das Licht aus, und Darian lag in absoluter Finsternis. Plötzlich wurde ihr bewusst, dass sie noch nie allein im Dunkeln gewesen war – denn Darian Washington war niemals allein.

Immer waren da Gefühle gewesen, die sie trösteten, wenn sie die Augen schloss, das Flackern anderer Ichs, die sich an ihre Haut schmiegten. Doch jetzt war da gar nichts. Kein einziges Gefühl. Darian holte tief Luft und versuchte, sich zu beruhigen.

Du bist allein. Ganz allein. Ganz a-

– AUFHÖREN! Konzentrier dich aufs Atmen: Ein ... Aus ... Ein ... Aus.

Allein in der Finsternis. Im Nichts. Wie lebendig begraben. Oder tot. So musste wohl der Tod sein. Ewiges Nichts. Nichts zu sehen, nichts zu hören, nichts zu fühlen. Nur leere Dunkelheit. Ganz allein ...

– Meine Güte, ich bin vierundzwanzig! Ich kann doch wohl ein paar Stunden allein im Dunkeln liegen.

Aber was war, wenn es nicht nur um ein paar Stunden ging? Was war, wenn daraus Tage wurden? Oder Wochen? Oder MONATE? Was ... was, wenn daraus JAHRE wurden? Was ...

– Ich kann das. Ich kann das. Ich kann ...

Wem willst du eigentlich was vormachen? Das waren noch keine fünf Minuten, und du drehst schon fast durch! Was meinst du, was nach ein paar Tagen los ist? Was, wenn das von jetzt an alles ist? Allein im Dunkeln. Abgeschottet von der Welt. Absolut mutterseelenallein. Für immer. Und ewig. Und ewig ...

Da hörte Darian ein Geräusch. Ein lautes Wimmern

wie von einem verwundeten Tier. Sie brauchte ein paar Sekunden, bis sie merkte, dass das grausige Geheul aus ihrer eigenen Kehle kam. Und dann fing sie an zu schreien. Sie wusste nicht, wie lange. Sie wusste nur, dass niemand kam.

Und das Nichts breitete sich aus – bis in alle Ewigkeit.

KAPITEL 31

Als sie mit dem Frühstück fertig waren, führte Roger sie zum Klassenraum – allerdings nicht gerade ein weiter Weg. Obwohl die Anlage ziemlich groß war, spielte sich für Elijah und Winter alles in einer Ecke von *Ebene 1* ab.

Als sie in die Klasse kamen, war Elijah schwer enttäuscht. Es war ein ganz normaler Klassenraum – Kreidetafel, Lehrerpult, kleine Holztische und Stühle. An den Wänden hingen Landkarten und Bilder von historischen Persönlichkeiten. Merkwürdig war nur, dass es keine Fenster gab.

Wie in allen anderen Räumen der Anlage gab es auch hier kein einziges Fenster. Dafür bestand eine der Wände aus halbdurchlässigem Plexiglas, das von hinten beleuchtet wurde. Instant-Sonne aus der Steckdose. Elijah und Winter suchten sich Plätze nebeneinander in der Mitte des Raumes. Mit den vielen leeren Tischen im Klassenzimmer kamen sie sich vor, als müssten sie nachsitzen.

Sie wollten sich gerade setzen, da ging die Tür auf, und eine Frau trat ein. Sie war groß und hübsch, schlicht gekleidet, mit weißer Bluse, dunkelblauem Blazer und passendem Rock. Genau wie Roger machte sie einen ausgesprochen glücklichen und gutmütigen Eindruck – satte Blautöne, durchzogen von hellroten Streifen.

«Guten Morgen», sagte sie und trat vor die Tafel.

«Mein Name ist Samantha Zinser. Ich bin die Leiterin der Oppenheimer School. Ich bin gekommen, um euch willkommen zu heißen und zu erklären, was wir vorhaben und was von euch erwartet wird.»

Sie ging um das Lehrerpult herum und setzte sich, indem sie die langen Beine übereinanderschlug. «Hier geht es sehr zwanglos zu. Solltet ihr also Fragen haben, zögert nicht, sie mir zu stellen.»

Eilig hob Elijah seine Hand – er kam sich etwas blöd vor, aber er wollte Miss Zinser nicht einfach unterbrechen.

«Du musst dich nicht melden, Elijah. Was liegt dir auf der Seele?»

«Wird uns Mr. Kuehl hier unterrichten?»

Miss Zinsers Lächeln kam ins Wanken, ihre Farben veränderten sich allerdings nicht. «Mr. Kuehl arbeitet momentan an anderen Projekten, aber ich denke, ihr werdet ihn demnächst schon wiedersehen.»

«Was ist mit Miss Washington?», fragte Winter.

Diesmal kam Miss Zinsers Lächeln nicht ins Wanken, aber es verhärtete. Noch der letzte Hauch von Freundlichkeit verschwand aus ihren Augen. Hätte Elijah nicht die heiteren Farben dieser Frau gesehen, hätte er sie für ärgerlich gehalten.

«Miss Washington ist ebenfalls indisponiert.» Miss Zinser wartete einen Moment, dann fuhr sie fort: «Bevor wir beginnen, möchte ich euch gern jemanden vorstellen. Ich bin nicht sicher, ob Dar… ob Miss Washington es euch erzählt hat, aber ihr seid nicht die einzigen Schüler an der Oppenheimer.»

Elijah und Winter sahen sich an. Während Winter neugierig schien, war Elijah in Sorge. Andere Schüler bedeuteten *Cliquen*. Und Cliquen bedeuteten *Außenseiter*. Und das bedeutete, dass Elijahs Freundschaft mit Winter bald schon ein abruptes Ende finden würde.

In diesem Moment ging die Klassentür auf, und ein dünnes, hochaufgeschossenes Mädchen kam herein. Ihrer Größe nach zu urteilen, war sie älter, wahrscheinlich in der zehnten Klasse. Misstrauisch sah sie erst Elijah und Winter an, dann Miss Zinser.

«Perfektes Timing», sagte Miss Zinser zu dem Mädchen. «Gerade habe ich von dir gesprochen. Das ist Jill Willoughby. Jill, das sind Elijah Cohen und Winter Xu. Sie werden hier mit dir gemeinsam am Unterricht teilnehmen.»

«Hallo», sagte Jill.

Zwar verzog sie ihr Gesicht zu einem höflichen Lächeln, doch Elijah sah die dunkelrote Eifersucht dahinter. Jill starrte ihm in die Augen. Elijah wandte sich von ihr ab, doch er behielt sie mental im Auge – von den prallen Farben, die sie umgaben, konnte er sich gar nicht abwenden.

Plötzlich spürte er heftigen Druck, als presste ihm eine unsichtbare Hand das Leben aus. Jills Farben schwächten sich zu einem Flackern ab. Elijah schluckte. Irgendwie hatte sie gemerkt, dass er sie anstarrte, und sich ihm verschlossen.

Natürlich: Sie ist eine von uns.

Doch im Gegensatz zu der Verbundenheit, die Elijah mit Winter, Mr. Kuehl oder Miss Washington empfand, fühlte er keine Nähe, wenn er Jill sah. Er empfand etwas völlig anderes.

Er hatte Angst.

Der Raum war grell beleuchtet, als Darian die Augen öffnete. Sie hörte ein Klappern, dann ging die Tür auf. Zinser betrat die unterirdische Zelle und musterte sie mit kaltem Blick.

«Haben Sie sich entschieden?»

«Ja», krächzte Darian. Sie fragte sich, wie lange sie wohl geschrien hatte. Eine Nacht oder zwei? Sie konnte es nicht sagen, aber es schienen ihr Jahre gewesen zu sein. «Ich helfe Ihnen. Aber … aber lassen Sie mich nicht wieder allein.»

«Okay», sagte Zinser.

Darian seufzte bebend. «Sagen Sie mir, was ich tun soll.»

Dietrich nahm den schwarzen Hörer ab. Sekunden später hielt er ihn Laszlo hin. «Es ist für Sie.»

Laszlo sprang von der Untersuchungsliege, die mit Papiertüchern ausgelegt war, und klemmte sein Nachthemd hinten zusammen. Er hielt den kalten Plastikhörer an sein Ohr.

«Hallo?»

«Hi, mein Liebster», sagte Darian heiser. «Tut mir leid, dass ich mich nicht verabschiedet habe. Ich musste schnell weg, es gab da ein Problem mit einem Jungen, den Samantha für einen möglichen Kandidaten hielt. Er wurde … eingewiesen.»

Laszlo stellte sich vor, man würde ihn in eine geschlossene Anstalt sperren – die vielen wilden, wirren Geister, die einem den Verstand raubten … Ein kalter Schauer lief ihm über den Rücken.

«Mach dir keine Gedanken. Wann bist du wieder zurück?»

«Morgen», sagte sie, und ihre Stimme brach. «Laszlo … ich liebe dich.»

«Ich dich auch.»

Laszlo dachte, sie wollte noch etwas sagen, aber dann hörte er nur ein leises Klicken. Einen Moment hielt er den Hörer noch an sein Ohr, dann legte er auf.

«Ist alles okay?»

Laszlo wandte sich zu Dietrich um. Der schwitzte heftig, was offenbar sein Normalzustand war. Den ganzen Morgen über hatte er sich ständig die Stirn getupft oder seine Hände am weißen Laborkittel abgewischt.

«Alles in Ordnung», sagte Laszlo, glaubte es aber selbst nicht so recht.

«Sind Sie bereit?»

Eine Woge freudiger Erregung ging durch ihn hindurch.

«Absolut», sagte Laszlo und fuhr sich mit einer Hand über den frischrasierten Skalp. Er setzte sich wieder auf die gepolsterte Liege, sodass die Papiertücher unter ihm raschelten. «Lassen Sie uns loslegen.»

Am nächsten Morgen wachte Laszlo früh auf. Zumindest glaubte er, es sei früh am Morgen. In einem fensterlosen Zimmer war das schwer zu sagen. Er streckte seinen linken Arm aus und stöhnte. Der Arm war noch wund von den vielen Injektionen. Er rollte sich auf den Rücken und starrte an die glatte weiße Decke. Da war absolut nichts zu sehen. Die Decke über Darians Bett war übersät mit feinen Rissen zahlloser Farbschichten.

Darian fehlte ihm. Es war schon komisch. Vor zwei Monaten hatte ihm sein einsames Leben noch gefallen. Doch jetzt war alles anders. So froh und glücklich er war, Teil dieser Organisation zu sein – neben Darian aufzuwachen war unvergleichlich. In diesem Moment klopfte es an der Tür.

«Herein.»

Er sah, wie sich der Knauf drehte. Samantha stand im Flur. Sie sah angespannt aus. Er spürte tiefe Trauer – der unheilkündende Geruch von saurer Milch stand mit einem Mal im Raum.

«Was ist passiert?», fragte er, warf seine Decke zurück und setzte sich auf.

«Ich muss Ihnen etwas zeigen.»

Eilig stieg er in eine Jogginghose und folgte ihr den Flur hinunter.

«Ist was mit Darian? Ist ihr was passiert? Die Kinder? Geht es ihnen gut?»

Samantha antwortete nicht. Er suchte in ihren Gefühlen nach einer Reaktion, doch ihre tiefe Trauer blieb unverändert. Nicht das leiseste Kräuseln. Sie gingen in ihr Büro. Der Raum, sonst so freundlich, schien ihm nun düster und unheilvoll.

Schweigend stellte Samantha den Fernseher an. Ohrenbetäubendes Rauschen kam aus dem Gerät, und Samantha regelte hastig die Lautstärke herunter. Dann schob sie eine unbeschriftete Kassette in den Videorekorder.

Man hörte etwas klicken, dann ein leises Surren, dann erschien ein ungerührter, grauhaariger Nachrichtensprecher.

«... am Hamilton Center. Wir schalten zu Sarah Sander, die live vor Ort ist. Sarah?»

Jetzt war eine brünette Reporterin zu sehen, die zu viel Make-up trug, hinter ihr ein Gebäude, das in Flammen stand. Gelblich rot leuchtete das Feuer vor dem rußschwarzen Nachthimmel.

«Danke, Jim!» Die Reporterin musste schreien, um gegen die Sirenen anzukommen. *«Ich stehe hier vor dem Hamilton Center in Terre Haute! Wie Sie sehen, brennt das Gebäude lichterloh. Aufgrund einer Fehlfunktion im Sicherheitssystem sind alle 103 Patienten und 57 Mitarbeiter da drinnen eingesperrt! Die Rettungsmannschaften sind noch im Einsatz, aber es muss wohl davon ausgegangen werden, dass es keine Überlebenden gibt. Mehr zum aktuellen Geschehen, sobald ...»*

Samantha drückte auf die Fernbedienung, und der Bildschirm wurde schwarz. Samantha drehte sich um.

«Es tut mir so leid, Laszlo.»

«Was meinen Sie?», fragte Laszlo, der nicht verstehen wollte, was passiert war.

«Darian war dort, um einen kleinen Jungen abzuholen. Die beiden haben es nicht geschafft.»

«Nein», sagte Laszlo und schüttelte den Kopf. «Das können Sie unmöglich sicher wissen.»

«Es gibt keine Überlebenden.»

«Das kann nicht ... nein ... aber das kann nicht ...»

«Es tut mir leid.»

Dann tastete sich Laszlos Verstand zu der erdrückenden Wahrheit vor.

Die erste und einzige Frau, die er je geliebt hatte ... war tot.

Zwanzig Meter darunter starrte Darian die glatten weißen Wände ihrer Zelle an. Quälende Trauer durchzog die Leere wie ein Komet. Sie weinte.

KAPITEL 32

«Hat er es geglaubt?»

«Er war ein Wrack, als er nach Hause ging.»

«Sie haben ihn gehen lassen?»

«Keine Sorge. Wir haben ihn unter Beobachtung. Er kommt bald wieder.»

«Wieso sind Sie so sicher?»

«Er hat seinen Job gekündigt. Er hat seine Lieblingsschüler verloren. Er hat sonst nichts.»

«Morgen», sagte Elijah gutgelaunt.

«Hey», sagte Winter, die ihm gegenübersaß. Nach nur einer Woche hatte sich eine gewisse Routine eingestellt. Obwohl Elijah ein schräger Vogel war, mochte sie ihn ganz gern, aber ihr fehlten ihre Freundinnen. Immerhin war das, was sie lernten, tausendmal interessanter als alles, was selbst Mr. Kuehl ihnen zu erzählen hatte.

Eben wollte sie sich auf die Suche nach der Bedienung machen, als es aus Elijah herausbrach: «Ich hab schon für dich mitbestellt.»

Winter blinzelte überrascht. «Ach?»

«Du nimmst doch immer dasselbe, und da d-d-dachte ich, ich spar dir die Zeit.»

«Danke», sagte Winter. «Du bist süß.»

Elijah zuckte mit den Schultern und starrte verlegen zu

Boden. Im Stillen verfluchte sich Winter. Sie hätte darauf achten sollen, was sie sagte. An der tänzelnden, leichtfüßigen Melodie, die Elijah umgab, merkte sie, dass er sie mochte. Und zwar nicht nur als Freundin. Er *mochte* sie. Sie sollte nichts sagen, was ihm falsche Hoffnungen machen könnte.

Um das Thema zu wechseln, sagte Winter: «Hast du schon mit deinen Eltern gesprochen?»

«Soll das ein Witz sein? Wenn es nach meiner Mom ginge, würden wir vor und nach jeder Mahlzeit telefonieren. Zum Glück hat mein Dad die Zahl der Gespräche auf einmal täglich beschränkt.»

«Ja, mit meiner Mom ist es genau dasselbe.» Winter schwieg einen Augenblick. «Du hast ihr doch nichts erzählt von ... du weißt schon?»

«Nie im Leben. Ich mag es hier. Wenn sie die Wahrheit rausfinden, würde mein D-d-dad das nächstbeste Flugzeug nehmen und mich nach Hause holen.»

Der Kellner kam und stellte Winters Eier auf den Tisch. Sie dippte ein Stück Toast ins Eigelb und probierte. Perfekt. Zu Hause gab es zum Frühstück immer nur Cornflakes und solche Sachen. Bei Oppenheimer war es wie in einem Hotel.

Sie nahm einen Schluck Orangensaft und meinte: «Was glaubst du, wieso Jill nicht mit uns isst?»

«Die entscheidende Frage ist doch, wieso sie nicht in unserem Trakt wohnt.»

Winter zuckte mit den Achseln.

«Also ...», fuhr Elijah fort, «... ich verstehe das nicht. Geht sie jetzt mit uns zur Schule oder nicht?»

«Ich würde sagen: *oder nicht.*»

«Ich auch. Aber warum? Meinst du, es liegt daran, dass sie älter ist?»

«Nein», sagte Winter und schluckte etwas glibberiges Eiweiß herunter. «Ich glaube, es hat damit zu tun, dass sie anders ist als wir.»

«Du meinst: stärker?»

«Hörst du es auch?», fragte Winter.

«Ich *sehe* es», korrigierte Elijah.

Winter nickte. Es war schon komisch. Sie konnte sich nicht vorstellen, jedes Mal in farbigem Dunst zu stehen, wenn sie jemanden ansah. Für sie war es normal, das Lied eines Menschen zu hören, wenn seine Gefühle die Tonleiter rauf und runter tanzten.

«Vielleicht haben die mit ihr andere Pläne», dachte Elijah laut.

Winter kniff die Augen zusammen. «Was meinst du mit *Pläne*?»

Elijah beugte sich vor und sprach mit leiser Stimme. «Du weißt schon. *Zielsetzung. Strategie. Hintergedanken.* Die müssen doch noch irgendwas anderes vorhaben. Die wollen doch nicht nur G-g-gutes tun, oder? Ich meine, wozu sollten die das alles machen?»

«Was *alles*?», fragte Winter, die sich etwas blöd vorkam.

«*Das* alles», flüsterte Elijah und machte eine kurze Kopfbewegung. «Das Essen. Unsere Zimmer. Es ist alles z-z-zu viel. Die wollen irgendwas. Von *uns*.»

Plötzlich war Winter nicht mehr nach Frühstück zumute. «Wie lange denkst du das schon?», fragte sie und sprach jetzt auch leiser.

«Ein p-p-paar Tage», sagte Elijah. «Versteh mich nicht falsch. Ich finde es toll hier. Aber mein Dad sagt immer: Niemand lädt dich umsonst zum Essen ein. Deshalb glaube ich, dass Miss Zinser uns etwas verschweigt.»

«Zum Beispiel, worin Mr. Kuehls und Miss Washingtons Job besteht.»

«Genau.»

Im Augenwinkel sah Winter den Kellner, der gleich hinter ihnen stand. Ihr wurde kalt, und sie tastete nach seinen Emotionen, nahm jedoch nur dieses tiefe, angenehme Tönen wahr, das sie von allen Angestellten hörte. Als sie den Mann anstarrte, fiel ihr Blick auf die Uhr über seinem Kopf – noch drei Minuten bis zum Unterricht. Er stand dort nur, weil er wartete, dass sie ihr Frühstück beendeten. Elijah machte sie noch ganz verrückt.

Sie schob ihren Teller von sich und stand auf. «Komm schon. Wir sind spät dran.»

Ohne zu warten, drehte sie sich um und ging hinaus. Sie versuchte, nicht daran zu denken, was Elijah gesagt hatte – obwohl sie wusste, dass er recht hatte.

Samantha Zinser spulte das Video zurück und spielte das Gespräch zwischen Elijah und Winter noch einmal ab.

Das hat nicht lange gedauert.

Sie lehnte sich zurück und schloss die Augen. Elijah war begabt. Er durchschaute, dass diese Schule nur eine Illusion war. Seltsam, dass Darian über ein Jahr gebraucht hatte, um zu demselben Schluss zu kommen wie Elijah nach zwei Wochen.

Doch Zinser hätte es wissen müssen – Elijah war ein pubertierender Science-Fiction-Fan. Wahrscheinlich vermutete er hinter jeder Ecke eine Verschwörung. Leider war diese real. Ihr blieb nur eine Möglichkeit: Jill.

Sie hatte Darian benutzt, um Jill zu bekommen. Sie hatte Jill benutzt, um Laszlo zu bekommen. Jetzt würde sie das Mädchen benutzen, um Elijah und Winter auf ihre Seite zu bringen. Sie hatte Jill so weit wie möglich heraushalten wollen, doch das schien nun unmöglich.

Aber das machte nichts. Aus Jill würde ohnehin nie

die werden, die sie hier brauchten. Sie war viel zu kaputt. Anfangs hatte Zinser es als glückliche Gelegenheit begriffen, dass Pater Sullivan das Mädchen festgehalten hatte – schließlich hatte sie geglaubt, nach diesem Leidensweg wäre es kein Problem, Jill zu bekehren. Doch diese Annahme hatte sich als falsch erwiesen.

Nachdem man ihr beigebracht hatte, die Bibel als Gottes Wort zu sehen, war Jill nicht zu bewegen, sich auf die moralischen Mehrdeutigkeiten der realen Welt einzulassen. Am ehesten wäre sie der Organisation kurzfristig von Nutzen – indem sie dafür sorgte, dass die neuen Rekruten ihren Zweck erfüllten. Nichts war von größerer Bedeutung als dieser Zweck. Und wenn der Plan des Vorstands aufging, wäre nichts und niemand diesem Zweck dienlicher als diese beiden Kinder und die anderen, die ihnen folgen sollten.

Mit genügend positiver, emotionaler Unterstützung müsste man den Kindern die Überzeugungen der Organisation eigentlich eintrichtern können. Wenn Jill die Kinder manipulierte, würde sie möglicherweise misstrauisch werden. Dennoch – es war die Sache wert.

Möglich war auch, dass Zinser sich irrte, dass Jill sich durch ihre Aufgabe der Organisation noch verbundener fühlen würde. Doch das war Wunschdenken, und Zinser wusste es. Wahrscheinlich würde das Ganze viel eher den Countdown in Gang setzen.

Und falls etwas schiefging, würde Jill sterben müssen – bevor sie echten Schaden anrichten konnte. Zinser musste also schleunigst einen engeren, persönlichen Kontakt zu den anderen Kindern herstellen. Sie war nicht sicher, wie sie das mit Elijah anstellen sollte. Aber für Winter hatte sie schon eine vorzügliche Idee.

KAPITEL 33

Laszlo fuhr zu Darians Wohnung, um ihre Sachen zu ordnen, aber es gab nichts, was er behalten wollte. Sie hatte schöne Dinge besessen, doch nur unpersönliches, teures Spielzeug. Nichts, was daran erinnerte, wie sie wirklich gewesen war.

Die nächsten Tage verbrachte er wie in Trance, konnte an nichts anderes denken als an Darian und die Organisation. Gern wäre er wieder hingefahren, aber er konnte nicht. Er verdiente es nicht, dort zu sein – er verdiente es, allein zu sein. Und nachdem Darian nun tot war, würde er sein Leben lang allein bleiben.

Sein einziger Trost war die Gewissheit, dass er Elijah und Winter ein Leben in Einsamkeit erspart hatte. Er überlegte, ob er sie anrufen sollte, um zu sehen, wie es ihnen ging, ließ es aber sein. Er fürchtete, sie könnten sich nach Darian erkundigen, und für so ein Gespräch war er noch nicht bereit.

Nach einer Woche rief Samantha an. Als er ihre Stimme auf dem Anrufbeantworter hörte, krampfte sich sein Herz zusammen.

«Laszlo, hier spricht Samantha. Ich hoffe, ich belästige Sie nicht. Ich wage nicht mir vorzustellen, wie Ihre letzten Tage gewesen sein müssen. Ich wollte nur sehen, wie es Ihnen geht. Falls Sie reden wollen, dann ...»

«Ich bin da!», rief Laszlo in den Hörer.

«Laszlo», hauchte Samantha. «Schön, Ihre Stimme zu hören. Wie geht es Ihnen?»

«Ging mir schon mal besser.»

«Ich wollte Ihnen nur sagen, dass ich an Sie gedacht habe.»

«Ich musste auch oft an Sie und die Organisation denken.» Er machte eine Pause. «Und an die Kinder. Wie geht es ihnen?»

«Großartig», sagte Samantha mit warmer Stimme. Fast konnte er durchs Telefon ihr Lächeln sehen. «Ich komme gerade aus Oregon. Die beiden haben sich schon richtig an das Leben dort gewöhnt.»

«Und ihre Fähigkeiten? Sind sie …?»

«Die beiden sind bemerkenswert, Laszlo. Sie wären stolz.»

«Das bin ich.»

Samantha schwieg einen Moment. «Ich will Sie nicht drängen, aber haben Sie schon darüber nachgedacht, zurückzukommen? Vielleicht, wenn Sie einem höheren Ziel dienen könnten …»

Das Angebot, sein Schneckenhaus zu verlassen, war verführerisch. Allein das drückende Schuldgefühl hielt ihn zurück. Endlich seinen Platz gefunden zu haben, nachdem ihm Darian den Weg gewiesen hatte, ohne ihn mit ihr gemeinsam zu gehen …

«Geben Sie mir noch etwas Zeit? Ich muss einfach in Ruhe darüber nachdenken», sagte Laszlo schließlich.

«Selbstverständlich.»

«Danke.»

«Und … Laszlo?» Samantha zögerte. «Sie sind nicht allein … mir fehlt sie auch.»

Mit Tränen in den Augen legte Laszlo auf.

Zinser klopfte vorsichtig. Sekunden später stand Winter in der Tür, mit hochrotem Kopf.

«Oh, hallo, Miss Zinser!»

«Guten Abend. Darf ich reinkommen?»

«Ämh … klar.»

Zinser trat ein und schloss leise die Tür hinter sich. Sie nahm am Schreibtisch Platz, während Winter im Schneidersitz auf der Bettkante hockte. Zinser sah sich in dem Zimmer um. Größtenteils sah es noch so aus wie an dem Tag, als Winter eingezogen war. Nur die Geige auf dem Schreibtisch und die Kassetten und Schallplatten, die sich um die kleine Stereoanlage stapelten, deuteten darauf hin, dass hier jemand wohnte.

«Ich habe ein Geschenk für dich», sagte Zinser und reichte ihr einen rechteckigen Karton.

Winter warf ihr einen skeptischen Blick zu, dann nahm sie das Geschenk auf ihren Schoß. Sie löste das Klebeband ganz langsam ab, statt das bunte Papier einfach so abzureißen. Vorsichtig klappte sie den Deckel des Pappkartons auf.

Winter hätte fast aufgeschrien, als sie sah, was darin lag. Hastig warf sie den Deckel weg und nahm den schwarzen Kasten aus dem Karton. Mit beiden Händen löste sie die silbernen Verschlüsse und klappte den Kasten auf. Zinser spürte einen so tiefen Stich empathischer Freude, dass sie fast weinen musste.

«Gefällt sie dir?», fragte Zinser und wischte sich die Augen.

«Soll das ein Witz sein?», fragte Winter, als sie die kostbare Geige aus dem Kasten nahm. «Das ist das Schönste, was ich je gesehen habe.» Sie strich mit den Fingern über die Saiten und am glatten Holz des Halses entlang. Schon wollte sie sich das Instrument unters Kinn klemmen, da stutzte sie. «Darf ich?»

«Aber gern.»

Winter nahm die Geige, dann den Bogen und fing an zu spielen. Unwillkürlich schloss Zinser die Augen und ließ die Musik auf sich wirken. Das Mädchen hatte noch keine Minute gespielt, und doch war Zinser außer Atem.

«Du spielst wie ein wahres Genie.»

«Also, ich weiß nicht ...», sagte Winter und blickte verlegen zu Boden.

«Doch, wirklich. Deshalb habe ich dir diese Geige gekauft.» Zinser schwieg einen Moment, bevor sie zum eigentlichen Thema kam. «Hast du schon mal von Arthur Schopenhauer gehört?»

Winter schüttelte den Kopf.

«Er war ein deutscher Philosoph im 19. Jahrhundert, der ein sehr interessantes Buch mit dem Titel *Die Welt als Wille und Vorstellung* geschrieben hat. Weißt du, Schopenhauer glaubte, die Wirklichkeit existiert in zweierlei Form: dem Willen, der unsere inneren Wünsche widerspiegelt, und der Vorstellung in Form von Ideen und Bildern, die außerhalb unseres Geistes existieren.»

Winter nickte. Zinser merkte, dass die Kleine nicht recht wusste, worauf sie hinauswollte. Das Mädchen schien aber neugierig geworden zu sein.

«Schopenhauer war kein besonders glücklicher Mensch», fuhr Zinser fort. «Für ihn bestand das Leben vor allem aus Leiden, und er glaubte, Erlösung sei nur zu erreichen, indem man versucht, der Dominanz des Willens zu entkommen.»

«Wie im Buddhismus», sagte Winter strahlend. «Leiden lässt sich nur beenden, indem man der Begierde entsagt.»

«Genau», sagte Zinser beeindruckt. «Schopenhauer glaubte, alles Leid entspringt dem Willen, weil unbefriedigte Wünsche in uns Sehnsucht hinterlassen. Ist ein Wunsch jedoch erst befriedigt, wird uns bald langweilig, bis etwas Neues an seine Stelle tritt.

Er war überzeugt davon, dass man der Dominanz des Willens nur entgehen kann durch die Betrachtung eines Objekts, das einer ästhetischen Würdigung wert ist. Schopenhauer sagte, solche Objekte lösten einen speziellen Zustand geschärfter Wahrnehmung aus, durch den wir uns in dem Objekt verlieren, unsere Individualität vergessen und zum Spiegel dieses Objekts werden.»

«Ein Spiegel?», fragte Winter.

«Ja. Stell dir einen wunderschönen Baum an einem sonnigen Herbsttag vor. Indem man diesen Baum als ästhetisches Objekt betrachtet, nimmt man auch den Archetypus aller Bäume wahr. Durch ästhetische Wahrnehmung erfahren wir reine, *willenlose* Erkenntnis. Verstehst du?»

«Ich glaube schon. Indem wir genauer wahrnehmen, verstehen wir besser.»

«Ja», sagte Zinser. «Leider besitzen nur sehr wenige Leute die Fähigkeit, einen ästhetischen Geisteszustand länger als ein paar Sekunden aufrechtzuerhalten, und deshalb erlangen sie die transzendierende Ruhe nicht, die einem durch die ästhetische Wahrnehmung zuteil wird.»

«Wie buddhistische Meditation.»

Zinser nickte. «Allein das künstlerische Genie ist in der Lage, ästhetische Objekte herbeizuzaubern und Kunstwerke zu erschaffen, aus denen die darin enthaltenen, platonischen Ideen sprechen. Weißt du, was ich mit platonischen Ideen meine?»

«Ist ‹platonisch› nicht, wenn man nur befreundet ist?»

Zinser lächelte. «Ja, aber nicht in diesem Fall. Ich meine den griechischen Philosophen Platon. Platon glaubte, dass die Welt aus *Universalien* besteht, die im abstrakten Sinne, aber nicht als physische Objekte existieren.»

Winter runzelte ratlos die Stirn.

«Stell dir die Farbe Grün vor. Sie existiert unabhängig von einem Objekt, das grün *ist.* Wenn morgen die ganze Welt ausgelöscht würde, gäbe es kein Gras mehr, aber immer noch die Farbe Grün. Weil Grün eine Vorstellung ist.»

«Ich glaube, ich verstehe», sagte Winter. «Eine andere Universalie wäre vielleicht Größe. Oder ein Gefühl.»

«Ganz genau», sagte Zinser. «Diese Universalien meine ich, wenn ich von platonischen Ideen spreche. Schopenhauer glaubte, einziger Sinn und Zweck der Kunst sei es, platonische Ideen zu kommunizieren.»

Winter betrachtete die Geige.

«Weißt du, vor welcher Kunst Schopenhauer den größten Respekt hatte?»

Winter schüttelte den Kopf.

«Musik.»

«Warum?»

«Schopenhauer teilte Kunst in zwei Gruppen ein, gemessen am Subjekt-Objekt-Kontinuum ...»

«Dem *was?*»

Zinser überlegte, wie sie die Theorie am besten erklären könnte. «Okay. Stell dir vor, die Welt besteht aus *Objekten* – Dingen –, die von *Subjekten* – Menschen – wahrgenommen werden. Dann stell dir eine Linie vor, die zwischen einem Subjekt auf der einen Seite und einem Objekt auf der anderen verläuft. Das ist das Subjekt-Objekt-Kontinuum.»

«Kapiert.»

«Also, Schopenhauer sagte, die erste Gruppe der Künste – Architektur, Bildhauerei, Malerei und Dichtung –

stünde eher auf der *Objekt*-Seite, weil sie alle durch ihre individuellen Ausdrucksmöglichkeiten beschränkt sind.»

Winter nickte. «Dichtung ist durch die Sprache limitiert, und wenn ein Dichter das grünste Grün beschreiben will, könnte es sein, dass es mit Worten nicht zu sagen ist.»

«Stimmt. Diese Kunstformen versuchen, Objekte darzustellen, die sich von ihnen unterscheiden. Das Bild von einem Baum mag aussehen wie ein Baum, *ist* aber kein Baum. So eindrucksvoll ein Haus sein mag, so großartig eine Skulptur, können diese Kunstformen die Wahrnehmung niemals perfekt nachahmen.»

«Aber die Musik kann es», sagte Winter.

«Ja», sagte Zinser lächelnd. «Musik steht viel weiter auf der *Subjekt*-Seite. Sie ist nicht durchs Medium beschränkt, denn sie ist gänzlich abstrakt. Schopenhauer war überzeugt davon, dass sie die natürliche Welt kopiert: Tiefe Töne repräsentieren unorganische Materie, Harmonien das Tierreich und Melodien den menschlichen Gedanken. Im Kern ist Musik eine Kopie des universalen Willens. Im Gegensatz zu allen anderen Kunstformen besteht Musik aus sich *selbst* heraus. Wie nichts anderes verkörpert sie abstrakte Gefühle und ermöglicht dem Zuhörer dadurch, die emotionale Essenz des Lebens wahrzunehmen, ohne zu leiden. Dadurch erweckt sie den Geist zur ästhetischen Wahrnehmung.»

Zinser nahm Winters Hand.

«Winter, ich halte dich für ein Schopenhauer-Genie. Deine Musik ist atemberaubend ... und in Verbindung mit deiner Gabe ...»

Zinser sprach nicht weiter und sah ihr tief in die Augen. Das Mädchen wich nicht aus. Sekundenlang saßen die beiden reglos da, sie starrten sich nur an.

«Also, es wird spät», sagte Zinser schließlich und beendete den Augenblick. «Ich hoffe, du hast Freude an der Geige. Nutze sie zu einem guten Zweck.»

«Bestimmt!», sagte Winter und drückte das Instrument an ihre Brust.

«Gute Nacht, Winter.»

«Gute Nacht, Miss Zinser.»

Leise schloss Zinser die Tür hinter sich und wartete. Sekunden später war der Flur von Winters herzerwärmender Musik erfüllt. Zinser stand an die Wand gelehnt und hörte aufmerksam zu. Das Gespräch war gut gelaufen. Doch spielte sie ein gefährliches Spiel. Sie ermutigte die Kinder, ihre Kräfte einzusetzen, um sie gleichzeitig dem Willen der Organisation zu unterwerfen.

Aber ihr blieb kaum etwas anderes übrig. Die Kinder kontrollieren zu wollen, solange sie ihre Fähigkeiten nicht perfektioniert hatten, war sinnlos. Also balancierte Zinser weiter auf ihrem Drahtseil. Sie hoffte nur, dass sie auf der anderen Seite ankommen würde, ohne vorher abzustürzen.

«Es ist jetzt schon über drei Wochen her.»

«Ich brauche mehr Zeit.»

«Nein. Wenn er jetzt noch nicht aus freien Stücken gekommen ist, dann kommt er nie. Benutzen Sie das Mädchen.»

«Darf ich Sie zu einem Drink einladen?»

Laszlo war so überrascht, diese Stimme zu hören, dass er fast vom Barhocker fiel.

«Samantha!», sagte er und drehte sich um. «Wie haben Sie mich gefunden?»

«Nur so eine Ahnung.» Zinser gab sich scheu. «Darian hatte mal erwähnt, dass Sie früher manchmal hier waren.»

«Oh», sagte Laszlo und trank seinen Scotch aus. Die Eiswürfel waren zu kleinen Plättchen geschmolzen, die über den Boden seines Glases glitten. Er nickte dem Barkeeper zu, der ihm nachschenkte.

Dem Observationsbericht nach zu urteilen saß Laszlo, seit er wieder zu Hause war, jeden Abend dort am Tresen und betrank sich schweigend. Zinser hatte etwa eine Stunde gewartet, nachdem er den Laden betreten hatte. Lange genug, dass er fügsam war, aber noch nicht so lange, dass er nicht mehr klar denken konnte.

Zinser bestellte ein Glas Rotwein und trank wortlos. Sie widerstand der Versuchung, sich umzudrehen und die drei Gäste hinten in der dunklen Ecke anzusehen. Die Vorstellung, Jill für diese Sache benutzen zu müssen, gefiel ihr nicht, aber der Vorstand hatte recht – Laszlo brauchte einen kleinen Schubs.

Zinser sah auf ihre Uhr. Die Ziffern blinkten, was bedeutete, dass der Audiotransmitter aktiviert war. Wenn sie sich an den Plan hielt, würde alles gutgehen.

«Wie kommen Sie zurecht?», fragte Zinser schließlich.

Laszlo nahm einen Schluck von seinem Scotch und starrte vor sich hin.

«Jeden Tag wache ich auf und hoffe, dass ich mich etwas besser fühle. Und manchmal ist das auch so. Aber abends ist sie immer noch nicht wieder da. Also komme ich hierher.»

Zinser nickte. Sie musste ihr Mitgefühl nicht spielen. Laszlo tat ihr leid, aber ihre Aufgabe machte Opfer notwendig. Darian hatte einen Entschluss gefasst und sie dabei alle in dieses grausame Spiel verstrickt.

«Irgendwann müssen Sie weiterleben», sagte Zinser.

«Ich weiß», sagte Laszlo.

«Was haben Sie vor?»

Laszlo schüttelte den Kopf. «Ich weiß noch nicht genau.»

Ob es stimmte oder ob Jill ihm Zweifel eingab, wusste Zinser nicht. Zielstrebig drängte sie weiter.

«Was würde sich Darian von Ihnen wünschen?»

Laszlo zuckte mit den Schultern.

«Nun, ich will Ihnen sagen, was sie *nicht* wollen würde – dass Sie hier herumsitzen und Ihre Trauer mit einer Flasche *Dewar's* ertränken.»

Das war Jills Stichwort, ihm eine Mischung aus Schuldgefühlen und Einsicht einzugeben. Zinser wartete.

«Darian hätte gewollt, dass Sie etwas mit Ihrem Leben anfangen, dass Sie ...»

«Dass ich *was*?», sagte Laszlo lauter. «Dass ich mich der *Organisation* anschließe?»

Zinser wusste nicht genau, wie sie Laszlos plötzlichen Stimmungsumschwung einschätzen sollte, aber sie blieb am Ball und hielt sich an das Drehbuch.

«Ja», sagte sie. «Das hat Darian mit ihrem Leben auch gemacht. Ich weiß, sie ist nicht mehr da, aber das bedeutet nicht, dass Sie nichts bewirken könnten. Sie können anderen Kindern wie Elijah und Winter helfen, ein Zuhause zu finden.»

Zinser hielt die Luft an. Sie hatte Jill aufgetragen, am Ende ihres Monologs ein Gefühl der Ehre und der Entschlossenheit zu projizieren. Laszlo starrte in seinen Scotch, als wäre dort die Antwort auf alle Fragen zu finden. Dann – nach fast einer Minute – schob er das halbvolle Glas von sich. Er atmete tief durch und richtete sich auf.

«Sie haben recht», sagte er mit klarer Stimme, nicht mehr ganz so missmutig. Er klang energisch. Selbstbewusst. *Entschlossen.* «Hier nütze ich niemandem. Also gut, ich helfe Ihnen.»

Zinser lächelte. Sie ließ ihre Hand auf ihren Schoß sinken und betätigte einen Schalter an dem Gerät, das in ihrer Handtasche versteckt war. Sie bemerkte keinen Unterschied, doch wenn der Projektor richtig funktionierte, sollte er stolze Freude ausstrahlen.

«Sie haben den richtigen Entschluss gefasst. Sie werden es nicht bereuen.»

Und jetzt die Krönung – Jill gab Laszlo eine Mischung aus Freude und Tatendrang ein, um seine Entscheidung zu festigen. Diesen Trick hatte Darian Zinser während der ersten Testmonate anvertraut.

«Wie wäre es, wenn Sie heute Abend mit ins Labor kommen würden?», fragte Zinser, um Laszlo auf seinem Weg zu festigen. «Ihre Sachen kann morgen jemand holen.»

«Einverstanden», sagte er und lächelte – zum ersten Mal an diesem Abend. Samantha legte zwei Zwanziger auf den Tresen und ging mit Laszlo vor die Tür. Als sie in die wartende Limousine stiegen, bekam Zinser kurz ein schlechtes Gewissen. Eben hatte sie Laszlos Leben zerstört. Diese Schuldgefühle hatte sie wohl erwartet, doch Zinser staunte, wie mild sie ausfielen.

Langsam gewöhnte sie sich daran.

«Wann wird er die Suche beginnen?»

«In drei Tagen.»

«Wird das Mädchen ihn begleiten?»

«Nur auf längeren Reisen. Wenn sie ihn mehr als ein paar Stunden nicht unter Kontrolle hat, fängt er an, Fragen zu stellen.»

«Wie viele Kandidaten haben Sie identifiziert?»

«Über dreihundert. Aber wir gehen davon aus, dass nicht einmal 3 Prozent davon Empathiker sind.»

«Dann können Sie die beiden also bald ersetzen.»

«Ich würde Jill gern so lange wie möglich behalten.»

«Der psychiatrische Bericht über das Mädchen war unmissverständlich. Sie wäre gefährlich, auch ohne ihre Gabe. Und Sie werden Laszlo nicht ewig an der kurzen Leine halten können. Sobald wir fünf Bereitwillige zusammenhaben, möchte ich, dass Laszlo und das Mädchen beseitigt werden.»

«Verstanden.»

KAPITEL 34

Die Luft war still, der Schulhof menschenleer. Nichts rührte sich – die Schaukeln sahen aus wie Skulpturen, der einsame Basketball lag reglos da, als klebte er am Asphalt. Selbst die Blätter an den Bäumen hielten still wie eine handgemalte Filmkulisse.

Wie ein Schrei zerriss die Pausenklingel die Ruhe und verstummte sofort wieder. Aber still war es nicht mehr. Zwar hörte man das Geschrei nur aus der Ferne, doch es klang so ungeduldig, dass klar war: Ein Sturm war im Anmarsch.

Plötzlich flogen die fünf Doppeltüren auf, und zweihundert Kinder im Alter zwischen sechs und elf stürmten kreischend aus dem Gebäude. Alle rannten, und nur durch ein Wunder wurde niemand niedergetrampelt (obwohl mehr als einer stolperte). Bereits eine Minute später platzte der Schulhof aus allen Nähten, und es wimmelte nur so vor Kindern.

Schaukeln schaukelten. Bälle wurden geworfen, gedribbelt und gefangen. Unzählige Füße traten den Rasen platt. Sogar der Wind kam zurück und schüttelte die Blätter, als wollte er sich mit der unglaublichen Energie dort am Boden messen.

Laszlo kauerte zwischen den Bäumen, bereit, seinen empathischen Geist zu öffnen. Da sie Kinder waren, machte er sich keine Sorgen, von stumpfem Hass oder pulsierender Geilheit überwältigt zu werden, wenn er sich auf sie einließ. Selbst das traurigste, verbittertste Kind hatte eine Leichtigkeit an sich, die mit den Empfindungen eines Erwachsenen nicht zu vergleichen war. Trotzdem musste er vorsichtig sein. Kindliche Gefühle waren groß und unverfälscht.

Laszlo verbannte seine physischen Empfindungen in eine dunkle Ecke und ließ seinen mentalen Schutzschild sinken. Trotz der intensiven Vorbereitungen tat er zwei wankende Schritte rückwärts, als die Emotionen wie eine Woge über ihn hinweggingen.

Fast hatte er vergessen, wie schön es war, ein Kind zu sein, wie erstaunlich einfach. Die Glücklichen waren in ihrer Freude vollkommen rein. Im Gegensatz zu den Erwachsenen, deren zahllose Sorgen unablässig an der Psyche nagten, waren Kinder so wunderbar unkompliziert. Saubere, natürliche Düfte – Herbstlaub und frischer Schnee.

Doch es war ein zweischneidiges Schwert. Unglückliche Kinder waren unvergleichlich unglücklich. Ihre Einsamkeit, ihre Hoffnungslosigkeit waren atemberaubend, und Laszlo stieg der Gestank von Terpentin und faulen Eiern in die Nase.

Neben diesen Extremen gab es ein breites Spektrum weiterer ebenso absoluter Gemütszustände: Schmerz – der Geruch von verschüttetem Benzin; Verwirrung – eine Mischung aus Honigsüße und verfaultem Fleisch; Wut – salzige Luft an einem windigen Tag. All diese Gerüche bedrängten Laszlo und vermengten sich mit unzähligen Gefühlen und Aromen.

Langsam jedoch bildeten sich Unterschiede heraus. Der ohrenbetäubende Lärm in seinem Kopf ließ sich in verschiedene Stimmen unterteilen. Nach und nach analysierte Laszlo die unterschiedlichen Ichs und ließ wieder von ihnen ab, ging den ganzen Heuhaufen durch, auf der Suche nach …

Und da war sie! Seine Stecknadel.

Charlie Hammond.

«Okay, alle mal herhören!»

Die Kinder alberten weiter herum. Keiner hatte Respekt vor Vertretungslehrern. Besonders nicht im Sportunterricht. Der kahle Mann nahm seine Trillerpfeife in den Mund und blies hinein. Der Pfiff war schneidend, so laut, dass Charlie schon dachte, er käme aus seinem eigenen Schädel.

«Schon besser», sagte der Vertretungslehrer lächelnd. «Wie ihr wisst, ist Mr. Griffin krank. Also werde ich diese Woche bei euch Sport unterrichten. Mein Name ist Mr. Kuehl.»

Er ließ einen Volleyball auf dem Holzfußboden hüpfen, indem er ihn nur mit Knien und Füßen in Bewegung hielt. Nach fünfzehn Sekunden etwa – lange genug, um sich den Respekt der Könner zu erwerben – fing er den Ball aus der Luft.

«Also, wer will Prellball spielen?»

Die größeren Kinder jubelten, die Außenseiter guckten mürrisch. Obwohl Charlie ziemlich beliebt war, gab er den Außenseitern recht. So ein blödes Spiel konnte sich nur ein Rüpel ausgedacht haben.

«Dann brauchen wir zwei Anführer.»

Die Hälfte der Klasse hob die Hände und trat vor. Charlie hatte keine Lust. Und ganz bestimmt wollte er nicht seine Freunde nach einer Rangliste einstufen. Das Auswählen einer Mannschaft war fast schlimmer als das Spiel selbst – denn am Ende blieb immer einer übrig, den niemand wollte.

«Mal sehen ...», sagte der Vertretungslehrer mit Blick auf sein Klemmbrett. «Wie wäre es mit Mr. McGee?»

«JA!» Benny McGee klatschte sich mit seinen Kumpels ab. Er trat vor und boxte dabei Timmy Brewster gezielt in die Magengrube.

Von allen Jungen, die der Vertretungslehrer hätte aussuchen können, war Benny der schlimmste. Auch ohne Dachschaden wäre er ein fieser Schläger. Da er ein Jahr älter war, hatte er auch noch den Vorteil, größer zu sein als alle anderen.

«Und dann nehmen wir ...» Wieder sah der Vertretungslehrer sich die Namensliste an. «Mr. Hammond.»

Charlie schluckte und wünschte, Mr. Kuehl hätte ihn nicht aufgerufen. Ein paar von den anderen klopften Charlie auf die Schulter, als er nach vorn ging.

«Gebt euch die Hand und wählt eure Mannschaft.»

Big Benny streckte seine Hand aus. Charlie griff danach, doch Benny zog sie im letzten Moment zurück, was seine Freunde zum Lachen brachte. Dann packte er Charlies Finger und drückte sie so fest zusammen, dass es wehtat.

«Du hast keine Chance, Charlie!»

Unbeirrt legte der Vertretungslehrer seine Hand auf Bennys Schulter. «Sie wählen zuerst, Mr. McGee.»

«Jake», sagte Benny und zeigte auf den unangenehmsten Jungen der sechsten Klasse. Mehrere Kleinere traten eilig beiseite, um nichts abzubekommen, wenn Jake zu Benny vorging, aber Jake schaffte es trotzdem, «aus Versehen» Timmy Brewster anzurempeln, der anscheinend heute für alle der Prügelknabe war.

«Sie sind dran, Mr. Hammond.»

Charlie sah die Klasse an und biss sich auf die Unterlippe. Mehrere seiner Freunde starrten ihn an, halb grinsend, halb bettelnd. Er wusste, die kluge Wahl wäre Ian Polenski. Ian war ein sportliches Naturtalent, superschnell und superstark. Aber er wollte niemanden kränken. Außerdem war es nicht fair – Ian wurde fast immer zuerst gewählt. Er nickte Charlie kurz zu, als wollte er sagen: *Wir wissen beide, dass du mich wählst, also mach schon.*

Aber Charlie wollte Ian nicht wählen. Und auch keinen seiner Freunde. Nicht einmal jemanden aus Big Bennys Bande, um sie gegeneinander auszuspielen. Als Charlie endlich den Mund aufmachte, staunte er selbst darüber, wen er wählte.

«Timmy!»

Der dürre, rotnasige Junge blickte auf, verblüffter als alle anderen. «Ich?»

«Ihr Mannschaftskapitän ruft nach Ihnen, Mr. Brewster», sagte der Vertretungslehrer.

Fassungslos trat Timmy vor. «Danke, Charlie», flüsterte er und klopfte ihm auf die Schulter, als er sich hinter ihn stellte.

«Hast du sie nicht mehr alle?», fauchte Benny.

«Mr. McGee, haben Sie uns etwas mitzuteilen?», fragte Mr. Kuehl.

«Ich hab nur gesagt, dass *ich* doch eigentlich Timmy nehmen wollte.»

Alle lachten.

«Nun, dann werden Sie ihn beim nächsten Mal wohl als Ersten wählen müssen», sagte Mr. Kuehl. «Sie sind dran, Mr. McGee.»

«Ian.» Ian nickte und sah achselzuckend zu Charlie hinüber, als wollte er sich dafür entschuldigen, dass er ins andere Team gewählt wurde.

Charlies Erleichterung, nachdem er das erste Mannschaftsmitglied ausgewählt hatte, war verflogen, als er sich jetzt den zweiten Mitstreiter aussuchen musste. Wieder sah er seine Freunde an, da kam ihm bereits die nächste abwegige Idee …

«Alan.»

Alan zwinkerte vor Überraschung, dann joggte er die paar Meter nach vorne zu Charlie, dass sein fetter Wanst nur so schwabbelte.

«DUM, DUM, DUM, DUM!», machte Benny bei jedem seiner Schritte. Benny war selbst dick, aber er merkte gar nicht, wie absurd es war, dass er sich über Alans Figur lustig machte. «Was wollt ihr spielen? *Die Rache der Eierköpfe*?»

«Im Film haben die Eierköpfe gewonnen, du Blödmann», sagte Charlie.

«Halt's Maul!»

Und so ging es weiter. Benny wählte die Größten und Schnellsten, während sich Charlie an die Schwachen und Gebeutelten hielt. Er wusste, dass sie verlieren würden, dass man ihnen eine Abreibung verpassen würde, aber er konnte einfach nicht anders. Es machte Spaß, Jungs zu wählen, die normalerweise bis zum Ende übrig blieben. Als die Wahl gelaufen war, sah sich Charlie sein Team an.

Na, wenigstens sind sie glücklich.

Und das waren sie, denn die Hälfte von ihnen lächelte zum ersten Mal im Leben überhaupt in einer Sportstunde. Als sie sich dann jedoch auf ihrer Seite des Spielfelds aneinanderdrängten, verging ihnen das Lachen, weil ihnen klar wurde, dass sie ordentlich Prügel kassieren würden.

«Okay», sagte Charlie und legte die Arme um seine Mannschaftskameraden. «Bevor wir was auf die Fresse kriegen, machen wir Folgendes …»

Nachdem Charlie seinen Plan erklärt hatte, riefen sie alle «Los!» und nahmen Aufstellung.

«Auf meinen Pfiff», sagte Mr. Kuehl. «Eins ... zwei ... drei ...» Der Pfiff gellte durch die Halle, und das Spiel begann. Vierundzwanzig Paar Turnschuhe trampelten über den Boden, als sie zu den Bällen in der Mitte rannten.

Sieben aus Charlies Mannschaft wurden schon in den ersten zehn Sekunden getroffen, doch die Übrigen zogen sich zurück, als ihnen die Bälle um die Ohren flogen. Und obwohl jeder in Charlies Team seinen eigenen Ball hatte, warf keiner. Die fünf warteten lieber, bis Bennys Team alle Bälle verschossen hatte.

Als dann der letzte Ball auf ihre Seite hüpfte, rief Charlie: «JETZT!»

Timmy, Alan, Sam, Jeremy und Charlie rannten zur Mittellinie und bewarfen alle gleichzeitig Big Benny. Der fing den ersten Ball, wehrte den zweiten ab, wich dem dritten und vierten irgendwie aus, konnte aber Timmy nicht entkommen, dessen Ball mit hohlem Ton von Bennys Stirn abprallte.

«Ha! Du bist raus!», rief Timmy triumphierend und klatschte Charlie ab.

Es dauerte keine Minute, bis alle anderen aus Charlies Team eliminiert waren, nachdem Benny das Spielfeld eingeschnappt verlassen hatte, doch das war Charlie egal. Sein Team hatte gewonnen.

KAPITEL 35

Laszlo hatte ein paar ruhige Wochen. Nur morgens nicht. Da kam die Angst. Dann waren seine Gedanken am klarsten, doch beunruhigenderweise kamen ihm auch die größten Zweifel.

Doch sobald ihm solche Fragen in den Sinn kamen wie *Warum hat sich Darian nicht persönlich verabschiedet?* und *Was passiert eigentlich wirklich in der Oppenheimer School?*, umnebelte ihn ein angenehmes Gefühl von Zuversicht. Es war, als würde in seinem Kopf ein Schalter umgelegt, und schon waren alle Sorgen verflogen. Dann schlug er die Augen auf, setzte sich auf, sah sich in

(seiner Zelle)

seinem Zimmer um und lächelte zufrieden.

So begann er seinen Tag. Aber es ging ihm gut, er freute sich des Lebens. Sicher blieben Fragen offen, doch was sollten ihm die Antworten bringen? Diese Arbeit war wichtiger als alles, was er je zuvor getan hatte. Er war froh, dass er seinen Teil dazu beitragen konnte.

Die Wochenenden gehörten der Forschung – dann meldete er sich in Dr. Dietrichs Labor und ließ sich von morgens bis abends testen, oft genug mit Elektroden am kahlen Schädel. Am meisten allerdings freute er sich immer auf den Montag, denn dann gab es den nächsten Schwarm junger Seelen zu erkunden.

Manchmal musste er um drei Uhr mitten in der Nacht aufstehen, wenn er nicht schon am Vorabend geflogen war. Ob er nun nach Tallahassee, Florida, oder nach Bismarck in North Dakota flog – am Ende landete er doch immer in einer Grundschule.

Normalerweise gab er sich als Vertretungslehrer oder Sekretariatsvertretung aus, aber gelegentlich zog er sogar einen blauen Hausmeisterkittel über. Die Jobs sollten eine Tarnung sein, damit er sich in Ruhe umsehen konnte.

Dann saß er hinter irgendeinem grauen Schreibtisch und sah sich die Kinder an – mit offenem Geist. Fast immer wusste er sofort, welche Kinder außergewöhnlich waren, denn ihr Innerstes schien zu schreien: «Seht mich an!» Und selbst wenn nicht, behandelten die anderen Kinder diese Außenseiter doch ganz anders, sodass sie in der Menge leicht zu erkennen waren.

Wie Charlie Hammond.

Gesellig und charismatisch, wie er war, stand Charlie immer im Zentrum des Geschehens. Allerdings war er mehr als nur ein Junge, der eben einfach beliebt war, denn *alle* mochten ihn – die coole Clique ebenso wie die Einzelgänger. Intuitiv verstand er seine Klassenkameraden wie kein anderer. Und mit Ausnahme von ein paar Rüpeln reagierten die Kinder auf sein Verständnis mit Wohlwollen und Bewunderung.

Charlie war derjenige, neben dem beim Mittagessen alle sitzen wollten, dessen Namen die Mädchen in ihre Schulhefte kritzelten und den die Jungen sich zum Freund wünschten. Was Laszlo jedoch an Charlie am meisten bewunderte, war der Umstand, dass seine Beliebtheit den Jungen nicht zu beeindrucken schien.

Er war weder anmaßend noch arrogant. Er machte nicht mit, wenn die anderen auf einem Sonderling herumhackten. In vielerlei Hinsicht erinnerte Charlie ihn an Winter Xu. Er lächelte bei der Vorstellung, dass beide zusammen die Oppenheimer School besuchen würden. Charlies Eltern hatten sich mehr gefreut als die Xus und die Cohens, als Laszlo ihnen die gute Nachricht überbrachte.

Dennoch wurde Laszlo schwer ums Herz, denn als er das letzte Mal mit den Eltern eines hochbegabten Kindes zum Essen ausgegangen war, hatte er Darian bei sich gehabt.

Seit er Charlie entdeckt hatte, war ihm in den Schulen, die er besuchte, kein weiteres außergewöhnliches Kind begegnet. Zwar schimmerte hin und wieder eine Gabe durch, doch konnte keiner auch nur im Entferntesten Elijah, Winter oder Charlie das Wasser reichen. Dennoch wünschte er, er könnte alle sensiblen Kinder in die Oppenheimer School vermitteln, damit sie eine angenehmere und empathischere Umgebung hätten. Aber Samantha hatte es ganz deutlich gesagt: Sie wollte mehr als nur einen Funken dieser Gabe sehen. Sie wollte ein wahres Freudenfeuer.

Und so machte sich Laszlo an jedem Schultag auf die Suche nach diesem starken Gefühl der Verbundenheit, das er nur mit anderen Empathikern teilte. Und jeden Abend, wenn Laszlo in den Schlaf hinüberdämmerte, lächelte er, wohl wissend, dass er Elijah, Winter und Charlie bereits geholfen hatte. Nur morgens – verschlafen und bei klarem Verstand – fragte er sich, ob das, was er tat, wirklich eine so gute Idee war.

Obwohl Elijah dem Neuen gegenüber anfangs skeptisch gewesen war, musste er diesen Charlie einfach mögen, nachdem er ihn etwas besser kennengelernt hatte. Charlie war zwar erst elf, für sein Alter aber erstaunlich erwachsen. Über das Thema Film fanden Elijah und er schnell zueinander, während Winter das enzyklopädische Wissen des Jungen zum Thema Rockmusik zu schätzen wusste.

Er war wie der kleine Bruder, den Elijah nie gehabt hatte. Noch nie zuvor hatte jemand zu Elijah aufgeblickt. Das tat gut. Außerdem beruhigte es Elijah, wenn Charlie in der Nähe war und er mit Winter nicht allein sein musste. Die Mahlzeiten, bisher unbeholfene Pseudo-Rendezvous, waren jetzt lange, lustige Gespräche. Sie sprachen über alles – früheste Kindheitserinnerungen, wie es sich anfühlte, anders zu sein, usw. Vor allem aber sprachen sie über die Zukunft.

«Was willst du mal werden, wenn du groß bist?», fragte Charlie eines Abends zwischen zwei Hot-Dog-Bissen.

«Wenn ich es mir aussuchen könnte, möchte ich Musikerin werden», sagte Winter. «Aber ich glaube, ich bin nicht gut genug.»

«Soll das ein Witz sein?» Elijah war ehrlich sprachlos. «Dein Solo beim Herbstkonzert war unglaublich!»

Winter errötete. «Danke.» Das Kompliment brachte ihre Farben zum Leuchten, doch schon wurden sie wieder dunkler. «Wieso warst du eigentlich da? Im Publikum saßen doch fast nur Eltern.»

Nun war es an Elijah, rot zu werden. Und dass er wusste, wie gut sie seine Verlegenheit «hören» konnte, machte alles nur noch schlimmer. Er schluckte und starrte seinen Teller an. «Ich g-g-glaub … ich glaube, man könnte sagen, ich bin ein Fan von dir.»

Er blickte auf, und sie sahen sich in die Augen. Ihm war klar, dass sie nicht so für ihn empfand wie er für sie, aber sie lächelte ihn freundlich an. «Mein erster Fan.»

«Und du, Elijah?», fragte Charlie und lenkte das Gespräch dankenswerterweise in ungefährlichere Gefilde. «Was willst du mal werden?»

«Meine Mom sagt, ich soll Arzt werden, weil ich gut in Naturwissenschaft bin», sagte Elijah.

«Möchtest du denn Arzt werden?», fragte Winter.

«Eigentlich nicht», sagte Elijah.

«Warum gehst du nicht nach Hollywood?», fragte Charlie. «Werd ein großer Regisseur oder so was! Du weißt doch jetzt schon alles über Filme.»

«Weiß nicht ...», sagte Elijah. «Ich glaub, da gibt es reichlich Konkurrenz.»

«Wenn ich eine berühmte Musikerin werde», sagte Winter, «wirst du bestimmt ein berühmter Regisseur.»

«Meinst du wirklich?»

Winter zuckte mit den Achseln. «Wieso nicht?»

Elijah nickte zögernd und überlegte, weshalb er eigentlich noch nie darüber nachgedacht hatte, nach Hollywood zu gehen. Seine Mutter würde es nicht erlauben – deshalb. Und Elijah hatte schon vor langer Zeit gelernt, dass seine Mutter ihren Willen immer durchsetzte. Da er jedoch schon eine Weile nicht mehr zu Hause lebte, wurde er langsam selbstbewusster. Vielleicht musste er ja gar nicht Arzt werden.

«Also», sagte Charlie. «Ich werd Feuerwehrmann!»

Elijah lächelte und dachte daran, wie er selbst als kleiner Junge davon geträumt hatte, Feuerwehrmann zu werden.

«Nein, ehrlich ...», sagte Charlie, weil er Elijahs Skepsis spürte. «Ich glaube, es wäre cool, Leuten zu helfen.»

Winter beugte sich vor und gab Charlie einen Kuss auf die Wange. «Du bist echt süß, weißt du das?»

Charlie zuckte mit den Schultern, als wäre es keine große Sache, aber innerlich glühte er wie eine Supernova.

Und obwohl Elijah ein bisschen eifersüchtig wurde, war er doch meistens froh, wenn er bei Winter und Charlie war. Zwar wohnten sie erst seit ein paar Wochen zusammen, aber durch ihre besondere Gabe waren sie mehr als nur Freunde geworden.

Sie waren eine richtige Familie.

KAPITEL 36

Wortlos betrat Samantha Zinser das Klassenzimmer und schrieb etwas an die Tafel. Zwar überließ sie die Erziehung der Kinder zum größten Teil den Profis, doch ein paar Themen fand sie zu wichtig, als dass sie diese Außenstehenden anvertrauen wollte. Philosophie war so ein Thema.

Sie trat einen Schritt von der Tafel zurück. Elijah, Winter, Charlie und Jill hatten die merkwürdige Frage schon in ihre Hefte geschrieben.

«Charlie, was meinst du?»

Charlie Hammond sah zur Tafel.

Existiert North Dakota tatsächlich?

Er starrte sie einen Moment an, als versuchte er, herauszufinden, ob Samantha ihnen eine Fangfrage stellte. Dann nickte er.

«Natürlich. North Dakota ist ein Staat der Vereinigten Staaten.»

«Woher weißt du das?»

Charlie zuckte mit den Achseln. «Das habe ich letztes Jahr in Heimatkunde gelernt.»

«Okay», sagte Zinser und kam langsam um ihr Pult herum. «Aber woher *weißt* du, dass es existiert? Warst du schon mal da?»

«Nein.»

«Kennst du jemanden, der da war?»

«Nein.»

«Schon mal ein Kennzeichen aus North Dakota gesehen?»

Charlie schüttelte den Kopf.

«Wieso bist du dann sicher?»

«Weil ich es in einem Buch gelesen habe.»

«Warum glaubst du diesem Buch?»

Charlie zog die Schultern hoch. «Weiß nicht. Tu ich eben.»

«Du gehst also davon aus, dass alles, was in deinem Heimatkundebuch steht, stimmt?»

«Mh, ja.»

«Soll ich dir was sagen?», fragte Zinser. «Ich glaube auch, dass North Dakota existiert – obwohl ich selbst noch nie da war und niemanden kenne, der dort war. Wäre ich allerdings Empirikerin, würde ich es nicht glauben.»

Zinser schrieb das Wort EMPIRIKER an die Tafel.

«Empiriker glauben, dass sich Wissen nur durch persönliche Erfahrung erlangen lässt. Daher würden Empiriker einem Schulbuch, den 18-Uhr-Nachrichten oder auch einem Lehrer niemals Glauben schenken. Sie sind die wahren Skeptiker.»

«Glauben sie an die Bibel?», fragte Jill zögernd.

«Nein.»

Jill nickte, konnte ihre besorgte Miene jedoch nicht verbergen. Zinser verkniff sich ein Lächeln. Indem sie die Kinder in Philosophie unterrichtete, konnte sie ihnen nicht nur eintrichtern, was sie denken sollten, sondern auch etwas gegen die Gehirnwäsche ausrichten, die der Priester an Jill vorgenommen hatte. Zinser fuhr fort.

«Der Empirismus reicht bis zu den alten Griechen zurück, auch wenn allgemein der britische Philosoph John Locke als sein Begründer gilt. 1689 schrieb er das Traktat

Versuch über den menschlichen Verstand, in dem er erklärte, Wissen könne sich nur *a posteriori* einstellen – also *nach* der Erfahrung. Er sagt, der menschliche Geist beginnt als *tabula rasa* oder ‹leeres Blatt›, das mit persönlichen Erfahrungen beschrieben wird.

Lockes Theorien, die nicht nur die Philosophie, sondern auch die Politik und Wirtschaft zum Gegenstand hatten, trugen zur Gründung unseres Landes bei. Zum Beispiel schrieb Locke ausgiebig über den impliziten Gesellschaftsvertrag zwischen Staat und Bürger. Besonders hob er hervor, dass alle Menschen ein Recht auf ‹Leben, Freiheit und Besitz› haben. Kommt euch diese Formulierung bekannt vor?»

«Das klingt wie ‹Leben, Freiheit und Streben nach Glück› in unserer Verfassung», sagte Winter.

«Genau», sagte Zinser. «Aus politischen Gründen nahmen unsere Gründerväter eine Änderung vor. Sie machten aus ‹Besitz› das ‹Streben nach Glück›, um zu verhindern, dass Sklaven ihr Recht auf eigenen Besitz anmeldeten.»

Zinser machte eine Pause, um ihnen Zeit zu geben, über das Gesagte nachzudenken.

«Außerdem war Locke von Folgendem überzeugt: Wenn ein Staat den Gesellschaftsvertrag mit seinen Bürgern bricht, indem er auf eine Art und Weise regiert, die der Mehrheit nicht gefällt, dann haben die Bürger das Recht, wenn nicht sogar die Pflicht, zu revoltieren. Fällt Ihnen ein großer Moment der amerikanischen Geschichte ein, in dem sich diese Idee wiederfindet?»

«Die Amerikanische R-r-revolution», sagte Elijah.

«Exakt. Kein schlechtes gesellschaftliches Erbe für einen Mann, der nichts glaubte, was er nicht selbst erfahren hatte.»

«Also hat Locke *niemandem* vertraut?», fragte Winter.

«Locke glaubte nicht einmal, dass er sich *selbst* trauen konnte.» Zinser wartete, bis sich diese Worte in den Köpfen der Kinder gesetzt hatten. «Zwar schrieb Locke, Wissen ließe sich im Grunde nur über die fünf Sinne aneignen, doch er behauptete, nicht einmal denen könne man gänzlich trauen.»

«Warum denn nicht?», fragte Elijah und beugte sich vor.

«Weil alle Sinne relativ sind. Ich will euch ein Beispiel geben.» Zinser nahm ihre Brille ab. «Ich möchte, dass ihr mir verschiedene Attribute des Gegenstands zuruft, den ich hier in meiner Hand halte.»

Die Kinder riefen Zinser Wörter zu, die sie in zwei Spalten an die Tafel schrieb. Schließlich trat sie einen Schritt von der Tafel weg.

PRIMÄRE QUALITÄTEN

1. Gestell mit zwei Gläsern
2. Steg
3. Bügel

SEKUNDÄRE QUALITÄTEN

1. Schwarz
2. Dünn
3. Gebogen
4. Silbern
5. Leicht
6. Geruchlos
7. Mit Scharnier
8. Aus Plastik
9. Glatt

«Wie ihr seht, habe ich die Attribute meiner Brille in die beiden Kategorien eingeteilt, in denen Locke sie beschrieben hätte. Bei der ersten spricht man von *primären Qualitäten*, die Größe und Form bestimmen. Sie beziehen sich auf die Essenz dessen, was meine Brille ist. Sie definieren das Objekt. Besäße eine Brille diese primären Qualitäten nicht, wäre sie etwas anderes – ein Monokel, eine Lupe, ein Fernglas – alles, nur keine Brille.

Locke klassifizierte alle anderen Charakteristika – Farbe, Geschmack, Temperatur, Oberfläche und Klang – als *sekundäre Qualitäten*. Diese Attribute sind nicht nötig, um ein Objekt zu identifizieren. Sie alle sind im Verhältnis zum Betrachter nur relativ.»

«Was meinen Sie mit *relativ*?», fragte Jill. «Farbe ist Farbe. Geschmack ist Geschmack. Da ändert sich doch nichts.»

«Doch», erwiderte Zinser. «Hast du schon mal ein Glas Orangensaft getrunken, nachdem du vorher einen Pancake mit Ahornsirup gegessen hattest? Es schmeckt sauer. Aber trink aus demselben Glas, wenn du vorher in eine Zitrone gebissen hast, und es schmeckt süß. Das Gleiche gilt für Farben. Trag ein cremefarbenes Hemd unter einer schwarzen Jacke, und es sieht hell aus. Trag dasselbe Hemd unter einem weißen Blazer, und es wirkt schmutzig.

Man spricht vom ‹Schleier der Wahrnehmung› – wir alle betrachten die Welt durch unsere eigene, eingeschränkte Wahrnehmung und nicht so, wie sie tatsächlich ist. Daher kann man nur sich selbst wirklich kennen.»

«Locke glaubte also nur an sich selbst?», fragte Charlie. «Sonst nichts?»

«Er glaubte an sich selbst, aber er glaubte außerdem an zweierlei – Gott und die Außenwelt.»

Bei der Erwähnung Gottes strahlte Jill. Jetzt zog Elijah ein sorgenvolles Gesicht.

«Wie k-k-konnte er an Gott glauben, wenn er nur auf seine Erfahrung vertraute?»

«Weil er davon überzeugt war, dass man aufgrund eigener Erfahrungen richtige Schlussfolgerungen ziehen kann. Auf diese Weise hat er für sich selbst den Beweis erbracht, dass Gott existiert.»

«Wie?», fragte Jill fasziniert.

«Er ging von dem intuitiven Glauben an die Existenz des Ichs aus. Dann folgerte er aus dieser Vorstellung vom Ich, das er als das ‹wirklich Seiende› bezeichnete, dass alles von irgendwoher kommen muss.»

Zinser sah in ihre Notizen und las laut vor.

> *«Weiß man also, dass ein wirkliches Seiendes besteht und dass es von dem Nicht-Sein nicht hervorgebracht werden kann, so folgt klar, dass von Ewigkeit her etwas bestanden hat; denn ohnedem hätte es einen Anfang, und was einen Anfang hat, müsste von etwas anderem hervorgebracht worden sein … so führt unsere Vernunft zu der Erkenntnis der sicheren und offenbaren Wahrheit, dass es ein ewiges, höchst mächtiges und wissendes Wesen gibt.*

Mit anderen Worten: Wir alle müssen aus etwas anderem heraus entstanden sein, und dieses Etwas muss Gott sein.»

«Das klingt nicht b-b-besonders empirisch», sagte Elijah.

«Du hast recht», sagte Zinser. «Das ist auch die entscheidende Kritik an Lockes Empirismus. Historiker glauben, dass Locke – weil er religiös war – einen Zweifel an der Existenz Gottes gar nicht erst zuließ. Dreißig Jahre nach seinem Tod meldete sich allerdings ein anderer Philosoph zu Wort. Er war ebenfalls Empiriker und wies den Glauben an einen allmächtigen Gott mit aller Schärfe von sich.

Der Name dieses Philosophen war David Hume. Im Alter von sechsundzwanzig Jahren schrieb er *Ein Traktat über die menschliche Natur.* In diesem Text erklärte er seine Weltsicht, indem er die Wahrnehmung in zwei Kategorien aufteilte: *Eindrücke* und *Ideen*.

Er sagte, Eindrücke seien entweder *Sinnesempfindungen* wie Kälte oder innere *Reflexionen* wie Hunger. Er unterschied *Ideen* nach ihrem Ursprung: *Erinnerung* oder *Vorstellung.*»

«Entweder man erinnert sich an etwas, oder man denkt es sich aus», sagte Charlie.

«Fast. Hume sagte, es sei unmöglich, sich einfach ‹etwas auszudenken›, da alle Phantasie auf Eindrücken basiert. Würde ich euch zum Beispiel zwei Blautöne zeigen, könntet ihr euch einen Farbton dazwischen vorstellen, weil ihr damit vertraut seid, wie Farben funktionieren. Aber würde ich diese beiden Farbtöne einem Blinden beschreiben, wäre er absolut unfähig, sich eine dritte Farbschattierung vorzustellen, weil ihm die Erfahrung mit den Farben fehlt. Also entsteht die Phantasie aus der Erfahrung.»

Zinser dimmte das Licht und schaltete den Overhead-Projektor an, und auf der weißen Leinwand neben der Tafel erschien ein Schaubild.

REALITÄT = WAHRNEHMUNG

WAHRNEHMUNG
- SINNESEINDRÜCKE
    # EMPFINDUNGEN – extern (Kälte)
    # REFLEXIONEN – intern (Hunger)
- IDEEN
    # ERINNERUNG
    # VORSTELLUNG
        ~ PHANTASIE – Schaffung einer neuen Idee durch Änderung oder Kombination anderer Eindrücke
            - Verbindung
            - Umstellung
            - Vermehrung
            - Verminderung
        ~ VERSTÄNDNIS – Nachdenken über Konzepte
            - Beziehungen von Ideen
            - Tatsachen

Nachdem die Kinder sich Notizen gemacht hatten, fuhr Zinser fort.

«Wie ihr seht, teilte Hume der Vorstellung zwei Quellen zu: *Phantasie* und *Verständnis*. Weiterhin unterschied er die *Phantasie* in vier Arten von Ideen: *Verbindung*, *Umstellung*, *Vermehrung* und *Verminderung*.

Eine *verbundene Idee* erhält man, wenn man einer Idee eine weitere hinzufügt. Etwa ein Horn zu einem Pferd, um ein Einhorn zu bekommen. Verstanden?»

Alle vier Kinder nickten gleichzeitig – mit leuchtenden Augen.

«Gut. *Umstellung* bedeutet, dass ein Teil von etwas

durch einen Teil von etwas anderem ersetzt wird. Winter, fällt dir vielleicht ein Beispiel ein?»

Das Mädchen blickte einen Moment zur Decke und lächelte dann. «Wenn man sich einen Frauenkörper mit einem Fischschwanz vorstellt, bekommt man eine Meerjungfrau.»

«Genau. Die letzten beiden Arten – *Vermehren* und *Vermindern* – erklären sich von selbst. Elijah, möchtest du das übernehmen?»

Der Junge wurde rot, dann sagte er: «Eine *vermehrende Idee* wäre die Frau in *Angriff der 20-Meter-Frau*. Eine *vermindernde Idee* wären die K-k-kinder in *Liebling, ich habe die Kinder geschrumpft.*»

«Sehr gut. Ihr seht also: Alles, was euch einfallen könnte, und mag es noch so phantastisch sein, entsteht aus etwas anderem, was ihr bereits erlebt habt.»

Zinser machte eine kurze Pause, um sich zu versichern, dass die Kinder ihr noch folgen konnten. Wenn sie wirklich so werden sollten, wie die Organisation es sich vorstellte, mussten sie die Wirklichkeit voll und ganz begreifen. Nur so würden sie andere Menschen führen können. Schließlich fuhr Zinser fort.

«Okay. Kommen wir nun zum *Verständnis*. Hume teilte diese Kategorie in zwei Unterkategorien ein: das *Verhältnis von Ideen*, die man durchdenken kann – wie Geometrie und Mathematik etwa, und unbestreitbare *Tatsachen* – wie Identität, Zeit und Raum.»

«Aber inwiefern wird so widerlegt, dass es Gott gibt?», fragte Jill.

«Es wird nicht widerlegt. Hume stand Gott nur *skeptisch* gegenüber, genauso wie er dem freien Willen skeptisch gegenüberstand, und auch der Vorstellung, dass man Kontrolle über den eigenen Körper hat.»

«Ach?», machte Jill.

Zinser lächelte. Sie hatte absichtlich das Thema «Kontrolle» angesprochen, um die Kinder etwas aufzuscheuchen – Hume war schließlich nur zu verstehen, wenn man begriff, dass es so gut wie unmöglich war, überhaupt etwas zu verstehen.

«Von empirischer Perspektive aus betrachtet, ist es unmöglich, Kontrolle über sich selbst zu haben, weil man Kontrolle oder auch ‹Macht› unmöglich definieren kann.»

«Das stimmt doch nicht», sagte Charlie.

«Nein?», sagte Zinser und wandte sich dem hübschen Jungen zu. «Dann erklär es mir.»

«Macht ist ...» Charlie sah in sein Heft, dann wieder zu Zinser. «Macht ist eine Idee.»

«Doch woher stammt diese Idee? Erinnerung oder Vorstellung?»

«Erinnerung. Meine Erinnerung daran, wie ich meinen Körper bewegen kann», sagte Charlie und wackelte zur Veranschaulichung mit den Fingern.

«Aber die Macht, mit der dein Wille deinen Körper bewegt, ist unbegreiflich.»

«Ich verstehe nicht, was Sie meinen.»

«Die Verbindung zwischen Geist und Körper ist und bleibt ein Geheimnis. Überlegt mal – wenn ich euch irgendeinen anderen Fall beschreiben würde, in dem ein unsichtbares Phantom Gegenstände bewegen könnte, würdet ihr mich für verrückt erklären. Die Wirkung des Geistes auf den Körper ist nicht mehr oder weniger phantastisch. Genauso gut könnte ich behaupten, ich sei in der Lage, mit meinem Geist Berge zu versetzen.»

«Aber der Geist ist mit dem Körper doch verbunden.»

«Das *Gehirn* ist mit dem Körper verbunden. Aber der Geist? Das Bewusstsein? Die Wissenschaft weiß weder, was Bewusstsein ist, noch, wo es sich befindet. Wie also kann es mit deinem Körper ‹verbunden› sein? Fühlst du die Verbindung?»

«Na ja … nein.»

«Woher willst du dann wissen, dass das Bewusstsein existiert?»

«Weil ich die Kontrolle über meinen Körper habe!», rief Charlie.

«Nein, hast du nicht.»

«Wie meinen Sie das?»

«Zum Beispiel hast du keine Kontrolle über deine Organe. Dein Magen, deine Nieren, deine Leber – diese Körperteile arbeiten völlig unabhängig von deinem Bewusstsein.»

«Nur weil ich keinen Einfluss auf meine Nieren nehmen kann, heißt das doch nicht, dass ich keine Kontrolle über den Rest meines Körpers habe.»

«Aber du bist dir nicht bewusst, wo diese Kontrolle anfängt und wo sie aufhört. Du kannst die Macht nicht *spüren*. Du kennst die Grenzen deines Willens nur aus *Erfahrung*. Und auch wenn dich die Erfahrung gelehrt hat, dass sich dein Finger bewegt, wenn du ihn bewegen willst, erklärt dir die Erfahrung doch nicht, wie Geist und Finger miteinander verbunden sind.»

«Aber wenn ich meinen Finger bewegen will, wird er von meinem Geist bewegt.»

«Nein.»

«Von wem dann?», fragte Charlie und hob ratlos die Hände.

«Muskeln. Von Nerven gesteuert. Ausgelöst durch elektrische Impulse. Angetrieben von Neuronen. Der Geist ist sich keineswegs bewusst, was geschieht, wenn man seinen Finger bewegen will. Der Geist *möchte* den Finger bewegen, tatsächlich aber feuert er ein Neuron ab. Ein Vorgang, den man weder fühlen noch begreifen kann und der sich vollkommen von dem unterscheidet, was man eigentlich will.

Der gesendete Nervenimpuls löst eine ganze Reihe unbeabsichtigter Ereignisse aus, bis sich der Finger bewegt. Ihr seht also, ihr kontrolliert die Vorgänge nicht, weil ihr eine solche Macht gar nicht *besitzt*. Ihr löst lediglich elektronische Impulse aus, die – auch wenn sie am Ende zur Bewegung *führen* – auf eine Weise operieren, die euer Vorstellungsvermögen überschreitet.

Also frage ich noch einmal: Weiß man, wie die Kontrolle über den eigenen Körper funktioniert?»

Charlie gab auf. «Wohl nicht.»

«Genau. Bewegung spürt man, aber die Kraft dahinter ist für den bewussten Geist nicht zu begreifen.»

Eine Weile sagte keiner der Schüler etwas. Abrupt setzte sich Elijah auf.

«Aber wenn ich eine Idee habe, dann kontrolliere ich meinen Geist.»

«Ach, wirklich? Wie würdest du diese Kontrolle beschreiben?»

«Wenn mir etwas einfällt, fühlt es sich … gut an.»

«Du hast eben beschrieben, wie es ist, *nachdem* eine Idee entstanden ist. Aber wie fühlt es sich an, während du *dabei* bist, dir etwas einfallen zu lassen?»

«Anstrengend. Frustrierend.»

«Nein. Das ist, wenn man *unfähig* ist, eine Idee hervorzubringen. Beschreib, wie es ist während des *eigentlichen* Vorgangs.»

Elijah biss sich auf die Lippe. Schließlich schüttelte er den Kopf. «Das kann ich nicht.»

«Eben», sagte Zinser. «Die Macht des Geistes über

den Körper ist so begrenzt wie die Macht, die der Geist über sich selbst besitzt. Du *spürst* diese Grenzen nicht, du *erfährst* sie. Beispielsweise ist der Einfluss, den sie auf unsere Wünsche haben, erheblich schwächer als unser Einfluss auf unsere Ideen.

Es ist unmöglich, den Grund für diese Grenzen zu begreifen, und daher ist es unmöglich, die Kraft des eigenen Geistes wirklich zu ‹kennen›. Ich fordere euch hiermit heraus.» Zinser legte eine kurze Pause ein und sah sich ein Kind nach dem anderen an. «Sagt mir, welcher Geisteskraft ihr euch wirklich bewusst seid.»

Niemand sagte etwas. Zinser fuhr fort: «Und genauso wie die Kraft eures Geistes unbegreiflich ist, bleibt auch die Macht eures Willens über euren Körper gleichermaßen unbegreiflich.»

«Aber …», sagte Jill, die noch immer überlegte. «Wenn wir unseren eigenen Willen nicht kennen, bedeutet das nicht, dass irgendetwas anderes am Werk ist? Gott vielleicht?»

«Da wir Gott nicht mit unseren fünf Sinnen wahrnehmen können, muss Gott eher eine *Idee* als ein *Sinneseindruck* sein. Da Gott nicht Teil unserer *Erinnerung* ist, muss Gott unserer *Vorstellung* entsprungen sein. Und da Gott nicht körperlich ist, kann die Vorstellung von Gott nicht aus einer *Tatsache* erwachsen sein, also muss er einem *Gefüge von Ideen* entstammen. Aber alle Ideen entstehen aus Erfahrung, und es gibt keine Erfahrung, die uns zum Glauben an Gott führen könnte.

Also existiert Gott nicht.»

«Was ist mit dem Bewusstsein?», fragte Jill. «Selbst wenn ich nicht weiß, wie mein Bewusstsein funktioniert, *erlebe* ich es doch aber. Könnte nicht die Vorstellung von Gott aus dieser Erfahrung stammen?»

«Ockhams ‹Rasiermesser› würde das verneinen. *Entia non sunt multiplicanda praeter necessitatem:* Annahmen sollten nicht weiter als notwendig vervielfältigt werden.»

«Was bedeutet das?», fragte Jill.

«Es bedeutet: Je weniger Annahmen einer Theorie vorausgehen, desto wahrscheinlicher ist sie. Daher ist die Theorie, dass ein unsichtbares, allmächtiges, allwissendes Wesen die Welt erschaffen hat, ausgesprochen unwahrscheinlich.»

«Aber nicht unmöglich», meinte Jill. «Ich meine, nichts davon *widerlegt* die Existenz Gottes.»

«Nein, das stimmt. Wie gesagt, stand Hume Gott sehr skeptisch gegenüber, aber er hat nie gesagt, dass Gott nicht existiert. Nur dass seine Existenz derart unwahrscheinlich ist, dass es ans Unmögliche grenzt.»

Zinser betrachtete die Kinder. Trotz ihrer erstaunlichen Intelligenz sahen sie allesamt erschöpft aus. Sie konnte es ihnen nicht verdenken. Sie war selbst ein wenig benommen.

«Genug für heute. Ruht euch aus. Nächstes Mal wird euch so richtig schwindlig.»

«Und wie?», fragte Winter.

«Ich stelle euch ein paar Philosophen vor, die sagen, dass alles, worüber wir uns heute unterhalten haben, falsch ist und das Gegenteil richtig.»

Der Ausdruck auf ihren Gesichtern war köstlich. Dabei hatte Zinsers Spiel eben erst angefangen.

KAPITEL 37

Hätte es nicht geregnet, wäre alles ganz anderes gekommen. An diesem Abend jedoch trieb eine Kaltfront einen besonders heftigen Sturm in die Vorstädte von Pennsylvania und setzte die Straßen unter Wasser. Aus diesem Grund beschlossen Laszlo und seine Begleiter, in einem *Howard Johnson's* etwas abseits vom Highway zu übernachten.

Da es noch zu früh war, um schlafen zu gehen, landeten sie auf einen Drink in der Bar. Während Manderville und Branigan gebannt ein Baseballspiel im Fernsehen verfolgten, fiel Laszlo die zitternde Frau am Nebentisch auf. Ihre knisternde Unruhe weckte seine Aufmerksamkeit.

Als er sich umdrehte, nahm sie gerade eine Zigarette, steckte sie zwischen die Lippen und ließ ein silbernes Zippo aufschnappen. Die Flamme flackerte in ihrer Hand. Laszlo öffnete seinen Geist, als sie ihren ersten Zug nahm – der Rauch war jetzt in ihrem Mund und kitzelte in den Lungen. Laszlo spürte, wie sie innerlich vor Erleichterung seufzte.

Die Kombination war himmlisch. Es ging doch wirklich nichts über eine Zigarette, wenn man nervös war. Laszlo wusste nicht, was diese Frau derart erschüttert hatte, und es war ihm auch egal. Was ihn interessierte, war dieses unglaubliche Gefühl, das in ihr summte.

«Laszlo, Ihnen läuft ja schon der Sabber übers Kinn!»,

spottete Branigan. «Ich versteh gar nicht, was an der so toll sein soll.»

«Ich interessiere mich nicht für *sie*», sagte Laszlo und riss seinen Blick – nicht seinen Geist – von der Frau los. «Nur für ihre *Zigaretten.*»

«Wieso sagen Sie das nicht gleich?» Branigan holte ein Päckchen Marlboro aus seiner Innentasche. Er tippte dreimal an die Schachtel, klappte sie auf und bot sie Laszlo an. «Bedienen Sie sich.»

«Danke», sagte Laszlo. Zwar rauchte er seit einem halben Jahr nicht mehr, doch gab er seiner alten Gewohnheit nach – machtlos angesichts der nackten Gier.

Laszlo rollte die Zigarette zwischen Daumen und Zeigefinger hin und her, bevor er sie sich in den Mund steckte. Dann nahm er die Streichhölzer, die auf dem Tisch lagen, und riss eins an. Es knisterte und zischte, als das Streichholz aufflackerte, die Flamme den Kopf verschlang und sich das dunkle Stäbchen entlangzüngelte.

Einen Moment lang hielt sich Laszlo die kleine Flamme vor die Augen und genoss die Wärme an den Fingern. Dann zündete er die Zigarette an und inhalierte. Er sah den Tabak hellrot glühen.

Schließlich nahm er die Zigarette aus dem Mund, blies das Streichholz aus und freute sich am Duft, während der Rauch zur Decke stieg. Wieder führte er die Zigarette zum Mund und inhalierte. Während er den Rauch einatmete, stellte er sich vor, wie seine Lungen das Nikotin in seine Blutbahn lenkten.

Er atmete aus und blies den Rauch aus den Nasenlöchern. Dann schloss er die Augen und entspannte sich. Er genoss den Geschmack, das Gefühl, den Geruch, einfach alles an dieser Zigarette.

Laszlo wusste nicht, wie lange er in diesem Zustand gewesen war. Es kam ihm vor wie Tage, doch als er die Augen öffnete und die Zigarette aus dem Mund nahm, sah er an deren Länge, dass erst wenige Sekunden vergangen sein konnten. Während dieser Sekunden jedoch, als sich das Nikotin mit seinen Neurotransmittern verbunden hatte, wodurch sein Gehirn sich kurzfristig in eine Sondermülldeponie verwandelte, war etwas geschehen.

Laszlo wachte auf.

Mit abgrundtiefem Entsetzen dachte Laszlo an die letzten beiden Monate zurück und erkannte plötzlich, dass seine Gefühle in Wahrheit die ganze Zeit unecht gewesen waren. Was machte er hier eigentlich, mit diesen beiden emotionslosen Männern? – Nein, nicht Männer: *Soldaten.*

Er hielt sich am Tresen fest, um nicht abrupt herumzufahren.

Obwohl sie hinter ihm saß, konnte Laszlo sie doch spüren, glühend wie eine Supernova. Laszlo nahm noch einen Zug und atmete aus. Er hielt ganz still, als die weiche Wolke an seinem Gesicht vorbeizog. Instinktiv ahnte er, dass er nicht reagieren durfte. Sonst wüsste sie Bescheid und würde es auch weitergeben …

An Samantha. Natürlich. Bei seinem nächsten Zug stieß er das Streichholzheftchen vom Tresen und bückte sich, um es aufzuheben. Er wandte sich leicht zur Seite und warf einen Blick in die Runde.

Da sah er sie. Sie saß sechs, sieben Meter entfernt, das Haar zum strammen Pferdeschwanz gebunden. Links und rechts von ihr saßen zwei große Männer, die Laszlo noch nie gesehen hatte, auch wenn das, was sie ausstrahlten, ihm nicht neu war – aus ihnen drang dasselbe Nichts wie aus Branigan und Manderville.

Er versuchte, den Geist des Mädchens zu erfassen, und

spürte trübe Langeweile und Verachtung, versetzt mit pulsierender Überheblichkeit. Als Laszlo hinübersah, wandte sich das Mädchen um und starrte ihn an. Laszlo musste sich entscheiden. Schnell.

Irgendwie hatte er sich aus ihrem Würgegriff befreit. Zwar hätte er am liebsten sofort auf sie eingewirkt, aber er beherrschte sich. Dann bekäme er es nicht nur mit ihr zu tun, sondern außerdem mit Branigan und Manderville. Sobald die merkten, dass irgendwas nicht stimmte, würden sie ihn ausschalten.

Also versuchte Laszlo, wieder den Gemütszustand herzustellen, in dem er sich eben noch befunden hatte.

Glücklich. Zufrieden. Naiv.

Der Geist des Mädchens hielt kurz inne, als stünde er reglos im Wald und lauschte, weil ein Zweig geknackt hatte. Dann ging er weiter.

Laszlo inhalierte und überlegte, wie er sich aus dem mentalen Gefängnis befreit haben mochte. Er tippte die Spitze der Zigarette in den Aschenbecher. Als er den Rauch aufsteigen sah, fiel es ihm wie Schuppen von den Augen.

Nikotin. Das musste es sein – durch die chemische Reaktion in seinem Hirn war der Einfluss des Mädchens unterbrochen worden. Und jetzt war Laszlo frei. Doch wie lange? Und was passierte, wenn das Nikotin nachließ? Würde er wieder so werden wie vorher? Er nahm noch einen Zug und starrte die brennende Zigarette mit klopfendem Herzen an. Nikotin besaß eine sehr geringe Halbwertszeit – in wenigen Minuten würde die Wirkung nachlassen. Er musste sich beeilen.

Laszlo gab sich lässig und sah Branigan an.

«Hey, kann ich noch 'ne Zigarette haben?»

«Logisch», sagte Branigan und reichte Laszlo das Päckchen. «Bedienen Sie sich.»

Laszlo gab sich alle Mühe, seine Erleichterung zu verbergen, als er noch eine Zigarette nahm. Diesmal sparte er sich die Spielereien und zündete sie gleich an. Er inhalierte tief und fühlte sich zunehmend wie er selbst. Nikotin – er brauchte mehr davon. Viel mehr.

Eilig sah sich Laszlo in der Bar um und fand, was er suchte. Als die Kellnerin an ihm vorbeikam, hatte er eine Idee.

«Dieses Bier treibt aber mächtig», sagte Laszlo und deutete auf seine leere Flasche. «Ich geh mal kurz um die Ecke.»

Branigan und Manderville nickten. Sie schenkten ihm kaum Beachtung. Warum sollten sie auch? Das Mädchen war als Babysitter nicht zu übertreffen. Eilig ging Laszlo Richtung Toilette. Vor der Tür blieb er stehen und wartete.

Nach den längsten zwei Minuten seines Lebens kam die Kellnerin heraus. Sie rückte ihren Rock zurecht und bemerkte Laszlo kaum, bis er ihre Hand nahm. Er schämte sich, doch er wusste, dass es seine letzte Chance war. Laszlo tat etwas, das er noch nie getan hatte.

Er drängte sich in die Gedanken eines anderen Menschen.

KAPITEL 38

Noch nie hatte er so etwas erlebt. Eben hatte er ihr Erstaunen und ihre Angst gespürt, dann war er drinnen, tauchte in ihr emotionales Bewusstsein ab.

Ohne weiter nachzudenken, überwältigte Laszlo sie mit süßer Leidenschaft und brennendem Verlangen. Er zwang die Emotionen in sie und ließ dabei ihre Hand nicht los. Vorsichtig hielt er so weit Abstand, dass er auch noch die Vorgänge in der physischen Welt wahrnahm.

Er sah ihr in die Augen. Sie war offensichtlich verblüfft, protestierte aber nicht. Dann beugte sich Laszlo vor und küsste sie. Er schob ihr seine Zunge in den Mund und schürte ihr Verlangen,.

Sie kam ihm entgegen, erwiderte den Kuss und fuhr mit den Händen über seinen Rücken. Er streichelte sie überall und projizierte reine Freude. Schließlich machte er sich los. Die Kellnerin schlug ihre leuchtenden Augen auf. Sie atmete schwer, und winzige Schweißperlen standen ihr auf der Stirn.

«Hi», sagte Laszlo und versteckte seine Schuldgefühle hinter einem hübschen Lächeln.

«Hi», sagte die Kellnerin mit roten Wangen.

«Ich frag nicht gern ... aber würdest du mir einen Gefallen tun?»

Die Kellnerin strahlte. «Jeden.»

Laszlo kehrte an den Tisch zurück und steckte sich die nächste Zigarette an. Kurz darauf kam auch die Kellnerin aus dem Gang, der zu den Toiletten führte. Sie lächelte Laszlo kurz zu.

«Mir scheint, Sie haben eine Verehrerin», sagte Manderville und nickte zu der Kellnerin hinüber.

«Hm?», machte Laszlo und tat, als wäre sie ihm noch gar nicht aufgefallen. In den letzten neun Wochen hatte er sich kein einziges Mal an irgendeiner Frau interessiert gezeigt. Es wäre unklug, jetzt damit anzufangen.

«Ach, nichts ...», sagte Manderville und stieß Branigan mit dem Ellbogen an. «Trinken Sie ruhig noch einen.»

Laszlo war nicht sicher, ob es reine Willenskraft oder das Adrenalin war – aber er blieb an diesem Abend nüchtern. Und je mehr er rauchte, desto klarer wurde ihm alles. Dabei achtete er darauf, dass er auch weiterhin einen leicht konfusen Eindruck machte, obwohl Manderville und Branigan ihm kaum mehr Aufmerksamkeit widmeten als einem Einjährigen im Kindersitz.

Nein, Laszlo musste nur das Mädchen täuschen. Sie tat, als interessierte sie sich nicht für ihre Umgebung, doch Laszlo wusste, dass das nicht stimmte. Innerlich war sie aufgewühlt, und ihr Geist suchte fieberhaft die Umgebung ab.

Der Sekundenzeiger schleppte sich voran, während Laszlo wartete, bis er endlich auf sein Zimmer gehen konnte. Zwei Stunden später waren die beiden Soldaten endlich so weit. Manderville schlenderte zum Tisch des Mädchens, während Branigan Laszlo hinausbegleitete.

Als sie die Treppe hinaufstiegen, raste Laszlos Herz. Er durfte auf keinen Fall zulassen, dass Branigan einen Blick in sein Zimmer warf.

«Geben Sie mir Ihren Schlüssel», sagte Branigan und rang ein Gähnen nieder.

Laszlo langte in seine Taschen und suchte, obwohl er wusste, dass nichts drin war. «Hab ihn verloren», sagte er und konzentrierte sich, seine Lüge zu verbergen, falls das Mädchen ihn noch beobachtete.

«Mist.» Branigan seufzte genervt. «Kommen Sie mit!»

Gemeinsam gingen sie hinunter zur Rezeption, ließen sich einen Ersatzschlüssel geben und stiegen wieder die Treppe zum Zimmer hinauf. Laszlo hoffte, der Soldat würde ihm den Schlüssel einfach geben, aber Branigan steckte ihn ins Schloss. Weil er ihn um jeden Preis aufhalten musste, packte Laszlo Branigan beim Handgelenk.

Der Mann fuhr herum, mit einem Mal hellwach. Doch bevor er sich von Laszlo losmachen konnte, wurde die undurchdringliche Hülle um Branigans Geist porös. Laszlo sendete erschöpfte Euphorie aus.

«Ist okay», sagte Laszlo. Sanft legte er seine andere Hand auf Branigans Schulter. «Ich mach das schon.»

Branigan zögerte. Laszlo spürte den Aufruhr in ihm, als der Mann überlegte, was er tun sollte. Laszlo biss die Zähne zusammen, wohl wissend, dass sein Leben auf dem Spiel stand, und legte noch einmal nach – Branigans Augen glotzten ins Leere, und ein seliges Grinsen breitete sich aus.

«Na klar», sagte er und trat zurück. «Schlafen Sie gut.»

«Danke», sagte Laszlo, ohne seine Kontrolle über den anderen aufzugeben. «Gute Nacht.»

Laszlo trat in sein Zimmer, wobei er Branigans Handgelenk losließ, und schloss augenblicklich die Tür. Ihre mentale Verbindung war sofort unterbrochen. Am liebsten hätte Laszlo Licht gemacht und nachgesehen, ob die Kellnerin seinem Wunsch entsprochen hatte, aber er wagte nicht, sich zu rühren.

Im Dunkeln stand er da, panisch, und rechnete damit,

dass Branigan jeden Augenblick klopfen würde. Einen Moment war alles still. Laszlo hielt die Luft an. Schließlich hörte er, wie der Wachmann den Flur hinunterging und seine Schuhe über den abgewetzten Teppich scharrten.

Laszlo atmete aus, schloss die Augen und lehnte sich an die Wand. Plötzlich war er total erschöpft. Er wollte sich ausruhen, seinen Geist entspannen, doch selbst jetzt, allein in diesem Zimmer, spürte er, wie das Mädchen nach ihm tastete, durch die dünne Wand, die zwischen ihnen war.

Sie saß nebenan.

Also spielte Laszlo weiter psychisches Theater und täuschte wohlige Ahnungslosigkeit vor, als er die Hand nach dem Lichtschalter ausstreckte. Eine Sekunde lang ließ er seine Hand dort, weil er fürchtete, was er vielleicht gleich sehen würde.

Er wusste nicht, was er tun sollte, falls die Kellnerin ihn im Stich gelassen hatte. Bei dem Gedanken, wieder unter der Kontrolle dieses Mädchens zu sein, wurde ihm eiskalt.

Aber vielleicht hatte die Kellnerin ihr Versprechen gehalten. Er musste den Schalter betätigen, um es herauszufinden. Er machte Licht.

Laszlo blickte vom blassgrünen Teppich auf und sah sich um. Als er zum Bett kam, gestattete er sich einen kurzen Moment reiner, unverfälschter Freude.

Auf der karierten Tagesdecke stapelten sich zwanzig Päckchen Zigaretten und fünfzig Dosen Kautabak. Camel, Marlboro, Kent, Chesterfield, Winston und Lucky Strike. Die Folien der eingeschweißten Schachteln und die silbernen Dosen schimmerten im Licht der Lampe.

Laszlo trat zwei Schritte vor und nahm die Dose, die ihm am nächsten war. Er klappte den Deckel auf, holte einen Klumpen klebrig braunen Tabak heraus und klemmte ihn zwischen Wange und Zahnfleisch. Wenn tatsächlich das Nikotin ihn befreit hatte, müsste es doch egal sein, wie es in seinen Körper gelangte.

Er lutschte an dem Klumpen und wartete. Bald verspürte er das gleiche entspannte Hochgefühl wie beim Rauchen. Das Mädchen tastete nach seinem Geist, bekam ihn jedoch – wie vorhin in der Bar – nicht zu fassen. Laszlo seufzte, und zum ersten Mal seit zwei Monaten lächelte er ein echtes Lächeln.

Er war frei, und er brauchte einen Plan.

KAPITEL 39

Jill betrachtete die Spur aus Schuhen, Strümpfen, Hemd und Jeans, die sie von der Tür bis zu ihrem Bett hinterlassen hatte. Ihre Kleidung war das Erste gewesen, was sie änderte, als sie St. John's verlassen und ihre Schuluniform abgelegt hatte. Auch in dieser Hinsicht hatten die Nonnen versucht, etwas aus ihr zu machen, was sie nicht war.

Sie hasste es, auszusehen wie ein kleines Mädchen – fast so sehr, wie sie ihren Körper hasste. Besonders ihre wachsenden Brüste. Die Brüste anderer Frauen gefielen ihr, doch ihre eigenen fand sie widerlich. Glücklicherweise ließ Samantha – im Gegensatz zu Schwester Martha – sie anziehen, was sie wollte, was bedeutete, dass Jill mit ihrer Kleidung ihre fast schon frauliche Figur verbergen konnte.

Außerdem hatte Samantha ihr echte Verantwortung übertragen – zum Beispiel Laszlo. Deshalb war ihr in der Bar der Schreck so furchtbar in die Glieder gefahren, als sie von Laszlo abglitt, als wäre er aus Eis. Da hatte sie aufgeblickt und gemerkt, dass er sie anstarrte.

Sofort hatte sie sich zurückgezogen. Eine Sekunde lang hatte sie einen Widerstand gespürt, doch dann war Laszlo wieder wie vorher – freundlich, etwas verwirrt, apathisch. Sie seufzte vor Erleichterung. Auf gar keinen Fall wollte sie Samantha enttäuschen.

Samantha.

Jill wurde ganz warm ums Herz. Wie schön der Name war. Temperamentvoll und exotisch. Nicht schlicht und langweilig wie ihr eigener. Jill wünschte …

Plötzlich fühlte sie eine Woge von Gefühlen aufkommen: unbändige Freude und Erleichterung. Jill riss die Augen auf und starrte an die Wand. Drüben hatte irgendetwas Laszlo gerade sehr glücklich gemacht. Sie suchte seinen Geist ab, doch die leuchtenden Farben, die Jill aus ihrer Träumerei gerissen hatten, waren schon verblasst. Sie versuchte, tiefer nachzubohren, doch da war nichts. Wahrscheinlich hatte sie es sich nur eingebildet.

Er war nicht stark genug, um sich von ihr zu lösen. Aber trotzdem …

Sie öffnete die Schublade in ihrem Nachtschränkchen und nahm die dunkelblaue Bibel heraus. Dann schlüpfte sie unter der Decke hervor, kniete sich auf den Boden und schlug ihre Lieblingsstelle auf: Epheser, Kapitel 6, Vers 11. Sie holte tief Luft und las laut.

«Zieht an die Waffenrüstung Gottes, damit ihr bestehen könnt gegen die listigen Anschläge des Teufels. Denn wir haben nicht mit Fleisch und Blut zu kämpfen, sondern mit Mächtigen und Gewaltigen, nämlich mit den Herren der Welt, die in dieser Finsternis herrschen, mit den bösen Geistern unter dem Himmel. Deshalb ergreift die Waffenrüstung Gottes, damit ihr an dem bösen Tag Widerstand leisten und alles überwinden und das Feld behalten könnt.»

Genau das wollte Jill tun. Sie wollte sich gegen den Teufel wehren, ganz gleich, welche Gestalt er annehmen mochte. Auch wenn er die Gestalt Laszlo Kuehls annahm.

Wie ein rostiges Messer sägte sich das schrille Klingeln in Laszlos Wahrnehmung. Mit geschlossenen Augen tastete er nach dem Telefon. «Hallo …?»

«Guten Morgen, Sir. Ihr Weckruf. Es ist vier Uhr.»

Laszlo legte auf und spuckte den harten Tabak in den Müll. Eilig griff er in die Dose auf dem Nachtschrank und nahm den nächsten braunen Klumpen. Ihm wurde übel, aber er zwang sich zu kauen.

Er verschluckte sich an seinem klebrigen Speichel und hustete. Instinktiv beugte er sich über den Mülleimer, besann sich aber. Wenn er die anderen täuschen wollte, durfte er nicht ausspucken. Er schloss die Augen und schluckte den Speichel herunter. Sein Magen wollte rebellieren, aber er schaffte es, an sich zu halten. Stattdessen lutschte er auf dem neuen Kautabak.

Laszlo taumelte ins Badezimmer und starrte sein Spiegelbild an. Er sah fast genauso furchtbar aus, wie er sich fühlte. Es schien, als wäre er über Nacht um zehn Jahre gealtert. Dunkle, schwere Tränensäcke hingen unter seinen Augen. Die Haut war rissig und trocken. Er bückte sich und trank direkt vom Hahn, wobei er darauf achtete, seinen Kautabak nicht zu verschlucken.

Frisch und kühl lief ihm das Wasser die Kehle hinunter. Mit dem letzten Schluck spülte er sich den Mund aus und spuckte ins Becken. Das Wasser war trübe, dunkelbraun. Der Anblick war so ekelhaft, dass ihm die Magensäure in den Mund stieg, aber er schluckte sie herunter. Doch so grässlich ihm auch zumute war, er fühlte sich wieder wie ein Mensch.

Wie ein *eigenständiger* Mensch. Heute Morgen war er sogar noch klarer als am Abend vorher. Etwas beklommen tastete er den Geist des Mädchens ab.

Er fand ein mildes Chaos vor, von weichem Dunst umgeben, matt und still. Erleichtert zog sich Laszlo zurück. Solange sie schlief, war er mit seinen Gedanken ganz allein. Seit man ihn gefangen hielt (denn es war eine Form der Gefangenschaft, wie Laszlo sich eingestehen musste), hatte ihn das Mädchen allem Anschein nach jeden Morgen kurz nach dem Aufwachen mental an die Leine genommen.

Er dachte daran, wie sonderbar ihm morgens immer zumute gewesen war, und er folgerte daraus, dass sie ihn nicht gleich in den Griff bekommen hatte. Sie brauchte einige Sekunden, um ihn zu überwältigen. Jetzt konnte er die Rollen tauschen. Mit Hilfe seines nikotingeschützten Ichs würde er die Oberhand behalten.

Allerdings begriff er instinktiv, dass projizierte Gefühle ohne einen echten Kern nicht lange vorhielten. Das Mädchen hatte Laszlo erfolgreich steuern können, weil Samantha ihn manipuliert hatte. Er würde nicht mit ihr kommunizieren dürfen, dann konnte sie auch keinen Einfluss auf ihn haben. Ihm blieb nur die Flucht. Sollte sie nicht gelingen, konnte er immer noch mit seinem Tabakvorrat dafür sorgen, dass er klar im Kopf blieb, bis er eine andere Möglichkeit gefunden hatte.

Er würde den ersten Flug nach Oregon nehmen und die Kinder wieder nach Hause bringen.

Er blinzelte durch den Spion in der Tür. Kurz darauf erblickte er Manderville, der vor der Tür auf und ab ging. Laszlo sammelte die Tabakdosen vom Boden auf und versteckte sie zwischen seinen Sachen im Koffer. Vier Dosen stopfte er sich in die Tasche und noch welche zwischen Haut und Hose.

Das war zwar unbequem, aber so waren die Dosen nicht zu erkennen. Er holte tief Luft und öffnete die Tür.

KAPITEL 40

Sofort stand Manderville vor ihm. «Wir sind noch nicht so weit», sagte er scharf. «Gehen Sie wieder ins Bett.»

Laszlo nahm die Hand des Wachmanns, doch Mandervilles Schutzschild schmolz keineswegs dahin.

«Was haben Sie?», fragte Manderville und riss seine Hand zurück.

«Ich ... ach, nichts. Ich ... wahrscheinlich habe ich gestern nur zu viel getrunken. Könnten ... könnten Sie mir ins Bett helfen? Ich glaube, mir wird schwindlig.»

Manderville seufzte. «Kommen Sie.»

Er nahm Laszlo beim Arm und drückte die Tür auf. Dabei sah Laszlo, wie eigenartig das Licht auf der Hand des Mannes reflektierte.

Natürlich!

Die Organisation wusste, dass der Schutz vor Laszlos empathischen Fähigkeiten bei direktem Kontakt nicht funktionierte. Daher die hautfarbenen Handschuhe. Aber wie hatte er dann Branigans Schutzschild gestern Abend durchbrochen? Er führte sich die Szenerie nochmal vor Augen. Branigan hatte die Hand am Türknauf gehabt, als Laszlo seine Hand nahm.

Nein, nicht die Hand. Sein Hand*gelenk*.

Laszlo sah, dass der Handschuh den Übergang zwischen der Hand des Soldaten und dem Unterarm nicht bedeckte. Er tat, als stolperte er, und berührte dabei die ungeschützte Haut des Mannes. Im selben Augenblick begann die Wand um Manderville zu bröckeln.

«Verzeihung», sagte Laszlo und gab Manderville eklig süßes Mitgefühl ein.

«Schon okay», sagte Manderville freundlich. «Alles in Ordnung?»

«Ehrlich gesagt …», antwortete Laszlo, «… habe ich Durst. Ich würde mir gerne draußen auf dem Flur etwas Eis holen.»

Laszlo übertrug vertrauensvolle Ruhe auf Manderville.

«Ich …» Manderville wusste offenbar nicht, wie er reagieren sollte. Laszlo konnte riechen, wie das Vertrauen, das Laszlo ihm eingegeben hatte, die Angst besiegte.

«Ich lauf schon nicht weg», sagte Laszlo. Langsam verflogen Mandervilles Bedenken.

Laszlo lächelte, er war überrascht, dass es so einfach war, und der Wächter lächelte zurück, glücklich und zufrieden. Eben wollte Laszlo noch einmal nachlegen, als er etwas spürte: ein Gefühl, das tief unter allem anderen lag, im Dunkeln, fast nicht zu erkennen.

Laszlo wusste, dass das Mädchen jeden Augenblick aufwachen könnte, doch Mandervilles Geheimnis war viel zu interessant, um es zu ignorieren. Er überlegte angestrengt. Was mochte der Wächter denken? Laszlo hatte innerhalb des Komplexes nur selten mit ihm zu tun gehabt. Er war dafür abkommandiert, Laszlo zu den Schulen zu eskortieren, wenn …

Es hatte mit den Kindern zu tun.

«Ich weiß, was Sie mit Charlie gemacht haben», begann Laszlo und gab Manderville weiter Unbeschwertheit ein. «Ist schon okay.» Laszlo deutete mit dem Kopf Richtung Flur. «Branigan hat es mir erzählt.»

Manderville zog die Augenbrauen hoch. «Das durfte er doch gar nicht.»

«Also, wissen Sie …» Laszlo lächelte. «Ich hatte es mir schon gedacht.»

«Wirklich?»

«Es war doch offensichtlich, oder nicht?», sagte Laszlo. Er gab Manderville so viel Vertrauen und Wohlgefühl ein, dass es Laszlo vorkam, als legte sich auch seine eigene Panik.

«Vermutlich», sagte Manderville. «Die Direktorin hielt es für das Beste, wenn Sie nichts davon wissen. Sie wollte nicht, dass Ihre Anwesenheit die Kinder ablenkt.»

Laszlo wurde kalt, als er begriff, was Manderville da sagte. Die Kinder waren gar nicht in Oregon. Die ganze Zeit über waren sie direkt vor seiner Nase gewesen. «Sie sind auch in der Anlage», flüsterte Laszlo.

Manderville stutzte, als Laszlo kurz die Beherrschung verlor. Überrascht legte er die Stirn in Falten. «Ich dachte … Sie haben gesagt, Sie wüssten Bescheid.»

«Wusste ich auch», sagte Laszlo entschlossen, um Manderville zu beruhigen. «Ich habe mir nur nichts anmerken lassen, weil ich wusste, wie Samantha darüber denkt.»

«Oh», sagte Manderville und nahm Laszlos Erklärung hin.

Laszlo ließ Mandervilles Handgelenk los. Der ließ den Arm sinken. Er blinzelte und trat einen Schritt zurück, er schien durcheinander.

«Ich leg mich wieder hin», sagte Laszlo, dem sich fast der Magen umdrehen wollte.

«Was ist mit Ihrem Eis?», fragte Manderville leicht verunsichert.

Laszlo schüttelte den Kopf. «Ich hab's mir anders überlegt.»

Er ging in sein Zimmer und schloss die Tür. Am besten würde er die Kinder von innen heraus retten können. Plötzlich spürte er, dass das Mädchen aufgewacht war. Laszlo tarnte seinen Kummer und ließ sie den üblichen dumpfen Gleichmut spüren.

Doch sobald sie sich einen Moment abgewandt hatte, ballte Laszlo die Faust. Er verabscheute Gewalt. Aber wenn er jemandem Schmerz zufügen musste, um den Schaden wiedergutzumachen, den er angerichtet hatte … dann würde er es tun.

KAPITEL 41

Zinser strich ihr dunkelblaues Kostüm glatt, als sie das Klassenzimmer betrat. Die Kinder warteten bereits. Alle sahen sie aufmerksam an, doch Jill war konzentrierter als die anderen. Zinser fragte sich, ob es an der Zuneigung des Mädchens lag – oder am heutigen Thema ihrer Stunde. In jedem Fall hatte sie die Verbindung hergestellt – das war entscheidend.

«In der letzten Stunde haben wir über Empirismus gesprochen. Heute werden wir das genaue Gegenteil behandeln – den ‹Rationalismus›. Während Empiriker glauben, dass sich Wissen nur über die Sinne erlangen lässt, glauben die Rationalisten, dass uns gewisse Wahrheiten von Geburt an eingegeben sind und mit Hilfe des Intellekts deduziert werden müssen. Sie sagen, die Vernunft, nicht die Erfahrung, sei der Ursprung allen Wissens.

René Descartes, ein französischer Philosoph, Mathematiker und Wissenschaftler des 17. Jahrhunderts, war für den Rationalismus das, was John Locke für den Empirismus war. Descartes traute den Sinneswahrnehmungen allerdings noch weniger als John Locke.»

«Warum?», fragte Winter und neigte den Kopf.

«Lass mich deine Frage mit einer Gegenfrage beantworten: Bist du jetzt wach?»

Winter runzelte die Stirn. «Allerdings.»

«Woher weißt du das?»

«Weiß ich einfach.»

«Und du bist sicher, dass du nicht träumst?»

«Ja.»

«In deinen Träumen weißt du also immer, dass du träumst?»

«Ähm … nein.»

«Woher weißt du dann, dass du jetzt im Moment nicht träumst?»

Winter überlegte, bevor sie antwortete. «Weil … weil ich weiß, wie es sich anfühlt, wach zu sein.»

«Woher weißt du, dass du nicht nur träumst, dass du den Unterschied kennst?»

Winter schob die Augenbrauen zusammen. «Das … das kann ich wohl nicht wissen.»

«Genau. Descartes nannte es den ‹Traumzweifel›. Für ihn ist das der Beweis dafür, dass er sich nicht auf seine Sinne verlassen kann, denn die Sinne belügen einen im Traum. Daher kann man unmöglich wissen, ob man getäuscht wird. Deshalb formulierte Descartes ein einziges Prinzip, auf das er seine gesamte Philosophie baute: *Wenn ich getäuscht werde, dann muss ‹ich› existieren.* Dieses Prinzip kennt man als:

Cogito ergo sum.» Zinser wartete einen Augenblick, bevor sie übersetzte. *«Ich denke, also bin ich.»*

Als alle Kinder den berühmten Satz aufgeschrieben hatten, fuhr Zinser dort.

«Darüber hinaus illustrierte Descartes die Grenzen der Sinne mit dem ‹Wachsbeispiel›. Er untersuchte ein Stück Wachs, notierte sämtliche Charakteristika – Beschaffenheit, Größe, Form, Farbe, Geruch. Dann hielt er es über eine Flamme und beobachtete, wie sich die Charakteristika veränderten. Das galt Descartes als Beweis, dass er seinen Sinnen nicht trauen konnte – um das wahre Wesen von Wachs zu begreifen, hatte er seinen Verstand einsetzen müssen.

Und so schuf Descartes ein philosophisches System, das die Wahrnehmung ignorierte und auf die Deduktion setzte – ein System aus Schlussfolgerungen, bei dem man nur unter Verwendung bereits bekannter Fakten zu Ergebnissen kam. Mit Hilfe der Deduktion entwickelte er das ‹Kausalprinzip›, welches besagt, dass in einer *Ursache* mindestens so viel Wirklichkeit steckt wie in einer *Wirkung*. Wenn zum Beispiel der Gedanke an ein Pferd durch das Bild von einem Pferd hervorgerufen wird, dann muss das Bild ebenso real sein wie der Gedanke.

Mit Hilfe des Kausalprinzips entwickelte Descartes folgende Argumentation zur Frage nach Gott:

Ich habe eine Vorstellung von einem unendlich vollkommenen Wesen – Gott.

Diese Vorstellung muss von irgendwoher gekommen sein, weil unmöglich etwas aus dem Nichts entstehen kann.

Eine Ursache muss mindestens so wahr sein wie ihre Wirkung.

Daher muss Gott existieren.»

Jill nickte erleichtert. Zinser fuhr fort.

«Da Descartes' Gottesvorstellung die von einem vollkommenen, allmächtigen, allwissenden Wesen war, ging der Philosoph also davon aus, dass Gott gütig ist. Als gütiger Gott würde er die Menschen nicht mit deren unvollkommenen Sinnen täuschen wollen. Daher glaubte Descartes, dass man unsere Sinne sehr wohl zum Verständnis der Welt benutzen kann – solange es in *Verbindung* mit deduktiver Argumentation geschieht.»

«Aber das ergibt doch keinen Sinn», sagte Charlie. «Also … dass wir unsere Sinne mit Verstand benutzen sollen, klingt ja gut, aber diese Logik, was Gott angeht … ich weiß nicht. Das beantwortet keine einzige Frage, zum Beispiel wieso die Kinder in Afrika leiden müssen.»

Zinser nickte. «Du hast völlig recht. Descartes selbst hat sich diesem Thema zwar nicht gewidmet, dafür aber ein anderer Philosoph namens Gottfried Leibniz. Leibniz war ein brillanter Denker. Er hat nicht nur die Infinitesimalrechnung und das Dualsystem erfunden, sondern er gehörte außerdem zum Triumvirat der westlichen Rationalisten.

Wie Descartes glaubte auch Leibniz an einen gütigen Gott. Daher schlug er mehrere Theorien vor, deren erste das Prinzip des zureichenden Grundes ist, welches postuliert, dass alles aus einem bestimmten Grund geschieht.»

«Aber was ist mit Hunger und Krankheiten?», fragte Elijah.

«Leibniz würde sagen: Alles, was geschieht – das Gute wie das Schlechte –, ist miteinander verbunden, und nur weil wir nicht verstehen, *warum* etwas geschieht, heißt das noch lange nicht, dass es dafür keinen Grund gibt. Gründe zu begreifen steht Gott zu, nicht dem Menschen.»

«Aber ... wieso?», fragte Charlie.

Zinser zuckte mit den Schultern. «Leibniz glaubte, dass Gott immer das Beste tut. Deshalb muss Gott es wohl für das Beste halten, dass der Mensch nicht alles begreift.»

«Wäre eine Welt, in der die Menschen verstehen, warum Böses passiert, nicht besser?», fragte Charlie.

«Leibniz müsste es verneinen, denn wenn dem so wäre, hätte Gott dem Menschen eine solche Welt erschaffen – und nicht diese.»

«Was meinen Sie mit ‹diese›?», fragte Elijah. «Sie sagen es, als g-g-gäbe es mehr als diese eine Welt.»

«Leibniz glaubte daran. Er nannte es das Prinzip der Vielfalt – alles, was geschehen kann, wird auch geschehen.

Das bringt die Existenz einer unendlichen Zahl von Welten mit sich. Da Gott jedoch immer die beste Wahl trifft, muss die Welt, in der wir leben, die beste aller möglichen Welten sein.»

«Aber wenn es so viel Böses auf der Welt gibt, wie kann unsere Welt dann die beste sein?», fragte Charlie. «Wäre die beste nicht eine, in der alle gut zueinander sind?»

«Dass es Böses auf der Welt gibt, bedeutet nicht, dass sie nicht die beste ist.»

«Tut es wohl.»

«Das lässt sich nicht sagen, weil man nicht weiß, was Gott für das *Beste* hält. Vielleicht ist es für Gott das Beste, wenn *alle* seine Geschöpfe, von den Amöben bis zum Menschen, möglichst glücklich sind. Oder vielleicht ist die beste Welt diejenige, in der der Mensch den besten Charakter herausbildet, was sich nur durch Entbehrungen erreichen lässt. Somit lässt sich unmöglich ein Beweis dafür erbringen, dass unsere Welt *nicht* die beste ist, da wir die Kriterien nicht kennen, nach denen das *Beste* definiert wird.»

«Die Wege des Herrn sind unergründlich», sagte Jill leise.

«Würde Leibniz heute leben, wäre er bestimmt deiner Meinung», sagte Zinser.

«Sind *Sie* Jills Meinung?», fragte Charlie.

Zinser antwortete nicht. Aber sie lächelte.

In dieser Nacht lag Elijah wach und dachte über die beiden widersprüchlichen Theorien nach, die Miss Zinser ihnen unterbreitet hatte. Der Empirismus klang ebenso vernünftig wie der Rationalismus, doch Elijah musste sich eingestehen, dass er keiner Philosophie folgen mochte, die Gott akzeptierte. Es war genau so, wie Miss Zinser sagte – Ockhams «Rasiermesser»: Je weniger Annahmen eine

Theorie braucht, desto eher stimmt sie. Und Gott war in der Tat eine Annahme.

Der Umstand, dass er in einer Familie aufgewachsen war, in der Mutter und Vater nicht an denselben Gott glaubten, hatte Elijah eines vor Augen geführt – niemand konnte beweisen, dass sein Glaube richtig war. Für Elijah war Religion die reine Zeitverschwendung, da man ohnehin nie sicher sein konnte. Und deshalb konnte Elijah unmöglich an Gott glauben.

So klang der Empirismus – zumindest so wie Hume ihn definierte – doch erheblich vernünftiger. So musste man sich keinen Glauben aufzwingen. Der Empirismus war berechnend und logisch. Entweder *war* etwas, oder es war *nicht.* Basta.

Als Elijah schließlich einschlief, lächelte er glücklich und zufrieden, weil er jetzt einen Begriff hatte für das, was er schon immer gewusst hatte.

Auf der anderen Seite des Flurs lag Winter wach. Wie Elijah war auch sie von Eltern unterschiedlicher Religion großgezogen worden, doch hatte dies bei ihr eine ganz andere Wirkung. Da sie immer von so viel Spiritualität umgeben war, hatte sich ihre eigene Spiritualität gefestigt.

Mit dem Empirismus konnte Winter nichts angefangen. Wie sollte sie einer Philosophie anhängen, die dem Glauben keinen Raum ließ? Rationalismus war viel … rationaler. Leibniz' drei Prinzipien – Ursache, Vielfalt und zureichender Grund – trugen allesamt dazu bei, das zu festigen, was Winter immer schon gewusst hatte – es gab mehr im Leben als ihre eigenen Erfahrungen. Etwas, das größer war als sie.

Etwas, das sich nur mit einem Wort beschreiben ließ.

Gott.

KAPITEL 42

Während die ersten neun Wochen in der Anlage wie im Traum vergangen waren, wurden die nächsten beiden zum Albtraum. Jeden Morgen beim Aufwachen war Laszlo verzweifelt, und er geriet in Panik, sobald das Mädchen versuchte, in ihn einzudringen. Und jeden Morgen wehrte er sie ab, bis er sich frischen Kautabak in den Mund gestopft hatte.

Mehr als einmal schien es ihm, dass sie seine vorgetäuschte Zufriedenheit durchschaut hatte. Er hatte ständig Angst, dass Samantha plötzlich mit zwei Wachen vor der Tür stand, um ihn zu fesseln, bis die Wirkung des Nikotins nachließ.

Doch Samantha kam nicht. Äußerlich blieb alles beim Alten. Laszlo ließ sich von Dr. Dietrich im Untersuchungsraum als Versuchskaninchen missbrauchen und suchte weiterhin nach außergewöhnlichen Kindern. Bald nach dem erhellenden Abend in der Bar stieß er auf ein Zwillingspärchen namens Julia und Gracie, die offensichtlich Empathiker waren. Aber er sagte Samantha nichts von den Mädchen. Er sah lieber nicht so genau hin und tat, als bemerkte er ihre Begabung nicht.

Die ganze Zeit über wartete er auf eine Gelegenheit. Sie bot sich ihm nach fünfzehn Tagen – in Form eines frischgewischten Fußbodens.

Laszlo ging eben an einem Mann vorbei, der den Boden wischte, als er ausrutschte. Wild ruderte er mit beiden Armen, hielt sich mit der Linken an dem Mann und mit der Rechten an einem seiner Bewacher fest. Laszlo blieb zwar auf den Beinen, doch der Soldat fiel hin. Eilig kam er wieder auf die Beine, aber er verzog das Gesicht, als er den rechten Fuß belastete.

«Geh ruhig zur Krankenstation», sagte der andere Soldat. «Ich bring Laszlo wieder auf sein Zimmer.»

Als der verletzte Soldat den Gang hinunterhumpelte, spürte Laszlo mit einem Mal die Emotionen des Mannes, der eben noch den Fußboden geputzt hatte, deutlich und unverstellt. Bevor Laszlo reagieren konnte, hatte der andere Soldat eine zerrissene Silberkette vom Boden aufgehoben.

«Das hier haben Sie verloren», sagte der Soldat und drückte dem Mann die Kette in die Hand. Plötzlich konnte Laszlo seine Emotionen nicht mehr spüren.

«Danke», sagte der Mann.

Der Soldat nickte und griff sich kurz in den Nacken, wo Laszlo im kalten Neonlicht eine ähnliche Kette blitzen sah.

«Können wir gehen?», fragte der Soldat.

«Natürlich», sagte Laszlo.

Während ihn der Soldat den Gang hinunterführte, machte sich Laszlo bereit. Sie standen vor der Tür zu seinem Zimmer, da sah er dem Soldaten direkt ins Gesicht.

«Haben Sie das Spiel gestern Abend gesehen?», fragte er, um die Situation zu entspannen.

Bevor der Wächter irgendetwas sagen konnte, griff Laszlo nach der Kette. Für den Bruchteil einer Sekunde war die ganze Welt geruchlos. Entsetzt riss Laszlo die Kette ab und ließ sie fallen.

Plötzlich füllte sich die Leere, die den Soldaten bis dahin umgeben hatte, mit Emotionen. Laszlo gab ihm ein unfassbares Glücksgefühl ein. Der erschrockene Blick des Mannes wurde wieder weich und wich einem entspannten Lächeln.

«Wie heißen Sie noch gleich?», fragte Laszlo.

«Tom Neill», sagte der Soldat und starrte auf die zerrissene Kette am Boden.

«Die können Sie ruhig liegen lassen», sagte Laszlo. «Möchten Sie einen Moment mit in mein Zimmer kommen, Tom?»

Mühelos übertrug Laszlo leichte, duftende Freude.

«Klar», sagte Tom. «Sehr gern.»

Tom Neill ließ sich auf einem kleinen Stuhl nieder.

Laszlo gab ihm so viele Endorphine ein, dass der Wächter ihm vermutlich keinen Wunsch verweigern würde – aber trotzdem blieb er vorsichtig.

«Was geht hier vor?»

«Ich weiß nicht», sagte Tom und schüttelte den Kopf. «Ich bin nur Soldat.»

Laszlo sah ihn verärgert an, und der Wächter runzelte fragend die Stirn. Schnell verbarg Laszlo seine Gefühle und konzentrierte sich wieder darauf, dem Soldaten lieblichen Optimismus einzugeben.

«Sie wissen wahrscheinlich mehr, als Sie glauben. Erzählen Sie mir, was Sie *tun*. Das würde mich wirklich glücklich machen.»

«Klar», sagte Tom und lächelte wieder. «Ich möchte Sie gern glücklich machen.»

Laszlo nickte ungeduldig und bedeutete dem Mann, dass er anfangen solle.

«Also, als ich siebzehn war, habe ich …»

«Moment …», unterbrach ihn Laszlo, als er merkte,

dass sich die unbändige Freude, die er Tom eingab, negativ auf dessen Intelligenz auswirkte. «Beantworten Sie lieber nur meine Fragen. Dr. Dietrich: Er führt alle Experimente durch. Richtig?»

«Ich glaube, ja.»

«Wo ist er?»

«Wahrscheinlich noch in seinem Labor. Meistens schläft er da.»

«Könnten Sie ihn zu mir bringen?», fragte Laszlo und ließ ein wenig locker, um sicherzugehen, dass er eine ehrliche Antwort bekam, nicht nur eine, die er hören wollte. Tom stutzte und blickte zur Decke auf, als müsste er nachdenken.

«Nein. Er würde nie im Leben mitkommen. Er kann uns Aufpasser nicht leiden.» Einen Moment sah Tom mutlos aus, dann hellte sich seine Miene auf. «Aber ich könnte Sie zu *ihm* bringen.»

«Wann?»

«Um drei Uhr nachts ist hier alles ruhig. Würde Ihnen das passen?»

«Ja», sagte Laszlo. «Das würde mir sehr gut passen.»

Laszlo hielt den Kopf gesenkt, als er mit Tom den Flur entlanglief. In der gestohlenen Uniform war ihm seltsam zumute, doch er fühlte sich frei. Sie kamen an anderen Soldaten vorbei, doch keiner würdigte Laszlo auch nur eines Blickes.

Er versuchte, sich den Weg durch das Labyrinth der Flure zu merken, aber alles sah gleich aus. Wenn der Moment zur Flucht gekommen war, würde er Toms Hilfe brauchen. Schließlich blieb Tom vor einer Stahltür stehen. Durch diese gelangten sie in einen großen halbdunklen Raum.

An der einen Wand leuchteten mehrere Schwarzweißmonitore. Jeder davon zeigte ein schlafendes Kind. Laszlo erkannte Jill, Elijah, Winter und Charlie.

Er biss die Zähne zusammen, wütend und wildentschlossen. Vorsichtig drückte der Soldat Laszlos Schulter und deutete auf die Couch in der hinteren Ecke. Als sich Laszlos Augen an das Dunkel gewöhnt hatten, sah er dort einen Menschen liegen.

«Wecken Sie ihn!», sagte Laszlo.

Tom marschierte zu dem schlafenden Wissenschaftler hinüber und zerrte ihn auf die Beine. Dietrich hatte die Augen vor Angst weit aufgerissen, als Tom ihn gegen die Wand stieß.

«HILFE! HIL-!»

Tom hielt dem Mann den Mund zu. Plötzlich konnte Laszlo Toms Geist nicht mehr spüren – Laszlo begriff. Tom trug keine Kette mehr, aber Dietrich. Toms Hand auf Dietrichs Mund … die Immunität übertrug sich über Hautkontakt.

Tom blinzelte und ließ Dietrich los. Einen Moment war Toms Geist für Laszlo wieder offen und spürbar, doch dann packte der Wissenschaftler den Wächter im Nacken, und Laszlo konnte Toms Emotionen nicht mehr erfassen.

«Er hat Sie manipuliert!», rief Dietrich. «Nicht loslassen, sonst hat er Sie wieder unter Kontrolle. Wir müssen die anderen Wachen rufen. Wir müssen …»

Laszlo schlug Dietrich mit der Linken einen Haken ans Kinn und hörte es knirschen, als er sich dabei den kleinen Finger brach. Er achtete nicht auf den Schmerz, wandte sich zu Tom um. Es war ein seltsames Gefühl, als er mit Hand und Geist gleichzeitig zupackte, ein physischer und psychischer Gewaltakt. Laszlo riss Tom von dem Wissenschaftler los und gab ihm Ruhe und Gewissheit ein.

«Rühren Sie ihn nicht an, Tom!», rief Laszlo. «Die Kinder kontrollieren ihn. Wenn Sie ihn anfassen, sind Sie verloren!» Tom nickte kurz und wich vor dem Wissenschaftler zurück, der am Boden kauerte und sein Kinn rieb.

«Hören Sie nicht auf ihn!», keuchte Dietrich, doch nach der kraftlosen Stimme des Wissenschaftlers zu urteilen, wusste er bereits, dass er verloren hatte.

Laszlo zerrte den Mann auf die Beine, fast so brutal wie Tom. Mit abgrundtiefem Entsetzen starrte Dietrich ihn an. Laszlo riss dem Mann das Hemd auf und sah die schmale Silberkette um seinen Hals. Er packte sie und zog daran. Als er das warme Metall berührte, war es für einen Moment so, als wäre sein Geist von einer großen Blase umgeben.

Sein Magen rebellierte, und ihm kam die Galle hoch, doch Laszlo schluckte sie herunter und riss an der Kette. Dietrich heulte vor Schmerz, als sie ihm in die Haut schnitt. Und dann riss sie. Laszlo öffnete seine Hand und ließ die Kette fallen.

Augenblicklich füllte sich die Leere wieder. Jetzt musste er auf den ungeschützten Geist zweier Menschen gleichzeitig einwirken. Laszlo wusste, dass er Dietrich dazu bringen konnte, ihn zu lieben, genau wie Tom. Aber er ahnte, dass das nicht der richtige Weg sein konnte. Laszlo musste sich die Gefühle zunutze machen, die bereits in Dietrich wirkten – Angst.

«Tom», sagte Laszlo zu dem durchaus furchteinflößenden Soldaten. «Behalten Sie den Doktor im Auge. Wenn er irgendwas anstellen will, schlagen Sie ihn k. o.»

Laszlo gab dem Arzt so viel Angst ein, bis sie alle anderen Emotionen gelöscht hatte. Im selben Moment krümmte sich Dietrich und musste sich übergeben. Mit zitternder Hand wischte er sich über den Mund und sank auf die Couch.

Tom ragte über ihm auf, breitbeinig, die Arme locker in die Seiten gestemmt. Laszlo durchsuchte die großen, grauen Metallschränke im Raum, bis er fand, was er suchte. Als er wieder vor seinem Gefangenen stand, starrte Dietrich entsetzt auf das, was Laszlo in der Hand hielt.

«Was … was haben Sie vor?»

KAPITEL 43

«Strecken Sie die Arme aus!», befahl Laszlo.

Einen Moment sah Dietrich ihn an, zu verstört, um sich zu bewegen. Laszlo gab etwas nach und linderte die überbordende Angst des Wissenschaftlers ein wenig. Laszlo spulte das dicke, blaue Computerkabel ab und wickelte es mehrere Male um die Handgelenke des Wissenschaftlers. Dann schnitt er das Kabel mit einer großen Schere von der Rolle ab und verknotete die Enden. Schließlich fesselte er auch Dietrichs Füße.

«Ich werde Ihnen ein paar Fragen stellen. Sie werden mir antworten … oder Sie unterhalten sich mit *ihm.*» Laszlo deutete auf Tom, der hinter ihm stand. Er gab dem Wissenschaftler eine Heidenangst ein und Tom gleichzeitig bittere Gewaltbereitschaft.

«Alles, was Sie wollen …», keuchte Dietrich, «aber … aber lassen Sie nicht zu, dass er mir etwas antut!»

Als Laszlo dem Wissenschaftler in die zuckenden Augen blickte, zögerte er und fragte sich, ob es richtig war, den Mann manipulieren zu wollen. Dann sah er zu den Monitoren mit den schlafenden Kindern und wusste, dass er keine Wahl hatte.

«Niemandem wird was passieren …», sagte Laszlo, ohne Dietrichs Angst zu lindern, «… solange Sie mir gegenüber ehrlich sind. Aber wenn nicht …»

Dietrich schüttelte heftig den Kopf. «Ich werde nicht lügen. Ich schwöre es!»

«Gut.» Wenn der Wissenschaftler ihn belog, würde Laszlo es ohnehin sehen, doch er wollte keine Zeit verschwenden.

«Wonach wird hier geforscht?»

«Verhaltensmodifikationen durch bioelektrische Transmission. Leute mit Ihrer Gabe. Empathiker.»

«Wie funktioniert diese Gabe?»

«Sämtliche Empfindungen und die daraus resultierenden biologischen Reaktionen werden im Gehirn ausgelöst. Ist man in einer bestimmten Situation, interpretiert das Gehirn die auditiven, visuellen, taktilen und olfaktorischen Stimuli und sendet Signale an den Körper aus, damit er reagiert.

Empathiker sind in der Lage, Nervensignale im Stadium der Emotionsbildung abzufangen. Außerdem können sie Signale an andere aussenden. Das empfangende Gehirn übersetzt die Signale in Emotionen, die dann Reaktionen im autonomen Nervensystem auslösen. Das führt zu einer physischen Reaktion, die die projizierte Emotion wiederum verstärkt.»

«Aber *wie* kann ich Signale senden und empfangen? Ich bin kein Radio.»

«Im Grunde doch. Radiowellen sind nur eine Art von ...»

«... elektromagnetischer Strahlung», beendete Laszlo den Satz und dachte an die Unterrichtsstunde, die er gehalten hatte, als Darian zum ersten Mal bei ihm in der Schule gewesen war.

«Genau», sagte Dietrich. «Energie mit Wellenlängen, die zu lang sind, als dass man sie sehen könnte. Dieselbe Art von Energie, mit der die Synapsen in Ihrem Gehirn arbeiten. Ihre Synästhesie übersetzt Informationen aus dem Geist anderer Menschen in eine konkrete Empfindung, die Ihnen vertraut ist. In Ihrem Fall: Geruch. Die meisten Menschen haben nur so ein Gefühl für die Emotionen anderer, aber Ihre Wahrnehmung ist viel, viel genauer.»

«Was wollen Sie mir sagen? Jeder ist empathisch?»

«Ja, bis zu einem gewissen Grad. Neunzig Prozent der Bevölkerung können Stimmungen wahrnehmen, etwa wenn man in ein Zimmer kommt und weiß, dass es dort Streit gab, aber das war es auch schon. Zumindest bei Menschen, die man nicht näher kennt.»

«Was ist mit Leuten, mit denen man vertraut ist?»

«Jedes Gehirn ist einzigartig – bis zu einem gewissen Grad eben. Das heißt: Zwar sind Wellenlänge und Frequenz der elektromagnetischen Strahlung einmalig, doch Gehirnströme arbeiten in etwa tausend verschiedenen Frequenz-Clustern. Befindet sich das Gehirn eines Menschen im selben Cluster wie das eines anderen, fällt es ihm leichter, die Emotionen dieses anderen zu interpretieren.

Blutsverwandte finden sich normalerweise im selben Cluster wieder. Deshalb gibt es ein empathisches Verständnis – eine biologische Nähe zwischen Eltern, Kindern und Geschwistern. Oft besitzen Kleinkinder starke empathische Fähigkeiten, die verblassen, bis die Kinder zwei Jahre alt werden. Das hat die Evolution so vorgesehen, um sie eng an ihre Eltern zu binden und ihre frühe Sprachfertigkeit zu fördern. Sobald sich die Bahnen in ihrem Gehirn aufteilen, nimmt diese Fähigkeit ab.

Außerhalb der Familie bilden Menschen aus ähnlichen Frequenz-Clustern oft gesellschaftliche Gruppen, weil sie sich gut verstehen. Deshalb halten Leute gleichen Geschlechts und gleicher Rasse oft zusammen – weil sie innerhalb derselben Bandbreite von Frequenz-Clustern senden. Deshalb fühlt man sich buchstäblich *anders*, wenn man in ein fremdes Land kommt. Denn vom biophysischen Standpunkt aus betrachtet ist man es auch.»

«Aber was ist mit Leuten, die vor hundert Jahren in dieses Land eingewandert sind? Wenn alles nur durch die Genetik bestimmt ist ...»

«Die Genetik bestimmt nicht alles. Unsere Wahrnehmung passt sich ständig an, um die Frequenzen zu verstehen, von denen man umgeben ist. Im Laufe der Zeit entwickeln sich Muster und Frequenzen, die in die Umgebung passen.

Deshalb lernt man eine Fremdsprache leichter, wenn man sich in das Land begibt, in dem sie gesprochen wird, weil sich die Denkweise verändert, was es einem erleichtert, die Nuancen dieser Sprache zu erlernen.»

«Was haben Sprachen mit bioelektrischer Strahlung zu tun?»

«Sprache ist nur eine auditive Manifestation von Gehirnströmen der jeweiligen Bevölkerung. Es hängt alles eng zusammen – Sprache, Kleidung, Kultur, Küche. Deshalb ist die amerikanische Kultur auf der ganzen Welt so unglaublich beliebt. Denn wenn Unternehmen ihre Produkte für ein amerikanisches Publikum konzipieren, müssen sie sich etwas einfallen lassen, das ein breites Band von Frequenz-Clustern anspricht.

Die Übertragung von Gehirnströmen erklärt alles – die Frage, wieso es zwischen manchen Leuten funkt, zwischen anderen aber nicht, was eine Massenpsychose ist, und die Frage, wieso man sich in einem Horrorfilm gruselt, bis hin zu dem Phänomen, dass man sich in lauten Bars verabredet. Die Atmosphäre in Restaurants. Die aufgeheizte Stimmung in einem Fußballstadion. Der Puls einer Stadt. Die

Stille auf dem Land. Jeder Aspekt unseres Lebens. Die meisten Menschen können Stimmungen nur nicht so deutlich spüren wie Sie.»

«Sie sagen, diese empathische Gabe ist unterschiedlich stark ausgeprägt?»

«Ja. Etwa 10 Prozent der Bevölkerung besitzen eine höhere emotionale Intelligenz als andere. Sie verfügen über ein angeborenes Charisma, das aus ihrer Gabe entsteht, Kontakt zu anderen herzustellen.»

«Aber ich dachte, Menschen können einander nur verstehen, wenn sie im selben Cluster sind.»

«Das ist meistens der Fall», sagte Dietrich. «Aber manche sind in der Lage, sich auf andere Frequenzen einzustellen. Sie können sich in unterschiedliche soziale Gruppierungen einfinden, auch außerhalb ihres Clusters. Sie sind sprachbegabter und kommen mit Menschen aus anderen Kulturen besser zurecht – weil sie mit den Leuten um sich herum buchstäblich auf derselben ‹Wellenlänge› sind.

Und ein Prozent sind geborene Anführer. Die Menschen fühlen sich zu ihnen hingezogen. In der Schule sind sie beliebt, wenn sie auch nicht unbedingt schlauer oder stärker sind. Sie sind einfach diejenigen, mit denen die meisten anderen Menschen Verbindung aufnehmen können. Es sind charismatische Vorstandsvorsitzende und Politiker, die sich – bis zu einem gewissen Grade – in uns hineinversetzen können.

Einer unter zehntausend besitzt eine Gabe, die weit mehr ist als emotionale Intelligenz. Die Leute, die solchen Menschen begegnen, beten sie förmlich an. Und die unglaubliche Intuition ermöglicht es ihnen, Großes zu erreichen.

Sie sind Maler und Schauspieler, Athleten und Musiker. Es sind Leute, deren Nähe man sucht, zu denen man sich hingezogen fühlt. Sie kreieren visuelle Landschaften oder erbringen sagenhafte musische und physische Leistungen. Sie sind sinnliche Genies. Manche sind starke Rezeptoren, andere eher Projektoren.

Ist ihre angeborene Persönlichkeit eher melancholischer oder introvertierter Natur, was auf viele Künstler zutrifft, wirken sie eher befremdlich als ansprechend. Das gilt besonders für Heranwachsende: aufgrund ihres sensiblen emotionalen Zustands infolge hormonaler Veränderungen.»

Dietrichs Erklärung mochte unglaublich klingen, aber es schien doch alles zusammenzupassen.

«Bei einem von hunderttausend ist diese Gabe so ausgeprägt, dass derjenige gelegentlich als gestörte Persönlichkeit gilt. Solche Menschen sind nicht in der Lage, die Emotionen der Leute in ihrer Umgebung abzuwehren, und sie werden nicht damit fertig. Manche lernen, sich abzuschirmen, andere aber sind dazu nicht in der Lage. Sie verlieren den Verstand. Sie begehen Selbstmord. Alles wegen der ganz realen Stimmen in ihrem Kopf. Stimmen, an die weder die Wissenschaft noch die Gesellschaft glaubt.»

«Nicht Stimmen», murmelte Laszlo. «Gefühle.»

«Ja», sagte Dietrich.

«Sie und die Kinder, die Sie gefunden haben … jedes ist eines unter hunderttausend. Diejenigen, die zu Höherem bestimmt sind, wenn sie es wollen. Oder dem Wahnsinn verfallen.»

Laszlo lief ein kalter Schauer den Rücken hinunter. Er atmete durch und überlegte, wie er weiter vorgehen wollte.

«Was hat die Organisation vor? Wer steht dahinter?»

Dietrich schüttelte den Kopf. «Ich weiß nicht, wer das Sagen hat. Aber ich glaube, das Ganze war früher einmal ein Projekt der Regierung. PAPERCLIP und die anderen MK-Experimente sollen jetzt fortgesetzt werden.»

«PAPERCLIP?»

«Projekt PAPERCLIP war eine Geheimoperation der US-Regierung, die nach dem Zweiten Weltkrieg eingerichtet wurde, um führende Nazi-Wissenschaftler in die Vereinigten Staaten zu holen. Von den Männern, die damals ins Land geschmuggelt wurden, waren fast siebenhundert Verhaltensforscher. Einer von ihnen war ein Arzt namens Kurt Blome.»

Laszlo war lange nach Kriegsende geboren worden. Doch sein Vater, ein russisch-jüdischer Einwanderer, hatte viel über den Holocaust gesprochen. Plötzlich fiel Laszlo ein, woher er den Namen Kurt Blome kannte.

«Er war einer der wenigen Nazis, die beim Nürnberger Ärzte-Prozess ungeschoren davonkamen», flüsterte Laszlo. «Es hat einen großen Skandal gegeben. Blome hatte in Konzentrationslagern Experimente mit Pestbakterien an Gefangenen durchgeführt.»

«Ja», sagte Dietrich und ließ den Kopf hängen. «Die US-Regierung beschloss, dass Blome lebendig mehr wert war als tot. Man arrangierte seinen Freispruch, dann übergab man ihn der CIA. Er wurde umgehend dem Projekt CHATTER zugeteilt, um Drogen zu testen, die man bei Verhören einsetzen wollte. Danach arbeitete die CIA mit dem Pentagon am Projekt BLUEBIRD, bei dem Blome sowohl Experimente an nordkoreanischen Kriegsgefangenen als auch an amerikanischen Soldaten und Kindern vornahm.»

«Was für Experimente waren das?» Laszlo ballte vor Wut die Fäuste.

«Blome hypnotisierte die Testpersonen und gab ihnen LSD, Barbiturate und Benzedrin, um multiple Persönlichkeiten und künstliche Erinnerungen herzustellen und Hypnosetrigger zu setzen.»

«So etwas mit Kriegsgefangenen zu machen ist schlimm genug ... aber mit Kindern und amerikanischen Soldaten?», sagte Laszlo ungläubig. «Warum ist keiner an die Öffentlichkeit gegangen?»

«Blome hat ihre Erinnerung mit Hilfe einer Elektrokrampftherapie gelöscht.»

Laszlo schüttelte den Kopf. Wie die meisten Menschen hatte er Gerüchte über geheime CIA-Experimente gehört, doch er hatte ihnen nie Glauben geschenkt. «Erzählen Sie weiter.»

«1951 schloss sich ein New Yorker Chemiker namens Dr. Sidney Gottlieb der CIA an. Obwohl er Jude war, arbeitete Gottlieb mit Blome zusammen und leitete das MK-ULTRA-Team.»

«Wofür steht ‹MK›?»

«Die Bezeichnung ist halb englisch, halb deutsch. ‹M› für *Mind.* ‹K› für *Kontrolle.*»

«Gedankenkontrolle», flüsterte Laszlo.

Dietrich nickte. «Die MK-Projekte waren die geheimsten und tödlichsten.»

«Es gab mehrere Projekte? Nicht nur MK-ULTRA?»

«Oh, nein», sagte Dietrich mit leuchtenden Augen. «MK-DELTA befasste sich mit biochemischen Experimenten für das Verhör ausländischer Agenten. MK-NAOMI entwickelte biologische Kampfmittel. MK-MINDBENDER setzte Drogen und Hypnose ein, um mexikanische Bürger zu Attentätern zu machen. MK-SEARCH untersuchte Chemikalien, mit denen man sexuelle Verhaltensmuster ändern konnte. Bei MK-RESURRECTION setzte man Affen hohen Dosen von Radiofrequenzenergie aus, nachdem man sie einer Lobotomie unterzogen hatte.»

«Diese Experimente mit der Radiofrequenzenergie … dabei haben Sie herausgefunden, wie meine Gabe funktioniert?»

«Teilweise. Aber auch die Operation OFTEN hatte damit zu tun. OFTEN konzentrierte sich auf das Übernatürliche. Die CIA arbeitete mit selbsternannten Wahrsagern, Handlesern, Menschen mit übersinnlicher Wahrnehmung, Astrologen und Hellsehern. Die meisten Experimente schlugen fehl, doch von da an standen nicht mehr die Chemikalien im Zentrum des Forschungsinteresses, sondern die Menschen, durch die man Einfluss auf andere nehmen konnte.

Doch kurz bevor man zu Ergebnissen kam, wurde Präsident Ford 1974 ins Amt gewählt. Informationen über die CIA-Experimente waren zur *New York Times* durchgesickert. Die daraufhin veröffentlichten Artikel zogen sowohl einen Kongress-Untersuchungsausschuss als auch eine Regierungskommission nach sich. Ford erließ ein Verbot von Experimenten an Menschen, sofern sie nicht ihre Einwilligung gegeben hatten. Später erweiterte Carter die Direktive, und 1982 verbot Reagan jegliche Experimente an Menschen, auch wenn diese ihre Zustimmung gegeben hatten.

Danach waren uns die Hände gebunden. Uns blieb nur, alte Daten zu sichten, soweit das Material nicht vernichtet worden war.» Dietrich schüttelte verärgert den Kopf. «Wir haben versucht, weiterzukommen, aber es war unmöglich. Verdammt nochmal! Die wollten, dass wir unsere Tests an Schimpansen fortführen!»

Laszlo verbarg seine Abscheu. «Und dann?»

«Es gab keine Finanzierung mehr für das Programm, und ich wurde gefeuert. Eine Woche später bekam ich einen Anruf von der Organisation. Und so bin ich hier gelandet.»

«Was hat diese Organisation vor? Was wollen die *wirklich* von den Kindern?»

Dietrich schluckte. Er wurde immer nervöser.

Da riss Laszlo der Geduldsfaden.

«Antworten Sie!», brüllte er und gab Dietrich jede Menge tiefen, rauchigen Schrecken ein. «RAUS DAMIT!»

«Ich ... ich weiß es nicht genau. Zinser erzählt mir nicht, was ...»

«Unsinn!» Laszlo konnte die Lüge riechen. Er sah zu Tom hinüber und nickte.

«Nicht ins Gesicht», sagte Laszlo. «Ich will keine Spuren.»

Dietrich versuchte, sich zu verteidigen, aber da er an Armen und Beinen gefesselt war, hatte er keine Chance. Tom packte den Wissenschaftler bei der Kehle, hob ihn von der Couch und schlug ihm in den Magen. Dietrichs Augen schienen hervorzuquellen, und er wollte schreien, aber es kam nur ein Keuchen heraus. Tom holte aus, um nochmal zuzuschlagen, doch Laszlo fing seinen Arm ab.

«Das reicht», sagte er und sorgte dafür, dass die Aggression des Wachmanns nachließ. Widerwillig stieß Tom den Wissenschaftler auf die Couch zurück. Dietrich japste heiser. Nach einer Weile konnte er wieder sprechen.

«Das ist die Wahrheit. Ich weiß es wirklich nicht», sagte Dietrich. «Aber ich habe einen Verdacht. Ich habe Zinsers Unterricht bei den Kindern mit angehört. Sie trägt da ihre philosophischen und politischen Theorien vor. Und sie benutzt Jill, um die Kinder gefügig zu machen, damit sie das, was sie zu sagen hat, für bare Münze nehmen. Gehirnwäsche sozusagen.»

«Zu welchem Zweck?»

«Um sie in Führungspositionen einsetzen zu können.

Sie begreifen nicht, *wie* besonders diese Kinder sind. Als Erwachsene können sie unglaublich einflussreich werden. Wir leben in einer Zeit der Verbindungen. Wahlen werden gewonnen oder verloren, weil man mit dem Kandidaten ein Bier trinken möchte, nicht wegen der Themen. JFK, Reagan – das waren keine brillanten Männer. Sie waren Männer mit Charme, die ihre Gabe einsetzten, um die freie Welt zu lenken.

Genauso die religiösen Führer. Nehmen Sie Johannes Paul II., den beliebtesten Papst unseres Jahrhunderts – er wird auf der ganzen Welt respektiert. Überlegen Sie mal – in jedem Land der Welt, auf jedem Kontinent lieben ihn die Menschen. Warum? Wegen seiner Bibelkenntnisse? Nein. Wegen seines Charismas.»

«Wollen Sie damit sagen, JFK war ein Empathiker? Und Reagan und Johannes Paul II.?»

«Besaßen JFK und Reagan eine ausgeprägtere empathische Gabe als 95 Prozent der Weltbevölkerung? Wahrscheinlich. Ausgeprägter als Ihre oder die der Kinder? Auf keinen Fall. Das mit dem Papst ist eine andere Geschichte. Wussten Sie, dass er *zehn* Sprachen fließend spricht? Das deutet auf einen Geist hin, der in der Lage ist, Verbindung zu einer großen Vielfalt von Kulturen herzustellen. Also wenn das nicht Empathie ist.

Elijah, Winter, Charlie, Jill. Alle haben ein ähnliches Potenzial.»

Laszlo wandte sich ab und versuchte vergeblich, zu verarbeiten, was Dietrich ihm erzählte. Kinder zu indoktrinieren, damit sie die kommende Generation anführten … das schien unvorstellbar.

«Wie haben Sie das Bildungsministerium dazu gebracht, das Begabtenexamen zur Pflicht zu machen?»

«Ich glaube, dass die Männer an der Spitze dieser Organisation gute Verbindungen nach Washington haben. Man bräuchte kaum mehr als ein paar wohlplatzierte Spenden für Senatoren im Unterausschuss für Bildungsfragen. Für den richtigen Preis lässt sich alles kaufen. Was man zum Beispiel auch an Darian sieht.»

«Wie meinen Sie das?»

«Zinser hat ihr Geld dafür gegeben, Sie und die Kinder zu rekrutieren.»

Laszlo stockte der Atem. Plötzlich krampfte sich sein Magen zusammen, als ihm eine grausame Erkenntnis kam.

«Sie ist gar nicht tot, oder?», flüsterte er.

«Nein.»

In Laszlos Kopf drehte sich alles. Er konnte es nicht fassen. Sie war die große Liebe seines Lebens. Er hätte ihr alles gegeben.

Natürlich. Genau das wollte sie ja.

Und die ganze Zeit über hatte er nicht den leisesten Verdacht gehabt.

Das stimmt nicht. Weißt du noch, wie erleichtert sie war, als du nicht in dieses Flugzeug gestiegen bist?

Laszlo schüttelte den Kopf. Er wollte es nicht fassen. Aber er hatte keine Wahl. Sie hatte ihn die ganze Zeit belogen. Er hatte sein Herz an sie verloren, er hatte um sie getrauert, und dabei …

Er dachte, er müsste sich übergeben.

«Laszlo», sagte Tom und deutete auf seine Uhr. «Es wird Zeit.»

Laszlo brauchte einen Moment, um sich wieder zu fassen. Dann nickte er. «Binden Sie ihn los.»

Der Soldat bückte sich und fing an, die Fesseln des Arztes loszumachen.

«Was haben Sie mit mir vor?», stammelte Dietrich.

«Nichts. Es sei denn, Sie verraten mich. In dem Fall

werden Sie sich wünschen, Sie wären nie geboren worden. Hab ich recht, Tom?»

Tom lächelte bedrohlich. Einen Moment lang verband Laszlo das Empfinden der beiden Männer – Toms sadistische Freude an der Gewalt mit Dietrichs abgrundtiefer Angst. Als er sicher war, dass Tom einen bleibenden Eindruck hinterlassen hatte, trennte Laszlo die Verbindung.

«Sie werden doch niemandem von unserem Treffen erzählen, oder, Doktor?»

«Nein», sagte Dietrich, der den Blick nicht von dem kräftigen Soldaten abwendete. «Ich schwöre es.»

«Und glauben Sie nicht, Tom wäre mein einziger Verbündeter. Wenn Sie auch nur ein Wort darüber verlieren, wird man Ihnen einen Besuch abstatten.»

«Ich habe verstanden.»

«Gut», sagte Laszlo. «Also, tun Sie genau, was ich Ihnen jetzt sage …»

KAPITEL 44

Als Tom die Tür hinter sich schloss, entfuhr Laszlo ein tiefer Seufzer. Noch immer spürte er den Geist des Soldaten und auch den des Wissenschaftlers. Noch nie hatte er so lange auf zwei Menschen gleichzeitig eingewirkt. Und er würde sie im Griff behalten müssen, bis er seinen Plan in die Tat umsetzen konnte. Aber allein würde er das nicht schaffen.

Und der einzige Mensch, der ihm dabei helfen konnte, war Jill.

Wie konnte er sie überzeugen? Wenn er sich ihr anvertraute und sie ihn verriet, war das sein Todesurteil. Wenn er sie aber nicht um Hilfe bat und deshalb scheiterte, wären Elijah, Winter und Charlie für immer verloren.

Laszlo lag die ganze Nacht wach, bis er schließlich eine Entscheidung traf.

Leider war es die falsche.

Der Fernseher warf tanzende Schatten ins dunkle Zimmer, die über ihre aufgeschlagene Bibel und den bronzenen Christus an der Wand huschten.

Vorsichtig machte Laszlo einen Bogen um die Kleider, die verstreut am Boden lagen. Neben dem Bett hockte er sich hin und verbreitete sanfte Ruhe. Dann streckte er eine Hand aus und drückte sanft die Schulter des schlafenden Mädchens.

«Jill», flüsterte er. «Jill, wach auf.»

Laszlo konnte ihre Verwirrung, nasse Watte, riechen. Träge drehte Jill sich um und schlug die Augen auf. Sie erschrak so sehr, dass ihr die Tränen kamen.

Er hielt ihr den Mund zu, bevor sie schreien konnte. Als er ihre Lippen berührte, biss sie zu, und ihre Sinne tobten durch sein Bewusstsein. Laszlo atmete scharf durch die Nase ein und versuchte, den Schmerz zu kontrollieren.

«Ich will nur mit dir reden!», zischte Laszlo.

Er öffnete seinen Geist, damit sie sah, dass er die Wahrheit sagte. Unmöglich hätte er dem Kind etwas antun können. Sie war ein Opfer, wie alle anderen auch. Wollte er die Kinder retten, musste er bei ihr den Anfang machen. Langsam beruhigte sich Jill. Ihr Biss lockerte sich, und er nahm seine schmerzende Hand von ihrem Mund.

«Danke.» Er zog zwei Taschentücher aus der Schachtel neben ihrem Bett und wickelte sie um seine blutende Hand.

«Was wollen Sie?», fragte Jill.

«Ich will die Kinder befreien», sagte Laszlo, in der Hoffnung, dass ihr die Wahrheit genügen würde. «Und dafür brauche ich deine Hilfe.»

«Warum wollen Sie sie befreien?», fragte Jill.

Erst hielt Laszlo sie für trotzig, doch dann stellte er fest, dass sie wirklich durcheinander war.

«Weil sie wieder bei ihren Eltern sein sollten.»

Für einen Moment konnte er ihre Einsamkeit riechen, doch Jill hielt augenblicklich an sich.

«Die gehören nicht mehr zu ihren Eltern», sagte sie. «Sie gehören hierher.»

«Wer sagt das?», fragte Laszlo.

Jill sah ihn mit großen Puppenaugen an. «Samantha.»

Bei der Erwähnung dieses Namens nahm Laszlo deutlich wahr, wie die Gefühle des Mädchens kurz aufblitzten. Sie versuchte, ihre Empfindungen zu verbergen, doch sie arbeiteten in ihr und gaben zwei unverkennbare Gerüche ab. Der erste bedeutete Liebe. Das erstaunte Laszlo nicht, da Samantha für Jill so etwas wie eine Ersatzmutter war. Doch der andere Geruch überraschte Laszlo umso mehr: Lust.

Er gab sich Mühe, sein Erstaunen zu verbergen, doch Jill hatte es wohl schon gemerkt, denn sie zog sich sofort zurück, und ihr Geist war mit schwitzender Verlegenheit umnebelt.

«Jill ... was Samantha dir auch erzählt haben mag ... es war gelogen.»

Die Scheu verflog, um umgehend einem Geruch zu weichen, der an frisches Blut erinnerte.

«Nein. Sie liebt mich.» Jills Stimme klang zuversichtlich, doch Laszlo sah, wie erschüttert sie war. «Ich kann es sehen.»

«Das glaubst du.» Laszlo fühlte sich schrecklich, weil er die Gefühle dieses Mädchens verletzen musste, aber es gab keine andere Möglichkeit. «Ist dir aufgefallen, dass sie immer gleich empfindet? Hast du dich schon mal gefragt, warum das so ist?»

«Sie ist eben ... ausgeglichen, das ist alles», sagte Jill verzweifelt.

«Leider nicht, Jill», sagte Laszlo. Er musste zugeben, dass es clever von Samantha war, dem Mädchen Liebe vorzugaukeln. Sie hatte Laszlo lange für dumm verkauft, da war es wohl kein Wunder, wenn sie auch Jill täuschen konnte. Hätte ihm Dietrich nichts von den Tesla-Boxen erzählt, zappelte er wahrscheinlich jetzt immer noch an ihrem Haken.

«Ihre Empfindungen verändern sich nie, niemals», sagte Laszlo. «Sie reagiert auf rein gar nichts.»

Jill schwieg. Vorsichtig tastete er nach ihrem Geist, doch sie hatte ihn schon ausgesperrt.

«Du darfst ihr nicht vertrauen», sagte Laszlo. «Du weißt nicht, was sie in Wirklichkeit vorhat. Mit den Kindern. Mit mir. Mit *dir.*»

Jill sagte nichts, doch ihr Schweigen verriet Laszlo alles, was er wissen musste. Möglicherweise konnte er ihren Geist nicht beeinflussen, aber er war sicher, dass er sie überzeugen würde.

«Du musst mir nicht glauben. Du kannst es überprüfen.»

«Wie?»

«Ich zeig dir, wie man sie durchschaut. Wie man sie *wirklich* durchschaut.» Laszlo wartete einen Augenblick. «Falls sie dich tatsächlich belügt ... hilfst du mir dann?»

Mehrere Gefühle wirbelten gleichzeitig in ihr auf, doch Laszlo konnte sie nicht deuten.

«Okay», sagte Jill schließlich.

«Abgemacht?»

Laszlo reichte ihr die Hand. Jill sah ihn zweifelnd an, nahm schließlich aber doch seine Hand. Als sich ihre Finger berührten, übertrugen sich schlagartig Jills Gefühle auf ihn. Er hielt ihre Hand fest.

So ließ sie schließlich ihren psychischen Schutzschild sinken. Fast war Laszlo von den Gerüchen überwältigt, die ihm jetzt in die Nase stiegen – eine ekelhafte Mischung aus kränklicher Furcht, lederner Hoffnung und terpentinstinkender Kopflosigkeit, und vor allem modrige, tiefsitzende Wut, bei der Laszlo ganz kalt wurde. Er befreite seine Hand und zog sie erschöpft zurück.

«Wie haben Sie ...?» Jills Stimme erstarb, während sie

ihre rechte Hand anstarrte, die wie eingefroren in der Luft hing.

«Samantha hat dich noch nie berührt, oder?»

«Doch, natürlich hat sie», sagte Jill eilig.

«Bist du sicher, dass sie dabei nicht so ein Ding hier getragen hat?» Laszlo holte einen dünnen, hautfarbenen Handschuh aus der Tasche und legte ihn aufs Bett.

«Woher haben Sie das?», fragte Jill und hob den Gummihandschuh an, als wäre er infiziert.

«Von einem der Wächter», sagte Laszlo. «Du musst ihre Haut berühren – nicht den Handschuh», sagte Laszlo. «Dann bilden sich Risse in dem Schutzschild, und du kannst ihr Bewusstsein spüren.»

Jill nickte gedankenverloren. «Samantha hat die ganze Zeit Handschuhe getragen? Sie hat mich nie … nie wirklich angefasst?»

Laszlo fühlte Jills Schmerz. Aber nur indem er ihr die Wahrheit zumutete, konnte er sie vor künftigem Schaden bewahren.

«Es tut mir leid, Jill.»

Jill kaute auf ihrer Unterlippe herum und starrte zu Boden. «Ich muss darüber nachdenken», sagte sie schließlich mit erstickter Stimme.

«Also gut, bis morgen Abend dann.»

Jill zog die Nase hoch und nickte. Laszlo ging zur Tür. Leise klopfte er zweimal, und Tom machte auf. Laszlo sah zu Jill hinüber, doch sie hatte sich schon abgewandt. Er spürte nicht, was sie fühlte, aber das musste er auch nicht.

Er sah ihre bebenden Schultern im flackernden Lichtschein und wusste, dass sie weinte.

KAPITEL 45

«Nach Charlie hat Laszlo keine neuen Kinder mehr gefunden», sagte Samantha. Sie saß hinter ihrem Schreibtisch und musterte Jill. «Glaubst du, irgendwas stimmt nicht?»

«Nein», sagte Jill etwas zu schnell. «Ich meine … woher soll ich das wissen?»

Samantha beugte sich vor. «Hast du ihn noch im Griff?»

«Natürlich.»

Jill gab sich alle Mühe, Samanthas Hände nicht anzustarren. Es war doch unglaublich, dass sie es vorher nie gesehen hatte – dieses unnatürliche Glänzen von Samanthas Handgelenken bis zu ihren kurzen, unbemalten Fingernägeln.

Noch offensichtlicher war, wie sich Samantha anfühlte – oder besser: wie sie sich *nicht* anfühlte. Sie wirkte froh und liebevoll, doch spürte Jill schmerzlich, dass Samanthas Emotionen keineswegs darauf reagierten, was um sie herum geschah. Es war wie ein Film, bei dem der Ton nicht ganz mit dem Bild übereinstimmte. Jill konnte nicht fassen, dass sie sich so lange hatte täuschen lassen.

Weil du die Wahrheit nicht wissen wolltest. Weil du glauben wolltest, dass sie dich liebt. Weil du sie nämlich auch –

HALT DIE KLAPPE!

Jill atmete scharf ein. Sie wollte nichts mehr hören. Laszlo mochte die Wahrheit gesagt haben, aber sie hatte trotzdem das Recht, ihn zu hassen. Was sie auch tat. Sie hasste ihn dafür, dass er ihre Phantasie zerstört hatte. Dass sie nun auch dem einzigen Menschen misstraute, dem sie noch vertraut hatte.

Sie musste wissen, was Samantha wirklich empfand. Und dafür würde Jill sie berühren müssen. Wie üblich zeigte Samantha wenig Haut. Sie trug einen schwarzgrauen Blazer über einer schneeweißen Bluse und einen konservativen, schwarzen Rock.

Während Samantha sprach, neigte Jill den Kopf, um erkennen zu können, ob Hals und Kinn glänzten wie die Hände. Aber dort schien die Haut nicht bedeckt. Sie musste Samantha also im Gesicht berühren.

Jill hatte oft davon geträumt, Samanthas Wange zu streicheln, ihre blassen, schmalen Lippen auf Samanthas vollen, roten Mund zu drücken. Sie wusste, dass es Sünde war, dass es nie geschehen würde, aber das hatte sie nicht daran hindern können, davon zu träumen. Jill hatte sich vorgestellt, wie schön dieser Moment sein würde, doch nun erwartete sie nur Schmerz. Am liebsten hätte sie sich auf den Boden geworfen und …

«Jill, hörst du mir eigentlich zu?» Jill reagierte nicht. «Jill? Was ist denn?»

Langsam hob Jill den Kopf und lenkte alle Trauer, die sie in sich hatte, in ihre großen, feuchten Augen. Das war nicht schwierig.

«Ich … ich weiß nicht, ob ich so noch weitermachen kann.»

«Wie meinst du das?», fragte Samantha mit ängstlicher Stimme, obwohl ihre Emotionen nichts als Wärme projizierten.

«Ich bin nicht mehr wichtig», sagte Jill mit gesenktem Blick. «Ihr habt jetzt Laszlo … und die anderen Kinder. Es ist nicht mehr wie früher. Als ich noch allein war.»

Jill schniefte und versuchte, den Kloß im Hals herunterzuschlucken. Was sie sagte, stimmte. Aber das war nicht der Grund, weshalb sie es sagte.

«Jill», sagte Samantha, stand von ihrem Sessel auf und kam um den Schreibtisch. «Du bist jetzt wichtiger als je zuvor!» Samantha legte ihre Hand – die geschützte Handschuhhand – auf Jills Schulter. «Du bist *mir* wichtig!»

«Ehrlich?», fragte Jill, und das Flehen in ihrer Stimme war schmerzlich echt.

«Ehrlich», sagte Samantha mit Nachdruck.

Jill blickte zu ihr auf. Sie hätte ihr so gern geglaubt. Langsam stand Jill auf und starrte mit brennenden Augen die Frau an, die sie liebte. Jill beugte sich vor und umarmte sie. Es war lange her, seit sie zuletzt jemanden umarmt hatte.

Samantha wich nicht zurück. Sie legte ihre durchtrainierten Arme um Jills Schultern und hielt sie fest. Jill beugte sich vor, lehnte ihre Stirn gegen die nackte Haut an Samanthas Hals. Jill wurde ganz seltsam zumute, auch weil sie sich bewusst machte, dass sie sich zum ersten Mal berührten. Einen Moment war Jill überwältigt, wie weich und zugleich kühl sich Samanthas Haut anfühlte, doch der Moment zerbarst, als Samanthas gläserner Schutzschild Sprünge bekam.

Bis zu diesem Augenblick war Jill nicht einmal bewusst gewesen, dass es einen Schutzschild gegeben hatte. Doch jetzt wurde Jill klar, dass das stete selig-liebliche Gefühl, das sie immer wahrgenommen hatte, nichts als ein emotionaler Panzer war.

Und dann sah Jill zum allerersten Mal Samantha Zinsers wahres Ich.

Beinahe hätte sie laut aufgeschrien. Samanthas Farben waren kristallklar – helles, glitzerndes Grün, sattes, dunkles Braun, kräftiges Feuerrot. Dazwischen sah sie ein verschlungenes Band, engverwoben mit den anderen Farben – ein breiter Streifen von schimmerndem Onyx.

Jill wusste, was Onyx bedeutete: Hinterlist. Ein engmaschiges Netz ausgeklügelter Lügen, das sich über alles legte. Am liebsten wäre Jill zurückgewichen, aber sie zwang sich, Samantha die entscheidende Frage zu stellen.

«Samantha ... liebst du mich?»

«Aber Schätzchen ...», sagte sie mit sanfter, tröstender Stimme. «Was ist das für eine Frage? Natürlich liebe ich dich.»

Doch während Samantha sprach, konnte Jill ihre Angst und die Abscheu sehen, die sie eigentlich empfand. Jill hatte sich entschieden. Grob stieß sie Samantha von sich und trat einen Schritt zurück.

«Geht es dir auch gut?», fragte Samantha mit sorgenvoller Stimme.

«Jetzt ja», sagte Jill und wischte sich über die Augen.

«Egal, was du brauchst ...», sagte Samantha, «... ich bin immer für dich da. Vergiss das nie.»

«Bestimmt nicht», sagte Jill und starrte die fremde Frau an. «Das vergesse ich bestimmt nicht.»

Laszlo war schon aufgestanden, bevor sie klopfen konnte. Er hatte gespürt, wie sie den Flur entlanggekommen war, pulsierend wie ein zorniges Herz. Eilig drehte er den Knauf. Jill kam hereingestürmt und knallte die Tür zu. Da ihr Schutzschild Risse bekommen hatte, fühlte er ihre Wut und ihren Schmerz.

«Sie hatten recht», fauchte Jill und lief in Laszlos großem Zimmer auf und ab. «Samantha hat die ganze Zeit gelogen.»

«Es tut mir leid.»

Jill blieb stehen und funkelte ihn an. «Nein, tut es nicht», bellte sie heiser, als hätte sie geweint. «Sie sind *froh*, dass sie mich benutzt hat!»

«Nein», sagte Laszlo.

«Es ist schon schlimm genug, dass Samantha mich belogen hat, also lügen Sie nicht auch noch!»

«Jill ...», sagte Laszlo und wählte seine Worte mit Bedacht. «Ich kann froh sein, dass du hier bist, ohne mich über den Grund dafür zu freuen. Samantha hat dich genauso benutzt wie mich. Wenn du es ihr heimzahlen willst, hilf mir, den Laden hier auffliegen zu lassen.»

«Und was ist mit ihr?»

«Was meinst du?»

«Ich meine: Was machen wir mit *ihr*?»

Laszlo überlegte. Er verstand, dass sie sich rächen wollte, aber da konnte er ihr nicht beistehen.

«Ich weiß nicht, was du von mir hören willst.»

«Natürlich wissen Sie das», höhnte das Mädchen, um Laszlo zu provozieren. «Ich will von Ihnen hören, dass wir uns an ihr rächen. Ich will von Ihnen hören, dass wir sie ...» Jill wartete einen Augenblick, als müsste sie Mut sammeln, um die nächsten Worte auszusprechen. «... *töten.*»

«Nein», sagte Laszlo und schüttelte den Kopf. «Sie umzubringen wäre nicht richtig.»

«Und das, was sie uns angetan – war das *richtig*?»

«Nein», sagte Laszlo leise.

«Und wenn das, was sie getan hat, *falsch* war, wieso müssen wir dann *richtig* handeln?»

«Wenn wir es nicht tun, sind wir ebenso im Unrecht wie sie.»

«Wen stört das?»

«Mich», sagte Laszlo. «Und eines Tages wird es auch dich stören.»

Jill starrte ihn an. Sie kochte vor Wut. Laszlo war nicht sicher, ob er sie überzeugt hatte, doch ihr Zorn schien sich zu legen, wenn auch nur ein wenig. Schließlich sank Jill aufs Bett. Fast eine Minute lag sie da und starrte an die Decke, bis sie sagte: «Sie würden nicht zulassen, dass ich ihr was tue, stimmt's?»

«Stimmt.»

«Selbst wenn es bedeutet, dass ich Ihnen nicht helfe?», fragte Jill. Sie setzte sich auf und sah ihm in die Augen.

Laszlo wusste nicht, was er darauf antworten sollte. Wenn es nur um ihn gegangen wäre, hätte die Sache anders ausgesehen. Aber so war es nicht. Es ging um drei Kinder, zu deren Entführung er einiges beigetragen hatte.

Plötzlich wusste er: Wenn er Jill helfen musste, Samantha zu ermorden, dann würde er es tun.

«Ich werde dir auf keinen Fall bei deiner Rache helfen», log Laszlo und projizierte starkes Selbstvertrauen. Nach einer halben Ewigkeit nickte Jill wütend.

«Gut. Dann machen wir es so, wie Sie wollen.»

Noch während sie sprach, spürte Laszlo, dass sie log. Sie würde ihm helfen, aber sie würde auch alles daransetzen, ihre Rache zu bekommen. Laszlo sagte nichts. Er würde versuchen, Jill vor sich selbst zu retten.

Der Rest war ihre Sache.

Sie überlegten, wie sie vorgehen würden. Schließlich begleitete Tom Jill zu ihrem Zimmer. Im Gegensatz zu den anderen Soldaten lag Toms Geist bloß, er war ganz ohne Schutz. Er war so voller lebendiger Emotionen, dass Jill ganz verlegen wurde.

Seine Zuneigung zu Laszlo war dermaßen offensichtlich, dass Jill sich wunderte, wieso keiner der anderen Soldaten Laszlos Einfluss auf Tom bemerkte. Außerdem fragte sie sich, wie Laszlo den Soldaten eigentlich manipulierte. Laszlo hatte gesagt, er vertraue Jill. Aber warum hatte er dann Geheimnisse vor ihr?

Andererseits sollte ihr das nur recht sein. So konnte sie auch ihre Geheimnisse haben. Sie wollte nicht mehr das Opfer sein. Und auch wenn sie etwas enttäuscht war, dass Laszlo ihr nicht helfen wollte, an Samantha Rache zu nehmen, war sie doch auch froh. Sie würde sich ganz allein um Samantha kümmern.

Tom schloss Jills Tür auf und schob sie ins Zimmer. Als er gehen wollte, legte Jill eine Hand auf den Türknauf und lächelte ihn an.

«Was hat Laszlo eigentlich, was ich nicht habe?»

Blitzschnell griff sie nach dem Hals des kräftigen Mannes. Noch im selben Moment war alles verloren, was Laszlo ihm eingegeben hatte, und Jill übertünchte alles mit schimmernder Gelassenheit.

«Komm rein! Wir haben eine Menge zu besprechen.»

KAPITEL 46

Samantha betrachtete die schlafenden Kinder auf den Monitoren.

«Ich kann nicht fassen, dass Laszlo seit so langer Zeit keinen einzigen Empathiker mehr gefunden hat. Sie sagten doch, die Florida-Zwillinge wären sichere Kandidaten.»

«Da ... da habe ich mich wohl getäuscht.»

Samantha drehte sich zu Dietrich um. Sie hätte sein äußeres Erscheinungsbild nie als «gesund» bezeichnet, aber in letzter Zeit sah er einfach gruselig aus. Er hatte dicke, dunkle Tränensäcke unter den Augen, und seine Miene war abgespannt und ausgemergelt. Zwar war er noch immer dick, aber er hatte deutlich abgenommen. Dadurch sah er allerdings nicht gerade gesünder aus.

«Mehr haben Sie dazu nicht zu sagen?», fauchte Samantha.

Dietrich zuckte mit den Schultern.

«Könnte es sein, dass Laszlos Fähigkeit, andere Empathiker aufzutreiben, leidet, weil er unter Jills Einfluss steht?»

Dietrich blickte einen Moment zu Boden, bevor er das Kinn anhob. Doch er vermied es, ihr in die Augen zu sehen.

«Das möchte ich bezweifeln.»

«Ich verstehe das nicht. Wir haben ihn in große Schulen mit vielen potenziellen Kandidaten geschickt. Er hätte jemanden finden müssen.»

«Möglich.»

«*Möglich?* Das ist alles?», rief Samantha. «Ich will Ergebnisse!»

«Die habe ich nicht, es sei denn ...»

«Ich weiß, ich weiß. Es sei denn, Sie führen weitere Tests durch.» Samantha sah zu den Monitoren auf. «Warum testen Sie nicht eins von den Kindern?»

«Ich ... ich weiß nicht, was Sie damit sagen wollen ...», stotterte Dietrich.

«Ich will damit sagen, dass es schon drei Wochen her ist, seit Sie neue Simulationen durchgeführt haben.»

Dietrich zögerte. «Ich sitze immer noch an den Daten vom letzten Mal. Es gibt da ... Faktoren, die ich bedenken muss.»

«Was ist aus Ihrer Strategie geworden, neue Daten zu sammeln, während Sie die alten analysieren?»

«Ich habe mich geirrt.»

«Was soll das heißen: Sie haben sich geirrt?»

«Na ja, ich hab mich einfach geirrt.»

Samantha starrte den Doktor an. Dietrich mochte zerstreut sein, aber wenn es um die Wissenschaft ging, war er bisher immer extrem entschlussfreudig gewesen. Es kam ihr vor, als hätte sich sein Charakter von heute auf morgen ...

Verdammt!

Samantha zog ihren Revolver aus dem Schulterholster unter ihrem Blazer und richtete ihn auf Dietrichs Kopf.

«Knöpfen Sie Ihr Hemd auf.»

«Was?» Dietrich trat zurück und hob die Hände. «Was haben Sie denn?»

«Knöpfen Sie Ihr Hemd auf.»

Samantha schluckte. Sie wollte ihn nicht erschießen, aber wenn er keine Kette mehr um den Hals trug, blieb ihr nichts anderes übrig. Und dann musste sie herausfinden, wer ihn im Griff hatte – Jill oder Laszlo.

Dietrich trat noch einen Schritt zurück. «Aber …»

«TUN SIE ES!», schrie Samantha. Ihre Nerven lagen blank.

«Okay, okay», sagte Dietrich. Langsam ließ er seine Hände sinken und begann, sein Hemd aufzuknöpfen. Nachdem er den dritten Knopf geöffnet hatte, schob er den verschwitzten Stoff beiseite, sodass darunter am Hals eine schmale Silberkette sichtbar wurde. «Suchen Sie das hier?»

Samantha atmete aus. Sie sicherte ihre Waffe und steckte sie weg. «Tut mir leid, ich dachte …»

«Ich weiß, was Sie dachten», sagte Dietrich, und seine Stimme bebte vor Wut. «Aber ich versichere Ihnen, dass ich absolut Herr meiner Sinne bin.»

«Das sehe ich jetzt auch», sagte Samantha. Instinktiv griff sie nach ihrer eigenen Kette. Sie war da, hart und warm auf ihrer Haut. «Wenn Laszlo bis Freitag niemand Neues findet, will ich, dass Dr. Joo eine volle Testreihe fährt.»

«Ich werde die nötigen Vorbereitungen treffen.»

«Also dann, gute Nacht.»

Als Samantha das Labor verließ, überlegte sie …

Was wäre, wenn die Ketten nicht mehr funktionierten? Was würde dann passieren?

Eiskalt lief es ihr über den Rücken. Nein. Dietrich hatte die Ketten unter zahllosen Voraussetzungen getestet, und eine Fehlfunktion war schlicht unmöglich. Magnetfelder hörten nicht plötzlich auf zu wirken, sofern sich nicht die Gesetze der Physik änderten. Sie war nur paranoid.

Trotzdem war sie froh, dass sie eine geladene Waffe bei sich trug. Noch hatte sie niemanden erschossen, aber es würde ihr vermutlich kein größeres Problem bereiten. Dennoch beschloss sie, vor ihrem Quartier zwei Wachen aufzustellen.

Für alle Fälle.

Als Zinser draußen war, sank Dietrich auf seinem Stuhl in sich zusammen. Das war knapp gewesen. Gut, dass Laszlo ihm aufgetragen hatte, zur Tarnung eine entmagnetisierte Kette zu tragen. Wenn nicht …

Ein Schauer durchfuhr Dietrich, und er war froh, dass alles bald vorbei sein sollte. Er wusste nicht, was er nach der Flucht tun würde, aber es war ihm auch egal. Er wollte nur nicht mehr dauernd so schreckliche Angst haben.

Er schlief kaum noch, und wenn doch, bescherte ihm seine Phantasie die grauenhaftesten Albträume, die er je hatte. Jede Nacht wachte er schreiend auf, schweißnass. Einmal hatte er sich vor Angst sogar in die Hosen gemacht.

Der Umstand, dass er nichts essen konnte, verschlimmerte alles nur noch. Seit einer Woche hatte er kein Essen mehr bei sich behalten. Letzten Dienstag hatte er es mit einem Apfel versucht, aber nur drei Bissen geschafft, bevor er sich übergab. Seitdem hatte er nur noch Wasser trinken können, und selbst davon wurde ihm schlecht.

Einzig die Gewissheit, dass er ein Licht am Ende des Tunnels sah, hielt ihn bei Verstand. Und jetzt war er dem Licht schon etwas näher. Laszlo würde flüchten müssen, bevor Joo seine Tests durchführte, was bedeutete, dass der Zeitplan gestrafft werden musste.

Dietrich schloss die Tür ab, setzte sich auf die Couch und legte die Decke um seine Schultern. Obwohl er sie schon zweimal gewaschen hatte, roch sie immer noch leicht nach Urin. Es war ihm egal. Solange Laszlo ihn lenkte, würde er ohnehin keine Ruhe finden.

Tom kam kurz vor dem Schichtwechsel um fünf Uhr früh in Laszlos Zimmer. Er holte einen durchsichtigen Plastikbeutel aus der Tasche und warf ihn aufs Bett – darin befand sich ein Knäuel von Silberketten.

«Ich habe ihnen gesagt, dass ihre Ketten nicht mehr wirken und dass die Kinder sie heimlich manipulieren», meldete der Soldat. «Dann habe ich ihnen die Ersatzketten gegeben. Im selben Moment waren alle total glücklich und entspannt.»

«Gut», sagte Laszlo. Er dachte daran, wie es sich angefühlt hatte, als Tom den Soldaten ihren Schutzschild genommen hatte und ihre Empfindungen urplötzlich zu spüren waren. Als Laszlo in ihr Bewusstsein eindrang, war es eine solche Anstrengung, so viele Menschen gleichzeitig zu lenken, dass er fast in Ohnmacht fiel. Glücklicherweise musste er ihnen nur in der ersten Minute einprägen, dass sie nicht an ihre neuen Ketten denken und auch nicht darüber sprechen sollten.

Laszlo hätte gerne mehr Zeit gehabt, sich Verbündete zu schaffen. So konnte er einfach nur abwarten. Und obwohl er überhaupt nicht an Gott glaubte, betete er zum ersten Mal in seinem Leben.

KAPITEL 47

Nervös ging Laszlo im Zimmer auf und ab, während Jill ruhig auf ihrem Stuhl saß und in der Bibel las. Sie war die Ruhe selbst. Er hoffte nur, dass sie keine Dummheiten machte.

«Es ist so weit», sagte Laszlo. «Branigan und Manderville müssten gleich kommen. Wir treffen uns in einer halben Stunde im Hauptflur.»

Jill musterte Laszlo einen Moment. Dann – zu seiner Überraschung – lächelte sie. «Viel Glück.»

«Danke», sagte Laszlo. «Dir auch.»

An ihrem Lächeln und an ihren guten Wünschen merkte er, dass Jill ihm etwas verheimlichte. Sein einziger Trost war, dass er selbst ein kleines Geheimnis hatte.

Tom tippte den sechsziffrigen Code ein, und die Stahltür ging auf. Dahinter wartete Dietrich mit zwei bewaffneten Wachen.

«Die beiden gehören zu mir», sagte Dietrich. «Bringen Sie uns zu der Gefangenen!»

Als Laszlo die zitternde Stimme des Wissenschaftlers hörte, sah er sich Dietrich genauer an. Er hatte den Mann zwar einschüchtern wollen, aber erst jetzt sah Laszlo an den dunklen, ruhelosen Augen, wie sehr sich der Wissenschaftler quälte.

Laszlo linderte die ekelhaft verbrannte Angst und ersetzte sie durch Selbstvertrauen. Dietrich drückte die gebeugten Schultern durch. Jetzt schlurfte er plötzlich nicht mehr wie ein Todgeweihter.

Dankend nickte er, mit Tränen in den Augen. Er ging den dunkelgrauen Flur entlang, an ein paar leeren Zellen vorbei, bis sie zu einer dicken Stahltür kamen. Laszlo machte sich bereit, als Dietrich den Schlüssel ins Schloss steckte.

Laszlo holte tief Luft, warf die Tür auf und blickte in die seelenvollen braunen Augen, in die er sich vier Monate zuvor verliebt hatte.

«Darian!»

Dumpf fiel die schwere Tür ins Schloss, und dann war alles still. Laszlo betrachtete die Frau, die er einmal geliebt hatte – und vielleicht noch liebte. Ihr krauses, schwarzes Haar war ein wilder, verfilzter Afro. Die dunkle Haut, die ihn einst an satte, dunkle Schokolade erinnert hatte, wirkte nun wie ausgewaschen.

Sie trug Handschellen und Fußfesseln, die mit einer Stahlkette am Boden befestigt waren. Um ihren Hals lag eine Silberkette, die aussah wie die der Wachen, nur dicker, sodass sie nicht wie ein Schmuckstück aussah, sondern wie das, was sie eigentlich war – ein Halsband.

Nur Darians Augen waren unverändert. Dort fand Laszlo die Antwort auf die Frage, die ihn quälte, seit er wieder zu sich gekommen war.

«Es war doch nicht alles Lüge, oder?»

«Für mich nicht», sagte Darian.

Laszlo biss sich auf die Zunge. Dann stellte er die einzige Frage, die ihm einfiel: «Warum?»

Darian seufzte. Sie senkte ihren Blick und ließ ihr Haar

vor die Augen fallen. Ein paar Sekunden später hob sie den Kopf. Ihr Haar umrahmte ihr Gesicht wie eine schwarze Wolke.

«Warum ich wollte, dass du dich in mich verliebst? Oder warum ich versucht habe, dich zu retten?»

Laszlo starrte sie nur an. Er wusste, dass die Uhr lief, aber er brauchte Antworten.

«Warum hast du versucht, mich zu retten?»

«Weil ich dachte ...» Sie schluckte und räusperte sich. «Ich war verliebt ... deshalb. Es war mein Auftrag, dich zu rekrutieren, aber als ich dann Nägel mit Köpfen machen sollte ... konnte ich einfach nicht.»

«Aber du hast mich rekrutiert», sagte Laszlo ausdruckslos.

«Ich war naiv», sagte Darian kopfschüttelnd. «Ich hätte nie gedacht, dass sie ... ich wollte nicht, dass es so kommt. Ich schwöre bei Gott, Laszlo! Es tut mir leid.»

«Warum hast du ihnen geholfen?»

«Ich war selbstsüchtig. Ich wünschte, ich hätte eine bessere Antwort, aber die habe ich nicht.»

Laszlo atmete aus. Es klang nicht heldenhaft, aber sie war ehrlich. Zumindest schien es so. Solange sie dieses Halsband trug, konnte er unmöglich sicher sein. Doch seine Instinkte sagten ihm, dass sie diesmal die Wahrheit sagte.

«Was nun?», sagte Darian.

«Ich will weg. Heute Nacht!», sagte Laszlo. «Und ich nehm die Kinder mit.»

«Wie ...?»

«Es gibt da bestimmte Möglichkeiten.» Laszlo nickte. «Und Jill hilft mir.»

Darian starrte ihn an. «Du darfst ihr nicht vertrauen!»

«Ich hatte keine Wahl», sagte Laszlo. «Allein bin ich den Wachen nicht gewachsen.»

«Jill hält nur zu Zinser.»

«Nicht mehr.»

«Nimm mir dieses Ding hier ab. Ich kann dir helfen.»

«Und *dir* soll ich vertrauen?»

«Sieh mich an!», sagte Darian und deutete auf die Ketten, mit denen ihre Beine gefesselt waren. «Meinst du nicht, ich würde alles daransetzen, hier rauszukommen?»

«Ich meine, dass du an niemand anderen denkst als dich selbst.»

«Ich verspreche es ...», flehte Darian. «Ehrlich!»

Laszlo nahm ihren Kopf in beide Hände. Als er ihre Haut berührte, füllte sich das trübe Nichts um sie herum mit Emotionen. Sofort überwand er die Barrieren, die ihm Darian in den Weg stellte, und tauchte tief in ihr Bewusstsein ein.

Da war so viel, dass er kaum alles verarbeiten konnte – Trotz und drückende Schuld, Reue und dann – vergraben tief darunter – ein grimmiger Stolz und kühne, kompromisslose Liebe. Laszlo zog die Hände zurück. Darian hielt den Kopf aufrecht, das Kinn hocherhoben.

Sein Verstand sagte ihm, dass sie ihre Schuld wiedergutmachen wollte, doch er konnte sich nicht dazu überwinden, ihr zu vertrauen.

«Du kannst mitkommen», sagte Laszlo, «aber das Halsband bleibt dran.»

«Du machst einen Fehler», sagte Darian. «Du wirst mich brauchen, wenn Jill sich gegen dich wendet.»

«Und wenn nicht *sie* sich gegen mich wendet?», fragte Laszlo. «Sondern du?»

KAPITEL 48

Dietrich ging voraus, dicht gefolgt von Tom, Darian und Laszlo. Zwar hatten sie Darian die Fußfesseln abgenommen, doch die Handschellen ließen sie dran, damit sie auch wie eine Gefangene aussah. Mit seiner kräftigen Statur ging Laszlo ohne weiteres als Soldat durch, eine abgemagerte Schwarze jedoch nicht.

Als sie zu den Wachen kamen, drehte sich Dietrich zu Laszlo um und räusperte sich.

«Meine Herren, Sie wissen, was zu tun ist?»

Dietrichs Stimme bebte ängstlich. Aber Laszlo gab Reynolds und Keegan unerschütterliches Vertrauen ein. Solange Laszlo da war, würden die Männer eher sterben, als sich Dietrichs Anweisungen zu widersetzen.

«Jawohl, Sir!», riefen Reynolds und Keegan im Chor.

«Ihre Kameraden wissen nicht, was sie tun. Sie werden von den Kindern kontrolliert. Wir müssen diese Kinder in eine andere Einrichtung schaffen. Vermeiden Sie Tote», Dietrich überlegte kurz, «aber unternehmen Sie alles Notwendige zur Erfüllung unserer Mission. Verstanden?»

«Verstanden, Sir.»

«Folgen Sie mir!»

Dietrich ging voraus zum Wohnbereich. Am Eingang verstellten zwei Wachen ihnen den Weg – beides imposante Männer, und beide bewaffnet.

«Bitte treten Sie beiseite», sagte Dietrich.

«Das darf ich nicht, Sir. Direktor Zinser hat befohlen …»

Tom zog dem Soldaten mit seiner Pistole eins über die Nase, dass es knirschte. Gleich darauf schlug er ihm mit der Faust gegen das Kinn, sodass der Soldat mit dem Kopf gegen die Wand prallte und zu Boden ging.

Im selben Augenblick versetzte Keegan dem anderen einen Hieb in die Magengrube. Der Mann knickte ein, und Keegan rammte ihm den Ellbogen an den Hinterkopf, sodass er neben seinem Kameraden niedersank. Laszlo holte tief Luft und versuchte, die hitzige Gewalt, die er in Tom und Keegan ausgelöst hatte, zu bändigen.

Dietrich bückte sich und riss den am Boden liegenden Soldaten ihre Silberketten ab. Augenblicklich roch Laszlo ihren Schmerz und die Erniedrigung. Zusätzlich gab er ihnen lähmende Angst ein.

«Wenn Sie versuchen, zu fliehen oder Alarm zu schlagen, kommen wir wieder und töten Sie!», sagte Laszlo. «Jetzt legen Sie sich auf den Bauch! Hände hinter den Kopf!»

Die Männer taten, was man ihnen befahl. Keegan und Reynolds legten ihnen Handschellen an. Trotz Laszlos Aufmunterung hämmerte Dietrichs Herz jetzt heftig. Er streckte seine zitternde Hand nach der Tastatur neben der Tür aus. Drei Versuche brauchte er, bis seine Finger ruhig waren und er den Code richtig eintippen konnte.

Das rote Licht wurde grün, man hörte ein metallisches Klicken, und die Stahltür schob sich auf. Plötzlich konnte Laszlo die drei Kinder deutlich spüren. Zwar kannte Laszlo sie gut, doch jetzt war alles anders.

Er musste sich nichts vormachen. Er wusste genau, wieso sie sich verändert hatten. Sie waren manipuliert worden. Dietrich hatte ihm erklärt, dass Jill die anderen Kinder willig machte, doch bis jetzt hatte Laszlo nicht geahnt, in welchen Ausmaß. Es tat ihm weh, was man mit ihnen gemacht hatte. Noch einmal machte er sich klar, was auf dem Spiel stand.

Er spürte, dass ihn jemand am Arm berührte, und fuhr herum. «Ist alles in Ordnung?», fragte Darian.

«Nein», sagte Laszlo. «Aber bald.»

Jill musste sich an der Wand abstützen, als eine ekelhafte Woge des Zorns über sie hinwegging. Vermutlich war Laszlo im Wohnbereich angekommen. Für einen Moment zweifelte Jill an ihrem Plan.

Es war noch nicht zu spät. Sie konnte immer noch tun, was Laszlo wollte. Wenn sie jetzt umkehrten, könnten sie es noch rechtzeitig schaffen. Aber was dann? Weglaufen und glücklich leben bis ans Ende ihrer Tage? Und Samantha ungestraft lassen?

Doch beim Gedanken an Samanthas grüne Augen und ihr langes, seidiges Haar besann Jill sich. Samantha hatte sie belogen. Was Gott betraf. Und alles andere auch. Doch jetzt kannte Jill die Wahrheit, und Samantha würde leiden. Denn sie hatte versucht, eine dämonische Macht zu bändigen – und auch Laszlo und seine herzallerliebsten Kinder würden leiden.

Pater Sullivan hatte recht gehabt. Sie waren Ausgeburten der Hölle. Jill hatte gebetet, und Gott hatte ihr den Weg gewiesen. Endlich begriff sie, wozu sie da war, warum sie besessen gewesen war – um die Macht zu besitzen, sie alle zu vernichten.

Sie – und die Sünder, die sie benutzen wollten.

«Ist alles okay?», fragte Branigan und tippte vorsichtig an Jills Schulter.

«Natürlich», knurrte Jill und wehrte Branigans fleischige Hand ab. Sie gab ihm graublaue Unterwürfigkeit ein, vermischt mit feuerrotem Respekt. «Weitergehen.»

Sie näherten sich dem ersten Kontrollpunkt, und Jill ließ sich zurückfallen. Sie schürte die Gewaltbereitschaft der Soldaten weiter. Sofort erkannte sie die Wirkung; daran, wie sie gingen, wie sie marschierten, als trampelten sie unsichtbare Opfer zu Tode.

Bevor sie um die Ecke kamen, brachten die beiden Männer ihre Maschinenpistolen in Anschlag. Jill blieb ganz nah hinter ihnen. Sie wollte dabei sein, wenn an diesem gottlosen Ort das erste Blut vergossen wurde.

Die beiden Soldaten vor den Doppeltüren hatten keine Chance. Bevor sie überhaupt den Mund aufmachen konnten, hoben Branigan und Manderville ihre Waffen und feuerten. Fast gleichzeitig griffen sich die Opfer an die Brust und sanken gegen die Wand. Branigan und Manderville schossen noch einmal. Sie trafen die Männer direkt zwischen die Augen. Wie Marionetten sanken die beiden Soldaten in sich zusammen.

Jill übertrug ihre Begeisterung auf Branigan und Manderville. Die Männer grinsten, als sie das Blut sahen. Jill stieg über die Leichen hinweg und ging auf die Tür zu. Fast rutschte sie auf der Blutlache aus, doch Branigan stützte sie. Der dunkle Gang dahinter war leer.

Dreißig Meter weiter sah sie die Stahltüren des Fahrstuhls. Es sah nicht so aus, als wären sie bewacht, doch Jill war gut vorbereitet: Die Wachen standen links und rechts der Tür, was aber von ihrem Standpunkt aus nicht zu sehen war.

Branigan und Manderville schritten forschen Schrittes voran – unverkennbar Soldaten. Die Fahrstuhlwachen waren auf Schwierigkeiten überhaupt nicht eingestellt. Sie gaben keinen Laut von sich, als Jills Legionäre immer näher kamen – erst als auf sie geschossen wurde.

Bis Jill ankam, war alles erledigt. Wieder lagen zwei Soldaten in ihrem eigenen Blut. Branigan riss einem der beiden Toten einen Sicherheitsschlüssel vom Gürtel, steckte ihn ins Schloss und drehte. Die Fahrstuhltüren gingen auf.

Jill trat ein. Branigan und Manderville folgten ihr. Sie bildeten einen menschlichen Schutzschild um ihre Gebieterin. Branigan drückte auf den Knopf, und die Türen schlossen sich. Jill betrachtete die Spur aus blutverschmierten Schuhabdrücken, die sie im Gang zurückgelassen hatten.

Ein Omen dessen, was noch kommen sollte.

Samantha Zinser las gerade Dietrichs neuesten Bericht, als sie die Schüsse hörte. Augenblicklich war sie aufgesprungen, zückte ihre HK und zielte auf die Tür. In ihrer zitternden Hand fühlte sich die Pistole ungewöhnlich schwer an.

Langsam drückte sie den Zeigefinger gegen den Auslöser, bereit zu schießen, sobald die Tür aufgehen würde. Dann drehte sich der Knauf. Sie hielt die Luft an und stellte sich breitbeinig hin. Als der Schweiß ihr in die Augen lief, blinzelte sie nervös. Sie schien aus jeder Pore ihres Körpers zu schwitzen. Doch sie musste sich beherrschen. Vielleicht hatte sie nur eine einzige Chance.

Der Knauf drehte sich nicht weiter. Samantha atmete aus. Die verstärkten Stahlschlösser hielten. Plötzlich hörte sie drei Schüsse kurz nacheinander, und die Tür flog auf. Sie drückte ab.

Der Schuss war ohrenbetäubend. Es rauschte in ihren Ohren, als die Pistole ausschlug und ihr herunterfiel. Da erkannte Samantha Branigans Gesicht über der Brust, die sie getroffen hatte. Sie versuchte, sich zu überzeugen, dass sie außer Gefahr war, dass alles nur ein Irrtum war, doch dann sah sie Manderville.

Sein Mund war eine wütende Grimasse. Und seine Waffe war auf sie gerichtet.

In Panik suchte sie nach ihrer HK, aber die lag am anderen Ende des Zimmers auf dem Boden. Sie hob beide Hände, als Manderville auf sie zukam, über den sterbenden Branigan hinwegstieg und seine Pistole auf ihre Stirn gerichtet hielt.

Sie wusste nicht, wohin. Sie spürte den Schreibtisch hinter sich. Ihr Herz schlug bis zum Hals. Mandervilles blinder Hass war nicht zu übersehen: Er würde sie töten.

Am liebsten hätte sie die Augen zusammengekniffen, denn sie fürchtete, dass sie mit ansehen müsste, wie die Mündung blitzte und die Kugel auf ihr Hirn zuflog, doch sie war wie erstarrt. Und dann, als Mandervilles Pistole kaum noch einen Daumenbreit entfernt war, hörte sie eine laute Stimme.

«HALT! NICHT SCHIESSEN!»

Bevor Samantha die Worte begriffen hatte, zog Manderville seine Pistole zurück, holte aus und schlug sie ihr an den Schädel.

Schweißnass setzte sich Elijah im Bett auf.

Farben explodierten im dunklen Zimmer direkt vor seinen Augen. Sein Herz raste, und er schnappte nach Luft. Wild wandte er sich ab, um dem flammenden Taumel zu entkommen, doch gab es kein Entrinnen vor den grellen Farben. Er versuchte, sich ihnen zu verschließen, doch die Gefühle, die auf ihn eindrangen – Jills Gefühle –, waren zu stark.

Stattdessen versuchte er, herauszufinden, was die anderen im Zimmer taten. An Winters eisigem Blau sah er, dass sie noch schlief, aber Charlie war hellwach. Genau wie Elijah war auch er in sengendes Orange und Grün getaucht, als Jills kranker Hass ihn bedrängte. Elijah konzentrierte sich auf sein Innerstes und sendete schließlich ein flackernd weißes Licht an seinen Freund, um ihm zu zeigen, dass er da war.

Charlie reagierte sofort, Elijah konnte die gelbe Erleichterung sehen. Elijah seufzte und sog die Farbe in sich auf. Bebend atmete er ein, und sein Puls ging schon wieder langsamer. Elijah ließ Charlie seine unsichere Ruhe spüren, und wieder reagierte Charlie sofort.

Ganz allein in der Finsternis, in einem Meer von Farben, dankte Elijah dem lieben Gott, dass sein Freund in der Nähe war.

KAPITEL 49

Jill schlug mit der flachen Hand zu. Samanthas Kopf prallte gegen die Wand, dann sank sie in sich zusammen. Jill holte aus, um gleich nochmal zuzuschlagen, sobald Samantha die Augen öffnete. Als sie wieder zu sich kam, durchzuckten grelle Emotionen ihren Kopf.

Schmerz. Verwirrung. Angst. Und dann, als Samantha ihren Kopf hob und Jill über sich sah, mischte sich dumpfes Entsetzen mit ekelhafter Hoffnungslosigkeit. Samantha betrachtete ihre zerrissene Bluse.

Jill trug Handschuhe. Mit zwei Fingern hielt sie die Silberkette. Das schimmernde Metall baumelte hin und her und glitzerte im Licht. Samantha verlor den letzten Mut, den sie noch in sich hatte, und Jill schleuderte die Kette durch den Raum. Heftig schnaufend versuchte Samantha sich zusammenzureißen.

«Warum tust du das, Jill?»

«Sag du es mir!»

«Ich weiß es nicht …»

«Natürlich weißt du es!», schrie Jill und freute sich an Samanthas Entsetzen – eine Explosion aus Orange. Sie verkniff sich ein Lächeln und ging ganz nah an Samanthas Gesicht heran. Samantha schluckte und blickte starr zu Boden.

Sie sah die breite Blutspur, die bis zur Tür führte, wo

der tote Branigan zusammengesunken war. Als Samantha in die glasigen Augen des Toten blickte, spürte Jill die aufwallende Übelkeit der Frau. Im letzten Moment wich sie zurück, um dem Schwall zu entgehen.

«Magst du nicht sehen, was du angerichtet hast?», fragte Jill und schob ihren Stuhl ein Stück nach vorn. «Was ist? Noch nie jemanden umgebracht?»

«Nein», presste Samantha hervor. Einen Moment lang schluchzte sie leise, und ihre violette Angst verfinsterte sich, bis sie fast glänzte. Samantha blinzelte die Tränen aus ihren Augen, sah sich um, und Jill spürte ihre Neugier.

«Manderville wartet draußen», sagte Jill. «Wir sind unter uns. Wenn du meine Fragen ehrlich beantwortest, lasse ich dich leben.» Jill fühlte einen Hoffnungsschimmer in Samantha. «Wenn du mich anlügst, landest du bei Branigan. Verstanden?»

Samantha nickte eilig. Sie zitterte.

Jill holte tief Luft.

«Hast du ...» Jill zögerte einen Augenblick, denn sie wusste, dass es kein Zurück mehr gab, wenn sie diesen Weg einschlug. «Hast du mich jemals geliebt?»

Samantha erschrak.

«Jill ...», sagte sie, um Zeit zu schinden, «... wie kannst du das fragen?»

«Weil ich es wissen will», sagte Jill und schluckte ihren Zorn herunter. «Hast du mich jemals geliebt?»

«Warum tust du das? Was willst du damit ...»

«ANTWORTE MIR!», schrie Jill. «Hast du mich jemals GELIEBT?»

Samantha zog laut die Nase hoch und stöhnte. «Jill ...»

«JA ODER NEIN?»

Samantha holte tief Luft. «Nein», flüsterte sie. «Aber, Jill, du musst mich doch verstehen ...»

Jill schlug Samantha ins Gesicht. Mit hellem Knacken knallte ihr Kopf an die Wand. Samantha spuckte eine bräunliche Mischung aus Blut und Galle.

«Verstehen, Samantha? Was soll ich verstehen? Wieso du mich belogen hast? Verstehen, warum du mich *benutzt* hast? Komm schon! Erklär's mir!»

Samantha starrte Jill flehend an. Rote Blitze des Schreckens zuckten in ihrem Bewusstsein, gefolgt von dumpfer Demut. Samantha hörte auf zu keuchen.

«Was willst du?», fragte sie ausdruckslos.

Wieder holte Jill aus und schlug zu. Samantha spannte sich an, wich aber nicht aus. Das wünschte sich Jill am meisten: dass Samantha vor Angst heulte. Dass es ihr leidtat … und vor allem, dass sie Jill liebte. Könnten sie doch nur von vorn beginnen! Jill wusste, dass sie Samantha diesmal dazu bringen würde, sie wirklich zu lieben.

Jill stand auf und trat zurück. Sie sah durch Samanthas schöne äußere Hülle direkt in ihr kaltes, berechnendes Ich. Jill sah nur fauliges Gelb. Keine Zuneigung. Keine Wärme. Keine Liebe. Nur Angst.

«Du bist jämmerlich», rief Jill und wischte sich den Rotz von der Nase. «Du benutzt die Menschen. Du hast Laszlo benutzt. Du hast Darian benutzt. Du hast mich benutzt. Jetzt … jetzt werde ich *dich* benutzen.»

«Jill …»

Jill wusste nicht, was Samantha sagen wollte, und es war ihr auch egal. Als sie später an diesen Augenblick zurückdachte, stellte sie sich vor, dass Samantha sie vielleicht um Vergebung bitten wollte. Zwar sah sie nicht den leisesten Hauch von Reue in Samantha, doch wollte sie gern glauben, dass es Samantha leidtat. Und obwohl dadurch alles, was danach geschah, in gewisser Weise nur noch schlimmer wurde, war es die Sache wert gewesen.

Samantha hatte keine Chance, ihren Gedanken zu beenden, da Jill ihr erdrückende Furcht eingab. Tränen traten in Samanthas trotzige Augen.

Jill übertrug allen Schmerz und alle zerschlagenen Hoffnungen, die sie in sich hatte, und verstärkte sie ums Zehnfache. Samanthas Psyche brach in sich zusammen. Sie stieß ein langes, trauriges Heulen aus. Es war das Traurigste, Schmerzlichste, was Jill je gehört hatte, so voller Qualen und Verzweiflung, dass sie es kaum ertragen konnte. Doch Jill drängte immer weiter, bis Samanthas Heulen im Schluchzen erstickte.

«So fühle ich mich … deinetwegen!», weinte Jill und blinzelte, um ihre Tränen zurückzuhalten.

«Aufhören … bitte …», wimmerte Samantha. Sie presste die Worte zwischen ihren Schluchzern hervor. «Bitte … oh, Jill, bitte … wenn du mich je geliebt hast, dann tu das nicht. Ich kann nicht … ich kann nicht …»

«Wenn ich aufhöre …», sagte Jill und gab ein wenig nach, «… machst du dann, was ich will?»

«Alles!», stöhnte Samantha. «Alles … ich schwöre es!»

Und dann – von einem Augenblick auf den anderen – nahm Jill Samantha alle Trauer, alle Qualen, allen Schmerz. Die Reaktion folgte sofort. Samantha keuchte, als tauchte sie auf, um nach Luft zu schnappen. Jill ließ sie ein paar Sekunden in Ruhe, damit sie wieder einigermaßen hergestellt war.

Als sie spürte, dass Samantha fast wieder bei Verstand war, fragte Jill: «Wo ist der Notschalter?»

Beim letzten Wort stöhnte Samantha auf, und ihr Innerstes zuckte förmlich zusammen. «Das darfst du nicht, Jill!»

«Doch, das darf ich», sagte Jill ganz leise. «Wo ist der Schalter?»

«Nein», sagte Samantha kopfschüttelnd. «Das werde ich dir nicht sagen.»

«Doch.»

Jill öffnete die Schleusen und ließ ihre Empfindungen in Samanthas Bewusstsein eindringen – um das Hundertfache verstärkt. Dann um das Tausendfache. Samantha wollte schreien, aber es kam kein Ton heraus. Nichts, nicht einmal ein Atemhauch. Ihr Mund stand nur offen, während unerträgliche Qualen sie fortrissen.

Und dann, genauso schnell, wie der Schmerz gekommen war, stellte Jill ihn wieder ein. Samanthas Mund öffnete sich noch etwas weiter, und sie stieß einen langen, schrillen Schrei aus, erleichtert, endlich ihren Schmerz herauszuschreien.

«Wo ist er?»

Samantha fing an zu schluchzen. Zwischen ihren Schreien stöhnte sie laut auf.

«Ich kann die ganze Nacht so weitermachen», sagte Jill und bombardierte Samanthas Bewusstsein mit unerträglichem Schwarz und Grün. Und als Samantha eben im allertiefsten Schmerz zu versinken drohte, ließ Jill nach. Samanthas Schluchzen wurde lauter.

«Und nochmal!» Kreischend gelbe Qualen.

«Und nochmal!» Brennend roter Schmerz.

«Und nochmal!» Dunkelgrüne Verzweiflung.

Diesmal ließ Jill die Qual volle zehn Sekunden auf Samantha wirken. Samanthas Kopf sank herab, ihr Gesicht war schweißnass. Jill nahm ihr Kinn und hob es an.

«Möchtest du, dass es aufhört?»

Wieder drängte sich Jill in Samanthas Innerstes. Samantha klappte den Mund auf und zu, als wollte sie etwas sagen, doch ihr fehlte die Kraft.

Jill gab etwas nach.

«Jaaaaaaa …», schluchzte Samantha. «Ich sag es dir … aber bitte hör auf … bitte …!»

Jill ließ von ihr ab, und Samantha sank in sich zusammen. Jill fing ihren Kopf auf und hielt ihn sanft zwischen den Händen. Sie spürte Samanthas Puls unter den Fingerspitzen, und die verschwitzte Haut war heiß.

«Schschscht», machte Jill. «Es tut jetzt nicht mehr weh. Sag mir einfach, was ich wissen will.» Sie wartete. Sie konnte Samanthas tiefe Erschöpfung, ihre Panik spüren. Und schließlich, dass sie sich in ihr Schicksal fügte. «Wo ist er?»

Samantha zitterte am ganzen Leib, als sie die Antwort schluchzte. «In … in der untersten Schublade.»

Jill stand auf, ging zum Schreibtisch und zog die Schublade auf. Sie war erheblich schwerer als erwartet, und Jill sah sofort, warum. Darin war ein Bildschirm mit kleiner Tastatur.

«Gib mein Passwort ein: 3-9-2-1.»

Jill tippte die vier Ziffern, und sofort ging der Bildschirm an. Sie durchsuchte mehrere Menüs, bis sie fand, was sie suchte.

«Tu das nicht!», flehte Samantha. «Wenn ich sagen soll, dass es mir leidtut, dann sage ich es. Es tut mir leid! Es tut mir schrecklich leid! Du weißt, dass ich die Wahrheit sage, also gibt es doch gar keinen Grund …»

«Du täuschst dich», sagte Jill und wischte sich mit der Hand über die Nase. «Es gibt einen Grund. Ich bin eine Ausgeburt der Hölle. Wie alle Empathiker. Wir sind eine Sünde gegen Gott. Ich habe mich schon immer gefragt, warum ich …» Jill zögerte, ihre Stimme bebte. «Bis ich es schließlich rausgefunden habe.»

Ohne eine Antwort abzuwarten, drückte Jill den Knopf. Eine Digitaluhr erschien und begann rückwärts zu zählen.

Einen Moment lang starrte sie die grünen Ziffern an, wie hypnotisiert.

Jill stellte sich vor, wie es wäre, dazusitzen und zuzusehen, wie die Ziffern bis zum Ende zählten. Ob man es bis 0:00 schaffte oder ob man vorher starb? Samantha würde es erfahren. Eilig ging Jill durch die Menüs zurück und klickte noch einen letzten Befehl an.

Als der Alarm aufheulte, lächelte sie. Dann beugte sie sich vor und küsste Samantha auf die Wange. Sie staunte, dass sie diese Frau einmal geliebt hatte.

«Leb wohl, Samantha.»

Einmal noch öffnete Jill die Schleusen und ließ dumpfen Hass und Reue ungehindert auf Samantha einwirken. Als Samantha anfing zu schreien, öffnete Jill die Tür und ging.

Sie sah sich nicht mehr um.

KAPITEL 50

Als sie losrannten, drangen von irgendwoher glühender Zorn und unaussprechliches Entsetzen auf Laszlo ein. Er wusste, dass dies Jills Zorn war, doch er hatte keine Ahnung, wer so erschrocken sein mochte.

«Wir müssen uns beeilen», sagte Laszlo und wischte sich den Schweiß von der Stirn. «Irgendwas ist faul.»

Dietrich nickte und lief schneller. Sie kamen um eine Ecke und trafen auf zwei weitere Soldaten. Keegan und Reynolds gaben den beiden einen Kinnhaken mit ihrer .45er. Tom nahm ihnen die Halsketten ab und befreite ihre furchtsamen Geister. Laszlo war so schwach, dass die einzige Empfindung, die er übertragen konnte, seine eigene physische Erschöpfung war. Die Männer gingen in die Knie und brachen bewusstlos zusammen.

«Was haben Sie mit ihnen gemacht?», fragte Dietrich ungläubig.

«Sediert», sagte Laszlo und war selbst überrascht.

Tom schloss die letzte Tür auf. Augenblicklich drangen die Emotionen der Kinder daraus hervor. Jills psychische Attacke hatte sie in Angst und Schrecken versetzt. Laszlo wollte sich an der Wand abstützen, stolperte jedoch.

Tom war da und fing ihn auf.

Vorsichtig ließ ihn der treue Soldat auf den Boden herab. Laszlo gab sich alle Mühe, bei Bewusstsein zu bleiben, aber es war einfach zu viel, Dietrich und gleichzeitig die Soldaten zu lenken, angesichts von Jills unbändigem Hass und dem psychischen Geschrei der Kinder. Er konnte nicht mehr … er war so müde … er musste einfach loslassen …

Eine weiche, kühle Hand legte sich auf seine Stirn. Er riss die Augen auf, als sein Gehirn von Endorphinen überflutet wurde. Es war, als holte man ihn mit einem Elektroschock ins Leben zurück. Er konzentrierte sich und erkannte Darian, die ihn ansah. Ihre wunderbaren dunkelbraunen Augen blickten ihn direkt an.

«Diesmal kannst du mir vertrauen.»

Als sie das sagte, spürte Laszlo, was sie fühlte. Es war so lange her, dass er schon fast vergessen hatte, wie erstaunlich dieses Gefühl war. Und doch war es da – warmer, rauchiger Duft wie von einem verglühenden Lagerfeuer umgab ihn. Und obwohl sich Laszlo ihre grenzenlose Liebe einst von Herzen gewünscht hatte, empfand er jetzt nur noch Bedauern.

Er verdrängte seine Reue und nickte Tom zu. Der Soldat beugte sich vor, schloss Darians Handschellen auf und nahm ihr das Halsband ab. Augenblicklich war Laszlo von ihrer unbändigen Kraft überwältigt. Einen Moment fürchtete er, einen Fehler gemacht zu haben, doch dann war es, als hätte man ihm eine Last von den Schultern genommen.

«Ich habe Keegan, Reynolds und Dietrich», flüsterte Darian ihm sanft ins Ohr. «Du übernimmst Tom und die Kinder.»

«Okay», sagte Laszlo. Er streckte eine Hand aus, und Tom zog ihn energisch auf die Beine. «Bewachen Sie den Ausgang!»

«Verstanden», sagte Tom.

Und so betraten Laszlo, Dietrich und Darian den gesicherten Wohnbereich.

Laszlo war nun nicht mehr darauf angewiesen, dass Dietrich ihm den Weg zeigte. Er konnte die Kinder deutlich spüren. Jenseits der Tür lag der nächste lange Flur. Im Vergleich zu den anderen, eher nüchtern gestalteten Gängen wirkte dieser etwas freundlicher.

Aber irgendetwas stimmte nicht mit dem dicken, roten Teppich und den leuchtend gelb-orangen Wänden. Der Flur sah aus wie eine Theaterkulisse. Zwölf Türen gingen von dem Gang ab. An dreien waren silberne gravierte Namensschilder angebracht.

Elijah Cohen. Winter Xu. Charlie Hammond.

Laszlo holten mit einem Mal schreckliche Gewissensbisse ein. Darian war neben ihm, und blanker Hass überkam ihn, als er daran dachte, was sie ihnen angetan hatte.

«Laszlo, ich …»

«Nicht jetzt!», sagte er und schluckte seinen Zorn herunter. «Du holst Winter, ich gehe zu Elijah und Charlie.»

Eilig liefen sie den Flur hinunter und rissen die Türen auf.

Die Kinder schraken aus ihren Betten hoch. Sie schützten ihre Augen vor dem grellen Licht.

«Mr. Kuehl!», rief Elijah, als er ihn sah.

«Mr. Cohen», keuchte Laszlo und lächelte. «Miss Xu. Mr. Hammond. Schön, Sie zu sehen!»

«Was machen Sie denn hier in Oregon?», fragte Winter.

«Wir sind nicht in Oregon. Das war eine Falle.»

«Aber wie …?»

Laszlo schnitt Elijah das Wort ab. «Ich erkläre alles später. Im Augenblick müssen Sie nur wissen, dass wir hier nicht bleiben können.»

«Mr. Kuehl», sagte Charlie zögerlich. «Warum schreit die Frau so?»

Laszlo hielt die Luft an. Er hatte gedacht, Zinsers psychische Schreie würden nicht zu den Kindern durchdringen. Da hatte er sich wohl getäuscht.

«Sie hat Schmerzen», sagte Laszlo nur. «Aber jetzt bitte keine Fragen mehr. Egal, was passiert: Bleiben Sie zusammen und tun Sie, was ich Ihnen sage. Mr. Hammond, Mr. Cohen, nehmen Sie meine Hand. Miss Xu, halten Sie sich an Miss Washington fest!»

Unter anderen Umständen hätten sich die Jugendlichen wahrscheinlich geweigert, aber jetzt fügten sie sich ohne Widerrede. Als die beiden Jungen Laszlos Hände nahmen, versuchte er, ihnen Mut einzugeben.

Plötzlich spürte Laszlo einen scharfen Stich.

«Was war das?» Laszlo wollte sich seine Sorge nicht anmerken lassen, wusste aber, dass das sinnlos war. Die Kinder spürten sein Entsetzen.

«Ich glaube, Jill hat sie getötet», sagte Darian.

Laszlo ignorierte ihren vorwurfsvollen Blick und wandte sich den Kindern zu.

«Ich lass erst los, wenn wir draußen sind.» Dann drückte er Elijahs und Charlies Hände. «Haltet euch gut fest! Jetzt geht's rund!»

Laszlo hoffte nur, dass Jills Rachefeldzug ihre Flucht nicht verhindern würde. Er wusste nicht, dass alles längst zu spät war.

Als Jill auf den Flur hinaustrat, hörte sie den Alarm deutlicher. Es war ein energisches, tiefes Summen. Obwohl die meisten Soldaten in der Anlage noch ihre Ketten trugen, spürte sie doch die allgemeine Angst.

«Gehen wir!», kommandierte Jill und bemühte sich, mit fester Stimme zu sprechen. Manderville lud seine Waffe nach, doch bevor er losgehen konnte, packte sie seinen Arm.

«Erschießen Sie die Soldaten nicht, wenn sie sich widersetzen! Wir brauchen Verstärkung. Nehmen Sie ihnen die Ketten ab, ich kümmere mich um den Rest.»

Er nickte, und es dauerte nicht lange. Einen Augenblick später kam ein Soldat um die Ecke. Manderville versetzte dem Mann einen Schlag in den Magen und riss ihm die Kette vom Hals. Er ging zu Boden. Jill war schon da und wirkte auf sein Bewusstsein ein. Sie nickte Manderville kurz zu, als sie ihn im Griff hatte.

«Die anderen Kinder haben den ganzen Bau unter ihrer Kontrolle», sagte Manderville. «Wir müssen hier raus!»

Jill übertrug Zielstrebigkeit auf den Soldaten. Sein Blick wurde starr und entschlossen. Jill sah auf sein Namensschild: TANNER, JAMES.

«Jawohl, Sir!»

«Töten Sie jeden, der sich uns in den Weg stellt.»

«Was ist mit ihr?», fragte Tanner und deutete auf Jill.

«Sie gehört zu mir», sagte Manderville. «Los jetzt!»

Damit marschierte das Mädchen mit den Soldaten zum Ausgang. Als sie sich den vier Wachen an der Haupttür näherten, machte sich Jill bereit. Sie würden gar nicht merken, was über sie kam.

KAPITEL 51

«Alarm!», rief Tom gegen den plötzlichen Lärm.

Laszlo wollte sich den Schweiß von der Stirn wischen, doch die Kinder hielten seine Hände fest. Er schluckte und versuchte, sich zu sammeln.

«Okay. Tom, Keegan: Sie gehen voraus. Reynolds: Sie übernehmen die Nachhut.» Die Männer nickten. «Dr. Dietrich, bringen Sie uns hier raus!»

Der Doktor spitzte die Lippen und sah Laszlo an, dann ging er dem zusammengewürfelten Trupp voraus. Gemeinsam marschierten sie den Gang entlang. Doktor. Soldat, Lehrer. Kinder.

Kurz überlegte Laszlo, wer wohl am gefährlichsten war, doch die Antwort lag nah, als er den kraftvollen, jungen Geist der Kinder spüren konnte. Dann kam er um die Ecke und sah sie.

Zehn Soldaten mit Waffen im Anschlag.

«Tut mir leid, Lieutenant, aber niemand darf das Ge- …»

Die Kugeln aus Mandervilles Maschinenpistole zerschlugen dem Soldaten die Zähne. Manderville tippte Zinsers vierziffrigen Generalcode ein, und die dicken Sicherheitstüren glitten auf. Jill und Tanner stiegen über den blutenden Mann am Boden hinweg und eilten weiter.

Draußen war die Luft frisch und eisig. Freiheit! Jetzt

mussten sie es nur noch über den Stacheldrahtzaun schaffen. Jill war froh, dass Tom den gepanzerten Bus angefordert hatte. Er wäre ein ausgezeichneter Rammbock. Als sie eingestiegen waren, gab Manderville dem Fahrer Anweisung.

«Abmarsch!»

«Ich dachte, es kommen noch mehr Fahrgäste. Sergeant Neill sagte …»

«Neuer Plan. Die Empathiker haben den Komplex unter ihre Kontrolle gebracht. Auch wenn sich uns jemand in den Weg stellt, halten Sie auf keinen Fall an! Los jetzt!»

Verunsichert blickte der Fahrer zwischen Manderville und Jill hin und her. Jill gab ihm ein trübes, graues Einvernehmen und brodelnd schwarze Aggression.

«Jawohl, Sir!», bellte der Fahrer, und seine Miene wurde hart.

Der Motor des Busses rumpelte los. Sekunden später rasten sie über die unbefestigte Straße auf den Zaun zu, dass der Matsch nur so spritzte. Als sich der Bus der Pforte näherte, stellte sich ihnen ein einsamer Soldat in den Weg und ruderte wild mit den Armen.

Jill schürte den Zorn des Fahrers. Er trat das Gaspedal durch, und der Bus schnellte vorwärts. Als sie sich dem Tor näherten, hechtete der Wachposten ins Unterholz. Plötzlich knisterte das Funkgerät.

«Soldat! Halten Sie den Bus an! Sie dürfen das Gelände nicht verlassen! Bitte bestätigen!»

Der Fahrer beschleunigte. Die gespannte Haut über seinen Knöcheln schimmerte leicht im Mondlicht.

«In fünf Sekunden eröffnen wir das Feuer!»

Die Entschlossenheit des Fahrers kam ins Wanken, doch Jill bündelte den Zorn des Mannes. Plötzlich hörte man ein scharfes Knacken in der Windschutzscheibe, die augenblicklich zersprang. Der Fahrer sank nach vorn.

Jill stöhnte auf, als das Bewusstsein des Mannes in allen Farben des Schmerzes aufflammte und dann verglühte. Sie musste das Einschussloch in seinem Kopf nicht sehen, um zu wissen, dass er nicht mehr lebte. Der Bus wurde langsamer und bog scharf rechts ab.

Eilig zerrte Manderville den Fahrer mit einer Hand vom Sitz und packte mit der anderen das Lenkrad. Er riss den Bus nach links, dann nach rechts und duckte sich, als eine Kugel sich in den Beifahrersitz bohrte.

Es gab einen Ruck, und man hörte kreischendes Metall, als der Bus das Haupttor durchschlug und auf die asphaltierte Straße kam. Jill seufzte tief. Sie hatten es geschafft. Drinnen hatte sie noch überlegt, ob es eine gute Idee war, den Alarm auszulösen, aber jetzt war sie froh über ihre Entscheidung. Laszlo und seine Teufelsbrut konnten nicht lebend entkommen.

Die Soldaten hatten vor der Tür Aufstellung genommen, in voller Kampfmontur – mit leuchtenden Helmen und Plexiglasschilden. Laszlo roch Toms und Keegans Angst, ihren Mut und ihre Hoffnungslosigkeit, als sie sich für den Angriff bereit machten. Etwas in ihm wollte sie antreiben, aber er wusste, dass es Selbstmord war.

Doch bevor er sie zurückrufen konnte, feuerte Tom. Der Schuss hallte laut nach. In Laszlos Ohren klang er wie eine Totenglocke. Die Kugel durchschlug den Schild eines Soldaten, und der Mann fasste sich an die Brust und ging zu Boden. Die anderen Soldaten zögerten nicht.

Zehn Finger krümmten sich, um abzudrücken.

«NEEEEEIIIN!!!», schrie Laszlo.

Er spürte Trauer, Reue und Schmerz. Er wünschte, er

könnte sie aufhalten, ihnen klarmachen, dass sie im Begriff waren, einen grausamen Fehler zu begehen, wenn sie das Feuer auf Laszlos Soldaten eröffneten – und auf die wehrlosen Kinder.

Doch es war zu spät.

Als er Laszlos Stimme hörte, öffnete Charlie sein Bewusstsein. Elijah und Winter taten es ihm gleich. Instinktiv drängten sie sich um Laszlos Geist – und eine Mauer aus Farben und Klängen entstand.

Reine Energie durchfuhr Laszlo. Stählerne Sperren, die den Geist der Soldaten schützen sollten, zersplitterten. Irgendwie durchbohrte Laszlo ihre Schilde.

Er konnte die Gefühle der Soldaten spüren, doch sie wurden nicht zu einem bestimmten Geruch, sondern manifestieren sich als lichtdurchlässiges Etwas. Grüne Angst, pulsierend schwarze Aggression und strahlend weiße Wut. Und er hörte majestätische Klänge – aufwühlende Melodien und energische Rhythmen, die in seinem Kopf dröhnten.

Laszlo merkte, dass ihm nur der Bruchteil einer Sekunde blieb, auf die Emotionen der Soldaten Einfluss zu nehmen. Er fasste die kleinen Hände der Kinder fester und übertrug sein Mitgefühl für die Kinder auf die Soldaten. Ein Soldat nach dem anderen erbarmte sich, als Laszlos Gefühle sie erreichten und ihre Wut und Angst vertrieben.

Kampfbereite Blicke wurden weich, verkrampfte Finger lösten sich, Waffen wurden gesenkt. Einen Moment war alles still, und selbst der verwundete Soldat hörte auf zu schreien.

In diesem Augenblick hatte Laszlo alle im Griff. Er

verstand nicht, was passiert war, wie er sie kontrollieren konnte. Warum er ihre Emotionen als Farben sah und als Melodien hörte. Er blickte zu Charlie und Elijah herunter. Sie hielten seine Hand fest umklammert und sahen zu ihm auf.

Da begriff Laszlo – er hatte die Soldaten nicht allein überwältigt. Er hatte die ungeheuren Kräfte der Kinder nur gebündelt. Langsam atmete er aus, als ihm klar wurde, dass sie mit Elijahs, Winters und Charlies Hilfe einfach hier hinausspazieren konnten.

Diese Erkenntnis sollte ihn sein Leben lang verfolgen – zu wissen: Hätte er Jill nicht vertraut, hätte er sie alle retten können. Aber er hatte ihr vertraut. Und deshalb musste Charlie Hammond sterben.

Die grüne Digitalanzeige sprang auf 0:00 um.

Die Frau schrie ein letztes Mal, wenn auch diesmal nicht vor Schmerz. Sondern weil sie ahnte, was kommen würde. Das C-4 unter den tragenden Pfeilern explodierte. Erlöst wurde sie, in dem ein Betonbrocken, der durch die Luft flog, ihr das Rückgrat zertrümmerte.

Dann erlosch der Geist, der Samantha Zinser gewesen war.

«Leb wohl, Samantha», flüsterte Jill.

Eine Sekunde später konnte sie aus der Ferne Schmerz und Angst spüren – ein lautes Donnern –, und dann wurde es leiser. Jill schloss die Augen und seufzte.

Jetzt gab es nur noch zwei Probleme. Sie drückte die Schultern durch und sah zu Manderville und Tanner hinüber.

«Fahren Sie rechts ran!»

KAPITEL 52

Es klang wie Donner.

Sie hatten keine Zeit, nachzusehen, was los war. Sie hörten den unbeschreiblichen Lärm, dann tat sich die Erde auf, und der Himmel fiel auf sie herab. Der Boden unter ihren Füßen bekam Risse, und Betonbrocken fielen von der Decke, zerbarsten und schleuderten Splitter aus scharfen Steinen durch die Luft.

Ein paar große Steine fielen auf die Soldaten herab, die vor ihnen standen, brachen den Schädel eines Mannes auf wie eine Eierschale. Dann gab es wieder eine Explosion, und Laszlo spürte einen heftigen Luftzug im Rücken. Bevor er sich umdrehen konnte, riss Tom ihn schon mit sich. Charlies Hand entglitt ihm – Laszlo griff ins Leere. Er stürzte und drückte Elijah an sich, um den Jungen zu schützen, während von überall her Schreie kamen.

Er spürte einen scharfen Schmerz im Rücken, und Tom drückte ihn noch fester an den Boden, da kam die Decke herunter. Und dann … so abrupt, wie der Lärm losgegangen war, so plötzlich war es wieder still. Staub und Rauch hingen in der Luft. Einen Moment war nichts zu hören außer dem leisen Knirschen im Schutt und dem knisternden Feuer. Dann hörte er die ersten Schreie in der Stille.

Langsam stand Laszlo auf und drückte Elijah fest an seine Brust. Der Junge wimmerte. Er hielt sich die Augen zu. Die Soldaten, die ihnen eben noch den Weg verstellt hatten, waren nicht mehr da. Sie waren schwer verwundet, mindestens die Hälfte war tot, entweder unter Betonplatten begraben oder reglos am Boden. Drei waren bewusstlos, atmeten aber noch. Zwei schrien laut.

Ein Mann hielt sich das Bein, das am Knie fast abgerissen war. Ein anderer hielt sich verzweifelt eine klaffende Bauchwunde. Laszlo wandte sich um.

Tom.

Der brave Soldat starrte mit leerem Blick an die Decke. Sein Kopf war an der Seite von dunkelrotem Blut verschmiert.

Er ist gestorben, um mich zu retten. Ich habe ihm befohlen, mir treu zu sein. Jetzt ist er tot. Ich bin schuld.

Da sah Laszlo aus einem breiten Riss im Boden Flammen schlagen. Und dann traf ihn ein unverkennbarer Gestank – brennendes Fleisch.

«Oh, Gott, nein!», schrie Laszlo.

Er hielt Elijah fest. Wäre der Junge nicht gewesen, hätte sich Laszlo ins Feuer gestürzt, um Charlie zu retten. Er wand sich vor Schmerz, umnebelt von Charlies grellgelben Qualen. Laszlo blieb nur, Charlie innerlich beizustehen, damit er in seinen letzten Augenblicken nicht so entsetzlich allein war.

Und dann erlosch das Bewusstsein des Jungen und ließ nur Finsternis zurück.

Plötzlich spürte Laszlo, dass da noch jemand anderes war. Hastig sah er sich um und versuchte, in dem Qualm irgendetwas zu erkennen. Dann sah er eine Hand.

Darian.

«Warte hier», sagte Laszlo und machte sich von Elijah los.

Er lief zu der Betonplatte, unter der Darian eingeklemmt war. Er versuchte, die schwere Platte anzuheben, sie bewegte sich ein kleines Stück und noch ein Stück, doch dann konnte er sie nicht mehr halten. Er versuchte es noch einmal, aber es half nichts – die Platte war zu schwer.

Plötzlich zuckte die Hand. Er bückte sich und nahm sie.

«Darian! Drück bei drei, so fest du kannst!»

Er sah sich um. «Mr. Cohen, helfen Sie mir!»

Elijah kam zu Laszlo gelaufen. Er hatte Angst. Laszlo versuchte, dem Jungen das Entsetzen zu nehmen, und gab ihm leuchtend blaues Selbstvertrauen ein.

«Auf drei ... fertig?»

Der Junge bückte sich und griff die Platte.

«Eins ... zwei ... *DREI!*»

Gemeinsam hoben sie die Platte an. Jeder einzelne Muskel in Laszlos Körper spannte sich an und kämpfte. Doch die Platte wollte sich nicht rühren. Er nahm seine ganze Kraft zusammen. So wie Darian ihm zuvor geholfen hatte, half er nun sich und Elijah. Ihre Gehirne reagierten aufeinander, indem sie Adrenalin in die Adern pumpten und die Muskeln mit Blut anfüllten.

Die Platte bewegte sich. Nur ein paar Zentimeter, aber es reichte fast. Noch ein kleines Stück, dann konnten sie sie zur Seite kippen. Laszlo biss die Zähne zusammen und strengte sich noch einmal doppelt an. Der Beton schnitt ihm in die Finger, aber er gab alles und noch mehr. Die Platte war inzwischen blutverschmiert. Wieder rührte sie sich. Nur noch ein kleines Stück ... nur ... noch ... ein ... Stück.

«AAAAAAAAAAHHHH!!!»

Die Betonplatte kam ins Wanken und krachte auf den Boden. Ohne auch nur Luft zu holen, stürzte Laszlo sich in die Staubwolke. Darians Gesicht war voller Blut, doch strahlte sie vor Erleichterung.

In ihren Armen hielt sie Winter.

Laszlo streckte die Hand aus und brachte das Mädchen in Sicherheit. Als er Winter aus dem Schutt zog, schlug sie die Augen auf und starrte ihn an. Dann schlang sie die Arme um Laszlos Hals und vergrub den Kopf an seiner Brust. Einen makellosen, leuchtenden Augenblick lang hörte er die unglaublichste Musik in seinem Kopf.

«Danke», flüsterte das Mädchen.

«Gern geschehen», sagte Laszlo mit Freudentränen in den Augen. Er schluckte sein Schluchzen herunter, dann ließ er sie los, um Darian zu helfen. «Ist alles okay?»

«Ich glaube, mein Arm ist gebrochen, aber es geht schon.» Plötzlich sah sie sich erschrocken um. «Wo ist …?»

«Er ist tot», murmelte Laszlo.

Darian hielt sich die Hand vor den Mund.

Einen Moment lang schwiegen beide und starrten in den flammenden Abgrund im Boden.

«Wir haben später noch genug Zeit, unsere Fehler zu bereuen.» Laszlo biss sich auf die Zunge. «Aber jetzt … müssen wir hier raus!»

Darian nickte wortlos. Sie wandten sich von dem Krater im Boden ab und sahen die beiden Kinder an. Da standen sie, hielten sich schweigend bei der Hand, inmitten schreiender Menschen und Schutt und Asche. Sie blickten zu ihnen auf und warteten, dass man ihnen sagte, was sie tun sollten.

Hinter ihnen entdeckte Laszlo plötzlich Dr. Dietrich. Er lag auf dem Rücken, sein Blick war starr, und er hielt sich die Ohren zu, als wollte er die Welt ausblenden.

«Dietrich!»

Der Mann kniff die Augen fest zusammen und schüttelte wie wahnsinnig den Kopf. Laszlo lief hinüber und nahm Dietrichs Hand, drückte sie und übertrug Trost und Ruhe auf ihn. Langsam entspannte sich Dietrichs Gesicht, und er blickte auf.

«Das habe ich nicht gewollt … es tut mir leid! Es tut mir alles so furchtbar leid!»

«Mir auch», sagte Laszlo. «Gehen wir.»

Laszlo zog Dietrich auf die Beine. Darian packte Laszlos Arm. Sie beugte sich vor und fauchte ihm ins Ohr: «Lass den Scheißkerl hier sterben.»

«Wir brauchen ihn noch.»

«Wozu?»

Laszlo deutete auf die Bäume, die durch die eingestürzte Fassade des Gebäudes zu erkennen waren. Doch bevor er etwas sagen konnte, hörten sie es wieder rumpeln – die Decke stürzte ein, und die nächste Staubwolke umgab sie. Ein metallisches Ächzen war zu hören.

«Da rüber!», rief Laszlo und deutete auf den Ausgang. Die Tür war verbogen und verzogen, aber mit einem kräftigen Tritt stieß Laszlo sie aus den Angeln. Zuerst schob er Darian hindurch, damit sie die Kinder in Sicherheit bringen konnte.

Als Laszlo über die Schwelle trat, warf er einen letzten Blick auf Tom. Blut lief in einem Rinnsal aus der Wunde auf seiner Stirn, sodass sein Gesicht aussah wie in zwei Hälften geteilt. Noch ein Toter, den er auf dem Gewissen hatte.

«Laszlo, komm!»

Er wartete noch einen Moment, um Abschied zu nehmen, dann trat er durch die Tür. So schnell er konnte, rannte er den Gang hinunter, kletterte über eine eingestürzte Wand, gab sich alle Mühe, nicht auf die Toten und

Verletzten zu treten, die auf dem Boden lagen. Schließlich kamen sie zur letzten Tür, die bereits offen stand.

Draußen empfing sie kalte Nachtluft. Laszlo blieb stehen, als er die zwanzig Soldaten sah, die dort umherliefen.

Doch plötzlich merkte er –

«Sie sind schutzlos», keuchte Darian.

Sie waren nicht nur ohne Schutz, sondern verängstigt. Sie wussten nicht, was sie tun sollten. Laszlo überlegte, wie er vorgehen konnte, als einer der Männer angelaufen kam.

«Alles in Ordnung, Soldat?», rief der Mann.

Laszlo wollte sich schon umsehen, da fiel ihm ein, dass er noch immer eine gestohlene Uniform trug.

«Alles okay», sagte Laszlo und projizierte unbedingten Gehorsam. «Aber ich brauche einen Wagen. Ich muss General Davis Meldung machen.»

«Wem?»

Laszlo sah den Mann an, als wäre er ein Idiot, und gab ihm gleichzeitig Verlegenheit.

«Er hat die Oberaufsicht für das ganze Projekt hier. Man hat mich von Fort Bragg hergeschickt, um nachzusehen, ob Zinser Fortschritte macht. Das war auch gut so. Wissen Sie, was ich entdeckt habe?»

«Was?»

«Zivilisten! Da drüben …», sagte Laszlo und zeigte auf Darian und die Kinder. «Hören Sie … wenn die verfluchten Medien davon Wind bekommen, dass wir in dieser geheimen Anlage *Kinder* hatten, sind wir geliefert!»

Bevor der Mann antworten konnte, gab Laszlo ihm quälende Angst ein.

«Und jetzt beschaffen Sie mir einen Jeep! Bewegung!»

«Jawohl, Sir!»

Der Soldat rannte los und kam eine Minute später wieder.

«Von hier an übernehme ich», sagte Laszlo und winkte den Mann aus dem Wagen. «Und – um Himmels willen – Sie haben diese Kinder nie gesehen! Ein Wort, und wir braten alle in der Hölle. Kapiert?»

Laszlo ließ seinem Befehl eine Woge zermürbender Sorge folgen, die sich auf den Soldaten übertrug. Der salutierte hastig. Seine Hand zitterte.

«Jawohl, Sir!»

Ohne ein weiteres Wort setzte sich Laszlo hinters Steuer, und die anderen kletterten in den Jeep. Er fuhr zum Haupttor, das aufgebrochen war. Anstelle des Metallzauns standen dort vier Wachleute auf der Straße. Laszlo winkte sie beiseite. Eigentlich hatten sie den Jeep aufhalten wollen, doch dann beschlossen sie, sich den Anweisungen des Fahrers zu fügen.

Sie überlegten gar nicht weiter, warum.

KAPITEL 53

Jill winkte dem entgegenkommenden Auto und schirmte mit der anderen Hand ihre Augen vor den grellen Scheinwerfern ab. Sie sendete quälendes Mitgefühl aus, das einem Hündchen zur Ehre gereicht hätte, und der rote VW Käfer hielt mit quietschenden Reifen an. Der Fahrer kurbelte die Scheibe auf der Beifahrerseite herunter, als sie angelaufen kam.

«Alles in Ordnung?»

«Ja, danke», sagte Jill und beugte sich ins Auto. Der Fahrer war Anfang fünfzig. Er hatte Falten um Mund und Augen, und zwischen Lenkrad und Oberschenkeln klemmte ein fetter Wanst. Jill sah ihm in die Augen und bat ihn, sie mitzunehmen.

«Hm, so weit wollte ich eigentlich gar nicht ...» Der Mann schwieg einen Moment, während Jill auf sein Bewusstsein einwirkte. «Ach, was soll's? Steig ein.»

Als Jill sich angeschnallt hatte, fuhr er zurück auf die Fahrbahn.

«Sag mal», er fühlte sich offensichtlich unwohl. «Ist das ... ist das da Blut an deinem Hemd?»

Jill betrachtete die roten Spritzer im geisterhaften Licht der Armaturen. Sie fragte sich, wessen Blut es sein mochte – Tanners oder Mandervilles. Es war alles so schnell gegangen. Noch immer glühten die Emotionen der beiden in ihr.

Der blaue Zorn, der über Manderville gekommen war, kurz bevor sie ihm befahl, Tanner zu töten. Dann die dunkelgrüne Schuld, die sie danach auf ihn losließ. Es stieg noch Rauch aus Mandervilles Waffe auf, als er sie sich in den Mund schob und abdrückte.

«Da muss ich wohl Glühwein verschüttet haben», sagte Jill und lehnte sich auf ihrem Sitz zurück. «Wecken Sie mich, wenn wir da sind.»

Laszlo sah die schlafenden Kinder auf dem Rücksitz. Nach dem, was sie erlebt hatten, waren sie erschöpft. Sie waren sofort eingeschlafen, als er ihnen Müdigkeit eingegeben hatte. Er trat aufs Gas. Er wollte an Jill dranbleiben. Zwar war ihnen das Auto, in dem sie saß, meilenweit voraus, aber Laszlo konnte selbst aus der Ferne ihr Bewusstsein spüren.

Eine Weile ließ er sich einfach treiben, wie hypnotisiert vom weißen Mittelstreifen, der unter dem Oldsmobile hindurchraste. Den Wagen hatten sie sich vor einer Stunde an der Raststätte von einem ahnungslosen Pechvogel «ausgeliehen». Während draußen die dunkle Landschaft vorüberflog, fragte er sich, ob die Organisation wohl schon nach ihnen suchte.

Ursprünglich hatte er zur *New York Times* gehen wollen, um denen einfach seine Geschichte zu erzählen. Doch das war vor ihrer Flucht gewesen, die Gott weiß wie viele Menschen das Leben gekostet hatte. Und als er nun einen Moment Zeit hatte, sich alles genau durch den Kopf gehen zu lassen, wurde ihm klar, dass er Elijah und Winter auf keinen Fall der Öffentlichkeit ausliefern durfte. Es war schon schlimm genug, dass sie mit der Erinnerung daran leben mussten, was geschehen war, aber der Welt von ihrer Gabe zu erzählen …

Er wünschte, er hätte ungeschehen machen können,

was sie durchlitten hatten. Andererseits war es ein Segen, dass die Organisation sie vermutlich für tot hielt. Wenn die Kinder ihre Identität für sich behielten, würde die Organisation die Wahrheit vielleicht nicht erfahren. Man würde sie nie finden, es sei denn …

Es sei denn, man fand einen anderen Mann wie Laszlo, der Empathiker erkennen konnte. Er musste sich am Lenkrad festhalten, damit die Schuldgefühle ihn nicht überwältigten. Er sah in den Rückspiegel, doch diesmal fiel sein Blick auf Dietrich, der wie ein trauriger Welpe aus dem Fenster starrte.

«Ich weiß, wie wir die Kinder schützen können … und Jill aufhalten», sagte Laszlo langsam, als ihm eine Idee kam. Dietrich hörte sich Laszlos Plan an. Er schwieg einen Moment, schließlich nickte er.

«Das könnte ich machen», sagte er langsam. «Aber dafür bräuchte ich eine Knochensäge.»

Laszlo sah hinüber zu Darian auf dem Beifahrersitz. Sie schlief, wie die anderen im Wagen. Im Schlaf war ihr Gesicht so entspannt. Zum tausendsten Mal fragte er sich, was eigentlich echt gewesen war. Das war das Schlimmste: an die glücklichste Zeit seines Lebens zu denken und nicht zu wissen, ob er überhaupt glücklich gewesen war.

In der Zelle hatte er ihren Wunsch nach Vergebung gespürt. Vor der Flucht hatte er noch gedacht, er könnte ihr verzeihen. Aber jetzt überließ sie ihm die Verantwortung für alles, und er wusste: Wenn diese letzte Aufgabe bewältigt war, wollte er sie nie wiedersehen.

Und so betrachtete er sie lange, sah zu, wie sie schlief. Ein letztes Mal.

KAPITEL 54

Als die Sonne am Horizont hervorkam, bog Laszlo auf den schmalen Parkstreifen vor einem schäbigen *Motel 6* ein. Ein blassblaues Neonschild blinkte: ZIMMER FREI. Als der Wagen langsamer wurde, schreckten Darian und die Kinder auf. Laszlo stieg aus und atmete die kühle Luft Neuenglands ein, die nach Salzwasser und Dieselabgasen roch.

Dennoch tat der frische Wind nach fünf Stunden Autofahrt gut. Wortlos stiegen die anderen aus.

«Ich hab was mit Miss Washington zu besprechen. Entschuldigt uns einen Moment.»

Laszlo und Darian gingen über den Parkplatz, bis die anderen außer Hörweite waren.

«Ich muss mich von euch trennen», sagte Laszlo. «Ich kann Jill spüren, das heißt, sie kann auch mich spüren. In meiner Nähe sind Elijah und Winter nicht sicher.»

«Allein bist du ihr nicht gewachsen.»

«Du musst bei den Kindern bleiben, bis sie außer Gefahr sind. Du bist ihr einziger Schutz.»

Darian kniff den Mund zusammen. «Du weißt, dass sie dich töten könnte …»

«Wir haben keine Wahl.»

«Du könntest warten. Erst die Kinder zu ihren Eltern bringen, dann mit mir zusammen Jill suchen.»

«Nein», sagte Laszlo. «Das ist zu riskant. Ich kann

nicht sagen, wie lange die Verbindung zwischen mir und Jill hält. Wer weiß, was sie anrichtet, bis ich sie gefunden habe … wir vergeuden hier nur Zeit. Tu es für mich, Darian!»

Eilig unterbreitete er ihr seinen Plan.

«Meinetwegen», sagte Darian schließlich, auch wenn er ihren Ärger spürte. «Ich sorge dafür, dass Dietrich bekommt, was er will.»

«Und wenn ich in fünf Stunden noch nicht im Hotel bin und auch nicht angerufen habe …»

«Was? Du willst, dass ich dich einfach zurücklasse?»

«Ja. Versprich es mir, Darian!»

«Laszlo, ich …»

«Verdammt, versprich es mir!» Laszlo hatte nicht so aus der Haut fahren wollen, aber es fiel ihm schwer, ruhig zu bleiben bei dem Gedanken, dass er für die Kinder verantwortlich war. «Tut mir leid», sagte er leiser. «Nach allem, was passiert ist, wäre mein Leben vertan, wenn ich nicht dafür Sorge trage, dass Winter und Elijah in Sicherheit sind. Also, versprich es mir!»

«Solange *du* mir eins versprichst: Wenn die Entscheidung ansteht, ob sie stirbt oder du … dann stirbt sie.»

Laszlo dachte nach, bevor er antwortete. Jill war noch ein Kind. Genau wie Winter und Elijah.

«Wenn es eine Möglichkeit gibt, heil aus dieser Sache rauszukommen, werde ich sie nutzen.»

Eine Träne lief über Darians Wange. Sie schlang ihre Arme um seinen Hals, drückte ihn fest an sich und flüsterte: «Ich liebe dich immer noch …»

«Ich weiß.»

Er hätte gern etwas Freundlicheres gesagt, aber ihre gemeinsame Zeit war lange vorbei. Darian ließ ihn los und trat einen Schritt zurück. Verlegen wischte sie sich über die Wangen. Er fühlte, was sie empfand, und wandte sich ab.

Als sie sich wieder gefasst hatte, kehrten sie zum Wagen zurück. Elijah, Winter und Dietrich standen mit gesenkten Blicken da, wenn auch jeder aus unterschiedlichen Gründen.

«Ich werde mich auf die Suche nach Jill machen. Bis ich zurückkomme, übernimmt Darian das Kommando.» Er sah Dietrich an: «Das gilt auch für Sie.»

«Natürlich», murmelte der Wissenschaftler.

Laszlo wollte gerade gehen, als Darian ihn festhielt und ihm einen zarten Kuss auf die Wange gab.

«Pass auf dich auf.»

Erst als er schon unten an der Straße war und den Daumen raushielt, um mitgenommen zu werden, wurde ihm bewusst, wie seltsam endgültig Darian geklungen hatte. Sie rechnete nicht damit, dass sie sich wiedersehen würden.

KAPITEL 55

Jill war nur sieben Monate fort gewesen, und doch kam ihr nun alles kleiner vor. Letztes Jahr war das hier ihre ganze Welt gewesen, jetzt war es nur noch eine schmerzliche Erinnerung. Allerdings war die Klosterschule – abgesehen von der Organisation – das einzige Zuhause, das sie je gehabt hatte.

Als sie den breiten Gang entlangging, hallten ihre Schritte im großen, steinernen Altarraum. Jede Kirchenbank weckte Erinnerungen.

Da habe ich Buße getan.

Da hatte ich einen Lachanfall, weil Sarah Schwester Martha nachgemacht hat.

Da habe ich zum ersten Mal gesehen, dass Glaube rot ist.

Sie zog die Nase hoch und wischte sich hastig über die Augen, als sie die enge Wendeltreppe zu Pater Sullivans Büro hochstieg. Sie wusste nicht, warum sie gekommen war, ob sie Rache wollte oder um Vergebung bitten. Sie wusste nur, dass sie herkommen musste. Oben angekommen, blieb sie stehen und starrte die schwere Holztür an.

Da hing ein goldenes Schild.

REV. RYAN O'CALLAGHAN.

Wütend stieß Jill die Tür auf. Ein hagerer, rothaariger Priester starrte sie entgeistert an.

«Kann ich Ihnen …?»

«Wo ist Pater Sullivan?»

«Bischof Sullivan wirkt mittlerweile von Saint Mary's Chapel aus.»

«*Bischof* Sullivan?»

Einen Moment lang war Jill ganz durcheinander, dann begriff sie – Pater Sullivan war nicht mehr da. Er hatte sein Leben weitergelebt, während Jill bei der Organisation war. Doch Jill wollte sich nicht so einfach abfertigen lassen. Sie musste unbedingt Pater Sullivan in die Augen sehen. Sie musste ihm sagen, dass er sich getäuscht hatte.

«Bringen Sie mich zu ihm!»

«Aber ich …»

Jill sah dem jungen Priester in die Augen und brach seinen Willen wie einen kleinen Zweig.

O'Callaghan stand von seinem Stuhl auf. «Mein Wagen steht draußen auf dem Parkplatz.»

Gelber Zorn blitzte in Laszlo auf. Er trat aufs Gas.

Er musste sich beeilen.

Zum ersten Mal seit damals im Labor sah Jill Pater Sullivans Farben. Sie nutzte sie, um sich in den labyrinthischen Korridoren von Saint Mary's zurechtzufinden, bis sie vor seiner Tür stand. Sie hätte ihn einfach vernichten können, doch stand sie nur da, und aller Schrecken, den sie im Keller empfunden hatte, kehrte wieder. Galle stieg ihr die Kehle hinauf.

Sie hustete, und plötzlich sah sie Pater Sullivans Farbe der Angst.

«Ist da jemand?»

Zwar konnte Jill seine Emotionen deutlich sehen, doch nur weil Pater Sullivans Stimme ängstlich bebte, hatte sie den Mut, die Tür zu öffnen. Einen Moment war sie perplex, als sie die hübschen Farben erblickte, die ihr entgegenstrahlten, bis sie merkte, dass sie dort keine Emotionen sah, sondern nur kunstvolle Buntglasscheiben, die vom Boden bis zur Decke reichten.

«Hallo, Pater.»

Pater Sullivan erschrak, während sein Gesicht alle Farbe verlor. Er riss die oberste Schublade seines Schreibtisches auf und holte mit zitternder Hand eine silberne Pistole hervor.

«Komm mir nicht zu nahe!»

«Pater, ich ...»

«Jill, ich weiß nicht, *was* du bist, aber du gehörst nicht in ein Gotteshaus!»

«Bitte. Lassen Sie mich erklären. Ich habe sie getötet ... ich habe sie alle getötet. Für Sie! Für *Gott.*»

«Nein!» Pater Sullivan schüttelte den Kopf. «Wen du auch getötet haben magst: Du hast es für Satan getan. Genau wie du Schwester Christina verdorben hast. Aber ich habe ihr erklärt, wer du in Wahrheit bist. Und da hat sie geweint ... vor Glück. Weil etwas in ihr geglaubt hatte, sie würde dich lieben.»

Als der Name der schönen Nonne fiel, bekam Jill ganz weiche Knie. «Sie hat mich geliebt?»

«Nein! Sie hat dich nie geliebt! Ein Ungeheuer hat sie verleitet, das zu tun, was sie getan hat! Und jetzt geh, oder ich schieße! Ich schwöre bei Jesus Christus, meinem Herrn, dass ich es tue!»

«Nein, das werden Sie nicht tun!», zischte Jill vor Wut. «Sie haben sich in mir getäuscht. Wochenlang haben Sie mich gequält. Nie habe ich meinen Glauben verloren. Bis jetzt.» Jill trat vor und sah Pater Sullivan ins Gesicht. «Sie werden nicht mich töten. Sie werden sich selbst töten.»

Sie erfüllte Pater Sullivan mit derart niederschmetternder Trauer, dass ihr selbst die Tränen kamen. Jill trat einen Schritt auf den Priester zu.

«Sie waren es, der gesündigt hat. Weil Sie wertlos sind. Sie waren schon immer wertlos. Sie sind es, der nicht in ein Gotteshaus gehört. *Sie* sind es, der unwert ist.»

Pater Sullivan ließ seine Waffe sinken.

«Töten Sie sich, Pater!» Die Hand des Priesters fing an, heftig zu zittern. «Nur so können Sie Ihrem sündigen Leben entkommen.»

Langsam hob er die Waffe an seinen Kopf.

«Los!»

Er kniff die Augen zusammen.

«LOS!»

Sein Finger schloss sich um den Abzug.

«NEIN!»

Laszlo stürzte herein, und sein Schrei kam eine Millisekunde bevor die Waffe des Priesters losging. Jill war kurz abgelenkt, sodass der Priester ihrem Willen entkommen konnte. Der Schuss dröhnte ohrenbetäubend in dem kleinen Raum, während die Kugel Pater Sullivans Kopf verfehlte und eine der Glasscheiben durchschlug. Einen Moment lang schien der Raum in ein Meer aus Farben getaucht, als bunte Scherben durch die Luft flogen.

Wütend wollte Jill nach Pater Sullivan greifen und warf sich über den riesigen Eichentisch. Der Priester ließ die Waffe fallen und wich entsetzt zurück. Er stolperte über den Rand des eingeschlagenen Fensters. Als er nach dem Rahmen griff, schnitt er sich die Finger an den gelben Splittern auf, und er taumelte hinaus in die kalte Morgenluft.

Ohne nachzudenken, schnappte sich Jill den Revolver vom Schreibtisch und fuhr herum, um den Mann zu töten, der sie um das gute Gefühl gebracht hatte, Pater Sullivans Tod zu spüren.

Sie richtete die Waffe auf Laszlos Kopf und drückte ab.

Laszlo stürzte sich auf sie. Er sah das Mündungsfeuer blitzen und spürte ein heißes Brennen, als die Kugel sein Ohr streifte. Dann lag Laszlo auf ihr.

Er packte Jill beim Handgelenk und schlug es an die Wand. Die Waffe fiel herunter, dann explodierte ihr Hass in Laszlos Hirn und drohte ihn von innen zu verbrennen.

Jills psychische Klauen krallten sich in ihn hinein, während ihre Daumen sich in seine Augen gruben. Er versuchte, ihre Finger wegzubiegen, doch die kreischenden Farben in seinem Kopf raubten ihm die letzte Kraft.

Die Fingernägel des Mädchens durchstachen Laszlos zusammengekniffene Lider, und er schrie so laut wie niemals zuvor. Es war ein scharfer, sengender Schmerz, als Jills Nägel immer tiefer in seine Augen schnitten, doch war das gar nichts gegen das quälende Blau und das unerträgliche Lila, mit dem sie sein Bewusstsein bombardierte.

Ihm blieb nur, ihr alles zurückzuschicken, und er drosch seinen ganzen Schmerz in Jill hinein, während sie ihre Nägel immer tiefer trieb. Beide schrien sie, sie teilten den mörderischen Schmerz Laszlos blutender Augen.

Seine körperliche Marter war ein Flüstern im Orkan, verglichen mit Jills psychischer Attacke. Er wollte loslassen, doch bedrängte er sie weiter. Er lenkte Jills Hass auf sie selbst zurück, denn er wusste, dass er sie nur mit Hilfe ihrer eigenen Kraft vernichten konnte.

Plötzlich spürte Laszlo, wie jemand ins Zimmer kam.

Darian.

Ein Farbenblitz – grell wie die Sonne – schlug in Jill ein, und sie brach besinnungslos zusammen. Mit ekelhaftem Schmatzen lösten sich Jills Daumen aus Laszlos Augenhöhlen, und Laszlo schrie vor Schmerz, da spürte er Darian an seiner Seite. Er wandte sich noch zu ihr um, doch er war zu schwach.

Er ließ los und stürzte wie Jill in einen tiefen Abgrund.

KAPITEL 56

Als Laszlo zu sich kam, konnte er die Augen nicht mehr öffnen. Er hob die Hände und ertastete einen dicken Verband. Nackte Angst ergriff ihn. Er versuchte, sich aufzusetzen, aber zwei kräftige Hände hielten ihn zurück. Darian. Plötzlich fiel ihm alles wieder ein.

«Wo ist Jill?»

«Alles erledigt.»

Laszlo atmete langsam aus. «Winter und Elijah?»

«Denen geht es gut», sagte Darian und rang mit den Tränen. «Schlaf … ich bin noch da, wenn du aufwachst.»

«Okay.» Schon schlief er fast wieder. «Okay …»

Als er aufwachte, hatte sich der Schmerz in seinen Augen etwas gelegt. Es war Nacht. Mit der Hand strich er über die weiche Decke. Vier andere waren im Zimmer, alle schliefen. Er konnte ihr Bewusstsein spüren, drei davon sehr deutlich, das vierte nur ganz schwach. Dann fühlte er noch etwas anderes – ein Nichts, eine Leere, wie ein schwarzes Loch im All. Er hörte, spürte, dass Darian aufwachte.

«Gab es Probleme?»

«Nein. Dietrich hat keine zwei Stunden gebraucht.» Bevor Laszlo die nächste Frage stellen konnte, sagte Darian: «Sie schläft noch. Sie weiß es noch nicht.»

«Ich werde es ihr sagen, wenn sie aufwacht.»

Es folgte ein Moment des Schweigens, dann sagte Darian: «Das ist gut.»

Ein Anflug von Verlegenheit und Trauer durchfuhr sie. Es roch nach Zartbitterschokolade. Laszlo streckte eine Hand aus, und Darian nahm sie.

«Was ist?», fragte er.

«Gerade eben … ich habe genickt. Ich hatte vergessen, dass du nicht sehen kannst.» Darian weinte leise. «Es tut mir so leid, Laszlo. Ich hätte dich nie allein gehen lassen dürfen. Ich weiß nicht, wieso ich erst gekommen bin, als …»

«Aber du bist gekommen. Wahrscheinlich hast du mir das Leben gerettet.»

«Aber nicht deine … ich meine … oh, Laszlo …»

Laszlo konnte Darians Schuld und Reue spüren. Plötzlich überkam ihn unendliche Traurigkeit. Er hob die Hand und betastete vorsichtig den Verband auf seinen Augen.

«Die sind nicht mehr zu retten, oder?», flüsterte er.

«Nein», presste Darian hervor. «Beide Netzhäute sind abgelöst. Dietrich sagt, da ist nichts mehr zu machen.»

Laszlo nickte. Er war wie betäubt. Sie saßen beieinander und sagten lange nichts.

«Das ist meine Strafe», sagte Laszlo schließlich. «Verglichen mit einigen anderen, bin ich noch ganz gut weggekommen.»

«Das ist nicht gerecht.»

Laszlo zuckte mit den Schultern, zu müde, um zu widersprechen. «Es ist, wie es ist.»

«Und jetzt?»

«Wir sprechen mit Jill, und dann lassen wir sie gehen.»

«Hast du keine Angst, dass sie irgendwas anstellt?»

«Sie ist noch ein Kind. Und jetzt ist sie wie alle anderen. Wir werden sowieso alle unsere Identität ändern müssen, um vor der Organisation sicher zu sein. Sie wird uns nicht finden. Und falls doch, kümmern wir uns darum, wenn es so weit ist.»

«Was wird aus dir und mir?», fragte Darian.

Er fühlte ihre Hoffnung. Zu wissen, wie sie empfand, machte es ihm nicht leichter, aber er konnte sie nicht belügen.

«Hier trennen sich unsere Wege.»

Darian drückte seine Hand und hielt sie an ihr Gesicht. Er spürte ihre Tränen.

«Laszlo, bitte, wir könnten nochmal neu anfangen. Wir könnten ...»

«Nein», sagte Laszlo und machte sanft seine Hand los. «Das können wir nicht.»

«Aber ...»

«Meine Entscheidung ist endgültig», sagte Laszlo, und seine Kehle brannte. «Ich hoffe, du kannst das verstehen.»

«Ja», sagte sie. «Aber ich musste es doch versuchen, oder?»

«Das musstest du wohl.»

Dann strichen Darians Lippen über seine Wange. Es dauerte nur einen Augenblick, der traurigste und süßeste Augenblick seines Lebens. Sie baute eine Mauer um ihren Geist, als sie vom Bett aufstand und ging. Seine Augen brannten unter dem Verband.

Als er sich hinlegte, um zu schlafen, fragte er sich, ob er noch weinen konnte.

KAPITEL 57

Jill schlug die müden Augen auf. Links standen Darian und Dietrich, die sie musterten, als wäre sie ein Tier. Rechts stand Laszlo. Aus seinem Gesicht war nichts zu lesen. Es war halb verdeckt von einem dicken Verband.

Sie suchte seinen Geist, konnte ihn aber nicht finden. Und nicht nur Laszlos. Auch Darians. Dietrichs. Sie waren alle leer. Schlimmer als leer. Wenn sie in der Anlage einen Wachmann nicht fühlen konnte, dann spürte sie doch zumindest seinen Schutzschild.

Jetzt war da nichts, nein – weniger als nichts. Nicht nur war ihre geistige Landschaft leergefegt – es gab gar keine Landschaft. Wo sie Emotionen hatte sehen können, war jetzt einfach nichts mehr. Sie starrte auf ihre Brust – keine Kette. Sie wollte ihren Körper absuchen, doch Hände und Füße waren an die Bettpfosten gefesselt. Sie schüttelte ihre Arme und Beine, spürte aber nirgendwo Metall auf ihrer Haut. Nur weiche Laken und ein weites Hemd.

«Du trägst keine Kette», sagte Laszlo.

«Wieso fühle ich dann nichts …?» Ihre Stimme verklang, und sie drehte sich zu Dietrich um. «Was haben Sie mit mir gemacht?»

«Wir haben dich kastriert», sagte Darian böse und angewidert.

«Das dürfen Sie nicht … Sie …»

«Sei froh, dass du noch lebst», sagte Laszlo scharf. «Glaub nicht, ich hätte nicht mit dem Gedanken gespielt, dich zu töten.»

Plötzlich bekam Jill einen ganz trockenen Mund.

«Warum haben Sie es nicht getan?»

«Weil du bei allem, was du angerichtet hast, auch selbst ein Opfer warst. Also hat Dr. Dietrich dafür gesorgt, dass du nie wieder in den Verstand eines anderen Menschen eindringen kannst.»

Jill lief ein kalter Schauer den Rücken hinunter. Sie wollte es nicht glauben, sah aber an Darians zufriedener Miene, dass Laszlo die Wahrheit sagte. Jill musste schlucken. Sie hatte keine Ahnung, wie sie ohne ihre Gabe weiterleben sollte. Immer hatte sie sich gewünscht, normal zu sein, aber jetzt, da sie es war, bekam sie es plötzlich mit der Angst zu tun.

«Nach diesem Gespräch wirst du uns nie wiedersehen. Du wirst nicht nach uns suchen. Du wirst keinen Kontakt zur Organisation aufnehmen. Du wirst niemandem verraten, dass wir dein kleines Blutbad überlebt haben. Sollten wir jemals Besuch von einem Agenten bekommen, werden wir nicht fragen, woher er seine Information hat. Wir werden einfach davon ausgehen, dass du es warst. Und das war's dann für dich. Halt dich an die Abmachung, und wir bekommen keine Probleme miteinander. Tust du es nicht, kommen wir dich holen. Und es wird keine zweite Chance geben. Hast du mich verstanden?»

«Ja», sagte Jill mit rauer Stimme. Sie kämpfte mit den Tränen.

«Gut.» Dann wandte Laszlo sich von ihr ab und sagte: «Gehen wir.»

Er hob einen Arm, und Dietrich führte ihn zur Tür. Darian beugte sich ganz nah über Jills Gesicht.

«Ich hoffe, du hältst dich nicht an die Abmachung, damit ich einen Grund habe, dich von deinem Elend zu erlösen.»

Dann spuckte Darian ihr ins Gesicht. Der Speichel traf Jill an der Stirn. Als die drei zur Tür gingen, schrie Jill auf.

«Halt! Sie können mich doch nicht einfach hier liegen lassen!»

«Das Zimmermädchen müsste in ein paar Stunden hier sein», sagte Darian. «Bis dahin: Denk gut nach!»

Darian zog die Schlafzimmertür hinter sich zu. Sekunden später hörte Jill, wie auch die Außentür ins Schloss fiel. Sie konnte sich nicht erinnern, sich jemals in ihrem Leben so einsam gefühlt zu haben, allein mit ihren eigenen Gefühlen. Und dann, als sie daran dachte, dass sie von nun an für immer in ihrem eigenen Kopf eingesperrt sein sollte, fing sie an zu schreien.

Dietrich schluckte. «Was wird aus mir?»

«Sie können gehen.»

Er leuchtete in allen Farben der Erleichterung.

«Danke, Laszlo», seufzte Dietrich. Dann räusperte er sich und fragte: «Was wird mit den Kindern?»

«Sie werden verstehen, dass wir Sie nicht in unsere Pläne einweihen.» Laszlo schwieg einen Moment. «Für Sie gelten die gleichen Regeln wie für Jill.»

«Verstehe», sagte Dietrich.

«Leben Sie wohl, Doktor», sagte Laszlo und reichte ihm die Hand.

Dietrich schüttelte sie fest. «Leben Sie wohl, Laszlo. Viel Glück.»

«Ihnen auch.»

«Und sie darf sie nie abnehmen?», fragte Winters Mutter beunruhigt. Ihre Anspannung war förmlich greifbar. Laszlo fragte sich, ob sie wohl ihre Hände knetete.

«Sonst könnten diese Leute sie finden.»

«Das werden wir nicht zulassen», sagte Yu Han Xu, bevor seine Frau antworten konnte.

«Gut», sagte Laszlo leise. Darian strich mit ihren Fingern über seine Hand.

«Was ist ... was ist, wenn sie sich erinnert?», fragte Carol.

«Das wird nicht passieren», sagte Laszlo. «Wir haben eine Form der Therapie angewendet, die verhindert, dass sie sich an unsere gemeinsame Zeit erinnert.»

«Und Sie haben sie so konditioniert, dass sie die Kette nie ablegen möchte?»

«Ja», sagte Laszlo und versuchte, seine Schuldgefühle zu verbergen. Er fühlte sich schrecklich, weil er den Kindern während der Konditionierungssitzungen so schreckliche Qualen zufügen musste, aber es war zu ihrem Besten. Nach der Aversionstherapie war er überzeugt davon, dass die Kinder weder ihre Ketten ablegen noch jemals wieder an ihn denken würden.

«Danke, dass Sie uns unsere Tochter zurückgebracht haben», sagte Yu Han mit zitternder Stimme.

«Natürlich», sagte Laszlo.

Er hörte, dass Yu Han und Carol aufstanden, und Laszlo tat es ihnen nach.

«Möchten Sie sich von ihr verabschieden?», fragte Yu Han.

«Nein», sagte Laszlo. «Wir gehen lieber.»

«Dann auf Wiedersehen», sagte der Vater.

Laszlo spürte eine gewisse Erwartung dieses Mannes und reichte ihm die Hand. Yu Han schüttelte sie herzlich.

Laszlo sparte sich die Mühe, sie Carol zu reichen. Wie Elijahs Eltern gab auch sie Laszlo die Verantwortung für alles, was geschehen war. Er konnte es ihr nicht verdenken.

Vorsichtig führte Darian ihn durch die Tür. Sie sagten beide nichts, als sie über den weichen Teppich zum Fahrstuhl gingen. Schließlich brach Darian das Schweigen.

«Glaubst du, wir sehen Elijah und Winter jemals wieder?»

«Hoffentlich nicht», sagte Laszlo. «Aber man kann nie wissen.»

373 Meilen entfernt schaffte der Bautrupp gerade die letzte Betonplatte aus der Ruine. Den ganzen Morgen schon hatte das Vorstandsmitglied die Arbeiten mitverfolgt. Bilder ruckten über seinen Bildschirm. Das einzig Gute an Zinsers inkompetentem Verhalten war ihre Konsequenz: Der Selbstzerstörungsmechanismus hatte nicht den gesamten Komplex zerstören können.

Wäre das FBI aufgetaucht, hätten die vermutlich nicht nur die meisten Datenbänder rekonstruiert, sondern außerdem die Überlebenden befragt, die man aus den Trümmern retten konnte. Glücklicherweise informierte man nach der Explosion zuallererst den obersten Chef der CIA – ihn selbst nämlich.

Und als CIA-Direktor konnte er die Information zurückhalten und sein eigenes Team schicken. Das war jetzt zwei Tage her. Seitdem hatte er kaum geschlafen. Der ganze Bau wurde auf der Suche nach Überlebenden sorgsam abgetragen. Bisher hatten sie nur verkrüppelte Soldaten und ein paar Verwaltungsleute gefunden. Die machten größtenteils eher Ärger, als dass sie etwas wert gewesen wären. Verletzte Soldaten kamen ins Krankenhaus. Und dort würde man Fragen stellen.

Es tat ihm in der Seele weh, den treuen Patrioten ein Ende machen zu müssen, aber er durfte die Ziele der Organisation nicht gefährden. Angesichts der bisherigen mageren Ergebnisse, die die Bergungsarbeiten lieferten, wünschte er, sie hätten den gesamten Komplex einfach begraben und von vorne angefangen. Andererseits bestand noch Anlass zur Hoffnung.

Die Kamera suchte in den Tiefen des zerstörten Gebäudes, und auf seinem Bildschirm war nichts als dreckiges Schwarz und Braun zu sehen. Er machte sich bereit, zu sehen, was er jetzt schon Dutzende Male hatte sehen müssen – Haufen von verbrannten Leichen oder ein paar bewusstlose Soldaten – aber er gab die Hoffnung nicht auf. Nach den Videoaufzeichnungen, die sie gefunden hatten, war es sehr wohl möglich, dass an dieser Stelle …

«Sir, wir haben noch einen Überlebenden gefunden. Ich glaube, es ist … ja, es ist ein kleiner Junge.»

Das Vorstandsmitglied holte Luft. «Ist er am Kopf verletzt?»

«Negativ, Sir. Ein Bein ist gebrochen, und er hat Verbrennungen an den Armen, aber es sieht nicht so aus, als hätte er Kopfwunden oder innere Verletzungen.»

«Gehen Sie mit der Kamera näher ran, damit ich ihn mir genauer ansehen kann.»

«Jawohl, Sir. Einen Moment.»

Während auf dem Monitor zunächst nur undurchdringlicher Nebel zu sehen war, hielt der Chef der CIA die Luft an. Es konnte auch eins von diesen Straßenkindern sein, an denen sie Experimente durchgeführt hatten. Nur weil ein Kind überlebt hatte, musste das noch nicht bedeuten …

«Charlie Hammond.»

«Verzeihung, Sir?»

«Charlie Hammond», sagte der CIA-Direktor noch einmal und starrte auf den Jungen mit dem schmutzigen Gesicht, der auf seinem Bildschirm zu sehen war. «So heißt er. Den haben wir gesucht.»

«Jawohl, Sir.»

«Schaffen Sie ihn ins Krankenlager. Ich möchte alle zehn Minuten über seinen Zustand informiert werden.»

Er ließ den Bildschirm nicht aus den Augen. Obwohl der Junge unter drei Tonnen Beton gelegen hatte, war er doch nach wie vor ein hübscher Bengel. Eines Tages würde dieses ansprechende Aussehen – gemeinsam mit seinen bedeutenderen Talenten – der Organisation von Nutzen sein.

Es würde Jahre dauern … aber darauf wollte er gern warten.

DRITTER TEIL

2007

VALENTINUS

KAPITEL 1

30. DEZEMBER 2007 – 21:52 UHR (26 STUNDEN, 8 MINUTEN BIS ZUR NACHT DES JÜNGSTEN GERICHTS)

Darian ging in ihrem Hotelzimmer auf und ab und wartete, dass das Telefon endlich klingeln würde. Sie konnte nicht fassen, dass sie schon wieder in diese Sache verstrickt war. Verfluchter Laszlo. Schlimm genug, dass er seine Lektion noch immer nicht gelernt hatte, aber für sie gab es wirklich keine Entschuldigung mehr.

Darian wünschte, sie würde endlich zur Vernunft kommen. Aber von Vernunft konnte keine Rede sein, und nach wie vor quälte sie dieser dumpfe Schmerz. Nach all den Jahren liebte sie Laszlo noch immer.

Plötzlich tönte ein Patti-Smith-Gitarrenriff aus ihrem Handy. Sofort griff sie danach. «Ja?»

«Ich habe den verlorenen Sohn gefunden.»

Darian seufzte. Laszlos Ermittler mochte ein Schleimer sein, aber er war gut.

«Er ist im Bellevue. Geschlossene Psychiatrie.»

«Na super», schnaubte Darian, und vor Sorge verkrampfte sich ihr Magen. «Von jetzt an übernehme ich.»

Als Darian auflegte, fragte sie sich einmal mehr, ob es ein Fehler war, Laszlo zu helfen. Dann grinste sie. Selbstverständlich war es ein Fehler. Die Frage war nur, ob sie ihn später bereuen würde.

Nervös fummelte Darian an ihrem Rucksack herum, während die Krankenschwester hinter der Tür den Schlüssel ins Schloss steckte. Dann bewegte sich der schwere Eisenbolzen, und die grifflose Tür öffnete sich.

«Was kann ich für Sie tun?», fragte die Schwester.

Darian öffnete ihren Geist und schlug fast rückwärts hin. Mit ungeheurer Wucht stürmte das wirre Durcheinander gestörter Psychen auf sie ein. Stachlige Furcht, niederschmetternde Traurigkeit, weiche, feuchte Wut, kitzlige Nervosität, orgiastische Euphorie. Und zwischen allem ein Sprühnebel pharmazeutischer Orientierungslosigkeit.

Darian holte tief Luft und versuchte, die kranken Geister abzuwehren, während sie zugleich die Schwester erreichen wollte. Sie musste vorsichtig sein ... wenn sie die Kontrolle verlor, konnte sie gleich hier bei Elijah bleiben. Darian musterte die Krankenschwester.

Auf ihrem Namensschild stand MARIA SANCHEZ. Ihr Haar war von grauen Strähnen durchzogen und zu einem strengen Dutt verknotet. Alles hatte seinen Platz. Ihr Haar war fast so gut geordnet wie ihr Geist – kräftige, selbstbewusste Gefühle ohne Ausflüchte. Schwester Sanchez hatte Sinn für Ordnung. Hierarchie. Reibungslose Abläufe.

Darian richtete sich auf, um ihre volle Körpergröße von einem Meter dreiundsiebzig – plus fünf Zentimeter Absatz – zur Geltung zu bringen. Dann sendete sie aalglattes Vertrauen aus, und eine gewisse Autorität.

«Mein Name ist Darian Wright. Ich bin von der Staatlichen Behörde für Psychiatrie.»

Sie zeigte einen Ausweis vor, den sie kaum zwanzig Minuten vorher mit Hilfe von *Photoshop* gebastelt hatte. Als sich die Schwester vorbeugte, um das gefälschte Dokument zu prüfen, gab Darian ihr einen Hauch von Verlegenheit und eine gewisse Ehrfurcht ein. Sanchez wäre es peinlich, ihr Fragen zu dem Ausweis zu stellen.

«Könnte ich Sie unter vier Augen sprechen?», fragte Darian mit Blick auf einen übergewichtigen Pfleger.

«Aber natürlich», sagte die Schwester, ließ Darian herein und schloss die Tür hinter sich. Als sie ihren Schlüssel aus dem Schloss zog, fiel Darian auf, dass er mit einem roten Aufkleber versehen war. Ohne Darians Blick zu bemerken, deutete Sanchez zum anderen Ende des Raumes.

«Wir können im Schwesternzimmer reden.»

Energisch marschierte Sanchez auf den kleinen Raum zu, den sie mit einem weiteren Schlüssel vom großen Ring an ihrem Gürtel öffnete. Drinnen blickte Darian durch die bruchfesten Doppelscheiben und fragte sich, in welchem Zustand Elijah wohl sein mochte.

«Schwester Sanchez ...» Verschwörerisch beugte sich Darian vor. «Kann ich Ihnen vertrauen?»

«Selbstverständlich!», rief Sanchez aus, gleichermaßen erfreut *(dass man ihr ein Geheimnis anvertraute)*, stolz *(dass diese Frau ihr überhaupt traute)* und leicht gekränkt *(wegen der Frage)*.

«Es wurden gewisse Anschuldigungen erhoben ...», Darian sah sich im leeren Schwesternzimmer um und tat, als fürchtete sie, jemand könnte sie belauschen, «... dass in dieser Abteilung einige Missstände herrschen.»

Schwester Sanchez nickte nachdrücklich, als hätte sie gewusst, dass es so kommen musste.

«Insbesondere gab es Berichte, dass Patienten eingewiesen wurden, die keine Behandlung bräuchten.»

«Wer zum Beispiel?»

«Elijah Glass.»

Sanchez schüttelte den Kopf. «Ich arbeite schon fast fünfzehn Jahre hier, und ich kann Ihnen versichern, dass er wirklich krank ist. Er hätte fast jemanden erschlagen.» Sie legte ihre Stirn in Falten. «Mr. Glass wurde heute Abend erst eingeliefert.»

«Ich würde ihn gern sehen und selbst entscheiden.»

Mit voller Autorität machte sie nun Druck auf die arme Frau. Die Schwester wollte etwas einwenden, machte den Mund aber wieder zu.

«Natürlich. Kommen Sie bitte mit!»

Sanchez führte Darian aus dem Schwesternzimmer und durch eine weitere verriegelte Tür. Ihre Schritte hallten in dem langen, graugrünen Korridor, bis sie zu Elijahs Zimmer kamen. Darian spähte durch die kleine Panzerglasscheibe in der Stahltür.

Elijah trug eine Zwangsjacke und war fest verzurrt. Am Hals traten die Sehnen hervor, weil er den Kopf wild hin und her warf. Er strampelte so heftig mit den Beinen, dass das schwere Bett fast hüpfte. Sein Mund stand offen, doch die dicke Tür dämpfte seine Schreie.

«Wenn der nicht im Wahn ist ...», sagte Schwester Sanchez, «... dann weiß ich auch nicht.»

«Darf ich reingehen?»

Zwar war der Wunsch in Form einer Frage formuliert, doch Sanchez verstand ihn als das, was er eigentlich war: ein Befehl.

«Ich denke schon», sagte die Schwester mit leisem Zweifel in der Stimme. «Kommen Sie ihm nur nicht zu nah. Als er gebracht wurde, hat er einen der Pfleger gebissen.»

Darian nickte. Sie konnte es kaum erwarten, hineinzugehen. Mit klimperndem Schlüsselbund öffnete Schwester Sanchez die Tür. Der Raum war kühl, und als Erstes fiel Darian der beißende Uringestank auf. Dieser war so übermächtig, dass sie Elijahs animalisches Geschrei kaum wahrnahm. Sein rotes Haar war schweißnass und klebte lang und strähnig im Gesicht. Die Augen waren weit aufgerissen, doch nach den Pupillen zu urteilen, nahm er nicht wahr, was um ihn herum geschah.

Vorsichtig wollte sie sein Gesicht berühren. Er riss den Kopf weg und schrie noch lauter. Darian nahm allen Mut zusammen und packte seinen Kopf. Die Woge seiner Emotionen traf sie so hart, dass sie fast zusammenbrach. Ein gewaltiges Chaos lärmte in ihr.

Zorn, Schmerz, Scham, Entsetzen, Verwirrung, Hass, Trauer, Jubel – Explosionen wütender Gefühle und eine Dunstglocke aus medikamentöser Apathie. Sie hoffte, dass es noch nicht zu spät war. Bei seinen empathischen Fähigkeiten und seiner momentanen Wehrlosigkeit konnte es nicht lange dauern, bis sich die Psychosen der anderen Patienten bei Elijah festgesetzt hatten und er nur noch ein zitterndes Häufchen Elend war. Sie verließ ihren Körper und drang langsam in Elijahs rasendes Bewusstsein ein.

Um sie herum tobten die Emotionen und bedrängten ihre Psyche. Doch Darian gab nicht nach. Langsam bekam sie die Umgebung in den Griff und verschanzte sich hinter einer Mauer von Gelassenheit. Und dann spürte sie ihn, Elijahs wahres Ich, es kauerte dort tief in ihm, erschreckt und wehrlos.

Sie wollte ihm Kraft verleihen und ihn von den Qualen befreien. Sie rang den feurigen Zorn, das Grauen nieder, die auf Elijah eindrangen, und Elijah seufzte. Langsam zog Darian sich wieder zurück. Sie hatte ihm geholfen, sein Bewusstsein mit einem wehrhaften Schild zu umgeben.

Doch sie durfte ihn noch nicht allein lassen, weil sonst die irren Geister mit voller Wucht zurückkehren würden. Aber sie ließ ihm so viel Freiraum wie möglich. Als sie wieder zu sich kam, merkte Darian, wie sie am ganzen Körper schwitzte und die Zähne so fest zusammenbiss, dass ihr Unterkiefer schmerzte.

«Elijah …», sie rüttelte ihn an der Schulter, «… kannst du mich hören?»

Sie fragte sich, ob sie zu spät gekommen war, ob der Strudel der Gefühle seine Psyche bereits in die Tiefe gerissen hatte. Dann zwinkerte er und sagte ein einziges Wort: «Ja.»

«Welches Jahr haben wir?»

«Wieso?», fragte er und sah sie verwundert an. «Oh, Scheiße … Sagen Sie nicht, Sie kommen aus der Zukunft.»

Darian lächelte. Er würde in Ordnung kommen. Sie beugte sich vor und löste seine Fesseln.

«Wir haben keine Zeit für Fragen. Vertrau mir. Ich bin auf deiner Seite.»

«Gegen wen denn?»

«Die Leute, die dich hierbehalten wollen.»

Furcht und schreckliche Reue durchzuckten ihn.

«Ich gehöre hierher!», flüsterte Elijah. «Ich habe einen Menschen umgebracht.»

«Beinahe. Aber du bist kein Mörder. Er wird eine Weile im Krankenhaus bleiben müssen, aber er wird es überleben.»

«Wirklich?», fragte Elijah hoffnungsvoll.

«Wirklich.» Sie übertrug warme Ruhe und Zuversicht auf ihn. «Wie wär's, wenn wir uns jetzt mal auf die Socken machen?»

«Bitte nach Ihnen.»

KAPITEL 2

30. DEZEMBER 2007 – 22:48 UHR (25 STUNDEN, 12 MINUTEN BIS ZUR NACHT DES JÜNGSTEN GERICHTS)

«Schwester!» Darian klopfte laut an die Tür. «Schwester!»

Sanchez erschien im kleinen Fenster, und Darian bedeutete ihr, dass sie aufschließen solle. Sie schob den Schlüssel ins Schloss, und die Tür öffnete sich nach innen. Darian riss sie auf. Sanchez machte große Augen, als sie Elijah sah.

«Mr. Glass gehört nicht hierher», sagte Darian.

Zwar wollte sie der armen Krankenschwester nicht wehtun, andererseits war es nicht der richtige Moment für Zimperlichkeiten. Darian öffnete sich. Sofort stürmten die wirren Gedanken der Patienten auf sie ein.

Nur ein paar Minuten. Du kannst es schaffen.

Darian schluckte den Schmerz herunter und packte Sanchez bei den Handgelenken.

«Schwester, ich *befehle* Ihnen, mir bei der Entlassung dieses Patienten zu helfen!»

Darians Herz raste, ihr Atem war ein Hecheln. Die Anstrengung, die kranken Geister von Elijah fernzuhalten, während sie gleichzeitig auf Sanchez einwirkte, war fast mehr, als sie ertragen konnte. Wenn die Schwester nicht bald nachgab, blieb Darian nichts anderes übrig, als sie noch fester zu verdrehen, was die Frau den Verstand kosten konnte.

«O-o-o-o-kay», stammelte Sanchez.

Darian ließ ihr Handgelenk los und deutete auf den Korridor. Unsicher ging Sanchez den dunklen Gang hinunter. Darian wischte sich über die Stirn und gab ein wenig nach. Da sich die Schwester nun entschieden hatte, würde sie es sich vermutlich nicht mehr anders überlegen.

Als sie durch den Besucherbereich kamen, sah der Mann, der den Boden wischte, zu ihnen herüber. Darian gab ihm lähmende Apathie ein, und eine Sekunde später widmete sich der Mann wieder dem Fußboden, ohne weiter auf die leidgeprüfte Krankenschwester, die respekteinflößende Schwarze und den Rotschopf mit dem gehetzten Blick zu achten.

Erschöpft eilte Darian zur letzten Tür, doch dort verstellten zwei Pfleger ihnen den Weg.

«Maria, was machst du da?»

«Aus dem Weg, Pete!» Sanchez versuchte, sich an einem der stiernackigen Männer vorbeizuschieben, doch er ließ sich nicht beirren.

«Bestimmt nicht!», sagte der Pfleger und packte Sanchez beim Arm.

Entsetzt starrte die Schwester Darian an. Mit zusammengebissenen Zähnen sendete Darian eine Woge der Unerschrockenheit aus. Sanchez richtete sich auf.

«Diese Frau ist von der Staatlichen Behörde für Psychiatrie und hat mir eben mitgeteilt, dass Mr. Glass irrtümlich eingeliefert wurde.»

«Willst du mich verarschen?», fragte der andere Pfleger. «Der verdammte Irre hat mich *gebissen*!» Er hob seinen bandagierten Unterarm. «Dieser Typ geht nirgends hin!»

«Aber ... aber ...» Sanchez' Blick wanderte von den Pflegern zu Darian und wieder zurück.

Die gegensätzlichen Wünsche im Kopf der Krankenschwester überschlugen sich. Sanchez verdrehte die Augen und brach zusammen. Plötzlich spürte Darian Zorn im Raum, und ein Arzt im weißen Kittel kam hereingestürmt.

«Was ist hier los?», rief er wütend. «Und wieso ist Mr. Glass nicht in seinem Bett?»

Darian merkte, wie ihre Kraft sie verließ, wenn die verwirrten Gedanken der Patienten noch länger in ihr lärmten. Sie musste sich beeilen. Sie gab sich alle Mühe, guten Willen auszustrahlen, und griff in ihren Rucksack. Sie tastete nach dem rechteckigen Glasbehälter.

«Hier habe ich die Antwort auf alle Ihre Fragen.»

Erwartungsvoll beugten sich der Arzt und die beiden Pfleger vor. Darian schloss die Finger um das Glas und verstärkte den Schutz um Elijahs Geist, in der Hoffnung, dass er ertragen konnte, was gleich kommen würde.

Darian holte aus und schleuderte das Glas auf den Boden. Während alle die vier Vogelspinnen anstarrten, die aus dem zerbrochenen Glasbehälter gekrochen kamen, erfüllte Darian den ganzen Raum mit schwindelerregender Angst.

«Scheiße!», schrie Pete und stolperte fast bei dem Versuch, den pelzigen Viechern zu entkommen.

«Großer Gott!», rief der Arzt und flüchtete zum Schwesternzimmer, gemeinsam mit dem anderen Pfleger, am Hausmeister vorbei, der vor Entsetzen wie gelähmt war. Darian biss die Zähne zusammen und konzentrierte sich darauf, den anderen Schrecken einzugeben, wobei sie darauf achtete, Elijahs Geist davor zu bewahren.

Sie bückte sich, löste den Schlüsselbund von Sanchez' Gürtel und suchte panisch nach dem Schlüssel mit dem roten Aufkleber. Als sie ihn gefunden hatte, zerrte sie die bewusstlose Krankenschwester zur Tür, um an das Schloss zu kommen. Sie versuchte, den Schlüssel hineinzustecken, aber ihre Hand zitterte zu sehr.

Darian sah sich nach den Vogelspinnen um, die am Boden krabbelten, und ihr Magen krampfte sich zusammen. Ihre Kehle war trocken. Heiße, lähmende Angst legte sich über sie.

«Es sind *nur Spinnen, nur Spinnen, nur Spinnen*», murmelte sie, aber sie wusste, dass es eben *nicht nur Spinnen* waren. Diese Tiere würden sie töten. Sie würden alle töten. Stocksteif stand sie da, als eine Spinne direkt auf sie zugelaufen kam – acht Beine, perfekte Koordination.

Darian drückte sich an die Wand, schaffte es nicht, die Angst in den Griff zu bekommen, die in ihr heulte. Plötzlich spürte sie eine Hand an ihrer Schulter und schrie auf. Sie kniff die Augen zusammen, sie wollte nichts mehr sehen.

Die Hand bog ihre Finger auseinander, um ihr den Schlüssel abzunehmen. Da spürte sie für einen Moment einen Hauch von federleichter Ruhe, doch schon brach die Angst wieder über sie herein. Sie fing an zu stöhnen, und da spürte sie wieder die Hand.

«Komm!»

Erschrocken riss sie die Augen auf und sah Elijah. Er hatte keine Angst. Sie zwang sich, ihm durch die letzte Tür zu folgen. Nachdem er diese hinter sich ins Schloss gezogen hatte, griff Elijah nach dem roten Kasten an der Wand und drückte ihn ein. Einen Moment war alles seltsam still, dann ging der Feueralarm los.

Als die Sirene heulte, versuchte Darian, sich nach außen abzuschirmen und sich nur auf Elijahs nebelhafte Gelassenheit zu konzentrieren. Gemeinsam rannten sie zur Feuertreppe, dann inmitten von Putzkolonnen, Ärzten, Krankenschwestern und Patienten die Stufen hinunter aus dem Gebäude, das überhaupt nicht brannte.

Darian wies den Taxifahrer an, sie zu dem Hotel zu bringen, in dem Elijah wohnte, wenn er in New York war.

«Laszlo wartet dort auf uns», sagte sie.

Elijah wollte eben fragen, wer Laszlo war, als er sich plötzlich an etwas erinnerte.

«Ist Laszlo … blind?»

INTERLUDIUM V

23. MAI 2007 – 20:07 UHR
(222 TAGE BIS ZUR NACHT DES JÜNGSTEN GERICHTS)

Nachdem sie von ihrem Schmerz berichtet und den anderen gelauscht hatte, sah Susan Collins die Welt mit anderen Augen. Zum ersten Mal schienen die Menschen um sie herum real zu sein. Sie sah sich um und wusste, dass hinter jedem Augenpaar eine Geschichte wartete, die genauso herzzerreißend war wie ihre.

Valentinus räusperte sich, und es wurde still im Raum, da sich alle dem Mann zuwandten, der ihnen den menschlichsten Augenblick ihres Lebens beschert hatte. Valentinus blickte Susan in die Augen, und sie spürte Mitgefühl und tieferes Verständnis, wie nie zuvor.

«Sie alle haben die Geschichten der anderen gehört», sagte Valentinus. «Kummer bestimmt Ihr Leben. Er formt Sie. Er verändert Sie.

Und wenn auch jede Geschichte einzigartig sein mag, so waren es doch allesamt Tragödien, die sie grundlos erleiden mussten. Sie haben sich nichts zuschulden kommen lassen. Es ist einfach ... passiert.»

Susan merkte, dass sie nickte. Es stimmte. Zwar hatte es ihr schon immer gefallen, Männer zu provozieren, aber es war nicht ihre Schuld, dass sie an jenem Abend vergewaltigt wurde.

Es war nicht ihre *Schuld. Nein. Nein. Wirklich nicht.*

Sie wiederholte ihr Mantra im Stillen. Das tat sie zwar

nicht zum ersten Mal, doch glaubte sie zum ersten Mal daran.

«Wer von Ihnen glaubt an Gott?», fragte Valentinus plötzlich.

Von den siebenundzwanzig Leuten, die im Kreis saßen, hoben fünfzehn die Hand. Susan rührte sich nicht. Valentinus sah sich einen Gläubigen nach dem anderen an.

«Sagen Sie mir – wo war Gott, als Ihnen diese schrecklichen Dinge passiert sind?»

Niemand antwortete. Traurig schüttelte Valentinus den Kopf.

«Und was ist mit *Ihnen*, den Ungläubigen?», fragte er die anderen. «Glauben Sie ernsthaft, dass Gott *nicht* jeden Einzelnen von uns erschaffen hat? Dass Sie Ihren Verstand einem unwahrscheinlichen Irrtum der Evolution zu verdanken haben? Dass das Leben – *Ihr* Leben – nur ein Versehen ist?»

Zwar war Susan katholisch aufgewachsen, doch glaubte sie schon lange nicht mehr an Gott. Vermutlich wäre sie wohl ohnehin irgendwann zu dieser Überzeugung gelangt, aber ein albtraumhaftes Kindheitserlebnis mit einem Priester hatte die Entwicklung noch beschleunigt. Ihre Indoktrination war jedoch viel zu stark gewesen, als dass Susan glauben konnte, das Leben sei einfach aus der Ursuppe entstanden.

«Kein Wunder, dass dieses Land so zerrissen ist», sagte Valentinus. «Beide Theorien sind gleich schwach. Entweder glauben wir, Gott hat uns nach seinem Ebenbild erschaffen – wenn auch höchst unvollkommen. Ein Gott, der uns seit Jahrtausenden für diese Unvollkommenheit straft. Ein Gott, der Millionen an Hunger, Krankheit und Krieg sterben lässt. Ein Gott, der uns die Jugend schenkt, nur um sie uns zu nehmen, uns einsam sterben zu lassen, gefangen in altersschwachen Körpern.

Oder aber wir stecken den Kopf in den Sand und bestehen darauf, dass wir uns allesamt durch eine Folge zufälliger Mutationen entwickelt haben. Wir können die zahllosen Wunder um uns herum ignorieren, im blinden Beharren darauf, dass das Leben sinnlos ist. Dass wir, wenn wir sterben, einfach verschwinden. Dass es keine Seele gibt. Dass das Leben keinen Sinn hat.»

Valentinus erhob sich von seinem Stuhl.

«Nun, für welchen Trugschluss entscheiden Sie sich? Haben Sie je *wirklich* darüber nachgedacht? Bei den meisten lautet die Antwort: nein. Man spielt mit, besessen von den absurdesten Fragen – welches Fernsehprogramm man sehen, welches Auto man kaufen will, wann man das nächste Mal befördert wird, welches College man besuchen möchte. Man kümmert sich um jedes noch so kleine Detail im Leben, nur nicht um die großen Fragen.

Wozu sind wir hier? Was ist der Sinn unseres Seins? Was passiert, wenn wir gestorben sind?

Für die Ungläubigen unter Ihnen, die meinen, diese Welt sei nur ein Versehen, haben diese Fragen keine Bedeutung. Sie glauben, wenn sie tot sind, war's das einfach. Ihre Welt, ihr Leben, ihr Bewusstsein existiert einfach nicht mehr. Und doch leben die meisten Ungläubigen, als *glaubten* sie an ein Leben nach dem Tod. Sie fügen sich einem Moralkodex, den eine Religion einfordert, obwohl sie Religion doch eigentlich ablehnen: Du sollst nicht lügen. Du sollst nicht betrügen. Du sollst nicht stehlen.

Aber warum? Wozu sollte man ein ‹guter Mensch› sein, wenn es kein Leben nach dem Tod gibt? Warum sollte man sich nicht jedem verfügbaren hedonistischen Vergnügen hingeben? Ja, manche tun es. Doch die meisten Ungläubigen leben in Angst. Sie weichen nie vom rechten Weg ab.

Ihr Gläubigen aber ... ihr seid die größeren Heuchler. Ihr pickt euch aus der Religion heraus, was euch gefällt, wie am kalten Büfett. Die ganze Zeit redet ihr euch ein, dass Gott gnädig ist und vermutlich nichts dagegen hat, wenn ihr seine Gebote missachtet – trotz der biblischen Beweise dafür, dass Gott schon beim leisesten Vergehen Rache nimmt.

Diese beiden gegensätzlichen Standpunkte sind gleichermaßen grotesk. Keiner von beiden ist wahr – weder als Glaubenssystem noch als Lebensweise.»

Valentinus schwieg und lächelte.

«Aber ich bin hier, um Ihnen die Wahrheit vor Augen zu führen. Ich bin hier, um Ihnen ... etwas Besseres zu zeigen.»

KAPITEL 3

30. DEZEMBER 2007 – 23:27 UHR (25 STUNDEN, 33 MINUTEN BIS ZUR NACHT DES JÜNGSTEN GERICHTS)

Winter staunte, dass sie sich in der Gesellschaft des blinden Mannes sofort wohl fühlte, als hätte sie ihn schon ihr ganzes Leben lang gekannt. Der Fahrstuhl kam zum Stehen, und die Türen glitten auf. Sascha sprang zuerst hinaus. Sie tappte über den blauen Teppich auf dem Gang, als wüsste sie, wohin sie wollte.

Laszlo hielt Schritt, eine Hand am Blindenhundgeschirr. Obwohl Sascha vorauslief, gab in Wirklichkeit Laszlo die Richtung vor.

Bei Zimmer 1408 blieben sie stehen.

Ein schlaksiger Mann mit wilden, roten Haaren öffnete. Er sah aus, als hätte er gerade einen Nervenzusammenbruch erlitten.

«S-s-sie sind Laszlo?», fragte der Verrückte.

«Der bin ich», sagte Laszlo. Er sprach leise und beherrscht, wie mit einem gefährlichen Tier. «Die hübsche, junge Dame zu meiner Linken ist Miss Winter Zhi. Und das hier ist Sascha.» Laszlo kraulte seinem Hund die Ohren.

«Bist du ... Elijah?», fragte Winter und staunte über den Namen, der ihr plötzlich einfiel.

«Ja», sagte Elijah. «Kennen wir uns?»

Winter suchte nach einer Antwort. Obwohl sie sicher war, dass sie sich nie begegnet waren, kam er ihr irgendwie bekannt vor. «Ich ... ich weiß nicht.»

Elijah konnte den Blick einfach nicht von dem blinden Mann und dieser rehäugigen Frau wenden. Noch bevor Laszlo Winter vorgestellt hatte, fiel ihm der Name ein, als kannte er sie aus einem anderen Leben. Die beiden standen noch draußen auf dem Flur, da zog Darian schon ihre Lederjacke über.

«Ich habe meinen Teil getan, Laszlo. Der Rest ist deine Sache.»

«Darian, warte!»

Darian blieb stehen und gab Laszlo einen flüchtigen Kuss. «Tut mir leid.»

Ohne noch einen Blick auf Elijah oder Winter zu werfen, zog sie die Tür leise hinter sich ins Schloss. Laszlo nickte, als hätte er nichts anderes erwartet, dann fragte er Winter: «Könnten Sie mir zu einem Sessel helfen?»

«Natürlich.»

Sie nahm Laszlo beim Arm und führte ihn zu einem übergroßen Lehnstuhl. Winter setzte sich auf die Couch, und Elijah zog einen Schreibtischstuhl heran. Plötzlich hatte Elijah ein Déjà-vu.

Nein. Kein Déjà-vu. Ihm kam eine Erinnerung.

Laszlo räusperte sich. «Es wird Zeit, dass ich Ihnen ein paar Dinge erkläre …»

Als Laszlo ihnen die ganze Geschichte erzählt hatte, wollte Winter etwas sagen, doch sie fand keine Worte. Plötzlich fügte sich eins zum anderen. Ihre Unfähigkeit, eine Verbindung zu einem Mann herzustellen, außer wenn sie sich berührten. Ihre Erfolge bei Konzerten. Die Besessenheit der Stalker.

Elijah starrte seine Hände an, die er zu Fäusten ballte und wieder löste, in einem Rhythmus, den nur er hörte.

Winter sah Laszlo an und wusste nicht, ob sie ihm danken oder ihn verfluchen sollte.

«Was soll ich jetzt sagen?», brach es aus ihr hervor.

«Sie müssen überhaupt nichts sagen.» Laszlo antwortete mit ruhiger Stimme.

«Ach ja?», sagte sie gereizt. «Wozu reden, wenn Sie meine Gedanken lesen können?»

«Ich kann Ihre Gedanken nicht lesen. Ich kann nur …»

«Halt! Das will ich gar nicht wissen. Ich muss … ich muss nur nachdenken.»

Leise antwortete Laszlo: «Ich verstehe.»

«Wie wollen Sie das verstehen?» Winter explodierte förmlich. «Waren Sie schon mal …», sie verzog den Mund, «… angekettet?»

«Nein.»

Winter schüttelte den Kopf. «Und wozu die Kreuze an den Ketten?»

«Ich brauchte ein starkes Symbol, um Sie zu konditionieren. Und es gibt nichts Stärkeres als das Kreuz.»

«Aber die Kette hat nicht richtig funktioniert, oder?», fragte Winter. «Obwohl ich sie nie abgenommen habe, habe ich – beim Spielen – meine … Empfindungen auf die Leute übertragen, oder?»

«Ja», sagte Laszlo und schüttelte den Kopf. «Inzwischen senden Millionen Handys, Wireless-Computer, GPS-Systeme und dergleichen Radiowellen aus, die es vor siebzehn Jahren noch nicht gab. Diese Signale haben die Fähigkeit der Menschen verstärkt, Gedanken zu erspüren. Deshalb polarisiert sich die Menschheit immer weiter, weil ihre wahren Gefühle offenliegen, wenn auch nur unterbewusst.

Beweise dafür finden wir auf der ganzen Welt. Die Gewalt in Form von Völkermorden und ethnischen Säuberungen hat sich verzehnfacht. Selbst in unserem eigenen Land gehen wir aufeinander los wie nie zuvor. Diese Veränderung spüre ich schon seit Jahren. Aber ich hätte nicht gedacht, dass sich dadurch die elektromagnetischen Schilde Ihrer Halsketten abschwächen würden.

In Verbindung mit Ihren eigenen Kräften, die im Laufe der Zeit durch den ständigen Kampf gegen Ihren Schutzschild zugenommen haben, hat die Wirkung nachgelassen.» Laszlo ließ den Kopf hängen. «Es tut mir leid, dass Sie beide leiden mussten.»

Winter schwieg. In ihrem Kopf drehte sich alles.

«Warum haben Sie unsere Erinnerung gelöscht?»

«Das war Dietrich. Aber ich habe ihm geholfen und mit meiner Gabe dazu beigetragen, dass Sie von dem, was geschehen war, nichts mehr wissen wollten.» Laszlo machte eine kurze Pause. «Ich hatte Angst, die Organisation könnte Sie finden. Solange Sie Energie ausstrahlten, konnten diese Leute immer jemanden wie mich auftreiben, der Sie finden würde. Zu verstecken waren Sie nur, wenn man es ganz und gar tat. Auch vor Ihnen selbst.

Nur Ihre Eltern kannten Ihr Geheimnis.»

«Mom …», stöhnte Winter. «Die ganzen Jahre … sie wusste es. Deshalb war sie immer so nervös, wenn ich einen Auftritt hatte. Sie hatte Angst, dass jemand rausfindet, wer ich bin. Und dann hat man mir die Kette gestohlen …»

Winter erstickte ihr Schluchzen, als sie an den entsetzten Blick ihrer Mutter dachte, kurz bevor ihr Herz stehenblieb. Vermutlich hatte Winter ihre eigene Angst ausgesendet, bis das Herz ihrer Mutter nicht mehr konnte. Es war Winters Schuld. Sie hatte ihre Mutter getötet.

«Was sollen wir denn jetzt machen?», fragte Winter. Sie sah zu Elijah hinüber und wünschte, er würde etwas sagen, aber er hielt den Blick gesenkt, versunken in seine eigenen Gedanken.

«Nun, ich werde Ihnen beibringen, wie Sie Ihre Gabe kontrollieren können», sagte Laszlo. «Ich weiß nicht, was Valentinus vorhat, aber ich muss ihn aufhalten. Das kann ich nur mit Ihrer Hilfe. Falls Sie mir helfen wollen.»

Winter seufzte. Ihr Leben lang hatte sie tief im Inneren gewusst, dass ihr etwas fehlte. Sie starrte Laszlo an. Ganz sicher wollte sie nicht die Gabe einsetzen, die zwei Menschen das Leben gekostet und so vielen geschadet hatte. Aber sie konnte auch nicht vor sich weglaufen. Nicht mehr.

«Okay», sagte sie schließlich und wischte sich eine Träne von der Wange. «Ich helfe Ihnen … wenn ich kann.» Dann wurden ihre Augen schmal. «Woher weiß ich, dass es auch wirklich meine Entscheidung ist? Dass Sie nicht einfach …?»

«Wissen Sie nicht», sagte Laszlo. «So gut sind Sie noch nicht. Aber wenn wir erst mal fertig sind, müssen Sie sich diese Frage nie mehr stellen. Weil Sie es wissen werden.»

Plötzlich fühlte/hörte sie ein tiefes Grollen, als käme ein gewaltiger Donner auf. Eine Sekunde später war Elijah aufgesprungen und packte Laszlos Hals.

Sascha knurrte, doch Laszlo bedeutete ihr, sich zu beruhigen, als Elijah ihn an die Wand drückte.

«Geben Sie mir meine Kette zurück!», rief Elijah.

«Ich habe sie nicht.»

«Wer dann?»

«Ich weiß es nicht», sagte Laszlo ganz ruhig. «Entweder hat die Organisation Ihre Identität herausgefunden …», er nickte, «… oder Valentinus.»

Elijah sah, wie die Emotionen vor seinen Augen hell erstrahlten.

Neugier, Staunen und Angst bei Winter.

Trauer und Entschlossenheit bei Laszlo.

Wut und Fassungslosigkeit bei ihm selbst.

«Ich will doch nur normal sein!», sagte Elijah schließlich und ließ los.

Er trat zurück und holte tief Luft. Er wusste nicht, was er als Nächstes tun sollte. Da traten die beiden Killer die Tür ein, und die schlimmste Nacht in Elijahs Leben wurde noch viel schlimmer.

KAPITEL 4

30. DEZEMBER 2007 – 23:59 UHR (24 STUNDEN, 1 MINUTE BIS ZUR NACHT DES JÜNGSTEN GERICHTS)

Laszlo wusste sofort, was sein Fehler gewesen war.

Er hatte gedacht, er würde die Mörder spüren, bevor sie zuschlagen konnten, doch sie waren vorbereitet. Als Laszlo ihre psychischen Mauern fühlte, wusste er, dass diese Männer nicht aufzuhalten waren – zumindest nicht durch empathische Fähigkeiten.

Er gab Sascha bissige Raserei ein, dann warf er sich auf die leuchtende Aura, die Winter war, und riss sie zu Boden, als der erste Schuss fiel. Laszlo spürte, wie die Kugel seine Lunge durchschlug und ihm sofort den Atem nahm.

Blut pumpte aus seiner Brust, und er wusste, dass der Tod ihn nun endlich eingeholt hatte.

Lose miteinander verbundene Gedanken rasten durch seinen Kopf.

Wer hat sie geschickt?

Ich wünschte, ich hätte Darian wieder in meinem Leben gehabt.

Wieder habe ich Elijah und Winter gegenüber versagt.

Charlie – es tut mir so schrecklich leid.

Ich wünschte, ich könnte noch ein letztes Mal Saschas Ohren kraulen.

Dann durchschlug die zweite Kugel seinen Schädel. Vom scharfen Schmerz in seiner Kopfhaut abgesehen, fühlte Laszlo gar nichts, als die Kugel sein Gehirn durchdrang. Schon immer fand er es seltsam, dass das Gehirn, das Zentrum aller Gefühle, das einzige Organ sein sollte, das schmerzfrei war. Nun begrüßte er diesen Umstand mit einiger Erleichterung.

Er hatte in seinem Leben schon zu viel Schmerz empfunden. Er war froh, dass er in seinem letzten Moment nicht mehr litt als nötig.

Elijah riss die Augen auf, als zwei Männer – einer blond und kräftig, der andere groß mit Glatze und Ziegenbart – die Tür eintraten und schossen. Er überlegte keinen Augenblick, denn irgendetwas in seinem Hirn hatte ihn schon einen Moment vorher in Alarmbereitschaft versetzt. Er ließ nur seinen Körper reagieren, nahm eine leere Bierflasche vom Nachtschrank und warf sie nach der Glatze.

Das dicke Glas traf den Mann an der Stirn. Er schwankte kurz, dann brach er bewusstlos zusammen. Elijah hechtete über den Kaffeetisch, um sich über den anderen herzumachen, aber Sascha war schon bei ihm. Sie war einmal quer durchs Zimmer gesprungen und hart auf seiner Brust gelandet.

Der Mann schrie, als ihm die Hündin ins Gesicht biss, und er drosch auf Saschas Kopf ein. Er war ihr nicht gewachsen. Elijah spürte den heißen, violetten Zorn, als sie den Kopf senkte und dem Mann in die Kehle biss, was ihn augenblicklich verstummen ließ.

«Nicht! Sascha!»

Elijah lief zu ihr und packte sie beim Halsband, riss sie von dem Mann los, als dieser schoss.

Die Kugel traf Sascha im Kopf. Sie flog durch die Luft, als wäre sie getreten worden, und blieb liegen … tot. Der Mann fing an zu würgen, Blut gurgelte aus seiner Luftröhre hervor. Sein ganzer Körper krampfte sich zusammen, dann ließ die Spannung nach, und seine Augen wurden starr.

«Oh, mein Gott», sagte Winter und hielt sich die Hand vor den Mund.

Sie lief zu Laszlo. Sein Kopf lag im Blut. Die dunkle Brille war heruntergefallen, sodass man die blinden Augen sehen konnte. Sie waren narbig und gelb. Tränen liefen über ihre Wangen. Winter nahm die Brille und setzte sie ihm wieder auf.

Winter vergrub ihr Gesicht an Elijahs Brust und weinte.

Als sie ihn berührte, sank Elijah zusammen, plötzlich von Trauer überwältigt. Er hatte Schmerzen in der Brust und alle Kraft verloren. Er konnte sich nicht von ihr lösen. Sengend heiße Tränen liefen über sein Gesicht, während er sich seine niederschmetternde Trauer zu erklären suchte.

Seit der Beerdigung seiner Schwester hatte er keine Träne mehr vergossen, doch da war er nun – weinte um diesen seltsamen Mann, den er

(seit Jahren)

erst ein paar Stunden kannte. Während er mit der drückenden Trauer rang, begriff er. Es war nicht seine Trauer, sondern Winters.

Er stand da und hielt diese fremde Frau im Arm, die er früher einmal geliebt hatte.

Und er tröstete sie.

Winter wusste nicht, um wen sie weinte.

Um Laszlo, der gestorben war, weil er sie retten wollte.

Um Michael, der ihretwegen gestorben war.

Um ihre Mutter, die mit ihrem Geheimnis gelebt hatte, bis auch sie Winters unheimlichen Kräften erlag.

Sie weinte, weil sie daran dachte, wie sie als kleines Mädchen im Labor der Organisation gefangen gehalten wurde.

Und sie weinte, weil sie nicht wusste, was aus ihr werden sollte, mit dieser absonderlichen Gabe und der bruchstückhaften Erinnerung.

Mit zitternden Knien trat sie einen Schritt von Elijah zurück. Sie warf einen Blick auf den toten Killer, und es war, als müsste sie in Ohnmacht fallen. Aber sie biss auf ihre Zunge, wollte sich nicht abwenden. Mit starrem Blick auf die blutigen Hautfetzen an seinem Hals zwang sie sich, stark zu sein.

Schließlich sah sie hinüber zu dem bewusstlosen Glatzkopf. Er hatte eine rote Beule an der Stirn, aber davon abgesehen war er unversehrt.

«Was jetzt?», fragte sie bebend. «Rufen wir die Polizei?»

«Nein», sagte Elijah leise. «Wir sollten ihn fesseln. Und ihm ein paar Fragen stellen.»

«Such irgendwas, womit wir ihn fesseln können», sagte Winter. «Ich seh mir seine Taschen an.»

Elijah nickte und ging hinüber ins Schlafzimmer. Winter kniete neben dem Mann, und jeder einzelne Horrorfilm, den sie je gesehen hatte, fiel ihr wieder ein – das junge Mädchen in Reichweite des

(scheinbar)

besinnungslosen Mörders. Schon immer hatte sie sich gefragt, wieso diese Frauen nicht wegliefen, jetzt wusste sie es: Manchmal konnte man einfach nicht weglaufen.

Sie atmete tief ein und tastete ihn ab, um zu prüfen, ob er bewaffnet war. Dann rollte sie ihn auf den Bauch und befühlte Schulter, Rücken und Taille. Als sie nichts finden konnte, wusste Winter nicht, ob sie nun erleichtert sein sollte.

Plötzlich spürte sie eine Hand auf ihrer Schulter. Sie schrie auf.

«Ganz ruhig, ich bin's nur», sagte Elijah. Er deutete auf den Killer: «Meine Kette!»

Er bückte sich und nahm dem Mann die blutverschmierte Kette ab. Und Elijahs Geist verschwand aus Winters psychischer Klangwelt. Sie starrte die Kette an.

«Deshalb wusste Laszlo nicht, dass sie kommen.»

Elijah legte sich die Kette um und seufzte vor Erleichterung. Einen Augenblick später hielt er das lange Elektrokabel einer Schreibtischlampe hoch. Es dauerte nur ein paar Minuten, bis sie dem Glatzkopf die Hände gefesselt hatten. Mit dem Gürtel eines Bademantels band Elijah seine Füße zusammen. Währenddessen ging Winter ins Schlafzimmer und zog die Betten ab.

Sie breitete eines der Laken über Laszlos Leichnam, ein anderes über die Leiche des Mannes, der ihn ermordet hatte, und das letzte schließlich über Sascha. Als sich die Tücher auf die Leichen senkten, sickerte Blut durch.

Winter starrte die feuchten, roten Flecken an. Sie waren fast hübsch. Nur dauerte es nicht lange, bis man erkennen konnte, was die Laken verbergen sollten. Dennoch – besser als ansehen zu müssen, was darunterlag.

Alles war besser als das.

INTERLUDIUM VI
23. MAI 2007 – 21:24 UHR
(222 TAGE BIS ZUR NACHT DES JÜNGSTEN GERICHTS)

«Und wenn diese Wahrheit, die Sie nicht hinterfragen dürfen, nur ein Netz aus Lügen ist, mit dem verhindert werden soll, dass Sie die umfassendere Wahrheit erkennen?»

Valentinus lehnte sich zurück und faltete die Hände unter dem Kinn.

«Was wäre, wenn ich Ihnen sagen würde, dass der Gott des Alten Testaments *kein* allmächtiges Wesen war? Dass er *nicht* perfekt war? Dass er nicht *Gott* war?»

Niemand sagte etwas. Schließlich fragte eine hübsche, junge Blondine: «Haben Sie dafür Beweise?»

«Beweise?» Valentinus' Stimme klang zornig. «Waren denn die Geschichten heute Abend nicht Beweis genug? Ihre eigene Geschichte? Was sehen Sie, wenn Sie Zeitung lesen oder den Fernseher anstellen?

Ich werde Ihnen sagen, was ich sehe», knurrte Valentinus, als müsste er seinen Zorn bändigen. «Ich sehe Krieg. Krankheit. Leid. Ich sehe Mord und Totschlag im Namen der Gerechtigkeit. Ich sehe Böses.

Das Böse zeigt sich, ergötzt sich am eigenen Schrecken. Das Böse, von Hass umhüllt, von Religion umnebelt. Böses, das sich als Liebe ausgibt, in Wahrheit aber eigennützig und voller Zorn ist.»

Angewidert schüttelte Valentinus den Kopf. Und dann –

als fiele ihm plötzlich wieder ein, wo er war – blickte er auf. Sein Gesicht war verzerrt, eine Maske von Wut und Trauer.

«*Das* sehe ich. Und doch soll ich glauben, dass Gott gut und gnädig ist. Dass er über uns – *seine* Kinder – wacht. Und dann betrachte ich die Welt und frage mich, wie das sein kann. Würde er uns so leiden lassen, wenn er gut wäre?

Würde er das tun?» Plötzlich sprach aus Valentinus' Stimme bittere Verachtung. Mit funkelndem Blick wandte er sich Susan zu. *«Würde er uns leiden lassen?»*

Susan hielt die Luft an, überrascht von Valentinus' Wutausbruch.

«Ich ... ich ... ich weiß nicht», stammelte Susan.

«Und was *glauben* Sie?»

Valentinus wollte, dass sie antwortete, dass sie für die Gruppe sprach. Aber sie wusste nicht, worauf er hinauswollte.

«Es kann nicht Gutes geben ohne ...»

«Verschonen Sie mich mit Klischees aus der Sonntagsschule!», rief Valentinus. «Plappern Sie nicht die Lügen dieser Gesellschaft nach! Suchen Sie in Ihrem Innersten, Ihrem *wahren* Innersten und sagen Sie mir, was Sie *wirklich* denken!»

Susan sank auf ihrem Stuhl in sich zusammen. Sie sehnte sich verzweifelt nach der mitfühlenden, liebevollen Umgebung, in der sie eben noch geschwelgt hatte.

«Alles hat seinen Grund», meinte Susan und war von ihrem Talkshowspruch selbst nicht wirklich überzeugt.

Valentinus schlug sich mit der Faust so fest in die eigene Handfläche, dass Susan zusammenzuckte.

«*Alles hat seinen Grund?* Ist das Ihre Antwort?» Er deutete auf den alten, schwarzen Mann, der ihr gegenübersaß.

«Glauben Sie wirklich, dass Leon aus gutem Grund *verprügelt* wurde?» Sein Finger wanderte zu einer rotblonden Frau. «Dass Megans Tochter aus gutem Grund *gestorben* ist?» Er wartete. Sein Blick war bohrend wie ein Laserstrahl. «Und dass Sie aus gutem Grund *vergewaltigt* wurden? Ja? Glauben Sie das?»

Abrupt wurde sein zorniger Gesichtsausdruck zu einer Miene des Mitgefühls. Er nahm ihre Hand.

«Hatten Sie *verdient*, was Ihnen angetan wurde? Ich würde wirklich gern wissen, ob Sie das glauben.»

Plötzlich war Susan wieder siebzehn Jahre alt, auf dem Rücksitz von Dannys Volvo, unter ihm eingeklemmt, während er in sie hineinstieß, sie förmlich auseinanderriss. Sie holte tief Luft und schüttelte den Kopf.

«Nein», flüsterte Susan. «Das habe ich nicht verdient.»

Valentinus wandte sich dem Schwarzen zu. «Was ist mit Ihnen, Leon? Haben Sie die Grausamkeiten in Ihrem Leben verdient?»

«Nein», sagte Leon betreten, die Hände auf seinem Schoß zu zwei Fäusten geballt.

«Und Sie, Megan?», fragte Valentinus die rotblonde Frau. «Ist Ihre Tochter aus *gutem Grund* gestorben?»

«Nein, sie war erst zwei Jahre alt. Sie hat nie etwas Unrechtes getan ... sie hat es nicht ... sie hat es nicht ...», die Worte blieben ihr im Hals stecken. «Sie hat es nicht verdient, zu sterben.»

«Und was war mit Gott?», fragte Valentinus.

«Was mit Gott war?», rief Megan. «Für sie war er nicht da!»

«Was glauben Sie, wieso das so war?»

«Ich weiß es nicht, okay?!», schrie Megan heiser mit Tränen in den Augen. «Ich dachte nur ... ich dachte nur, ich hätte etwas *falsch* gemacht. Denn wenn alles seinen

Grund hat, dann muss es auch einen Grund geben, wieso Julie gestorben ist … weil … weil ich irgendwie was Unrechtes getan habe.»

«Und glauben Sie das *immer* noch?»

«Nein», sagte Megan trotzig.

«Also frage ich noch einmal. Was glauben Sie: Warum hat Gott Julie sterben lassen?»

«Weil …», sagte Megan langsam, als lauschte sie ihren eigenen Worten. «Weil es Gott nicht gibt. Oder wenn doch, dann ist er kein guter, gnädiger Gott. Er ist grausam und düster und … ungerecht.»

Valentinus stand auf und lächelte traurig.

«Ganz genau. Gott *ist* grausam. Gott *ist* ungerecht.»

«Aber wieso …? Er ist *Gott*. Er macht keine Fehler.»

«Gerade eben haben Sie etwas anderes gesagt», entgegnete Valentinus. «Glauben Sie an Ihre eigenen Worte?»

«Nein. Ich meine, ja, doch. Aber ich begreife nicht, warum es so ist.»

«Weil Sie noch immer glauben, was man Ihnen beigebracht hat.» Wie ein Tiger lief Valentinus auf und ab. «Sie alle: Wagen Sie den Sprung! Verwerfen Sie, was Sie gelernt haben, und suchen Sie in sich selbst nach einer Antwort. Nicht die Antwort, für die man Ihnen auf die Schulter klopft. Nicht die Klischee-Antwort. Sondern die *wahre* Antwort.»

Alle hielten die Luft an. Alle Blicke waren auf Valentinus gerichtet. Sie brauchten ihn, er musste ihnen den rechten Weg weisen.

«Seht nicht mich an!», sagte Valentinus. «Prüft euch selbst!»

Susan versuchte, sich zu konzentrieren. Ihr wurde schwindlig. Sie kniff die Augen fest zusammen. Und dann – hinter den geschlossenen Augenlidern, erkannte sie, welchen Weg sie nach jener furchtbaren Nacht eingeschlagen hatte.

Sie war nie eine Heilige gewesen, doch nach der Vergewaltigung … veränderte sie sich. Sie wurde kalt, dachte immer zuerst an sich, vertraute niemandem mehr. Sie verletzte die Menschen, die sie liebte, wenn sie ihr zu nahe kamen. Sex war nichts als ein Mittel zum Zweck.

Immer hatte sie versucht, sich einzureden, dass sie die Vergewaltigung verarbeitet hatte, dass sie dadurch sogar stärker geworden war, dass die neugewonnene Kraft ihren Erfolg beschleunigt hätte.

Und doch … sie kam nie darüber hinweg. Was sie auch tat – sie konnte doch nie ungeschehen machen, was Danny ihr angetan hatte. Diese eine Nacht hatte sie gebrochen und alles zerstört. So, dass sie allein war. Einsam. Es gab keinen «guten Grund» für das, was ihr angetan worden war.

Was hatte das alles zu bedeuten? Wenn Gott es zugelassen hatte, dann …

«Wenn er nicht vollkommen ist …», sagte Susan laut, als ihr die Erkenntnis kam, «… dann ist Gott nicht Gott.»

Valentinus blieb stehen und sah sie an.

«Aber …», Susan schwieg einen Moment, «… wenn Gott nicht Gott ist, was ist er dann?»

«Ein Irrtum», sagte Valentinus mit einer Geste, als vertriebe er eine Fliege. «Nur ein Abkömmling.»

«Ein Abkömmling von wem?»

«Dem *wahren* Gott.»

KAPITEL 5
31. DEZEMBER 2007 – 00:05 UHR (23 STUNDEN, 55 MINUTEN BIS ZUR NACHT DES JÜNGSTEN GERICHTS)

Der Killer – ein kahler Ed Norton – rollte seinen Kopf zur Seite und schlug die Augen auf. Als er das blutbefleckte Laken sah, unter dem sein Kamerad lag, stöhnte er auf.

«Er hat mich zurückgelassen», sagte Norton bitter. In seiner Stimme schwang Neid mit. «Sein göttlicher Funke ist nun beim Einzig Wahren Gott.» Und dann, als er Laszlo sah: «Ich wünschte, *ich* hätte den Archon getötet.»

Winters Hand zuckte und traf den Mann laut und vernehmlich im Gesicht. Nortons Kopf flog seitwärts. Mit der Faust holte sie noch einmal aus, doch Elijah fing sie ab. Augenblicklich explodierte in seinem Kopf grellweißer Zorn. Er wusste zwar, dass es Winters Zorn war, nicht seiner, aber das änderte nichts daran, wie ihm zumute war: Er hätte jemanden ermorden können.

Elijah fuhr herum und packte den Killer mit beiden Händen bei der Kehle. Doch als er Nortons Haut berührte, wurde er von eklig grüner Angst übermannt. Er riss seine Hände zurück, der grelle Schrecken verflog und ließ nur Beklemmung zurück.

«Scheiße!», keuchte Elijah.

«Das war *ich*, oder?», fragte Winter. «Du hast ihn gewürgt, weil mir danach zumute war.»

«Ja», sagte Elijah und verschränkte die Hände, um

nichts Unbedachtes zu tun. «Und als ich ihn dann berührt habe …»

Endlich begriff Elijah. Hätte er die Kette nie getragen, hätte er lernen können, seine Gabe zu beherrschen. Stattdessen hatte er sich sein Leben lang davor gefürchtet, einen Bürgersteig zu betreten oder einen anderen Menschen zu berühren.

Nur wegen Laszlo Kuehl.

«Ist alles in Ordnung?», fragte Winter.

«Ja», log Elijah.

Er sah Norton an. Langsam streckte er eine Hand aus und berührte den Hals des Mannes. Sofort übertrugen sich seine Emotionen auf Elijah. Er hatte gedacht, der Killer hätte Angst, aber er sah nur hellblaue Reue und Neid.

«Wer hat Sie geschickt?», fragte Winter. «Valentinus?»

Der Glatzkopf reagierte nicht, aber Elijah brauchte keine Antwort. Bei der bloßen Erwähnung des Namens durchfuhr den Mann ein heller Blitz der Liebe. Elijah sah zu Winter und nickte.

«Warum wollte er, dass Laszlo stirbt?», fragte Winter.

«Er war ein Emissär des Demiurgos.»

«Von wem?»

«Von Demiurgos, dem Halbwahren, dem falschen Schöpfergott, an den ihr glaubt.» Der Mann schwieg einen Moment. «Aber er konnte Laszlo nicht retten. Und auch den anderen Archon wird er nicht retten können.»

Elijahs Herz setzte kurz aus. «Darian.»

Der Gedanke, seine Kette abzunehmen, machte Elijah Angst, aber er hatte keine Wahl. Darian hatte ihm das Leben gerettet. Wenn er ihr helfen konnte, musste er es tun.

Er versuchte, sich zu sammeln. Und als müsste er noch einmal an den Ernst der Lage erinnert werden, fiel sein

Blick auf die blutigen Laken. Er musste überlegen. Was hatte Laszlo gesagt?

Elijah hob einen umgekippten Stuhl auf und stellte ihn vor die Couch. «Setz dich!»

Winter sank auf das rote Lederpolster. Elijah nahm ihr gegenüber Platz. Sie saßen so nah beieinander, dass ihre Knie sich berührten.

«Halt meine Hände, sobald ich die Kette abgenommen habe!»

«Was hast du vor?»

«Ich muss Darian finden.»

«Wie denn?»

«So wie Laszlo Jill gefunden hat», sagte Elijah und fragte sich, ob er es auch wirklich schaffen würde. «Sobald ich Kontakt zu Darian habe, konzentrierst du dich darauf, ihr eine Botschaft zu schicken.»

«Aber Laszlo hat gesagt, wir können keine komplexen Gedanken übertragen. Nur Gefühle.»

«Ja», sagte Elijah. «Mach ihr einfach Angst. Dass sie nervös wird, aufmerksam. Wenn wir schon nicht rechtzeitig bei ihr sein können, müssen wir sie wenigstens warnen.»

«Okay», sagte Winter. «Ich bin bereit.»

Elijah holte tief Luft und löste den Verschluss der Kette. Er behielt sie fest in der Hand, er wagte nicht, sie loszulassen. Alles, was seit dem Diebstahl passiert war, fiel ihm wieder ein. Seine Hysterie in der U-Bahn. Stevies irrwitziger Hunger. Der Lachkrampf im Kino. Die Wahnvorstellungen in der Psychiatrie.

Er wollte nicht wieder dort hinaus, ohne Schutz gegen diese Emotionen. Ein Schauer lief ihm über den Rücken, wenn er an die Gefühle dachte, die nur darauf zu warten schienen, in sein Bewusstsein zu dringen. Er brachte es nicht über sich. Seine Angst war zu groß. Er …

Winter berührte seine Hand. Augenblicklich spürte er ihre Emotionen – Furcht, Unsicherheit, Zweifel, Sorge. Jede war einzigartig, doch in allen sah er einen flammend dunkelroten Schein. Nach allem, was geschehen war, rang Winter noch immer mit der Angst.

«Du schaffst das», flüsterte sie.

Elijah nickte. Und bevor er es sich anders überlegen konnte, öffnete er seine Hand und ließ die Kette los. Als sie herunterfiel, sah er die unglaublichsten Farben vor sich.

Blau. Oh, mein Gott … Winters Blau.

Da waren noch andere Farben, jede mit ganz eigener Schattierung, aber es war nicht so ein Durcheinander wie die Empfindungen einer Horde Fremder. Winters Gefühle waren rein und klar. Selbst die Flecken von türkisem Zweifel fügten sich in das sinfonische Ganze. Und in allen Farben schimmerte ein blaues Licht, freundlich, aber wild. Noch nie hatte er etwas Vergleichbares gesehen.

(Außer damals.)

Nur widerwillig wandte er sich von Winters strahlender Schönheit ab, denn er musste Darian finden. Er öffnete sich und verschlang die Farben. Es waren so viele Informationen, dass er fast den Verstand verlor – die visuelle Entsprechung einer Million Menschen, die ihm ins Ohr brüllten.

Langsam nur konnte er einzelne Personen unterscheiden. Er bekam einen kleinen Eindruck von der emotionalen Vielfalt, die in jedem Menschen auf der Welt in jeder Sekunde wirkt. Angst, mit Erregung vermischt. Entschlossenheit, von Zweifeln überschattet. Unerträgliche Melancholie, umgeben von einem hellen Hoffnungsschimmer.

Fieberhaft suchte er und gab sich Mühe, sich in dem

Meer von Farben zurechtzufinden. Er verließ sich darauf, dass sein Gefühl

(die Erinnerung)

es ihn merken lassen würde, wenn er gefunden hatte, wonach er suchte.

Und dann war es so weit – vor ihm lagen ein funkelndes Bewusstsein, leuchtend in dunklem, unheilvollem Rot, pulsierend vor Kraft und Energie, ein Chaos aus widersprüchlichem Blau und Gelb, Orange und Violett.

«Ist sie das?»

Winters Frage drang durch den leuchtend bunten Raum zu Elijah.

«Ja», sagte Elijah, und seine Stimme kam wie aus weiter Ferne. «Jetzt!»

Winter drückte seine Hand, und ihre Nägel bohrten sich in seine Haut. Plötzlich blitzten wahnsinnige Angst und böse Ahnungen in Elijah auf.

Darians Bewusstsein wandelte sich augenblicklich, reflektierte Winters Emotionen für den Bruchteil einer Sekunde, dann errichtete Darian einen silbernen Schutzschild. Darian versuchte, die Projektionen abzuwehren, doch Winter drang mit Gewalt in ihr Bewusstsein.

Darian wich zurück, doch es gab kein Entrinnen vor dem Licht, das in ihr leuchtete. Dann sah das erschrockene Tier, das ihre Psyche war, ein, dass es nicht mehr fliehen konnte – und wehrte sich. Eine Art Elektroschock raste am unsichtbaren Band entlang, das zwischen Darian einerseits und Elijah und Winter andererseits bestand.

Elijah wollte sich bereitmachen, wusste jedoch nicht, wie. Dann stürzten sich die Emotionen auf ihn, Explosionen von glühendem Violett, umgeben von unfassbar dunklen Wolken aus Onyx – als würde man bei lebendigem Leib gefressen und gleichzeitig in der Luft zerfetzt.

Er schrie auf, und schon war es vorbei. Elijah blinzelte, versuchte, zu Atem zu kommen. Er war wieder im Hotelzimmer. Die Verbindung war getrennt.

«Großer Gott!», stöhnte Winter und hielt ihre Hand gegen die Brust gedrückt. «Solche Angst habe ich in meinem ganzen Leben noch nie gehabt.»

«Ich auch nicht», flüsterte Elijah und staunte, dass er überhaupt sprechen konnte.

«Weißt du, wo sie ist?»

«Ja … nein. Ich meine … es ist schwer zu erklären.»

Elijah verstand nicht, wieso, aber er wusste, dass er sie finden konnte. Er hoffte nur, es wäre nicht zu spät. Mit der einen Hand nahm er Laszlos Trenchcoat vom Stuhl, mit der anderen nahm er Winters Hand, einen kurzen Moment überwältigt von ihrer Kraft.

Die würden sie brauchen.

Darian schaffte es gerade noch bis zur Toilette, wo sie sich übergeben musste. Als nichts mehr kam, trat sie ans Waschbecken und spritzte sich kaltes Wasser ins Gesicht.

Sie ging ins Schlafzimmer zurück und suchte in ihrer Handtasche nach Zigaretten. Ihre Hand zitterte so heftig, dass es fast eine Minute dauerte, bis sie sie angezündet hatte. Dann nahm sie einen langen Zug, sog den Rauch tief in ihre Lungen und atmete lang und bebend aus.

Nach ein paar Zügen versuchte sie, zu rekonstruieren, was eben geschehen war. Sie hatte geschlafen, als jemand in ihr Bewusstsein gedrungen war. Aber warum? Ein Angriff? Oder etwas anderes? Sicher wusste Darian nur, welches Gefühl man ihr eingegeben hatte.

Angst.

Irgendetwas musste passiert sein. Sie hätte sich nicht darauf einlassen dürfen. Sie hatte von Anfang an gewusst, dass es ein Fehler war, aber schließlich hatte sie sich Laszlo trotzdem angeschlossen. Und alles, weil sie immer noch wollte, dass er ihr verzieh. Aber warum sollte er ihr Angst machen wollen? Hatte sie seine Gefühle versehentlich aus dem Äther aufgefangen, oder wollte er sie vor etwas warnen?

Irgendjemand kommt. Valentinus oder die Organisation. Eins von beidem.

Unruhig tastete Darian nach, doch fand sie nichts Ungewöhnliches. Nur die schlummernden Emotionen der paar hundert Leute in ihrem Umkreis. Der Mangel an Boshaftigkeit tröstete sie, aber es gab immer Möglichkeiten, solche Gefühle zu verbergen.

Ihr Herz schlug bis zum Hals, als Darian zur Tür hinauslief, ohne auch nur einen Mantel mitzunehmen. Ihre Waffe war ihr Geist. Der musste genügen.

KAPITEL 6

31. DEZEMBER 2007 – 00:13 UHR (23 STUNDEN, 47 MINUTEN BIS ZUR NACHT DES JÜNGSTEN GERICHTS)

Darian drückte auf den Knopf. Nachdem sie zehn Sekunden warten musste, bekam sie so ein komisches Gefühl. Ihr fielen die Filmszenen ein, in denen sich die Fahrstuhltüren öffnen und das Opfer dem Killer direkt in die Arme läuft. Sie entschied sich für die Treppe und rannte das graue Treppenhaus hinab.

Unten angekommen, war ihr etwas schwindlig. Sie betrat die Lobby. Der beleibte Portier blickte von seiner Zeitung auf und sah sie seltsam an. Darian kam sich blöd vor. Sie machte sich doch läch-

Das hast du beim letzten Mal auch gedacht.

Grußlos lief Darian auf die Straße hinaus. Als sie den Bürgersteig entlangrannte, spürte sie ein leichtes Stechen, als folgte ihr jemand. Sie sah sich um, doch der Bürgersteig war leer.

Eben wollte sie sich wieder umdrehen, als sie mit einem großen, dunkelgekleideten Mann zusammenstieß. Sie prallte gegen seinen harten Oberkörper, und er packte sie bei beiden Armen. Sie wollte schon aufschreien, da sah sie die silberne Plakette an seiner Brust.

«Alles in Ordnung, Miss?», fragte der Cop.

«Ja», sagte Darian, überwältigt vor Erleichterung. Sie sah sich nochmal um, doch da war keiner.

«Werden Sie verfolgt?», fragte er.

«Nein», sagte Darian und versuchte, ihrem Herzen den Befehl zu geben, nicht mehr ganz so schnell zu schlagen.

«Kann ich Sie irgendwohin begleiten?»

Plötzlich merkte Darian, dass sie ihn nicht fühlte. Wo sein Geist sein sollte, war nur eine kühle, harte Schale. So etwas hatte sie nicht mehr gespürt seit ... sie suchte seinen Hals ab. Da sah sie eine schmale Silberkette. Ihr blieb das Herz stehen.

Der Polizist war mindestens einen Meter neunzig groß. Nie im Leben würde sie ihm entkommen. Ihr blieb nur eine Chance. Sie griff nach seiner Hand. Doch der Schutzschild zerbrach nicht, nichts regte sich. Bevor sie reagieren konnte, riss der Cop sich los, holte aus und schlug ihr in den Magen.

Ihr blieb die Luft weg. Sie japste und hielt sich den Unterleib. Der Cop packte sie bei der Kehle und drückte sie gegen die Mauer. Er hielt ihr die Handgelenke über ihrem Kopf zusammen und presste sich gleichzeitig gegen sie, um sie festzuhalten.

Sie blickte ihm in die Augen und sah seine Erregung, so offensichtlich, dass es fast schon obszön war. Sie keuchte, als seine Latexhand sich fest um ihre Luftröhre schloss. Große, schwarze Punkte tauchten vor ihren Augen auf.

Sie hatte keine Chance gegen ihn. Er war zu stark. Sie japste noch, doch war es kaum mehr als ein unwillkürlicher Reflex. Plötzlich ließ er los, und sie holte Luft.

«Sieh mich an, Archon!», befahl er.

Er brachte seine Hand unter ihr Kinn und zwang sie, ihn anzusehen. Sie schlug die Augen auf. Er sah auf sie herab, erregt und glücklich.

«Ich will dir in die Augen sehen, wenn dein göttlicher Funke auf die Reise geht.»

Darian spuckte ihm ins Gesicht. Ihr Speichel landete

in seinem Auge, er riss den Kopf zurück, und seine Hand glitt ab. Dann kam ihre Chance: Fest drückte sie die Stirn gegen sein Kinn.

Als sie seine Haut berührte, bekam der Schutzschild um seinen Geist Risse. Sie zögerte keinen Augenblick. Mit aller Kraft rammte sie Entsetzen in seine Psyche. Seine Augen wurden groß. Schnell riss er den Kopf zurück, um ihr auszuweichen.

Die Verbindung war getrennt. Sofort spürte Darian wieder seinen Schutzschild, und er war für sie nicht mehr zu erreichen. Der Cop hechelte einen Moment, ohne sie aus den Augen zu lassen.

«Ich wusste, dass du Macht besitzt, aber ich hatte ja keine Ahnung … so was habe ich noch nie erlebt. So roh, so … barbarisch. Das würde ich gern nochmal erleben, aber ich denke, den Wunsch wirst du mir nicht erfüllen. Fahr zur Hölle, Archon.»

Wieder packte er sie bei der Kehle. Sie musste nicht in seinen Geist eindringen. Sie wusste auch so, dass er erst loslassen würde, wenn sie tot war.

KAPITEL 7

31. DEZEMBER 2007 – 00:26 UHR (23 STUNDEN, 34 MINUTEN BIS ZUR NACHT DES JÜNGSTEN GERICHTS)

Als sie um die Ecke kamen, krümmte sich Elijah vor Schmerz. Er fasste sich an den Kopf. Sie waren zu nah an Darian dran, als dass er seine Wahrnehmung von ihrer hätte trennen können. Jetzt lag es an Winter.

Der Cop drängte Darian in der kleinen Gasse an die Mauer, hielt mit einer Hand ihre Arme fest und würgte sie mit der anderen. Winter sprintete die letzten Meter und sprang ihm auf den Rücken, schlang einen Arm um seinen Hals und krallte sich in sein Gesicht. Er brüllte auf, und sie spürte seinen Hass und seine Wut.

Der Polizist hielt Darians Handgelenke, packte Winter im Nacken und versuchte, sie herunterzureißen. Doch Winter hielt sich fest und grub ihre Fingernägel tief in seine Wangen. Der Mann riss den Kopf zurück, er traf Winter am Kinn.

Sie riss sich die Zunge an den Zähnen auf und schrie vor Schmerz – genau wie der Mann unter ihr, da sie ihre Qualen auf ihn übertrug. Im Augenwinkel sah sie eine Bewegung, und schon rammte Elijah dem Mann den Kopf gegen die Brust. Winter fiel herunter und rollte sich ab.

Als sie aufblickte, sah sie, dass Elijah breitbeinig auf dem Angreifer hockte. Elijah holte aus und schlug ihm die Faust ins Gesicht. Es knackte, und Blut spritzte aus der Nase des Cops.

Elijah schrie, und auch der Polizist am Boden schrie – eine wilde Mischung aus Wut und Schmerz. Immer wieder schlug Elijah zu, bis der Kopf des Polizisten ein letztes Mal auf den Gehweg prallte und sich dann nicht mehr rührte. Als der Mann das Bewusstsein verlor, ging Elijah die Luft aus. Sein Zorn löste sich auf wie feiner Nebel.

Keuchend kauerte er über dem Polizisten, die Faust geballt, als rechnete er damit, gleich noch einmal zuschlagen zu müssen. Winter lief zu ihm und hielt Elijahs Faust fest. Instinktiv gab sie ihm eine leise, klingelnde Besonnenheit ein.

«Elijah, es ist vorbei.»

Er nickte, doch Winter nahm nach wie vor den donnernden Zorn in seinem Inneren wahr. Dann hörte sie ein Husten und wandte sich zu Darian um, die ein paar Meter weiter lag. Winter half ihr so weit auf, dass sie sitzen konnte.

«Ganz ruhig …», sagte Winter leise. «Konzentrieren Sie sich aufs Atmen …»

Darian hustete, dann holte sie tief und rasselnd Luft.

«Es geht schon», sagte sie schließlich mit heiserer Stimme. Sie sah den Mann an, der sie fast ermordet hatte, dann wieder Winter. «Woher wusstet ihr, dass man es auf mich abgesehen hat?»

«Später …», sagte Winter. Sie stand auf und reichte Darian die Hand. «Verschwinden wir, bevor er aufwacht.»

«Du verschweigst mir was», sagte Darian.

Winter kniff die Lippen zusammen.

«Wo ist Laszlo?»

«Er ist tot», sagte Winter leise.

«Nein …»

Darians Knie gaben nach. Elijah war neben ihr. Er fing sie auf und drückte sie an seine Brust.

«Ich hätte bei ihm bleiben müssen», stöhnte Darian. Sie konnte nicht glauben, dass es so weit gekommen war.

«Es ging alles so schnell», murmelte Elijah. «Sie hätten nichts für ihn tun können.»

Elijahs Stimme brach, und er musste weinen – wie Darian. Winter schreckte zurück, als sie Darians Trauer auch spüren konnte. Ihr Schmerz wurde kochend heiß. Winter wusste, wie sehr auch Elijah litt, wenn er sie so hielt. Wenn er ihre Haut berührte.

Winter wusste, dass weder Elijah noch Darian in der Lage wären, Initiative zu ergreifen. Sie musste die Sache in die Hand nehmen. Sie beugte sich über den bewusstlosen Polizisten, nahm ihm die Kette ab und steckte sie in ihre Tasche – wenn er aufwachte und sie weiter verfolgen wollte, würden sie ihn wenigstens spüren können. Sie legte die Hand auf Elijahs Schulter.

«Wir müssen irgendwohin, wo wir sicher sind.»

Weinend nickte er. Winter sah, dass er Darians Hand hielt. Eine Sekunde lauschte sie den Gefühlen der beiden, erschrocken und zugleich fasziniert von der knisternden Sinfonie der Trauer.

«Komm!», sagte Winter.

Sie packte Elijah beim Ärmel. Sie achtete darauf, dass sie seine Haut nicht berührte.

INTERLUDIUM VII

23. MAI 2007 – 21:51 UHR
(222 TAGE BIS ZUR NACHT DES JÜNGSTEN GERICHTS)

«Alle Religionen sprechen von der Unvollkommenheit der Welt, und alle finden Gründe. Niemand aber stellt diese Gründe in Frage. Das Alte Testament erklärt uns, Adam und Eva seien aus dem Paradies vertrieben worden, weil sie sich nicht an scheinbar willkürliches Gesetz halten wollten: Sie bissen in einen Apfel.

Glauben Sie denn wirklich, Gott würde die gesamte Menschheit wegen eines so geringfügigen Regelverstoßes verdammen? Wohl kaum.»

Valentinus erhob sich von seinem Stuhl. «Ein solcher Gedanke ist grotesk. Und doch lehrt man uns, so etwas zu glauben. Unsere religiösen Führer glauben *tatsächlich* daran, obwohl die Evolution längst bewiesen ist.»

Valentinus lief im Raum auf und ab.

«Nun nehmen wir einmal an, dass die Geschichte von Adam und Eva genau das ist und nichts anderes: eine Geschichte. Eine Allegorie für die Erschaffung des Menschen. Schließt das die Existenz eines allmächtigen Gottes ein?

Keineswegs. Die Evolution kann ohne weiteres neben der Schöpfungsgeschichte bestehen. Wissenschaft wird – und kann – der Religion nicht ihre Gültigkeit nehmen. Und doch: Selbst wenn wir davon ausgehen, dass die Bibel nur eine Sammlung von Geschichten ist, die uns helfen soll, Gott zu begreifen, ist das Leid in unserer Welt nicht zu übersehen. Also wollte Gott, dass wir leiden. Aber erscheint das plausibel?»

«Nein», murmelte Susan.

«Nein. Warum sollte er das tun? Warum sollte er eine solche Welt erschaffen?» Valentinus breitete die Arme aus. «Diese Welt voll unaussprechlichen Leids. Warum sollte er uns dazu verdammen, hier zu leben, seit der Ursünde verflucht, bevor wir überhaupt unseren ersten Atemzug getan haben?

Selbst die Natur ist voller Leid. Alle Lebewesen müssen anderes Leben vernichten, um sich zu erhalten. Wir sind buchstäblich *gezwungen*, zu töten, um in dieser höllischen Welt zu überleben. Dieser Planet voller ‹Werke Gottes› – Überschwemmungen, Feuer, Erdbeben und Wirbelstürme. Und da sitzen wir nun, sind uns unserer Umwelt schmerzlich bewusst, wie dafür geschaffen, allen Schmerz des Lebens zu empfinden.

Also frage ich noch einmal: Warum? Warum hat ‹Gott› eine solche Welt erschaffen? Alles nur, weil Adam in den Apfel gebissen hat?»

Eine Koreanerin stotterte ihre Antwort hervor: «Er hat Adam … und uns allen … den freien Willen geschenkt.»

Valentinus nickte. «Also haben wir uns das alles selbst zuzuschreiben?»

«So steht es im Alten Testament.»

«Aber wurden wir nicht nach Gottes Ebenbild erschaffen?»

«Ja», sagte die Frau.

«Woher kommen dann die ganzen Makel?»

Valentinus blieb stehen und wandte sich zu Susan um.

Die Antwort lag auf der Hand. Wenn alles Leben von Gott erschaffen war, stammten auch alle Makel …

«Von Gott», flüsterte Susan.

«Ja. *Von Gott.* Alle selbstsüchtigen Begehrlichkeiten und niederträchtigen Gedanken stammen von unserem illustren Schöpfer, nach dessen Ebenbild wir erschaffen wurden. Was also sagt uns das über ihn?»

Die Koreanerin sprach in die Stille hinein, mit ehrfurchtsvoller Stimme. «Gott … ist nicht vollkommen.»

«Genau: GOTT IST NICHT VOLLKOMMEN.» Valentinus schwieg einen Augenblick, um das Gesagte wirken zu lassen. «Was wir von ihm geerbt haben, ist das Ego. Und dieses Ego hat Adam dazu veranlasst, in den Apfel zu beißen. Das Ego treibt Gier und Selbstsucht an, die für so viel irdisches Leid verantwortlich sind.

Wir besitzen ein Ego, weil auch Gott eines besitzt. Und zwar ein so großes Ego, dass Gott seine eigene Herkunft vergessen hat und sich uns als einzig wahrer Schöpfer darstellt. Obwohl es in Wirklichkeit noch einen gibt. Nämlich den *wahren* Gott.»

KAPITEL 8

31. DEZEMBER 2007 – 00:38 UHR (23 STUNDEN, 22 MINUTEN BIS ZUR NACHT DES JÜNGSTEN GERICHTS)

Fast zehn Minuten liefen sie durch die kalte Nacht. Zwar konnte Winter immer noch Elijahs und Darians dumpfen Schmerz spüren, aber Darian war etwas ruhiger als vorhin, als sie gerade erfahren hatte, was geschehen war.

Winter traf einen Entschluss: Sie mussten die Stadt verlassen, bevor Elijah weiter abbaute.

Jeder Obdachlose, an dem sie vorüberkamen, drang in Elijahs Bewusstsein ein. Da Darian noch viel zu mitgenommen war und nicht helfen konnte, gab sich Winter Mühe, allgemeines Wohlgefühl zu verbreiten, doch Elijahs Trauer war sie nicht gewachsen.

Sie mussten weg hier. Er brauchte Abgeschiedenheit. In den Wolkenkratzerschluchten von Manhattan gab es kein Entrinnen. Winter hörte in ihrer Tasche etwas leise klimpern.

Natürlich!

Sie griff in ihre Jackentasche und schloss die Hand um die Kette, die sie dem Wachmann abgenommen hatte. Augenblicklich verstummte die Welt. Sie nahm Elijahs Hand. Als sie seine Finger berührte, stürmten seine Qualen auf sie ein, sodass ihr augenblicklich die Augen brannten.

Doch nun war er Darians Trauer nicht mehr ausgeliefert. Eine Minute später atmete er wieder normal. Sein Herz schlug langsamer.

Elijah blickte zu ihr auf. Seine Augen waren rot und blutunterlaufen, aber eine leise Hoffnung sprach daraus. Er sah sie mit so mattem Lächeln an, dass es ihr das Herz brach.

«Danke», flüsterte er.

Sie war so gerührt, dass ihr der Atem stockte. Aber nicht so sehr seine Worte berührten sie, sondern diese singende Aufrichtigkeit, für die sie ihn am liebsten in den Arm genommen hätte.

«Gern geschehen. Hier, nimm die Kette!» Sie drückte ihm die Kette in die Hand und trat einen Schritt zurück.

Sobald sie den Kontakt unterbrachen, wurden die Klänge seiner Psyche leiser. Elijah lehnte den Kopf an eine Hauswand und schloss die Augen. Er genoss die Erlösung vom Seelenschmerz dieser Stadt. Winter wandte sich zu Darian um.

«Sind Sie …?»

«Es geht schon», sagte Darian schroff. «Ich kann nur … ich kann nur nicht fassen, dass er nicht mehr da ist.»

«Es tut mir so leid», sagte Winter. «Er war ein ganz besonderer Mensch, nicht wahr?»

«Ja.» Darian wischte sich mit dem Handrücken über die Nase. «Das war er.»

Sie schüttelte den Kopf, als wollte sie buchstäblich ihre Trauer von sich abschütteln. Als sie aufblickte, war ihr Kummer verflogen.

«Nein, nur weggesperrt», antwortete Darian auf Winters unausgesprochene Frage. Darian sah hinüber zu Elijah, der noch mit geschlossenen Augen an der Mauer lehnte. «Er hat mir meinen Schmerz abgenommen, ihn mir zurückgeschickt und dann wieder aufgesogen. Wie eine Rückkopplung.»

«Aber ich dachte, er ist nur ein Rezeptor.»

«Nein», sagte Darian und strich mit dem Finger sanft ein Haar aus Elijahs verschwitzter Stirn. «Er projiziert auch. Nur nicht so stark wie du. Aber du hast recht. Vor allem ist er ein Rezeptor. Das ist ein wahrer Fluch. Schwer zu kontrollieren. Wenn man eher projiziert, geht praktisch alles von dir aus. Aber Rezeptoren empfangen ... na, ja ...», Darian machte eine ausladende Handbewegung, «... einfach von überall.»

Winter nickte und wünschte, sie hätte mehr Zeit, das alles zu begreifen.

«Ich habe so viele Fragen. Laszlo starb, bevor ...»

Winter unterbrach sich. Darians Schmerz traf sie wie ein Stich in die Brust, wenn er auch so schnell verging, wie er gekommen war.

«Es geht schon.» Darian wischte sich über die Augen und sah sich um. Da fiel ihr ein rotblinkendes Neonschild am Ende des Blocks auf: PARKHAUS.

«Warte hier. Ich bin gleich wieder da.»

Bevor Winter reagieren konnte, lief Darian los. Kaum eine Minute später kam ein dunkelgrüner Porsche aus dem Parkhaus. Der Motor heulte, und der Wagen raste auf Winter und Elijah zu.

Schon wollte Winter zur Seite springen, als der Porsche mit quietschenden Reifen neben ihr zum Stehen kam. Hinterm Lenkrad saß Darian und blickte zu ihr hoch.

«Einsteigen!»

Das ließ sich Winter nicht zweimal sagen. Alles war besser, als durch die Kälte zu laufen und darauf zu warten, dass gleich der nächste Killer aus dem Dunkel auftauchte. Elijah kletterte auf den Rücksitz, und Winter stieg vorne ein.

«Ist das Ihr Auto?», fragte Winter und fuhr mit der Hand über das weiche Leder.

«Jetzt ja», sagte Darian. «Schnallt euch an!»

Es machte leise *ping*, als Valentinus eine neue Nachricht bekam, und er klickte die beigefügte Datei an. Sein Bildschirm füllte sich mit sattem, dunklem Rot. Das Format war so groß, dass er erst über das Bild hin und her scrollen musste, um zu begreifen, was es darstellte.

Wirres, graues Haar begann dort, wo der Blutfleck endete. Darunter sah man Laszlos tote, gelbe Augen. Valentinus stieß einen Seufzer der Erleichterung aus. Laszlo war der Einzige gewesen, den er wirklich gefürchtet hatte. Nachdem Valentinus ihn allerdings gefunden hatte, war es fast schon zu einfach gewesen. Am Ende war der alte Mann gar nicht so stark, wie Valentinus gedacht hatte.

Er wünschte, er wäre auch Darian schon los, doch darum machte er sich keine allzu großen Sorgen. Sie war zu selbstsüchtig, als dass sie sich darum kümmerte, was Valentinus plante. Und dann blieben nur noch Winter und Elijah. Laszlo hatte ihn direkt zu den beiden geführt. Danach war es kein Problem gewesen, ihnen die Silberketten zu stehlen, mit deren Hilfe sich die Killer dann tarnen konnten. Wie er selbst trugen Elijah und Winter ihr Gefängnis ein Leben lang mit sich herum.

Unwillkürlich strich sich Valentinus über die Narbe.

Hätte er Elijah und Winter doch nur früher gefunden, dann hätte er sie in die Gemeinde aufnehmen können. Er hätte ihnen gezeigt, was sie zu bewegen imstande waren, und wie köstlich das Leben sein konnte.

Doch die Zeit reichte nicht, den Schaden zu beheben, den Laszlo angerichtet hatte. Und so ließ er die beiden ziehen, obwohl das Unbarmherzige in ihm – der furchtsame, kranke Teil, den er vom Schöpfergott geerbt hatte – lautstark ihren Tod forderte.

Nein ... ohne Laszlo hatte er nichts zu befürchten. Wenn er nur den geringsten Verdacht haben sollte, dass sie ihn aufhalten wollten, würde er sie ohne Zögern töten. Und durch ihren Tod würde er nur noch umso mächtiger werden, um sich seinem wahren Feind zu widmen – dem Schöpfergott selbst.

«Wohin fahren wir?», fragte Winter, als Darian die Einfahrt auf den West Side Highway nahm.

«So weit weg wie möglich.»

«Aber was ist mit Valentinus?»

«Was soll mit ihm sein?»

«Wir müssen ihn doch aufhalten, oder nicht?»

«*Ich* muss überhaupt nichts. Laszlos Plan hätte uns fast das Leben gekostet. Wir können froh sein. Ich habe nicht die Absicht, mein Glück zu überstrapazieren.»

«Was soll denn das?», fragte Winter ungläubig. «Ist Ihnen denn alles egal?»

Darian sah sie streng an. «Du hast keine Ahnung, wie viel Laszlo mir bedeutet hat.»

«Und was ist mit den Leuten in Valentinus' Sekte?»

«Denen kann ich nicht helfen», sagte Darian. «Und ihr könnt auch nichts machen. Wir sollten verschwinden. Das ist nicht unsere Baustelle. Er würde uns wahrscheinlich alle sofort töten.»

Winter biss sich auf die Unterlippe. Sie wollte Einwände erheben, wusste aber, dass Darian vermutlich recht hatte.

Elijahs Stimme riss Winter aus ihren Gedanken.

«Anhalten!»

«Warum?», fragte Darian und sah Elijah durch den Rückspiegel böse an.

«Halten Sie an!», sagte Elijah. «Wir steigen aus.»

Darian trat auf die Bremse und fuhr auf den Standstreifen. Sie stellte den Warnblinker an, was ihre ärgerliche Miene gelb aufleuchten ließ. Sie wandte sich zu ihm um.

«Glaubt ihr wirklich, ihr könnt Valentinus aufhalten? Wie?»

«Er ist nicht der einzige Empathiker auf der Welt», sagte Elijah mit bebender Stimme.

«Da hast du recht. Das ist er nicht», sagte Darian. «Aber er ist der einzige, der seine Kräfte einzusetzen weiß. Du und Winter, ihr habt keine Ahnung, worauf ihr euch da einlasst! Gott im Himmel, ihr traut euch ja nicht mal, eure verdammten Ketten abzunehmen!»

Unwillkürlich fasste sich Elijah an den Hals. Ungläubig schüttelte Darian den Kopf. Als sie weitersprach, klang ihre Stimme sanfter und nicht mehr so schroff.

«Hört zu ... ihr habt mir das Leben gerettet. Aber da hattet ihr nur einen Mann zum Gegner. Einen *normalen* Mann. Ihr seid nicht ausreichend darauf vorbereitet, Valentinus herauszufordern, was Laszlo auch behauptet haben mag. Glaubt mir. Ihr könnt nichts gegen ihn ausrichten.»

«Vielleicht nicht», sagte Winter, um Elijah zu unterstützen. «Aber wir müssen es versuchen.»

«Gut», sagte Darian. Sie langte über Winters Schoß hinweg und drückte die Beifahrertür auf. «Lasst euch umbringen. Damit will ich nichts zu tun haben.»

Eiskalte Nachtluft schlug Winter ins Gesicht. Sie sah sich zu Elijah um. Er nickte. Winter stieg aus dem Wagen, und Elijah folgte ihr. Eben wollte sie die Tür zuschlagen, als Darian die Hand hob.

«Ihr solltet lieber mit mir kommen!»

«Helfen Sie uns», sagte Winter.

«Ich kann nicht», sagte Darian. «Tut mir leid.»

Winter warf die Tür zu. Sie glaubte nicht, dass Darian tatsächlich wegfahren würde. Zehn Sekunden später verschwanden die Heckleuchten in der Ferne.

«Und jetzt?», fragte Winter.

Elijah blickte einen Moment zu Boden, dann schüttelte er den Kopf. «Ich habe keine Ahnung.»

INTERLUDIUM VIII

23. MAI 2007 – 22:09 UHR
(222 TAGE BIS ZUR NACHT DES JÜNGSTEN GERICHTS)

«Am Anfang war ein göttliches Wesen, ein vollkommener Geist, von dem das Universum erfüllt war, bevor es das Universum überhaupt gab. Und dieser Geist verströmte aus sich selbst heraus den Stoff, aus dem das Leben ist. Dieses Leben gebar göttliche Wesen, auch *Äonen* genannt, die im *Pleroma,* dem Reich der Fülle, lebten.

Einer seiner Äonen war Sophia – die Weisheit. Und sie gebar ein weiteres Wesen, ein unvollkommenes Etwas, denn alles außerhalb des Einzig Wahren Gottes ist unvollkommen, denn er allein ist makellos. Dieses Bewusstsein, das Sophia gebar, wurde zum Schöpfer des Universums. Und seine Schöpfungen – Mensch, Natur, der Kosmos – spiegeln seine eigene Unvollkommenheit wider.

Dieser Schöpfergott heißt *Demiurgos,* der ‹Halbwahre›, denn seine Schöpfungen besitzen sämtlich eine wahrhaftige Hälfte – ein Element, das dem Einzig Wahren Gott entspricht – und eine trügerische Hälfte, die – wie der Schöpfergott selbst – unvollkommen ist.

In der Menschheit manifestiert sich diese Dualität: Unvollkommenheit – und Perfektion.

Doch unsere Unvollkommenheit, Sterblichkeit und psychische Schwäche wird durch etwas Vollkommenes ergänzt: durch unseren Geist. Dieses Fragment des Einzig

Wahren Gottes erhebt uns aus der Hölle, in der wir leben. Die meisten sehen darin die menschliche Seele. Doch Gnostiker nennen es bei dem Namen, der den wahren Ursprung benennt: der göttliche Funke.

Die wenigsten wissen vom göttlichen Funken, der in ihnen wirkt. Und der *Demiurgos*, der falsche Schöpfergott des Alten Testaments, ist entschlossen, dass wir unwissend bleiben sollen. Er hat sogar Wesen wie die Archonten erschaffen, in der Bibel als Engel und Dämonen bekannt, die in diesem Sinne dienen. Denn sollte die Menschheit je die Wahrheit erfahren, würde sie ihn verstoßen und ihrem wahren Schicksal folgen – die Leere zu verlassen und eins zu werden mit dem Einzig Wahren Gott.

Solange wir jedoch von unserer wahren Herkunft nichts wissen, kann der göttliche Funke dem Kerker der physischen Welt niemals entkommen. Erst im Tod ist der göttliche Funke wieder frei.

Bei den meisten von uns kehrt der Funke zurück und wird von der unvollkommenen Erde aufgenommen.

Allein durch die *Gnosis* – die wahre Erkenntnis – erreicht unser Bewusstsein jene spirituelle Entwicklung, die notwendig ist, den göttlichen Funken zu befreien, um zum Einzig Wahren Gott zurückzukehren. Von Zeit zu Zeit sendet der Einzig Wahre Gott Äonen aus, die uns dabei helfen sollen, das Stadium der *Gnosis* zu erlangen.

Diese Boten des Lichts wandeln unter uns. Jene, die am lautesten sprechen, werden oft am schwersten bestraft. Jesus Christus war ein solches Wesen. Als der Schöpfergott seine Welt bedroht sah, ließ er die Menschen sich erheben und Christus kreuzigen. Schlimmer noch: Er verführte die Apostel dazu, seine Lehren falsch zu deuten, und verleitete sie zu dem Glauben, Erlösung sei durch Leid und

Reue zu erlangen, nicht durch Weisheit und spirituelle Erleuchtung.

Der Schöpfergott entwarf ein System der Ethik und Moral, das seinen Zwecken diente. Denn zwar mögen seine Gebote das Fortleben einer friedlichen Gesellschaft ermöglichen, doch führen sie uns keineswegs zur Erlösung. Im Gegenteil wird die Erlösung so verhindert, denn Moralität kann niemals absolut sein, sondern muss aus spiritueller Größe erwachsen.»

«Das verstehe ich nicht», sagte Susan ratlos.

«Es gibt keine absoluten Sünden. Um zu wachsen, müssen wir Erfahrungen sammeln. Denn ohne Erfahrung kann es keine Weisheit geben. Und ohne Weisheit keine spirituelle Entwicklung. Nur dadurch, dass wir die Gesetze des Schöpfergottes *brechen*, können wir den Einzig Wahren Gott begreifen und uns ihm nähern.

Und erkennen wir dann die göttliche Wahrheit, können wir uns von den Fesseln unserer Existenz befreien und heimkehren ins *Pleroma*.»

«Aber ...» Susan fand nicht die richtigen Worte und fürchtete, ihre Frage würde zweifelnd oder ungläubig klingen. Sie schluckte. «Woher wissen Sie das alles?»

«Weil ich meinen göttlichen Funken gesehen habe. Ich spüre die Verbundenheit zwischen den Völkern dieser Welt. Ich kenne ihren Schmerz und erlebe ihn, als wäre er mein eigener.

Denn ... ich bin der letzte Bote des Lichts.»

Susan wusste, dass Valentinus' Behauptungen verrückt waren. Und doch schien alles, was er sagte, plausibel. Und dieses Gefühl, das er ihr vermittelte ...

War dieses Gefühl denn nicht ebenso unglaublich wie Valentinus' Behauptung, ein Übermensch zu sein?

Sie durchbrach die Stille.

«Wenn Sie sagen, wir sollen uns nicht den Gesetzen Gottes fügen ...»

«Den Gesetzen des *Schöpfergottes*!», unterbrach Valentinus. «Der Einzig Wahre Gott hat keine Gesetze ausgegeben, nur dass wir zu leben und zu lernen haben.»

«Was sollen wir denn tun?»

«Das Leben in vollen Zügen genießen. Es ist ja kein Zufall, wie gut es sich normalerweise anfühlt, etwas ‹Unrechtes› zu tun. Wenn der Schöpfergott gewollt hätte, dass wir alle brave kleine Jungen und Mädchen werden, warum hat er uns dann so programmiert, dass es uns ein derartiges Vergnügen bereitet, gegen eines seiner Gesetze zu verstoßen?

Die Antwort lautet: Ihm ist ein Fehler unterlaufen. Der göttliche Funke in uns jubelt jedes Mal, wenn wir etwas erleben, von dem der Schöpfergott gesagt hat, dass wir es nicht tun sollen. Denn wenn man so etwas erlebt, nähert man sich dem an, was es zu lernen gibt.

Die ersten drei Gebote – *Ich bin der Herr, dein Gott. Du sollst keine anderen Götter haben neben mir. Du sollst den Namen Gottes nicht missbrauchen* – drehen sich alle nur um ihn. Warum ist Gott so unsicher damit, auf welche Weise wir ihn verehren?

Ich will Ihnen sagen, warum. Damit wir ihm treu bleiben. Damit wir nicht nach der größeren Wahrheit suchen. Denn sollten wir diese Wahrheit jemals finden, sollten wir die *Gnosis* erreichen, wäre die Welt zerstört, die er erschaffen hat, und er würde sterben. Wir würden seinem Kerker entkommen und heimkehren in das *Pleroma*.»

«Sie meinen, wenn wir die *Gnosis* erreichen, dann ... verlässt der göttliche Funke unseren Körper?»

«Nein», sagte Valentinus und schüttelte den Kopf. «Ihr Körper ist das letzte Gefängnis, dem der göttliche Funke entkommen muss.»

«Und wie?»

«Es gibt nur eine Möglichkeit: Sie müssen sterben.»

KAPITEL 9

31. DEZEMBER 2007 – 00:52 UHR (23 STUNDEN, 8 MINUTEN BIS ZUR NACHT DES JÜNGSTEN GERICHTS)

Winter und Elijah hasteten durch die leeren Straßen des Meat Packing District.

Elijah hatte keine Ahnung, wie sie jetzt vorgehen sollten. Seit ihm die Kette gestohlen worden war, hatte er keinen Moment Zeit zum Durchatmen gehabt. Er war immer überzeugt davon gewesen, es sei schlecht, wenn einem keine Zeit bleibt, etwas zu durchdenken. Jetzt war er da nicht mehr so sicher.

«Was denkst du?», fragte Winter.

«Dass wir gearscht sind.»

Winter lächelte beinahe. «Das dachte ich auch gerade. Ich habe keinen Schimmer, wo wir anfangen sollen.»

«Von vorn», dachte Elijah laut. «Wir müssen logisch vorgehen. Zuerst müssen wir ihn finden.»

«Wie denn?»

«Ich weiß es nicht.» Elijah schob die Hände in seine leeren Taschen, um sie zu wärmen – seine *leeren* Taschen. «Mein Telefon!», rief Elijah, zog die Hände aus den Taschen und klopfte seine Jacke ab. «Ich hab's nicht dabei!»

«Wen musst du anrufen?»

«Mich selbst», sagte Elijah. «Hast du ein Handy?»

«Ja», sagte Winter und reichte ihm ein schmales, silbernes Ding.

Elijah klappte es auf und tippte seine Nummer ein. Während er darauf wartete, dass das Signal vom Sendemast zum Satelliten und wieder auf die Erde zurückgeworfen wurde, dachte Elijah über das Gerät in seiner Hand nach.

Radiowellen. Elektromagnetische Strahlung. Darum drehte sich alles. Unendlich viele unterschiedliche Wellenlängen und Frequenzen. Mobilfunksignale. Gedanken. Sie waren überall, umgaben ihn mit Wellen – zu lang, um sie mit dem bloßen Auge zu erkennen.

Das Telefon klingelte. Einmal. Zweimal.

«Komm schon. Geh ran», murmelte Elijah.

Dreimal. Vier-

«Hallo?»

«Hey, ich bin's!», schrie Elijah gegen die wummernde Musik am anderen Ende der Leitung an.

«Scheiße, Mann! Was ist passiert?»

«Kann ich jetzt nicht erklären. Wo bist du?»

Elijah rollte bei der Antwort mit den Augen. «Bleib, wo du bist! Wir holen dich ab!»

«Wer war das?», fragte Winter, als Elijah auflegte.

«Erinnerst du dich an meinen Cousin Stephen Grimes?»

«Stevie, der Quatschkopf?»

«Genau», sagte Elijah. «Ich glaub, der kann uns helfen.»

«Okay», sagte Winter langsam. «Wo ist er?»

Statt zu antworten, winkte Elijah ein Taxi heran. Er hielt Winter die Tür auf und stieg nach ihr ein.

«16th Street zwischen First und Second», sagte Elijah.

«Zum Stripclub?», grinste der Taxifahrer.

«Ja», seufzte Elijah und wich Winters Blick aus. «Zum Stripclub.»

Elijah wurde rot, als er die viele nackte Haut sah.

«Siehst du ihn?»

«Nein», sagte Winter. «Die vielen Brüste versperren mir die Sicht.»

Elijahs Gesicht war so heiß, dass er schon fürchtete, gleich würde er in Flammen aufgehen. Er sah sich um und entdeckte Stevie zwischen zwei sich windenden Pamela-Anderson-Klonen.

«Da ist er», sagte Elijah.

Er versuchte, vorwärts zu kommen, wurde aber von einer großen Asiatin aufgehalten – Tia Carrere aus *Wayne's World*. Sie schlang die Arme um seinen Hals.

«Zieh Leine, Schwester», sagte Winter und machte die Frau von Elijah los. «Der gehört mir.»

Winter nahm Elijah bei der Hand und schob sich energisch durch den Pulk von Stripperinnen und Bikini-Kellnerinnen, bis sie bei Stevie waren. Obwohl sie direkt vor ihm standen, bemerkte Stevie sie nicht. Elijah räusperte sich, was bei der wummernden Musik allerdings nicht zu hören war.

«Stevie!», schrie er schließlich.

Stevie blickte auf, grinste Elijah breit an und winkte ihn heran.

«Setz dich hin! Ich hab uns ein Doppelpack bestellt!», rief er und zeigte auf die *Baywatch*-Zwillinge.

Winter legte den Frauen eine Hand auf die Schulter. «Der Tanz ist aus, Ladys.»

Eilig sammelten die beiden ihre Paillettenkleider vom Boden auf und traten den Rückzug an. Sie hatten genug erzürnte Ehefrauen erlebt, um zu wissen, dass es am besten war, sich zu verkrümeln, wenn eine vollständig bekleidete Frau vor ihnen stand.

«Was soll das werden?»

Elijah und Winter ignorierten Stevies Gejammer und setzten sich.

«Und wer ist das Geschoss hier?», fragte Stevie mit Blick auf Winter.

«Du erinnerst dich an Winter Xu?»

«Das Mädchen, in das du so verknallt ... *autsch!*» Elijah trat seinem Vetter hart ans Schienbein. Ohne weiter darauf einzugehen, drehte sich Stevie zu Winter um und musterte sie von oben bis unten – bis sein Blick auf ihren Brüsten ruhte.

«Ich fass es nicht! Wow!» Dann drehte er sich wieder zu Elijah um. «Das war auf dieser Schule, auf die Mr. Kuehl euch gebracht hat, stimmt's?»

«Stimmt», sagte Elijah. «Wir stecken in der Klemme und brauchen deine Hilfe.»

«Ich bin ganz Ohr», sagte Stevie, zog einen Zwanziger aus seiner prallen Brieftasche und steckte ihn ins Strumpfband einer vorbeistöckelnden Tänzerin.

«Hey ... woher hast du das ganze Geld?»

«Ich hab im Hotel ein paar von deinen Karten gefunden», sagte Stevie ungerührt. «Mann, du solltest *nie* deinen Geburtstag als PIN-Nummer nehmen – man wird dich noch ausrauben.»

«Super, danke für den Hinweis.»

«Klar. Wozu hat man Vettern?» Stevie lächelte. «Also: Was ist so wichtig, dass ihr dafür meinen Lapdance stören musstet?»

«Leck mich am Arsch!», rief Stevie, als Elijah die ganze Geschichte erzählt hatte.

«Wir müssen also Valentinus finden», sagte Elijah. «Irgendeine Idee?»

Stevie starrte eine brünette Tänzerin an, während er

überlegte. «Hm … es gibt da so eine New Yorker Bloggerin. Sie nennt sich SpyGurl und lässt sich ständig über Valentinus aus. Wenn jemand was weiß, dann die.»

«Großartig», sagte Winter. «Wo können wir sie finden?»

«Überhaupt nicht», sagte Stevie. «Sie hält ihre Identität geheim.»

«Elijah sagt, du bist ein genialer Hacker», sagte Winter. «Und du kannst das nicht rausfinden?»

«Hör zu, Winny: Ich hab nicht gesagt, dass *ich* es nicht rausfinden kann. Ich hab gesagt, dass *ihr* es nicht könnt.»

«Kannst du es oder nicht?»

«Ohne Computer kann ich überhaupt nichts.»

«Wenn ich dir einen besorge, können wir dann von hier verschwinden?», fragte Winter.

«Na klar, Prinzessin», sagte Stevie. «Aber ich glaube, Circuit City macht erst in zwölf Stunden auf.»

«Bin gleich wieder da.»

Winter marschierte zum Ausgang und verschwand hinter dem dicken Samtvorhang. Eine Minute später kam sie mit einer teuren Ledertasche wieder. Sie holte ein silbernes Notebook heraus und reichte es Stevie.

«Woher hast du das?»

«Ich …» Winter zögerte und sah ihn unsicher an, wenn auch nicht ohne Stolz. «Ich habe das Mädchen an der Garderobe berührt und … sie überredet, es mir zu überlassen.»

«Du hast sie *berührt*, ja?», sagte Stevie grinsend.

«Kriegst du es hin oder nicht?»

«Lass mal sehen.» Er klappte das Notebook auf und warf einen Blick auf die Typennummer. «Yo, das müsste gehen.»

Langsam gingen die drei den Bürgersteig entlang, während Stevie den Computer aufgeklappt vor sich hertrug und irgendetwas eintippte. Sein Gesicht leuchtete bläulich im Licht des Bildschirms. Immer wieder blieb er stehen, klickte zweimal auf das Mauspad, fluchte und ging weiter. Nach etwa fünf Minuten rief er:

«Bingo. Ich hab einen Hotspot gefunden. Streck die Arme aus, Elijah.»

Elijah hielt das Notebook, während Stevie sich mit fliegenden Fingern ans Werk machte.

KAPITEL 10

31. DEZEMBER 2007 – 1:14 UHR (22 STUNDEN, 46 MINUTEN BIS ZUR NACHT DES JÜNGSTEN GERICHTS)

Grimes fror, und er war müde, aber glücklich. Er war wieder dabei. Er hackte sich durchs Netz und scannte SpyGurls simplen HTML-Quellcode, bis er auf die drei magischen Worte stieß: `Erstellt mit MovableType`.

Wie vermutet, benutzte sie die Standardsoftware der Blogger. Die Frage war nun, ob SpyGurl tatsächlich ein Technikfreak oder nur irgendeine Braut war, die sich zu wichtig nahm. Er hoffte Letzteres. Technikfreaks achteten meist auf Sicherheit, während *Opinionistas* das Internet für ein Land des Lächelns hielten, in dem es Leute wie ihn nicht gab.

Er tippte eine URL ein, die auf der Seite jedes Computerfreaks tot wäre:

`www.SpyGurl.com/mt.cgi`

Der Login-Screen erschien. Grimes schüttelte den Kopf. SpyGurl war dämlich. Er hoffte das Beste und tippte den von MovableTypes voreingestellten Benutzernamen (`Melody`) und das Passwort (`nelson`) ein. Dann drückte er *Enter*. Ein Menü erschien auf dem Bildschirm.

«Das ist ja wie beim Amateursingen im *Apollo*.»

«Ist das gut?», fragte Winter.

«Das ist super, Schneewittchen», sagte Grimes. «Jetzt muss ich mir nur noch den *Activity Log* durchsehen, wo SpyGurl ihre Einträge vornimmt. Und *voilà*!»

2007.12.30 23:29:14 208.54.95.129 <SpyGurl> added entry #124

«Hab ihre IP. Gleich sind wir drin.»

Er tippte nslookup 208.54.95.129

Name: m815f36d0.tmodns.net

«Mist», sagte Grimes. «Das ist ein T-Mobile-Hotspot. Wahrscheinlich in einem Starbucks oder McDonald's.»

«Aber in New York City, oder?», fragte Winter.

«Da bin ich mir nicht sicher», sagte Grimes. «Aber sie ist definitiv in den USA ... oder Kanada.»

«Tja, das war's wohl», sagte Elijah.

«Moment mal, Dr. Doom. In dem Blog schreiben nur User aus New York City, also denke ich, dass sie in Manhattan wohnt. So viel ist sicher.»

%traceroute 208.54.95.129

URLs und IP-Adressen liefen über den Bildschirm.

«Okay. Sie ist in Manhattan. Wir wissen nur noch nicht genau, wo.»

«Toll», sagte Elijah. «Dann müssen wir nur noch sämtliche McDonald's und Starbucks nach einem Mädchen mit Notebook absuchen. Das dauert bestimmt nicht länger als ein Jahr.»

«Als Hacker würdest du es nicht weit bringen», seufzte Stevie. «Zu pessimistisch, zu ungeduldig. Immer mit der Ruhe.»

Grimes loggte sich in das Gmail-Konto ein, wo er seine besten *phreaker warez* aufbewahrte, und lud seinen liebsten Codeknacker herunter. Dann ging er auf die Website von T-Mobile und fand den Login für den Systemadministrator.

«Smithers – lassen Sie die Hunde raus!» Er gab *Crack. Ho* in die Maske ein. «Sobald ich durch deren Firewall bin, haben wir es geschafft.»

Sieben Minuten vergingen.

«Okay, ich bin drin. Jetzt muss ich nur deren CIDR finden ...»

«CI- ...»

«Classless Interdomain Routing», sagte Stevie, ohne aufzublicken. «Das ist eine Übersichtskarte von T-Mobile, die anzeigt, wo die verschiedenen Networks stationiert sind. Okay ... los geht's.»

```
208.54.95.255 0.0.0.255 208.54.95.1 0.0.0.255
25-Astor Place. 10003.lga.ny.us
```

Er ging zu *Google Maps* und gab die Adresse ein.

«Es ist dieser große Starbucks an der Ecke Astor und Lafayette im Village.»

«Bist du sicher?», fragte Elijah.

«Ich treib in elf Minuten einen Blogger auf, und dir fällt nichts Besseres ein als: ‹Bist du sicher?› Natürlich bin ich sicher. Meinst du, ich hab mir die Adresse ausgedacht?»

Elijah starrte ihn nur an.

«Okay, könnte sein, dass ich so was tun würde», räumte Grimes ein. «Hab ich aber nicht.»

Winter gab ihm einen Kuss auf die Wange. Sofort spürte Grimes etwas Hartes in seinen neuen Khakis.

«*So* sieht Anerkennung aus!» Stevie trat auf die Straße hinaus und winkte ein Taxi heran. Er sah sich nach Elijah um und rief: «Auf in die Bathöhle, Robin!»

Elijah wollte sich beherrschen, aber er musste einfach lächeln.

«Ich wette, die tun Crack in ihren Kaffee», sagte Grimes und schüttelte den Kopf, als er den überfüllten Coffeeshop sah. «Wer trinkt denn dieses Zeug noch nach Mitternacht?» Dann sagte er zu Elijah: «Nimmst du dein Mojo zur Hilfe, um SpyGurl auszuräuchern?»

Fahrig fummelte Elijah an seiner Kette herum. Die Vorstellung, sie abzunehmen, war beängstigend. Nervös sah er sich in dem mehr als gut besuchten Laden um. Hätte Winter nicht seine Hand gehalten, wäre er nicht stark genug gewesen, überhaupt hineinzugehen.

«Ist schon okay», sagte Winter. «Ich ... ich kann das übernehmen.»

Doch Elijah sah die rosig orange Angst, die sie umschwirrte wie ein Schwarm Bienen. Auch wenn Winter keine Haptophobikerin war, fürchtete sie sich doch genauso, ihre Kette abzunehmen – vielleicht sogar noch mehr als er selbst.

Plötzlich hatte Elijah eine Idee. «Ich weiß, wie wir es machen können, ohne ... ihr wisst schon.»

«Und wie?», fragte Winter hoffnungsvoll.

«Ihr werdet sie nicht so einfach finden», sagte Stevie. «SpyGurl hat 'ne Menge Leute vor den Kopf gestoßen. «Sie wird sich nicht zu erkennen geben, nur weil ihr ‹Bitte, bitte› sagt.»

«Kommt einfach mit.»

Elijah und Winter hielten sich an der Hand, und Grimes ging hinter ihnen.

Sobald sie über die Schwelle kamen, stieg Elijah das kräftige Aroma der Kaffeebohnen in die Nase. Er konzentrierte sich auf den Duft und versuchte so zu tun, als stünde er allein in seiner Küche statt vor zweihundert Fremden.

Winter drückte seine Hand, und er schöpfte neuen Mut. Er konnte es schaffen. Er ließ ihre Hand los und stieg auf einen der runden Tisch. Bevor ihn der Mut wieder verlassen würde, rief er:

«K-k-könnten Sie bitte mal herhören?»

Die Gespräche verstummten, und vierhundert Augen

blickten auf. Elijah spürte, wie die Blicke ihn durchbohrten. Er sah gespenstische Farben aufkommen, doch seine Kette schützte ihn.

«Ich suche einen Blogger namens SpyGurl!»

Elijah sah sich um. Zwar hatte er keine Ahnung, wie SpyGurl aussehen mochte, aber es war auch egal. Er suchte nicht nach einem Gesicht – er suchte nach einem Gesichtsausdruck.

Die meisten Leute blickten entweder neugierig oder genervt. Elijah hatte sich die Hälfte aller Frauen angesehen und bei keiner einen Hauch von Angst entdeckt. Dann fand er sie. Sie tat, als wäre nichts, doch ihre Stirn, die Augenbrauen (AU 1 und 2) und die hochgezogenen Oberlider (AU 4) verrieten sie. Die leicht gespitzten Lippen (AU 5) räumten jeden Zweifel aus.

«Hab ich dich», flüsterte Elijah. Er sprang vom Tisch.

Winter nahm seine Hand. Gemeinsam schoben sie sich zwischen den Tischen durch, bis Elijah vor einer zierlichen Japanerin in dicker Army-Jacke stehen blieb. Sie trug ein schwarzes Tanktop und einen karierten Minirock und starrte ihn an, mit weitaufgerissenen Augen, braun wie die gefärbten Strähnen in ihrem Haar.

«Ihr müsst mich verwechselt haben», sagte sie und klappte ihr Notebook zu.

«Nein», sagte Elijah, der an ihrem Gesichtsausdruck sah, dass sie log.

Plötzlich stand Grimes neben Elijah. «Mann, das ist doch nicht SpyGurl! Die ist höchstens siebzehn!»

«Ich muss los ...», sagte das Mädchen und schob ihren Computer in eine olivgrüne Botentasche. «Wenn Sie mir folgen, ruf ich die Bullen.»

«Warte!», sagte Winter. Sie berührte das Mädchen am Handgelenk.

Plötzlich kam Leben in die Farben des Mädchens, denn Winter wirkte wie ein Verstärker zwischen SpyGurl und Elijah. Bevor er ihre Gefühle verarbeiten konnte, war SpyGurl schon von atemberaubendem Rot umgeben.

Die Gäste im Coffeeshop sahen immer noch neugierig herüber.

«Wir brauchen deine Hilfe», sagte Winter. «Bitte.»

Das Mädchen machte den Mund auf. Sie wollte etwas sagen, doch die Angst hielt sie zurück.

«Keine Sorge», beruhigte Elijah sie. «Dein kleines Geheimnis bleibt unter uns. Versprochen.»

Schließlich nickte SpyGurl. «Gut. Aber gehen wir irgendwohin, wo wir ungestörter sind. Hier krieg ich nämlich ...», sie sah sich kurz um, «... Platzangst.»

Elijah seufzte. «Ich bin völlig deiner Meinung.»

SpyGurl führte sie in eine kleine Bar über einem Sushi-Restaurant zwei Blocks entfernt. Sie wechselte ein paar Worte auf Japanisch mit dem Barkeeper. Er nickte, dann deutete er auf einen Tisch in der Ecke am Fenster. Sie setzten sich, und kurz darauf stellte eine Frau im Kimono vier kleine Holztässchen auf den Tisch und schenkte ihnen Sake ein. Die Flasche ließ sie stehen.

SpyGurl hob ihre Tasse. *«Kompai.»*

«Cheers», antwortete Winter.

«L'Chaim», sagte Elijah.

«Auf dass wir alle in den Himmel kommen, bevor der Teufel rauskriegt, dass wir tot sind!», sagte Grimes.

SpyGurl kippte ihren Drink und knallte die Tasse auf den Tisch. Elijah würgte das Zeug hinunter. Seine Kehle brannte, und er rang noch nach Luft, als SpyGurl schon den nächsten Sake stürzte. Als sie die Tasse abstellte, blickte sie in die Runde.

«Wie habt ihr mich gefunden?»

«Ein Zauberer gibt seine Tricks nie preis», sagte Grimes.

«Hört zu, ihr Penner …», begann SpyGurl, doch Winter schnitt ihr das Wort ab.

«Wenn du uns hilfst, erklärt dir Stevie, wie er dich gefunden hat. Abgemacht?»

SpyGurl zögerte, dann nickte sie. «Okay.»

«Stevie?» Winter sah ihn streng an.

Grimes verdrehte die Augen. «Na gut, meinetwegen, wenn's sein muss.»

«Also, was wollt ihr?», fragte SpyGurl.

«Wir müssen Valentinus finden.»

«Wisst ihr eigentlich, wie viel diese Info wert ist? Mir haben schon drei verschiedene Zeitungen zwanzig Riesen angeboten.»

«Ich verdopple», sagte Elijah. «Auf vierzig.»

«Vierzig Riesen?», rief Stevie. «Wenn ich gewusst hätte, dass heute Geldverschenktag ist, hätte ich auch um eine Gehaltserhöhung gebeten! Wie viel krieg ich dafür, dass ich *sie* gefunden habe?»

«Warum sucht ihr ihn?», fragte SpyGurl und ignorierte Stevie einfach.

«Wir glauben, dass er was vorhat», sagte Elijah.

«Was?»

«Wenn wir das wüssten, müssten wir ihn nicht suchen», sagte Stevie.

«Muss der Flachwichser hier unbedingt dabei sein?», fragte SpyGurl und zeigte mit dem Daumen auf Grimes.

«Vielleicht brauchen wir ihn», sagte Winter. «Also: leider ja.»

«Okay», seufzte SpyGurl. «Ich trink noch einen, dann bring ich euch hin.»

«Jetzt gleich?», fragte Elijah.

«Jep.» SpyGurl kippte noch ein Tässchen und stand auf. «Jetzt gleich.»

KAPITEL 11

31. DEZEMBER 2007 – 6:17 UHR MITTELEUROPÄISCHER SOMMERZEIT (23 STUNDEN, 43 MINUTEN BIS ZUR NACHT DES JÜNGSTEN GERICHTS)

Solothurn sah sich im Internetcafé um. Er ging zwischen den kunterbunten Stühlen hindurch und setzte sich in eine Ecke, mit dem Rücken zur Wand. Als er eingeloggt war, zog er einen Zettel aus seiner Tasche und legte ihn neben die Tastatur.

Er tippte die Folge von Buchstaben und Ziffern in den Browser. Augenblicklich baute sich die Seite auf. Er ignorierte den *404 Error*, fuhr mit der Maus vorsichtig auf die zweite «4» und klickte den versteckten Link an. Der Browser lud eine weitere URL, und ein rechteckiges Feld erschien.

Mit zitternden Fingern tippte Solothurn das Passwort ein. Der Bildschirm zeigte das komplette Farbspektrum, und mitten im Regenbogen befand sich ein Link: **PLAY**. Sein Herz schlug schneller. Zwar ging er nun seit vier Monaten jede Woche auf diese Seite, aber er war noch genauso aufgeregt wie beim ersten Mal. Er klickte das Feld an.

Der Bildschirm wurde schwarz, dann erschien ein Text in weißer Schrift.

Hinweis: Sollten Sie sich an einem öffentlichen Ort aufhalten, verwenden Sie unbedingt Kopfhörer. Falls Sie keine Kopfhörer haben, loggen Sie sich SOFORT aus.

Unter dem Text lief ein digitaler Countdown. Ihm

blieben noch neun Minuten und achtundvierzig Sekunden. Er holte die weißen iPod-Ohrhörer aus der Tasche, steckte sie in die Buchse und klemmte sich die Hörer in die Ohren. Er drehte lauter. Ein Piepton zeigte die Sekunden an.

Er langte unter sein Hemd, um das geschnitzte Amulett an seiner Brust zu berühren, während er die leuchtenden Ziffern anstarrte und sich wünschte, die Zeit würde schneller vergehen. Trotz der Klimaanlage im Internetcafé schwitzte Solothurn am ganzen Leib. Mit feuchter Hand wischte er sich die Stirn.

08:38

Sein Herz fing an zu galoppieren.

04:04

Er begann zu hecheln.

02:17

Sein Magen verkrampfte sich.

00:42

Sein Hodensack zog sich zusammen.

00:19

Er spannte alle Muskeln an.

00:01

Die Uhr wich dem vertrauten, runden Emblem – der Schlange, die sich in den Schwanz biss. Solothurn hielt die Luft an, er wagte nicht, auch nur mit der Wimper zu zucken. Wie ein Zauberer trat Valentinus vor das Emblem, und Solothurn seufzte vor Erleichterung, als legte er sich in ein warmes Bad.

Der Schweiß an seiner Stirn trocknete. Herz und Atmung wurden langsamer. Der Knoten in seinem Magen löste sich. Seine Muskeln waren entspannt.

Während der folgenden Stunde saß er da, wie hypnotisiert. Als Valentinus fertig gesprochen hatte, wurde der

Bildschirm schwarz. Trauer überkam Solothurn, denn der Mann, den er mehr liebte als jeden anderen Menschen, fehlte ihm schon jetzt.

Valentinus' Worte waren so bewegend, so machtvoll gewesen. Er konnte gar nicht glauben, wie sehr dieser Mann alles verändert hatte. Bis er ihn im September zum ersten Mal getroffen hatte, war Solothurn wie im Schlaf durch sein Leben gewandelt. Nun aber war er wach, er sah sich selbst und die Welt, wie sie tatsächlich war.

Seit er die Wahrheit kannte, lebte er, als wäre jeder Tag sein letzter. Als ihm nun der Gedanke an den Tod kam, lächelte Solothurn. Selbst als er noch geglaubt hatte, er würde eines Tages zu Jesus Christus ins Himmelreich auffahren, war ihm der Tod stets ein Schreckgespenst gewesen.

Jetzt konnte er es kaum noch abwarten.

Als das rote Lämpchen an der Kamera erlosch, wich das Lächeln augenblicklich aus Valentinus' Gesicht. Er ließ den Kopf sinken und rieb seine Schläfen. Im Laufe der letzten Monate war es immer anstrengender geworden, so viele Menschen zu lenken, aber heute Abend war es schwieriger denn je. Es pochte in seinem Kopf, und die Adern an der Stirn traten hervor, weil sein Herz raste.

«Ist alles in Ordnung?»

«Ja», sagte Valentinus und versuchte sich zu sammeln. «Es geht mir gut.»

Er blickte auf und lächelte die atemberaubende Blondine an. Sofort konnte er ihre Erleichterung spüren.

«Also ...», sagte er und fasste sie bei den Hüften. «Wie war ich?»

«Unglaublich», hauchte Bethany mit feuchten Augen. «Deine Sessions sind immer inspirierend, aber heute

Abend ...» Sie seufzte schwer, was ihn an Sex denken ließ. «Heute Abend warst du überwältigend.»

Valentinus stand auf und drückte sie an sich. Sie wich einen halben Schritt zurück, aber nur so weit, dass er ihre Hüften nicht loslassen musste. Sie senkte den Blick, etwas verlegen, und legte beide Hände an seine Brust. Sie strich über seinen flachen Bauch, umschlang seine Taille, zog ihn an sich und lehnte ihren Kopf an seine Schulter.

Sanft drückte er sie abwärts, und Bethany ging in die Knie. Hastig, mit zitternden Händen öffnete sie seinen Gürtel und zog die Hose herunter. Sie nahm seinen Schwanz in ihren warmen, feuchten Mund, und er bebte am ganzen Leib. Währenddessen versuchte er in ihr Bewusstsein einzudringen.

Er hielt ihren Kopf, während er ihre Zunge spürte. Sosehr er genoss, was sie tat – vor allem erregte ihn ihre Liebe, die er spüren konnte. Obwohl Liebe vielleicht nicht der richtige Ausdruck war. Nein. *Anbetung* war der passendere Begriff.

Oder Vergötterung.

Denn anstelle ihrer heißgeliebten «Priester» vergötterten sie nun ihn. Morgen Abend würde er diese alten Männer endlich als das entlarven, was sie wirklich waren.

Gebrechlich.

Schwach.

Und sterblich.

Am nächsten Morgen dachte Solothurn noch immer an Valentinus, als man ihn von seinem Posten rief.

«*Hellebardier*, würden Sie wohl einem alten Mann durchs Zimmer helfen?»

«Selbstverständlich, Eure Heiligkeit.»

Von Altishofen reichte dem alten Mann den Arm. Es

war unbeschreiblich, den Menschen zu berühren, der dem Schöpfergott so nah war. Unter der langen, weißen Robe spürte Solothurn die schlaffe Haut und die welken Muskeln alter Leute – wie bei seiner Mutter. Unwillkürlich empfand er eine gewisse Enttäuschung, dass dieses Wesen neben ihm auch nur ein Mensch war.

Ein unvollkommener Mensch. Genau wie der unvollkommene Gott, der ihn erschaffen hat.

Von Altishofen führte ihn zu einem gelben Sofa am großen, verzierten Fenster. Wenn er den goldenen Fensterrahmen betrachtete, hätte Solothurn fast meinen können, er lebte im 12. Jahrhundert. Nur das ungewöhnlich dicke Panzerglas störte diese Illusion.

«Danke», sagte der alte Mann und ließ sich auf dem Sofa nieder. Er massierte seine Hüfte und blickte zum Himmel auf, über den Sturmwolken zogen. «Seit ich mir die Hüfte gebrochen habe, plagt sie mich, wenn Regen kommt.»

«Wie ist das passiert?», fragte Solothurn, der für einen Moment vergaß, dass er nicht mit einer Tresenbekanntschaft plauderte.

Der alte Mann biss die Zähne zusammen. «Ich bin unglücklich gestürzt», sagte er mit schwerem, deutschem Akzent. «Ich habe mir die Hüfte, einen Arm und beide Beine gebrochen. Ein Wunder, dass ich überlebt habe. Gott hielt an jenem Tage wahrlich seine schützende Hand über mich. Er muss gewusst haben, dass er noch Großes mit mir vorhat, nicht?»

«Da haben Sie sicher recht.»

«Nun, wenn Sie mich entschuldigen würden … ich möchte gern vor der Messe noch ein wenig ruhen.»

«Natürlich.»

Solothurn verneigte sich. Dann verließ er das Schlafgemach, um wieder seinen Posten draußen vor der Tür einzunehmen. Die Hellebarde stellte er neben sich auf den Boden. Ihr Beil schimmerte im schwachen Licht der Halle. Als Solothurn die Klinge betrachtete, musste er daran denken, was Valentinus über den Tod gesagt hatte.

Und über Mord.

KAPITEL 12

31. DEZEMBER 2007 – 8:57 UHR (15 STUNDEN, 3 MINUTEN BIS ZUR NACHT DES JÜNGSTEN GERICHTS)

Die ganze Nacht hatten sie in dem Lieferwagen, den Winter einem hilflosen Parkplatzwächter abgeluchst hatte, vor dem Lagerhaus in Brooklyn gewartet. Um neun Uhr morgens warteten schon hundert Leute auf dem Gehweg.

«Es braucht nur ein paar Samtkordeln und zwei Rausschmeißer», meinte SpyGurl.

«Diese Leute sind alle ...»

«Gnostiker, ja.»

«Ich glaub, die haben einfach nicht mehr alle Nadeln an der Tanne», sagte Stevie.

«Woher wusstest du, dass sie hier sein würden?», fragte Winter.

«Ich hab mich öfter online beworben. Nach ein paar Versuchen haben sie mich tatsächlich eingeladen. Leider hat Valentinus mich erwischt.»

«Du bist ihm begegnet?», fragte Elijah.

«Nur ganz kurz. Er stand an der Tür und hat jeden einzeln begrüßt. Er hat mir die Hand gegeben und mich dann rausgeschickt. Er wusste, dass ich nicht dazugehört habe. Als hätte er es gespürt, als er meine Hand geschüttelt hat.»

Winter und Elijah sahen sich an.

«Jedenfalls hab ich draußen gewartet, um mich nach der Versammlung nochmal umzuhören. Aber als die Leute rauskamen, wollte keiner mit mir sprechen.»

«Vielleicht haben sie gesehen, wie er dich vor die Tür gesetzt hat», meinte Grimes.

«Dachte ich auch», sagte SpyGurl. «Also hab ich mich noch ein paarmal unter verschiedenen Namen beworben, bis ich wieder eingeladen wurde. Ich bin noch einmal hingegangen, habe aber gar nicht versucht, reinzukommen. Ich hab nur abgewartet, bis die Leute wieder rauskamen. Trotzdem haben sie nicht mit mir gesprochen. Sie sind normal reingegangen und als Bekehrte wieder rausgekommen. Es war richtig unheimlich.»

«Aber du schreibst doch in deinem Blog, du hättest einen Spitzel.»

«Hab ich auch», sagte SpyGurl. «Ich bin so einem Hosentaschenmacho grinsend gefolgt – nichts für ungut …» SpyGurl sah Grimes grinsend an, was er erwiderte. «Nach einer dieser Versammlungen ist er in eine Bar gegangen. Ein paar Drinks später hab ich mich an ihn rangemacht und so getan, als wäre ich auch dabei gewesen.

Ich konnte nicht viel aus ihm rauskriegen, hab ihm aber gesagt, dass er mir Bescheid sagen soll, wenn er wieder hingeht, damit wir uns verabreden können. Seitdem meldet er sich jedes Mal.»

«'ne echte Femme fatale», sagte Stevie.

«Tja, ich bin zwar nicht so verführerisch wie du, aber ich tu mein Bestes», sagte SpyGurl. Dann sah sie wieder Winter an. «Was habt ihr jetzt vor?»

«Wir warten, bis die erste Gruppe rauskommt, schnappen uns einen Bekehrten und quetschen ihn aus.»

«Das wird nicht klappen.» SpyGurl schüttelte den Kopf. «Die kriegen das Maul nicht auf. Wenn ihr keinen Zaubertrank habt, würde ich mir an eurer Stelle einen neuen Plan ausdenken.»

Grimes grinste. «Na, dann pass mal auf …»

Unruhig fingerte Winter an ihrer Kette herum. Die Tür ging auf, und Leute kamen heraus. Sie gingen hintereinander her und machten immer wieder Platz für andere, die drinnen darauf warteten, vor die Tür zu kommen. An der Ecke trennten sich ihre Wege, und sie gingen wortlos auseinander, ohne sich zu verabschieden.

Winter rannte über die Straße und mischte sich unter die Leute. Sie hängte sich an einen hageren, alten Mann. Obwohl er nicht mehr der Jüngste war, ging er schnell, mit großen Schritten. Winter sah sich um und nickte Grimes zu. Der fuhr langsam an ihnen vorbei, dann hielt er an der nächsten Ecke.

Er stieg aus und trat ans Heck des Lieferwagens. Der alte Mann war fast bei ihm. Winter lief ihm hinterher, und als er eben auf Höhe des Lieferwagens kam, tippte ihm Winter an die Schulter.

«Wären Sie wohl so nett, mir kurz zu helfen, Sir?»

«Natürlich. Was ist denn, junge Dame?»

Winter nahm seine Hand. Sofort konnte sie seinen Klang hören – ein klares, blitzsauberes C. Es erinnerte sie an das Windspiel auf der Terrasse ihrer Eltern. Der Alte war glücklich und ausgeglichen.

«Möchten Sie mit uns nach Manhattan fahren?», fragte Winter und ließ ihn ein tiefes, weiches B hören. «Keine Sorge – wir sind auch Gnostiker.»

Der alte Mann blinzelte ein paarmal, dann schenkte er ihr ein freundliches, großväterliches Lächeln.

«Danke. Das wäre sehr nett.»

Winter half dem alten Herrn beim Einsteigen, ohne seine Hand auch nur einen Augenblick loszulassen. Grimes stieg wieder ein und fuhr los.

«Valentinus ist einfach erstaunlich, nicht?», sagte SpyGurl voller Bewunderung.

«Ja», der alte Mann sah sie an. «Allerdings.»

«Wir haben das Treffen leider verpasst», sagte SpyGurl mit gesenktem Blick. Das war Winters Stichwort – sie übertrug reine Melancholie auf den alten Mann. Augenblicklich träumten seine Augen, und er schniefte laut. Winter konnte seine Traurigkeit hören, einen tiefen Ton der Verzweiflung.

«Das tut mir leid.» Der alte Mann weinte und schüttelte langsam den Kopf.

«Ist schon okay», sagte SpyGurl. Sie tätschelte ihm die Schulter. Winter ließ ihn dezentes Mitgefühl spüren.

«Ich weiß, es ist gegen die Regeln, aber wir müssen wissen, was Valentinus gesagt hat. Bestimmt können Sie nachempfinden, wie uns zumute ist … wenn Sie an unserer Stelle wären, wie sehr würden Sie sich wünschen, dass jemand Ihnen davon erzählt.»

Der Alte nickte. Winter spürte seine Zerrissenheit. Sie machte Druck und verstärkte den Wunsch, der in ihm war, ihnen alles zu erzählen.

Der alte Mann schwieg einen Augenblick, dann flüsterte er: «Valentinus wird uns endlich zum Einzig Wahren Gott heimführen.»

«Wann?»

«Heute um Mitternacht. Auf dem Times Square.»

«Und wie?»

«Damit.»

Der Alte griff unter sein Hemd und holte eine lange Silberkette hervor. Daran hing ein silbernes Emblem mit dem Bild einer Schlange, die sich in den Schwanz biss. Außerdem ein fünfzehn Zentimeter langer Zylinder von der Dicke eines Füllers. Die Hälfte des Röhrchens steckte unter einer silbernen Kappe. Die andere Hälfte war durchsichtig. Darin sah Winter eine blaue Flüssigkeit.

«Die Injektion wird den göttlichen Funken aus unserem physischen Kerker befreien. Dann kehren wir alle ins *Pleroma* heim. Sie müssen umkehren und sich auch so eine Spritze holen, sonst können Sie nicht mit auf die Reise gehen.»

«Oh, mein Gott ...», flüsterte SpyGurl. «Er hat jedem eine gegeben?»

«Selbstverständlich. Wir müssen viele sein, wenn wir den Schöpfergott vernichten und die Welt hinter uns lassen wollen.»

«Was ist in dieser Spritze?», fragte Winter und versuchte, sich ihre Sorge nicht anmerken zu lassen.

Der Alte sagte nur ein Wort: «Zyankali.»

SpyGurl riss dem alten Mann das Silberröhrchen aus der Hand. Er zerrte an der Kette, und ihr Verschluss ging auf, sodass das Amulett herunterfiel. SpyGurl lehnte sich zurück. Sie hielt das Zyankaliröhrchen in der Faust.

«Gib das her!» Erstaunlich behände fiel der alte Mann über SpyGurl her, packte sie mit der einen Hand an der Kehle, mit der anderen griff er nach ihrer geballten Faust. «Das gehört mir! Gib her!»

Winter versuchte, den Alten von SpyGurl wegzureißen, aber er war zu stark. Sein Geist schrie und kreischte, so zornig war der Alte, und Winter zog ihre Hände weg, als hätte sie sich verbrannt.

Stevie stieg auf die Bremse. Mit Elijah sprang er aus dem Wagen. Sie rissen die Hecktür auf. Stevie versuchte, den Alten loszureißen, der immer noch SpyGurl die Kehle zudrückte, sodass sie schon puterrot im Gesicht war.

Elijah stand draußen vor dem Van, starr vor Angst.

Jahrelange Panik vor der leisesten Berührung stieg in ihm auf. Elijah konnte sich einfach nicht dazu bewegen, in den engen Raum zu steigen und den alten Mann anzufassen – James Cromwell auf Testosteron.

Er wich zurück und sah voller Entsetzen, wie SpyGurls Mund auf- und zuging und ihr Gesicht von Sekunde zu Sekunde roter wurde. Verzweifelt schob er die Hände in die Taschen von Laszlos Mantel – ein Paar Lederhandschuhe!

Augenblicklich zog er sie hervor und streifte sie sich über. Und dann, bevor ihn der Mut wieder verlassen konnte, stieß er Stevie beiseite, sprang in den Van, packte Cromwell am Hals und riss ihn zurück. Der Alte versuchte, sich zu wehren, doch er verlor das Gleichgewicht, und Elijah zerrte ihn aus dem Auto.

Als sie auf der Straße landeten, fiel Cromwell auf ihn drauf. Der Alte zappelte vor Schmerz und Wut.

«Lass mich los!», schrie er und rammte Elijah den Ellbogen in den Magen. Elijah schnappte nach Luft, hielt den Alten aber fest. Der zappelte weiter so heftig, dass er mit dem Hinterkopf Elijahs Nase traf. Elijah fiel auf den Asphalt.

«Aufhören!», schrie Winter.

Und plötzlich schlug Cromwell nicht mehr um sich. Seine Muskeln entspannten sich. Vorsichtig rollte Elijah den Alten auf die Straße. Cromwell atmete schwer, ein langsames, heiseres Hecheln. Elijah blickte auf und sah, dass Winter den Kopf des alten Mannes zwischen ihren schmalen Fingern hielt. Sie zitterte.

«Los, kommt!», sagte Stevie und half Elijah auf die Beine. «Die sind bestimmt nicht so begeistert, dass wir einen ihrer Freunde k. o. geschlagen haben.»

«Wer?»

«Die da!»

Elijahs Blick folgte Stevies Finger, und er sah mehrere Leute, die aus ihren Autos sprangen und angelaufen kamen. Er erkannte sie wieder, sie waren vorhin draußen vor dem Lagerhaus gewesen. Elijah nahm Winter beim Arm. Sie sprangen in den Van und knallten die Türen zu, in dem Moment, als Stevie Vollgas gab.

«Da hast du wohl einen gut bei mir», sagte SpyGurl und rieb sich den Hals.

«Was jetzt?», fragte Elijah.

«Jetzt ...», sagte SpyGurl und öffnete ihr Notebook, «... teilen wir der Welt die Neuigkeiten mit!»

«Das war's schon?», fragte Winter, als SpyGurl ihr Notebook zuklappte.

«Jeder Reporter in der Stadt kriegt ein Update, sobald ich was schreibe. Zwei Minuten später summen ihre Blackberries, und dreißig Sekunden danach rufen sie ihre Kontakte bei der Polizei an.»

«Aber die verhaften doch niemanden wegen eines Blog-Eintrags», sagte Winter.

«Hallo? Schon mal was vom 11. September gehört? Die wollen sogar wissen, wo du die letzten sechs Jahre warst. Das NYPD kann jeden verhaften. Die sagen nur das Zauberwort – ‹Terrorist› – schon geht die Post ab. Und wenn dieser Massenselbstmord am Times Square kein terroristischer Akt ist, dann weiß ich auch nicht.»

SpyGurls Telefon summte. Sie klappte ihr Handy auf und las, was da geschrieben stand.

«Die Kavallerie ist unterwegs.»

AUS DER BLOGOSPHERE III

Posted: Sonntag, 31. Dezember 2007 – 10:13 Uhr

HARAKIRI-SPINNER

Jetzt ist die Kacke aber echt am Dampfen! Neueste Nachricht aus Valentinus' persönlicher Sekte: *Big V* verteilt ZYANKALI-Spritzen unter seinen Anhängern. Um Mitternacht wollen sie alle auf dem Times Square sein und sich zwischen all den Besoffenen den Rest geben.

Das ist kein Scherz!

An alle Bullen: Legt eure Donuts beiseite und schnappt euch den schnuckeligen Vorturner (tut mir leid, Süßer, aber du hast sie echt nicht alle), bevor seine Leute den ganz langen Schuh machen. Anderenfalls dürfte Waco nach den heutigen Feierlichkeiten wie ein Kindergeburtstag ohne Clowns aussehen … dafür mit hunderttausend Toten!

SpyGurl – *und schon wieder weg!*

KAPITEL 13

31. DEZEMBER 2007 – 11:58 UHR (12 STUNDEN, 2 MINUTEN BIS ZUR NACHT DES JÜNGSTEN GERICHTS)

Die Polizei wartete in der Lobby auf ihn. Sie waren zu sechst: zwei Detectives in billigen Anzügen und vier Streifenpolizisten in dunkelblauer Uniform.

«Mr. Valentinus …», sagte der Ältere der beiden in Zivil. «Mein Name ist Detective Schmitt. Bitte nehmen Sie Ihre Hände hinter den Rücken!»

Valentinus überlegte kurz, ob er sich wehren sollte, doch dann beschloss er, zu tun, was man ihm sagte. So war es zwar nicht geplant gewesen, aber vielleicht war es sogar besser so. Wenn die Medien von seinem Vorhaben Wind bekämen, wäre die Anspannung im letzten Augenblick sicherlich noch größer.

Sämtliche Polizisten der Stadt würden im Einsatz sein. Zusammen mit den empörten Bibeltreuen, den üblichen Betrunkenen und seinen versammelten Jüngern würden sich die Emotionen auf bemerkenswerte Weise bündeln. Und er würde dort sein, im Zentrum des Geschehens.

Was er in Bewegung gesetzt hatte, war nicht mehr aufzuhalten. Seine Verhaftung und die Flucht würden für noch größere Panik sorgen, und noch mehr Blut würde fließen. Vielleicht würde er selbst sein Leben lassen müssen. Aber darauf war er eingestellt. Wenn es so kommen sollte, würde er die letzte Erkenntnis, seine *Gnosis*, annehmen und zum Einzig Wahren Gott heimkehren.

Reitend – auf dem Rücken einer Million toter Seelen.
Es ist 12:20 Uhr, und Sie hören NPR – National Public Radio.

Heute Mittag wurde der charismatische, unter dem Namen «Valentinus» bekannte Sektenführer verhaftet, nur wenige Stunden nachdem ein Blogger aus Manhattan den Plan der Sekte publik machte, um Mitternacht auf dem Times Square Massenselbstmord zu begehen.

Momentan ist die Stadtverwaltung uneins in der Frage, wie mit der heutigen Silvesterfeier umgegangen werden soll. Während manche Behörde die jährliche Gala absagen möchte, sprechen sich andere – darunter auch der Bürgermeister – dagegen aus.

Der Bürgermeister gab folgende Erklärung ab:

> *«Darauf zu warten, dass die Kugel fällt, hat in New York seit hundert Jahren Tradition. Wir haben die Feierlichkeiten nach dem 11. September nicht abgesagt und wollen uns auch jetzt nicht von derartigen Drohungen einschüchtern lassen.»*

Dennoch soll die Polizeipräsenz heute Abend deutlich verstärkt werden. Das Rote Kreuz wird über hunderttausend Freiwillige zum Times Square schicken. Sie rufen alle Sektenmitglieder auf, sich an die eigens eingerichtete Hotline zu wenden – und zwar unter (212) 673-3000.

Noch ist unklar, wie viele von Valentinus' Anhängern an der heutigen Feier teilnehmen werden. Offizielle Stellen sprechen von fünf- bis fünfzehntausend. Allerdings wurden bisher landesweit bereits über zwanzigtausend Vermisstenanzeigen von Familien der selbsternannten Gnostiker aufgegeben.

Valentinus befindet sich derzeit in Polizeigewahrsam.

Darian stellte das Radio ab.

Sie können ihn nicht aufhalten.

– Nicht mein Problem.

Darian schaltete in den fünften Gang, und der Wagen raste den Highway entlang.

«Scheiße!»

Sie riss das Lenkrad nach links, und der Porsche machte einen Satz auf den grünen Mittelstreifen. Sie trat die Bremse, schleuderte herum und blieb in entgegengesetzter Fahrtrichtung stehen. Dann legte sie den ersten Gang ein und gab Gas.

Der Wagen rumpelte über den Grünstreifen. Sie konnte das Erstaunen der anderen Autofahrer spüren, als sie wieder auf den Highway fuhr und dabei nur knapp einen schwarzen Geländewagen verfehlte.

Sie hoffte nur, sie würde es schaffen, bevor Valentinus das Hauptquartier der Polizei in einen Friedhof verwandelte.

KAPITEL 14

31. DEZEMBER 2007 – 14:47 UHR (9 STUNDEN, 13 MINUTEN BIS ZUR NACHT DES JÜNGSTEN GERICHTS)

Valentinus saß kerzengerade auf dem kalten Metallstuhl. Der Verhörraum roch nach Schweiß, Kartoffelchips und verbranntem Kaffee. Hinter ihm war ein vergittertes Fenster, vor ihm ein Spiegel, so breit wie die ganze Wand.

Jeder Einzelne dort hinter dem Spiegel kämpfte gegen die Angst. Valentinus nahm ihre Emotionen in sich auf. Mit geschlossenen Augen spürte er die helle Flamme der Wut. Vermutlich gefiel es ihnen nicht, ihn so gelassen zu sehen.

Die Tür knarrte in den Angeln. Valentinus rührte sich nicht. Der Mensch, der eingetreten war, roch leicht nach Himbeeren. Träge schlug er die Augen auf und betrachtete die Frau, die vor ihm stand.

Auf den ersten Blick wirkte sie jung, doch Valentinus konnte das Make-up sehen, das die kleinen Fältchen um Augen und Mund verdecken sollte. Dennoch war sie attraktiv mit ihrer athletischen Figur in dem strengen blauen Blazer. Ihr dunkelblondes Haar war kurz und stand stachlig vom Kopf ab.

«Ich bin Special Agent Bennett, FBI», sagte sie und setzte sich. «Ich gehöre einer Task Force an, die Ihre Organisation schon eine Weile beobachtet. Was Sie auch vorhaben mögen: Entweder wissen wir es schon, oder wir werden es bald erfahren. Je schneller Sie also meine Fragen beantworten, desto einfacher wird das Ganze.»

Valentinus sah direkt in ihr Bewusstsein. Sie war selbstsicher, aber ihr Selbstvertrauen sollte nur ihre drückende Angst kaschieren.

«Würde es Sie überraschen, wenn ich Ihnen sage, dass wir schon seit Monaten einen Insider haben?»

Valentinus lächelte über die offensichtliche Lüge. «Ja, das würde mich in der Tat überraschen.»

Bennett zog die Augenbrauen hoch, als wollte sie sagen: *Das wundert mich nicht.*

«Beweisen Sie es», sagte Valentinus und kippelte lässig mit dem Stuhl. «Erzählen Sie mir irgendwas, das Sie nicht heute Morgen von SpyGurl erfahren haben. Dann glaube ich Ihnen vielleicht.»

Und da sagte Bennett zwei Worte, die Valentinus seit Jahren nicht gehört hatte. Es war, als hätte man ihm ins Gesicht geschlagen, aber er zügelte sich. Wahrscheinlich hatten sie seine Identität über die Fingerabdrücke herausgefunden. Plötzlich sah alles ganz anders aus. Er biss sich auf die Zunge. Er musste unbedingt herausfinden, was sie noch wusste.

«Keiner meiner Jünger kennt diesen Namen», sagte Valentinus. «Die Information kann also nicht von einem Spitzel stammen. Nun, Agent Bennett: Was steht *wirklich* in meiner Akte?»

Sie öffnete eine braune Mappe und holte ein Blatt Papier hervor, hielt es hoch, sodass er nur die Rückseite sah.

«Warum fragen Sie, wenn Sie es schon wissen?»

«Lesen Sie es mir vor! Schließlich kommt am Ende ja doch alles raus.»

Er gab ihr reine Arroganz ein.

«Lesen Sie selbst!», sagte sie und reichte ihm das weiße Blatt. Valentinus nahm es und tat gelassen. Das

Dokument bestand aus nicht einmal dreißig Worten, und doch traf ihn jedes einzelne wie eine Kugel in die Brust.

Er riss sich zusammen, legte das Blatt auf den Tisch und ließ von ihrem Geist ab. Bennett blinzelte und griff schnell wieder nach dem Dokument. Valentinus musterte sie, während sie sich sammelte und ihre Selbstzweifel niederrang.

«Sie haben sich in den letzten siebzehn Jahren ziemlich verändert, was? Gute Arbeit übrigens. Aus Ihnen ist ein ganz ansehnlicher Mann geworden.»

Valentinus schwieg. Sein Geist war von einer violetten Wolke der Verachtung umgeben. Er ballte die Hände zu Fäusten und grub sich die Fingernägel tief in die Haut.

«Sie machen einen Fehler», sagte Valentinus mit zusammengebissenen Zähnen.

Bennett lächelte und lehnte sich zurück. «Dann lassen Sie uns reden. Oder ich rufe die CIA. Sie werden feststellen, dass diese Leute um einiges ungeduldiger sind als ich. Manche von denen können richtig unangenehm werden.»

Valentinus überlegte, welche Möglichkeiten ihm blieben. Er musste sie hinhalten. Aber was war, wenn die CIA schon draußen wartete? Wenn sie Silberketten um den Hals trugen und immun gegen ihn waren? Was war, wenn …

«Was ist denn?», fragte Bennett. «Sie wirken so nervös.» Und dann sagte sie wieder diese beiden Worte, die für den Menschen standen, der er damals gewesen war – bevor er als sein wahres Ich wiedergeboren wurde.

«Das ist nicht mein Name», sagte Valentinus langsam.

«Aber sicher doch», antwortete Bennett. «Da steht es ja.» Bennett beugte sich vor. «Warum ...»

«Mein Name», sagte er, «ist Valentinus.»

«Wie Sie wollen», sagte sie achselzuckend. «Größenwahnsinnige geben sich oft neue Namen. Warum sollten Sie da eine Ausnahme sein?»

Valentinus wusste, dass sie ihn provozieren wollte, und spürte, wie ihr Selbstvertrauen wuchs, aber er konnte seinen Zorn nicht bändigen. Dass diese Frau – diese dreiste, ignorante Schnepfe – *ihn* für größenwahnsinnig erklärte, war einfach zu viel.

«Nun, ich verstehe, dass Sie Ihren richtigen Namen nicht verwenden wollen, weil er so, na ja, so gewöhnlich ist. Aber warum ‹Valentinus›? Warum nicht etwas Pompöseres wie ... ‹Napoleon›?»

Er schlug nach ihrem Gesicht. Doch sie packte sein Handgelenk, drehte es um und warf ihn mit dem Gesicht voran auf die Tischplatte.

«Beruhigen Sie sich, oder muss ich Ihnen den Arm brechen?»

Ihre blasierte blaue Arroganz drang in ihn ein, schürte seinen Zorn, und ihre Emotionen plärrten in seinem Kopf.

«Lassen Sie mich los, oder Sie werden es bereuen!»

«Das möchte ich ernsthaft bezweifeln.»

Sie versetzte seinem Handgelenk einen kleinen Ruck, woraufhin ein atemberaubender Schmerz ihn durchzuckte. Er konzentrierte seine ganze Energie auf diesen Schmerz und projizierte ihn auf Bennett, sodass sie augenblicklich zurückschreckte, als hätte sie sich an Valentinus verbrannt.

«Mein Name ist Valentinus», sagte er und stand auf. «Sag es!»

Bennett schüttelte den Kopf, und Valentinus gab ihr wahnwitzigen Ekel ein.

«Mein Name ist Valentinus.»

Bennett sank auf die Knie und hielt mit beiden Händen ihren Kopf.

«Sag es!»

Sie machte den Mund auf, um zu schreien, aber kein Laut kam heraus. Er lockerte seinen Griff und ließ einen Augenblick von ihr ab, nur um dann umso härter zuzuschlagen. Sie presste den Kopf auf den Boden und hielt sich mit beiden Händen die Ohren zu, als wollte sie ein unerträgliches Geräusch nicht hören. Plötzlich flog die Tür auf, und Detective Schmitt stürzte mit zwei Uniformierten herein.

«Bennett, was ist los?», fragte er und bückte sich, um ihre Hand zu nehmen. Als er sie berührte, durchzuckte ihn ein sengender Blitz, und er wich zurück. Er starrte Valentinus an. «Was haben Sie mit ihr gemacht?»

Valentinus ignorierte ihn und führte seine psychische Attacke fort. «Mein Name ist Valentinus.»

Bennett – am Boden – fing an zu wimmern wie ein weidwundes Tier.

Schmitt rief: «Curtis! Gallagher! Schnappt ihn euch!»

Die beiden Uniformierten stürzten sich auf ihn. Bevor Valentinus reagieren konnte, schlug ihm der Cop zu seiner Linken seinen Knüppel gegen den Hals. Valentinus rang nach Luft, als der andere Cop ihm fest in die Nieren schlug. Er brach zusammen und hielt sich den Magen, da packten ihn die beiden Männer und drehten ihm die Arme auf den Rücken.

Als sie auf ihn einprügelten, verlor Valentinus die Kontrolle über Bennetts Geist. Im selben Moment hörte sie auf zu wimmern und flüsterte etwas, wiederholte immer wieder denselben Satz, wie ein Mantra. Kurz bevor er in die Bewusstlosigkeit sank, erreichten ihn die Worte, und er lächelte.

«Sein Name ist Valentinus. Sein Name ist Valentinus. Sein Name ist Valentinus …»

KAPITEL 15

31. DEZEMBER 2007 – 17:59 UHR (6 STUNDEN, 1 MINUTE BIS ZUM NEUEN JAHR 2008)

Eiskaltes Wasser spritzte und lief Valentinus über das Gesicht und den Oberkörper. Er war bis auf die Haut nass. Erschrocken riss er die Augen auf und sah sich um – er lag auf dem schmutzigen Boden einer Gefängniszelle. Draußen vor den Gitterstäben stand Detective Schmitt mit einem leeren Eimer in der Hand.

«Dachte mir schon, dass Sie davon wach werden», sagte Schmitt grinsend.

Langsam setzte sich Valentinus auf. Er blieb in der kalten Wasserpfütze sitzen, da er Schmitt die Genugtuung nicht gönnte, dass er vor ihm aufstand.

Stattdessen fragte Valentinus: «Ist Agent Bennett wieder beieinander?»

Schmitt nickte, doch Valentinus spürte, dass das nicht ganz der Wahrheit entsprach. Valentinus fragte sich, wie es der Frau wohl *wirklich* ging.

«Sagen Sie mir, wie man das wieder abstellt», befahl Schmitt.

«Warum sollte ich das tun?»

«Wenn Sie es nicht tun, werde ich Ihnen mal vorführen, was im Rechtsstaat alles so möglich ist.»

Schmitt grinste wie ein Irrer. Seine Freude war echt. Er ließ den Satz im Raum stehen, um abzuwarten, was der Gefangene erwidern würde. Doch Valentinus schwieg. Er wusste, dass es dem Detective Spaß machte, ihm zu drohen. Nach ein paar Sekunden konnte sich Schmitt nicht mehr beherrschen.

«Wir bringen Sie nach Riker's Island. Da dürfen Sie die Nacht in der Gemeinschaftszelle verbringen. Ich könnte mir vorstellen, dass ein hübscher Bengel wie Sie da besonders beliebt sein dürfte. Gerade unter der Arischen Bruderschaft. Die haben ein Faible für saubere, weiße Jungs.»

Valentinus wartete einen Moment, bevor er reagierte. Er ließ Schmitt in dem Glauben, er hätte ihn bald so weit. Der Detective meinte, er habe schon gewonnen. Statt jedoch seine Geheimnisse preiszugeben, lächelte Valentinus nur.

«Ich kann es kaum erwarten», sagte er und stand auf. «Wann geht es los?»

Valentinus konnte sehen, dass Schmitt außer sich vor Wut war, aber er verbarg es gut. Beiläufig warf er einen Blick auf seine Uhr. «Ein paar Stunden noch.»

Gut, dachte Valentinus. Doch was er sagte, war: «Dann werde ich wohl einfach hier warten.»

Ein Scheppern unterbrach Schmitt. Beide Männer fuhren herum. Ein uniformierter Polizist trat in den Gang und kam zu ihnen herüber. Er flüsterte Schmitt etwas ins Ohr, und Valentinus spürte die Enttäuschung des Mannes. Als Schmitt sich wieder umwandte, fühlte Valentinus den Ärger des Detective so deutlich, wie er ihm ins Gesicht geschrieben stand.

«Ihr Anwalt ist da.»

Valentinus lächelte. Er fragte sich, ob Bethany ihn angerufen hatte oder ob irgendein Wichtigtuer ihm zu Hilfe kam.

«Ausgezeichnet», sagte Valentinus. «Sollten wir uns nicht mehr sehen – es war mir ein Vergnügen, Detective.»

Schmitt verzog den Mund und machte kehrt. Als er die Dame passierte, die ihm auf dem Gang entgegenkam, sagte er: «Er gehört Ihnen.»

Der Detective warf die schwere Stahltür hinter sich zu.

Als das Echo verklungen war, hörte man nur noch das Klacken hoher Absätze. Da erkannte Valentinus' Geist, wer ihn besuchen kam, und er stöhnte auf. Zum ersten Mal seit er sich erinnern konnte, bekam er Angst.

Sie blieb vor seiner Zelle stehen. Mit steinerner Miene versuchte sie, Selbstvertrauen auszustrahlen, aber er sah sofort ihre leise Furcht. Furcht … und unbändigen Zorn.

«Hallo, Valentinus.»

«Hallo, Darian.»

Schweigend standen sie sich fast eine Minute gegenüber. Darian baute einen Schutzschild auf, und Valentinus tat es ihr gleich. Helle Farben leuchteten auf – *stechend gelber Schmerz, klebrig orangefarbene Trauer, rotes Entsetzen, eisig violette Freude, weiße Euphorie, grüne Furcht, petrolfarbener Zorn.*

Darian hatte Valentinus unter Kontrolle, und ein kurzer Moment der Ruhe trat ein – dann griff sie an. Sie versuchte, ihn zu packen. Doch jedes Mal wenn sie dachte, dass er sich ihrem Willen beugen würde, entglitt er ihr wieder wie ein Stück Seife. Sie sammelte ihre Kräfte und machte sich bereit, ihn zu …

Valentinus hob die Hände. «Feuerpause.»

Darian hielt die Luft an. Sie rührte sich nicht, bereit, einen neuen Angriff abzuwehren.

«Ganz ruhig», sagte er. «Ich will nur reden.» Valentinus trat direkt an das Gitter. «Ich lüge nicht. Sieh selbst.»

Der glatte, harte Schild um Valentinus' Geist löste sich auf. Darunter war nur stachlige Angst und glibberiges

Selbstvertrauen. Aber keine Hinterlist. Dennoch fürchtete sie, dass er sie in die Falle lockte. Sie traute ihm nicht, aber wenn sie etwas in Erfahrung bringen wollte, blieb ihr keine Wahl. Langsam atmete sie aus.

«Also», sagte Valentinus. «Wie geht's so?»

«Kann nicht klagen», sagte Darian. «Und du?»

«Ach, weißt du … muss ja.»

Unwillkürlich musste Darian lächeln. Valentinus war der einzige Empathiker, der wie sie seine Gabe genoss. Nicht wie Winter oder Elijah, die sich vor ihren Kräften versteckten wie Welpen vor einem Gewitter. Oder Laszlo, der seine Gabe erduldet hatte wie ein Kreuz, das er zu tragen hatte.

Von allen war dieses Kind, das jetzt ein Mann war, ihr am ähnlichsten.

«Warum bist du hier?», fragte Valentinus.

«Komische Frage angesichts der Tatsache, dass du mir diesen Irren auf den Hals gehetzt hast, damit er mich umbringt.»

Valentinus zuckte mit den Achseln, als wollte er sagen: *Versuchen kann man es ja mal.* «Nimm's nicht persönlich.»

Darian merkte, wie sie lachen musste, doch da zuckte sie zusammen, als sie plötzlich merkte, dass die Verbundenheit, die sie empfand, nur Valentinus' Projektion war. Sie versuchte, sich zu wehren.

«Ist das alles nur ein Spiel für dich?»

«Nein», sagte Valentinus. «Eine Religion.»

«Glaubst du wirklich, was du predigst? Oder ist das ein Mittel zum Zweck?»

«Natürlich glaube ich daran.»

Darian sah seine Freude. Er glaubte tatsächlich an das, was er verbreitete. Sie fragte sich, ob dieser Umstand die Sache einfacher machte.

«Wenn du an einer meiner Sitzungen teilnimmst, wirst du auch daran glauben.»

«Du hast sie manipuliert», sagte Darian. «Du zwingst sie, dich zu lieben.»

«Ich kann niemanden so manipulieren, dass er etwas tut, was er absolut nicht tun will. Habe ich ein wenig nachgeholfen? Ja. Habe ich jemanden gezwungen? Nein.»

«Was versprichst du dir eigentlich davon?»

«Das, was wir alle wollen», sagte Valentinus. «Seelenfrieden.»

«Und wie können dir ein paar tausend Selbstmorde dabei helfen?»

«Wer sagt, dass sie Selbstmord begehen?»

Darian neigte den Kopf ein wenig. «Was hast du in diese Fläschchen getan?»

«Nichts Tödliches – im Gegensatz zur allgemeinen Ansicht.»

Darian spürte keine Hinterlist, nur dunstiges Zutrauen, das wie leichter Regen auf ihrer Haut prickelte. Und doch verbarg er irgendwas. Darian änderte ihre Taktik.

«Warum hast du Laszlo umgebracht?»

Valentinus zuckte zusammen. Er holte tief Luft. Darian spürte, wie sein Wille, sich zu kontrollieren, und sein Zorn miteinander rangen. Schließlich atmete er aus.

Sie konnte seine Wut noch spüren, aber äußerlich war er ganz ruhig.

«Nach allem, was mir Laszlo angetan hat, kann er sich freuen, dass es schnell gegangen ist.» Valentinus sah sie nur an. «Warum bist du hergekommen? Willst du Antworten … oder willst du mich umbringen?»

Bevor Darian ein falsches Gefühl projizieren konnte, hatte er schon ihre Unsicherheit gespürt.

«Ich kann es dir nicht verdenken», sagte Valentinus.

«Aber du machst einen Fehler, wenn du die Toten heute Abend verhindern willst.»

«Ich dachte, von den Injektionen stirbt man nicht.»

«Es gibt viele Möglichkeiten zu sterben.»

«Du bist wirklich das Allerletzte!»

Mit zitternden Händen griff Darian in ihre Tasche und fühlte den kalten Stahl der Pistole. Hinter der Sicherheitskontrolle hatte sie einen Polizisten dazu gebracht, ihr seine Waffe auszuleihen. Sie zog die Glock 9mm hervor und zielte direkt auf Valentinus' Brust. Er zuckte mit keiner Wimper.

«Erzähl mir, was ich wissen will!», sagte sie.

Valentinus schüttelte den Kopf.

«Ich werde dich erschießen!», zischte Darian. «Verlass dich drauf.»

«Nein. Das wirst du nicht tun.» Sie fühlte seine Verachtung. «Denn sonst sterben Tausende. Und die hast *du* dann auf dem Gewissen. Kannst du damit leben? Ein zweites Mal?»

«Du bluffst.»

«Ich bluffe nicht. Sieh doch selbst.»

Darian konzentrierte sich darauf, seine Empfindungen zu erfassen. Ihr war, als verirrte sie sich, als sie im Strudel der Gefühle suchte. Doch sie riss sich zusammen. Offenbar sagte er die Wahrheit.

«Wir wissen beide, dass du mich nicht erschießen wirst, Darian. Also nimm die Pistole runter ...»

«Ich könnte dir eine Kugel verpassen, sodass du sehr große Schmerzen hast, aber nicht stirbst.» Darian spannte den Hahn. «Sieh doch nach, ob *ich* bluffe.»

Zum ersten Mal, seit sie den Raum betreten hatte, geriet Valentinus' Arroganz ins Wanken.

«Du bist dir deiner Sache nicht so sicher, was?»

«Du kannst mich mal, Darian!», zischte er. «Schieß, und ich werde dafür sorgen, dass du dir wünschst, du wärst nie geboren worden!»

«Ich glaube nicht, dass du das kannst», sagte Darian, trat einen halben Schritt zurück und schützte ihr Empfinden. «Wir werden sehen …»

Und sie drückte ab.

KAPITEL 16

31. DEZEMBER 2007 – 21:03 UHR (2 STUNDEN, 57 MINUTEN BIS ZUR NACHT DES JÜNGSTEN GERICHTS)

Im selben Augenblick, als Valentinus Darians Entschluss wahrnahm, sprang er zur Seite. Wie ein Donnerschlag krachte der Schuss in der kleinen Zelle. Instinktiv hielt er sich die Ohren zu und spürte, wie die Kugel ein Loch in sein schweißnasses Hemd riss, kaum einen Zentimeter neben seinem Oberkörper.

Bevor sie nochmal schießen konnte, durchschlug er ihren dürftigen Schutzschild und übertrug so viel Schmerz und Grauen auf sie, wie er aufbringen konnte. Als die Verzweiflung sie überkam, verzog sie das Gesicht, und die Tränen schossen ihr in die Augen, während sie versuchte, die Kontrolle über sich zu behalten.

«Du bist schwach, Darian», rief Valentinus. «Du warst schon immer schwach. Deinetwegen musste Laszlo sterben. Du hast mich direkt zu ihm geführt. Und Tausende werden heute Abend sterben. Nicht mich solltest du töten – sondern *dich*!»

«Raus … aus … meinem … KOPF!»

Mit diesen Worten holte Darian aus und versetzte ihm einen bösen Schlag aus kristallinem violettem Hass und leuchtend weißer Wut, sodass er zurückgeworfen wurde. Bevor er sich erholen konnte, flog die Tür auf und Schmitt kam herein.

«Was zum …?» Er riss die Waffe aus seinem Schulterholster. «Runter mit der Pistole, Miss!»

Darian sah sich nach dem Detective um. «Lassen Sie uns in Ruhe. Das geht Sie nichts an.»

Schmitt blinzelte. Er ließ die Waffe sinken. Sofort wandte sich Valentinus dem Polizisten zu.

«Schießen Sie!», rief er. «Sie will mich ermorden! Wenn ich sterbe, wird der Times Square ein Schlachtfeld!» Valentinus sendete Angst und Gewissheit aus.

«Hören Sie nicht auf ihn, Detective», sagte Darian mit ernster Stimme. «Er manipuliert Sie. Genau wie er seine Anhänger manipuliert. Wehren Sie ihn ab! Hören Sie nicht auf ihn!»

«*Sie* will Sie manipulieren!», entgegnete Valentinus mit flehender Stimme. «Sehen Sie denn nicht? Ich bin wehrlos, und Sie hat eine Waffe! Sie müssen Sie erschießen!»

Schmitt richtete seine Waffe auf Darian. «Ich will nicht auf Sie schießen, Miss», sagte er. «Aber Sie lassen mir keine Wahl.»

«Hören Sie mir zu, Detective …»

«Töten Sie sie!» Valentinus biss die Zähne zusammen. Er suchte alle Dämonen, mit denen er je zu kämpfen hatte, jedes unfreundliche Wort, jede Unze Bitternis, und verdichtete alles zu bitterbösem Hass.

«SCHIESSEN SIE ENDLICH!!!»

Zum zweiten Mal in zwei Minuten löste sich ein ohrenbetäubender Schuss. Diesmal zielte die Kugel nicht auf ihn. Sie flog durch die Luft und brachte die fünf Meter zwischen Schmitt und Darian in einer Viertelsekunde hinter sich.

Im selben Augenblick, als das Metall Darians Schulter durchschlug, fuhr sie herum und sank in sich zusammen. Freudige Erleichterung stieg in Valentinus auf und verdrängte seinen Zorn. Ungläubig starrte Schmitt seine Waffe an. Er lief zu Darian und kniete neben ihr.

Er ließ die Waffe fallen und riss ihre Bluse auf, die schon blutgetränkt war.

«Gib ihr den Rest», flüsterte Valentinus. «Ruf nicht erst Hilfe, töte sie. Sie hat es verdient. Wenn sie mich erschossen hätte, wären die vielen Menschen heute Nacht gestorben. Sie ist eine Mörderin. Du musst sie töten, bevor sie mich noch einmal angreifen kann!»

Wieder drängte sich Valentinus in die Psyche des Mannes und erfüllte ihn mit Hass. Schmitt versuchte, ihn abzuwehren, aber er war zu schwach. Valentinus projizierte seinen schwarzen Zorn und die blutrote Aggression, bis der Detective schließlich nachgab.

Wie in Zeitlupe streckte Schmitt die Hände aus und schloss sie um Darians Hals. Dann drückte er zu. Kraftlos hob sie eine Hand. Doch sie war dem 90-Kilo-Mann nicht gewachsen.

«Gut so», rief Valentinus. «Du hast es fast geschafft.»

Während er sprach, fühlte er, wie Schmitts Verstand butterweich wurde. Darian japste, und plötzlich verschwand Schmitts Geist im Nichts, doch er ließ nicht von Darians Kehle ab.

Dann keuchte Darian ein einziges Wort hervor, und alles kam zum Stehen: «Nicht!»

Da sah Valentinus, was sie in der Hand hielt – eine Silberkette.

Schmitt ließ ihren Hals los, aber Darian achtete darauf, dass sie sich weiter berührten. Solange sie seine Hand festhielt, konnte sie ihn vor Valentinus' Einfluss schützen. Er half ihr, sich aufzusetzen, und stützte ihren Nacken.

Sie betrachtete das blutige Loch in ihrer Brust, dann sah sie zu Valentinus, der sich an die Gitterstäbe presste.

Er versuchte, Detective Schmitt zu berühren. Darian holte Luft und zog den Detective an sich.

«Passen Sie auf, dass er Sie nicht anfasst!»

«Es ist immer noch Zeit, alles richtigzustellen», sagte Valentinus. «Töte sie, und ich sage euch, was ihr wissen wollt.» Valentinus streckte seine Hand nach ihm aus. «Nimm meine Hand, und alles wird wieder gut!»

Darian starrte den Detective an und gab ihm Loyalität ein. Trotz der Kette spürte sie den Druck, den Valentinus ausübte, wie er versuchte, den Schild, der sie und den Detective umgab, zu durchbrechen. Sie verlor viel Blut. Ihr blieb keine Zeit.

«Nehmen Sie das!», sagte sie und drückte ihm die Kette in die Hand. «Legen Sie sie an!»

«Aber ich …»

«Tun Sie es einfach! Nur so können Sie sich vor ihm schützen. Bitte!», stöhnte sie. «Vertrauen Sie mir!»

«Okay», sagte Schmitt. Er legte sich die Kette um.

«Berühren Sie ihn auf keinen Fall und lassen Sie niemanden rein! Sie müssen ihn über Nacht hierbehalten.»

«Aber …»

«Wenn Sie es nicht tun, werden sich seine Anhänger umbringen.»

«Die wollen das doch sowieso. Wer soll sie daran hindern?»

«Die Kinder», flüsterte Darian.

Im nächsten Moment war sie tot.

KAPITEL 17

31. DEZEMBER 2007 – 22:31 UHR (1 STUNDE, 29 MINUTEN BIS ZUR NACHT DES JÜNGSTEN GERICHTS)

Elijah starrte aus dem Hotelfenster, während Stevie und SpyGurl darüber stritten, welche *Star Trek*-Schauspieler besser waren: die in *Voyager* oder die in *Enterprise*. Stevies Argumentation baute im Wesentlichen auf der Behauptung, Seven of Nine aus *Voyager* sei schärfer als T'Pol aus *Enterprise*. SpyGurls Argument hatte etwas mehr Substanz.

«Meine Fresse, *Voyager* war wie *Gilligans Insel* im Weltraum!»

«Und *Enterprise* war *Zurück in die Vergangenheit* ohne Ziggys Zauberkünste!»

«Ich weiß nicht mal, wovon du redest.»

«Sag ich doch.»

Elijah versuchte, nicht hinzuhören. Er fragte sich, was ihn bedrückte – außer dem Umstand, dass er und Winter heute Abend einen Massenselbstmord verhindern mussten. Auf dem Weg zu Stevies Hotel hatten sie einem Straßenmusikanten die Geige abgekauft, auf der Winter nun spielte. Er kannte die Melodie nicht, aber das war nicht ausschlaggebend.

Auch ohne dass er die Kette abnahm, berührte ihn ihr trauriges Spiel. Obwohl die Musik so melancholisch war, entspannte Elijah sich langsam, während er aus dem Fenster blickte, hinunter auf die Welt. Beide gingen wieder ihrer Lieblingsbeschäftigung nach.

Elijah beobachtete. Winter spielte.

Elijah fragte sich, was wohl Valentinus' Lieblingsbeschäftigung sein mochte. Intensive Empfindungen erleben. Er drängte sich in das Bewusstsein anderer Menschen und empfand, was sie empfanden. Wozu aber dann Selbstmord? Was mochte das für ein Gefühl sein? Gar kein Gefühl – weshalb das alles überhaupt nicht zusammenzupassen schien.

Elijah ging zum Tisch und nahm die Zyankali-Kapsel. Vorsichtig schraubte er den Boden auf und holte das dünne Fläschchen heraus. Dann bohrte er mit einem Kugelschreiber ein Loch in den Gummipfropfen des gläsernen Röhrchens. Er hielt das Fläschchen an die Lippen, schloss die Augen und atmete tief ein.

«Himmel, Arsch!», schrie Stevie. «Was soll der Scheiß?»

Abrupt hörte Winter auf zu spielen. Der letzte Ton war ein Kreischen gewesen.

«Es riecht nach nichts», sagte Elijah und starrte das Röhrchen an.

«Na und? Leg es weg, Mann! Du machst mich noch wahnsinnig.»

«Das ist kein Zyankali», sagte Elijah. «Zyankali riecht nach Mandeln. Das hier riecht nach gar nichts.»

«Trotzdem, mach das Scheißding wieder zu!» Stevie schnappte sich den silbernen Deckel – und erstarrte. «Ganz ruhig mal eben ...», flüsterte er.

«Was ist?», fragte SpyGurl und trat hinter ihn.

«Sieht aus wie ein Schalter oder so was», sagte Grimes und sah sich den Deckel genauer an. «Hat jemand eine Pinzette oder so?»

SpyGurl warf ihm ein Schweizer Armeemesser zu. Stevie klappte eine Klinge auf und löste den Boden aus dem silbernen Deckel.

«Da ist ein Sender drin.»

«Lass mal sehen!», sagte SpyGurl und riss ihm den Deckel aus der Hand. «Sieht aus wie ein Handy-Chip. Wenn man die Spritze öffnet, überträgt er ein Signal.»

«Von unseren Stimmen?», fragte Winter nervös.

Grimes nahm SpyGurl die Kappe wieder weg. «Da ist kein Mikrophon», sagte er nach kurzer Inspektion. «Es sendet also ein verabredetes Signal. Kommt mal mit!»

Grimes ging ins Schlafzimmer. SpyGurl warf Elijah einen fragenden Blick zu. Der zuckte nur mit den Schultern und folgte seinem Vetter. Grimes saß auf der Bettkante und machte sich am Radiowecker zu schaffen. Er drehte die Lautstärke auf – es rauschte.

«Was machst du …?»

«Still!», rief Grimes. «Hört mal hin!»

Elijah konzentrierte sich auf das wiederkehrende Klicken, das in dem Rauschen zu hören war, und versuchte, zu verstehen, worauf sein Vetter hinauswollte.

«Hört ihr das?», fragte Grimes. «Dieses Klicken ist ein Code. Holt mir mal einen Zettel!»

Winter lief hinaus und kam mit einem Hotelblock und einem Stift zurück. Die folgenden fünf Minuten standen die drei regungslos da und sahen sich an, wie Stevie sich Notizen machte, jedes Mal wenn es klickte. Schließlich drehte er das Radio leiser und sah die anderen an.

«Okay, ich hab's.»

Elijah nahm seinem Vetter den Zettel aus der Hand.

101

6-9-6-20-8

28

19-20

8-9-12-6-5

4-9-5-20-18-9-3-8

«Was bedeutet das?»

«Ich bin mir noch nicht sicher», sagte Grimes. «Soweit ich es beurteilen kann, war die Nachricht in sechs Teile gegliedert. Ich glaube, die erste und die dritte Zeile sind nur Zahlen. Aber seht euch die zweite, vierte, fünfte und sechste Zeile an: alles Zahlen zwischen 1 und 26. Ich denke, die stehen für Buchstaben. Mal sehen.»

Auf einem anderen Blatt schrieb Grimes schnell das Alphabet herunter. Unter jedem Buchstaben notierte er eine Zahl.

«Okay, lies mir die zweite Zeile vor», sagte Grimes.

«Sechs. Neun. Sechs. Zwanzig. Acht.»

«F.I.F.T.H.», buchstabierte Grimes. «Fifth.»

«Muss eine Adresse sein», sagte SpyGurl. *«101 Fifth.»*

«Genau», sagte Grimes und nickte. «Lass mich raten – die vierte Zeile ist neunzehn-zwanzig.»

«Ja», sagte Elijah mit Blick auf den Zettel. «Was bedeutet das?»

«S. T.», sagte Grimes. «101 Fifth Avenue, 28. Stock. Jetzt lies den letzten Teil.»

Grimes notierte die Buchstaben, während Elijah die Zahlen vorlas.

«Das Wort in der fünften Zeile heißt HILFE. Dann kommt ein Name. Es sei denn, ich habe es falsch aufgeschrieben.» Er blickte auf. «Kennt einer von euch einen gewissen DIETRICH?»

Der Polizeipräsident war froh und glücklich, dass es noch keine Telefone gab, durch die man greifen konnte, um jemanden zu erdrosseln. Gäbe es so etwas, stünde er längst wegen Mordes vor Gericht. Nachdem ihm Detective Schmitt berichtet hatte, was passiert war, brüllte er fast eine Minute lang Obszönitäten ins Telefon.

«Ich will, dass dieser Psychopath so weit weg kommt wie möglich! Jetzt geht mir sogar schon der Bürgermeister wegen dieser Times-Square-Sache auf die Eier! Ich spiel doch nicht den Babysitter für seine Auferstehung!»

«Wollen Sie, dass ich ihn laufen lasse?», fragte Schmitt ungläubig.

«Meine Fresse, sind Sie denn völlig bescheuert? Antworten Sie nicht! Nein, ich will ihn natürlich nicht laufen lassen. Ich will, dass er nach Riker's Island verlegt wird. Schaffen Sie ihn in den Vollzug. Sollen *die* sich um den Messias kümmern.»

«Aber, Sir, bevor seine Anwältin starb, sagte sie noch …»

«Es interessiert mich einen Dreck, was sie gesagt hat. Schaffen Sie diesen Valentinus endlich raus aus meinem Präsidium! Habe ich mich klar ausgedrückt?»

Schmitt schwieg ein paar Sekunden lang, während er über die Frage des Polizeipräsidenten nachdachte. Dann sagte er:

«Der letzte Bus nach Riker's fährt in zwanzig Minuten. Er wird Valentinus mitnehmen.»

«Das will ich hoffen.»

«Wohin jetzt?», fragte Grimes, als sie den 28. Stock des Hauses an der 101 Fifth Avenue betraten. Vor ihnen erstreckte sich ein langer Korridor bis ans Ende des Gebäudes. Zahlreiche Türen gingen davon ab.

«Teilen wir uns auf und sehen mal, was passiert.»

Elijah nahm sich den südwestlichen Flur vor. Sämtliche Büros waren als Arztpraxen ausgewiesen. Die ersten beiden Namen hatte er noch nie gehört, doch als er den dritten sah, wusste er, dass sie gefunden hatten, wonach sie suchten.

Dr. med. Ouroboros.

«Hier!», rief Elijah. Als alle vor der Tür standen, erklärte er: «*Ouroboros* heißt das Symbol auf dem Medaillon.»

«Gute Arbeit, Vetterchen», sagte Stevie. «Mit deinem schrägen Detailwissen könntest du glatt eine Quizshow gewinnen.»

«Klopfen wir einfach und sehen nach, wer da ist?», fragte SpyGurl.

«Nein», sagte Winter und trat vor. «Ich mach das schon.» Sie sah Grimes und SpyGurl an. «Wartet beim Fahrstuhl. Sollten Elijah und ich in zehn Minuten nicht wieder draußen sein, ruft die Polizei.»

Winter drückte auf die Gegensprechanlage.

«Ja?», antwortete eine weibliche Stimme.

«Valentinus schickt uns», sagte Winter entschlossen. «Lassen Sie uns bitte rein!»

Es folgte eine kurze Pause, dann summte die Tür. Winter drehte den Knauf, und sie traten ein. Das kleine Foyer sah aus wie das Wartezimmer eines Arztes. Leere Stühle standen an der Wand, und auf einem flachen Tisch lagen Zeitschriften. Elijah vermutete, dass der neue Mieter die Einrichtung einfach übernommen hatte.

Eine hochgewachsene Blondine stand vor ihnen. Ihre Haut war ungewöhnlich hell, fast durchscheinend. Bevor sie etwas sagen konnte, reichte Winter ihr die Hand. Instinktiv griff die Blonde danach. Als sich Winters Finger um die der Frau schlossen, sah sie gleich nicht mehr so aufgewühlt aus.

«Ich verstehe Ihre Sorge, aber es ist alles in Ordnung», sagte Winter ruhig. «Wir könnten doch unmöglich von dieser Wohnung wissen, wenn Valentinus uns nicht davon erzählt hätte.»

«Natürlich», sagte die Frau und lächelte erleichtert.

«Wie war noch gleich Ihr Name?»

«Bethany.»

«Ach, ja ... Bethany!» Winter nickte. «Valentinus sagte, dass Sie hier sein würden. Er wollte, dass ich wegen heute Abend noch mal nach Dr. Dietrich sehe.»

Bethany neigte fragend den Kopf. «Mir war nicht bewusst, dass Elliot ...»

«Deshalb hat uns Valentinus hergeschickt», sagte Winter bedeutungsvoll. «Wenn Sie uns bitte zu ihm führen würden. Wir haben nicht viel Zeit.»

Bethany sagte einen Moment nichts, dann nickte sie. «Folgen Sie mir!»

Sie führte die beiden einen schmalen Flur entlang. Eine Wand war ganz aus Glas. Im Raum dahinter standen sechs lange Tische mit zahllosen Computern, an denen Menschen mit Headsets aus aller Herren Länder saßen. Ihrer Kleidung nach zu urteilen, waren die meisten keine Amerikaner. Es sah aus, als hielte die UNO eine Versammlung ab.

Am Ende des Flurs schloss Bethany eine Tür auf. Sie wollte den Knauf schon drehen, da berührte Winter ihre Hand.

«Wir müssen allein mit ihm sprechen.»

Kurz schien es, als wollte Bethany Einwände erheben, doch dann nickte sie und trat beiseite.

Eilig gingen sie hinein, und Elijah schloss die Tür hinter sich. Das Zimmer lag im Halbdunkel, nur von einer Schreibtischlampe und einer Reihe Computermonitore beleuchtet. An der einen Wand hing ein grüner Teppich mit dem runden Schlangenemblem der Gnostiker. Etwa drei Meter davor war eine Videokamera auf einem Stativ angebracht.

Ein kahler Mann mit ungepflegtem Bart blickte von einem der Flachbildschirme auf und sah sie erwartungsvoll an. Obwohl Elijah seine Kette trug, sah er doch, dass den Mann eine Wolke aus grüner Furcht umgab.

«Wer sind Sie?»

«Freunde von Laszlo», sagte Winter nur. Dietrich stand auf, und er sah erleichtert, hoffnungsvoll und entsetzt zugleich aus. Offenbar wusste er nicht, wie er sich fühlen sollte.

«Ist er hier?»

«Valentinus hat ihn ermorden lassen», sagte Winter mit ausdrucksloser Stimme. «Aber vorher hat er uns noch erzählt, was passiert ist. Er hat uns von Ihnen erzählt. Und was Sie uns angetan haben.»

Dietrich hob beide Hände. «Ich … ich habe Sie noch nie gesehen …»

«Ich wäre mir da nicht so sicher», sagte Elijah.

«Aber ich …» Dietrich schwieg. «Oh, mein Gott. Sie waren die Kinder, nicht? Die beiden, die entkommen sind.»

«Ja.»

«Können Sie noch immer … ich meine …»

«Ja», sagte Winter. «Wir haben unsere Gabe wieder.»

«Gott sei Dank!», sagte Dietrich. Er sank auf seinen Stuhl zurück, als hätte er keine Kraft mehr in den Beinen. «Wie haben Sie mich gefunden?»

«Wir haben Ihre Nachricht entdeckt.»

«Tatsächlich? Ich hätte nicht gedacht … vergessen Sie's. Wir haben keine Zeit. Wir müssen hier weg!»

«Was machen die Leute da draußen?», fragte Elijah und zeigte auf die Tür, durch die sie hineingekommen waren.

«Das erkläre ich Ihnen später. Können Sie Bethany dazu bringen, mich freizulassen?»

Elijah sah Winter an. Sie nickte.

«Dann los.»

Bethanys Willen zu beeinflussen war schwerer, als Winter erwartet hätte, doch schließlich gab die Frau nach – und als sie ihnen hinterhersah, meinte Winter, Bethany bekäme gleich einen Herzinfarkt. Als sie das Gebäude verlassen hatten und in den Van stiegen, seufzte Dietrich erleichtert.

«Wie spät ist es?», fragte er.

«Gleich elf», sagte SpyGurl, die vorn auf dem Beifahrersitz saß.

«Wir müssen die Stadt vor Mitternacht verlassen haben.»

«Was passiert um Mitternacht?», fragte Elijah.

«Valentinus wird auf dem Times Square einen Tumult anzetteln. Und wenn ich mich nicht täusche, stehen die Chancen gut, dass sich die Ausschreitungen ausbreiten. Ich weiß nicht, welche Ausmaße das Ganze haben wird. Ich weiß nur, dass die Zeit nicht reicht, Valentinus aufzuhalten.»

«Valentinus ist verhaftet worden», sagte SpyGurl.

Dietrich stieß ein hohes Gackern aus. «Die werden ihn nicht aufhalten können.»

«Was will Valentinus eigentlich damit erreichen?», fragte Elijah.

«Er will ausreichend destruktive Emotionen erzeugen und sie an seine Anhänger auf der ganzen Welt weiterleiten.»

«Aber wozu?», fragte Winter.

Dietrich schüttelte den Kopf. «Ich bin mir nicht sicher. Im Laufe des letzten Jahres hat er in zweiundsechzig Ländern Anhänger rekrutiert. Allen hat er silberne Halsketten als emotionale Verstärker gegeben. Ein paar Auserwählte aber bekamen Ketten, die außerdem als emotionale Rezeptoren dienen. So hat er sie von sich abhängig gemacht: indem er ihnen seine überschäumende Freude und Liebe sendete, wenn er sie über eine Internetseite kontaktiert hat.»

«Sie haben das System entworfen, oder?», fragte Elijah.

Dietrich starrte beschämt auf den Boden.

«Sie haben ja keine Ahnung, wozu er in der Lage ist», flüsterte Dietrich mit glasigen Augen. «Vor ein paar Jahren hat er mich aufgespürt. Ich … ich hatte keine Wahl.»

«Sie glauben also, was er plant, hat mit diesen emotionalen Rezeptoren zu tun?», fragte Winter.

«Ja», sagte Dietrich. «Jeder dieser hundertneun Auserwählten wird von Agenten in seinem Heimatland überwacht. Diese melden sich bei der Zentrale, die Sie oben in der Wohnung gesehen haben.»

«Die UNO-Versammlung», sagte Elijah.

«Genau. Ich weiß nicht, wie der Auftrag dieser hundertneun Menschen lautet, aber da sie mit den Leuten auf dem Times Square in Verbindung stehen, kann es gut sein, dass sie dort, wo sie sich aufhalten, ein Blutbad anrichten. Deshalb braucht er so viele aufgebrachte Menschen in seiner unmittelbaren Nähe.»

«Versteh ich nicht», sagte Winter.

«Er muss die Energie der Aufrührer bündeln.»

«Was hat er damit vor?»

«Nun, es geht um Energie im wahrsten Sinn des Wortes – bioelektromagnetische Felder.»

«Was meinen Sie damit?», fragte Winter.

«Es hat einige Fortschritte gegeben, seit wir Experimente an …» Dietrich unterbrach sich, bevor er «Ihnen» sagen konnte.

«Wir wissen, was Sie getan haben, Doktor», sagte Elijah. «Entschuldigen können Sie sich später noch.»

Dietrich räusperte sich.

«Erst in den letzten Jahren habe ich wirklich begriffen, wie Ihre Gabe funktioniert und wie Ihre Synästhesie entsteht.»

«Das ist die 64 000-Dollar-Frage, was?», fragte Stevie.

«Halt die Klappe, Stevie», fuhr Winter ihn an. Dann, zu Dietrich gewandt: «Sprechen Sie weiter.»

«Jedes Mal wenn ein Neuron feuert, verändert sich das elektromagnetische Feld im Gehirn. Auf diese Weise spiegelt das elektromagnetische Feld sämtliche feuernden Neuronen – im Grunde ist es ein neuronales Zündmuster.»

«Wie ein Gemälde von Jackson Pollock», sagte Winter. «Eine Momentaufnahme von Farbspritzern.»

«Noch dynamischer. Weil elektrische Felder magnetische Felder beeinflussen und umgekehrt, ist das elektromagnetische Feld im Gehirn ständigen Veränderungen unterworfen. Diese Veränderungen bringen weitere Neuronen zum Feuern, was das elektromagnetische Feld aufs Neue verändert. Dieses veränderte elektromagnetische Feld löst wiederum das Feuern weiterer Neuronen aus, und so weiter …»

«Eine Rückkopplung», sagte Elijah.

«Exakt», sagte Dietrich. «Es gibt nur ein Problem: Das daraus resultierende Zündmuster besitzt eine Struktur.»

«Und?», meinte Stevie.

«Würden sich die Neuronen nur aufgrund der Kraft des elektromagnetischen Feldes rühren, sollte man meinen, dass sie wahllos feuern. Aber es feuern nur diejenigen Neuronen, deren Informationen für die anstehende Aufgabe relevant sind.»

«Es ist, als würde das Feld Wünsche äußern», sagte Stevie.

Dietrich nickte.

«Aber um das zu können, müsste es intelligent sein.»

«Genau», sagte Dietrich.

«Wow», sagte Elijah und hob die Hände. «Wie kann ein elektromagnetisches Feld *intelligent* sein? Ein Feld ist doch nur eine Kraft zwischen Ionen und Strömen, oder?»

«Aber was ist Kraft anderes als Energie?», entgegnete Dietrich. «Sehen Sie, wir neigen dazu, Energie nur als chemische Reaktion zu sehen. Was sie meist auch ist. Aber manchmal ist Energie eben nicht chemisch.»

«Und was ist sie dann stattdessen?», fragte Winter, die mit einem Mal nervös wurde.

«Die Energie, die eingesetzt wird, wenn man eine Entscheidung fällt.»

«Sie meinen den Willen», sagte Elijah. «Das Bewusstsein.»

«Genau. Das elektromagnetische Feld des Gehirns *ist* das Bewusstsein.»

«Wie kann das sein?», fragte SpyGurl. «Ich meine, wie kann Bewusstsein in einem unsichtbaren Feld schweben?»

«Wo sollte es denn sonst sein? Im Gehirn?», fragte Dietrich.

«Mh … ja», antwortete SpyGurl.

«Da kann es nicht sein wegen des Problems der Bindung», sagte Elijah mehr zu sich selbst als zu den anderen.

«Moment, was ist das Problem der Bindung?», fragte Winter.

«Beim Problem der Bindung geht es darum, wie Informationen, die in Millionen Neuronen überall im Gehirn verstreut sind, zu einer einzigen, bewussten Erfahrung vereint werden», sagte Dietrich. «*Gelöst* wird das Problem der Bindung durch die *Consciousness Electromagnetic Information Field Theory* oder CEMI, die davon ausgeht, dass alle ‹ungebundenen› Informationen des Gehirns *innerhalb* des elektromagnetischen Feldes vereint sind.»

«Weil das Feld sämtliche Daten der ungleich feuernden Neuronen enthält.»

«Genau.»

«Woher wissen Sie, dass die Theorie stimmt?», fragte Winter.

«Wissen kann man nichts genau, aber es passt perfekt», sagte Dietrich. «Die CEMI-Theorie erklärt nicht nur das Bewusstsein, sondern demonstriert auch, dass Neuronen die Fähigkeit besitzen, Informationen über elektrische Impulse aus dem elektromagnetischen Feld zu übermitteln. Mit anderen Worten besitzen wir alle übersinnliche Kräfte – auch wenn die meisten von uns nur eine Reichweite von wenigen Nanometern innerhalb des Schädels haben.»

«Aber Winter und ich …» Gedankenverloren fuhr sich Elijah mit dem Finger über den Kopf. «Wir sind anders.»

«Ja. Denn Ihre Spiegelneuronen sind besonders ausgeprägt. Sie reagieren nicht nur auf visuelle und auditive Stimulation, sondern sie fangen auch die elektromagnetischen Felder anderer Menschen auf – ihr Bewusstsein. Diese fremden elektromagnetischen Felder aktivieren nicht nur Ihre Spiegelneuronen und sorgen dafür, dass Sie sich in andere einfühlen – sondern sie triggern die Emotionen genau so, wie die anderen sie empfinden.

Und weil Ihre elektromagnetischen Felder so stark sind, bringen sie die Neuronen in Ihrem sensorischen Kortex dazu, unkontrolliert zu feuern.» Dietrich sah Elijah an. «Bei Ihnen ist es die Sehrinde.» Dietrich wandte sich zu Winter um. «Und bei Ihnen ist es die Hörrinde. Daher manifestieren sich die Emotionen, die Sie auffangen, als reine Farben oder Klänge.»

«Platonische Ideen», flüsterte Winter, die plötzlich an eine Unterhaltung mit Miss Zinser vor sechzehn Jahren denken musste.

Dietrich sah Winter verdutzt an und nickte. «Wenn ich mich recht an meinen Philosophieunterricht erinnere – ja.

Die Gefühle und die daraus resultierenden sensorischen Wahrnehmungen sind rein und abstrakt, genau wie Platos Ideale.»

«Und die Halsketten?», fragte Elijah und tastete nach der, die er trug.

«Hochmagnetisiertes Metall. Es umgibt seinen Träger mit dem der Kette eigenen elektromagnetischen Feld und wehrt dadurch die Außenwelt ab.»

«Nicht vollständig.»

«Nein, wohl nicht.»

Ein kalter Schauer lief Winter über den Rücken, als sie an das unsichtbare Kraftfeld dachte, von dem sie ihr halbes Leben umgeben war. Sie verdrängte den Gedanken und stellte eine weitere Frage.

«Sie haben uns erklärt, wie wir Emotionen empfangen. Aber was ist mit meiner Fähigkeit, welche zu übertragen?»

«Ihr elektromagnetisches Feld ist so stark, dass es die bioelektromagnetische Strahlung *außerhalb* Ihres Bewusstseins beeinflusst, was eine Kettenreaktion in den elektromagnetischen Feldern der anderen auslöst. Somit sind Sie in der Lage, deren Emotionen gegen Ihre eigenen auszutauschen. Und deren Willen auch.»

«Den Willen?»

«Ja. Der Wille wird vom Verlangen gesteuert. Und das Verlangen steuern *Sie.*»

Winter dachte daran, was sie bei ihrem Vater über das Verlangen gelernt hatte – es war der Grund für alles Leid. Es gefiel ihr nicht, sich so zu sehen, aber sie konnte die Wahrheit nicht leugnen.

«Sie meinen, ich zapfe buchstäblich das Bewusstsein anderer Leute an?»

«Mehr als das. Sie kommen dem Bewusstsein der anderen zuvor, indem Sie die Energie verändern, die deren Bewusstsein erst *erschafft.* Sie lesen nicht einfach Gedanken. Sie schreiben sie.»

Winter war ganz benommen.

«Deshalb will Valentinus auf dem Times Square die Leute aufstacheln», sagte Elijah. «Um seinen Anhängern auf der ganzen Welt die geballte Energie der elektromagnetischen Felder von einer Million Menschen zu senden.»

«Nur so kann Valentinus die moralischen Bedenken der hundertneun Menschen gleichzeitig aus dem Weg räumen.»

«Wenn wir also den Aufruhr vereiteln, können wir ihn an seinem Vorhaben hindern», sagte Elijah.

«Es ist zu spät.» Dietrich schüttelte den Kopf. «Valentinus hat seine Anhänger bereits programmiert. Es sei denn, Sie wären in der Lage, Einfluss auf 50 000 Leute zu nehmen, die auf Kokain und LSD sind …»

«Die Kapsel», sagte Elijah.

Dietrich nickte. «Ein stimulierend-halluzinogener Cocktail, der Valentinus' Anhängern nicht nur das Gefühl geben wird, unbesiegbar zu sein, sondern außerdem dazu führt, dass sie ihre Umgebung hyperaufmerksam wahrnehmen. Wie Sie schon gemerkt haben, sendet das Röhrchen ein emotionales Projektionssignal aus.»

«Warum hat Valentinus seinen Jüngern erzählt, dass da Zyankali drin ist?», fragte SpyGurl.

«Wahrscheinlich, damit sie mit Leib und Seele handeln. Wenn sie glauben, dass sie gleich sterben müssen, werden sie eher geneigt sein, Valentinus' Befehle zu befolgen – so wahnsinnig diese auch sein mögen.» Dietrich wandte sich Elijah zu. «Es gibt keine Möglichkeit, ihn aufzuhalten. Wahrscheinlich würde es Sie nur in den Wahnsinn treiben.»

Elijahs Kehle wurde trocken. Der bloße Gedanke an

den Times Square war ihm ein Horror. Noch dazu 50 000 Psychotiker unter Drogen … ein kalter Schauer lief ihm über den Rücken.

«Wie projiziert er diese Emotionen auf seine Anhänger in der ganzen Welt?», fragte Grimes. «Da braucht er einen – also – einen gewaltigen Sender, oder? Wenn wir den ausschalten könnten …»

«Unmöglich», sagte Dietrich. «Die Projektionssignale laufen über die Sendemasten der Telefongesellschaften. Man müsste alle fünfhundert gleichzeitig ausschalten. Wenn man nicht die Betreiber überreden will, für die eine Stunde alles abzustellen, bleibt nur, die Masten in die Luft zu sprengen.»

«Manchmal sind sie überlastet …», sagte Stevie mit verträumtem Blick.

«Selbst wenn es Ihnen gelingen würde – nach dem 11. September haben alle Telefongesellschaften ihre Basisstationen mit Backup-Systemen ausgestattet, die innerhalb von zwei Minuten nach einer Notabschaltung wieder hochfahren.»

«Wäre das vielleicht Zeit genug?», fragte Winter. «Ich meine, wenn das alles Punkt Mitternacht passieren soll …»

«Möglich.» Dietrich zuckte mit den Achseln. «Aber wie um alles in der Welt könnte man sie alle gleichzeitig lahmlegen?»

«Ganz einfach», sagte Stevie und grinste breit. «Mit einem Virus.»

KAPITEL 18

31. DEZEMBER 2007 – 23:20 UHR (40 MINUTEN BIS ZUR NACHT DES JÜNGSTEN GERICHTS)

Winter sah zu Elijah hinüber. Sie wünschte, sie wüsste, was in seinem Kopf vor sich ging. Doch von dem Moment an, als sie das Hotel verlassen hatten, zog er sich zurück und hielt sich die Silberkette schützend gegen den Hals.

Er hatte ihr erzählt, wie er im Kino fast den Verstand verloren hatte. Und das war nur passiert, weil ein paar hundert Zuschauer um ihn herum gleichzeitig lachten. Sie konnte sich gut vorstellen, wie es sich anfühlen musste, wenn eine Million Menschen in Panik schrien. Instinktiv wollte sie Elijahs Hand nehmen, doch er schreckte zurück.

«Entschuldige», sagte er und wedelte mit der Hand, als hätte er sich verbrannt. «Es ist nur … im Moment muss ich für mich sein.»

«Das verstehe ich gut», sagte Winter.

Elijah lächelte matt und senkte den Blick. Sie wandte sich ab, um ihm so etwas wie Privatsphäre zu ermöglichen, und starrte aus der Windschutzscheibe, als sie die 42nd Street kreuzten, bald bei dem Platz angekommen, den Elijah so sehr fürchtete.

Times Square – Silvesterabend.

Valentinus blickte auf, als er sie hörte. Ein junger, weiblicher Detective trat ein, im Schlepptau vier Beamte in voller Montur.

«Stehen Sie auf und geben Sie mir Ihre Hände!»

Valentinus erhob sich langsam und musterte sie eingehend, um das Weibliche an ihr unter der Herrenhose und der Uniformjacke auszumachen. Er starrte ihr in die Augen und schob die Hände zwischen den Gitterstäben hindurch, damit sie ihm Handschellen anlegen konnte.

«Drehen Sie sich um und treten Sie von der Tür zurück.»

Valentinus trat einen Schritt zurück. Ein metallisches Klacken war zu hören, als das Stahlschloss geöffnet wurde und die Tür aufging. Sekunden später packten zwei grobe Hände ihn am Bizeps und zerrten ihn mit sich. Als man Valentinus durch das Revier eskortierte, entfuhr ihm ein Seufzer der Erleichterung.

Hätten sie ihn in der Zelle gelassen, wäre eine Flucht ausgeschlossen gewesen. Solange er jedoch nicht allein war, würde sich ihm schon eine Chance bieten. Leider waren es zu viele Polizisten, als dass er sie alle kontrollieren konnte. Außerdem wären sie – nach Detective Schmitt zu urteilen – nicht so einfach zu beeinflussen wie seine Jünger.

Als sie in die Tiefgarage kamen, lächelte Valentinus. Seine Augen wurden groß. Doch nicht der Anblick des Busses erfreute ihn, sondern die pulsierende Angst und der Hass, der diesen Bus wie dicker grünlich schwarzer Dunst umgab.

«Sind Sie bereit für eine Fahrt zur Hölle?», fragte der Detective.

«Ich bin auf dem Weg in den Himmel», antwortete Valentinus.

«Wenn Sie River's Island für den Himmel halten, haben Sie keinen blassen Schimmer, was Sie erwartet.»

«Sie auch nicht.»

Valentinus setzte sich in der vordersten Bank auf den letzten freien Platz im Bus. Ein stämmiger Vollzugsbeamter wies ihn an, seine Fußfesseln in einem Stahlring am Boden zu befestigen. Dann beugte sich der Mann zu Valentinus herab. Auf seinem Namensschild stand QUARRY.

«Glauben Sie bloß nicht, nur weil Sie berühmt sind, kriegen Sie hier 'ne Sonderbehandlung.»

Quarry schäumte vor Hass und Sadismus.

«Ich hab dich im Blick, Freundchen.» Grob versetzte er Valentinus einen Schlag gegen den Kopf, dann trat er durch die Drahttür, welche die Gefangenen von den anderen beiden Wachen trennte. «Fahren wir los, Ralph.»

Der Fahrer nickte, und grollend sprang der Motor an. Als sie aus der Tiefgarage auf die belebte Straße kamen, fingen die Männer an zu johlen und zu pfeifen. Obwohl sie sich so draufgängerisch gaben, konnte Valentinus ihre Qualen spüren, ihre Reue, ihre Angst. Mehr als alles andere waren sie voller Sehnsucht. Valentinus konnte ihr Verlangen beinahe schmecken, während sie die Welt an sich vorüberziehen sahen und sich fragten, ob sie jemals wieder daran teilhaben würden.

Valentinus überlegte, ob er den Wärtern befehlen sollte, ihn freizulassen, aber er konnte sie unmöglich alle dazu bringen, etwas zu tun, was ihrer Ausbildung derart widersprach. Wenn er freikommen wollte, musste er ihnen einen guten Grund bieten. Valentinus wandte sich den beiden Männern zu, die hinter ihm saßen.

Der Junge war nicht älter als neunzehn. Er hätte ein hübscher Bengel sein können, hätte er sich nicht das Zeichen des Ku-Klux-Klan in die Kopfhaut tätowiert. Neben ihm saß ein massiger Schwarzer mit so dunkler Haut, dass seine Gesichtszüge im trüben Licht kaum auszumachen waren.

«Wie sitzt es sich neben einem Neonazi?», fragte Valentinus und sendete dumpfen Hass.

Der Schwarze schnaubte. «Der Typ interessiert mich einen Dreck», sagte er und nickte abfällig zu dem Skinhead hinüber. «Drinnen ist *er* die Minderheit.»

Valentinus machte aus der Angst des Skinheads dumpfe Aggression. Angewidert verzog der Junge das Gesicht und richtete sich auf.

«Leck mich, Nigger.»

«Leck *du* mich, Wichser.»

Der Skinhead rammte seine Schulter in den erheblich größeren Schwarzen, der dem Jungen sofort seinen Schädel gegen die Nase schlug. Blut schoss ihm aus den Nasenlöchern, und Valentinus gab ihm noch mehr Hass ein.

«Du beschissenes Arschloch!»

Der Skinhead riss den Mund auf und schlug dem schwarzen Mann die Zähne in den Hals. Wildschreiend riss der Schwarze den Kopf hin und her, aber der irre Skinhead ließ nicht los.

«Schafft mir den Irren vom Hals!»

Quarry warf einen müden Blick auf die beiden Gefangenen. Doch Valentinus gab ihm mittelschwere Panik ein.

«Kommen Sie schnell!», schrie Valentinus. «Er bringt ihn um! Passen Sie doch auf!»

«Scheiße, Scheiße, Scheiße!», fluchte Quarry, als er seinen Schlüssel ins Schloss fummelte. Er öffnete die Drahttür und kam herein, hinter ihm die anderen beiden Wärter. Er schlug dem Skinhead seinen Knüppel an den Kopf, doch Valentinus ließ nicht zu, dass der Rassist Schmerz empfand.

Quarry packte den Skinhead bei den Ohren und riss seinen Kopf zurück, während ein anderer Wärter dem Jungen ins Gesicht schlug. Valentinus gab das Adrenalin, das der

Wärter ausschüttete, an die anderen Gefangenen weiter. Sekunden später brach die nächste Prügelei aus, als zwei Gefangene ihre Köpfe gegeneinanderschlugen.

«Dahinten!», rief Valentinus dem vierten Wärter zu. «Schnell!»

Der Wärter rannte zum Heck des Busses, und Valentinus ließ den Hass überkochen. Er drehte sich um und brüllte über das allgemeine Geschrei hinweg.

«Macht euch nicht gegenseitig fertig! Macht die Wachen fertig! Nur so kommen wir hier raus!»

Plötzlich war die Hölle los. Knurrend wie wilde Tiere machten sich die gefesselten Männer über die Wärter her, schlugen und traten auf sie ein, bis die Vollzugsbeamten nicht mehr konnten. Zwei fielen zu Boden.

Die Gefangenen kratzten und bissen um sich. Die ganze Zeit gab Valentinus den Beamten lähmende Angst ein. Quarry lag im Gang, er war zu Tode erschrocken. Valentinus bot ihm seine Hilfe an.

«Nehmen Sie mir die Fesseln ab! Ich bin nicht wie die! Ich kann Ihnen helfen! Schnell!»

Quarry kroch zu ihm hinüber und machte Valentinus' Hände und Füße los. Er sah ihn an, und Hoffnung lag in seinem Blick.

«Sie haben die richtige Entscheidung getroffen», sagte Valentinus und stand auf.

Er streckte die Hand aus und zog Quarry auf die Beine, dann stieß er ihn grob nach hinten in den Bus. Quarry kam ins Stolpern und stützte sich an der Schulter eines Häftlings ab. Sofort biss sich der Mann in Quarrys Hand fest.

Während der Wärter schrie, marschierte Valentinus nach vorn. Der Fahrer sprang von seinem Sitz auf, um die Drahttür zuzuknallen, doch Valentinus war zu schnell und klemmte seinen Fuß in die Tür. Durch das Drahtgeflecht packte er die Finger des Mannes.

«Gehen Sie weg da, oder ich hetze Ihnen die Typen da hinten auf den Hals.» Zitternd wich der Fahrer zurück. «Und jetzt …», sagte Valentinus, «… machen Sie den Bus auf!»

«Okay, okay», sagte der Fahrer, schwitzend vor Angst. «Sperren Sie mich nur nicht dahinten ein», sagte er mit Blick auf das Gemetzel. Er zog den Zündschlüssel ab und entriegelte die Tür, die sich zischend öffnete.

«Danke», sagte Valentinus. Er stieg schon die Stufen hinunter, da drehte er sich noch einmal um. «Fast hätte ich es vergessen: Guten Rutsch ins neue Jahr!»

Der Fahrer konnte nur stumm nicken. Lächelnd stieg Valentinus aus dem Bus und verschwand in der dunklen Nacht.

KAPITEL 19

31. DEZEMBER 2007 – 23:47 UHR (13 MINUTEN BIS ZUR NACHT DES JÜNGSTEN GERICHTS)

Elijah versuchte, nicht durchzudrehen, während sein Cousin in die Tastatur des Notebooks hämmerte. Er hatte sein gestohlenes und das von SpyGurl nebeneinander auf dem breiten Rücksitz des Vans aufgeklappt. Matthew Broderick in *WarGames* war gar nichts gegen Stevie Grimes.

Hin und wieder kurbelte Winter ein Fenster herunter, um etwas kühle Luft hereinzulassen, aber Grimes beklagte sich jedes Mal über den Lärm. Zunächst hatte es wie eine gute Idee ausgesehen, sich mit SpyGurls Presseausweis einen Stellplatz zwischen den zahllosen Ü-Wagen der Fernsehsender zu ergattern. Das war allerdings, bevor sie am Times Square angekommen waren und Elijah aus erster Hand erfuhr, was eine ausgewachsene Menschenmenge war.

Er kniff die Augen zusammen und versuchte, sich gegen die Welt abzuschotten, aber es gab kein Entrinnen. Alle paar Minuten rempelte ein Besoffener gegen den Van, dass Elijah zusammenzuckte. Und er konnte sie fühlen. Eine Million Stimmen – gedämpft durch die Windschutzscheibe, doch das Glas hielt die pulsierenden Emotionen nicht ab.

Zwar trug er die Silberkette, doch Elijah sah die blitzenden Farben selbst mit geschlossenen Augen. Es war eine Qual. Er konnte sich nichts Schlimmeres vorstellen …

Doch, es gibt etwas Schlimmeres. Du könntest auch da draußen sein. Mitten im Gedränge.

Elijah atmete tief durch und versuchte, sich einzureden, dass es so weit nicht kommen müsste. Dass sie hier waren, war eine reine Vorsichtsmaßnahme. Stevie würde den Virus aktivieren, die Handymasten ausschalten, und das war es dann. Keine Rauchbomben, keine Panik, kein Aufruhr, keine Toten.

Elijah blinzelte und schlug die Augen auf. Irgendwie war die unüberschaubare Menge noch dichter geworden. Er spürte förmlich, wie der Van im Rhythmus der Menge wankte.

«Scheißdreck, verdammter!»

«Gibt's ein Problem?», fragte SpyGurl und drehte sich zu Grimes um.

«Ich hab 'ne Wanze, aber ich kann sie nicht finden.»

«Soll ich dir helfen?»

«Klar!», sagte Grimes sarkastisch. «Allerdings … ach ja, stimmt – du hast gar keine Ahnung, was du suchst!»

«Ich wollte doch nur …», keifte SpyGurl, bevor Winter ihr über den Mund fuhr.

«Stevie, kannst du den Virus rechtzeitig losschicken oder nicht?»

Grimes sah auf seine Uhr und seufzte.

«Ich weiß nicht. Vielleicht. Aber ich würde nicht mein Leben darauf verwetten. Oder das von irgendwem sonst.»

Elijah starrte durch die Windschutzscheibe. Falls Stevie den Virus nicht aktivieren konnte, würden Winter und er die Menge im Alleingang aufhalten müssen. Und dann hatte er keine Wahl.

Er musste aussteigen.

Der Wind schlug Elijah eiskalt ins Gesicht. Es war vielleicht fünf Grad unter null, aber im Wind fühlte es sich viel kälter an.

Ohren und Nase taten ihm weh. Selbst seine Finger im Handschuh, tief in der Jackentasche, wurden kalt. Mit der Rechten hielt er Winters Hand wie ein Ertrinkender, der sich an eine Rettungsinsel klammerte. Und genau das war sie auch – seine Rettungsinsel.

Er würde auf der Stelle tot umfallen, wenn sie nicht bei ihm wäre.

Er rang seine kreischende Angst nieder und versuchte, sich auf die Ruhe und Gelassenheit zu konzentrieren, die ihm Winter eingab. Dennoch schrie die Panik in seinem Kopf, hielt sein Herz mit eiserner Hand und überzog ihn mit eisigem Schweiß. Er versuchte zu schlucken, aber seine Kehle war wie ausgetrocknet.

Um ihn herum war ein solcher Höllenlärm, dass er kaum einen klaren Gedanken fassen konnte. Der Playbackgesang eines blonden Teeniestars dröhnte aus riesigen Lautsprechern. Während sie auf der nahen Bühne die Hüften kreisen ließ, heulte in ihrem Rücken eine Punkband und trug mit schneidenden Gitarren und wummerndem Bass einiges zum Lärm bei.

Elijah schnappte nach Luft und sah sich in der feuchtfröhlichen Menge um. Er versuchte, den Wahnsinn zu begreifen.

Erstens waren da die Pulks von betrunkenem Partyvolk. Manche trugen übergroße Plastikbrillen in Form einer *2008*, andere hatten komische Kopfbedeckungen – Baskenmützen, Pappkappen, Plastikkronen und ein paar sogar rot-weiß gestreifte Zylinder wie die *Katze mit Hut*. Viele schwangen ihre Rasseln, als sollte die Welt untergehen. Fast jeder hielt einen Drink in der Hand – in braunen Papiertüten versteckt oder in Thermosflaschen.

Das zweite Kontingent verhielt sich erheblich ruhiger – Elijah erkannte Valentinus' Jünger. Nirgendwo sonst hätte man die Sektenmitglieder bemerkt. Hier jedoch, inmitten der betrunkenen Menge, stach die stille Glückseligkeit der Gnostiker deutlich heraus.

Sie standen in kleinen Gruppen zu dritt oder zu viert beisammen. Viele hielten sich bei den Händen wie Schulkinder auf dem Weg über die Straße. Trotz seiner Silberkette bedrängte ihn die psychische Energie der Menge, und er konnte die Aura der Gnostiker sehen – sie alle standen in demselben himmelblauen Licht.

Fast beängstigender noch als die Gnostiker waren die anderen, die gekommen waren, als sie am Abend von Valentinus' Plänen erfahren hatten. Die meisten waren wohl bibeltreue Christen. Sie standen beieinander wie die Gnostiker, und ihre Aura schwankte zwischen nervöser grüner Furcht und knisternder rosiger Erregung.

Sie hielten handgeschriebene Schilder hoch, auf denen stand ***Tut es nicht! Jesus wird euch retten!*** oder ***Selbstmord ist keine Lösung.*** Manche hielten Kerzen und sangen Kirchenlieder, während sich andere unter die Leute mischten und Flugblätter verteilten, auf denen christliche Tugenden gepriesen wurden.

Schließlich waren da noch Polizei und Militär. Während Erstere einen wütenden und durchgefrorenen Eindruck machten, sahen Letztere diszipliniert und bedrohlich aus – besonders mit den Colt-M4s, die sie sich umgeschnallt hatten. Obwohl sie mitten in der Großstadt waren, trugen sie olivgrüne Tarnanzüge. In Zweier- und Vierergruppen patrouillierten sie durch die Menge und hinterließen eine Spur von faulig gelbem Unbehagen.

Nachdem er mit den Zähnen seinen linken Handschuh ausgezogen hatte, griff er nach der Kette um seinen Hals. Das Metall war unangenehm auf seiner kalten Haut. Wie froh war er, dass die Kette noch da war. Der bloße Gedanke daran, den entfesselten Emotionen der Menge schutzlos ausgeliefert zu sein, trieb ihn fast in den Wahnsinn.

Da sie Elijahs Angst spürte, drückte Winter seine Hand noch fester und sendete ihm rosige Gelassenheit. Damit ließ sich die Angst zwar nicht vertreiben, doch wurde sie ein wenig erträglicher. Elijah sah sie an, mit einem Mal überwältigt von ihrer Schönheit.

Wortlos nahm Winter ihre Kette ab und gab sie ihm. Dann stützte sie sich auf seiner Schulter ab und stieg auf einen Zeitungskasten, um die Menge zu überblicken. Vorsichtig wollte sie ihre Hand von ihm losmachen, doch Elijah hielt sich verzweifelt daran fest.

«'t-t-tschuldigung», sagte er, als er merkte, dass er sie behinderte.

Er holte tief Luft, biss die Zähne zusammen, machte die Augen fest zu und ließ los. Im selben Moment heulte sein Innerstes vor Entsetzen, kreischte und jaulte, drückte gegen seine Brust und seinen Schädel, presste die Luft aus seinen Lungen …

Und plötzlich, ganz kurz, fast unmerklich, hielten alle inne. Es war viel zu laut, als dass man den Moment der Stille hätte wahrnehmen können, doch Elijah spürte ihn. Eine Millisekunde lang stutzten alle gleichzeitig und spitzten die Ohren.

Irgendetwas war passiert. Und dieses Etwas war Winter. Sie hatte den Umstehenden Besonnenheit eingegeben, und dieses Gefühl breitete sich aus.

Abrupt war das Gefühl verflogen, und das Entsetzen kehrte zurück, stärker als …

Sie nahm ihn wieder bei der Hand. Es fühlte sich an, als stiege er in eine heiße Wanne. Bebend atmete er ein und schlug die Augen auf.

«G-g-glaubst du, du kannst es schaffen?»

«Ich weiß nicht», sagte Winter. «Wenn ich zu allen sprechen könnte ... dann vielleicht. Aber es sind so viele, und ihre Empfindungen sind schon jetzt so stark.»

In diesem Moment beendete das blonde Starlet ihren letzten kreischenden Ton, und hysterischer Applaus brandete auf. Elijah verzog das Gesicht.

«VIELEN DANK!», schrie das Sternchen. «NEW YORK – ICH LIEBE EUCH!!!»

Die Menge brüllte zur Antwort, und Elijah schnappte nach Luft. Plötzlich hatte er eine Eingebung.

«Warte hier», sagte er und ließ ihre Hand los. Er fuhr herum, riss die Tür des Lieferwagens auf und beugte sich hinein. Es dauerte nur wenige Sekunden, bis er gefunden hatte, was er suchte. Als Winter sah, was er in der Hand hielt, staunte sie nicht schlecht.

«Meinst du, das hilft?», fragte Elijah.

«Ja», flüsterte Winter und nahm ihm ab, was er aus dem Auto geholt hatte. Dann reichte sie ihm die Hand.

«Bist du bereit?», fragte Winter.

«Nein.»

«Ich auch nicht», sagte Winter. «Gehen wir.»

Hand in Hand drängten sie sich in die Menge.

KAPITEL 20

31. DEZEMBER 2007 – 23:49 UHR (11 MINUTEN BIS ZUR NACHT DES JÜNGSTEN GERICHTS)

Winters Ohren brannten, und ihr Gesicht war eisig kalt, obwohl sie schwitzte. Sie schob sich durch die Menge. Man kam kaum vorwärts. Sie wusste, dass die Angst, die in ihr heranwuchs, Elijahs war, nicht ihre, doch deshalb war sie nicht weniger bedrückend.

Winter schluckte ihre *(gemeinsame)* Furcht herunter und versuchte, Elijah beruhigende Gedanken einzugeben, während er sich wie im Todeskampf an sie klammerte. Je weiter sie vorandrängten, desto dichter standen die Menschen. Sie sah zu der riesigen Neonuhr auf, die über der Bühne leuchtete.

Es blieb nicht mehr viel Zeit. Vielleicht käme sie schneller voran, wenn sie ihre Kette abnehmen und den Leuten befehlen würde, Platz zu machen, aber das brachte sie nicht fertig. Zwar redete sie sich ein, sie müsste ihre Kräfte schonen, aber eigentlich wusste sie, dass es einen entscheidenderen Grund gab.

Sie hatte Angst.

Was wäre, wenn sie jemanden tötete? Was wäre, wenn sie nicht Gelassenheit aussendete, sondern die schreckliche Angst, die sie quälte? Was wäre dann? Würde es zu einer Massenhysterie kommen? Oder Schlimmeres?

Sie schüttelte den Kopf. Sie musste da rauf, die Menge bearbeiten und hoffen und beten, dass sie nicht durchdrehten. Sie sah noch einmal zur Uhr. Zwei Minuten waren vergangen, und sie waren kaum drei Meter vorangekommen. Sie fasste allen Mut und drehte sich zu Elijah um.

«Ich muss loslassen!», schrie sie ihm ins Ohr. «Kommst du zurecht?»

Sie spürte, dass Elijahs Panik wie ein Kugelblitz in seinem Kopf aufleuchtete, doch er biss sich nur auf die Unterlippe und nickte. Ohne darüber nachdenken, beugte sie sich vor und küsste ihn auf die Wange. Als ihre Lippen seine Haut berührten, erklang ein wunderschöner, warmer Ton in ihr. Dann machte sie sich los, und er verschwand vor ihrem inneren Auge.

Sie atmete tief durch, nahm ihre Kette ab und steckte sie in die Tasche. Augenblicklich explodierten Tausende Melodien in ihrem Kopf. Verworrene Rhythmen, brüllende Akkorde, grausame Dissonanzen, kristallklare Fistelstimmen in höchsten Tönen.

Einen Moment überlegte sie, ob es sich wohl für Elijah ähnlich anfühlte. Aber das konnte ja nicht sein. Zwar hörte sie all die unterschiedlichen Klänge deutlich, aber es war auszuhalten. Es haute sie nicht so um wie Elijah.

Ohne Zeit zu verlieren, schrie sie: «Das ist ein Notfall! Aus dem Weg!», und projizierte gleichzeitig kindlichen Gehorsam. Instinktiv trat die Menge beiseite und bildete für Winter und Elijah eine Gasse. Sie schluckte und ging hindurch.

«Machen Sie Platz! Bitte, ich muss zur Bühne!»

Und die Leute bewegten sich, als wären sie Winters Marionetten. Sie war richtig stolz auf sich. Sie konnte es schaffen. Mit der psychischen Energie der Menge im Rücken besaß sie ungeheure Macht. Dann hörte sie etwas, drüben von der Bühne.

Etwas, bei dem ihr das Herz aussetzte.

Hinter der Bühne sah Valentinus zu, wie der knackige Teeniestar sich mit den Händen über ihren festen, kleinen Leib fuhr. Etwas in ihm – das Unvollkommene, Menschliche – wünschte, ihm bliebe noch Zeit für irdischere Vergnügungen.

Er verfluchte sich, schüttelte die leise Lust ab und machte sich bereit. Sein Puls ging schneller, als er daran dachte, welch ein Geschenk die zahllosen Geister waren, wenn sie erst schrien, vor Todesangst und Schmerz und Ekstase. Schon jetzt leuchteten ihre Farben wie ein majestätisches Kaleidoskop. Und hatten sich seine Jünger erst die Spritze gesetzt, würde seine Vision vom Untergang der Heuchler endlich Wahrheit werden.

Er kniff die Augen zusammen und atmete tief und bebend. Nur noch wenige Minuten. Er schlug die Augen auf und sah in die Menge. Doch was er diesmal sah, ließ ihm den Atem stocken. Dort – mitten in der wogenden Masse – war eine Frau, die sich nicht wie die anderen bewegte.

Sie leuchtete – ein weißlich blaues Licht, das mit solcher Intensität erstrahlte, dass er das ganze Farbenspektrum darin sah. Seit Laszlo hatte er nie wieder einen solchen Menschen gesehen.

Und dann wusste er: Es war Winter, der letzte Archon. Doch ob sie gekommen war, um sich ihm anzuschließen, oder ob der Schöpfergott sie schickte, um ihn heute Abend aufzuhalten, das konnte er noch nicht sagen. Traf Ersteres zu, wollte er sie willkommen heißen. Wenn nicht, dann würde er ihr Innerstes in Fetzen reißen.

Ohne zu zögern.

Winter sah, wie Valentinus aus dem Dunkel trat. Nur wenige bemerkten ihn, denn nur die Leute in den ersten Reihen standen nah genug, um ihn zu erkennen. Winter schaffte es nicht, sich abzuwenden. Es ging ein solches Leuchten von ihm aus, dass sie sich fühlte, als hätte sie Mozart persönlich vor sich.

In seinem Geist hörte sie die vollkommensten Melodien. Lebhaftes *Allegro*, gemächliches *Adagio*, anmutiges *Grazioso*, explosives *Sforzando*, sanftes *Legato* und abruptes *Stakkato*. Die Melodien übertrafen alles, was sie sich je erträumt hatte, und gingen wunderbar harmonisch ineinander über.

Doch waren es nicht nur die Sonaten, Kanons und Konzerte, deretwegen ihr das Herz fast stehenblieb. Es lag an der Intensität der Töne. Sie alle klangen makellos, jeder einzelne ein Meisterwerk, neben dem alles, was sie in ihrem Leben gehört hatte, glanzlos erschien.

Während Winter lauschte, fasziniert von Valentinus' Kraft, begriff sie die Akkorde um sich herum – ein Moment der Klarheit inmitten des Wahnsinns. Als Erstes hörte sie seine beschwingten Melodien heraus, in Oktaven, unisono. Darin verwoben waren seine Jünger mit unendlich komplexen Harmonien.

Es waren Zehntausende. Sie sah, wie die dissonanten Akkorde der Menge wie eine gewaltige Welle über sie hinweg zu Valentinus gingen und er die Empfindungen in sich aufsog.

Er erlebt, was sie erleben. Das ist seine Gnosis.

Genau das wollte Winter eben Elijah erklären, da hörte sie noch etwas anderes. Ein neues Lied, klarer als alle anderen Melodien, und sie war überwältigt von der quälenden Schönheit. Das Lied übertönte die anderen. Einen Moment empfand sie Angst, doch die zauberhafte Melodie vertrieb alle Bedenken, und ihr Herz lächelte vor Begeisterung.

Und dann tat Valentinus etwas völlig Unerwartetes. Er zeigte auf sie und winkte sie zu sich auf die Bühne.

«Winter! Halt! Warte!», schrie Elijah, doch sie hörte nur die kristallenen Klänge in ihrem Kopf.

Überwältigendes Verlangen packte sie.

Vorzutreten und sich Valentinus anzuschließen. Ihn zu berühren. Bei ihm zu sein.

Ohne sich umzusehen, drängte sie nach vorn und schob die Leute beiseite, um zu dem Mann zu gelangen, den sie so sehr liebte.

Valentinus.

KAPITEL 21

31. DEZEMBER 2007 – 23:50 UHR (10 MINUTEN BIS ZUR NACHT DES JÜNGSTEN GERICHTS)

«Hör auf, dauernd auf die Uhr zu starren», sagte Grimes. «Du gehst mir echt auf die Nerven.»

«Aber es ist fast ...»

«Ich weiß, ich weiß! Was meinst du, wieso da oben dieser Countdown läuft?» Grimes deutete auf die Uhr in der linken oberen Ecke des Bildschirms, die rasend schnell auf Mitternacht zuhielt.

«Kann ich irgendwas tun?»

Grimes hörte auf zu tippen und sah sie an. «Wenn du mich so fragst, ja.»

«Toll, was denn?»

«Hör auf zu quatschen. So wie *er* zum Beispiel ...», sagte Grimes und deutete auf Dietrich, der seit fast zehn Minuten schweigend dasaß.

«Ich wollte doch nur helfen», murmelte SpyGurl beleidigt.

«Auch Murmeln gilt als Quatschen», sagte Grimes, ohne aufzublicken. SpyGurl grummelte noch etwas, doch ging es im Geklapper der Tasten unter, während Grimes die letzten Parameter einstellte.

Da seine Idee auf Viren basierte, die Adressenlisten von Computern herunterluden und dann infizierte E-Mails verschickten, funktionierte Grimes' neues Baby (das er auf den Namen *Family Jewels* taufte) ähnlich wie ein Computervirus, doch *Jewels* infizierte Mobiltelefone.

Das Schöne war, dass *Jewels* wie ein ganz normaler Anruf von einem Freund aussah. Deshalb wurde er fast immer angenommen und verbreitete den Virus.

Allerdings musste derjenige, der den Anruf entgegennahm, so lange am Telefon bleiben, dass der Code übermittelt werden konnte. Daran hatte Grimes bereits vor Monaten gearbeitet. Er hatte den Virus komprimieren wollen, doch dauerte die Übertragung immer noch mindestens dreizehn Sekunden. Und niemand lauschte so lange dem Knistern in seinem Handy, ohne aufzulegen.

Da wurde ihm klar, dass er das Problem falsch anging. Statt sich darauf zu konzentrieren, den Virus *kürzer* zu machen, musste er die Leute dazu bewegen, *länger* am Telefon zu bleiben. Wochenlang hatte er mit unterschiedlichen Sprüchen experimentiert, die man abspielen konnte, während der Virus heruntergeladen wurde, um herauszufinden, bei welcher am meisten Zeit zwischen Abnehmen und Auflegen verstrich.

Am besten funktionierte: «Bitte, bitte nicht auflegen! Man hat mich entführt und in einen Kofferraum geworfen! Moment – ich glaub, da kommt jemand!»

War der Virus erst heruntergeladen, gab er der nächstgelegenen Basisstation Anweisung, alle Nummern aus dem Adressbuch des Handys gleichzeitig anzurufen. Da die meisten Leute durchschnittlich 80 Nummern gespeichert hatten, verbreitete sich der Virus wie die Pest. Erst waren es 80 Leute. Dann 6400. Dann 512 000. Dann 40 969 000.

Und alles in unter zwei Minuten. Das Problem war nur, dass der Virus die Basisstationen heißlaufen ließ, bevor der kritische Punkt erreicht war. An diesem Problem hatte Grimes gerade gearbeitet, als er das Land verlassen musste.

Glücklicherweise war ein totaler Blackout genau das, was er haben wollte. Grimes konzentrierte sich auf den blinkenden Cursor. Er war bereit. Er ging den ellenlangen Code durch, betete, dass er alle Fehler ausgemerzt hatte, prüfte noch ein letztes Mal die Subprogramme.

«Scheiß drauf», flüsterte er. «Entweder es klappt oder nicht.»

Er schob den Cursor auf SENDEN, als auf SpyGurls Computer plötzlich eine *AOL Instant Message* erschien. Er bekam einen solchen Schrecken, dass er die Maus losließ.

Zeile 1273. Achte Stelle. Mach aus Null eine Eins.

Grimes war klug genug, den Hinweis nicht in Frage zu stellen. Er ging zu Zeile 1273, und da war der Fehler – nicht zu übersehen.

Heißen Dank, antwortete Grimes, doch sein alter Kumpel hatte sich schon ausgeloggt.

Er wandte sich wieder seinem Computer zu und klickte SENDEN. Die erste Nummer wurde gewählt, dann hörte er ein rauschendes Echo seiner eigenen Stimme, die sagte, man habe ihn entführt. Er hielt die Luft an, während er sah, wie sein hübscher, kleiner Virus hochlud. Als das Handy die siebenundneunzig Nummern im Adressbuch anrief, seufzte Grimes erleichtert.

«Woher wusste der Typ, wie er dir eine Instant Message auf meinen Computer schicken kann?», fragte SpyGurl. «Und woher kannte er das Passwort?»

«Sagen wir einfach: Mein Freund Caine kann so ziemlich alles.»

«Wer ist Caine?»

«Du würdest es mir nicht glauben, wenn ich es dir erzähle.»

Ausnahmsweise stellte SpyGurl keine weiteren Fragen. Schweigend saßen sie da und sahen auf dem Bildschirm, dass sich der Virus wie ein Buschfeuer ausbreitete.

KAPITEL 22

31. DEZEMBER 2007 – 23:51 UHR
(9 MINUTEN BIS ZUR NACHT DES JÜNGSTEN GERICHTS)

Elijah versuchte, Winter zu folgen, doch das grellgrüne Entsetzen zwang seinen Willen nieder.

Das schaffst du nicht. So viele Leute. Sie bedrängen dich. Sie zerquetschen dich.

Elijah schnappte nach Luft.

Alle Gedanken, alle Gefühle dieser Menschen lärmen in deinem Kopf. Die Kette wird dich nicht retten. Nicht hier. Nicht jetzt. Die Dämme werden brechen und alles wird auf dich einstürzen.

Das Blut pochte in seinen Ohren.

Die Irrenanstalt war gar nichts gegen das, was dich in der Menge erwartet. Alles voller Menschen. Diesmal gibt es kein Entrinnen. Niemand wird dich retten.

Die Menge schloss sich um ihn und drängte ihn ab.

Eine Million Menschen. Wohin das Auge blickt. Billionen pulsierender Farben.

Plötzlich sah Elijah das grelle Leuchten eines Mannes, der reglos auf der Bühne stand. Jede nur erdenkliche Farbe leuchtete aus ihm. Das konnte nur einer sein. Valentinus.

«*Winter! Halt! Warte!*», schrie Elijah in Panik.

Winter lief weiter. Er versuchte, ihr zu folgen, aber da waren einfach zu viele Leute.

Ihre Emotionen sind dein Tod. Um Mitternacht, wenn die Hölle losbricht, sind sie dein Tod.

Mit aller Kraft riss er den Arm hoch, löste ihn aus der Menge.

Ihr werdet sterben.

Mit dem Ellbogen traf er jemanden am Kopf. Dann stieß er mit dem Gesicht gegen die Schulter eines Mannes, der einen ganzen Kopf größer war als er. Elijah fasste dem Mann an den Hals. Sofort sah Elijah seine Farben, und er hielt sich fest.

Nicht ohnmächtig werden. Du wirst hinfallen, und sie trampeln dich tot.

«Halten Sie die Frau fest!», schrie Elijah über das Tosen der Menge hinweg.

Urplötzlich von unbändigem Verlangen erfüllt, streckte der Mann seinen Arm aus und berührte Winter am Kopf. Als die Verbindung hergestellt war, wurde Elijah von gleißendem Glücksgefühl ergriffen, einer Liebe, die reiner Euphorie näher war als alles, was er je empfunden hatte.

Elijah wusste, wenn er in diesem Moment sein inneres Auge auf Valentinus richtete, hätte er jegliche Kontrolle über sich verloren. Doch alles hätte er dafür gegeben, sich ewig so zu fühlen. Er konzentrierte sich auf Winter und spürte, wie ihr Geist sich Valentinus zuwandte. Dann traf ihn ein dunkelroter Blitz. Brennender Hass.

Elijah riss seine Hand zurück und unterbrach die Verbindung. Der Mann schrie vor Schmerz und hielt sich den Kopf. Tränen liefen ihm über die Wangen, und er verzog das Gesicht. Dann stolperte er und stürzte, fiel rückwärts hin. Verzweifelt suchte er Halt.

Noch im Fallen griff er nach Elijahs Hand. Grelle Blitze von Trauer, Kummer, Elend und Entsetzen durchzuckten ihn. Und dann stürzte auch Elijah, und die Emotionen, die in ihm tobten, raubten ihm die letzte Kraft, als er auf den kalten Asphalt fiel. Er warf den Kopf herum und suchte einen Ausweg, sah aber nur Schuhe und Beine.

Sie trampeln dich tot. Gleich – drei, zwei, eins …

Elijah konnte nicht mehr denken. Er fing an zu schreien.

Als Winter die Stufen nahm, fühlte sie sich wie schwerelos. So gern sie sich nach Elijah umgesehen hätte, konnte sie sich doch von Valentinus nicht losreißen. Jedes Mal wenn sie woanders hinsah, war da nur Leere, und sie empfand tiefe Trauer.

Laszlo und Darian hatten sich getäuscht. Sie hatten gedacht, Valentinus sei böse oder wahnsinnig, doch nun war sie hier, kaum zehn Meter von ihm entfernt, und wusste, dass das alles ein großer Irrtum gewesen war. Wie konnte jemand so schön klingen und gleichzeitig schlecht sein?

Er liebte sie. Er liebte sie alle. Und sie erwiderte seine Liebe von ganzem Herzen. Es war eine tiefe, reine, berauschende Liebe. Alles, was sie bisher in ihrem Leben empfunden hatte, war schäbig gewesen, fadenscheinig. Doch das jetzt war … war … Mit Worten ließ sich nicht beschreiben, was sie empfand. Nur Musik konnte ihre Gefühle ausdrücken.

Sanfte, heitere Harmonien und Melodien verwoben sich miteinander wie Wolken aus Seide. Tiefe, satte Baritone und liebliches Falsett klangen im himmlischen Chor. Die Musik klang so grandios, dass sie sich fragte, ob sie je wieder irgendetwas anderes hören könnte.

Sie hatte Mitleid mit Elijah. Sie wünschte, er könnte empfinden, was sie empfand. Leider war es für ihn zu spät. Doch ihre Zeit … ihre Zeit war eben erst gekommen.

Ein Stiefel trat auf seine Hand und quetschte seine Finger gegen den Asphalt. Elijah zog sie zurück und riss sich dabei die Haut auf den Knöcheln auf. Ein spitzer Absatz stach ihm in die Stirn, bohrte sich in seine Haut und schabte ihm über die Wange. Elijah schnappte nach Luft und versuchte aufzustehen, schaffte es aber nicht. Seine Angst lähmte ihn. Kaltes Bier spritzte ihm ins Gesicht und brannte ihm in den Augen.

Er rollte herum, als ihm ein schwerer Stiefel auf die Kehle trat. Elijah rang nach Luft, doch der Typ war zu schwer. Vor seinen Augen tanzten schwarze Punkte. Verzweifelt ruderte er mit den Armen, und stechender Schmerz ging durch sein Handgelenk, als ein anderer Schuh dagegentrat.

Er wollte schreien, bekam aber keine Luft. Mit schmerzverzerrter Miene lag er da, während in seinem Kopf giftgrüne Panik kreischte. Die Welt verschwamm. Elijah atmete den letzten Sauerstoff aus seinen Lungen. Er hatte keine Kraft mehr in den Gliedern. Er würde sterben, umzingelt von Leuten, die nicht merkten, dass zwischen ihren Beinen ein Mensch erstickte.

Dann verlagerte der Mann sein ganzes Gewicht auf Elijahs Adamsapfel. Der Schmerz übertraf alles.

Elijah riss die Augen auf, aber da standen so viele Leute über ihm, dass er nicht mal den Nachthimmel sehen konnte. Hilflos versuchte er, noch einmal Luft zu holen, als …

Der Druck auf seinen Kehlkopf ließ nach, als der Stiefel von seinem Hals abglitt. Auch andere stolperten fort von ihm. Elijah sah zwei Arme, die wütend Leute beiseitestießen. Plötzlich packte jemand seinen Mantel beim Revers und riss ihn auf die Beine. Mit großen Augen sah Elijah seinen Retter vor sich stehen.

Stevie.

Entkräftet sackte Elijah zusammen. Diesmal jedoch war Stevie da und fing ihn auf. Er schlang die Arme um Elijah und hielt ihn fest, eine Hand in seinem Nacken, die andere um seine Hüfte.

Zitternd sog Elijah Luft in die Lungen. Seine Kehle brannte. Da erst bemerkte er die Veränderung – er hatte keine Angst mehr.

Valentinus weidete sich an dem prachtvollen Wesen, das gekommen war, um mit ihm seine letzten Augenblicke auf Erden zu verbringen. Wenn er ihren Geist berührte, fühlte er sich fast komplett, als hätte er sein Leben lang genau nach dieser einen Seele gesucht.

Als er das erste Mal ihren Geist in sich gespürt hatte, war er vor dem hasserfüllten Zorn zurückgeschreckt. Wäre ihre Wut noch konzentrierter gewesen, hätte sie ihn damit aus der Bahn geworfen. Doch er war in sie hineingestürmt, bevor sie ihn hatte greifen können.

Sie hatte versucht, ihn abzuwehren, doch sie war schwach und unbeholfen. Er durchbrach beinahe sofort den kläglichen Schutzwall und machte aus ihrem Hass flammende Liebe.

Die Dichter und Denker hatten recht – diese beiden Emotionen waren nur verschiedene Seiten derselben Münze. Und jetzt hatte er sie in der Hand. Er sah hinauf zu der gigantischen Digitaluhr. Innerhalb der nächsten Minute würden seine Anhänger ihre Röhrchen aufdrehen.

Und das wäre dann endlich der Anfang vom Ende.

KAPITEL 23

31. DEZEMBER 2007 – 23:52 UHR (8 MINUTEN BIS ZUR NACHT DES JÜNGSTEN GERICHTS)

Ungeduldig starrte Susan Collins auf ihre Armbanduhr Sie zählte die Sekunden.

23:52:44 23:52:45 23:52:46

Sie hielt die Luft an und umfasste das kalte Röhrchen. Sie genoss das Gefühl, zu wissen, dass sich die Zeit ihres irdischen Daseins dem Ende zuneigte. Sie fragte sich, wie es wohl auf der anderen Seite sein mochte.

Susan bebte vor Aufregung. Ihr ganzes Leben hatte auf diesen Augenblick zugesteuert – alle Sorgen und Nöte, Wünsche und Sehnsüchte, Erfolge und Enttäuschungen. Alles nur Teile des Puzzles. Und nachdem sie nun so viel erlebt hatte und wirklich eins war mit den anderen, war sie auch bereit.

Bereit, diese Welt zu verlassen, mit all ihrem Elend, ihrer Unvollkommenheit. Sie hatte endlich begriffen, dass dieses Jammertal nur eine minderwertige Welt war, die ein minderwertiger Gott erschaffen hatte. Seit sie die Wahrheit kannte, brannte in ihr die Sehnsucht, heimzukehren. Ihren göttlichen Funken zu befreien und eins zu werden mit dem Einzig Wahren Gott. Um aufzugehen in seinem Glanz und seiner Herrlichkeit.

23:52:55

Vorsichtig nahm sie die silberne Spritze hervor. Sie spürte die Blicke der Christen um sich herum. Doch Valentinus (so klug, so schön, so vollkommen, so weitblickend) hatte alle Nichteingeweihten getäuscht und zu der fälschlichen Annahme verleitet, die Gnostiker wollten um Mitternacht Selbstmord begehen. Sie würden es auch tun, nur nicht wie erwartet.

Schließlich brauchte das Gift etwas, bis es Wirkung zeigte. Deshalb nahmen es alle schon um 23:53 Uhr ein. Die Sekunden der Digitalanzeige sprangen von 59 auf 00. Voller Freude schraubte Susan die Kappe ab und stach sich den Autoinjektor in die Halsschlagader. Sie spürte den feinen Stich, dann strömte das Mittel durch ihre Adern. Einer der Christen kam zu ihr gelaufen und riss ihr die leere Spritze aus der Hand.

«Die können Sie behalten», sagte Susan. Das Serum zeigte bereits Wirkung. «Sie kommen zu spät.»

Hastig riss der Mann das Walkie-Talkie von seinem Gürtel.

«Sie nehmen es schon ein! Haltet sie auf! Haltet sie auf!»

Susan musste lachen. Es war einfach zu komisch. Sie fühlte sich erstaunlich. Stark. Als könnte sie alles tun, was sie wollte. Plötzlich nahm er ihre Hand und zerrte sie mit sich.

«Kommen Sie, da hinten ist ein Notarztwagen! Ich kann Sie retten!»

«Ich will nicht gerettet werden!», sagte Susan und glühte förmlich. «Verstehen Sie denn nicht? Ich will hier nicht mehr sein! Ich will das alles hinter mir lassen!»

«Jetzt kommen Sie schon!»

Susan starrte ihn an. Valentinus hatte gesagt, dass die Ahnungslosen versuchen würden, sie aufzuhalten. Und er hatte ihnen erklärt, wie sie sie loswerden würden. Sie langte in ihre tiefe Tasche und schloss die Hand um einen hölzernen Griff. Im Gedränge sah der Mann nicht, was Susan tat.

Als Susan einen Schritt auf ihn zuging, wirkte er erleichtert. Er dachte wohl, er hätte sie überzeugt. Wahrscheinlich glaubte er tatsächlich daran – bis sie ihm das Messer in den Bauch stieß.

Sie spürte einen leichten Widerstand, als die Klinge seine Daunenjacke durchbohrte, doch das Messer drang weiter in ihn ein, tiefer und tiefer, bis zum Heft. Er sah das warme, dunkle Blut, das über ihre Hand lief. Er blickte sie voller Todesangst an, und sie nahm alles in sich auf, randvoll mit Adrenalin. Wie großartig, dass so etwas kurz vor dem Ende noch geschah. Wenn sie nicht schon vorher ihre *Gnosis* erlangt hatte, dann sicher jetzt.

Sie riss das Messer heraus, und der Mann sank auf die Knie, als hätte nur sie allein ihn noch auf den Beinen gehalten. Er presste seine Hände auf die Wunde, doch er blutete zu stark und konnte nichts dagegen tun, dass ihm das Leben zwischen den Fingern zerrann.

Plötzlich kam eine Christin auf sie zu, eine große Blonde mit Stupsnase. Sie sah den Sterbenden am Boden liegen und stieß einen gellenden Schrei aus. Susan spürte, wie reine Energie durch ihre Seele strömte. Sie schloss die Augen, und ihr war, als würde sie fliegen. Wild trommelten die Schreie der Frau in ihrem Hirn.

Und wieder kam es über sie – eine Woge der Kraft und des Selbstvertrauens bäumte sich in ihr auf. Noch nie hatte sie sich so gefühlt. Sie wandelte auf Wolken. Sie war die stärkste Frau der Welt. Sie konnte alles tun. Die Welt gehörte ihr.

Vielleicht lag es daran, dass sie den Mann erstochen hatte. Oder dass sie sich das Leben nehmen wollte. Oder dass Valentinus' Liebe in ihrem Herzen wirkte. Vielleicht alles zusammen, vielleicht nichts davon. Was es auch sein mochte – sie war bereit. Bereit, zu sterben und weiterzuziehen. Aufzusteigen.

Sie bedauerte nur, dass sie in diesem Meer von Menschen so allein war. Zwar waren da wohl die anderen Jünger, und sie konnte auch ihre Nähe spüren, sie hörte, wie sie lachten und vor Freude jubelten, aber dennoch – ohne Valentinus war sie allein.

Eine Träne lief über ihre Wange, als ihr bewusst wurde, dass sie ihn nie wiedersehen würde. Zumindest nicht in dieser Welt. Aber er würde auf sie warten, auf der anderen Seite, und sie alle in die Schlacht gegen den falschen Schöpfergott führen. Was sie auch tun musste, um dorthin zu gelangen – sie wollte es tun.

Solothurn Pfyffer von Altishofen sah auf seine Uhr. Es war 5:54 Uhr. Er tastete nach dem Umschlag in seiner Tasche.

Hundertacht Auserwählte überall auf der Welt hatten wie er einen solchen Umschlag mit identischen Anweisungen bekommen: Bleiben Sie in der Nähe der Zielperson, öffnen Sie den Brief erst, wenn es in New York fünf Minuten vor Mitternacht ist, dann überbringen Sie die Botschaft.

Endlich war es so weit.

Er sah zu seinem Kameraden hinüber, dem Hellebardier Alois Mäder. Zwar war Solothurn bei eins fünfundachtzig und neunzig Kilo bestimmt kein zierlicher Mann, doch Mäder war noch größer und auch kräftiger. Die Soldaten standen mit unbewegter Miene auf ihrem Posten.

Solothurn hielt sich den Magen, runzelte die Stirn und deutete den Korridor entlang. Mäder nickte ihm zu. Während Solothurn zur Toilette ging, baute sich der Hellebardier direkt vor der Tür von Pius XIII. auf.

Als Solothurn an einem Fenster vorüberkam, sah er kurz in den Himmel über Rom. Er sah dunkles, königliches Blau. Sechseinhalbtausend Kilometer weiter westlich wäre Valentinus jeden Moment bereit, sich an die Welt zu wenden. Solothurn fühlte sich geehrt, dass man ihn auserwählt hatte, eine der Botschaften zu überbringen.

Er betrat die kleine Toilette, schloss die Tür hinter sich und lehnte seine schwere Hellebarde an die Wand. Mit zitternden Händen nahm er den Umschlag und riss ihn auf. Der Brief war handschriftlich verfasst und an ihn adressiert. Es dauerte keine Minute, ihn zu lesen. Er faltete ihn wieder sorgfältig zusammen und schob ihn in die Tasche zurück. Valentinus sagte ausdrücklich, dass der Brief gefunden werden sollte, falls Solothurn beim Überbringen der Botschaft zu Tode kam.

Er sah auf die Uhr. 5:55 Uhr. Er musste sich beeilen. Er würde Mäder töten müssen, wenn er in die päpstlichen Gemächer eindringen wollte – und ihm blieben nur noch drei Minuten.

KAPITEL 24

31. DEZEMBER 2007 – 23:55 UHR
(5 MINUTEN BIS ZUR NACHT DES JÜNGSTEN GERICHTS)

Winter griff nach Valentinus' Hand. Ungeahnte Gefühle, Farben und Klänge durchströmten sie. Sie schloss die Augen und hörte die Sinfonie in ihrem Kopf. Sie spürte keine Kälte mehr, sie hörte auch die Menge nicht. Sie sah nichts mehr von der Welt – alles war weg.

Und stattdessen: tiefes, reines Gefühl.

«Unglaublich, nicht?» Valentinus' zärtliche Stimme holte sie zurück. Bebend atmete sie ein, dann schlug sie die Augen auf. «Die Ersten merken die Wirkung der Droge. Je größer die Gefühle werden, je intensiver ihre Wahrnehmung, desto umfassender wird unsere *Gnosis* sein.»

Bei der Erwähnung des Serums zuckte sie erschrocken zusammen. Hinter ihm konnte sie die riesige Digitaluhr sehen. Noch fünf Minuten.

«Um Mitternacht beginnt das wahre Feuerwerk», sagte er, denn er spürte ihre Betroffenheit. «Deshalb mussten wir früher anfangen.»

Winter nickte, obwohl sie innerlich mit sich kämpfte. Irgendetwas war faul. Sie wollte das alles nicht. Zumindest hatte sie es bisher nicht gewollt, aber jetzt … in ihrem Kopf ging alles durcheinander.

«Ich sollte doch … ich bin gekommen, um … um Sie aufzuhalten …»

Winter war verstört. Das war nicht richtig. Das … *oooooh* …

Ihr Begehren war derart überwältigend, dass ihr der Atem stockte. Wie eine Milliarde Orgasmen gleichzeitig. Jeder Zentimeter Haut, jede Nervenzelle vibrierte vor Ekstase.

Winter wollte etwas sagen, aber sie brachte kein Wort heraus.

«Vertrau mir! Sag mir alles … oder ich muss dich fortschicken!»

Abrupt stieß Valentinus sie von sich. Es war unerträglich, dass er sie nicht mehr berührte. Als würde man von einem sonnigen Strand direkt ins Eismeer gestoßen. Winter schnappte nach Luft. Unwillkürlich schüttelte sie den Kopf, als könnte sie sich dem verweigern, was geschah.

Doch er ließ sie nicht mehr an sich heran. Sie war ohne *ihn*. Ihr war kalt, so schrecklich kalt.

Sie stürzte auf ihn zu, sie wollte zurückhaben, was sie verloren hatte, doch bevor sie seine Haut berühren konnte, packte er ihre Arme und hielt sie auf Abstand.

«Du musst es mir sagen, du dumme Gans!», schrie er sie an. «Na, los!»

«Das Signal! Wir haben die Handytürme ausgeschaltet … ich meine, ich weiß nicht … ich glaube, Stevie …» Winter redete einfach weiter, aber es war ihr egal. Wichtig war nur, dass sie ihn wieder berühren durfte.

«Es tut mir leid, ich wusste ja nicht …» Ihre Stimme brach, und Tränen liefen über ihre Wangen, als sie auf die Knie sank.

Er zerrte sie über die Bühne hinter einen der großen Lautsprecher. Sobald sie von der Menge nicht mehr zu sehen waren, schlug er ihr ins Gesicht. Im selben Moment, als seine Finger ihr Gesicht berührten, war sie wieder mit ihm verbunden – doch nun war aus der sanften Wärme glühende Hitze geworden, die ihr die Haut versengte.

«Du falsche Schlange!»

Wieder schlug er zu, und sie fiel hin. Instinktiv achtete sie darauf, nicht zu zerbrechen, was Elijah ihr gegeben hatte.

Valentinus holte mit dem Fuß aus und trat zu. Ihre Rippen knackten.

«Du mieses Stück!»

Er trat noch einmal zu. Diesmal traf er sie an der Stirn, mit solcher Wucht, dass sie hinfiel. Sie landete auf dem Rücken und spürte das warme, klebrige Blut, das aus der Wunde über ihrem Auge lief.

«Es tut mir leid!», heulte Winter. «Es bleibt ja nicht so! Nur ein paar Minuten! Dann arbeiten sie wieder!»

Valentinus wollte gerade noch einmal zutreten. Er hielt inne. «Dann muss ich die Leute etwas länger antreiben, als ich dachte. Und du wirst mir dabei helfen. Steh auf!»

Er riss sie an den Haaren hoch, und Winter kam mit Mühe auf die Beine. Plötzlich fiel ihr alles wieder ein. Durch den Schmerz konnte sie sich wieder konzentrieren. Instinktiv holte sie aus und schlug Valentinus ihre Faust ans Kinn.

Wäre er ein ganz normaler Mensch gewesen, hätte sie ihn getroffen.

Leider war er kein normaler Mensch.

Er erkannte jede ihrer emotionalen Regungen, bevor sie sich ausdrückten. Valentinus fing ihre Faust ab. Während er Winters Hand festhielt, drangen euphorische Klänge in sie.

Er führte sie wieder auf die Bühne, und sie starrte erstaunt in die Menge. Die Stimmen sangen in ihrem Kopf: ein grandioser Gleichklang. Jeder Ton, jeder Akkord, jeder

Laut – alles war unfassbar klangvoll und so beruhigend. Sie merkte, wie ihre Muskeln sich entspannten, wie alles von ihr abfiel.

Die Verzückung der Menge übertönte ihren körperlichen Schmerz. Die Aufregung war ein hoher Sopran, die Vorfreude ein tiefer, melodiöser Bariton, die Ekstase eine heitere Fuge. Winter atmete tief ein, und plötzlich summten ihre Nerven vor Vergnügen.

«Sorg dafür, dass die Barbie da drüben endlich Ruhe gibt!»

Ohne darüber nachzudenken, drang Winter in den Geist der blonden Sängerin ein, sie packte ihr Bewusstsein und hielt es fest. Abrupt hörte das Mädchen auf zu singen und drehte sich um.

Sie griff sich an die Brust und rang nach Luft. Winter fühlte, wie der Schmerz des Mädchens immer größer wurde, bis das Starlet auf der Bühne schließlich zusammenbrach. Winter sah stolz zu Valentinus hinunter.

«Jetzt sende, was ich fühle!»

Valentinus nahm sie bei der Hand, griff sich ein drahtloses Mikrophon und ging zur Mitte der Bühne.

«Ich bin Valentinus. Ich bin gekommen, um euch zu befreien!»

Winter hörte eine leichte, hoffnungsvolle Melodie, friedlich und versöhnlich, weiche, gebundene Harmonien, *legato,* und projizierte sie auf die Menge. Die Reaktion kam postwendend. Die Dissonanzen lösten sich auf, als sie die Klänge der Gnostiker in der Menge hören konnte.

«Aber ich kann nur denen helfen, die es wollen», sagte Valentinus beinahe bedauernd. «Also frage ich euch: Wollt ihr meine Hilfe?»

Valentinus empfand ekstatische Vorfreude. Wieder nahm Winter seine Empfindungen auf und bündelte sie.

Und wieder fühlte/sah/hörte sie, wie 50000 Gnostiker ihrem Lied antworteten.

Doch waren es nun nicht mehr nur seine Anhänger. Die beschwingten Klänge ihres *Allegrettos* wirkten auch auf die anderen: die psychisch Schwachen, die Betrunkenen, die Bekifften und Verirrten. Sie alle konnten ihn hören, den Aufschrei der Gnostiker, so gewaltig, dass er durch ihre Köpfe kreischte und nach außen drang.

Der lauteste Beifall, den Winter je bekommen hatte, war gar nichts gegen das, was nun geschah. Es war, als blökten in ihrem Kopf alle Schafe in Valentinus' Herde gleichzeitig. Wären sie nüchtern gewesen, hätte Winter die geballten Emotionen vielleicht verarbeiten können. Aber so – um ein Vielfaches verstärkt durch Kokain und LSD – waren sie zu stark.

Und außerdem waren da nicht nur Valentinus' Jünger. Winter vernahm das sorgenvolle *Adagio* der Polizisten, kampfbereit, *ostinato*. Die Bibeltreuen waren völlig verängstigt, und die Betrunkenen dümpelten in einer Art emotionalem Sumpf vor sich hin, ihre Empfindungen überall und nirgends, verwirrt, erregt, verschreckt, glücklich, traurig, wütend – wie ein gigantisches Orchester, in dem jeder etwas anderes spielte.

Winter sah, wie einige Polizisten versuchten, sich Zugang zur Bühne zu verschaffen, doch sie gab den anderen Polizisten ein *Allegro* ein, sodass sie sich ihren Kollegen in den Weg stellten.

«Meine Jünger wissen, was ich plane», sagte Valentinus.

Er strahlte heitere Zuversicht aus.

«Bald werdet ihr alle begreifen, was ich uns allen schenken möchte.»

Valentinus sah sich die Menschen an. Er holte tief Luft,

und das Lied der Menge wurde lauter. Es war, als atmete er ihre Empfindungen ein. Es war, als blickte er jeden Einzelnen an.

«Nur kann es großen Triumph nie ohne große Opfer geben.» Winter übertrug Valentinus' eiserne Entschlossenheit auf die Menge. «Es ist an der Zeit, dass meine Jünger die *Gnosis* erlangen.»

Trotz der Begeisterung war es auf dem Times Square praktisch still, weil alle darauf warteten, was Valentinus als Nächstes sagen würde. Winter spürte seine freudige Erwartung.

«Stellt euch einander gegenüber ...»

Die Spannung wuchs. Überschäumende Lust ergriff die Menschen. Trotz der Kälte war Winter schweißgebadet.

«... seht euch in die Augen! Dann ...»

Ihre Haut prickelte am ganzen Leib. Wilde Emotionen kochten in der erhitzten Menge hoch, als Valentinus seine letzten Worte sprach.

KAPITEL 25

31. DEZEMBER 2007 – 23:56 UHR
(4 MINUTEN BIS ZUR NACHT DES JÜNGSTEN GERICHTS)

Elijah starrte seinen Vetter an. Er nahm das Gedränge gar nicht wahr. «Wie …?»

«Ich hatte so ein komisches Gefühl, dass du bestimmt in Schwierigkeiten steckst. Familienbande lassen sich mit deiner Kette wohl nicht kappen. Alles okay?»

«J-j-ja», sagte Elijah. Er starrte auf seine Hand herunter, die sich immer noch an Stevie festhielt. Stevies kühle, ruhige Hand. «Ich danke dir.»

«Ja, na ja … nicht der Rede wert.»

Elijah drehte sich zur Bühne um. Da sah er sie. Winter hielt Valentinus bei den Händen und blickte ihm tief in die Augen. Eifersucht flammte in ihm auf – und Sorge. Er spürte Stevies Unruhe, als der begriff, was in Elijah vor sich ging.

«Wir müssen zu ihr!», rief Elijah und deutete zur Bühne.

«Ich darf vorangehen …?»

Grimes stürzte sich in die Menge, grob rempelte er die Leute beiseite. Elijah folgte ihm, ohne Stevies Hand loszulassen. Plötzlich spürte er einen heftigen Druck: Während Valentinus zu den Leuten sprach, sendete Winter Emotionen aus.

Obwohl er seine Kette trug, sah er prächtige Farben vor seinem inneren Auge, eine intensiver als die andere. Es war, als würde sein Geist zerquetscht und seine Seele erdrückt. Und dann plötzlich beruhigte sich die Menge, und er hörte Valentinus' Kommando.

«Tötet sie! Tötet sie und befreit euch selbst!»

Einen Moment lang rührte sich niemand. Dann brach die Hölle los, als die Leute wie eine Meute wilder Hunde übereinander herfielen.

Zwei kahle Meister-Proper-Klone gingen einander an die Kehle. Eine Frau schlug ihrem Mann, der aussah wie William Shatner, eine Bierflasche ins Gesicht. Mehrere Polizisten holten mit ihren Knüppeln aus und schlugen sie sich gegenseitig an die Schädel.

In diesem Augenblick drückte jemand Elijah die Kehle zu. Eine Faust boxte ihm in die Nieren. Ihm blieb die Luft weg. Er hielt noch Stevies Hand, während er versuchte, sich zu befreien. Instinktiv schlug er den Angreifer ins Gesicht und projizierte markerschütterndes Entsetzen.

Augenblicklich ließ der Arm locker, und Elijah stieß den Mann zurück in die Menge, wo ein ältlicher Gary Busey und eine minderjährige Tara Reid miteinander kämpften. Ein Hüne von einem Kerl holte aus, um Elijah seine Faust ins Gesicht zu prügeln.

Plötzlich jedoch brach der Riese zusammen und schrie vor Schmerz.

Stevie stand über ihm und drückte ihm einen Elektroschocker ins Genick.

«Gehört SpyGurl. Satte 130 000 Volt», sagte Stevie. «Jetzt nimm endlich diese Scheißkette ab!»

«Ich kann nicht!»

«Doch, du *kannst*! Willst du wieder unter Menschen leben oder doch lieber als Howard Hughes enden? Entscheide dich!»

«So einfach ist das nicht!»

«Lass es mich so formulieren, dass dein Spatzenhirn es begreifen kann – du bist Luke Skywalker, ich bin Han Solo, und ich hab dir eben Darth Vader vom Hals geschafft, also komm in die Puschen, verflucht nochmal!»

Da hatte Stevie ausnahmsweise recht.

Eilig riss sich Elijah die Kette vom Hals, bevor er einen Rückzieher machen konnte. In dem Moment, als seine Finger die Kette nicht mehr berührten, wurde er von grellen Farben geblendet. Benommen fasste er sich an den Kopf, als könnte er die Bilder irgendwie vertreiben, doch es half nichts. Er nahm nur noch wahr, dass Stevie über ihm dem nächsten Angreifer seinen Elektroschocker präsentierte.

Konzentrier dich.

Alle Farben, unfassbare Farben – Farben, die er nicht mal benennen konnte, Farben, die es gar nicht geben konnte – zwängten sich in sein Bewusstsein.

Du musst dich abschotten.

Elijah stellte sich eine Tür vor, die er schließen musste, um die grellen Farben auszusperren. Er quälte sich, doch er gab nicht auf. Er schob und drückte. Er hörte die Schreie um sich herum, merkte, wie er angerempelt wurde, Stevie immer an seiner Seite, und er zwang sich, die Außenwelt nicht wahrzunehmen.

MACH SCHON!!!

Die Farben wurden immer greller, aber mit einem Mal schien es erträglicher.

Elijah entspannte sich und bestaunte die neue Welt um ihn herum. Es war, als hätte er eine riesige Sonnenbrille aufgesetzt. Noch immer konnte er die Farben sehen, das Bernsteingelb, das Purpur, das Saphirblau, doch jetzt blendeten sie ihn nicht mehr, sondern waren weich und warm.

Außerdem konnte er wieder einzelne Personen unterscheiden. Die Menge war keine amorphe Masse aus grellem Licht mehr. Was Elijah sah, erinnerte eher an einen Nachthimmel voller Sterne: jeder für sich, mit seiner eigenen Farbe.

In diesem Moment stürzten sich vier Polizisten auf Elijah, die eben noch zwei Bibeltreue verprügelt hatten. Sie griffen mit ihren Knüppeln gleichzeitig an. Stevie hielt den Elektroschocker bereit, doch der blaue Lichtstrahl zwischen den beiden Drähten knisterte nur noch kurz und erlosch dann.

«Ach, du Scheiße! Die Batterie ist leer!»

Ohne nachzudenken, stieß Elijah Stevie beiseite. Die Polizisten verlangsamten sofort ihre Bewegungen, als Elijah in ihr Bewusstsein eindrang. Rabenschwarzer Zorn wirkte in ihnen, doch als sie näher kamen, gab Elijah ihnen kristallklare Glückseligkeit ein.

Die vier blieben stehen und ließen langsam ihre Waffen sinken, als bewegten sie sich unter Wasser. Sie wirkten sanftmütig und ausgeglichen. Ohne zu zögern, packte Elijah Stevie und zerrte ihn mit sich, gerade noch rechtzeitig, bevor eine Horde grölender Collegekids über die Polizisten herfiel.

Sie rannten die Treppe zur Bühne hinauf.

Der Mob zerfleischte sich gegenseitig. Das Bewusstsein Tausender leuchtete in allen Farben.

Angst. Empörung. Unbändige Wut. Genugtuung. Hass. Sehnsucht. Freude. Erwartung. Schmerz. Vergnügen.

Bebend holte Valentinus Luft, als er das alles gleichzeitig fühlte. Während die Menschen im Chaos versanken, nahm seine *Gnosis* Gestalt an. Er empfand die Gefühle der gesamten Menschheit auf einmal, und in jedem Einzelnen spürte er den göttlichen Funken.

Seine *Gnosis* war fast vollendet. Er sah sich um und ließ alles auf sich wirken. Besonders erregte ihn die Mordlust, die er in die Welt aussandte. Er konzentrierte sich auf seine hundertneun Soldaten rund um den Globus und stellte sich vor, wie sie alle gleichzeitig ihre Waffen aufnahmen und töteten …

Plötzlich erschien dort ein Mann auf der Bühne. Ein paar Polizisten versuchten, sich ihm in den Weg zu stellen, doch als sie vor ihm standen, wurden sie mit einem Mal zu wimmernden Kleinkindern. Valentinus' Herz schlug schneller. Was war das? Schickte ihm der falsche Schöpfergott einen weiteren Archon, der seine Pläne durchkreuzen sollte?

Da wurde ihm klar, wer das sein musste: Elijah.

Valentinus sah die Verbindung, die zwischen Elijah und dem hageren Mann bestand, der mit ihm auf die Bühne gekommen war. Instinktiv konzentrierte Valentinus sich darauf, Elijahs Begleiter außer Gefecht zu setzen. Da brach der hagere Kerl auch schon zusammen und ging zu Boden.

Valentinus machte sich über Elijah her, er hieb auf seinen Schutzschild ein. Und dann merkte er, dass Elijah sich zurückhielt. Der Archon stand nur wenige Schritte vor ihm, doch seine Aufmerksamkeit galt keineswegs Valentinus.

Sie galt Winter.

Der Archon war gekommen, um sie zu retten. Heiliger Zorn brandete in ihm auf, und er griff an. Valentinus' Kopf flog in den Nacken, und er schmeckte Blut.

Der Schmerz überraschte Valentinus jedoch nicht so sehr wie der grelle Blitz, der in ihm aufflammte, als ihn die Faust traf. Die Kraft hinter Elijahs Schutzschild war unglaublich. So etwas hatte er noch nie erlebt.

Valentinus machte einen Satz, packte Elijahs Kopf mit

beiden Händen und versuchte, sich in seinen Geist zu drängen.

Er saugte die Emotionen in sich auf, und Farben flammten in seinem Hirn auf wie eine Supernova. Doch Elijah musste alles noch intensiver empfinden.

Elijah stieß einen Schrei aus, der von unerträglichem Schmerz zeugte. Dann begriff Valentinus – die Emotionen würden den Archon töten, und sein Verstand würde sich schälen lassen wie eine Zwiebel.

Valentinus packte noch fester zu und sendete allen Schmerz und Hass und alle Gewalt an seine Killer aus.

Obwohl Solothurn schon auf ihn zuging, war er nicht sicher, ob er seinen Freund tatsächlich töten konnte – ganz zu schweigen davon, ob er in der Lage sein würde, dem Mann hinter der stählernen Tür etwas anzutun. Solothurn war bereit, für Valentinus' Überzeugungen zu sterben. Aber Pius zu ermorden …

Die ganze Welt würde von Altishofen für einen Verbrecher halten. Und sein Vater und sein Großvater, die beide über ein halbes Jahrhundert in der Schweizergarde gedient hatten, würden die Schande nicht überleben. Konnte er so etwas wirklich tun?

Zum ersten Mal seit seiner Begegnung mit Valentinus kam Solothurns Entschlossenheit ins Wanken. Was war, wenn sich Valentinus irrte? Und selbst wenn nicht – war das der richtige Weg? Er ging langsamer, wünschte, er hätte mehr Zeit, darüber nachzudenken, was Valentinus von ihm verlangte. Aber er hatte keine Zeit. In zwei Minuten musste Pius tot sein.

Er …

Solothurn holte tief Luft, als ihn mit einem Mal mörderischer Zorn überkam und sich alle Muskeln anspannten.

Von einem Moment auf den anderen war jeder Zweifel vergessen. Er langte nach dem Griff seiner Glock. Doch er ließ die Waffe wieder los – sie war nicht erbarmungslos genug.

Er packte die schwere Hellebarde mit beiden Händen. Solothurn wartete bis zum allerletzten Augenblick. Er näherte sich seinem Kameraden bis auf einen Meter, bevor er mit der Axt ausholte und sie dem Mann in die Schulter schlug.

Mäders Miene verzerrte sich, als ihn die Klinge traf. Instinktiv wollte der Soldat mit seiner Hellebarde ausholen, doch Solothurn war zu schnell und trat ihm die Waffe aus der Hand. Er riss das Beil aus Mäders blutender Schulter.

Sein Zorn war überwältigend, als er mit der Hellebarde zustieß. Der lange Dolch an der Spitze bohrte sich in Mäders Kehle und erstickte seinen Schrei. Solothurn drehte die Hellebarde und riss sie heraus. Blut pulsierte aus Mäders Halsschlagader, als der massige Soldat in sich zusammenbrach.

Solothurn Pfyffer von Altishofen stieg über den zuckenden Leib hinweg und trat die Tür auf.

Für Papst Pius XIII. kam die Zeit zu sterben.

KAPITEL 26

31. DEZEMBER 2007 – 23:58 UHR
(2 MINUTEN BIS ZUR NACHT DES JÜNGSTEN GERICHTS)

Hoch über den Straßen von Manhattan gingen bei den 533 Basisstationen innerhalb von 2,7 Sekunden insgesamt 40072451 Anrufe ein. Der erste Sendemast wurde 0,3 Sekunden später automatisch heruntergefahren. Die anderen taten es ihm gleich.

Zehn Sekunden vergingen.

Dann ging einer nach dem anderen wieder in Betrieb.

Winter rappelte sich hoch und versuchte, sich zu erinnern, was geschehen war. Gerade hatte sie sich noch auf Valentinus stürzen wollen, als …

Er hat mich missbraucht, er hat mich manipuliert …

Mein Gott!

Sie sah die Menschenmenge und konnte die grauenvollen Klänge nicht deuten, die sie hörte.

Sie bringen sich gegenseitig um. Was habe ich getan?

Sie stieß einen Schrei aus, doch er ging in dem Lärm unter. Schwankend stand sie da und versuchte, sich zu erinnern, wie es so weit kommen konnte. Welche Emotionen hatte Valentinus durch sie übertragen, dass die Leute so außer sich waren? Welche …

Plötzlich stutzte sie. Sie hörte unbeschreibliche Musik – pulsierend mit der Leidenschaft aller Musiker, die es auf der Welt je gegeben hatte. Dann setzte ihr Herz aus, als sie sah, woher die Klänge kamen.

Zwei Männer im Kampf um Leben und Tod.

Elijah starrte mit leerem Blick ins Nichts. Valentinus hielt Elijahs Kopf mit beiden Händen. Winter wollten in Elijahs Bewusstsein eindringen, doch zuckte sie zurück, als hätte sie an einen Elektrozaun gefasst. Klänge und Farben waren derart intensiv, dass sie wusste: Elijah würde sterben, wenn sie die Verbindung nicht trennte.

Sie lief hinüber, holte aus und trat mit aller Kraft. Als sie Valentinus am Kopf traf, schrie er vor Schmerz.

Er ließ los, und Elijah sank in sich zusammen. Winter rollte ihn auf den Rücken.

«Elijah! Wach auf …!»

Valentinus' Faust traf sie am Ohr. Sie taumelte rückwärts, doch er packte sie an der Schulter. Wieder schlug er zu, diesmal in den Magen. Bevor sie reagieren konnte, packte er Winter bei der Kehle und zwang sie, ihm in die Augen zu sehen. Sein Gesicht war blutverschmiert.

«Wenn ich nicht ihn benutzen kann … dann nehme ich eben *dich*!»

Irgendetwas in Winter zerbrach, als würde eine alte Tür aus den Angeln gerissen. Und dann dröhnte Musik in allen Tonlagen in ihr. Sie zitterte am ganzen Leib, während die Emotionen wie ein Sturm über sie hinweggingen.

Bodenloses Elend – die Trauer, ihre Freunde zu verlieren.

Endloses Vergnügen – ein Orgasmus nach dem anderen.

Gnadenloser Schmerz – eine Million rostiger Nägel rissen über ihre Haut.

Wilder Zorn – alle Ungerechtigkeiten dieser Welt, gebündelt in einem Augenblick.

Reine Freude – wie Millionen Schmetterlinge in ihrem Bauch.

Alle nur erdenklichen Emotionen durchströmten Winter, ihr Körper reagierte auf jede einzelne, sie bekam kaum noch Luft. Und dann drang Valentinus in ihr Bewusstsein ein. Erst verlor er sich im Wirrwarr von Farben und Klängen, doch als sie zwischen den Tausenden von Stimmen nach ihrer eigenen suchte, hörte sie die lauteste Stimme von allen.

Und einen Moment – eine Sekunde lang – sah sie klar. Mit aller Kraft gelang es ihr, die Wucht der Gefühle abzuwehren. Alles um sie herum war hyperreal – das Geschrei der Menge, die grellen Scheinwerfer, der kalte Nachtwind, die Hand an ihrer Kehle.

Valentinus starrte sie an, mit entrücktem Blick, fernab der physischen Welt. Jede Sekunde dauerte eine Ewigkeit, während sie darum kämpfte, ihren Körper aus der Lähmung zu befreien, und ihr Gehirn pumpte Endorphine durch die Adern.

Alles in ihr kreischte, und eins wurde ihr ganz klar.

Sie würde es nicht schaffen.

Die Welt war voller Lärm, aber so war es immer schon gewesen. Elijah konnte sich an Stille nicht erinnern. Mittendrin grollte ein ungeheurer Donner heran, als der Himmel in zwei Teile brach. Aus dem klaffenden Spalt trat ein Schmerz hervor, der alles andere erstickte.

Doch so groß der Schmerz auch sein mochte, verklang er schließlich. Elijah wollte sich befreien, doch schaffte er es nicht. Er schrie er um Hilfe, bekam aber keine Antwort. Denn da war niemand, der ihm helfen konnte. Niemand – nur …

Er selbst.

Elijah packte die lärmende Welt, riss sie auf und griff …

Winter riss die Augen auf, als sie plötzlich zu sich kam. Sie packte Valentinus bei den Schultern und stieß ihn, sodass er das Gleichgewicht verlor. Er taumelte zwei Schritte rückwärts, war noch nicht ganz bei sich und musste mit den Armen rudern, um nicht hinzufallen. Dann schlug ihre Faust an seine Brust, und Valentinus stolperte von der Bühne. Noch im Sturz kam wieder Leben in seine Augen.

Sie hörte / fühlte / sah einen unerträglichen Aufschrei, gefolgt von wahnsinnigem Schmerz, als er dort unten in der Grube mit den Bestien verschwand.

KAPITEL 27

31. DEZEMBER 2007 – 23:59 UHR (1 MINUTE BIS ZUM NEUEN JAHR 2008)

Valentinus spürte die eiskalte Nachtluft, doch er kam erst wieder ganz zu sich, als er in der Menge landete und mit dem Kopf an eine knochige Schulter stieß. Instinktiv rollte er sich ab, streckte die Arme aus, um den Sturz abzufangen, und riss dabei einen stämmigen Mann mit sich zu Boden.

Hart landete er auf dem kalten Asphalt. Valentinus' Hüfte brach beim Aufprall, und er schrie vor Schmerz und Wut. Bevor er sich beherrschen konnte, sendete er glühenden Zorn aus, während die Leute über ihn hinwegtrampelten und ihm auf Hände und Füße traten. Angetrieben von Valentinus' Zorn holte ein Arbeiter aus und trat mit seinem schweren Stiefel nach ihm.

Valentinus spürte, wie sein Brustbein brach, und er konnte nur noch keuchen. Bevor er das Bewusstsein verlor, sah er noch, wie der Stiefel wieder auf ihn zukam und diesmal auf sein Gesicht zielte. Valentinus wollte noch die Arme heben, doch einer war gebrochen und der andere hatte sich irgendwo verhakt. Er schrie ein allerletztes Mal und versuchte zu begreifen, was eigentlich schiefgegangen war.

In seinem Kopf explodierten tausend Farben, als der Stiefel ihm die Nase brach und Knochensplitter ins Gehirn trieb. Zum ersten Mal, seit er das verhasste Gefängnis hinter sich gelassen hatte, in dem Laszlo ihn gefangen gehalten hatte, war nur noch eine einzige Farbe in seinem Kopf.

Schwarz.

Winter verzog das Gesicht, als sie Valentinus' qualvollen Schrei vernahm.

«Winter! Hier drüben!»

Sie fuhr herum und sah, dass sich Stevie über jemanden beugte, der dort auf der Bühne lag. Sie lief hinüber und fiel auf die Knie. Sie legte beiseite, was Elijah ihr zuvor gegeben hatte, nahm sein Gesicht in beide Hände und fühlte … nichts.

«Nein, nein, nein, nein …», wimmerte sie. Sie dachte an ihre Mutter. Winter legte Elijah sanft die Hand in den Nacken, drückte ihren Mund auf seine Lippen und blies – so fest sie konnte – in seine Lungen. Nach zwei Versuchen setzte sie sich auf und massierte sein Herz.

Eins, zwei, drei.

Wieder blies sie Luft in seine Lungen. Als sich ihre Lippen berührten, ging ihr durch den Kopf, was in der letzten Minute geschehen war, und sie begriff, warum Elijah Valentinus so schutzlos gegenübergetreten war …

Atmen, atmen. Eins, zwei, drei.

… und sie dachte daran, wie er empfunden hatte. Sie konnte wieder seine Angst spüren, doch auch seine Liebe …

Atmen, atmen. Eins, zwei, drei.

… Tränen liefen über ihre Wangen, während sie betete, dass er nicht sterben sollte. Nicht Elijah, nicht er, nicht nach allem, was …

Atmen, atmen. Eins, zwei, drei.

… er durfte nicht sterben. Es durfte einfach nicht sein! Wenn er doch nur wieder atmen würde …

Plötzlich spürte sie einen Funken, tief in ihm. Und

dann … hustete er. Winter hielt den Atem an, als Elijahs Herz wieder schlug.

Flatternd gingen seine Augenlider auf, und sie spürte ihn. Warm und harmonisch, eine schmerzlich schöne Musik, so klar, dass sie ewig hätte zuhören mögen.

Elijah kam auf die Beine, als Grimes eben sein Handy aufklappte. Winter bückte sich und hob auf, was Elijah ihr vorhin gegeben hatte, ein so zierlicher Gegenstand, dass es ihr vermessen erschien, damit etwas ausrichten zu wollen.

«Die Sender arbeiten wieder!», rief Grimes über den Höllenlärm hinweg. «Los jetzt!»

Die Zeit schien stehenzubleiben, als das Bewusstsein von 50 000 Menschen gleichzeitig in Elijah eindrang.

Er schloss die Augen und versuchte, die wirren Farben abzuwehren. Da geschah etwas Erstaunliches – er konnte sehen, doch das Bild in Elijahs Kopf wurde nicht von seiner Netzhaut übertragen – er sah aus 100 000 Augen.

Einen Moment lang stritten die verschiedenen Bilder um seine Aufmerksamkeit, doch dann mischten sie sich zu einem Kaleidoskop des Lichts. Sie wären ihm unverständlich geblieben, hätte Elijah nicht die Gedanken hinter den Erscheinungen erahnt. Er empfing ohne weiteres die Gefühle der 50 000 Valentinus-Anhänger, als zappte er sich durchs Fernsehprogramm – und überall violetter Zorn.

Susan Collins stieß ihr Messer im bunten Neolicht des Times Square einer blonden Frau in den Bauch.

Masahiko Ito holte einen Revolver aus seiner Jacke und folgte Kardinal Peter Shojiro Hirayama durch die Straßen von Tokio.

José Ignacio Climent legte im Schatten der Kathedrale La Almudena seine Hände um die Kehle von Kardinal Antonio de la Peña Pérez.

Kofi Osei erstach Kardinal Lucas Afrifah-Agyekum mit einer Machete, als dieser in Kumasi aus dem Beichtstuhl trat.

Solothurn Pfyffer von Altishofen stürzte in das Schlafgemach von Papst Pius XIII., die Hellebarde fest in beiden Händen.

Und endlich erkannte Elijah, was Valentinus eigentlich vorgehabt hatte – er wollte die katholische Kirche auslöschen, indem er den Papst und seine hundertacht Kardinäle hinrichten ließ.

Innerhalb weniger Sekunden wären hundertneun der weltweit einflussreichsten Männer tot.

Es sei denn …

KAPITEL 28

1. JANUAR 2008 – 00:00 UHR (DIE NACHT DES JÜNGSTEN GERICHTS)

Mit geschlossenen Augen, wenn auch geführt vom Blick Tausender, die zu ihm aufsahen, legte Elijah seine Hand in Winters Nacken. Ihre Hände waren schon in Position. Im selben Moment, als er ihre Haut berührte, intensivierten sich die Gedanken/Bilder/Stimmen in seinem Gehirn, und ihre Kräfte vereinten sich mit seinen.

Was auf der Welt geschah, projizierte er auf Winter, gefolgt von einem einfachen Befehl:

Jetzt.

Pius schreckte hoch, als Solothurn ins Zimmer stürmte.

Der Soldat hob eben seine Hellebarde, als sein Zorn verrauchte. Das grelle Violett vor seinen Augen verschwand, und die Welt wurde schwarzweiß. Sein Blick wanderte von dem entsetzten Stellvertreter Gottes zur Hellebarde in seinen Händen, an deren Axt noch Mäders Blut klebte.

Er wusste, was zu tun war. Seine Aufgabe war entscheidend für Valentinus' Plan. Überall auf der Welt erschlugen Männer wie Solothurn die Kardinäle, die herrschende Elite der katholischen Kirche. In wenigen Sekunden wäre der hundertköpfige Drache bezwungen. Doch alles wäre vergebens, wenn Solothurns Mission scheiterte.

Als er zu sich kam, streckte der Pontifex ihm die Hände entgegen.

«Ich bitte dich, mein Sohn. Lass deine Waffe sinken!»

«Nein», sagte Solothurn kopfschüttelnd. «Ihr seid die Wurzel allen Übels. Ich muss Euch töten!»

Unverwandt blickte der Mann Gottes Solothurn in die Augen.

Pius bekreuzigte sich und flüsterte:

«Ich glaube an Gott, den Vater, den Allmächtigen, den Schöpfer des Himmels und der Erde.»

Bei der Erwähnung des falschen Schöpfergottes fasste Solothurn neuen Mut.

«Ihr predigt Lügen.»

«Ich glaube an Jesus Christus, seinen eingeborenen Sohn, unsern Herrn, empfangen durch den Heiligen Geist, geboren von der Jungfrau Maria ...»

Solothurn hob die Klinge der Hellebarde über den Kopf.

«Ich glaube an den Heiligen Geist, die heilige katholische Kirche ...»

Blut tropfte von der Axt auf Solothurns Wange.

«... Gemeinschaft der Heiligen, Vergebung der Sünden, die Auferstehung der Toten ...»

Solothurn machte den Mund auf und schrie, um die Worte des Papstes zu übertönen, als er auf das Bett zustürmte.

«... und das ewige Leben. Amen.»

Solothurn biss die Zähne zusammen, holte aus und schlug mit der Axt nach Pius' Kopf.

Winter hielt den Atem an, als Elijah in ihr Bewusstsein drang.

Hass und Gewalt kreischten in ihr. Quälender Schmerz fuhr ihr durch die Glieder, als der Zorn aufblitzte. Sie spürte, dass Elijah die Emotionen filterte und den größten

Ansturm auf sich nahm, damit sie in den Abgrund blicken konnte.

Sie verdrängte ihre Angst. Dann setzte sie den Bogen an und strich über die Saiten der Geige. Sie begann zu spielen.

Als der erste Ton erklang, drang sie in die einhundertneun mörderischen Geister, die sie vor sich sah.

Als Elijahs Bewusstsein mit Winters verschmilzt, öffnet sich sein inneres Auge.

In der folgenden Nanosekunde sieht er mehr, als er in seinem ganzen Leben gesehen hat. Millionenfaches Bewusstsein in Form pulsierender elektromagnetischer Felder leuchtet in allen Farben. Jedes einzelne Feld verwandelt sich, weil Quadrillionen von Neuronen zünden.

Und Elijah, der ultimative Empiriker, der nie irgendwas geglaubt hat, was er nicht mit eigenen Augen sehen konnte, sieht etwas, das er nie erwartet hätte: die zarte Verbindung zwischen allen.

«Es ist das Ch'i*», flüstert Winter in seinem Kopf, doch da sieht er, wie die Bindungen zwischen den elektromagnetischen Feldern stärker werden, befeuert von der bioelektrischen Aktivität einer Million Menschen. Das Bereitschaftspotenzial des Feldes baut sich auf und explodiert, was Quintillionen von Synapsen feuern lässt.*

Als die Rückkopplung stärker wird, reicht das Feld vom Times Square bis zum Himmel hinauf und vermischt sich mit der elektromagnetischen Strahlung in der Atmosphäre – Fernsehen, Radio, Handys, GPS.

Elijahs Geist öffnet sich noch weiter, nimmt alle Wellen in sich auf, durchströmt von Bildern/Klängen/Düften/Aromen/Gefühlen/Gedanken einer Billion Lebewesen.

Der Ausblick einer fliegenden Taube auf das Empire State Building.

Glucksendes Wasser, das ein japanischer Koi in seinem Aquarium hört.

Der Gestank von Müll, den eine entlaufene Katze zwei Meilen gegen den Wind riecht.

Das Aroma der Luft, das ein Grashalm am Gehweg der 42nd Street schmeckt.

Das Gefühl, das eine Amöbe in der Kanalisation zwischen Wassermolekülen hat, sieben Meter unter der Erde.

Das elektromagnetische Feld umfasst die Welt, und Elijah erlebt das ganze Universum. Jeden Menschen. Jedes Tier. Jede Pflanze. Noch das geringste Leben.

Elijah blickt mit den Augen der Welt, und ihm wird die ganze Wahrheit bewusst …

Er blickt mit den Augen Gottes … denn Gott ist kein Monolith.

Wir sind Gott.

Elijah begreift, wie zutiefst unbedeutend der menschliche Wille im großen Mahlstrom des Lebens ist. Jeder Mensch ist nur ein winziger Teil Gottes, ohne eine Ahnung vom großen Ganzen, dem er dient. Ahnungslos wie eine Blutzelle, die durch eine Ader auf ein Ziel zurast, ohne die geringste Vorstellung von seiner Bedeutung im Zusammenspiel.

Das Yin und Yang des Universums ist klar.

Warum es im Licht auch Dunkel gibt. Warum das Böse immer das Gute zerstört.

Warum Gott das alles zulässt – warum wir *das alles zulassen …*

Weil wir es zulassen wollen. *Jedes Lebewesen handelt in seinem eigenen Interesse, ein Sklave der nimmersatten Gier, die Gott uns gegeben hat – die wir uns selbst gegeben haben: um zu überleben, um uns fortzupflanzen. Ein ständiges Hin und Her, bei dem immer einige aufsteigen und andere abstürzen.*

Der freie Wille wird einem nicht geschenkt. Man muss darum kämpfen. Man muss ihn sich nehmen.

Und genau das tut Elijah. Er greift danach.

Als Winter hört, was Elijah vorhat, folgt sie ihm.

Sie überträgt Mitgefühl auf die hundertneun Attentäter, sie versucht, Valentinus' Hass zu verdrängen. Doch dann unterbricht sie die Verbindung, bevor die Attentäter hilflos zu Boden gehen.

Sie wählt einen anderen Weg.

Elijah und Winter geben Valentinus' Attentätern etwas ein, was sie nie erlebt haben: Für eine halbe Sekunde befreien sie sie vom universalen Willen, sodass sie frei über ihr eigenes Schicksal entscheiden können.

Ganz für sich allein.

Solothurn sah, wie die blutige Klinge durch die Luft fuhr, auf den Kopf des Papstes zuhielt, als er plötzlich eine himmlische Melodie hörte, eine Melodie von wundersamer Klarheit, und da war er voller Liebe für den Mann, den er doch töten wollte.

Plötzlich fühlte er sich frei.

Da er schon zu weit ausgeholt hatte, konnte er die Axt nicht mehr in eine andere Richtung lenken, und er tat das einzig Mögliche – er ließ das Beil los. Der Griff der Hellebarde glitt ihm durch die Finger.

Papst Pius duckte sich und …

Unzählige Emotionen durchströmten Elijah und Winter.

Susan Collins' Schock, als sie ihre blutigen Hände und die tote Frau zu ihren Füßen sah.

Masahiko Itos Reue, als er die blutige Wunde in Kardinal Peter Shojiro Hirayamas Schädel sah.

José Ignacio Climents glühende Hoffnung, als er seine Lippen auf den Mund von Kardinal Antonio de la Peña Pérez presste, um den Mann, den er eben erwürgt hatte, wiederzubeleben.

Kofi Oseis hämische Freude, als er wieder und wieder auf Kardinal Lucas Afrifah-Agyekum einstach, den er immer schon verachtet hatte.

Solothurn Pfyffer von Altishofens abgrundtiefe Erleichterung, als die Spitze seiner Hellebarde über den Kopf des Pontifex hinwegging und direkt neben ihm in die Wand schlug.

Da waren noch Tausende Emotionen mehr, unermesslich viele Farben und Töne. Nicht alle Kirchenmänner kamen mit dem Leben davon – sieben Kardinäle lagen tot oder sterbend zu Füßen ihrer Attentäter.

Denn obwohl alle Kardinäle erklärten, sie wandelten auf Gottes Wegen, traf das längst nicht auf alle zu. Wer es nicht tat, musste dafür bezahlen – und wurde gerichtet von einem Mann, der sich frei entschieden hatte.

Mit diesem Gedanken ließ Elijah von den bunten Geistern ab und taumelte wieder in sein eigenes Bewusstsein zurück. Er schlug die Augen auf, nahm Winters Gesicht sanft in beide Hände und küsste sie auf den Mund. Er schloss die Augen und gab sich dem Moment hin, und in schneeweißem Licht erklang eine helle Melodie.

KAPITEL 29

1. JANUAR 2008 – 5:43 UHR (5 STUNDEN, 43 MINUTEN NACH DER NACHT DES JÜNGSTEN GERICHTS)

Aus der *New York Post*

SELBSTMORDSEKTE: DRAMA AUF DEM TIMES SQUARE

Zwei Minuten vor dem Jahreswechsel verfiel Valentinus' Selbstmordsekte auf dem Times Square dem Massenwahn.

Im selben Moment, als der aufstrebende Popstar Arianna einen Herzanfall erlitt (siehe Seite 5), betrat Valentinus die Bühne. Er befahl seinen Anhängern: «Tötet, um euch zu befreien!», woraufhin die Menge von geschätzten 1,1 Millionen Besuchern mit Bierflaschen, Messern und Knüppeln aufeinander losging.

Zwar waren Polizei und Nationalgarde vor Ort, um für Sicherheit zu sorgen, doch wurden zahlreiche Vorwürfe laut, es sei zu unkontrollierter Polizeigewalt und übermäßigem Einsatz militärischer Mittel gekommen. Die Ausschreitungen forderten 38 Todesopfer, 1672 Schwerverletzte und mehrere zehntausend Leichtverletzte.

«Es war der absolute Irrsinn», so Brady O'Beirne, Tourist aus Natchez, Mississippi. «Eben feiern noch alle, und plötzlich kämpft man um sein Leben!»

Menschen wurden erstochen, zu Tode getrampelt und erschlagen, doch so brutal der Gewaltausbruch auch gewesen sein mochte, dauerte er doch keine drei Minuten – bis Konzertgeigerin Winter Zhi (siehe Seite 7) Valentinus von der Bühne stieß, in den «*Mosh Pit* des Todes», wie ihn Augenzeugen bezeichneten. Es wurden unterschiedliche Aussagen darüber gemacht, was daraufhin geschah, doch zahlreiche Opfer sagten aus, sie hätten ein «unglaublich weißes Licht» gesehen, «wunderschöne Musik» gehört und eine «ungeheure Euphorie» empfunden.

«Es fühlte sich an, als wäre man … verliebt», so Laurie Williams aus Brooklyn. Von derartigen Hochgefühlen berichten zahlreiche Augenzeugen. Dann machten sich New Yorker und Touristen gemeinsam daran, die Verletzten zu versorgen.

«Hätten nicht alle mitgeholfen, hätte es Zigtausende Tote gegeben», sagte Pete Villings, Sanitäter aus Queens. «Aber in dem Moment, als das weiße Licht leuchtete und diese unglaubliche Musik zu hören war, hat die Gewalt aufgehört, und die Leute haben sich gegenseitig geholfen.» Der vierundzwanzigjährige Kriegsveteran fügte hinzu: «So was habe ich noch nie erlebt … und ich hab schon viel Verrücktes gesehen.»

AUS DER BLOGOSPHERE IV

Posted: Dienstag, 2. Januar 2008 – 00:11 Uhr

TODESSTRAFE FÜR FLACHWICHSER

Diese Nachricht gilt dem Arschloch, das in der Silvesternacht 500 Telefonmasten und Hunderttausende Handys lahmgelegt hat. Bis jetzt haben die Bullen keinen Schimmer, wer es war (mal was Neues), aber einen Hinweis hat Scooby Doo schon oder wer sonst heutzutage im La-La-Land ungelöste Fälle löst: Zwölf Stunden nachdem der Virus zugeschlagen hatte, zeigten alle gearschten Handys die Nachricht **GEFOPPT & GEVETTERT!** und wählten umgehend die Nummer einer Sex-Hotline. Anscheinend ist der Hacker ein sexuell frustriertes *Pickelface.*

Shocker.

SIEHE AUCH: SILVESTERNACHT, HANDYVIRUS, SCOOBY DOO, PICKELFACE

KAPITEL 30

2. JANUAR 2008 – 23:06 UHR
(2 TAGE NACH DER NACHT DES JÜNGSTEN GERICHTS)

Als das Video zu Ende war, hörte man nur noch das leise Surren des Projektors. Sie machte Licht, woraufhin auch das letzte Standbild auf der Leinwand verschwamm – ein Mann und eine Frau, die sich an der Hand hielten.

«Winter Xu und Elijah Cohen.»

«Sind Sie sicher?»

«Absolut.»

Sie drehte einen kleinen, schwarzen Knopf, und ihr Rollstuhl fuhr los. Leise summte der Lüfter des Projektors. Sie deutete auf die beiden Personen.

«Meine Herren, das sind unsere verlorenen Kinder!»

Terry Saunders konnte es nicht fassen. «Cohen war die ganze Zeit direkt vor unserer Nase. Unglaublich.»

«Unglaublich ist das nicht», antwortete die Frau im Rollstuhl. «Wir haben gesagt, wir wollten den besten Mann für Fokusgruppen, und das war Elijah Glass. Jetzt wissen wir, *wieso* er der Beste war.»

Zum ersten Mal meldete sich der Demokratische Senator aus Kalifornien und Vorstandsvorsitzende der Organisation zu Wort: «Was empfehlen Sie also?»

«Es ist zu spät, sie zu indoktrinieren», antwortete die Frau im Rollstuhl. «Aber ich bin mir sicher, dass wir immer noch Verwendung für sie haben.»

Der Vorsitzende nickte und sah Terry an. «Wie geht es

dem Kongressabgeordneten? Das Wiederauftauchen von Cohen, Xu und Willoughby hat doch hoffentlich keine unangenehmen Erinnerungen wachgerufen?»

«Soweit ich weiß, geht es Charlie gut», sagte Terry. «Er wird sogar einigen politischen Nutzen aus dem Versagen der Regierung angesichts der Ausschreitungen ziehen. Im Moment ist er gerade dabei, seine Rede zu überarbeiten.»

«Ausgezeichneter Instinkt», sagte der Vorsitzende. «Ist es nicht bemerkenswert, wie nützlich eine gute Ausbildung sein kann, Samantha?»

«Ja, Senator», antwortete die Frau im Rollstuhl.

Der Vorsitzende stand auf und strich seine Krawatte glatt. «Geben Sie mir Bescheid, sobald Sie die beiden gefunden haben. Und passen Sie auf, dass sie sie diesmal nicht wieder aus den Augen verlieren.»

Ohne eine Antwort abzuwarten, drehte sich der Vorsitzende um und ging hinaus. Samantha Zinser machte die Rüge nichts aus. Ihre beiden Lieblingsschüler kehrten heim.

EPILOG

2. MAI 2005 – 10:06 UHR (2 JAHRE, 243 TAGE BIS ZUR NACHT DES JÜNGSTEN GERICHTS)

Der Vogel schrie am regenbogenbunten Himmel. Sein Schrei klang eher wie ein elektronisches Piepen, nicht wie ein Vogel, doch das machte Jim nichts aus. Es war ein strahlend schöner Tag, farbenfroher, als er sich je erträumt hatte. Es war, als erwachte er aus zehnjährigem Schlaf.

Aufwachen …

Jim blickte in das grelle Neonlicht.

Wo bin ich?

Er konnte sich nur noch erinnern, dass er von einem Gnostiker-Treffen nach Hause gefahren war. Nachdem er jahrelang nach Gott, nach einem Sinn in dem gesucht hatte, was aus ihm geworden war, hatte er endlich eine Heimat gefunden – eine Philosophie, die alle seine Fragen beantwortete.

Er war mit Sophia, der Sektenführerin, gefahren. Sie hatte ihn zur Wahrheit geführt. Und sie hatte ihm auch einen neuen Namen gegeben. Sie hatte …

«Da sind Sie ja wieder.»

«Was …?» Jims Stimme war nur ein Flüstern, trocken und kratzig.

«Noch nicht sprechen», sagte der Krankenpfleger. «Trinken Sie das hier.»

Er schenkte Eiswasser in einen dünnen Pappbecher und hielt ihn an Jims Mund. Jim trank wie ein Verdurstender. Er genoss das kühle Nass auf seiner ausgedörrten Zunge.

«Danke», flüsterte Jim. Diesmal tat das Sprechen nicht so weh. «Was ist passiert?»

«Warten Sie, ich hole den Arzt.»

Eilig machte sich der Pfleger auf den Weg. Jim betastete seinen Kopf, der mit dicken Bandagen verbunden war. Es tat ihm nichts weh, er ging aber davon aus, dass er höllische Schmerzen haben würde, wenn die Medikamente nachließen.

Er sah sich in dem großen, weißen Raum um. Ein kleiner Fernseher hing von der Decke und lief ohne Ton. Auf dem Bildschirm war weißer Rauch vor blauem Himmel zu sehen.

Eine langbeinige Ärztin kam herein, und er sah sie an. Unruhig musterte er sie, während sie in seiner Krankenakte blätterte.

«Sie hatten einen Autounfall. Können Sie sich an irgendetwas erinnern?»

Jim schüttelte vorsichtig den Kopf.

Wieder sah die Ärztin in seine Akte am Fuß des Bettes und beugte sich vor. Sie leuchtete Jim mit ihrer kleinen Taschenlampe in beide Augen, dann trat sie einen Schritt zurück.

«Sie hatten großes Glück», sagte sie. «Sie sind durch die Windschutzscheibe geschleudert worden und fast zehn Meter neben Ihrem Wagen gelandet. Ihr Schädel ist gebrochen. Sie sollten sich in Zukunft lieber anschnallen.»

«Danke», sagte Jim und ärgerte sich über die violettschimmernde Überheblichkeit dieser Ärztin.

«Sagen Sie ... hatten Sie früher schon mal ein Schädeltrauma?»

«Nein, wieso?»

«Die Chirurgie hat eine kleine Metallplatte aus Ihrem Schädel entfernt. Sie war schon so lang da drin, dass sie in den Knochen eingewachsen war. Haben Sie eine Ahnung, wo die herkam?»

«Nein», sagte Jim. An dem leuchtenden Gelb, das sie umgab, sah er, dass sie ihm nicht glaubte. Sie …

Mein Gott. Ich kann Ihre Farben sehen.

Jim holte tief Luft. Benommen, wie er war, hatte er gar nicht gemerkt, was er da sah. Was er *fühlte.* Mit jedem Atemzug drängten sich die schönsten Farben in seinen Kopf. Es war so lange her, dass er fast vergessen hatte, wie bunt die Welt doch war.

Er schloss die Augen und seufzte.

«Sind Sie denn …» Die Stimme der Ärztin erstarb, und sie schluckte ein Schluchzen herunter. Jim schlug die Augen auf und sah, dass ihr Tränen über die Wangen liefen und ihre quälend grüne Erleichterung seinem eigenen Empfinden entsprach. Vorsichtig sendete er klare, blaue Freude aus und ließ ihre Trauer verschwinden.

Die Ärztin wischte sich die Augen, schniefte vernehmlich und holte tief Luft.

«Verzeihen Sie. Ich weiß auch nicht, was mit mir los ist.»

Sie fing sich und widmete ihre Aufmerksamkeit wieder seinen Vitalfunktionen.

«Wir werden Sie ein paar Tage zur Beobachtung hierbehalten müssen, aber Sie dürften wohl wieder ganz gesund werden. Sie hatten großes Glück, Miss …»

«Mister.»

«Wie bitte?», fragte die Ärztin verdutzt.

«*Mister.* Nicht Miss.»

«Oh, tut mir leid», sagte die Ärztin und nahm Jims Akte noch einmal in die Hand. «Hm. Hier steht, Sie heißen …»

«Ich habe mich vor kurzem einer Geschlechtsumwandlung unterzogen. Ich warte noch auf eine Versicherungskarte mit meinem neuen Namen.»

«Oh», sagte die Ärztin verlegen. «Tut mir leid, ich ... also, bei all den Bandagen und Ihren Schnittwunden war mir nicht klar, dass Sie ...»

«Sie müssen sich nicht entschuldigen», sagte Jim ganz ruhig.

«Und», fragte die Ärztin. «Wie ist denn Ihr neuer Name?»

Jim machte den Mund auf, um ihr zu antworten. Dann überlegte er es sich anders. Zwar hatte er sich für «Jim» entschieden, aber plötzlich erschien ihm der Name doch zu schlicht – der Name eines Mannes, der an die Erde gekettet war, im Gegensatz zu jemandem, der jetzt die Chance hatte, diesem Jammertal zu entfliehen.

Wie hatte Sophia ihn genannt?

«Valentinus», sagte Jim und genoss den Geschmack des fremdartigen Namens auf der Zunge.

«Valentinus. Ein schöner Name», sagte die Ärztin und nickte. «Viel interessanter als ‹Jill›.»

«Da gebe ich Ihnen recht», sagte Valentinus und betrachtete ihre Farben. Nachdem er Pater Sullivans Lügen nun endgültig hinter sich gelassen hatte, würde er nie wieder vor seiner Gabe zurückschrecken. Der Einzig Wahre Gott hatte sie ihm aus gutem Grund gegeben. Und diesmal würde er sie zu nutzen wissen.

Er blickte zum Fernseher hinüber und sah dort das vertraute Gesicht eines ergrauten Mannes, der auf einen Balkon hinaustrat. Er trug eine lange, weiße Robe, ein verziertes Pallium um die Schultern, mit schwarzen Kreuzen, von Gold umrahmt. Er hob beide Arme zum Himmel, und die Menge unter ihm brach in hellen Jubel aus.

Unten auf dem Bildschirm erschien weiße Schrift. Valentinus las, und seine Augen wurden immer größer. Die Ärztin folgte seinem Blick und lächelte.

Erzbischof Patrick Sullivan zum 265. Oberhaupt der katholischen Kirche ernannt: Papst Pius XIII.

«Wow, die haben tatsächlich einen Amerikaner gewählt», sagte sie staunend. «Schön zu sehen, dass Sullivans Arbeit für die Internationale Waisenhilfe gewürdigt wurde. Er wird bestimmt ein guter Papst.»

Valentinus ballte die Fäuste unter der Decke … und entwarf einen Plan.

NACHBEMERKUNG

15. NOVEMBER 2006 – 10:34 UHR (1 JAHR, 46 TAGE BIS ZUR NACHT DES JÜNGSTEN GERICHTS)

Auch wenn dies hier eine fiktive Geschichte ist, beruhen doch einige Ereignisse des Romans auf Fakten. Libets Experimente zum «freien Willen» etwa haben tatsächlich stattgefunden, das «Problem der Bindung» besteht als wissenschaftliche Frage, einige Wissenschaftler glauben ernstlich an die CEMI-Theorie. Und natürlich wurden im Auftrag der CIA Experimente an Menschen durchgeführt.

Die CIA hat unter dem Projektnamen PAPERCLIP ausländische Wissenschaftler in die USA geholt. Zwar handelte es sich bei den meisten um Ingenieure, die für das amerikanische Programm für Interkontinentalraketen arbeiteten, doch darunter waren auch zahlreiche Psychologen, die die amerikanischen Verhörtechniken verbessern sollten.

Der Naziwissenschaftler Kurt Blome und der jüdisch-amerikanische Forscher Sidney Gottlieb testeten gemeinsam die Wirksamkeit von Wahrheitsseren und diversen anderen Drogen sowohl an nordkoreanischen Kriegsgefangenen und amerikanischen Soldaten als auch an Zivilisten in San Francisco und New York City.

Sämtliche Operationen mit Codenamen (einschließlich CHATTER, BLUEBIRD, OFTEN und die MK-Experimente) fanden so statt wie beschrieben. Offiziell verbot Ronald Reagan 1982 alle Experimente an Menschen. Daraufhin wurden die MK-Projekte eingestellt.

Vielleicht ist es so gewesen, vielleicht sickert aber auch einfach nichts mehr durch.